Knaur

Von Samuel Shem sind außerdem erschienen:

Doctor Fine
House of God
Mount Misery

Über den Autor:

Samuel Shem, eigentlich Stephen Bergman, ist Professor für Psychiatrie an der Harvard Medical School. Er lebt mit Frau und Tochter in Boston. Seine beiden Romane *House of God* und *Mount Misery* waren auf Anhieb ein großer Erfolg.

Samuel Shem

ORVILLES HEIMKEHR

Roman

Aus dem Amerikanischen von
Andreas Nohl

Knaur

Die amerikanische Originalausgabe erschien unter dem Titel »Flight«

Besuchen Sie uns im Internet:
www.knaur.de

Vollständige Taschenbuchausgabe 2002
Droemersche Verlagsanstalt Th. Knaur Nachf., München

Umschlaggestaltung: ZERO Werbeagentur, München
Umschlagfoto: Photonica, Hamburg
Umbruch: Ventura Publisher im Verlag
Druck und Bindung: Clausen & Bosse, Leck
Printed in Germany
ISBN 3-426-62282-3

2 4 5 3 1

Für Katie Chun und ihre Welt und für Janet Surrey
Für meine liebe Mutter Rose Fuchs Bergman
Für Ulrich Renz und Michael Fredrickson

»Seit einigen Jahren
betrübt mich der Glaube,
dass der Mensch fliegen kann.«
WILBUR WRIGHT, Brief vom 13. Mai 1900

»Um in dieser Welt zu leben,
muss man drei Dinge vermögen:
lieben, was sterblich ist;
es mit aller Kraft festhalten,
in dem Wissen, dass das Leben davon abhängt;
und wenn es Zeit ist, loszulassen,
es loslassen.«
MARY OLIVER, *In Blackwater Woods*, 1983

1

Selbst ein schüchterner Amerikaner kann in Italien glücklich sein, und Orville Rose war so glücklich, wie es ein kinderloser Mann nur zu sein vermag. Seit jenem Tiefpunkt vor zwei Jahren, als sein Sperma sich in einem Reagenzglas in New Jersey als unfähig erwiesen hatte, in die Eizelle eines Hamsters einzudringen, und die medizinische Wissenschaft ihn infolgedessen für zeugungsunfähig erklärt hatte, fand er, dass es mit seinem Leben gewaltig aufwärts gegangen war.

Jetzt, im Sommer 1983, hielt er die Ruder eines roten Boots, während Celestina Polo es von einem Landungssteg abstieß. Mit dem süßen Gefühl, über Eis zu gleiten, fuhren sie los. Orville ging es immer großartig, wenn er aufbrach, ausriss, und er seufzte glücklich. Er zog die Ruder gegen den Widerstand des Wassers.

Als ihre Hand gegen das raue Holz der Anlegestelle stieß und das Boot auf den See hinausfuhr, befiel Celestina eine dunkle Vorahnung. Sie verlor ungern festen Boden unter den Füßen, und es war ihr unbehaglich zu Mute, als sie sich auf die Holzbank setzte. »Heute wird zweimal etwas Schlimmes passieren.«

»Was?«

»Heute wird ein schlimmer Tag, *caro*. Es wird zweimal etwas Schlimmes passieren.«

Orville lachte. Celestina behauptete, in den Jahren ihres Buddhismus-Studiums in Indien Dinge gesehen zu haben, die er als Arzt für verblasenen Unsinn halten musste. Einen Mann, der einhundertvierunddreißig Jahre alt war. Einen Yogi, der

Gedanken lesen und übertragen konnte. Einen anderen, der – zugegebenermaßen nur kurz – über dem Erdboden schwebte. Zwei, die die Zukunft voraussagen konnten. In letzter Zeit hatte sich auch Celestina darin versucht. Sie hatte mehrere Voraussagen gewagt, von denen aber keine eingetreten war.

»Bisher, meine Liebe«, sagte Orville, »hast du immer falsch gelegen.«

»Natürlich habe ich mich immer geirrt. Ich lerne ja noch. Ich weiß, dass es für dich schwer zu glauben ist, *dottore,* aber ich bin noch nicht erleuchtet.« Sie lächelte. »Zwei schlimme Dinge passieren heute.«

»Redest du von Geld? Ich meine, wenn du von Geld redest, gebe ich dir Recht. Wir sind so gut wie pleite, wir können uns diese teuren Hotels nicht mehr leisten und ...«

»Sprich mit mir nicht über Geld! Ich habe dir gesagt, sprich mit mir nie über Geld! Geld interessiert mich nicht.«

»Das ist wohl wahr! Dir scheint nicht klar zu sein, dass man immer, wenn man diese kleine Plastikkarte benutzt, später dafür bezahlen muss. Und zwar mit Zinsen. Mit mafiamäßigen Zinsen. Du hast dein Konto überzogen, ich stecke bis über beide Ohren in Schulden. Wir sind so gut wie pleite!«

»In unserer Armut verbirgt sich unser Reichtum. In unserem Reichtum verbirgt sich unsere Armut.«

»Du lieber Himmel.«

»Das stammt nicht von mir, sondern von Buddha: gegenseitig bedingtes Auseinander-Hervorgehen.«

»Schön. Unsere Ferien werden gegenseitig bedingt früher zu Ende gehen. Ab morgen wieder zur Arbeit. Geld verdienen. Schön.«

»Die beiden schlimmen Dinge haben nichts mit Geld zu tun.« Sie schloss ihre Augen und machte einen meditativen Atemzug. »Nichts mit American Express.« Noch einmal. »Und auch nichts mit Diner's Club.« Ein drittes Mal. Er lachte leise. Sie öffnete die Augen und lächelte ihn an. Der Spalt zwischen ihren Vorderzähnen hatte etwas Liebreizendes.

Er schüttelte den Kopf. »Du bist verrückt.«

»*Si, caro,* so verrückt, dass ich dich liebe.«

»Ja, wunderbar, dann weißt du erst, wie es für mich ist. *Insano! Discombobulo!*« Lachend umfasste Orville die abgenutzten Griffe der Ruder. Er warf einen Blick über die Schulter zur kleinen Insel San Giulio, die wie die Sandburg eines Kindes aus dem Lago d'Orta, dem kleinsten der norditalienischen Seen, hervorragte. Er legte sich in die Riemen.

Mittag war vorüber. Die Augustsonne brannte heiß. Vom Wasser, unbewegt wie die Luft, stieg jener leichte Seegeruch herauf, der an nasse Erde erinnert. Der Tag war bisher makellos gewesen, erfüllt von der gleißenden Leuchtkraft des Sommers.

Schon bald hatten sie sich eine gute Strecke vom Ufer entfernt. Hinter ihnen, über dem Wasser, lag der alte Ferienort San Giulio, zu einer bunten Spielzeugstadt zusammengeschrumpft. Darüber, zwischen dunkelgrünen Zypressen, konnte Orville hier und da die Spitzen der zwanzig Kapellen des berühmten Wallfahrtsorts auf dem Gipfel des Sacro Monte ausmachen. Er senkte seinen Blick von dem kleinen Berg zu Celestinas schmalem, sonnengebräuntem Gesicht, einem Modigliani-Gesicht, umrahmt von seidigem schwarzem Haar, das modisch kurz geschnitten war, zu ihren walnussbraunen Augen, ihrem weißen, hauchdünnen Kleid, das die Formen ihrer Brüste durchscheinend nachbildete, zu ihren braunen Zehen, die beim Lieben an diesem Morgen mit solcher Kraft in seine Zehen gegriffen hatten – sie war groß für eine Frau, er klein für einen Mann –, und er fühlte sich von Liebe durchflutet.

Sie spürte das Gleiche. Lächelnd betrachtete sie sein kurzes kastanienbraunes Haar mit der kahlen Stelle in der Mitte, sein gebräuntes Gesicht mit der hohen Stirn, der sephardischen Hakennase und den schönen Lippen, seinen kurz geschnittenen kastanienbraunen Bart und seine Augen, die die Farbe des

Mittelmeers hatten und von seinem rosaroten Hemd betont wurden, und, ja, seine braunen Zehen, freute sich lächelnd über das alles und über die Leidenschaft, die sie miteinander verband.

»Allmählich wird es ernst«, sagte er.

»*Allora*, aber wir lachen.« Sie beugte sich zu ihm vor. Die Mulde zwischen ihren Brüsten nahm ihn so gefangen, dass er plötzlich vor Schmerz quiekte, als sie seine Zehen kräftig drückte. »Es wird so ernst, dass wir nicht aufhören dürfen zu lachen.«

Nachdem sie angelegt hatten, erkundeten sie Hand in Hand die kleine Insel. Sie öffnete eine Dose mit Lakritzen, und sie warfen sich die kleinen Pastillen gegenseitig in den Mund. Der scharfe Veilchengeschmack tat ihnen gut.

Angefangen hatte es vor ein paar Monaten in Woudschoten in Holland. Orville Rose arbeitete dort als *Sportsdoktor* in einem Zentrum für Leichtathleten, die aus ganz Europa zum Trainieren anreisten. Zermürbt vom jahrelangen Umgang mit verletzten, kranken und toten Körpern, zunächst im kleinstädtischen New Jersey und dann, nach Erweis seiner Zeugungsunfähigkeit und folgender Scheidung, in den verschiedensten Krisengebieten der Welt, hatte Dr. Orville Rose zufällig eine Anstellung gefunden, bei der er nur mit gesunden Körpern zu tun hatte. Er war überglücklich. In seiner Vergangenheit hatte er bis zu den Ellbogen in Blut und klaffenden Wunden gebadet und versucht, Nasen ungefähr in die Mitte von Gesichtern zurückzuverpflanzen und Knochen recht und schlecht gerade zu biegen, und er hatte sich dabei über die Dummheit und Bösartigkeit gewundert, mit der Männer anderen Männern, Frauen und Kindern begegneten. Er hatte entdeckt, dass er Krankheiten nicht mochte und insbesondere Behinderungen schwer erträglich fand. Als *Sportsdoktor*, der er nun seit fast einem Jahr war, behandelte er die besten Körper Europas. Manchmal ließ er sich mit der einen oder anderen Frau aus einer der Mannschaften ein, aber vor einer festeren Bindung scheute er zurück. Der Schmerz nagte noch zu sehr an ihm.

Celestina Polo war als Yoga-Lehrerin und Motivatorin der italienischen Schwimmerinnen nach Woudschoten gekommen. Sie waren magisch voneinander angezogen. Für ihn bedeutete sie weißes Leinen und dunkle Geheimnisse. Sie lebte in einer anderen Welt – in einer Welt, der er von der Fließbandmedizin Amerikas aus keinen besonderen Wert beimaß. Für sie verkörperte er westliche Wissenschaft und amerikanischen Optimismus, die er unter einer Maske von Zynismus verbarg, welche ihr wiederum sein Potenzial zeigte. Ihre Art zu lieben besiegelte es. Er war überschäumend und jungenhaft, sie explosiv und tantrisch, geübt in etwas, das sie *kundilini* und *shakti pa* nannte.

Nach zwei Wochen im Mai zusammen im Sportzentrum waren sie wahnsinnig ineinander verliebt. Während des ersten Monats ihrer Trennung riefen sie sich mindestens zweimal am Tag an, schickten sich Blumen und verrückte Geschenke. Im Juni kehrte Celestina zu einer Klausur, die von einer Inderin geleitet wurde, nach Amsterdam zurück. Orville nahm an einigen Vorträgen teil. Er war von der Kraft der Lehrerin und der Tiefe von Celestinas Verständnis beeindruckt, aber es war nichts für ihn. Sie ließ ihn zum Meditieren niedersitzen, »um sich in der Stille auf den Atem zu konzentrieren«. Er drehte durch. Fünfzehn Minuten erschienen ihm wie eine Ewigkeit. Sie fragte, wie er sich fühle.

»Müll. Mein Kopf ist nur noch Müll.«

»Bravo.«

»Bravo? Was soll daran so toll sein?«

»Es stimmt. Es ist dein *Karma.*«

»Das *Karma* von Müll?«

»Für dich ist es eine Gabe.«

Orville stöhnte auf. »Kann ich nicht glauben. Mach *du* es. Ich schaue zu.«

Doch nachdem sie weggefahren war, konnte er nicht vergessen, was sie über den Müll in seinem Kopf gesagt hatte, der seine besondere Gabe sei, seine Art frei zu sein. Als er sie anrief und berichtete, dass er kleine Meditationsübungen mache, quietschte sie vor Vergnügen. »*Si, si*«, sagte sie, »du vergisst nie, was du verstehst.«

Spät im Juli kam er nach Italien, und sie verbrachten die Ferien zusammen. Sie lebte in Rom, aber sie trafen sich in Venedig, mieteten ein Auto und fuhren durch die Dolomiten. Sie klapperten die Seen von Osten nach Westen ab; den unheilvollen Gardasee, der sich unter die Schweizer Alpen kauert, den wunderschönen Luganer See und den stillen Comer See, den fürchterlichen Lago Maggiore und schließlich das winzige Juwel von Orta, ein nachträglicher Einfall, der wie so viele nachträgliche Einfälle von Schöpfern der hinreißendste von allen war. Abgesehen von dem Konflikt, der sich darum drehte, dass Celestina auf teuren Hotels und tollen Restaurants bestand, vertiefte und erweiterte die gemeinsam verbrachte Zeit ihre Liebe. Ihre Spiritualität zeichnete ein Pragmatismus aus, mit dem er leben konnte, und hinter seinem Zynismus in medizinischen Fragen steckte eine Hoffnung, die ihr einen Zugang ermöglichte. Sie entdeckten, dass ihre Geburtstage nur zwei Tage auseinander lagen: am 22. Juli wurde sie vierunddreißig, und am 24. Juli wurde er neununddreißig. Er wollte wissen, ob sie an Astrologie glaubte.

»Kein Stück! Das ist typischer New-Age-Schwindel, die Suche nach einer spirituellen Abkürzung. Der wirkliche Weg ist hart. Der Achtfältige Pfad ist steinig.«

Zu ihrem Geburtstag schenkte er ihr ein glattes Oval aus schwarzem Marmor, das in ihre Hand passte und auf dem eingraviert war: »*Nichts ist auf Stein geschrieben.*«

Sie schenkte ihm eine Armbanduhr, auf deren Zifferblatt statt der zwölf Ziffern jeweils das Wort JETZT stand.

Nun, nachdem sie die kleine Insel durchstreift hatten, setzten sie sich vor einer Trattoria in den Schatten einer Weinlaube und entspannten sich bei einer Karaffe Wein. In ihrer Nähe saß eine vielköpfige italienische Familie, die für Orvilles medizinisches Auge zur Fettleibigkeit neigte, ihr geradezu verfallen war. Die Familienmitglieder aßen, lachten oder sangen. Der Wein stieg Orville zu Kopf, und die Szene vor ihm begann zu verschwimmen, als ob alle Einzelheiten – Menschen, Stühle, Weingläser, Gabeln, Nudeln und Früchte – etwas in der Luft schwebten. Er schloss die Augen und spürte die Hitze auf seinen Lidern, als nähme die Sonne selbst dort ein Sonnenbad. Er stieß einen Seufzer aus.

Plötzlich kam Bewegung in die Familie. Der Büffel-Mozzarella wurde gebracht! Frisch aus *Napoli!* Die Leute machten sich darüber her wie pummlige Bären über Honig. Große weiße Stücke purzelten durch das Sonnenlicht, schwebten, verschwanden unter schallendem Gelächter in Mündern.

Orville beobachtete, wie der Papabär der Familie lachte und mit seinen Armen fuchtelte und eine Art Arie über den Mozzarella anstimmte. Doch auf einmal, als wäre der Ton abgestellt, wedelte er nur noch stumm mit den Armen und schlug sich auf die Brust, zuerst wie verrückt und dann immer schwächer. Er würgte. Seine Augen traten hervor. Die Leute fingen an zu schreien. Jemand klopfte ihm heftig auf den Rücken. Ohne Erfolg. Das Rückenklopfen verkeilte, wie Orville wusste, den Mozzarella nur noch mehr in der Luftröhre. Er und Celestina stürzten hinüber, als der Kellner den Heimlich-Handgriff anzuwenden versuchte. Ebenfalls ohne Erfolg. Celestina machte den Weg frei, indem sie über den Lärm hinweg schrie, dass er Arzt sei.

Panik bei anderen löste bei Orville Ruhe aus. Er fand mittlerweile sogar Gefallen daran, wie die Zeit in solchen Momenten langsamer wurde, wie vor einem Autounfall. Die rosige Glut des Chianti erfüllte ihn mit noch größerer Ruhe. Man kann beinahe an so etwas wie die Ewigkeit glauben, dachte er, als er den Mann umfasste und einen wirklich professionellen Heimlich-Handgriff durchführte. Er bekam die Arme kaum um den Wanst von Papabär, die Faust im epigastrischen Winkel, ein kräftiger Stoß, *niente*. Noch einmal. *Niente*. Orville steckte die Finger in den Mund des Mannes und fischte im Schlund nach Essensresten. Nichts. Der Mann wurde schlaff, lief blau an, hörte auf zu gestikulieren. »Einen Strohhalm!«, rief er Celestina zu. »Sag ihnen, dass sie einen Strohhalm besorgen sollen.«

»Cannuccia!«, rief sie sogleich dem Kellner zu. *»Per favore una cannuccia!«*

Cannuccia, dachte Orville, was für eine heiße Sprache das ist! Er legte den Mann auf einen Tisch, zog sein Schweizer Taschenmesser aus der Hosentasche und holte die kleine Klinge heraus. Sofort schaltete er auf Anatomie. Seine Finger begannen am Kinn und wanderten die Knorpelspangen der Trachea hinunter über den Adamsapfel zum Schildknorpel und dann weiter hinunter zur nächsten Rille – sonst, das wusste er, konnte man leicht so unangenehme Dinge wie die Nebenschilddrüsen und die Trachealarterie treffen. Er hielt zu beiden Seiten eine Serviette und stieß mit der Messerspitze in die Luftröhre. Hellrotes Blut sprudelte hervor. Hinter sich hörte er, wie sich jemand übergab. Ein Zischen von entweichender Luft.

»Cannucia!«, sang er wie ein Starchirurg, der seinen großen Auftritt hatte und die Arie vom Strohhalm, hoffentlich aus Plastik, ankündigte. Er streckte seine Hand danach aus, als ob er auf ein Skalpell wartete. Celestina reichte ihm den Strohhalm – er war aus Plastik, nicht aus Pappe. *Bene*. Orville drehte die Messerspitze gegen den Schildknorpel, bis das Loch groß genug war, um den Strohhalm einzuführen – was sich so ähnlich anfühlte, wie wenn man in das Gelenk einer Truthahnkeule schneidet und spürt, wie der Knorpel nachgibt. Sofort pfiff die Luft ungehindert durch den durchsichtigen Strohhalm ein und aus. Der fette Mann wurde wieder rosa und wollte et-

was sagen, brachte aber nichts heraus, weil die Luft nicht bis zu seinen Stimmbändern drang, die immer noch gelähmt waren von dem Stück Büffel-Mozzarella, frisch aus *Napoli.* Irgendein italienischer Arzt, ging es Orville durch den Kopf, während er den Strohhalm abschnitt und mit einem Pflaster festklebte, würde die schöne Aufgabe haben, das Stück von oben wieder herauszuangeln.

Papabär fing an mit seinen Armen grotesk herumzurudern – ein sicheres Zeichen, dass er zum Leben zurückgekehrt war. *Bravo.* Chianti und Mozzarella kostenlos und so viel sie wollten, während sie auf den *Vaporetto* warteten.

Sie fuhren mit dem lächelnden Papa zurück auf das Festland, halfen den flott uniformierten Sanitätern, den fetten Mann in einen dieser schmalen Krankenwagen zu bugsieren, und entschwebten dann Arm in Arm den Hügel hinauf zu ihrem Hotel. Orville war überrascht, dass Celestina zitterte.

»Was hast du denn?«

»Jetzt, da ich's tatsächlich hingekriegt habe, habe ich Angst.« Sie wendete ihm ihr Gesicht zu, die Augen voller Furcht. »Er kann jederzeit kommen, der Klaps auf die Schulter. Besonders, mein Liebster, im Moment großer Liebe.«

»Na ja, jetzt sind wir für den Rest des Tages sicher.«

»Noch nicht. Das war nur das Erste.«

»Anfängerglück.«

An der Rezeption lag ein Telegramm für ihn. Es war von seiner Schwester.

MUTTER HEUTE 1. AUG. GESTORBEN STOPP HABE VERSUCHT DICH ANZURUFEN STOPP BEERDIGUNG 3. AUG. STOPP DAMIT DU NOCH HERKOMMEN KANNST STOPP RUFE PER R-GESPRÄCH AN STOPP ALLES LIEBE PENNY

Orville spürte, wie der Schock ihm das Blut entzog. Er musste sich setzen. Celestina starrte ihn an.

»Meine Mutter ist tot.«

»O Gott!«, sagte sie und bekreuzigte sich.

Orville sah seinen Schock in ihrem Blick gespiegelt. »Ja. Gott.«

Celestina kniete sich neben ihn und hielt seinen Kopf in ihren Händen. »Ich bin bei dir, Liebster. Ich bin bei dir.«

»Ja … ja, danke …« Mit sinkendem Herzen wurde Orville klar, dass das Telegramm am 1. August spätabends im Sportzentrum in Holland angekommen sein musste, vor beinahe zwei Wochen. »Scheiße. Was zum Teufel soll ich jetzt bloß machen?«

»Atme«, sagte sie. »Ich liebe dich und bin hier. Finde deinen Atem.«

2

Columbia, nächster Halt Columbia.«

Es war spät am nächsten Nachmittag. Mit eiserner Unaufhaltsamkeit bog der Hudson Highlander – von der Grand Central Station in nördlicher Richtung unterwegs – von einem Viadukt über den Hudson River wieder landeinwärts. Orville schaute rechts zum Fenster hinaus. Oben auf einem Berg sah er das mit persischen Türmen geschmückte Haus mit dem Namen Olana, das der Landschaftsmaler Frederick Church im 19. Jahrhundert hatte erbauen lassen. Die Kalksteinfassade spiegelte cremefarben und golden das Licht der sinkenden Sonne. Er spürte den Stich der Sehnsucht. Doch wie viele Männer, die als Jungen gegen Einsamkeit immunisiert werden und glauben, dass sie auch ganz gut ohne Liebe auskommen können, begrub er die Sehnsucht, holte seinen Rucksack aus der Gepäckablage über sich und ging in den Raum zwischen den Waggons. In wenigen Minuten würde er zu Hause sein.

Nein, doch nicht. Der Zug bremste kreischend, drosselte seine Fahrt, bremste mit noch mehr Getöse und kam schließlich zitternd zum Stehen.

Orville und die anderen Fahrgäste warteten. Es wurden keine Informationen durchgegeben. Die Belüftungsanlage stellte sich aus. Bald war es heiß und stickig. Unglaublich, dachte Orville, ich bin den ganzen Tag unterwegs, viertausend Meilen von Orta über Mailand über Zürich über Kennedy Airport über Grand Central und dann hundertachtundzwanzig Meilen den Hudson flussaufwärts, und sowie wir in dieses

Scheißnest von einer Stadt reinkommen, bricht alles zusammen. Columbia, das wusste er nur zu gut, war eine Stadt, die Pannen magisch anzog. Gab es bei öffentlichen Ereignissen irgendeine Möglichkeit, dass etwas funktionierte oder schief ging, dann würde es unfehlbar schief gehen. Schulmikrofone gaben regelmäßig den Geist auf, sobald jemand »eins zwei drei, eins zwei drei« gesagt hatte. Am Memorial Day brachen auf den städtischen Friedhöfen gewöhnlich genau in dem Moment, in dem die Reden zum Gedenken an die Schlacht von Gettysburg begannen, die Tribünen zusammen. Im tiefsten Sommer gaben die Trinkbrunnen an den öffentlichen Tennisplätzen kein Wasser mehr, so dass nach einem Spiel auf dem heißen Asphalt, wenn sich die Füße wie gegrillte Hamburger und die Zunge wie ein trockener Strumpf im Mund anfühlten, eines sicher war, nämlich dass kein Wasser kam, wenn man am Hahn drehte. Die Einwohner von Columbia hatten sich angewöhnt, liebevoll über vergangene Missgeschicke zu sprechen, so über die »Große Katastrophe von '37«, als auf der Parade zum Thanksgiving Day ein schwerer fünfachsiger Betonmischer, der als Truthahn verkleidet war, vor dem Niagara-Mohawk-Kraftwerk explodierte und für mehrere Wochen Licht und Heizung außer Gefecht setzte. Oder das »Dinosaurier-Debakel von '52«, als die lebensgroße Brontosaurier-Plastik von Paul Jonas, die für die Weltausstellung in New York bestimmt war, den Rumpf der sie tragenden Barkasse zerschlug und mit hochgerecktem Hals annähernd lebensecht im Hudson versank.

Nach weiteren fünfzehn Minuten hatte Orville genug. Nach seiner Schätzung war es nur noch eine Meile bis zur Stadt, und die konnte er auch zu Fuß gehen. Er öffnete die Tür und sprang aus dem Wagen. Die feuchte Hitze schlug ihm wie mit einer großen verschwitzten Hand ins Gesicht. Er lud seinen Rucksack auf und ging an den Schienen entlang zur Spitze des Zugs. Es gab zwei Gleise.

»Hey, Freundchen, das dürfen Sie nicht«, sagte der Lokführer. »Das ist verboten.«

»Dann verklagen Sie mich doch. *Ciao.*« Er entfernte sich, wurde aber von einer ungeheuren Explosion bis ins Mark erschüttert. Sein Herz klopfte wie rasend. Der Zugführer hatte die Zugsirene betätigt. Orville hob eine leere Budweiser-Dose auf und warf damit. Sie traf die Lokomotive mit einem armseligen *Pling*. Er ging weiter.

Es tat ihm wohl, im Freien zu sein. Seine Nikes traten mit weichen, sicheren *Plops* auf die Bahnschwellen. Er streckte seine Arme zum Himmelsgewölbe aus und ließ seine Augen an der innersten Schicht entlangschweifen, von dem hellen Blau direkt über ihm Richtung Westen am immer dunkler werdenden Blau entlang bis zu den hellvioletten Ausschnitten am Horizont, die er, da sie so hoch waren, zunächst für Wolken hielt. Als seine Augen ihren sanft geschwungenen Wellenlinien nördlich in Richtung Albany und südlich in Richtung Rhinebeck folgten, erkannte er aber, dass es sich um die hohen Gipfel der Catskills handelte. Er nahm einen tiefen Atemzug und ließ seine Blicke langsam die Berge hinunter und über die grün beschatteten Hänge der Ausläufer gleiten bis zu dem schmalen Wasserlauf des Catskill Creek mit seinen Öltanks und der roten Neonschrift von MIKES PIZZA und weiter zu dem Fluss selbst, der auf Augenhöhe ganz silbern erschien und, auch noch hundert Meilen nördlich von seiner Mündung von den Gezeiten abhängig, sich seinen mühsamen Weg direkt durch die Gletschermulde zum Meer bahnte.

Er unterquerte die eine Meile messende Rip-Van-Winkle-Brücke, deren Unterseite auf Bögen ruhte und wie das Gaumendach einer gähnenden Katze gerippt war. Dort oben hatte Orville immer im Sommer an der Mautstation als Kassierer gearbeitet, und zwar von Mitternacht bis acht in der Frühe, so dass er tagsüber Golf spielen und in der Nacht lesen konnte. Das Innenleben der Autos, das sich ihm in der Dunkelheit offenbarte, hatte ihn eine Menge über das Leben gelehrt, so zum Beispiel, dass in Autos die seltsamsten Dinge vor sich gehen und wie kurz die Nächte tatsächlich sind.

Ein Pfiff. Ein Zug kam ihm entgegen, Richtung Süden aus Columbia.

Orville wechselte auf das am Fluss gelegene Gleis und sah ihn näher kommen. Der Lokführer winkte ihm zu, und es schaute zuerst wie ein Gruß aus, doch als der Zug an ihm vorbeiheulte, wurde ihm klar, dass er ihn warnen wollte. Er fuhr herum. Der Zug Richtung Norden, den er gerade verlassen hatte, raste auf ihn zu. Seine eigene Sirene war von der des anderen Zugs überschrillt worden. Orville sprang mit den Füßen voraus in den Fluss. Der Zug donnerte vorbei und kreischte wie verrückt.

Orville fand Halt in der steinigen Untiefe des Flusses und spürte die heiße Luft wie Schläge in seinem Gesicht. Von den Bergen kam das Echo der Zugsirenen zurück. Er schaute hinunter und sah in einer öligen Schmiere um seine Knie den unvermeidlichen Flussmüll: eine Plastikflasche und einen Tampax-Applikator. Sein Ellbogen blutete aus einer Schürfwunde. Ansonsten taten ihm zwar alle Knochen weh, aber er war wohlauf. Als er sich wieder zu den Schienen hinaufschleppte, drang der beißende Geruch von Kreosot in seine Nase.

Kreosot. Der scharfe Geruch erstaunte ihn. Auf einmal sah er sich als Sechsjährigen, wie er eines Sommertags auf einer verlassenen Wiese am Ende der Ten Broek Lane, in der er wohnte, auf dem Rücken lag. Von den nahen Eisenbahnschienen wehte intensiver Kreosot-Geruch herüber. Er war allein und schaute den Wolken nach, die über den Himmel zogen, und plötzlich hatte er das Gefühl, dass die Welt, wie er sie sah, nur ein Teil von etwas anderem war. Zum ersten Mal in seinem Leben fühlte er sich selbst nur als Teil eines Ganzen, einer umfassenderen Welt, mit der sein eigenes Sein nahtlos verbunden war. Er fühlte sich leichter, lebendiger, so als ob ein Licht in ihm angeschaltet worden wäre. Er sprang auf die Füße und rannte so schnell seine dicken Beine ihn trugen nach Hause, um es seiner Mutter zu erzählen. Er stürzte in die Küche und platzte mit seiner Entdeckung heraus, während die Fliegentür hinter ihm mit einem *Bäng!* zuschlug.

Sie, Selma Ariel Fleisher Rose, eine große, über dem Herd gebeugte Gestalt mit Schürze, erwiderte nichts.

Er war hartnäckig, schob einen Stuhl zu ihr hinüber und erzählte es ihr noch einmal, langsam und laut, als ob er sich einem Ausländer verständlich machen wollte.

»Etwas großes Anderes! Mom, ich bin Teil von etwas Anderem!«

Selma, überrascht, dass ihr Sohn auf Augenhöhe mit ihr stand, starrte ihn an. Er sah, wie eine Wolke über ihren Blick hinwegzog. Sie seufzte. »Orville-Liebling, es gibt nichts anderes als das hier. Komm, zieh dich für die Catskill Game Farm an.«

Er spürte einen heftigen, reißenden Schmerz in seiner Brust, biss die Zähne zusammen und wollte ihn vertreiben. Er kämpfte gegen die Tränen an.

»Was hast du denn, mein Schatz?«

Furcht wuchs in ihm, der Schmerz nahm ab. Er fühlte sich betäubt, so wie sein Mund sich anfühlte, wenn er bei Basch, dem Zahnarzt, war. Er wich ihrem Blick aus. Da er ihre ängstliche Besorgnis spürte, sagte er: »Nichts.« Er wandte sich um und rannte hinaus.

Jetzt, wie er verwirrt auf den Gleisen stand, erkannte er, dass dieser Augenblick das eine Ende des Fadens gewesen war, der sich in all den Jahren abgespult hatte, in einem Leben, in dem er immer weitergerannt war, rastlos vor Fragen. Und jetzt ist sie tot? Was zum Teufel bedeutet das?

Plötzlich wurde ihm klar, dass es eine richtig schlimme Panne geben würde, wenn der Zug eintraf, und Penny und

Amy, die auf ihn warteten, ihn nicht finden würden. Er beeilte sich.

Als er an dem verrotteten zweistöckigen Backsteinleuchtturm vorbeikam und um den Mount Pecora ging, öffnete sich vor ihm die Sicht nach Norden. Dort hinter der Flut von rost- und purpurfarbenen Wildblumen und goldenen Rohrkolben, die die Haut des Marschlands wie ein Fell bedeckten, lag seine Heimatstadt Columbia. Sie begann am Parade Hill – einer hohen Klippe über dem Fluss – und folgte dann dem Grat eines Bergs ostwärts hinauf und hinunter und vom Fluss wieder hinauf zu der Anhöhe von Cemetary Hill. Ein Schauer überkam ihn. Wie schön sie ihm erschienen, die gedämpfte Palette des Sommer-Marschlands und die wechselnden Lichtspiegelungen der Stadt. Wie klein sie aussah, nicht mehr als ein Glitzern der untergehenden Sonne auf den Kirchtürmen und Metalldächern, der grünen Kupferkuppel des Gerichtsgebäudes und den Glasfenstern der verlassenen Fabriken, dem neunstöckigen Wohnsiedlungsprojekt und dem – hübsch an den Friedhof angrenzenden – Kinderhook Memorial Hospital. Und wie unschuldig sie erschien, wie freundlich und bedürftig, als ob man sie mit einer Hand beschützen und darin halten könnte wie ein Lebewesen, ein Kätzchen vielleicht, sicher bei dir und geborgen für den Rest des Lebens. Aufgewühlt wanderte er auf sie zu.

Doch dann ging der Tag zum Angriff über. Orville war über zwei Jahre nicht in Columbia gewesen und hatte die Entfernung völlig falsch eingeschätzt, Dinge für näher gehalten, als sie tatsächlich waren, so als ob er seine Vergangenheit aus dem Rückspiegel auf der Beifahrerseite betrachtet hätte. Er hatte noch Meilen zurückzulegen. Die Sonne, die hinter den schweren Wolken über den Gipfeln unterging, sah bald aus wie ein rötliches Geschwür. Das Marschland verwandelte sich in einen Sumpf. Mücken begannen seiner Haut zuzusetzen, sogar durch sein Hemd hindurch. Schwellungen traten auf, die heftig juckten. Orville zündete sich eine Parodi-Zigarre an, um die Insekten mit dem Rauch zu vertreiben, und zog Celestinas Abschiedsgeschenk an, das Sweatshirt eines Frauen-Schwimmteams in den italienischen Landesfarben Rot, Weiß und Grün, die Tomaten, Käse und Basilikum auf einer Pizza symbolisierten. Er tat die Kapuze über den Kopf und ließ nur einen schmalen Schlitz für die Augen offen. Bald begann er zu schmoren. Seine Hosen klebten nass an seinen Schenkeln und rieben beim Gehen aneinander. Der Schweiß rann ihm von der Vertiefung unter seiner Kehle zur Brust und zum Bauch hinab und sammelte sich in seinem Schritt. In Italien war nun Mitternacht vorbei, sein Adrenalin war aufgebraucht, und in Wellen überkam ihn Müdigkeit. Fluchend, keuchend, unter der Kapuze hervorrauchend wie eine Dampflokomotive, lief er schließlich um eine Kurve herum in den alten Bahnhof ein.

Nahe den Schienen erhob sich wie ein einsamer Wächter ein verrosteter Kran mit herabbaumelndem Haken. Der Bahnhof war verkommen, die Farbe blätterte ab, das Mauerwerk zerbröckelte. Auf einem Schild stand: OLU B A. War dies irgendein verwahrloster Außenposten in der Karibik? Im Dunkel der Dämmerung erschienen die Umrisse gespensterhaft. Orville blickte sich um. Er hoffte, dass noch irgendjemand da wäre und auf ihn wartete. Nein. Niemand war hier, um ihn zu treffen.

Im Warteraum fand er einen Trinkbrunnen. Durstig betrachtete er ihn, zuerst voller Erwartung, dann voller Argwohn und schließlich, je näher er mit seinen langsamen, anpirschenden Schritten kam, voll anklagender Empörung. Er zog am Griff. Nichts.

Er verließ den Bahnhof und ging den Hügel hinauf zur Hauptstraße, die nach Washington benannt war. Wie klein alles scheint, dachte er, als ob es eine Spielzeugstadt für Kinder wäre. Ein Transparent war quer über die Einfahrt in die Stadt gespannt. Darauf war ein grinsender Wal mit Spritzfontäne abgebildet, daneben stand die Botschaft:

WILLKOMMEN IN COLUMBIA

EIN WAL VON EINER STADT

S.P.O.U.T.

(SOCIETY TO PRESERVE OUR UNBELIEVABLE TOWN)

Als er das kerzengerade Rückgrat der Stadt hinaufschritt, sah er an jeder Straßenecke auf nagelneuen Schildern den gleichen grinsenden Wal. Warum Wale?, wunderte Orville sich. Verschwommen erinnerte er sich, dass ihm in der Schule beigebracht worden war, dass Columbia einmal ein Walfang-Hafen gewesen war, mit Walen, die im Hudson River erlegt wurden. Doch halt mal. Wale leben in Meeren. Der Hudson führt Süßwasser. Wale in einem Süßwasserfluss?

Im Dunst dieses letzten Stücks der Washington Avenue, das noch vor ihm lag, ließ ihn ein Anblick innehalten. Gleich an der Third Street, gegenüber von der verlassenen Painted Lady Lounge, stand das General Worth Hotel. Einst groß und vornehm, fiel es jetzt in sich zusammen. Es war drei Stockwerke hoch, neun Fenster breit und ganz aus rotem Backstein erbaut. Die Fenster waren mit Brettern zugenagelt oder eingeschlagen, die Fassade von Graffiti und Kugellöchern überzogen, und der klassische Portikus auf seinen vier dorischen Säulen war schwer nach rechts abgesackt, wie ein halbseitig gelähmtes Gesicht bei einer Fazialis-Parese. Wie das Gesicht meiner Mutter nach der Operation, dachte er. Das alte Namensschild lautete nur noch GENERAL WO HOT. Er sah seine Mutter vor sich, in einem atemberaubenden kobaltblauen Seidenkleid, ihr Gesicht noch schön, wie sie die breite Treppe des Worth, die zum Foyer und zum Ballsaal führte, in einem ihrer großen Auftritte hinabschritt.

Vor dem Hotel standen drei Demonstranten, von denen jeder ein Schild trug, auf dem WORTH SAVING geschrieben war. Sie standen um einen für Spenden vorgesehenen Eimer herum.

Einer der Demonstranten war eine alte weißhaarige Frau, die am Stock ging. Ein anderer war ein Junge mit verblüffend rotem, glattem Haar, das wie Wasser um ihn herumwirbelte, als er über das Trottoir hüpfte und sich um sich selbst drehte. Die Dritte war eine Frau etwa in seinem Alter, ebenfalls mit glattem rotem, aber etwas dunklerem Haar. Sie trug ein weites Hemd, Jeans und ein violettes Schultertuch. Und sie hinkte. Als Arzt konnte Orville nicht anders, als aus Körpern zu lesen, so wie Bauern aus Land und Wetter oder Seeleute aus Wetter und Dünung lesen. Durch seine Erschöpfung gedämpft, nahm er doch alles mit einem Blick wahr – den muskulösen Oberkörper, die Absatzerhöhung des einen Schuhs, die schiefe Beckenhaltung. Das alles erzählte die Geschichte einer chronischen körperlichen Behinderung, einer Verletzung oder Erkrankung in der Kindheit. Trotz der Hitze fröstelte ihn. Warum, fragte er sich, und er fragte es sich in letzter Zeit immer häufiger, warum habe ich neuerdings solche Probleme mit Körperbehinderten?

Stumm bewegten sich die drei im Dunst des Abends.

Er ging weiter. In seiner Kindheit war der Weg von der unteren Washington bis hinauf zur Fourth Street und dann noch das lange Stück die Harry Howard Street hinauf und vorbei am Feuerwehrhaus eine weite Strecke gewesen, doch jetzt in der Spielzeugstadt seiner Erwachsenen-Perspektive war es überhaupt nicht weit. Bald war er am Stadtrand, in einer Siedlung von Ranch-Häusern, und er stand vor der Haustür von Penny, seiner Schwester.

Nass, zerschlagen und blutend, nach Kreosot riechend und von grässlichen Insekten über und über zerstochen, Wochen zu spät für die Beerdigung seiner Mutter und gekleidet wie eine Pizza, kam Dr. Orville Rose am 14. August 1983 zu Hause in Columbia an.

3

Was hat Mom getan?«, rief Orville.

»Beruhig dich«, sagte Amelia Sarah Rose Plotkin, genannt Penny.

»Unglaublich! Eine Barbarin! Sie war eine Barbarin! Selma, die Westgotin! Ich verschwinde hier. Ich nehme den nächsten Zug zurück nach Italien.«

»Du wirst reich. Du bist doch vollkommen abgebrannt, du steckst bis über beide Ohren in Schulden ...«

»Lieber will ich tot sein.« Orville arbeitete sich aus dem weichen Sofa hoch. »Leb wohl und viel Glück.«

»Sehr reich«, sagte Milt, Pennys Mann. »In einem Jahr und dreizehn Tagen.«

Zu dritt waren sie in den Polstermöbeln von Penny und Milton Plotkins tief gelegtem Wohnzimmer versunken, ein Heiligtum im Stil des Südwestens, alles in »Biskuit« und »Navajo Weiß«, ein beiges *Kiva*. Plastikläufer schützten den weißen Teppich in viel begangenen Zonen. Penny war, so stellte er fest, beinahe eine ebensolche Ordnungsfanatikerin wie Selma geworden. Am Ende seiner Ehe mit Lily hatte Orville auch in einem solchen Haus in New Jersey gewohnt, komplett bis zu den – die Worte waren für ihn zum spöttischen Mantra geworden – »sauberen Gästehandtüchern für saubere Gäste«.

Orville, Penny und Milt hatten über das traurige Ereignis von Selmas Tod gesprochen und sich damit getröstet, dass es ein gnadenvolles Ende war, ein schwerer Herzinfarkt, der sie beim Wischen des Küchenbodens in ihrem Haus am Courthouse Square überraschte. Dies brachte den Tod ihres Vaters

Sol vor zehn Jahren in Erinnerung, der auch durch einen Herzinfarkt niedergestreckt worden war, ebenfalls gnadenvoll nach einem gewaltigen Schlag in einem knappen Spiel beim 16. Loch des Catskill Country Club, einem vertrackten Par 3 über einen Bach und einen steilen Hang hinauf auf ein sanft gewelltes Rasenstück. Bruder und Schwester stimmten überein, dass ihr Vater nach seinem Tod weichere Konturen angenommen hatte. Beide Kinder hatten mittlerweile überwiegend freundliche Erinnerungen an ihn. Sol, der Spielwarenladen-König, schien ihnen nach dem Tod näher zu stehen als während seines Lebens.

»Wie reich?«, fragte Orville, nachdem er aus dem Trockental des Wohnzimmers zu dem Vinylläufer auf der Wasserscheide geklettert war, die zur Tür führte.

»Alles zusammengenommen«, antwortete Milt, »fast 'ne Million.«

Orville war schockiert. »Okay, ich bleibe.« Sie starrten ihn an. »War nur ein Witz. Wo zum Teufel hatte sie das ganze Geld her?«

»Es wirkt sich nicht gerade ungünstig aus, über vierzig Jahre den einzigen Spielwarenladen in der Stadt zu führen«, sagte Penny. »Sol hat eine Menge Spielflugzeuge verkauft.«

»Und die Jolly Jews haben einen riesen Spekulationsgewinn gemacht«, fügte Milt hinzu. Die Jolly Jews waren Sols Investment- und Poker-Club. »Du weißt doch, es heißt immer: Wenn du nur zehn Tausender in sicheren Aktien anlegst und vierzig Jahre wartest, hast du ein ganzes Bündel in der Tasche. Genau das haben sie gemacht, und so ist es gekommen. Und in den letzten Jahren unter Reagan muss man schon ein Trottel gewesen sein, um nicht reich zu werden. Es ist eine Art Wunder, wie die New Yorker Columbia für sich entdeckt haben! Sie kaufen alles auf. Besonders die Kunst- und Antiquitäten-Cliquen, die machen in den unsicheren Gegenden südlich der Fourth Antiquitäten-Läden auf. Sie lassen sich hier nieder, um von Schießereien und Rauschgift wegzukommen, wir verkaufen ihnen ein beschissenes Stück Ladenfront, wo sie drüber wohnen können, und was kriegen sie? Schießereien und Rauschgift!« Milt lachte so sehr, dass man fürchten musste, er bekäme einen Anfall. »Wir kriegen 'ne Menge Schwule. Bald werden die drei Mekkas für Schwule Provincetown, Fire Island und Columbia heißen.«

Orville betrachtete seinen Schwager. Der große Körper war dick geworden, und das rosa Golfshirt von Ralph Lauren mit einem Polospieler auf einer Brustwarze straffte sich über einem beachtlichen Männerbusen. Milt hatte auch immer Tennis gespielt, und die knappen weißen Shorts schnitten tiefer in das schlaffe Oberschenkelfleisch, als er es in Erinnerung hatte. Selma hatte Milt durch die Synagogen-Schwesternschaft Hassadah entdeckt. Penny war damals in der letzten Klasse der Columbia Highschool und mit Polonio Scomparza liiert, einem netten Jungen, aber einem *Goy*. Milt verhinderte die Katastrophe. Er kam aus Albany, eine Stunde flussaufwärts, und war von dem Ehrgeiz zerfressen, wie sein Vater ein Wirtschaftsprüfer zu werden. Anfangs schien Milt sich immer vor Schmerzen schützen zu wollen, und gleichzeitig war er redselig. Jetzt, da er mit Penny zusammen war, schien er schmerzfrei, aber normalerweise so schweigsam wie Sol im Zusammenleben mit Selma. In den letzten Jahren war Milt nicht als Wirtschaftsprüfer, sondern – mit seinen Worten – »in der Entwicklungsbranche« tätig. Er machte Geld, und das Geld machte ihn. Er war kahlköpfig, das halbe Lächeln auf seinem Mondgesicht wurde leicht zu einem breiten Lachen, seine Augen verengten sich zu fröhlichen Schlitzen, und sein großer Kopf rollte hin und her in Verwunderung über die sonderbare Vielfalt des Lebens. Er machte auf Orville einen glücklichen Eindruck. Schließlich, dachte Orville, hatte er das Scheitern von seiner Türe verbannt. Hier vor mir sitzt eine Inkarnation des Erfolgs. Da er selbst sein Leben lang mit Versagensängsten zu kämpfen hatte, betrachtete Orville Milt jetzt mit ungeteilter Faszination, und er fragte sich, wie er das verdammt noch mal geschafft hatte. Was zum Teufel war aus der Idee von Amerika als einer Leistungsgesellschaft geworden?

Die Bestimmungen von Selmas letztem Willen hatten eine gewisse Eleganz. Die eine Hälfte ging an Penny. Die andere Hälfte und das Haus der Familie und das Auto gingen an Orville.

Aber die Sache hatte einen Haken.

Orville erhielt das Geld, das Haus und das Auto nur, wenn er von dem Tag an, da er heimkam, ohne Unterbrechung ein Jahr und dreizehn Tage in dem Haus wohnte. »Warum dreizehn Tage?«, fragte er Penny und Milt. Niemand wusste es. Das Haus war ein ausladender Bau am Courthouse Square im Stadtzentrum. Das Auto war ein ausladender 81er Chrysler New Yorker. »Das größte Auto, das Chrysler baut«, bemerkte Milt. »Der Kofferraum ist gigantisch.«

Orville blickte von dem Vinylläufer auf seine Schwester und seinen Schwager und sagte: »*Hier* leben? Hier *leben*?«

»Wir tun's.«

»Nur einen Monat, und ich wäre tot. Das ist Erpressung. Wie konnte sie mir das antun?«

»Ich glaube, Orville Abraham«, erwiderte Penny, »sie hat es aus Liebe getan.«

»Hast du davon gewusst?«

»Nein. Es war auch für mich neu.«

»Und wenn ich weggehe?«

»Kriegst du nichts.«

»Wer bekommt meine fast Million?«

Penny sah Milt an. Milt sah Penny an.

»Das Ganze? Die ganze andere fast Million Dollar? Kriegt ihr meine Million?«

»Heutzutage«, erwiderte Milt, »ist eine Million nicht mehr so wahnsinnig viel Geld.«

»Lass es mich klar sagen«, erklärte Penny. »Wir würden lieber dich hier haben als dein Geld, stimmt's Milt?«

»Oh, aber sicher«, antwortete Milt. »Sicher, sicher. Du gehörst zur Familie. Sicher.«

»Und wenn ich gehe, was wird aus dem Haus?«

»Es wird ein Jahr und dreizehn Tage leer stehen«, sagte Penny. »Es darf weder verkauft noch vermietet werden. Danach geht es an Milt und mich über, und wir können es verkaufen.«

»Und das Auto auch«, fügte Miles hinzu. »Den New Yorker.«

»Das Haus bleibt einfach ein Jahr lang leer stehen?«

»Hayley hält es sauber, und Buzzy kümmert sich um die nötigen Reparaturen.«

»Kommt nicht in Frage. Ich bleibe noch diese Woche, um euch und Amy zu sehen.«

»Nein, das wirst du nicht«, entgegnete Penny.

»Was soll das heißen?«

»Amy ist in einem Feriencamp. Sie übernachtet da. Es ist ihr erstes Mal, und es bringt mich fast um!« Penny zog ein Taschentuch heraus und begann zu weinen. Tränenerstickt sagte sie: »Ich werde nicht zulassen, dass sie dich sieht, außer du bleibst.«

»Sie ist meine Nichte! Sie ist meine besondere ...«

»Sie ist meine Tochter, und ich werde sie nicht deinem Kommen und Gehen aussetzen, jetzt in ihrem Schmerz. Mutters Tod hat ihr gerade erst das Herz gebrochen. Wir konnten dich nicht einmal ausfindig machen. Sie ist tief enttäuscht von dir. ›Es ist, als ob Orvy auch tot wäre‹, hat sie gesagt und sich die Seele aus dem Leib geweint. Schließlich habe ich sie wieder aufgerichtet und mit ihren Freundinnen in dieses Übernachtungscamp für Jungen und Mädchen fortgeschickt. Es hat mich beinahe umgebracht, ich hatte keine Mutter mehr, und du hast auf mein Telegramm nicht geantwortet und warst telefonisch nicht zu erreichen, und sie auch noch weg ...« Penny schnäuzte sich mit einem erstaunlichen *Chchoonk!* die Nase, dann fuhr sie fort: »Ich habe mir gedacht, dass du Nein sagen würdest. Aber diesmal sorge ich vor. Ich will den Schaden so gering wie möglich halten.«

»Moment mal. Nachdem wir gestern Abend telefoniert haben, hast du Amy nicht erzählt, dass du mich gefunden hast?«

»Wenn du ein Kind hättest, würdest du mich verstehen.«

Orville hatte das Gefühl, jemand hätte ihm einen Schlag in den Magen versetzt. Er wankte auf seinen Absätzen rückwärts. Seine Schwester hatte die gleiche Begabung, Wunden zu schlagen, wie ihre Mutter. Penny starrte ihn an, ihr Kinn selbstgerecht emporgereckt. Orvilles Blick haftete auf den Falten, die sich deutlich um den langen Hals wanden, dem Schwanenhals, auf den sie in ihren Mädchenjahren und als junge Frau so stolz war, den sie mit einer Sammlung von Ketten zur Geltung brachte, mit der sogar Selma nicht mithalten konnte, einem Hals, der immer bis zum Gehtnichtmehr entblößt war, um von ihrem etwas zu langen, etwas zu schmalen Gesicht, von ihren dünnen Lippen, von ihren etwas zu eng an der Nase stehenden braunen Augen abzulenken. Ihr Hals war jetzt teilweise von den hohen Rüschen einer schwarzen viktorianischen Bluse verdeckt. Wieder bekam er seinen Arztblick – die Haut lügt nie, ihr Bindegewebe löst sich auf. Er diagnostizierte bei dieser Frau von vierundvierzig die Haut einer Sechzigjährigen. Plötzlich sah er in ihrer verzweifelten Anstrengung, ihn dazubehalten, dass sie ihre Gebärmutter verloren hatte, gleich nachdem Amy ihr in einer Notoperation per Kaiserschnitt durch Dr. Bill Starbuck aus dem Leib geholt worden war. Weshalb auch *sie* unfruchtbar war. Sie ist zu dünn, von Angst zerfressen. Nervös wie ein Vogel, ein kleiner Vogel, sagen wir eine Blaumeise. Seine Augen reisten zurück über ihren Körper und ihre Krankengeschichte zu ihren ausgelassenen Mädchenjahren in diesem deprimierenden Provinznest, wo Kultur aus einem alljährlichen Klavierabend an der Junior Highschool bestand, den jemand von außerhalb gab, der unbekannt war und seine Karriere bald hinter sich haben würde, und wo der nächste nette jüdische Junge eine Stunde flussaufwärts in Albany wohnte. Und da änderte sich Orvilles Haltung, er hörte in ihrer Stimme, wie verzerrt auch immer, die Stimme seiner zumeist hilfsbereiten großen Schwester, seine Wut ließ nach, und er lächelte.

Auch Penny sah, aufgerüttelt durch ihren Zorn, ihren kleinen Bruder plötzlich in einem anderen Licht – nach den zwei Jahren. Sie fand, dass er jünger ausschaute, hübscher, gesünder, schlanker und fabelhaft gebräunt. Ihr fiel auf, dass er keine Brille mehr trug. »Kontaktlinsen?«, fragte sie lächelnd. Er nickte. »Du siehst toll aus, Orvy. Mutter wäre stolz gewesen, ich meine auf dein Aussehen.«

»Nur teilweise. Wir wollen nicht das Missgeschick mit der anderen Krawatte vergessen.«

Penny lachte. An einem Chanukka-Fest vor vielen Jahren hatte Selma Orville zwei Krawatten geschenkt. Er ging nach oben, band sich eine um und kam zurück. Sie begutachtete ihn und seufzte. »Die *andere* Krawatte hat dir wohl nicht gefallen?«

»Vielleicht teilweise stolz«, erwiderte Penny. »Aber nun sag mal, Brüderchen, warum bleibst du nicht hier?«

»Was zum Teufel soll ich denn das ganze Jahr über machen? Fernsehen? Golf spielen?«

»Golf«, erklärte Milt weise, »ist gut.«

Dieser Kommentar führte in die Sackgasse einer absoluten Stille. Orville bemerkte, dass Penny grinste, aber er wusste, dass es nicht über das war, was Milt gesagt hatte.

»Was?«, fragte er. »Komm schon, komm schon.«

»Ach, nichts. Ich habe mich nur gerade an was erinnert. Bill hat sich nach dir erkundigt.«

Und jetzt begriff Orville. Bill Starbuck, der alternde Stadtarzt, war derjenige gewesen, der ihn zur Medizin hingeführt hatte. »O nein!« Orville wich zurück, seine Hände schützend vor sich haltend, als wäre sie ein Gespenst oder hätte eine Pistole auf ihn gerichtet oder als wäre sie ein Gespenst mit gezückter Pistole, »das kannst du mir doch nicht antun.«

»Du wärst wundervoll, Orvy.«

»Hübscher Versuch.« Er schulterte seinen Rucksack. »Wenn du mich Amy nicht sehen lässt, bin ich in diesem Moment fort von hier.«

»Das werde ich nicht, aber du kannst jetzt nicht weg. Es fährt kein Zug vor morgen früh.«

»Ich schlaf auf einer Parkbank.« Er öffnete die Tür.

»Du findest stets ein Bett in unserem Haus, Fremder«, sagte Milt.

»Warte!«, rief Penny. Orville wartete, ohne sich umzudrehen. »Hier.« Sie drückte ihm zwei Schlüssel in die Hand. »Die Schlüssel fürs Haus und fürs Auto. Ich bring dich runter.«

Orville sah sie an, dann Milt. »Milt, noch eine Frage an dich.«

»Schieß los.«

»Warum Wale?«

»Was?«

»Warum all die Wale – auf dem Transparent und den Straßenschildern und überall?«

»Ach, weil die Wale das Logo für unsere Erneuerung sind. Für S.P.O.U.T.«

»Ja, ich weiß. Doch warum *Wale*?«

»Columbia ist auf Walen erbaut. Sie haben sie früher im Fluss gefangen.«

»Aber Wale leben im Meer. Salzwasser. Der Hudson ist ein Fluss. Süßwasser.«

»Weiß ich nicht. Aber ich kann dir sagen, was ich weiß, als Bauunternehmer. Sie funktionieren. Diese Wale funktionieren. Diese Wale bringen uns ins Gespräch, verdammt noch mal.«

Kurz nach Mitternacht wanderte er in dem in- und auswendig gereinigten und desinfizierten alten Haus seiner Kindheit umher. Es war winzig geworden, ein Haus wie aus *Alices Wunderland* mit klitzekleinen Zimmern, Treppen, Fenstern und Toiletten. Auf dem Küchentisch fand er einen Brief. An ihn gerichtet in der Handschrift seiner Mutter.

Poststempel aus Columbia, vom 13. August – der Brief war gestern abgeschickt worden?

Zwei Wochen nach ihrem Tod?

Um sich zu beruhigen, suchte er seine alte Freistatt auf, das Dach. Dort, inmitten seiner Freunde, den Bäumen – der Lärche, dem Ahorn, der Blutbuche –, unter dem, was er als Kind insgeheim für sichere Zeichen jener anderen Welt, der Sterne, gehalten hatte, schaltete er eine Taschenlampe an und öffnete den Umschlag. Ein dickeres altes Dokument, das zum Vorschein kam, legte er beiseite und entfaltete dann den Brief. Er war handgeschrieben und ohne Datum.

Lieber Sohn,

zwei Uhr nachts. Wir alten Leute schlafen nicht gut. Komisch, einen Brief von einer Toten zu empfangen, doch so ist das Leben. Du treibst Dich in Europa herum, aber obwohl die Schürzenbänder durchgeschnitten sind, halte ich zu Deinem Besten durch. Die Bestimmungen meines Testaments ärgern Dich, doch so ist das Leben. Ich habe es so bestimmt, damit Du zu Deinen Wurzeln zurückkehrst, jemanden findest, erwachsen wirst und eine Familie gründest. Der Mensch ist nun mal nicht dafür geschaffen, allein zu leben. Leider. Penny ist erwachsen geworden und hat sich ein hübsches Leben eingerichtet, aber o nein, nicht du, nicht Mr. Dickkopf Gernegroß, o nein. Ich wette, du hast immer noch nicht deinen Platz in der Gesellschaft gefunden. Du kannst Nein sagen und wieder fortgehen, aber Du verschenkst eine Menge Geld, wenn Du das tust. Ich biete Dir eine Gelegenheit, so zu leben, wie Du es sonst nie könntest. Als mich Dein Vater '46 von New York hierher geschleppt hatte, war ich entsetzt. Die einzigen beiden Dinge, die in Columbia zählen, sind Geld und Mittelmaß. Aber hier kennt man Dich. Du bist genau wie ich: ein Mensch, der, obgleich scheu und abergläubisch, immer ins Leben will ...

Verblüfft unterbrach er seine Lektüre. Sie glaubte, dass er wie *sie* sei?

Hier ist also Deine große Chance, mein Honigbär! Und Du kannst mit dem anderen Überflieger, Deiner großen Schwester Amelia und der süßen Amy zusammen sein. Im Lauf des Jahres und der dreizehn Tage wirst Du hin und wieder von mir auf geheimem Wege hören.
In Liebe
Mutter

PS: Das beigelegte Dokument ist Deine Geburtsurkunde, Deine wirkliche. Du wurdest nicht am 24. Juli 1944, sondern am 6. August geboren. In der Nacht vom 5. August hatte ich einen Albtraum mit einem großen schwarzen Hund und einem Nazi. Ich brachte Deinen Vater dazu, den Beamten der Air Force in Fort Bragg in North Carolina zu bestechen (dort, wo Wilbur und Orville ihren ersten Flug gemacht haben!), und Deine Geburtsurkunde wurde von einem Piloten namens Arizona Lanquardo, der Fälscher war, geändert. Und ein Jahr später an Deinem wirklichen Geburtstag, als hätte man es geahnt, warfen sie die Atombombe! Du wirst mir nicht verzeihen, aber Dein Vater und ich und der Beamte und Arizona sind die Einzigen, die es wissen, und jetzt sind wir alle tot. Das ist auch der Grund, warum Sol und ich uns vielleicht ein bisschen seltsam verhalten haben, ich meine jeweils am 24. Juli und am 6. August. Ist Löwe besser als Krebs? Glaubst Du an Horoskope und Astrologie? Sind es unsere Sterne oder wir selbst? Die gute Nachricht ist die, dass Du jünger bist, als Du glaubst – dreizehn Tage jünger, um genau zu sein. Bis ich mich wieder melde, mein Lieber, grüßt Dich herzlich, Ich!

Orville schaute in die Baumwipfel und zu den Sternen hinauf. Sein Mund stand vor Ungläubigkeit offen. Plötzlich hatte er das deutliche Empfinden, dass sie da war, hinter ihm, schwebend wie ein kleiner Kolibri in der dunklen undurchdringlichen Luft über dem Dach. Er drehte sich unvermittelt um, wie in dem Kinderspiel »Ochs am Berg«, in dem man die Kinder hinter sich erwischen muss, wenn sie sich gerade bewegen. Er hätte schwören können, sie für den Bruchteil eines Augenblicks gesehen zu haben, wie sie mit wedelnden Armen in jenem kobaltblauen Seidenkleid davonflatterte, über die grüne Kuppel des Gerichtsgebäudes hin zur Kirche von St. Mary, eine Vision wie von Chagall oder Marquez.

Phantastisch, dachte er, du siehst deine Mutter um die Baumwipfel fliegen. Und sie will dir noch weiter schreiben? Wer hat die Briefe bekommen, und wer schickt sie ab? Penny?

Gähnend erhob er sich und sah noch einmal, als ob es gestern gewesen wäre – und es war erst gestern –, das rote Ruderboot, den Spaziergang auf der Insel mit Celestina, betrachtete die Kuppel des Gerichtsgebäudes und sagte: »Auf keinen Fall, Lady. Auf absolut keinen Fall. Such dir eine andere Beschäftigung. Ich bin weg.«

4

W. STARBUCK, DR. MED.
Sprechstunden
9–10, 13–15, ~~19–20~~
Mi. 9–10 Uhr

Orville betrachtete das Schild im Fenster von Bill Starbucks Praxis, die sich in dem kleinen Backsteinhaus Ecke Fifth und Washington befand. Es war noch dasselbe Schild, das dort gewesen war, solange sich Orville erinnern konnte, nur dass jetzt die Abendsprechstunde durchgestrichen war. Bill trat also etwas kürzer.

Es war der folgende Nachmittag. Penny war immer noch wild entschlossen, ihm Amy vorzuenthalten. Orville erhöhte seinen Einsatz und sagte ihr, dass er einen Flug nach Italien für übermorgen gebucht habe. Da sie wusste, wie viel er und Amy einander bedeuteten, würde Penny vielleicht, so war sein Gedankengang, weich werden und schließlich nachgeben.

Jedes Mal, wenn er nach Columbia zurückgekehrt war, hatte Orville Bill einen Besuch abgestattet. Jetzt öffnete er die Tür, ging nach rechts in das Wartezimmer und roch den vertrauten Geruch von Schweiß, Tabak, billigem Parfum, Äther und Schmerz. Der kleine Raum war überfüllt, die Stühle reichten nicht aus, so dass diejenigen, die dazu noch in der Lage waren, stehend an den Wänden lehnten. Kinder jammerten, ein Wahnsinniger schwadronierte über das FBI, alte Leute knarrten und seufzten und ächzten, und ein schlanker Mann in auffallendem Canali-Anzug, der Orvilles Ansicht nach nur aus New York sein konnte, las stehend den *New Yorker*.

Bill hatte nie eine Sprechstundenhilfe oder jemanden zum Anmelden gehabt. Man kam, setzte sich, starrte die bunte Glastür an, auf der HEREIN zu lesen war, und versuchte trotz Verwirrung und Schmerzen nicht zu verpassen, wann man selbst dran war. Orville stand nah an der Tür, bemüht, keine Diagnosen zu stellen, und betrachtete das RAUCHEN ERLAUBT-Schild.

Die HEREIN-Tür öffnete sich. Bill tauchte auf, bereit für den nächsten Patienten. Er gab wie immer das Bild eines gutmütigen Dickerchens ab.

»Orvy?« Auf Bills Gesicht breitete sich ein scheues Lächeln aus. »Fein, fein, fein.«

»Hallo, Bill. Ich kann warten, bis ich dran bin.«

»Leute, erinnert ihr euch an Dr. Orville Rose? Ihr habt doch sicher nichts dagegen, wenn er für ein paar Minuten hereinkommt?«

Im Moment dieses ersten Blickwechsels tanzten die beiden Ärzte miteinander den Tanz der gegenseitigen Diagnose, suchten den Körper nach Zeichen des Verfalls oder der Erkrankung ab.

Orville war erschrocken, Bill viel gealterter zu sehen als noch vor zwei Jahren. Ein kleiner rundlicher Mann, dessen frisches weißes Hemd und Krawatte mit Krawattennadel sich über den vorstehenden Bauch wölbten und dessen verknitterte dunkle Hose über seine spitzen italienischen Schuhe schlappte, das einzig Modische an ihm. Auf seinem kahlen Kopf und runden Gesicht zeigten sich dunkle Keratosen und andere Hautblüten aus dem Garten des Alters. Ein kürzlich weggeätztes Basaliom leuchtete auf seiner scharfen Nase. Die Gläser seiner Brille waren um mehrere Dioptrien dicker geworden – grauer Star? – und vergrößerten seine Augen so sehr, dass sie weit aufgerissen und umhersuchend wie aus tiefem Wasser hervorzuglotzen schienen – die Augen, wie Orville verblüfft dachte, eines Wals, der seinen eigenen Körper taxierte. Bills mädchenhafte Lippen waren nun leicht bläulich gefärbt, eine Spur von Zyanose, ein Zeichen einer verminderten Herzleistung. Die einzige sportliche Betätigung, die dieser Körper kannte, war Pokerspielen. Doch einmal, erinnerte sich Orville, bei Pennys Hochzeit im Elks Club war Bills Körper zusammen mit seiner Frau Babette erstaunlich leichtfüßig über das Parkett gewirbelt, schwebend, lächelnd, wie in einem Tanzwettbewerb. Die beiden Hörgeräte waren neu. Orville spürte in Bills Handschlag die alte Festigkeit und zugleich eine neue Zerbrechlichkeit. Die Knochen waren in der gedunsenen Haut versunken.

Die Hand auf Orvilles Schulter, führte Bill ihn ins Sprechzimmer. So wie immer. Bill liebte Körperkontakt. Man vergaß vielleicht seine Diagnose oder welche ärztlichen Maßnahmen er vorschlug, aber man erinnerte sich an seine Berührung. Noch Stunden später fühlte sich die Stelle, wo er einen berührt hatte, besonders an. Im Winter warm, im Sommer kühl.

»Schön, dich zu sehen, Junge«, sagte Bill und ließ sich hinter dem großen unaufgeräumten Schreibtisch und einem weiteren RAUCHEN ERLAUBT-Schild nieder. Er sprach ruhig und bedächtig mit starken Lippenbewegungen, als ob jedes Wort so sorgsam geformt würde wie ein Ei und liebevoll behandelt werden müsste, um zu überleben. Seine Begrüßung wehte Orville den Geruch frischer Schalotten zu. Bills zweites Laster neben dem Rauchen waren frische Schalotten. In der richtigen Jahreszeit versorgten ihn seine Patienten vom Land ausgiebig damit. Bill »Schalotten« Starbuck. Bill schüttelte eine Camel aus der Packung, zündete sie sich an und stieß zwei große Rauchwolken mit jener spürbaren Erleichterung aus, die Orvy immer daran erinnerte, wie Bill bei dem Not-Kaiserschnitt Amy geholt hatte.

Vor zehn Jahren. Der Sommer, in dem Sol gestorben war.

Selma hatte sich in ihrem Zimmer eingesperrt und weinte und grollte ohne Ende: »Wie konnte er mir das antun?« Penny war ebenfalls in einem kritischen Zustand. Orville, damals Internist in New Jersey, war heimgekehrt, als er hörte, dass Penny in den Wehen lag. Die Wehen schienen ihm problemlos zu verlaufen, es ging schneller, als man bei einer Erstgebärenden erwartet hätte. Aber plötzlich sagte Bill zu Orvy: »Irgendwas stimmt nicht. Ich muss sie öffnen.« Milt geriet in Panik und fiel in katatonische Starre. Er konnte nicht mehr sprechen oder sich bewegen. Als Amy geholt wurde, übergab er sich auf der Männertoilette. Bill, in Chirurgengrün gekleidet wie ein Marsmännchen, drückte Orville das Baby in die Arme. »Ich muss zurück«, sagte er, »Hysterektomie.«

Diesen ersten Moment, den ersten wirklichen Moment ihres Lebens war Amy bei Orville. Sie lag in seinen Armen und sah ihn an. Mit verrunzeltem und rotem Gesicht, wie eine kleine alte Dame mit gutem Allgemeinbefinden, schaute sie ihm direkt in die Augen. Ruhig, einfach so. Und er erwiderte ihren Blick. Er, der sich bereits als zeugungsunfähig erwiesen hatte, schaute in diese Augen, und sein Herz drehte sich auf seiner Spindel wie eine reife Frucht an einem Baum aus lauter Rippen, und er verliebte sich in das kleine Wesen. Er würde nie das Gefühl dieses Augenkontakts vergessen. Es war der Anfang ihrer besonderen Verbindung, eine Verbindung, die er aufrechterhielt, bis sie alt genug war, sie gemeinsam mit ihm aufrechtzuerhalten. »Ich bin auf dich geprägt, Onkel O.«, sagte Amy immer, »wie ein Entenküken auf eine Ente.« Sie war das einzige Familienmitglied, das er ohne Einschränkung liebte. Nachdem Bill mit der Hysterektomie fertig war, kam er blutig wie ein Schlachter aus dem Zimmer und winkte Orville, mit ihm hinaus zu den Parkplätzen vor dem Krankenhaus zu gehen. Dort nahm er eine Camel aus der Packung, zündete sie an und stieß voller Erleichterung diese zwei Rauchspiralen durch die Nase aus.

»Papierdünn«, hatte Bill gesagt und zwei Fingerkuppen aneinander gehalten. »Die Wand der Gebärmutter war papierdünn. Hab noch nie einen dünneren, poröseren Uterus gesehen. Kurz vorm Durchbruch. Keine Ahnung, wie es dieses Baby in einer solchen Papiertüte bis zum Termin geschafft hat. Wahrscheinlich ein Wunder.«

»Woher hast du gewusst, dass du eingreifen musst?«

»Hab's nicht gewusst. Glück gehabt. Das ist das Verfluchte am Arztberuf - du musst immer hundertprozentige Entscheidungen fällen aufgrund von fünfzig Prozent der Daten.«

»Wie beim Heiraten, was?«, sagte Orville und dachte an die bevorstehende Katastrophe mit Lily Wolf. »Und ich hab mich in letzter Zeit verdammt geirrt.«

»So ergeht's allen, hähä.« Bill nahm einen letzten Zug und warf die Kippe weg.«

Ab da hatte Amy einen Spitznamen von Orville und Bill – »das Wunder«. Jedes Mal, wenn Bill sich eine Zigarette anzündete und erleichtert aufseufzte, erinnerte Orville das an die Geschichte.

Jetzt auf dem Patientenstuhl schaute sich Orville in dem eichengetäfelten Raum um, der früher das Wohnzimmer des kleinen Hauses gewesen war. Von dem Alter an, da er auf die Highschool ging, hatte Orville Bills Nähe gesucht und Stunden um Stunden in dieser Praxis zugebracht und gelernt, was ein Kleinstadt-Arzt machte. Heute kam sie ihm so vertraut, so abgenutzt, so wie sein wirkliches – das Wort war nicht übertrieben – Zuhause vor. Über dem Kamin hing etwas schief die Trophäe eines Vierzehnenders und an der Wand das Foto eines Mannes mit Cowboyhut und finsterem Blick, sein Schnauzbart nach unten gezwirbelt, seine Arme über der Brust gekreuzt und in der Hand einen Revolver, der an seinem Ohr vorbei nach oben zielte. »Josiah Macy, Erster Arzt in Columbia, 1885–1899«, stand darunter. »Ist in einer Schießerei ums Leben gekommen«, pflegte Bill nicht ohne Stolz zu sagen, »erschossen von einem Ehemann, der ihn im Bett mit seiner Frau bei einem seiner Hausbesuche erwischt hat, hähä.« In der Ecke stand ein alter massiver Safe, wie die in den Saloons in Wildwestfilmen, und hinter dem Vorhang des Untersuchungsraums sah er die Steigbügel am Untersuchungstisch. All das – der vierzehnendige Hirschbock, der geile Revolverheld, der Saloon-Safe, die Steigbügel – erzeugte den Eindruck, als ob man in einer Pioniersiedlung im Wilden Westen beim Arzt wäre. Hinter Bill, bis zur hohen Prägeblechdecke reichend, stand der gläserne Medizinschrank, der alles und jedes zu enthalten schien, von staubigen alten Lehrbüchern über Arzneiflaschen und Rotkreuzschachteln bis zu verchromten Instrumenten, die vor fünf Minuten beiseite gelegt worden sein mochten oder vor fünf Jahren.

»Es tut mir Leid, das mit deiner Mutter, Orvy«, sagte Bill, langsam seine Worte formend. »Massiver Herzinfarkt. Es ging schnell. Ich weiß, dass du keine ... unproblematische Beziehung zu ihr hattest, es tut mir Leid, wirklich Leid, mein Junge.«

Bills Mitgefühl löste Trauer in Orville aus. Seine Kehle wurde trocken, seine Lippen, seine Nasenflügel begannen zu zittern, Vorboten richtiger Tränen. Er kämpfte gegen sie an. Während die Flut seiner Gefühle zurückging, empfand er, wie sein ganzes Leben von diesem liebenswerten, vielleicht weisen Mann begleitet und gehalten worden war. Er sah sich selbst, damals, als krankes Kind. Sein Körper glühte, er halluzinierte, warf sich mitten in einer nicht enden wollenden Nacht im Bett seiner Eltern hin und her, unfähig zu atmen, und fragte sich, ob die grauenhafte Atemnot je aufhören würde. Und dann nahm er in einer Wolke von Schalotten und Tabak die Ankunft von Dr. Bill wahr und spürte das kühlende Stethoskop wie eine freundliche flache Hand auf der gereizten, innerlich wunden Brust und drehte sich um, den Po nach oben, hielt jemandes – Sols? – Hand und versuchte »ein großer Junge zu sein«, während ihm die Spritze gegeben wurde, der sonderbare Stich der Nadel, der längst nicht so wehtat, wie er befürchtet hatte, doch in genau dem Moment, als er dachte, es sei vorbei, zu brennen anfing und nicht mehr aufhörte, als ob der Po ein heißer Tiegel wäre. Er wollte die Hand fortstoßen, die ihm dies antat, doch dann war es vorbei, und der Schmerz wurde von Bill wegmassiert. Es war ein Schlafmittel, und er fiel leicht in einen daunenweichen Schlaf. Und als Teenager, als er sich darauf einzustellen begann, dass er ein Versager war – seine Noten waren unterer Durchschnitt, er war zu klein und zu dick und zu langsam, um beim Mannschaftssport mitmischen zu können, zu verpickelt und zu schüchtern, um bei Mädchen anzukommen –, und es ablehnte, mit Selma oder Sol oder Penny über irgendetwas zu reden, das ihn näher betraf, schickten sie ihn zu Bill.

Bill gab nie irgendwelche Ratschläge. Er saß da und rauchte und erzählte Geschichten über den Vierzehnender und den schießwütigen Arzt und über das, was im Safe war, und über die Steigbügel. In dem Sommer nach seinem zweiten öden Jahr in der Highschool, als Orvy halb zu Tode gelangweilt war und halb sich nach dem Tod sehnte, begann Bill ihn mit sich zu nehmen, wenn er unterwegs war, ließ ihn in der Praxis helfen, Hausbesuche auf dem Land mitmachen und erzählte ihm viel, was die Medizin betraf. Was das für eine Zeit gewesen war! Geburten, Tode und alles, was dazwischen lag. Der verschlossene Junge hatte sich dem alten Mann gegenüber geöffnet. Bill gab immer noch keine Ratschläge. Er hörte einfach nur zu und nahm ihn, wenn er seine Patienten besuchte, mit.

Orville war fasziniert von der Wirklichkeit des Arztseins, dem Erdgebundenen des Berufs, dem intensiven Kontakt mit Menschen in den entscheidenden Phasen ihres Lebens, der ihnen tatsächlich oft half. Aus einer Familie stammend, in der nichts zu passieren schien außer Seufzen und Schweigen, war es für den Jungen unglaublich, dass tatsächlich etwas im Leben geschah, tatsächlich etwas getan wurde. Jetzt, da er den alten Arzt über den Schreibtisch hinweg ansah, erkannte Orville, dass es auch für Bill, der zwei behinderte Kinder gehabt hatte, eine Öffnung, eine Verjüngung gewesen war. Bill machte es sich zur Gewohnheit, Orville anzurufen, wenn ein besonders interessanter Hausbesuch oder Notfall anstand. Manches war hart für einen Jungen – die Unfälle, der Anblick von abgetrennten Beinen oder Händen oder Brüsten oder herausgenommenen Eingeweiden auf dem Operationstisch. Das Leichenschauhaus war verboten. Habe ich je, fragte sich Orville jetzt, einen größeren Frieden empfunden als neben Bill in seinem schwarzen Caddie, wenn wir im Dämmerlicht nach der Geburt von Zwillingen in irgendeiner gottverlassenen Baracke am Ende der Welt heimfuhren?

Und dann wurde Orville klar, dass er bei diesem Mann erwachsen geworden war. Nach jenem ersten Sommer begann Orvilles vorletztes Schuljahr an der Highschool, und auf einmal *wollte* er die naturwissenschaftlichen Fächer verstehen, Mathematik und Biologie, und sogar Geschichte. Und obgleich er beim Basketball nicht mitspielen konnte, betreute er das Team – wirklich wie eine Art Mannschaftsarzt –, und mit diesem neugewonnenen Ansehen, selbst dem zweitrangigen Ansehen, der Betreuer der Fish-Hawk-Basketballer zu sein, kamen die Mädchen zu ihm. Und dann, als sein Notendurchschnitt ihm bloß ein Studium in seinem beschissenen Ausweichcollege Syracuse erlaubte und er, weg von Bill, sich dem Haschisch und der Lethargie hingab und den Studentenprotesten nur von der Seitenlinie aus zusah, versagte er auch dort und wurde von jeder Medizinfakultät in den USA abgelehnt. Wieder war es Bill, der über einen Freund seine Zulassung zum Medizinstudium am University College in Dublin bewirkte, einer katholischen, der Arbeiterklasse verpflichteten Universität. In Dublin blühte er auf. Er kam gut mit der realitätsnahen praktischen Medizin zurecht und verliebte sich in Lily Wolf, eine Englischstudentin von der New York University, die an einem Austauschprogramm mit dem hochnäsigen anglikanischen Trinity College teilnahm. Er heiratete, absolvierte seine Krankenhausjahre in Jersey, eröffnete eine Praxis, machte die Erfahrung mit dem Hamsterei und rannte wie kopflos durch die Welt.

Alles in einem Augenblick.

Bill lächelte im Nikotinrausch friedlich vor sich hin.

»Ich fahre übermorgen wieder ab. Zurück nach Italien.«

»Italien? Jesses!«

Orville erzählte ihm von Celestina Polo. Bill war begeistert. Orville fuhr fort: »Ich weiß, es gibt dieses Gerücht, dass ich bleibe und in deine Praxis eintrete, aber es stimmt nicht.«

»Du wärst verrückt, wenn du hier bliebest. Ich habe Babette immer genau das Gleiche gesagt: ›Übermorgen bin ich weg.‹ Jetzt bin ich bald vierundfünfzig Jahre hier. Hähä. Habe im Jahr '29 angefangen. Schlechtes Jahr. Babette will, dass ich mich unten in Boca Raton zur Ruhe setze, aber was soll ein Typ wie ich in Boca Raton? Golf spielen? Junge, geh woanders hin, solange du kannst. Er drückte seine Zigarette aus. »Was hier so los ist? Heute hab ich ein Mädchen gesehen – eine von der Rope Alley, die nichts im Kopf haben. Sie hat versucht, schwanger zu werden, und letzte Woche haben wir beim Ultraschall tatsächlich was in ihrem Uterus gesehen. Also kommt sie heute bei mir rein und sagt: ›Ich hab Spike erzählt, dass was in meiner Gebärmutter ist, und er sagt: Super, muss meine Yankees-Kappe sein. Suche das Scheißding schon seit Wochen!‹« Sie lachten. Bill zog eine Schublade auf, holte eine Schalotte heraus und biss hinein. »Siehst gut aus, Orvy.« Kontaktlinsen, he? Fit. Läufst du viel?« Orville nickte. »Hab dir ja gesagt, dass das rechte Knie ohne chirurgischen Eingriff heilt. Der Körper heilt fast immer von selbst, wenn du nicht im Weg stehst und ihm Zeit gibst.«

»Die Zeit heilt. Das hast du mir beigebracht. Ich habe eine

Menge Leben gerettet, indem ich so wenig wie möglich getan habe.«

»Hast du Amy schon gesehen?«

»Penny lässt mich nicht. Nicht bevor ich Mutters Auflage erfülle.«

»Ja, ich hab von ihrem Testament gehört. Du wärst verrückt, selbst mit dem vielen Geld. Aber du solltest Amy sehen. Unser kleines Wunder braucht dich.«

»Warum?«

»Das Übliche.« Er verdrückte die Schalotte bis zu den grünen Stängeln. »Jungs.«

»Mit *zehn*?«

»Bei uns ist zehn spät. Sie hört nicht auf ihre Eltern. Penny hat gestern gefragt, ob sie sie nicht zu mir schicken kann. Ich soll ihr Ratschläge geben. Zu dumm, dass Penny nicht will, dass du sie siehst.«

Nicht ohne Widerstreben und Mühe erhob sich Bill. Seine Hand auf Orvilles Schulter, geleitete er ihn zu der Buntglastür, auf der HINAUS stand.

»Tut mir Leid wegen der Gerüchte, Bill …«

»Tja, es wird viel geredet. Der Einzige, der wirklich weiß, was hier los ist, bin ich. Die Leute sagen hier bei mir die Wahrheit. In dieser Praxis hebst du den Deckel hoch, guckst in den Topf und siehst die Wahrheit, *hrach, hrach!*« Bill hustete und hatte Mühe, wieder zu Atem zu kommen, und Orville hörte das typische Pfeifen und Rasseln der Linksherzinsuffizienz. Gurgeln.

»Bill!«

»Meine Nitros stecken hier …« Er zog eine Pillenschachtel hervor, versuchte zitternd sie zu öffnen und schüttete sämtliche Pillen auf den Boden. Bill starrte sie an, als ob sie in der Tiefe verschwunden wären. Er wollte sich bücken, konnte es aber nicht. Orville hockte sich hin und las sie eine nach der anderen vom schmutzigen Boden auf. Es traf ihn schwer, dass die spitzen Schuhe aufgeplatzt waren und an einem Knöchel, wo der Hosenumschlag hochgerutscht war, das dicke Gewebe über den elastischen Saum der Socken quoll. Herzinsuffizienz, spätes Stadium. Die Nitros einsammelnd, fragte sich Orville, was Bill wohl gemacht hätte, wenn er nicht zufällig hier gewesen wäre. Er gab Bill die Tabletten und erkundigte sich, ob er einen Arzt habe. Bill lächelte verlegen.

»Ein Arzt, der sich selbst behandelt«, sagte Orvy, »hat einen Idioten zum Patienten.«

»Muss wohl ein Idiot sein …«, ächzte er, »so lange hier auszuhalten. Ich geh mor …« Er war zu atemlos, um fortzufahren. Seine Hand auf Orvilles Schulter war nicht mehr hilfsbereit, sondern hilfsbedürftig. Die Nägel gruben sich ein.

»Mach den Mund auf«, sagte Orville. Bill öffnete ihn. Oh, diese Schalotten! »Zunge hoch, Schalottenfahne!« Orville steckte ihm eine Pille unter die Zunge. Sie warteten. Schon bald atmete Bill leichter. Er lächelte. »Alles Gute, mein Junge.«

Seine Hand wich von Orvilles Schulter, die Tür zum Ausgang ging auf, er verabschiedete ihn, und mit altgewohntem *Klick* fiel die Tür in ihr Schloss. Orville fand sich im dunklen Flur wieder, unsicher, ob er bleiben oder gehen sollte. Er wartete halb voller Furcht, er könnte den Körper stürzen hören. Doch stattdessen hörte er, wie die HEREIN-Tür für den nächsten Patienten aufklickte. Wie kann ich ihn in diesem Kreis gefangen zurücklassen, alt und krank und allein?

Draußen auf der Straße legte sich das ganze gnadenlose Gewicht der schwülen Hitze auf ihn. Ein rot-weiß-blauer Pepsi-Lastwagen überfiel ihn mit seinem mahlenden Motorengeräusch. Knirschend kam er knapp vor ihm zum Stehen. Orville wurde plötzlich klar, dass er diesen lieben alten Mann zum letzten Mal gesehen hatte.

5

Später an diesem Nachmittag saßen Penny und Orville zusammen auf einer Bank auf dem Courthouse Square, gegenüber von Selmas verschnörkeltem viktorianischem Haus. Vor dem großen klassizistischen Gerichtsgebäude holte ein Einheimischer in grüner Arbeitskleidung, der eine Kappe mit einem grinsenden, spritzenden Wal darauf trug, die amerikanische Flagge ein.

Orville nippte an einem Jim Beam auf Eis. Der Bourbon und der Jetlag machten ihn benommen. Er hatte versucht, Celestina Polo anzurufen, um ihr zu erzählen, was vorgefallen war, und dass er mit dem Flugzeug in zwei Tagen frühmorgens in Mailand ankomme. Doch als niemand in ihrer Wohnung in Rom abnahm, erinnerte er sich, dass sie beim Abschied davon gesprochen hatte, sich für eine Weile in ein ayurvedisches Zentrum westlich vom Ortasee zurückzuziehen. Sie hatte ihm den Namen und die Telefonnummer aufgeschrieben, doch er hatte den Zettel verloren. So sehr er sich auch zu entsinnen versuchte, der Name fiel ihm nicht mehr ein. Er vermisste Celestina schrecklich und war immer fester davon überzeugt, dass er sie liebte. Er hatte sich entschieden, seine Stelle in Holland aufzugeben und nach Italien zu ziehen, um bei ihr zu sein. Als Arzt konnte er dort Arbeit finden.

»Amy würde verstehen, dass ich weg muss«, sagte Orville.

»Sie hat sich verändert, seit du sie zuletzt in Paris gesehen hast. Wann, vor einem Jahr? Ich mache mir Sorgen um sie.«

»Was beunruhigt dich denn?«

»Jungs. BHs. Zweifel. Sie leidet an Selbstzweifel. Ihre Leistungen lassen nach. Sie ist sehr sensibel und braucht einen starken Mann wie dich, aber ich lasse euch nicht zusammen, weil sie zu verletzlich ist.«

»Na fabelhaft«, sagte er und sah dem Mann zu, der an der Fahne zerrte. Sie war auf halber Höhe des Mastes hängen geblieben. In Gedanken bei Celestina, rief Orville dem Mann im Geiste zu: Zieh fester! Fester! Der Mann zog fester. Noch fester. Die Schnur zerriss, und die Fahne flatterte wie eine angeschossene Wachtel zu Boden. Der Mann lief, um sie aufzufangen, doch stattdessen fing sie ihn und bedeckte ihn wie einen Militärsarg. Er strampelte, kämpfte sich frei und rief: »Verdammte Scheiße!« Das Echo hallte von der Fassade des Gerichts und von Selmas Haus zurück – »Scheißeißeiße« – und wanderte die Fourth Street hinunter über die Washington Avenue, um schließlich an der Front der Bibliothek zu zerschellen.

»Was wäre denn so schlimm daran, hier zu bleiben und Bill zu helfen?«, fragte Penny.

»Es wäre tödlich.«

»Aber Columbia hat sich verändert. Die New Yorker kommen. Es gibt jede Menge kulturelle Veranstaltungen. Sogar Flohmärkte. Es wäre für dich vorbei, ehe du es überhaupt gemerkt hättest.«

»Sieh mal, Penny.« Er zeigte ihr seine Uhr mit den JETZT-Gravuren statt der Ziffern. »Mein ganzes Leben in dieser Stadt – sogar in diesem Land – habe ich damit vertan, vorauszuschauen und darauf zu warten, was als Nächstes kommt. Ich will nie wieder, dass irgendetwas vorbei ist, bevor ich es überhaupt gemerkt habe. Weil genau das tödlich ist. Seit zwei Jahren bin ich frei. In den letzten drei Monaten, zum ersten Mal seit dem Desaster mit Lily, bin ich verliebt, und ich werde den Teufel tun, das aufs Spiel zu setzen ...«

»Verliebt? Lass hören!« Er erzählte ihr von Celestina Polo. »Schöner Name. Ich mag diese New-Age-Sachen. Bei uns gibt es jetzt *shiatsu* draußen im Einkaufszentrum an der Route 9. Ich kann's kaum erwarten, sie kennen zu lernen. Wann kommt sie?« Orville verdrehte die Augen. »Dann gehen wir eben hin. Milt und ich waren letzten Mai in der Toskana ...«

»Was weißt du über Mutters Brief?«

»Was für ein Brief?«

Er berichtete ihr davon. Sie schien überrascht und schwor, nichts von einem Brief zu wissen.

Sie sprachen über Selma. Er erzählte von seiner letzten Begegnung mit ihr, vor zwei Jahren, als er endgültig nach Europa übergesiedelt war. Mutter und Sohn saßen im Wohnzimmer. Es wirkte kahl ohne Sols Spielzeug-Lachen, ohne das typische Anhängsel am Ende seiner seltenen Äußerungen – »und so weiter«. An jenem Nachmittag hatte sich Orville Selma gegenüber ausgesprochen und gesagt, dass seine Ehe mit Lily zu Ende sei. Das Hamsterei erwähnte er nicht.

»Lily hat dich nie wirklich geliebt, mein Honigbär«, hatte Selma gesagt. »Das habe ich immer gewusst.«

Orville explodierte der Kopf. Sand lief hinein. Das war Selma – wenn man sich ihr einen Spaltbreit öffnete, riss sie einem alle Innereien heraus. Die Gedärme auf den Schuhen, hielt er den Mund. Die Großvater-Uhr tickte. Tockte.

»Maßlos egoistisch«, erklärte Selma. »Das Problem mit dir, Orville, ist dein maßloser Egoismus.«

»Danke für deine Offenheit«, sagte er und machte Miene, aufzustehen.

»Warum hast du mich nicht zu deinem dreißigsten Geburtstag nach New Jersey eingeladen? Du hattest ein großes Fest, und mich, deine Mutter, hast du nicht dazu eingeladen?«

»Ich wollte keine Party«, antwortete er und dachte, es sollte ein Gesetz zur Verjährung eingebildeter Kränkungen geben. »Lily hat alles geplant.«

»Aber es war *dein* Geburtstag. Ein Meilenstein. Dreißig ist definitiv ein Meilenstein.«

»Es war *mein* Geburtstag, Mom!«

»Mag sein«, sagte sie empört, »doch ohne mich gäbe es ihn nicht.«

Er erhob sich, um zu gehen.

Sie seufzte. Es klang, wie wenn ein großer Gegenstand in die Tiefe plumpste. »Irgendeine Weisheit für mich?«

Alles, was ihm einfiel, war Sols Lieblingsspruch, der tatsächlich eine Art Weisheit war. »Wie wäre es mit: Es regnet nie auf dem Golfplatz?« Da begann sie aus ihrem gesunden Auge zu weinen. »Es macht mich fertig«, schluchzte sie, »nur aus einem Auge zu weinen!« Obwohl er ausgeweidet war, wollte Orville zu ihr gehen, seinen Arm um sie legen, sie trösten, wie jeder gute, jeder normale Sohn seine Mutter in ihrem Schmerz an sich gedrückt und getröstet hätte. Doch er brachte es nicht über sich. Fast alles in ihm wollte, dass seine Füße sich auf sie zubewegten, doch mit starrem Gesicht, voller Sand, entfernte er sich von ihr. Er ging.

»Ich habe sie enttäuscht«, erklärte er jetzt. »Ich war nie genug für sie.«

»Wem sagst du das? Ich bin jahrelang zweimal in der Woche nach Albany zur Therapie gefahren. So wie Mom sich verhalten hat, ist es ein Wunder, dass wir nicht auf Valium sind.«

»Du nimmst kein Valium?«

»Du denn?«

»War nur ein Witz.«

»Ach du, hör auf!«, sagte sie und boxte ihn scherzhaft auf den Arm. Dann seufzte sie. »Weggehen ist so einfach und bleiben so schwer.«

»Ich hab für ein Leben genug schwere Dinge getan …«

»Das musst du Amy sagen.«

»Lass mich zu ihr, und ich werde es tun! Du verhältst dich genau wie Mom!«

»Fang nicht damit an, bloß nicht! Es geht hier nicht mehr um sie, es geht um mich und dich und deine Familie. Unsere

Familie. Unsere sehr kleine Familie in unserer gottverlassenen, beschissenen kleinen und, wie du sagst, tödlichen Stadt.«

»Du hast doch behauptet, sie habe sich geändert.«

»Na ja, auf gewisse Art ist sie immer noch tödlich. Ich meine, es ist eine kleine Stadt, Kleinstädte sind unverwüstlich ... und die Antiquitätenläden haben das Ausbluten gestoppt. Hör zu – und lass uns damit aufhören, irgendwelche Ängste aufzubauen –, du bist jetzt alles, was wir haben, Orvy. Amy steckt in einer Krise.«

»Dann hol sie her, jetzt. Ich werde zwei Wochen dableiben und jeden Tag mit ihr verbringen.«

»Vergiss es, Kleiner.«

»Träume weiter.«

»Das kann ich nicht so gut. Du warst immer der Träumer in der Familie.«

»Wenn ich bleibe, hat sie gesiegt.«

»Du zäumst das Pferd von hinten auf.«

»Wenn ich bleibe, hat sie verloren?«

»Wenn du wegrennst, gewinnt sie.« Er sah verblüfft aus. »Damit beweist du, dass du ein schlechter Sohn bist, was sie sowieso schon glaubt, und also gewinnt sie. Und genauso gewinnen Milt und ich, finanziell.«

Er starrte sie an. »Ihr hättet lieber das Geld, stimmt's?«

»Milt schon, ich nicht.«

Er erhob sich, um zu gehen. »Celestina hat deine Nummer. Wenn sie sich meldet, erzähl ihr bitte nichts von diesen Dingen, lass dir ihre Nummer geben und sag ihr, sie soll mich bei Selma anrufen.«

»Was hätte ich sonst tun sollen?«

»Genau.« Er überquerte die Straße und ging ins Haus.

Mit Hilfe von Jetlag und Bourbon schlief er um sieben auf einem Sofa ein. Und dann schrak er plötzlich etwa gegen zwei Uhr morgens hoch und saß aufrecht da, sicher, dass jemand im Zimmer war. Da er niemanden sah, schlich er barfuß auf Zehenspitzen durch den frisch desinfizierten Raum. Nichts. Am Ende fand er sich in dem sechseckigen Turmzimmer wieder, seinem Kinderzimmer, von wo aus man den Platz überblickte. Er sah sich um, und da überkam Orville ein Gefühl trostloser Leere, ein Gefühl all des Einsamen, Traurigen und Verrückten, das in diesem Raum geschehen war. Er lehnte sich Schutz suchend mit dem Rücken an eine Wand. Immer noch überwältigte ihn die Empfindung der Leere, wie die schiefen Ebenen in einem wiederkehrenden Kindheitsalbtraum. Er ließ sich an der Wand zu Boden gleiten, umfasste seine Knie, zog sie an die Brust und dachte an all die Stunden in all den Jahren allein in diesem Zimmer in dieser Stadt. Was für eine Öde. Was für eine Zeitverschwendung. Eine verzweifelte Traurigkeit legte sich auf seine Brust und kroch in seinen Hals, und er musste seine ganze Konzentration aufbringen, um sie niederzukämpfen. Sein Herz schlug schnell, und sein Bewusstsein wurde flach wie ein See bei Nacht oder ein Feld im Winter. Die Fläche reichte bis zum Horizont. Sein Bewusstsein stellte sich wieder ein. Er blinzelte, betrachtete erneut den leeren Raum, erinnerte sich an die einsamen Versuche des Verstehens, ohne verstanden zu werden, und spürte die vertanen Chancen, die Chance, tapfer und wagemutig statt schüchtern zu sein, gläubig statt ein Zyniker und liebevoll in den Momenten der größten Nähe zu einem Menschen statt von Furcht überwältigt.

»Vertan«, flüsterte er. In dem vollkommen leeren, desinfizierten Raum erklang ein schwaches Echo, das sein wiederholtes Flüstern übertönte.

»Was ist vertan, mein Junge?«

Sie schwebte in der Höhe des Turmfensters im zweiten Stockwerk, ihre Hand auf der goldenen Kugel am Ende des Fahnenmastes ruhend, in ihrem kobaltblauen Kleid, Haare und Make-up wie in den fünfziger Jahren, als ihr Gesicht noch nicht entstellt war – schwarzer Augenbrauenstift, blaue Wimperntusche, clowneskes Rouge, Lippenstift vom Rot jener kleinen Bluter, die man bei Platzwunden am Kopf nicht einfach abklemmen kann.

Einen Augenblick lang wusste Orville nicht, ob er sich auf ein Gespräch mit ihr einlassen sollte, denn vielleicht war sie ein Indiz dafür, dass er wahnsinnig geworden war. Aber ihm war aus seiner ärztlichen Tätigkeit bekannt, dass Trauernde oft Visionen von den Toten haben, und so beschloss er, es zu riskieren. Vielleicht war sie tot netter?

»Das hier ist vertan«, sagte er, »das Ganze hier. Mein Leben hier mit euch.«

»Na, jetzt mal halb lang, du kleiner Angeber. Wir haben unser Leben nicht vertan. Sol und ich haben zwei Kinder großgezogen, eines sehr erfolgreich und du, na ja, sagen wir, gemäßigt erfolgreich. Mehrere Haustiere. Ein Enkelkind. Wir haben auf ein Enkelkind von dir gewartet, aber nein, du nicht, du wolltest uns keins schenken. Wer sein Leben vertan hat, bist du.«

»Und was ist mit dem Hamster?«

»Ich habe dir einen Hamster geschenkt. Da bin ich ziemlich sicher. Sol, hatten wir Hamster?«

»Ist er auch da?«

»Warum sollte er nicht und so weiter? Hahaha!«

»Kann ich mit ihm reden?«

»Er ist gerade draußen beim Golf. Das nächste Mal. Wir haben euch Haustiere geschenkt. Obwohl Sol Tiere hasst, habe ich darauf bestanden.«

»Du hast uns nie Haustiere erlaubt. Penny wäre für einen Hund gestorben, aber …«

»Wir haben keine Haustiere erlaubt, na und? Sol hasst Tiere.«

»Es geht nicht um Tiere, sondern Tests. Nicht um Hamster, sondern um den Hamster-Test. Ich wollte Kinder, und Lily wollte auch welche. Ich saß in der Besenkammer des Urologen und produzierte mühsam mit Hilfe eines *Playboy*-Hefts meine

Probe, und sie mischten es mit dem Hamsterei, und ich war negativ. Die Medizin hat herausgefunden, dass ich steril bin.«

»Konntet ihr nicht adoptieren? Minky Schenckbergs Tochter Faith hat ein Kind adoptiert. Gut, es sind keine Juden, aber für *goyim* sind sie nicht übel, diese Koreaner. Fast so schlau wie Juden.«

»Ach geh weg.«

»Ich bin weg.«

»Lass mich in Frieden.«

»So funktioniert das nicht.«

»Wie dann?«

»Du lässt mich in Frieden! Ich habe dir und deiner Schwester mein Leben geschenkt, und jetzt rennst du wieder nur fort? Genauso wie immer. Rennst weg von der Liebe, nur weg weg weg. Du bist ein ewiger Ausreißer. Und dann sitzt du hier in deinem alten Zimmer und zerfließt vor Selbstmitleid. Ich wollte dir das immer schon sagen, hatte nur nie den Mut dazu: maßloser Egoismus. Ich meine, habe ich es dir nicht schmackhaft genug gemacht? Sols schwer verdientes Geld, das schöne Haus, der New Yorker mit Sonderausstattung und nur vierunddreißigtausend gefahrenen Meilen? Jesus im Himmel!«

»Was meinst du damit, dass ich dich in Frieden lassen soll?«

»Ich fordere dich auf, hier zu bleiben. Eine doppelte Herausforderung. *Ciao*!«

Mit einem Looping wie bei Sols ferngesteuerten Jagdflugzeugen schoss Selma mit dem Kopf voraus auf den Platz zu, zog in letzter Sekunde hoch, und dann stieß sie mit ihrer großen Nase wie eine Rakete senkrecht in die Luft, höher und höher, bis sie wie eine Kunstfliegerin hintenüberkippte und um die eigene Achse rotierend hinabsauste, noch einmal die grüne Kuppel des Gerichtsgebäudes umkreiste und dann verschwand. Fort.

Orville hatte das Gefühl, übergeschnappt zu sein. Er rannte die Treppe hinunter und hinaus in die Stadt.

Es war eine schwüle, bewölkte Sommernacht. Das JETZT auf seiner Uhr zeigte halb vier an. Er ging die Washington Avenue entlang, das Rückgrat der Stadt, eines Buckelwals, dessen Rippen die acht nummerierten Querstraßen waren, die sich von dem Buckel in den South Swamp, durch den er gelaufen war, oder in den North Swamp Richtung Albany erstreckten. Er fragte sich, warum dieses peinlich genaue Gitter? Vier lange Parallelstraßen zur Washington Avenue, mit einer Hintergasse zwischen jedem Paar, acht pfeilgerade Querstraßen. Ein Grundriss, am Reißbrett geplant und perfekt ausgeführt. Seltsam in einer Stadt, in der Unvollkommenheit die Regel war.

Er blieb vor dem General Worth stehen und starrte es an. In der tiefen Stille der verlassenen Straße betrachtete er den seitlich eingesackten Portikus des Hotels und sah darin wieder das halb gelähmte Gesicht. Es war fast, als ob es zu ihm sprechen wollte: Rette mich, ich bin halb tot, sie wollen mich in die Luft sprengen und abreißen. Du bist Arzt, rette mich. Ich bin *Worth Saving*, oder?

Orville blinzelte erstaunt. Horchte. Nichts. Jetzt spricht schon ein Gebäude mit mir?

Er lief nach Hause, trank Bourbon, zündete sich eine Camel an und schaltete den Fernseher ein. Nonnen tanzten, unterbrochen von dem Werbefritzen mit der Rohkostmühle.

Das Telefon läutete. Sein Herz klopfte laut. »Hallo?«

»*Caro?*«

»Gott sei Dank!«

»Ich habe mir solche Sorgen gemacht, weil du nicht angerufen hast.«

»Ich habe die Nummer verloren und den Ort vergessen.«

»Erzähl mir *tutto* – alles!«

»Ich habe mich entschieden, nach Italien zu ziehen, um bei dir zu sein. Ich liebe dich!«

»Oh, wie wunderbar! Ich liebe dich auch!«

»Ich liebe dich so sehr!«

»Und ich dich auch. Ich hatte solche Angst, als du dich nicht meldetest. Ich dachte schon, du hättest aufgehört mich zu lieben.«

»Nie! Ich hab meinen Rückflug gebucht.«

»Und jetzt glühe ich am ganzen Körper von deinen Worten, von deinem Geist. Bis in meine Zehenspitzen hinein, *i diti dei miei piedi!* Wann kommst du an und wo?« Er sagte es ihr. »*Bene*. Ich treffe dich in Milano. Und jetzt erzähl mir *tutto*, *pronto*.«

Er erzählte ihr von Selmas Testament, auch wenn er, in Erinnerung an ihre Warnung, nie mit ihr über Geld zu reden, nur erwähnte, dass es vielleicht eine gewisse Geldsumme gäbe, wenn er dabliebe. »Doch der Grund, warum sie ...«

»*Wie viel* Geld?«, fragte Celestina.

»Aber du hast gesagt, ich soll nie mit dir ...«

»*Si, si,* doch das ist *un fatto*, Tatsache. Du kannst es mir ruhig sagen.«

»Etwas unter einer Million Dollar. Und das Haus und der Chrysler.«

Stille am anderen Ende.

»Hallo?«, sagte Orville. »Celestina? Hallo, hallo?«

»Ich bin da, *caro*. Erzähl mir alles andere.«

Er erzählte ihr manches, aber er sagte nichts von seiner Verzweiflung und Leere und von den Flugkünsten von Selma Rose oder dass es ihm vorkam, als hätte das Worth Hotel mit ihm geredet. Er spürte erneut die Trostlosigkeit, doch verbarg er sie. Stattdessen sprach er vergnügt über Amy und Penny und Milt und Bill. »Ich freue mich so, zu dir zurückzukommen. Ich zähle die Stunden.«

»Ich auch. Aber was ist los?« Ihre Stimme klang etwas alarmiert.

»Nichts.« Er war verblüfft, dass sie es wahrgenommen hatte.

»Komm, erzähl es mir. Ich spüre *oscurita*. Dunkelheit.«

»Es ist okay.«

»Ich spüre es wie Eisen. Sag es mir sofort.«

»Ich habe meine tote Mutter draußen vorm Haus herumfliegen sehen, zweimal.«

»*Avemaria*! Weiter.«

Er erzählte sogar von seinem unheimlichen Gefühl, dass das Worth zu ihm gesprochen hätte. Er erwähnte nicht, dass Selma ihn um seinen wirklichen Geburtstag betrogen hatte. Er wollte den Zauber ihres Festes im Juli nicht zerstören.

»Du musst dableiben!«

»Was? Ich kann nicht hier bleiben.«

»Du musst bleiben. Komm nicht hierher.«

»Ich habe mein Flugticket schon …«

»Gib es zurück. Ich werde dich nicht sehen. Versuche nicht, mich zu sehen.«

»Weil ich verrückt geworden bin?«

»Weil es ein Geschenk ist, mein Liebster. Ihre Gabe an dich.«

»Hör auf!«, schrie er. »Dieser Ort ist ein Scheißnest. Ich gehe hier drauf!«

»Und wirst neu geboren! Im Komposthaufen treiben die Samen neues Leben. Im Mist blühen die Blumen. Vergiss nicht – *Jesus* ist geflogen.«

»Jesus ist *geflogen*?«

»*Si, l'Ascensione*. Jesus ist für uns alle geflogen. An einem Donnerstag, dem heiligen Donnerstag. Dein Leiden unter den Leuten in Columbia wird dir die heilende *essenza* der Trauer bringen.«

»Das kannst du dir aus dem Kopf schlagen.«

»Wenn deine Mutter nicht herumgeflogen wäre, würde ich dir Recht geben. Doch so, wenn sie herumfliegt und sogar die Gebäude bei dir zu Hause mit dir reden, stehen deine Chancen gut.«

»Ich komme nach Europa. Sie kann von mir aus in Europa herumfliegen. Sie und Sol haben ihre Europareisen immer sehr genossen.«

»Ich bezweifle, dass sie Treibstoff dafür hat.«

»Ich kann hier nicht bleiben. Ich komme zurück.«

»Ich werde dich nicht sehen.«

»Ich werde deine Tür aufbrechen.«

»Du kannst mein Herz nicht aufbrechen.«

»Es ist das Geld, gib's zu.«

»Sprich nicht über Geld mit mir. Nie!«

»Aber du hast doch ...«

»Wenn du kommst, werde ich dich nicht sehen. Aber wenn du bleibst, werde ich kommen.«

»Für wie lange?«

»Wie soll ich das wissen, Jesus?«

»Versprochen?«

»Versprochen. Du wirst der reiche amerikanische Arzt, ich werde die Sensation des Scheißnests sein und ihnen das Atmen beibringen. Gibt es bei euch Büffel-Mozzarella?«

»Bring welchen mit. Wann kommst du?«

»Ich seh in meinem Kalender nach.« Er hörte sie blättern. »*Allora.* Ab nächster Woche unterrichte ich sechs Wochen lang in Rom. Ein Yoga- und Meditationskurs an der Piazza Navona. Schüler aus sieben Ländern. Danach komme ich.«

»Versprochen?«

»Versprochen. Schick mir dein Ticket.«

»Sieben Wochen?« Sein Herz sank. »Erscheint mir wie ewig.«

»Ewig ist jetzt. Und solange du nicht hier auftauchst, liebe ich dich mit meinem ganzen Herzen, mit meinen Brüsten und Nippeln und Zehen.«

Mit Küssen auf die Muschel und dem Versprechen, sich ganz nah bleiben zu wollen, legten sie auf.

Später an diesem Morgen wanderte Orville hinüber zu Bill Starbucks Ranchhaus und klingelte an der Tür. Babette führte ihn in ihre Frühstücksecke, wo Bill den *Columbia Crier* las und eine Zigarette rauchte.

»Bill, ich bleibe da und helfe dir in der Praxis«, verkündete Orville.

»Du bist verrückt.«

»Bill!«, rief Babette. »Wir können doch wieder nach Boca fahren!«

»Nein, nein«, sagte Orville. »Ich will sie nicht übernehmen, sondern nur aushelfen. An einigen Tagen, einigen Nächten, einigen Wochenenden. Wir machen es zusammen.«

»Moment mal.« Bills Hände trommelten einen Cha-Cha-Cha auf der gelben Resopalplatte. Diese Nachricht regte ihn offensichtlich auf. »Machst du das unter Zwang?«

»Ja. Eine Menge Zwang, o ja.«

»Hähähä, was für ein Ding. Es ist also nicht deine freie Entscheidung?«

»Ich weiß es nicht mehr. Vielleicht bin ich verrückt.«

»Das klingt überzeugend. Eins habe ich gelernt. Wenn du glaubst, du entscheidest etwas aufgrund von Fakten, stellst du zehn Jahre später im Rückblick fest, dass du nicht die blasseste Ahnung von dem hattest, was wirklich in der Welt und in deinem Leben los war, es war nur deine Illusion zu glauben, dass du dich so oder so entschieden hast. Bleiben oder gehen, das ist doch scheißegal. Immerhin kriegst du den schönen Chrysler und mordsmäßig viel Kohle.«

»Und das Haus.«

»Weißt du, Orville, man sagt, dass es in dem Haus Geister gibt.«

»Geister wären für mich eine echte Erholung.«

Bill lachte. »Jesses. Na schön, vielleicht haben wir ein bisschen Spaß miteinander. So wie früher?«

»Vielleicht«, sagte Orville, »vielleicht auch nicht.«

»Hörst du das, Babs? Immer noch der Alte. Ein Spaßvogel. Hähä. Okay, Partner, eingeschlagen.«

Die beiden gaben sich die Hand. Orville brach auf.

»Dr. Rose?«

»Dr. Starbuck?«

»Junge, das ist für mich die Erfüllung eines Traums.«

6

Sieben Wochen später war Orville in der Notaufnahme und kümmerte sich um einen Müllmann, der in die hintere Öffnung seines Müllautos gefallen war und mit angesehen hatte, wie die untere Hälfte seines Körpers auf die Dicke einer Tür zusammengepresst wurde. Der Mann würde sterben, und er wusste es. Seine Schreie und Flüche erfüllten den kleinen Kreis von Kabinen. Es war grauenhaft. Niemand wollte sich ihm nähern. Die einzige Art, wie Orville damit umgehen konnte, war, die »distanzierte Arztperspektive« überzustreifen, hineinzugehen und Morphium zu spritzen.

Es war der 12. Oktober morgens, ein Tag von besonderer Bedeutung für die Einwohner von Columbia, der Columbus Day. Die Parade, voraussichtlich eine Mischung aus Pomp und ängstlicher Erwartung, würde bald beginnen. Orville hatte Amy versprochen, mit ihr hinzugehen. Er versuchte schnell fertig zu werden und eine reibungslose Übergabe an Bill zu Wege zu bringen, um dann zu Pennys Ranch zu eilen und seine Nichte abzuholen.

Er kam aus dem Zimmer des Müllmanns, das letzte Mal, wie er hoffte, da erhielt er einen dringenden Anruf auf der Pflegestation.

»*Caro?*«

»Celestina?«

»*Si, si*, Celestina.«

»*Cara!*« Die Rufe unterbrachen sie. »Was? Ich bin in der Notaufnahme. Du musst schreien.«

»Was?«

»Schreien!«, rief er.

In den sechs Wochen ihres Kurses hatten sie oft miteinander gesprochen. Ihre Liebe war so intensiv wie immer, ja noch intensiver, da sie körperlich füreinander unerreichbar waren und leidenschaftliche Telefonate führten.

»Der Kurs war *fantastico*, und ich muss dich um einen Gefallen bitten, *caro.*«

»Worum geht's?«

»Ich brauche noch zwei Wochen.«

»Was?«, fragte er und spürte, wie sein Herz schwer wurde. »Warum?«

So viel er hören und verstehen konnte, sagte sie, dass der Kurs so gut gelaufen sei, dass die Teilnehmer nun voller Enthusiasmus versuchen wollten, eine gesamteuropäische *sangha* oder Gemeinschaft zu gründen. Und irgendetwas über einen Banker aus Zug, der einen halben Elefanten in Nepal besitze und aus Versehen in den Kurs an der Piazza Navona geraten sei – der Banker, nicht der Elefant – und geblieben sei. Und dieser Mann habe eine Erweckung gehabt und spreche jetzt in einem leicht betäubten philanthropischen Zustand davon, die Unternehmung mitzufinanzieren. Und ob *caro* Orville es denn sehr schlimm finden würde, wenn sie ihre Ankunft in Columbia aus diesem Grund um zwei Wochen auf Ende Oktober verschiebe?

»Gib mir ein genaues Datum.«

Sie sagte etwas, das er nicht verstand.

»Was? Ich kann dich nicht hören.«

»Was?«

»Du musst lauter sprechen!«, rief er und versuchte die Schmerzensschreie zu übertönen.

»30. Oktober. Nur noch zwei Wochen.«

»Okay. 30. Oktober.«

»30. Oktober, *si, si.* Ich liebe dich!«

»Ich liebe dich auch!«, schrie er zurück, war aber plötzlich beschämt, weil alles rings um ihn still war. Der Müllmann war gestorben.

»Und hast du deine Mutter wieder fliegen sehen?«, rief sie.

»Du brauchst nicht mehr so laut zu sprechen.«

»Okay.«

»Nein«, antwortete er, »habe ich nicht.«

»Und keine Gebäude, die was zu dir gesagt haben?«

»Das Hotel hat nicht *wirklich* mit mir gesprochen. Es war nur, ich weiß nicht, was, aber seither ist nichts dergleichen vorgefallen.«

»Das ist ein schlechtes Zeichen«, meinte sie und klang besorgt. »Irgendetwas stimmt nicht.«

»Nachdem ich gestern den dritten Brief von meiner Mutter bekommen habe, gibt es keinen Grund, warum ich sie nicht mehr sehen sollte. Ich weiß immer noch nicht, wer ihre Briefe abschickt.«

»Armer Orvio, mit diesen *pazzi* Leuten aus Columbia zu tun zu haben.«

Sie sagten, wie sehr sie einander fehlten und wie sie sich nach dem Gefühl ihrer verschränkten Zehen sehnten. Mit gegenseitigen Geständnissen ihrer Liebe und der Unmöglichkeit, noch zwei Wochen länger zu warten, beendeten sie das Gespräch.

Orville stellte den Totenschein für den Müllmann aus, legte seine grüne Chirurgenkleidung ab und hastete zur Tür hinaus, um hinunter in die Praxis und zu Bill zu kommen, als ein Krankenwagen mit Sirenengeheul vorfuhr, aus dem ein kleiner Körper gehoben wurde, der an Schläuchen hing und Blut verlor.

»Elfjähriges Mädchen«, sagte der Nothelfer, »von einem neunjährigen Jungen angeschossen.«

Orville kehrte um und folgte der Krankenbahre hinein.

Ein süßes Mädchen, in die Brust geschossen, dem Tod nah. Ihre Gesichtsfarbe wechselte von Zyanblau zu tödlicher

Blässe. Alles in Orville sprang an, um sie zu retten. Er unternahm die üblichen Dinge, doch nichts, was er versuchte, zeigte Erfolg. Das Mädchen lag im Sterben.

Es war seltsam. Das Herz schien von der Kugel nicht getroffen zu sein, auch nicht die Aorta oder die Vena cava, doch das Herz strengte sich an wie unter Wasser, schlug heftig, aber pumpte nur wenig Blut. Das Mädchen ging unter.

Ihre Eltern waren da, warteten auf der anderen Seite des Vorhangs.

Was zum Teufel ging hier vor? Da war ein Aufflackern von Panik, etwas zu versäumen, zu versagen. Die Schwestern verstummten und mieden seinen Blick, auf eine Entscheidung von ihm wartend. Eine von ihnen setzte sich zu den Eltern. Die Mutter betete, der Vater lief verzweifelt umher. Der Lebensfaden spulte schnell ab.

Orville stand über das Mädchen gebeugt. Er war schon oft in Situationen wie dieser gewesen, in den verschiedensten Höllenpfuhlen überall auf der Welt mit einem Sterbenden zusammen. Wenn er jetzt Glück hatte, würde irgendetwas Unerwartetes geschehen. Die Zeit wurde langsamer. Und dann, als ob er von einer Hand an der Schulter gepackt würde, fühlte Orville sich nach hinten gezogen – das ist, dachte er, eine Art von Celestina-Moment –, nach hinten gezogen, um zu sehen, um das Mädchen zu sehen, ihre Brust zu sehen, ihr Herz, um ... ja! Nicht das Herz. Den Herzbeutel. Die Kugel musste das Perikard getroffen haben, das Blut im Herzbeutel drückte auf das Herz wie ein Schwimmer, der unter Wasser gedrückt wird. Herzbeuteltamponade.

Rasch verband er eine großlumige Nadel mit einer EKG-Leitung und stieß sie vorsichtig zwischen die Rippen, bis die Herzströme zeigten, dass er das Perikard berührte. Dann stieß er hindurch, und mit einem *Wuusch* – wie die Luft aus der Luftröhre des Mozzarella-Papas – brachen rotes Blut und kleine Blutgerinnsel hervor, und mit dem Seufzer eines

Schwimmers, der an die Oberfläche kommt, dehnte sich das Herz voll aus und zog sich wieder voll zusammen. Das Mädchen nahm von Weiß über Blau eine rosa Farbe an. Es würde leben.

Orville ging hinaus zu den Eltern. In ihren Augen stand nur eine Frage, und er beantwortete sie sogleich: »Sie ist über den Berg.«

Sie brachen zusammen.

»Sie können sie jetzt sehen.«

Die beiden eilten in den Raum.

Orville bestellte einen Medi-Vac-Hubschrauber, der sie nach Albany fliegen sollte, wo ein Herzchirurg die Kugel entfernen konnte. Auf seinem Weg aus dem Krankenhaus wurde ihm bewusst, welches Glück sie gehabt hatte – es gab noch nicht einmal das Risiko einer Infektion, denn Kugeln sind sehr heiß und damit steril. Erst als er hinter dem Steuerrad des Chrysler saß, begann er zu zittern.

He, Moment mal, ging es ihm durch den Kopf, wieso hat ein neunjähriger Junge auf sie geschossen? Ohne eine Antwort zu finden, fuhr er hinunter zu Bills Praxis, ging durch den vollen Warteraum und durch HEREIN.

Bill, Zigarette in der Hand, hatte bereits mit einer Patientin begonnen, die Tracy Liebowski hieß. Orville kannte sie von der Schule. Bill und Tracy waren in ein ernstes Gespräch vertieft. Orville setzte sich und wartete.

Es stellte sich heraus, dass Tracys fünfjähriger Sohn Wally nicht mehr zu bändigen war. Tracy war verwirrt und unsicher, gelähmt von Zweifel.

»Wally hat Verhaltensprobleme. Er beißt andere Kinder, will nicht spielen, hat ständig Wutanfälle, und er schläft keine Nacht durch.« Sie klang erschöpft und bitter. »Am schlimmsten ist das mit dem großen Geschäft. Er macht nicht in den Topf oder ins Klo, er macht nachts ins Bett und wacht davon auf, und dann weckt er uns. Er scheißt im ganzen Haus – unter dem Esstisch, hinter dem Sessel, gestern hat er in den Motorradhelm meines Mannes gemacht, und der hat es erst gemerkt, als er ihn aufsetzte.«

Aus irgendeinem Grund sagte sie das Letztere an Orville gerichtet, der sich mächtig zusammennehmen musste, um nicht in Gelächter auszubrechen, und stattdessen nickte.

»Ich bin am Ende«, erklärte sie, wieder zu Bill gewandt. »Jeffrey droht mit Scheidung. Wally bringt uns um. Er ist im Wartezimmer.«

Bill bat sie, ihn hereinzuholen. Orville verschränkte die Arme und wartete auf die Bekanntschaft mit dem kleinen Monster.

Ein Engel kam herein. Ein wunderschöner Junge mit seidig blondem Haar und steiler Haartolle und Augen wie der Sommerhimmel über dem Ortasee und einer kecken Nase voller Sommersprossen und wohlgeformten Lippen. Verblüfft sah Orville dem Meister bei seiner Arbeit zu.

»Hallo, kleiner Frechdachs, hähä«, begann Bill und reichte dem Jungen einen Lutscher. »Wollen wir mal über deine Scheißerei reden?«

Wally nickte. Bill redete. Der Junge hörte zu und sprach dann zu Orvilles und Tracys Überraschung selbst ohne Scheu.

»Es geht hier um einen Job«, sagte Bill zu Wally. »Deine Mom hat ihren Job im Kühlhaus von Columbia, der Job von deinem Papa ist beim Abbruch- und Polstereiunternehmen Scomparza, und dein Job ist es, in den Topf zu machen. Diese Pillen hier werden dir dabei helfen. Du nimmst jeden Abend eine. Und jeden Morgen nimmst du einen Schluck hiervon.« Er reichte dem hübschen kleinen Jungen ein niedliches Fläschchen, auf dessen Etikett STARBUSOL-ELIXIER stand. »Du kriegst jedes Mal, wenn du es schaffst, einen Stern.« Er gab ihm eine Schachtel mit Sternen. »Okay?« Wally nickte. »Wir sehen uns nächste Woche.«

Orville stand auf, als der Junge durch die HINAUS-Tür das Zimmer verließ. An der Tür sagte Orville zu Tracy: »Du hast einen sehr schönen Sohn!«

»Ja«, erwiderte sie mit leuchtenden Augen. Und plötzlich selbstbewusst, fuhr sie fort: »Dafür gibt's einen Grund.«

Orville war erstaunt, und wiederum spürte er die leichte, federgleiche Berührung, von der Celestina gesprochen hatte, vielleicht den Geist, warum nicht? Er lächelte die Mutter an, legte starbuckartig seine Hand auf ihre Schulter und schob sie sanft durchs HINAUS.

Dann besprach er mit Bill die Patienten, über die er sich Sorgen machte, und endete mit dem Mädchen, das von dem Jungen angeschossen worden war.

»Gute Arbeit«, sagte Bill. »Jesses, das war 'ne verdammt schwierige Diagnose.«

»Warum all die Schusswaffen, Bill?«

»Wie bitte?«

»Warum all die Schusswaffen? Letzte Woche wurde der Landstreicher auf dem Krankenhaus-Parkplatz niedergeschossen, heute dieses Mädchen. Es ist, als ob hier der Wilde Westen ausgebrochen wäre, Bill.«

»Ja, das ist er auch. Bloß zielen sie nicht so gut, hähä. Sogar Nancy, die First Lady, hat sich jetzt ein Schießeisen besorgt. Man sagt, dass es in Amerika bald so viele Schusswaffen wie Einwohner geben wird. Zweihundert Millionen.«

»Aber ein *Neun*jähriger mit einem Gewehr?«

»War natürlich nicht seins«, entgegnete Bill. »Wahrscheinlich von seinem Vater. Aber das in dem Alter ist schon sehr ungewöhnlich. Es ist kein Trend, nee, nee.«

»Jedenfalls noch nicht«, sagte Orville und ging durchs HINAUS, um Amy abzuholen.

Das ärztliche Handeln bewegt sich zwischen Verachtung und Mitgefühl. Vor Jahren in Jersey hatte das Trauma von Orvilles scheiternder Ehe mit Lily Wolf seine Arbeit mit den Patienten beeinflusst und das Gleichgewicht zugunsten der Verachtung verschoben. Er hatte gelernt, seinen Beruf mit einer Mauer von seiner Ehe getrennt zu halten, aber diese Mauer begann zu bröckeln. Seine wachsende Verachtung bei der Arbeit – und seine Selbstvorwürfe deswegen – floss wieder ein in seine Ehe. Er kam als schmollender, grollender Bär nach Hause. Nach einer Weile erschien ihm alles an Lily bösartig und eng und viel zu ordentlich und sauber. So wie die Vorstädte in New Jersey. Seine Unfruchtbarkeit warf ihn vollends zu Boden. Das Hamsterei war das Ende für ihn. Seine Verzweiflung beeinflusste seine Berufspraxis. Um seine Patienten vor seiner Verachtung zu schützen, rannte der Arzt weg.

Doch schüchterne Männer können wagemutig sein. Mit sechzehn hatte Orvy trotz Höhenangst einen Job hoch über dem Fluss auf der Rip-van-Winkle-Brücke angenommen. Mit sechsunddreißig, als er sich davor fürchtete, seine Frau und die Vorstadtmedizin aufzugeben, hatte er sich schnurstracks in die schlimmsten medizinischen Situationen der Welt begeben. Sei es, um sein Versagen bei Lily abzubüßen, sei es aus nihilistischer Selbstzerstörungswut oder aus hemingwayschem Machostolz, sich selbst zu beweisen – oder vielleicht auch einfach nur aus dem Bedürfnis, nach all den sauberen Gästehandtüchern für saubere Gäste sich mit Armut und Schmutz zu konfrontieren –, rannte er volle Kraft voraus dorthin, wo Gewalt, Schmerz und Leid herrschten. Mit der schwarzen Tasche in der Hand, arbeitete er für »Ärzte ohne Grenzen« an gottverlassenen Orten in Ländern wie Haiti, Madagaskar, Ruanda, Somalia, Libanon und Osttimor. Er landete schließlich in Sichtweite vom Bikini-Atoll, auf den Inseln im Pazifik, wo die Wasserstoffbombe getestet worden war, wo Frösche keine Hoden und Eidechsen vogelähnliche Flügel hatten, Vögel Eier mit gläsern dünnen Schalen legten und Menschen zu wenig Finger oder zu viele Gaumenspalten besaßen und sich verwundert fragten, warum so viele ihrer Kinder schielten oder Leukämie hatten oder tot zur Welt kamen.

Er fand, er hätte seinen Teil getan. War nicht viel dabei herausgekommen.

Er zog sich als *Sportsdoktor* in Holland zu den gesunden Athleten zurück.

Und Columbia?, fragte er sich jetzt, als er mit dem Chrysler seiner verstorbenen Mutter zu Pennys Ranch fuhr, um Amy für die Parade abzuholen. Na ja, Columbia hatte ihn überrascht. Columbia war auf seine Weise ein genauso mieser Ort wie all die anderen, die er gesehen hatte.

Alkohol und Gewalt. Nicht nur Spiele mit Gewehr und Messer, sondern mit Axt und Kettensäge. Morde so grässlich wie in Angola. Unterernährung, wie sie in der Dritten Welt nicht schlimmer war. Autounfälle, die sich in ihrem Einfallsreichtum mit denen auf den deutschen Autobahnen oder den indischen Schlaglochstraßen messen konnten. Ganze einheimische Familien wurden von einem betrunkenen Jugendlichen in einem Fünftonner in Klumpen aus Metall, Blut, Knochen und Hirnmasse verwandelt. Neunzigjährige, die fünfzehn Meilen in der Stunde fuhren, trafen auf Fünfzehnjährige, die neunzig fuhren. Ein Überfluss von Drogen, der die Jungs in der East Bronx und die Schamanen in Peru vor Neid hätte erblassen lassen. Trotz krankhaften Rauchens, trotz krankhafter Fettleibigkeit.

»Sei *froh,* dass sie rauchen«, sagte Bill. »Stell dir vor, wie schwer sie wären, wenn sie's nicht täten.«

Dazu sexuelle Gewalt und Perversionen draußen in den ländlichen Gebieten des Countys, wo die Berge von saftigen grünen Wiesen mit Luzerne und Timotheusgras überwachsen waren, mit mächtigen Eichen und Kiefern, Ahorn- und Kastanienbäumen, wo die Flüsse aus Diamanten bestanden, die Wasserfälle hinuntersprudelten und sich in silbrigblauen Becken sammelten und in kalten dunkelvioletten Seen mit Namen wie Bash Bish Falls und Roeliff Jansen Kill, und dort, wie gute Großeltern immer da und allem Halt gebend: die Catskills und der Hudson. Dort draußen in den wundersamen ländlichen Gegenden, wo er mit seinem Chrysler von Hausbesuch zu Hausbesuch fuhr, zu den verarmten Farmen und Trailer Parks, sah er einen Reigen von Brutalität, Sodomie, Vergewaltigung und Pädophilie, schlimmste Verwahrlosung von Kindern und in Ställe eingesperrte Tiere, die, wenn man sie fand, zehn Jahre alte Kinder waren, doch die Körper und den Verstand von Vierjährigen hatten, oder Ponys, deren Hufe eingewachsen waren, so dass sie wie verstümmelte Schaukelpferde nicht mehr stehen, geschweige denn gehen konnten. Traurig!

Und in der Praxis, wie vielfältige Arztstudien belegten, hatten achtzig Prozent der Patienten, die durch die HEREIN-HINAUS-Hölle geschleust wurden, keinerlei identifizierbare körperliche Krankheiten. Achtzig Prozent der Zeit in unseren Praxen, so schätzte Orville, behandeln wir Phantome.

Warum lief Bills Praxis so schlecht? Die wohlhabenderen, oft die gesünderen Leute aus Columbia und New York suchten Bill nicht mehr auf. Bill war alt, halb blind und halb taub, und seine Praxis war nicht die gepflegteste. Er nahm keine Zahlungen durch die Krankenkassen mehr an, weil er es satt hatte, die Kreuzworträtsel der Formulare auszufüllen. Er akzeptierte Bargeld, Schecks oder entsprechende Gegenleistungen und trug immer wie ein Tankwart einen großen Packen Rechnungen mit sich herum, säuberlich geordnet nach aufsteigendem Wert. Er war nicht auf dem letzten Stand der medizinischen Technologie, er hatte keine Anmeldung und keine Arzthelferin, so dass man warten musste, bis man dran kam – die ultimative Zumutung für Yuppies –, er rauchte und roch oft wie ein Zwiebelgarten.

Ein weiterer Umstand, der gegen Bill sprach, war der zunehmende Einsatz seiner eigenen Spezialarznei, dem Starbusol.

Seit Jahrzehnten hatte er es selbst hergestellt. Es war abgefüllt in Flaschen, roch nach Kiefernnadeln und schmeckte wie eine Kreuzung aus Kirschhustensaft und Coca-Cola. In Extremfällen konnte es auch gespritzt werden. Niemand, auch Orville nicht, wusste, was drin war. Bill schwor darauf. Er wartete oft mit der Verabreichung bis zu dem entscheidenden Moment, wenn es seine maximale Wirkung erzielte.

»Aber es ist ein Placebo, Bill, oder?«, hatte Orville kürzlich gefragt.

Bill sagte nichts.

»Ist es nur ein Placebo-Effekt?«

»Was soll das Gerede von einem Effekt? Es hat noch niemandem geschadet. Die meisten Behandlungen von heute verschlimmern den Zustand der Kranken. Selbst Antibiotika machen die Menschheit auf lange Sicht kränker. Warte nur ab, mein Junge, es wird ein Tag für dich kommen, an dem nichts mehr funktioniert und du dankbar sein wirst für ein bisschen Starbusol.«

»Für meine Patienten oder für mich?«

»Genau. Hähä.«

Und so blieben die besser gestellten Leute – darunter auch Milt und Penny – Bills Praxis fern. Stattdessen fuhren sie fast eine Stunde zu der wohlhabenden Siedlung von Spook Rock, wo ein sehr groß gewachsener und gut aussehender junger Arzt namens Dr. Edward Shapiro, der direkt aus einer Comedy-Serie über einen groß gewachsenen und gut aussehenden jungen Arzt in einer wohlhabenden Siedlung eine Stunde weit entfernt entsprungen zu sein schien, eine Art von Disney-Medizin sowie frischen Kaffee, mit oder ohne Koffein, verabreichte. Orville fand bald heraus, dass Ed Shapiro so ziemlich der schlechteste Arzt war, den er je gesehen hatte, eine Art Aushängeschild für Quacksalberei, das Allerschlimmste. Und wie so oft in der Medizin, verlangte der Schlechteste das meiste Geld.

Die anderen kamen zu Bill und Orville. Sie waren meist arme Einheimische, oft Farbige. Die Leichtverwundeten und die Beladenen. Jeder Tag im Krankenhaus und danach der endlose Reigen der Patienten in der Praxis und jede Nacht im Bereitschaftsdienst war für Orville entmutigend.

Wieder tat er seinen Teil. Wieder kam nicht viel dabei heraus. Und wieder zog er sich zurück, diesmal zum Fernsehen.

Zu Selmas Hinterlassenschaft gehörte auch ein imposanter Fernsehapparat, ein Sony. In jenen leeren Stunden, in denen er weder Bereitschaftsdienst hatte noch schlief, wenn die Wogen der Einsamkeit über ihn kamen und er Celestina so sehr vermisste, dass er sich fragte, wie zum Teufel er die Nacht überstehen sollte, verordnete er sich selbst Chips und Tacos und Jim Beam und Heineken und Fernsehen.

Und war erstaunt, wie sich die Dinge in den zwei Jahren seines Fortseins verändert hatten. Amerika war an einem Wendepunkt angelangt und schlug eine neue Richtung ein.

Orville erschien die Reagan-Ära ganz wie das Jazz-Zeitalter, nur dass es darin um Geld statt um Musik ging.

Glück wurde weniger besungen und im Tanz ausgedrückt als auf Kredit genommen oder gegeben. Mit Geld konnte man sich Liebe und eine Menge anderer Sachen kaufen, so etwa Autos und Fernseher und Bier und einen Teppich, der ein Zimmer wirklich nach etwas aussehen ließ. Die Leute in den Fernsehsendungen waren anfangs irgendwie glücklich, dann wurden sie irgendwie unglücklich, und am Ende der Sendung waren sie wieder glücklich. All das in größter Geschwindigkeit. Alles war viel schneller geworden – mehr Bilder pro Sekunde, mehr Schnitte und schnellere Dialoge, lautere Musik. So war man immer einen Schritt hinterher und versuchte seiner patriotischen Pflicht nachzukommen und mitzuhalten.

Die Werbesendungen waren Kunstwerke. Wieder und wieder sah Orville die perfekte Entfaltung eines modernen Mythos in dreißig Sekunden an: Alltagsprobleme, entsetzliche

Komplikationen, Bingo! – die Lösung. Die aggressive Werbung für Lebensversicherungen brachte ihn aus der Fassung, während die Werbefilme, die absolut glückliche Babys zeigten, ihn traurig stimmten. Und wenn er junge Väter sah, die ohne Versicherung starben und vollkommene, unwissende Babys zurückließen, ja, da traten ihm Tränen in die Augen.

Amerika war eindeutig an einem Wendepunkt angelangt und bewegte sich in so rasantem Tempo, dass das bloße Auge kaum mitkam. Und wenn auch niemand sagen konnte, *wohin* Amerika sich nun bewegte, so gab Reagan einem doch das Gefühl, dass die Richtung stimmte. Dass sie gut war und Spaß machte. Wie konnte man schlechter Laune sein, wenn Ronnie sein altes Schauspielerlächeln aufsetzte und sagte: »Die Präsidentschaft hat mir so manchen schlaflosen Nachmittag beschert.« Er ließ durchblicken, dass es einen zusätzlichen attraktiven Grund gab, das zu kaufen, was die Werbesendungen anboten: Das Auto, der Fernseher, das Bier, der Wäschetrockner und der Teppich, der jedes Zimmer wirklich nach etwas aussehen ließ, in Verbindung mit einer starken Verteidigung und blitzenden Schusswaffen würden Amerika irgendwie zur Nummer eins in der Welt machen.

Die meisten Bewohner von Columbia, so wusste Orville, standen außerhalb dieser Verbindung, sie sahen nicht im Geringsten wie die Leute im Fernsehen aus. Doch sie bewunderten die Fernsehleute, die nicht zu den schwächelnden Doktor Bills dieser Welt gingen, sondern in die schicken Praxen der sehr großen, gut aussehenden jungen Phantasie-Ärzte, die sie regelmäßig retteten.

Und wenn auch viele von Orvilles Patienten übergewichtig und süchtig waren, an Depressionen litten, bis zum Hals mit Medikamenten voll gestopft waren und häufig Blutwerte hatten, die mit dem Leben unvereinbar waren – sie schienen es kaum zu bemerken.

Der Präsident sorgte für die Verdrängung aller Probleme.

Der Anblick des Geldes lenkte den Blick vom eigenen Leben ab.

Orville hielt mit seinem Chrysler am Ende von Pennys und Milts Einfahrt und drückte auf die Hupe. Für ihn klang sie scheußlich und zu laut, und er schämte sich immer ein bisschen, wenn er sie betätigt hatte.

Amy hüpfte zur Haustür heraus und tanzte die Einfahrt hinunter zum Rhythmus von etwas, das aus ihrem Walkman unmittelbar in ihr Hirn strömte.

Orville wappnete sich innerlich.

Ihr erstes Wiedersehen hatte auf Pennys Willkommen-zu-Hause-Orvy-Party stattgefunden. Sie hatten ihre Namen gerufen, Amy war auf ihn zugestürzt, und sie hatten sich so lange und so fest umarmt, dass der Partylärm um sie her unterging und sie nur ihren Herzschlag in den Schläfen pochen hörten. Immer noch umarmt, lehnten sie sich etwas zurück und schauten sich mit der hungrigen Neugier von Liebenden an und hörten ein Echo des »Wunders«.

Voller Glück sah Orville wieder jene weit geöffneten Augen nach ihrer Geburt, und Amy sah voller Glück den lieben, unmöglichen Onkel, der für sie immer eine sichere Zuflucht war. Einen Moment lang, als sie sich so gegenüberstanden, Orvys blaue Augen in Amys braune Augen blickend, fühlten sie sich sicher, zwei Vögel in einer Nische vor dem Wind geborgen. Beschützt vor Pennys wahnsinnig perfekter Party. Zu Hause.

Dann erinnerte sich Amy, wo sie war, wurde still, ja sogar in sich gekehrt. Sie murmelte etwas davon, wie scheußlich sie das Sommercamp finde und dass sie mit ihrer besten Freundin Eliza Streit wegen eines Jungen habe.

Orville hörte ihr zu, sah sie ganz neu und war beinahe erschrocken. Das aufgeweckte, sprühende, selbstbewusste kleine Mädchen, mit dem er vor einem Jahr eine Woche in Paris verbracht hatte, während Milt und Penny Frankreich abklapperten, hatte sich in ein schweigsames, misstrauisches großes Mädchen, wenn nicht in eine junge Frau verwandelt, ganz und gar beschäftigt mit Make-up, Mode und Jungen. Und, wie er in den folgenden Wochen herausfand, mit Fernsehen. Amy war ein Kind des Fernsehens. Wenn man ihr die Wahl ließ, irgendetwas anderes zu tun oder vor dem Fernseher zu sitzen, entschied sie sich unweigerlich für das Fernsehen. Auch wenn es für ihn keineswegs einfach war, Amys – wie sollte man es nennen? – Maßstäbe zu akzeptieren, so gab er sich doch in der Zeit, die Penny ihm zumaß, alle Mühe.

Penny hatte ihm für Amy die Sonntagnachmittage und Mittwochabende zugeteilt. Sonntagnachmittags hatte sie Reitstunde draußen im Old Chatham Hunt Club, danach Schauspielunterricht im ehemaligen Opernhaus hinter der Fourth Street, gefolgt von einem chinesischen Abendessen mit Penny und Milt im Changsha, einem Restaurant am Hudson, das von zwei New Yorkern geführt wurde, denen auch der Unique-Antique-Laden nebenan gehörte. Mittwochabends besuchte sie zwei Stunden lang Finde-deine-Stimme-und-Mathematiknachhilfe-für-junge-Mädchen. Und Amys andere Nachmittage waren ebenfalls randvoll mit Unterrichtsstunden.

»Wofür all diese Stunden?«, fragte er Penny. »Gehen Kinder nicht mehr einfach nach draußen und spielen?«

»Sie können nicht *einfach* so spielen«, antwortete Penny, »es ist zu gefährlich. Letztes Jahr wurde ein Kind entführt, aus dem eigenen Garten!«

Orville dachte an Äthiopien. Ein Kriegsgebiet. Alle litten Hunger. Die Kinder spielten. Keine Unterrichtsstunden.

»Auch wenn die Public School von Columbia irgendetwas taugen würde«, fuhr Penny fort, »würden wir uns nicht trauen, sie jeden Tag an der Fourth Street vorbeigehen zu lassen. Und da ihre Schulfreundinnen von der Beaver Country Day School ausnahmslos in der Nähe von Spook Rock wohnen, kann sie sie nur in den Stunden oder bei Verabredungen treffen. Alle Mütter schicken heute ihre Kinder zu den Stunden. Ich verbringe mein Leben im Auto – Gott sei Dank gibt es Kassettenrecorder. Die Stunden sind die einzige Möglichkeit, sie von ihrer Fernsehsucht abzulenken.« Sie lächelte ihn an, er war für sie ein erfahrener Arzt, der sich seine Gemessenheit schwer erworben hatte. »Es wird ihr sehr gut tun, mit dir zusammen zu sein, Orvy. Sie ist begeistert von dir – seit Paris redet sie ständig von dir: ›Onkel O. würde das aber nicht sagen – und wenn er hier wäre, dann würde er nicht zulassen, dass du so etwas sagst.‹ Ich meine, es ist alles nur Manipulation, aber trotzdem. Was sie von dir braucht, ist guter Rat. Es wird dir auch etwas bringen. Viel Spaß.«

In gewisser Weise machte es Spaß – wahrscheinlich deswegen, weil er keine Ratschläge gab. Selbst wenn er Sonntag für Sonntag in Pferdedung stand und Amy zusah, wie sie auf Tieren ritt, die Orvy für doppelseitige Lähmungen in Pferdegestalt hielt, fühlte sich der ausgebrannte fast Vierzigjährige wie ein junger Vater, endlich doch noch ein Dad. In dem schräg stehenden Oktoberlicht galoppierte der Schatten des »Sie gehört nicht dir« von seinen Füßen hin zu ihr auf dem Pferd. Aber es war nur der Schatten, nicht das Gefühl, so dass niemand abgeworfen wurde.

»Mein Herz tut weh«, sagte Amy, während sie die Stöpsel des Walkman aus den Ohren zog und in den Chrysler einstieg. Automatisch schnallte sie sich an – ein weiterer Generationsunterschied, dachte Orville. »Richtig weh.«

»Soll ich mein Stethoskop herausholen?«

»Nicht körperlich, ich meine seelisch. Gestern hat Eliza mir erzählt, dass sie Santiago – einem Jungen in meiner Klasse – verraten hat, dass ich ihn mag. Ich bin fast gestorben.«

»Was hat Santiago erwidert?«

»Nichts. Sie hat gesagt, ich solle ihn anrufen. Er könne mein Freund sein. Ich weiß nicht, was ich machen soll. Ich meine, ich war letzte Woche nett zu ihm und habe mit ihm gesprochen, und er hat mit mir gesprochen, und wir hätten es wohl besser nicht tun sollen, weil uns *jeder* gesehen hat. Offensichtlich. Meine Güte!« Vor Abscheu zerrte sie ihre Kappe von den New York Yankees über ihr Gesicht, sackte in ihrem New-Kids-On-the-Block-T-Shirt zusammen, unter dem sie einen Übungs-BH trug, wie Penny ihm erzählt hatte, und zog ihre Gucci-Lederjacke enger um sich. Dann schlug sie ihre von Yves St. Laurent behosten langen Beine übereinander und streckte sie von sich, so dass ihre neuen weißen Nikes in der Spätherbstsonne leuchteten. Sie ließ ihren Kaugummi knallen, schmatzte mit ihren scharlachrot angemalten Lippen und fuhr mit ihren langen Fingern durch ihr kastanienbraunes Haar, das jetzt von blonden Strähnen durchzogen war, und seufzte: »Mein Herz tut wirklich sehr weh!«

»Magst du ihn?«

»Ich mag ihn, aber ich mag ihn nicht *so*, verstehst du?«

»Sicher. Warum sagst du's ihm nicht einfach?«

»Und meine Freundin Eliza verlieren? Eliza hat es doch quasi arrangiert! Onkel O., weißt du denn über gar nichts Bescheid?«

»Nein.«

»Mach keine Witze. Das ist ernst.«

»Tut mir Leid. Es ist eine schlechte Angewohnheit von mir. Der einzige Mensch, der es mag, ist anscheinend Celestina Polo.« Er hatte Amy von Celestina erzählt, und sie hatte fasziniert zugehört. Amy wollte alles über sie erfahren und konnte es kaum erwarten, sie kennen zu lernen. Aber jetzt war sie ihr völlig egal.

»Ich weiß nicht, was ich machen soll. Ich bin so deprimiert. Ich schreibe Gedichte über den Tod, kannst du dir das vorstellen?«

»Klar. Du bist eine tolle Schriftstellerin, Ame. Deine Gedichte haben mir immer sehr gefallen.«

»Darum geht es nicht, Onkel O. Ich fühl mich sauschlecht.«

Während sie die Washington Avenue hinunterfuhren, versuchte Orville in die Gedankenwelt seiner zehnjährigen Nichte einzudringen, doch es missglückte völlig. Als sie vor seinem Haus am Courthouse Square parkten, wo die Parade aufhörte und die Reden gehalten wurden, schwiegen beide schon eine ganze Weile. Nun sagte er lahm: »Die Sache ist die, Ame, versuch nicht, irgendeine Rolle zu spielen, okay?«

»Du meinst, ich spiele eine Rolle?«

»Das meine ich nicht. Mach dich nicht für einen Typen anders, als du bist, und auch nicht für Eliza.«

»Oh, fang bloß nicht an, so zu reden wie dieser blöde Psychologe, zu dem mich Mom letztes Jahr geschickt hat. Dieser Dr. Bruce Cohen. Bart, kleine glänzende Augen, große Nase, Zucken im Gesicht – was für ein Idiot das war!«

Die Columbus-Day-Parade kam vor dem Gerichtsgebäude mühsam zum Stehen. Der Höhepunkt des Umzugs war ein Chevrolet, der wie ein Schiff aufgetakelt war und die Nina, die Pinta und die Santa Maria darstellen sollte. Warsaw Golopzyk, der angeheiratete Cousin des Bürgermeisters, war in ein weißes Gewand gekleidet und fuhr als Christoph Kolumbus auf dem Festwagen, während die Fish Hawk Marching Band sich an »Columbia the Gem of the Ocean« versuchte.

Bürgermeister Americo Scomparza stieg die Stufen des Gerichtsgebäudes hinauf, um eine Ansprache zu halten.

Orville und Amy konnten spüren, wie die Spannung in der Menge zunahm. Die Einheimischen wurden unruhig, schauten nach oben und brachten sich in Sicherheit, wenn Äste oder Telefonkabel über ihnen hingen. Die schnatternde Schar der New Yorker redete mit Weißweingläsern in den Händen lärmend und fröhlich aufeinander ein.

In Americos Rede reihte sich erfolgreich eine Platitude an die nächste. Sie mündete schließlich in den »Columbus-Day-Appell«, Geld für »unsere großartige kleine bankrotte Stadt« zu spenden. An der Takelage des Chevy war eine Art Thermometer angebracht, das in einer Reihe aufsteigender farbiger Lichter den Fortschritt der Geldsammlung bis zum goldenen Stern an der Spitze anzeigen sollte. Das Thermometer würde bis zum 1. Januar 1984 dort stehen bleiben.

»Und so«, sagte Americo stolz, »ist es mir eine große Freude, die Lichter einzuschalten zum Zeichen, dass die Sammlung begonnen hat.«

Er warf den Schalter um. Die Lichter gingen an wie geplant. Die Menge jubelte, doch dann gab es ein Aufblitzen und ein sanftes *Puuhf!*, gefolgt von einem lang gezogenen *Pfisssss!*, und die Lichter gingen aus.

Die New Yorker, die sich zu dieser Veranstaltung herabgelassen hatten, sahen in dem Missgeschick nur eine putzige Schrulle des volkstümlichen Festes, kicherten und applaudierten und hoben ihre Gläser und riefen: Jaah! Jaah!

Die Einheimischen, darunter Amy und Orville, zogen sich schnell zurück. Sie fürchteten, dass diesem Kurzschluss noch mehr folgen könnte.

Der Bürgermeister ging davon aus, dass auch sein Mikrofon nicht mehr funktionierte, und murmelte: »Scheiß doch die Wand an! Nie klappt irgendwas in dieser verfluchten Stadt!«, was in voller Lautstärke über den Platz dröhnte.

Das New Yorker Gekicher wurde plötzlich durch eine Explosion vom Chevy abgeschnitten. Jemand schrie: »Scheiße, der Benzintank!«, und zu Recht, denn das Ganze stand bereits lichterloh in Flammen.

Kolumbus verließ den Chevy mit brennendem Gewand. Er rollte über den Boden, um die Flammen zu ersticken. Glücklicherweise nahm die Feuerwehr an der Parade teil. Als Orville zu Kolumbus eilte, sprühten sie bereits alles, darunter ihn und Amy, die sich an seiner Seite hielt, mit Schaum ein. Bald glich die Feier zur Entdeckung Amerikas weniger einem heroischen Spendenappell als der Werbung für ein neues kräftigeres Waschmittel.

Das Schiff war nur noch Schrott, der Bürgermeister sauer.

»Das sind die Demokraten!«, zischte er in Orvilles Ohr. »Es ist Wahljahr, da machen sie einem das Leben zur Hölle!«

Orville wischte den Schaum von seiner schwarzen Tasche, und während er sich daran machte, Warsaw zu untersuchen, rief er Amy die Dinge zu, die er brauchte. Sie hatte ihn schon ein paar Mal begleitet, wenn er an ihren Sonntagnachmittagen und Mittwochabenden zu Notfällen gerufen wurde, und wusste, wie sie ihm assistieren musste.

Warsaw hatte keine starken Verbrennungen. Er war mehr betäubt als verletzt und roch wie ein Benzin-Grill, auf dem etwas angebrannt war. Er bestand darauf, mit Orville, Amy und dem Polizisten Packy Scomparza den Block hinunter zur Praxis zu gehen. Auf dem Weg nahm Amy Orvilles Hand. Er sah zu ihr hinunter. Wie groß sie geworden war, genauso schlaksig wie Penny. In ihrem schmalen, hellhäutigen Gesicht mit seinen vielen Sommersprossen und den großen dunkelbraunen Augen stand die Erregung zu lesen, in welche die Wirklichkeit des Helfens sie versetzte. Ihr Pferdeschwanz, der hinten aus ihrer Kappe heraushing, hüpfte bei ihren Schritten wie der Schwanz eines Fohlens. Ihre Wangen glühten, ihre beiden Grübchen waren deutlich sichtbar. Das Babyspeck-Kinn, dachte er, hat etwas von Milt, doch das meiste stammte von Penny und dem schlanken Sol. Und vielleicht, da sie sich jetzt ein bisschen ins Leben vortastete, hatte sie auch ein wenig von ihrem seltsamen Onkel.

»Du warst toll, Doc«, sagte sie.

»Du auch. Danke für die Hilfe.«

»Kann ich in der Praxis das Telefon benutzen?«

»Natürlich. Warum?«

»Ich rufe Santiago an und sage ihm, dass wir gerne Freunde sein können, aber dass ich nicht mit ihm gehen will. Schreibst du es mir auf und bist da, wenn ich anrufe?«

»Klar. Und was ist mit Eliza?«

»Ach.« Amy blieb stehen und dachte nach. »Mist. Ich kann mich mit ihr nicht zerstreiten.« Sie ging ein paar Schritte, dann blieb sie wieder stehen. »Aber sie möchte so furchtbar gern meinen neuen Armband-Fernseher ausleihen, also könnte es ganz gut hinhauen.«

7

Seit Orville nach Hause zurückgekehrt war, herrschte Dürre, die schlimmste seit Menschengedenken. Regen, wirklichen Regen, hatte es so gut wie gar nicht gegeben. Und es war nicht nur trocken gewesen, sondern heiß. Jetzt, Ende Oktober, verdorrten die Äpfel an den Bäumen, die Kühe brüteten in der Hitze, die Hühner wurden verrückt, tollwütige Stinktiere, Waschbären und ab und zu ein roter Fuchs machten sogar die Gärten hinter den Häusern unsicher, die Kirschen waren geschmacklos, die Pfirsiche strohig und die Weintrauben glichen eher Rosinen als etwas anderem. Die Farmer, die ohnehin nie viel redeten, schwiegen jetzt verdrossen, und ihre Frauen erschienen in Bills und Orvilles Wartezimmer mit den stark ausgeprägten Anzeichen von Hysterie und Melancholie, geradeso wie im 19. Jahrhundert.

Orville war als Kind dick gewesen, hatte das Gewichtsproblem aber mittlerweile im Griff. Wenn ihn etwas abstieß – neben seiner Aversion gegen Behinderungen –, waren es fette Leute. Er war schockiert, als er sah, wie fett die Amerikaner geworden waren, sie lebten in einer Epidemie der Übergewichtigkeit. Seine fettleibigen Patienten fanden die anhaltende Hitze unerträglich. Ihre Wehwehchen brachen aus und verschlimmerten sich. Der Zigarettenkonsum schnellte in die Höhe. Ganze Familien kamen in die Praxis und qualmten wie alte Dampfmaschinen – ein Hundertfünfzigkilo-Dad in einem Jackett aus Kunstseide, der *Earl* las, eine Frau, die gut über zweihundertvierzig auf die Waage brachte und *Marge* las, sowie zwei Fleischballons im Teenageralter, die *Junior* und *Peg* lasen, alle mit Nikotin auf Touren gebracht. Ähnlich wie das, dachte Orville, als er ihre Phantombeschwerden behandelte, was Lily und er in Disneyworld während der Hochzeit des Cousins im »Hochzeitspavillon« gesehen hatten – ganze Familiensippen aus dem Mittelwesten wie Bowlingteams gekleidet und körperlich in einem Zustand, als ob sie die Kugeln gegessen hätten. Das Nikotin brachte sie auf Touren, aber keinen Regen.

Orville und Bill machten ebenfalls schlapp. Orville war ein Mann, der Regen, jede Art von Regen, liebte. Holland war für ihn das Himmelreich gewesen. Er lebte gern unterhalb des Meeresspiegels, unter dem Trommelgeräusch des täglichen Niederschlags, machte weite Spaziergänge durch die hohen aufrechten Kiefernhaine außerhalb von Woudschoten, wo der Nieselregen den Kieferndruft so greifbar werden ließ, dass man ihn beinahe kauen konnte. Gnadenlos sengender Himmel kam ihn schwer an. Bill, von Babette abgeschirmt, arbeitete nicht so viele Stunden wie sonst und machte nachts so gut wie keine Hausbesuche mehr. Wenn Bill praktizierte, schien er immer leicht abwesend zu sein. Orville musste ständig seine Fehler wieder gutmachen.

Doch Celestina würde kommen. Übermorgen. Am Montag, den 30., würde er mit dem Chrysler zum John F. Kennedy-Flughafen fahren, um sie abzuholen. Ihr Rückflugdatum hatte sie offen gelassen. Bei ihrem letzten Anruf vorgestern hatte sie angedeutet, dass sie vielleicht den Rest des Jahres bleiben könnte.

Was für eine Vorstellung, dachte er. Celestina unter den Einwohnern von Columbia? Schnallt euch an!

Jetzt, am Samstagabend, den 28., befand sich Orville in einer seltsamen Situation. Wie Bill hatte er sich von sozialen Kontakten mit Leuten aus Columbia oder Spook Rock ferngehalten. Sein Leben bestand aus ärztlicher Tätigkeit, Fernsehen und seinen beiden Liebesobsessionen – Amy sonntags und mittwochs, und sonst das Zählen der Tage, bis Celestina bei ihm wäre. Er ging nie aus.

»Du gehst nie aus!«, hatte Penny im Ton des Vorwurfs festgestellt, und was Penny feststellte, duldete keinen Widerspruch. Er wartete auf die Exekution. Sie hatte ihn schließlich überredet, einer Einladung zum Abendessen bei Henry Schooner zu folgen, der in einem großen alten, perfekt restaurierten viktorianischen Haus wohnte, das fröhlich pfirsichfarben mit burgunderroten Gesimsen gestrichen war und genau einhundertvierunddreißig Schritte von Orvys Elternhaus entfernt auf der anderen Seite des Courthouse Square stand. Das einzig Sonderbare an der Einladung war, dass es sich bei Henry Schooner um den sadistischen Raufbold handelte, der einen guten Teil von Orvys Kindheit zur Hölle gemacht hatte.

Nach dem Essen saßen die Gäste am Tisch und plauderten. Es war eine kleine Runde, nur Penny, Milt, Henry, seine Frau Nelda Jo und Orville sowie die Frau, die Penny als seine Partnerin für diesen Abend ausgesucht hatte. Dabei handelte es sich um seine Kindheitsfreundin Faith Schenckberg O'Herlihy, mit der er im Keller – der Heizkessel brüllte, der Holzstapel stank nach Rattenkot – Doktorspiele gespielt und seine erste öffentliche Erektion gehabt hatte. Während des Essens war Orvy das Gefühl nicht losgeworden, dass seine Mutter sich in der Nähe herumtrieb. Von Zeit zu Zeit warf er einen flüchtigen Blick zum Fenster hinaus, doch der Himmel war leer.

Der alte Portwein und der sehr gute Brandy machten auf eingefassten Silbertabletts auf dem Mahagonitisch die Runde, und echte Havanna-Zigarren wurden zusammen mit einem schweren silbernen Zigarrenschneider gereicht. Orville war überrascht, wie anspruchsvoll der Abend sich gestaltete. Er war in einer Familie aufgewachsen, deren Einwanderung knapp eine Generation zurücklag und die nicht an den Ritualen der Alten Welt festgehalten hatte, während sich ihr Zugang zur Neuen Welt auf das von der Werbung diktierte »Aussehen« beschränkte. Das »Aussehen« eines Autos oder eines Kleidungsstücks oder einer Person war die gültige Währung. Ein Mann wurde nach dem Umfang seines Halses beurteilt, eine Frau danach, wie hässlich oder hübsch sie war. Als ob es wichtiger wäre, von den dünnen Hälsen und der Hässlichkeit der kleinen Bauern aus der Alten Welt wegzukommen, als die komplexe Wahrheit eines Menschen zu ergründen. Für Orville hatte es etwas Bizarres, in nächster Nachbarschaft von zu Hause so elegant zu speisen. Alles mit dem nötigen Understatement.

Und dies bei Schooner? Bei dem Jungen, der – in der erstaunlichen Vulgarität einer Stadt, wo die im Konzentrationslager spielende Comedy-Serie *Hogan's Heroes* Lachtränen in jüdische Augen trieb – von allen der vulgärste war? *Mousse saumon* und *Coq au vin,* als Zwischengang ein gaumenerfrischendes Himbeer-Sorbet bei dem sadistischen, pornographischen Antisemiten Schooner? Das einzige Kind, das seines Wissens je von der Columbia Highschool geworfen wurde! Unvorstellbar!

»Einen Toast«, sagte Henry Schooner, stand auf und erhob sein Glas Portwein. »Auf Dr. Orville Rose, ein Willkommen zu Hause, und zum Gedenken einer wunderbaren Lady aus Columbia, einer Frau, von der ich als Kind – da ich eigentlich keine Mutter hatte – mir immer wünschte, dass ich sie als Mutter hätte haben dürfen. Ich spreche natürlich von deiner Mutter, deiner und unserer lieben Penny Mutter, Selma Rose.«

»Auf Orville und Selma Rose!«

»Ein wunderbares Paar!«, rief Milt.

Alle richteten ihren Blick auf ihn und erwarteten eine Erwiderung. Orvy betrachtete Schooner, seinen massigen, einem Eisschrank ähnlichen Körper und sein eckiges Gesicht mit einer noch massiveren Kinnpartie, als er in Erinnerung gehabt hatte, und das ordentlich gekämmte Andy-Warhol-weiße

Haar und die sonderbaren dunklen Augen, und er sah in all diesem Erwachsensein das harte Kind von zwölf Jahren mit dem gleichen klotzigen Körper und den gleichen Augen, die ihm Angst eingejagt hatten. Er sah in dem Mann die Sehnsucht des Jungen, ein Mann zu werden, sah in diesem Jungen einen bedrohlichen Mann, der bereits zu beweisen trachtete, dass Jungen eben nicht nur Jungen sind, sondern dass aus Jungen Männer werden, und sah in dem Mann auch einen Mann, der sich danach sehnte, wie ein Junge zu sein.

Mechanisch betastete Orvy das leicht hervortretende Gewebe einer Narbe auf seinem Nacken. Als Zwölfjähriger war er bei einer Party, die im Untergeschoss der Mount Carmel Church stattfand. Er hatte in der ersten Reihe gesessen und den Mädchen zugesehen, die miteinander Jitterbug tanzten, als er plötzlich einen scharfen Schmerz im Nacken verspürte. Er sprang auf, drehte sich um und sah dem höhnisch grinsenden Schooner ins Gesicht, der einen Zigarettenstummel in der Hand hielt, den er soeben auf Orvilles Nacken ausgedrückt hatte. Schooner wusste genau, dass Orville nichts unternehmen würde. Größer, härter, stärker – der erste Junge im Häuserblock mit Schambehaarung, der erste, der mit schmutzigen Postkarten aus Mexiko Handel trieb. Henry jagte Orvy ganz nach Laune, prügelte ihn windelweich und drohte ihm, ihn das nächste Mal noch schlimmer zu verprügeln, wenn er etwas seiner Mutter oder seinem Vater verraten würde. Orville hatte gelernt, ihn zu fürchten.

Schon früh hatte Schooner angefangen, von ihm Schutzgeld zu erpressen. Schooner, der in der siebten Klasse neben ihm saß, tippte ihn während einer Mathe-Paukstunde am Arm, und als Orville zu ihm hinübersah, lag Henrys Schwanz neben einem Lineal, wohl kaum, um eine Mathematikaufgabe zu lösen. Bei den Pfadfindern im Keller der Episcopal Church zerrten Schooner und ein anderer übler Bursche Orville ins Männerklo, um »zu sehen, wie ein jüdischer Schwanz ausschaut«, zogen ihm die Hosen runter, untersuchten und verspotteten ihn und entließen ihn dann mit einer Drohung.

Am schlimmsten waren in gewisser Weise die Basketball-Spiele im Boys' Club an der Third Street. Orville liebte Basketball. Schooner spielte auch mit, wie ein Elefant im Porzellanladen, mit Rippenstößen und Fußtritten. Orville wusste, wenn Schooners Team verlor, würde er nach dem Spiel auf ihn warten. Gegen Ende des Spiels versuchte Orville zu verlieren. Sah es nach einem Sieg aus, machte er sich in den letzten Sekunden bereit, und der Schlusspfiff war wie der Startschuss zu einem Rennen. Orville rannte wie verrückt durch den Umkleideraum die Treppen hinunter und die Prison Alley zum Square hinauf, Schooner hinter sich auf den Fersen. Wenn er nicht entwischte, musste er Geld zahlen und/oder er bekam Prügel. Henrys Revier lag unterhalb der Fourth Street. Er war arm und lebte mit seinem Vater zusammen, der als Nachtwächter im Iron Mountain draußen nahe dem Tivoli arbeitete. Ihr winziges Häuschen stand in der Nähe des North Swamp. Dort lebten sie inmitten armer italienischer, ungarischer und ukrainischer Einwanderer, nur ein paar Straßen vom Colored Citizens Club und seinen Mitgliedern entfernt. Henry kam aus dem schlechten Teil der Stadt, wo es kein Spielzeug gab, Orville aus dem guten Teil, mit einem ganzen Laden voll.

Als Orville im August zurückgekehrt war, hatte er Henry Schooner seit über zwanzig Jahren nicht mehr gesehen. Orville war der Manager des Fish-Hawk-Basketballteams gewesen, das die Liga gewonnen hatte. Die ersten fünf des Teams – Whiz, der schwarze Stern, Konopski, der große Farmer, der ein solides Mittelfeld spielte, Scomparza, das Kind, das sich mit seiner harten Spielweise meistens durchsetzte, Basch, der Sohn des Zahnarztes, der aus weiter Entfernung Körbe werfen konnte, und Toby Adair, jetzt bei Adair's Oil, der souveräne und agile Spielmacher –, diese fünf machten Schooner klar, dass er, wenn er Orville drangsalierte, zu Hackfleisch verarbeitet würde. Die

Fish Hawks waren eine heiße Nummer. Die Karten für die Spiele waren gefragt. Henry Schooner stahl eine Rolle mit Eintrittskarten für ein wichtiges Spiel und verkaufte sie auf dem schwarzen Markt, er wurde erwischt und von der Schule gewiesen. Das letzte Mal hatte er Schooner gesehen, als er mit der Fünfergruppe auf der Treppe der Turnhalle stand und Schooner nachschaute, wie er mit seinem bulligen Eisschrankkörper, als ob er auf Rädern führe, fortging, den weißblonden Kopf ungebeugt. Bevor er auf dem Waldpfad verschwand, der als Abkürzung vorbei an Kleek's Pond in die armen Gegenden von Downstreet führte, hatte er sich umgedreht, ihnen den Finger gezeigt und mit den Lippen »Fuck you« geformt. Dann war er zwischen den Bäumen verschwunden.

Alle starrten Orville an und erwarteten eine Erwiderung auf den Toast. Angesichts all dessen, angesichts einer ganzen Kindheit unter Schooners Drohung – »Wenn du das irgendeinem petzt, vor allem deiner Mutter, dann bring ich dich um« –, angesichts der Schleimigkeit des Toasts, die ihm das Gefühl gab, die *Mousse,* den *Coq* und dazwischen das *Sorbet* und die beiden Weine nur mühsam bei sich behalten zu können, erforderte es von Orville die größte Disziplin, aufzustehen, die Vergangenheit und seinen Abscheu vor dem hinunterzuschlucken, was er nur als eine Fortführung jener Vergangenheit mit anderen Mitteln ansehen konnte, nämlich vor Schooners weltläufiger Doppelzüngigkeit, und zu sagen: »Vielen Dank, Henry. Nach all den Jahren wieder hier zu sein, ist, nun, irgendwie toll, und ich danke dir sehr für deine warmherzigen, wirklich großen Worte über meine, unsere Mutter. Es war ein wunderschöner Abend, ein wirklich phantastisches Essen, und Penny und ich, wir sind euch dafür sehr dankbar.«

Das war genug. Die Unterhaltung ging weiter. Orville saß still dabei, bis Penny ihn beunruhigt fragte: »Was geht in deinem Kopf vor?«

Orville fuhr zusammen, denn er hatte an Celestina Polo gedacht und an die zwanzig kleinen Kapellen zwischen den Zypressen und Grabsteinen in der Pilgerstätte auf dem Gipfel des Sacro Monte. »Ach, ich … ich habe mich nur gefragt, warum Wale?«

»O nein!«, sagte Milt in gespielter Verzweiflung. »Er und seine Wale.«

»Was ist mit den Walen?«, fragte Nelda Jo. Sie war eine strahlende, elegante Blondine aus Tulsa, nur ihre Nase war eine Spur zu flach. Sie gab Aerobic-Stunden in Schooner's Spa an der Route 9 in der Nähe des Einkaufszentrums. Ihr Körper schien allein aus Brust- und Gesäßmuskeln zu bestehen, so wie es Orville nur bei wenigen Athletinnen in Holland und in Gymnastikshows im Fernsehen gesehen hatte. Sie trug ein seidiges, locker drapiertes Kleid mit V-Ausschnitt, der eine Halskette mit beachtlichen Diamanten sehen ließ. Unter dem Stoff zeichneten sich zwei von keinem BH bedeckte Brustwarzen ab, die dem leicht angesäuselten Orville so groß wie Muskatellertrauben schienen. Was für ein Glück ich habe, dachte er, sie geht zu Dr. Edward Shapiro.

»Ich meine«, fuhr Nelda Jo fort, »reden wir über den ollen Moby Dick?«

»Ich habe mich gefragt, warum auf dem Logo von Columbia Wale abgebildet sind.«

»Columbia war'n Walfanghafn«, sagte Faith mit etwas schwerer Zunge. »Haben sie'm Fluss gefangen.«

»Aber Wale leben im Meer, und Flüsse sind Süßwasser, stimmt's?«

Alle gaben ihm Recht.

»Also?«

Niemand wusste es. Das Gespräch wandte sich bekannteren Dingen zu.

Wenig später ging Orvilles Piepser los, und er musste fort. Schooner begleitete ihn zur Tür.

»Ich spüre, dass du dich hier heute Abend nicht wohl

fühlst«, sagte Henry. »Seit du zurück bist, hast du mich gemieden. Aber ich möchte, dass du zwei Dinge weißt: Erstens, ich verstehe warum, und zweitens, es tut mir Leid.«

»Ist schon okay«, begann Orville, »ich ...«

»Nein, es ist nicht okay, überhaupt nicht okay. Ich muss mir deinen Respekt erst erwerben.«

Der Piepser piepte. »Ich muss los.«

»Es ist noch früh. Vielleicht bist du schnell fertig und kannst noch mal zurückkommen?«

»Ich versuche es.«

»Das glaube ich.« Henry schüttelte Orvilles Hand, so wie erfahrene Politiker es gelernt haben – die eine Hand in der des Wählers, mit der anderen auf verbindlichste Weise den Ellbogen umfassend. Orville erinnerte sich jetzt daran, dass Bill ihm gezeigt hatte, wie die alten Ärzte das Gleiche getan hatten, um bei nichtsahnenden Patienten die *Fossa olecrani* nach syphilitischen Knötchen abzutasten. »Darf ich noch eines sagen, bevor du deine edle Runde machst?«

»Ja.«

»Menschen ändern sich.«

»Manche nicht«, gab Orville zurück.

»Wie es bei Shakespeare heißt: ›Die Vergangenheit ist vorbei.‹«

»Nein, Henry«, entgegnete Orville und sah in diesen Augen den Sadisten, »es heißt bei ihm: ›Vergangenheit ist ein Vorspiel.‹«

»Und: ›Das Stück ist die Sache, um die es geht!‹ Ich will keine Konfrontationen mehr zwischen uns beiden stattfinden.« Orville bemerkte die falsche Grammatik, der alte Schooner kam langsam zum Vorschein. Und dann war er überrascht, dass Henry bemerkte, dass er etwas bemerkte. »Es braucht seine Zeit, Orvy, um deinen Respekt zu erwerben. Aber ich bin dabei, wenn du es bist.« Orville sagte nichts. »Wir sind im selben Team.«

»Was ist das für ein Team?«

»Columbia. Amerika. Die Welt.« Schooner lächelte. »Weißt du, in den letzten Jahren bin ich deiner Mutter nahe gekommen, wirklich nahe. Tolle Frau.«

Orville hatte einen grässlichen Gedanken. Brachte *er* die Briefe zur Post?

»Ich bin zu ihr rübergegangen, hab bei ihr reingeschaut, 'ne Tasse Tee getrunken, geplaudert. Hey, es ist okay, wenn du heute Abend nicht mehr kommen willst. Es bedeutet schon viel für mich, dass du überhaupt da warst.«

Das Komische ist, dachte Orville in der Notaufnahme, als er mit dem Gemetzel des Samstagabends in Columbia zu tun hatte, dass Henry es anscheinend ernst meinte.

Beschwipst zu praktizieren ist wie ein Drahtseilakt ohne Netz. Orville warf sich ein Pfefferminzbonbon ein und reanimierte ein Mädchen, das eine Überdosis Valium (von ihrer Mutter) und Barbados-Rum zu sich genommen hatte, und versuchte dabei, sein Bewusstsein wieder auf die Reihe zu kriegen. Als Nächstes behandelte er eine hysterische Mrs. Ken Bates, Frau des hiesigen Anwalts. Ken war betrunken nach Hause gekommen. Mrs. Ken hatte ihn in der Einfahrt zur Rede gestellt und beschimpft, bis sie auf der Ladefläche seines Pick-up den abgetrennten Kopf einer Frau entdeckte. Der Rest der Frau wurde bald darauf von der Staatspolizei in den Wäldern hinter Omi gefunden. Orville sedierte Mrs. Ken Bates und sah anschließend nach einem dreijährigen Jungen, der ein Stück Popcorn im Gehörgang stecken hatte.

Das Kind jammerte. Orville gab sich Mühe, besonders nett zu sein. Er ließ die ängstliche junge Mutter den Kleinen festhalten, während er sich daranmachte, das Stück mit einer Sonde herauszuholen. Ohne Erfolg. Dann versuchte er es mit einem Sauger herauszusaugen, wieder erfolglos. Er probierte dieses und jenes. Das Kind wurde immer zappeliger und jammerte immer mehr. Orville fühlte, wie sich sämtliche Bemühungen ins Gegenteil verkehrten, so wie es geht, wenn nichts funktioniert. Frustriert rief er einer Schwester zu, sie solle das Kind auf einem Kindertragebrett anschnallen, so dass er einen leichteren Zugang zum Ohr finden könne, doch die Mutter wollte das nicht. Die Zahl der wartenden Patienten wurde immer größer. Die Notaufnahmestation nahm eine surreale Atmosphäre an, als ein neuer Autounfall gemeldet wurde, dessen Opfer auf dem Weg ins Krankenhaus waren. Katastrophen warteten, und immer mehr brauten sich da draußen zusammen, doch der große Arzt Dr. Rose konnte das verdammte Stück Popcorn nicht aus dem Ohr des Kindes herausbekommen, und alle wurden immer übellauniger, einschließlich er selbst.

»Hallo, kleiner Frechdachs, hähä.«

Es war Bill. Er kam hereingeschlurft, legte eine Hand auf die Schulter der Mutter und die andere auf Orvilles und verbreitete Schalottenduft im Raum.

»Was machst du denn hier?«, fragte Orville.

»Ich? Och, ich hab da dieses Stück Popcorn in meinem Ohr – hähä. Hallo, Gloria«, begrüßte Bill die Mutter, und dann winkte er dem Jungen mit einem Teddybär zu und sagte: »Hallo, kleiner Benji, ich hab hier 'nen roten Teddy für dich.« Der Junge hörte auf zu schreien und streckte die Arme nach ihm aus. Bill gab ihm den Teddy. »Wissen Sie, Gloria, eines der schwierigsten Dinge in der medizinischen Praxis ist es, aus dem Ohr eines kleinen Kindes ein Stück Popcorn herauszubekommen. Das kann ganz schön frustrierend sein, stimmt's, Dr. Rose?«

Orville spürte den kritischen Seitenhieb. Doch dann war es, als ob die warme Hand auf seiner Schulter zu ihm spräche, ihm sagen würde: Mach dir nicht draus, nimm es nicht so schwer. Und da wurde ihm wohler ums Herz, und er antwortete: »Und wie.«

»Soll ich mal nachsehen?«

»Du bist herzlich eingeladen.«

Bill beugte sich über das Ohr. Aus seiner Tasche zog er ein selbst gebasteltes Ding aus Chrom und Gummi hervor und begann, immer noch mit dem Kind spielend, das Ohr zu bearbeiten, bis mit einer Art flüsterndem Zupfgeräusch, wie etwa bei der Saite einer Harfe, das Stück Popcorn zum Vorschein kam. Orvy konnte nur staunen und wollte gerade fragen, wie zum Teufel er das geschafft habe, als er zu den Verletzten des Autounfalls gerufen wurde.

Von Bills liebevoller Hilfe ermuntert, kümmerte er sich sorgfältig um die Opfer, von denen es niemanden schwer erwischt hatte. Er sprach mit den Angehörigen, froh, ihnen gute Nachrichten bringen zu können.

Nach ein Uhr verließ er das Krankenhaus und fuhr mit dem Chrysler mit seiner butterweichen Lenkung zurück zum Courthouse Square. Gegenüber war die Party noch in vollem Gange. Das Verandalicht leuchtete bernsteinfarben, im Haus war noch überall Licht. Kaskaden von Gelächter strömten durch die Fliegentür hinaus in die warme Herbstnacht.

Soll ich noch mal reinschauen?, überlegte Orville. Nein. Er ging in sein Haus und wollte eigentlich schlafen, aber er war noch so wach, dass er sich ein Bier holte und sich auf seine eigene Veranda setzte. Er schaute hinüber zur Party. Henry Schooner ging ihm nicht aus dem Kopf.

Er war wie ein Spiegelbild des Großen Gatsby – die Vergangenheit bekannt, die Gegenwart rätselhaft. Orvy wusste, dass Schooner damals in die Navy eingetreten und dort raketenartig aufgestiegen war, an Einsätzen in Vietnam und in den »meisten anderen Krisenregionen der Welt« teilgenommen, seinen Abschluss an der Highschool, am College und an der Universität in Business gemacht und »eine signifikante Rolle bei dunklen Aktivitäten des nationalen Geheim- und Sicherheitsdienstes gespielt« hatte. Kurz nachdem Orville vor zwei Jahren die Stadt verlassen hatte, war Schooner heimgekehrt, mit einer umwerfenden und betuchten Frau namens Nelda Jo, die überdies den nie alternden Körper einer Tänzerin hatte, und zwei kleinen Jungen, Henry junior und Max, beide untersetzt und blond, zwei weitere kompakte Eisschränke der gleichen Marke. Er hatte eines der teuersten Häuser am elegantesten Platz der Stadt gekauft und es mit der Hilfe von Asiaten, wahrscheinlich Filipinos, in Rekordzeit saniert und renoviert. Zwei der Filipinos, ein Ehepaar, blieben und kümmerten sich um die Kinder und die Hausarbeit, bereiteten bei Abendgesellschaften feine Menüs der internationalen Küche zu und servierten bei Tisch in gestärktem Weiß. Neben Schooner's Spa hatte Henry gemeinsam mit Milt eine Gesellschaft gegründet – Plotkin and Schooner, Bauunternehmung –, die enorm florierte. Unter den New Yorkern hieß es, dass dies die Leute seien, an die man sich halten müsse. Nicht nur wegen der Immobilien, sondern auch wegen der Finanzierung und all der kleinen Extras, die Schooner, der über so bemerkenswerte Beziehungen auf allen Ebenen verfügte, bieten konnte. Plotkin and Schooner waren stark im S.P.O.U.T. engagiert. Schooner war jetzt eine Säule der Gemeinschaft, in den Aufsichtsräten des Krankenhauses und der Bank, der Handelskammer und der Episcopal Church, und er war Stadtrat.

Mein Stadtrat?, dachte Orville. Der Scheißkerl ist mein *Stadtrat*?

»Was ist daran so schlimm, Dr. Gernegroß? Er ist ein *Goy*, aber süß.«

Es war Selma, die gleich am Rand der Veranda schwebte, kobaltblau.

»Du!?«

»Ja, und du hast dich im Krankenhaus wacker geschlagen, auch wenn man sagen muss, dass du bei der Mutter und ihrem Sohn *viel* freundlicher hättest sein können. Versuch doch mal freundlicher zu sein, ja? Ich weiß, es ist schwer für jemanden wie dich, aber versuchen kannst du es doch.«

»Schickt Henry deine Briefe ab? Ist er's?«

»Briefe? *Moi?*« Sie lächelte kokett, ein breites Lächeln – ihr Gesichtsnerv war noch nicht durchtrennt worden. *»Adios!«* Sie flog davon.

Orvy saß auf der Veranda und starrte auf den leeren Fleck in der Luft, wo sie gewesen war. Ein herzhaftes Lachen brachte ihn wieder zu sich. Er fühlte sich entsetzlich allein und ausgeschlossen.

Er fand sie alle in dem eichengetäfelten Wohnzimmer mit den polierten, geschmackvollen, kostbaren Antiquitäten. Henry stand vor dem Kamin. Irgendetwas war anders. Statt dass jeder mit jedem redete, sprachen jetzt alle mit Schooner. Die Aufmerksamkeit war allein auf ihn gerichtet. Mehr als nur Aufmerksamkeit. Die anderen waren tief beeindruckt, geradezu hingerissen. Was war los?

Weltpolitik war los. Jemand fragte nach dem terroristischen Bombardement der Marine-Unterkünfte in Beirut, bei dem zweihundertfünfzig Soldaten ums Leben gekommen waren. Schooner hatte auch in Beirut Dienst getan und antwortete. Zwei Tage nach dem Bombardement hatte Reagan verkündet, dass die amerikanischen Streitkräfte in Grenada eingedrungen seien. Die Amerikaner dachten, er hätte sich versprochen. Gewiss hatte er eine Invasion im Libanon gemeint. Wirklich eine nahe liegende Verwechslung: Libanon, Grenada. Drei Silben, klingt doch ganz ähnlich. Aber nein, es war Grenada, wo immer das sein mochte. Und Schooner wusste genau, wo Grenada lag, denn er war auch dort mit der Marine gewesen. Es war eine kleine Insel in der Karibik, wo eine Pro-Castro-Partei eine Start- und Landebahn baute. Schooners Antworten waren ruhig, sachverständig, bescheiden, kurz, sicher und fernsehreif. Eindeutig hatte die Magie des Fernsehens von ihm Besitz ergriffen. Während er ihn beobachtete, wurde Orville klar, dass Schooner das Fernsehen ins Leben übersetzte. Tatsächlich war er mehrfach im Fernsehen aufgetreten und hatte sich kommentierend zu der Krise geäußert. Er war jetzt eine Fernseh-Persönlichkeit. Mit seinen Verbindungen zur Landesverteidigung und zum Geheimdienst war Schooner eine Autorität und ein Star. Wir fünf anderen, dachte Orville, unterwerfen uns seinem Urteil. Er schien größer, bedeutender, tonangebend. Orville konnte beinahe die winzigen Glitzerreflexe sehen, den Glitzer des Ruhms, den die Kamera im Studio verleiht, so wie man manchmal Glitzer auf der Wange einer Frau am Morgen nach einer Party sieht. Mit einem Gefühl des Erschreckens erkannte Orville, dass sich das nächste Mal, wenn Schooner im Fernsehen auftrat, dieser Prozess wiederholen würde, es würde noch mehr magischer Fernsehstaub an ihm hängen bleiben, den man hier zu Hause persönlich abreiben konnte. Schooner würde noch mehr zu einer Person werden, der man zuhören musste.

Und wenn jemand in der Gruppe eine andere Meinung vertrat, nun, so nahm Henry diese auf und verwandelte sie langsam, aber sicher in seine eigene. Das ging so weiter, bis Nelda Jo verkündete: »Sie wollen, dass Henry sich in diesem Jahr um einen Sitz im Kongress bewirbt, aber ich sage, nur wenn er mir einen Ferrari und eine Woche in Venedig bezahlt und jedem der Jungen einen 37-Zoll-Fernseher kauft.«

»Akzeptierst du VISA?«, entgegnete Henry. Alle brüllten.

»Warum für den Kongress, warum nicht für den ganzen Laden?«, fragte Milt.

»Genau verdammich«, nuschelte Faith. »Fürs Weißhaus.«

Henry erwog den Gedanken. »Vielleicht, eines Tages. Doch jetzt ist meine Aufgabe erst mal, unserer lieben kleinen Heimatstadt zu helfen. Wir müssen das ganz klar sehen, Freunde, wir in Columbia haben Probleme. Der Bürgermeister hat gestern zu uns Stadträten gesagt, dass die Bewohner von Columbia G.V.A.P.-Leute seien.« Die Gäste fragten, wofür diese Buchstaben stünden. »Gegner Von Praktisch Allem!« Gelächter. »Für jeden von uns gibt es auf ihn zugeschnittene Aufgaben. Niemand weiß das besser als unser guter Doktor hier. Er sieht uns von der schlimmen Seite und versucht uns zusammen mit dem großen alten Bill Starbuck zu helfen.«

Die Gesellschaft löste sich auf. Orville war beeindruckt, wie unaufdringlich die Schooners den Abend ausklingen ließen, langsam und mit genau den richtigen Worten, so als ob sie keineswegs wollten, dass ihre Gäste sie verließen. Henry machte Milt und Penny den Vorschlag, sich bald mit ihren Kindern und Gewehren im Polish Sportsmen's Club zu treffen, um ein Truthahnschießen und Barbecue zu veranstalten.

»Ihr habt Gewehre?«, fragte Orville Penny überrascht.

»So wie die Dinge liegen, lässt es sich nicht vermeiden. Wir versuchen, Amy dafür zu interessieren, aber sie ist altersmäßig genau zwischen den Schooner-Jungs und mag mit keinem von beiden spielen.«

»Auch Milt?«, fragte Orville verblüfft und dachte: Juden mit Gewehren?

»Nur ein Jagdgewehr, für die Jagdsaison. Und eine 9-Millimeter-Pistole.«

»Aber normalerweise sind Juden die Gejagten, Milt, nicht die Jäger.«

»Erzähl das mal einem Israeli! Reden wir von zähen Müttern! Nie wieder!«

Faith zerrte heftig an Orvilles Arm und schubste ihn in einen vom Boden bis zur Decke reichenden, schweren antiken Anrichteschrank, der unheilverkündend schwankte, als ob er auch betrunken wäre und gleich umfiele.

Orville, selbst vom Alkohol etwas wacklig auf den Beinen, fühlte, wie sich Faith an ihn presste, als sie auf der Veranda den Schooners gute Nacht wünschten.

»Henry«, sagte er spöttisch, »du bist ein großer Amerikaner.«

»Und reich bald dazu, Kumpel!«, entgegnete Henry, der sich geschmeichelt fühlte. »In dieser Stadt steckt ’ne Menge Geld, du wirst’s sehen.«

»Besuchen Sie uns wieder, Doktor«, sagte Nelda Jo und umarmte Orville so kräftig, dass er jene Trauben durch ihren dünnen Stoff und sein dünnes Hemd spüren konnte, Trauben, die auf den Brüsten wie auf festen Mangos saßen, nach Moschus rochen und nach Urwald.

»Macht’s gut, ihr beiden!«, rief Schooner ihnen zu.

»Macht’s schlimm!«, rief Nelda Jo hinterher. »Immer feste! Spürt den heißen Kick!«

Als er über den Platz torkelte und Faith stützte, weil sie auch des Torkelns nicht mehr mächtig war, drehte sich Orville zu Henry und Nelda Jo um. Seite an Seite, die Arme umeinander gelegt, standen sie dort unter der goldenen Kugel des Verandalichts und winkten ihnen zu: Viel Glück beim Sex! Noch aus der Entfernung schienen Henrys weißer Haarschopf und sein breites Grinsen und Nelda Jos vorstehende Brustwarzen in die warme, wolkenverhangene Nacht auszustrahlen. Alles erfüllt von dem warmen Schein der heimeligen goldenen Lampe.

Orvy war geil und betrunken, Faith war betrunken und willig.

Aber nein.

Celestina war ihm zu nah. Er brachte Faith in Pennys altes Bett, und er selbst ging in sein eigenes. Seine letzten Gedanken, als der trunkene Schlaf sich über ihn legte wie ein schweres Augenlid über den Tag, waren: Ich bin ein junger Mann mit einer strahlenden Zukunft, die sich irgendwo in meiner Vergangenheit verbirgt. Es ist schwer, Arzt in einer Stadt zu sein, die man verachtet. Und wieso um alles in der Welt ist es Henry Schooner wichtig, meinen Respekt zu erlangen?

8

Mein Honigbär,
hallo! Wie geht's Dir? Mir selbst geht es, glaube ich, ganz gut. Im Himmel kann es kaum schlimmer sein als im Leben, oder? Ich vermag mir nicht vorzustellen, dass ich in der Hölle bin.
Mittlerweile hast Du Dich eingewöhnt, und wir können es uns bequem machen und miteinander reden. Deine Schwester hat immer mit mir geredet, nur nicht in der Pubertät, als sie mit dem Scomparza-Jungen ging – katholisch, aber nett. Du hingegen hast nie mit mir geredet. Hier habe ich mal eine Frage. Warum hast Du nie, auf keinem von all den Fotos, die Sol von der Familie gemacht hat, gelächelt? Er sagte immer irgendetwas, um uns zum Lachen zu bringen, das Übliche: »Sagt *cheese*«, oder er machte einen von seinen blöden Witzen. Bei Dir hat's nie funktioniert. Warst Du bedrückt? Ich wollte einfach mal fragen.
Ich wette, Du hast mittlerweile ein Mädchen. Ich schätze – und hoffe –, die Glückliche ist Rebecca Shapiro, die Schwester des netten jungen Arztes. Vielleicht nicht die Attraktivste, aber intelligent. Man muss schon ein besonderes Mädchen sein, um eine Konzession als Wirtschaftsprüferin zu erwerben. Ihr Bruder, der Arzt, hat mir erzählt, dass sie im Bett ein Teufelsweib ist, also schau sie Dir mal an. Ein Weibsteufel. Aber ich schweife ab. Jedenfalls hoffe ich, dass Du ein nettes jüdisches Mädchen findest – nur nicht diese Faith Schenckberg O'Herlihy! Lass Dich nicht – ich wiederhole – lass Dich *nicht* auf sie ein. Sie ist eine, die's mit jedem treibt.

Sie hat sich sogar mit diesem perversen Bisexuellen, der das alte Opernhaus leitet und Amy Schauspielunterricht gibt, eingelassen, mit Greenie Sellers! Hör nur einmal auf mich. Lass Dich *nicht* …

Orville legte den Brief angeekelt beiseite. Sein Kopf dröhnte. Es war Sonntagmorgen, elf Uhr, der Tag nach der Einladung bei den Schooners. Gleich würde er Penny anrufen, um seine Verabredung mit Amy für den Nachmittag klarzumachen. Ein Zusammensein mit Amy erschien ihm in diesem Augenblick wie ein Stück Himmel.

Er hatte Selmas Brief im Briefkasten gefunden. Er musste gestern angekommen sein. Wiederum mit dem Poststempel von Columbia. Er hatte immer noch keinen Anhaltspunkt, wer sie abschickte, nur, dass derjenige am Ort wohnen musste.

Nach der Nacht bei den Schooners kam er sich wie Müll vor. Sein Mund fühlte sich an, als ob während des Schlafs eine ganze Armee hindurchmarschiert wäre, und sein Kopf, als ob sie gerade durch das Gehirn marschieren würde, auf und ab über die Hirnwindungen und Hirnfurchen, die übrigen Ritzen als Latrinen benutzend.

Es war hart, Faith am Morgen zu sehen. Im grellen Tageslicht hatte sie keine Chance, dass die Spuren ihrer Schönheitsoperationen – Nasenkorrektur, Kinnstraffung – seinem ärztlichen Blick entgingen. Sie saßen sich am Frühstückstisch mit starkem Kaffee, Aspirin, unberührten Grapefruit-Hälften und Zigaretten gegenüber.

Faith wollte reden, Orvy nicht. Er versuchte höflich zu sein, spürte aber, dass er, wenn er sie nicht binnen zwanzig Minuten loswurde, einen der Sägelöffel für die Grapefruit in sein oder in ihr Herz stoßen würde.

Heimlich hatte er sich für einen »Notfall« anpiepsen lassen, und mit dem Versprechen, sie »bald wieder zu sehen«, brachte er Faith hinaus.

Dann nahm er den Brief wieder zur Hand und las weiter.

Liebe ist eine so herrliche Sache, aber dann sind da die Sols dieser Welt. Ich habe es Dir nie erzählt, doch gleich nach Pennys Geburt versuchte ich mich von Sol scheiden zu lassen. Aber keine Chance. Ich meine, bei all seinen Fehlern hatte der Mann eine starke Begabung zum Geldverdienen. Allerdings werde ich ihm nie verzeihen, dass er mich nach Columbia geschleppt hat.
Ich wette, Du hilfst Bill in der Praxis. Ich meine, was solltest Du sonst tun, *Spielzeug* verkaufen? Bill ist Christ, aber nett. Ein netter Mann und miserabler Arzt. Ich war damals mit meinen Leistenschmerzen bei ihm, und er gab mir dagegen diese Starbusol-Salbe, so dass ich selbst bei gesellschaftlichen Anlässen wie ein Kiefernnadelbad roch, und dann war es ein Leistenbruch! Und die ganzen Jahre mit meinen Schwindelgefühlen und dem Tinnitus in einem Ohr, den er als Innenohrsache fehldiagnostizierte, bis ich ins Sinai Hospital ging und sie den Hirntumor feststellten. Das ist also der zweite Grund, warum ich Dich hier haben wollte – gute Gesundheitsversorgung für die Leute in Columbia. Dich von Deinem totalen Egoismus lösen und dieser Stadt Gutes tun. Zwei Fliegen mit einer Klappe schlagen.
Ich schreibe aber aus einem anderen Grund. Selbstmord. Hast Du gewusst, dass das in meiner Familie grassiert. (Sols Seite bestand nur aus jämmerlichen, meschuggenen Optimisten!) Du kennst doch Tante Bernice, die, wie gesagt wurde, in der Küche stürzte? Keine Silbe wahr. Steckte den Kopf in den Gasherd. Du erinnerst Dich, dass mein Großvater Abraham, der noch in der alten Heimat auf dem Gipfel seines Erfolgs Tierhäute an die russische Armee für den japanischen Krieg verkaufte, im Kampf gefallen sein soll? Dummes Zeug. Schnitt sich die Kehle durch. Weißt Du, wie schlecht es mir immer ging, wenn ich keine Nachrichten von

Dir erhielt, noch nicht einmal eine Postkarte oder einen Anruf? Mit dem Wissen, dass Du mir nur Hass entgegenbrachtest? Ich bekam Selbstmordgedanken, darauf kannst Du wetten. Alte Menschen denken oft über den Tod nach. Alt werden ist nichts für Schwächlinge. Besonders wenn man entstellt und behindert ist, weil all diese Nerven durchtrennt worden sind. »Haben Sie Hobbys?«, wollte gestern jemand von mir wissen. »Nein, ich habe Ärzte.« Und Penny fragte mich: »Mutter, warum machst du diese Geräusche?« Darauf antwortete ich: »Ich weiß nicht. Ich muss meinen Arzt fragen.« Sol gab sich alle Mühe, nahm mich auf Reisen mit, aber er machte nie meine Traumreise mit mir – nach Russland, mit dem Schiff wodka-abwärts.

Also Selbstmord. Du hast mich nie begriffen. Ich war tapfer, und ...

Orville fluchte in sich hinein und warf den Brief beiseite. Er goss sich einen Jim Beam auf Eis ein, öffnete eine Büchse Budweiser und schaute aus dem Küchenfenster, ob sie etwa dort irgendwo herumflog.

Nun, teils, teils. Sie war da, schwebte mehr, als dass sie flog. Sie sah müde aus und zerzaust. Er starrte sie an.

»Natürlich bin ich müde, ich komme gerade von der Küste hergeflogen.«

»Von der Golfküste? Von der Wohnung in Naples?«

»Von der Westküste – Hollywood. Es ist nicht so leicht, den ganzen Weg über das Land auf einem Besenstiel zu fliegen. Haha!«

Sie schwebte über die Kupferkuppel davon.

Tot hat sie Humor. Er seufzte erleichtert, dass Bill Bereitschaftsdienst hatte und es bald Zeit war, Amy abzuholen. Er nahm den Telefonhörer und rief Celestina an, um letzte Details wegen ihrer Ankunft morgen zu besprechen. Es klingelte lange. »Ja? Ja? Hallo, wer spricht da bitte?«, fragte jemand auf

Deutsch. Eine männliche Stimme. Müde, wenn nicht gerade erst aufgewacht. In Rom war es fünf Uhr Nachmittag.

»Celestina? Kann ich mit Celestina sprechen?«

»Warten Sie.«

O Scheiße, dachte Orville und wartete. Und wartete.

Das Rascheln von Bettzeug. *»Pronto?«*

»Ich bin's.«

»Das ist eine ungünstige Zeit zum Reden.«

»Okay. Ich muss nur die Nummer von deinem Flug auch wissen.«

»Schlechte Nachrichten.«

»Was?«

»Bleib dran, *per favore.*« Das Telefon wurde bewegt, eine Tür wurde geschlossen. Orville fühlte, wie sein Herz ihm in die Magengrube fiel, ähnlich wie damals, als er mit ihr in Orta das Telegramm erhalten hatte.

An einem Nebenapparat wurde abgehoben. Celestina sagte: »Ich kann morgen nicht kommen.«

»Was soll das heißen? Du musst kommen, du hast keine andere Wahl, als zu kommen.«

»Ich gehe nach Nepal.«

»Nepal?« Er schrie: »Mit einem Deutschen?«

»Schweizer.«

»Das kannst du nicht. Das lasse ich nicht zu. Ich komme.«

»Es ist nicht, was du glaubst. Der Banker besitzt einen halben Elefanten. In einem abgelegenen Tal, wo viele Yogis und Mönche leben. Es ist die Chance meines Lebens, eine spirituelle Reise. *Rafting*. Startkapital für das gesamteuropäische *sangha!* Nicht für *mich*, sondern fürs *dharma*. Das ist das Leben, *caro*, entweder du packst es beim Schopf, oder du hast es verloren.«

»Warte. Bleib dran.« Er atmete. »Ich atme.«

»Gut. Ich kann deinen sinnlichen Atem durchs Telefon bis hierher spüren.«

»Und was ist mit uns?«

»Ich liebe dich immer noch mit meinem ganzen Herzen.«

»Schön, dann komm her! Geh nicht nach Nepal!«

»Ich werde zurückkehren. Ich werde zu dir kommen. Ich verspreche es.«

»Das versprichst du mir seit drei Monaten!«

»Aber es ist wie gestern, dass wir in Orta waren, *no*?«

»Nein. Es ist wie ein Jahr! Ich kann nicht glauben, dass du mir das antust. Für einen Deutschen!«

»Einen Schweizer. Sie waren im Krieg neutral.«

»In *diesem* Krieg waren sie neutral?«

»Ich fühle, wie verletzt du bist, aber ich …«

»Hey, es ist ganz einfach, Baby. Ich liebe dich. Komm.«

Sie weinte, schluchzte. »Liebster, mein Herz bricht.«

»Dann komm. Komm jetzt.«

»Morgen fahre ich nach Nepal. Wenn ich zurück bin, vielleicht …«

»Niemals. Wenn du morgen nicht kommst, ist es vorbei. Entweder du packst es beim Schopf, oder du hast es verloren!«

»Dann werde ich es jetzt verlieren, aber es ist nur jetzt. *Carissimo, arrivederci!* Denk immer daran, es ist …«

»Nein, ich wollte nicht …«

»… eine …«, sie schluchzte wieder, »… eine Gabe.« *Klick*.

Orville stand da, der Hörer summte in sein Ohr. Verzweifelt, dass er sie zur Entscheidung genötigt hatte, während sie die Wahl offen halten wollte, rief er zurück. Das Telefon klingelte und klingelte. Er wählte noch einmal. Es klingelte und klingelte. Er legte auf.

Selbstmord? Er hatte Barbiturate, eine Nadel, gute Venen. Ein seltsamer Gedanke kam ihm: Es würde mir nichts ausmachen, mich umzubringen, aber ich gönne meiner Mutter diesen Triumph nicht.

Ziellos ging er durch das tote Haus. Amy. Er rief an. Penny nahm ab.

»Ich fahre jetzt los, um Amy abzuholen.«

»Das geht leider nicht. Sie ist weg.«

»Wie bitte?«

»Sie ist mit Freunden zum Einkaufszentrum gegangen.«

»Aber … aber …«

»Ich weiß, doch sie hat mich gebeten, dir auszurichten, dass sie heute keine Zeit hat.«

»Sie kann doch nicht, ich meine …« Wie sollte er mitteilen, dass nur das ihn noch am Leben hielt?

»Um ehrlich zu sein, Orvy, sie ist etwas, hm, besorgt um dich.«

»Was meinst du damit?«

»Ich soll dir sagen, sie weiß, dass du Pferde hasst und Greenie Sellers hasst und eine Menge anderer Leute in der Stadt, über die du dich immer lustig machst. Sie sagt, sie versteht nicht, warum du so hasserfüllt und verbittert bist.«

Orville hatte das Gefühl, zu Fetzen zerrissen zu werden. »Orvy? Orvy? Bist du noch da?«

»Kaum.«

»Hey, nimm's nicht so schwer. So sind Kinder nun mal … in einer Minute bist du der größte Dad der Welt und in der nächsten der schlechteste. He, wie wär's mit Golf, zusammen mit Milt und mir am Nachmittag? Es soll bewölkt, aber warm sein. Draußen bei Whale Acres gibt es ein Wettschießen, der Golfplatz wird wunderbar leer sein.«

»Danke nein.« Orville legte auf. Bill hatte den ganzen Nachmittag übernommen. Plötzlich dehnte sich der Tag endlos vor ihm aus. Er war wie ein Kind, das verlassen worden war und die Zeit noch nicht abschätzen konnte.

Alles bricht auseinander. Ich muss raus aus diesem Haus. Rennen.

Als er mit seiner schwarzen Tasche aus der Haustür trat, bot sich ihm ein Anblick, der ihn erneut umwarf – Familie Schooner kehrte die Blätter zusammen. Die beiden blonden Jungs wurden von der athletischen blonden Mom durch den Vorgarten gescheucht, alle drei sprangen in den riesigen Blätterhaufen und streuten einen Regenbogen in die Herbstluft, während der massige Andy-Weißhaar-Warhol-Dad daneben stand und lächelte, in einer Hand einen Rechen, in der anderen eine Pfeife, der ein verlockender, sogar gesunder Rauchfaden entstieg, gewissermaßen die Steigerung eines vollkommenen Glücks durch ein kleineres Glück. Schooner sah Orville, winkte fröhlich und lud ihn mit Gebärden ein, sich an dem Sonntagsspaß zu beteiligen. Heißflüssiger Neid pulsierte in Orvilles Solarplexus, die filigranen Nervenenden in seinem Bauch drehten durch. Er hob taumelnd seine schwarze Tasche zur Entschuldigung hoch und verbarg seine Gefühle. Schooner nickte, zeigte ihm zuerst den aufgerichteten Daumen und dann eine Faust, was wohl so viel besagen sollte wie: »Immer tüchtig, mach's ihnen vor!« Die Eingeweide herausgerissen, ohne jeden Mut und jede Vorstellung, wer er jetzt war und was er tat, hob Orville mechanisch auch seine Faust und lächelte zurück.

Er schloss die sargähnliche Tür des Chrysler hinter sich und versank in Selbstüberdruss. Mit aller Kraft schlug er auf das Steuerrad ein, so dass er willkommenen Schmerz in seinen Fäusten spürte, und rief: »Du Vollidiot! Du bist der verfluchte kranke Idiot, nicht er! Du Scheißkerl, du Volltrottel!«

Er fuhr ziellos herum, durch eine reichlich heruntergekommene, hässliche ländliche Gegend. Manchmal verspürte er Wut und schrie und schlug auf das Armaturenbrett ein, dann wieder fühlte er sich so traurig und einsam wie all die Menschen, die er als Arzt in den Tod begleitet hatte, Sterbende, die niemanden bei sich hatten – am Ende von der ganzen Welt niemanden neben sich als ihn. Bei alldem versuchte er den Kopf über Wasser zu halten. Er befand sich auf einer kleinen Landstraße, fuhr an Lindenwald vorbei, dem Heimatort von Präsident van Buren, wer immer das war, dann sauste er an einem Weiher vorbei, an dessen Ufer zwei sonderbare kleine Häuser standen, eines aus Backstein, das andere mit weißen Holzschindeln verkleidet. Aus irgendeinem Grund hielt er an, wendete auf dem Hof eines Toyota-Händlers und fuhr zurück.

Auf dem Parkplatz stand ein verbeulter alter Fordkombi mit nachgemachten Holzstreifen an den Seiten, ein Country Squire. Auf der Stoßstange war WORTH SAVING und auf dem Schild an dem Backsteinhaus LUYKAS VAN ALENS HOMESTEAD 1737 zu lesen. Auf dem Schild an dem weißen Schindelhaus stand: ICHABOD CRANE SCHOOLHOUSE 19. JH. Eine alte grauhaarige Frau mit aufgelöstem Dutt winkte ihn von dem Gehöft zu sich. Unterwegs an seinem Selbstmord-Nachmittag, war Orville alten Frauen mit aufgelösten Dutts nicht gewachsen. Er wich zum Schulhaus aus.

Hölzerne Bankreihen standen gegenüber der Schultafel zu seiner Linken, über der eine amerikanische Flagge des 19. Jahrhunderts und Porträts von George Washington und Abraham Lincoln sowie *Der Hund* und *Die Katze* hingen. Auf der anderen Seite befanden sich zwei hohe, halb geöffnete Fenster. Der Raum war nicht anders als alle falsch temperierten Klassenzimmer seiner Jugend, die entweder zu heiß oder zu kalt gewesen waren, zu heiß. Durch das hundert Jahre alte Glas schienen die rotblättrigen Ahornbäume und die weißen Birken zu wackeln.

Orville fuhr mit der Fingerspitze der Furche nach, die jemand in die Oberfläche eines Pults geritzt hatte – ein Herz mit Pfeil, das »JS & SB« verband. Trauer überwältigte ihn um diese schon lange toten Kinder und um das, was in ihm selbst jetzt starb. Er kämpfte dagegen an, richtete seinen Blick hinauf zu den Fenstern, um weg- und hinauszukommen, hob seine Hände zum Kinn und legte seine Finger um die Wangen, als ob sie etwas zurechtrücken könnten. Er dachte an all das Grässliche, das er seit seiner Rückkehr gesehen hatte, an die Verluste,

Celestina, Amy! Es ist alles so verlassen, dachte er, alles so verflucht traurig!

Seine Hände sanken und hingen hilflos an seinen Seiten herunter. Seine Nase war zu, sein Hals war trocken, echte Tränen kündigten sich an, und zum ersten Mal seit seiner Unfruchtbarkeit und der Scheidung von seiner ersten Liebe, von der Unschuld selbst, verlor er den Kampf, und Tränen liefen ihm die Wangen hinunter. Er hatte das Gefühl, seinen Platz in der Welt verloren zu haben. Keine Celestina, keine Amy, noch nicht einmal Lily – nichts, wohin er noch hätte wegrennen können, und nichts, wofür es sich zu bleiben gelohnt hätte. Keinen Platz in der Welt, und noch so viel Zeit vor sich.

Auf einmal spürte er, dass er nicht alleine war. Er drehte sich um. Überrascht blinzelte er. In der Ecke zu seiner Rechten saß eine Frau an einem Schreibtisch.

Ihre Blicke trafen sich und ruhten ineinander. Ihre Augen leuchteten in dem niedrig stehenden Licht, das durch die Westfenster hereinfiel, in klarem Grün, nicht unähnlich seinen eigenen. Ihr Haar war rot, lang und glatt, zu einem mädchenhaften Pferdeschwanz zusammengebunden, und ihre Haut hatte das Milchweiß der Rotschöpfe, mit nur wenigen Sommersprossen. Beschämt wischte er sich die Wangen. Der weite runde Ausschnitt ihres ärmellosen Kleides zeigte seinem ärztlichen Blick einen muskulösen Hals und muskulöse Schultern, die bei ihrer Schlankheit etwas zu ausgeprägt erschienen. Sie hatte ihre Augen sorgfältig geschminkt, Lidstrich und Lidschatten, was ihn verwunderte, denn an einem solch einsamen ehrenamtlichen Sonntagnachmittag war höchstens mit ein paar älteren Ladys mit blau gefärbten Haaren oder einigen hoffnungslos Rückwärtsgewandten zu rechnen, die kostenloses »Lernmaterial« für ihre Kinder sammelten. Ihre breiten roten Lippen waren geschürzt und ihr Kopf vor Neugier leicht schräg gelegt. Ein bisschen verdüstert, vielleicht von einem Anflug eigener Traurigkeit? Es war schrecklich still in dem

Raum, als ob die Zeit stehen geblieben wäre und etwas anderes an ihrer statt übrig gelassen hätte.

Verlegen, dass sie seine Gefühle so preisgegeben sah, ging er zu ihr und stellte sich vor ihr Lehrerinnenpult. »Kommen einem 'ne Menge Erinnerungen.«

»Ich weiß, mir auch. Es ist eine genaue Rekonstruktion. Haben Sie Fragen?«

Warum bist du nur so berückend schön?, dachte er augenblicklich, und: Warum ist deine Stimme wie Musik, und warum trägst du keinen Ehering?

Schüchtern sagte er: »Nein.«

»Na, wenn Sie etwas wissen wollen, fragen Sie nur.« Sie lächelte strahlend und wandte sich wieder einem dicken, klein gedruckten Buch zu.

Orville wollte den Kontakt nicht abbrechen und entdeckte über ihrem Kopf eine von jenen alten Abbildungen, auf denen ein Walfänger zu sehen war, der einen Wal harpunierte. Vier Dollar. Amy würde das Bild vielleicht gefallen. »Entschuldigen Sie?« Sie sah auf. »Könnte ich eines von diesen haben?«

»Sicher. Es müsste gleich hier eines sein.« Sie beugte sich von ihrem Stuhl aus vor, um in einem Pappkarton auf dem Boden zu suchen. Orville konnte nicht anders, als seinen Blick an ihrer Kleidung hinuntergleiten zu lassen, und in all dieser gesunden Muskulatur entdeckte er gesunde Brüste, die aus dem weißen Büstenhalter wogten wie Wellen aus dem Ozean. Alabasterfarben. Er wendete seinen Blick ab. Sie suchte in allerlei Pappröhren, in denen die Drucke steckten, und setzte sich dann wieder auf, das Gesicht gerötet. »Sie haben sich unseren beliebtesten Druck ausgesucht. Vielleicht ist er ausverkauft. Wenn Sie Zeit haben, dann kann ich noch im Garderobenraum nachschauen.«

»Ich habe Zeit, ja gern.«

Er sah, wie sie sich konzentrierte, die beiden Arme auf den

Tisch legte, sich auf ihnen hochstemmte und dann durch den Raum ging und ... o Gott, sie hinkte!

Sein Herz flog ihr zu, schien mit jedem ihrer Schritte gegen seine Rippen zu drängen. Er wünschte ihr mit aller Macht, dass sie es schaffte. Was er für ein Kleid gehalten hatte, war in Wirklichkeit eine Bluse. Um ihr Bein zu verbergen – war es Kinderlähmung? Ihrem Alter nach konnte das zutreffen –, trug sie wohl immer Hosen. Wie schmerzhaft war es, zuzusehen, wie diese überaus schöne Frau in seinem Alter, die scheinbar auf dem Höhepunkt ihres Lebens und ihrer Gesundheit stand, sich mit geübter Mühe vorwärts schleppte, sich schwer auf ihr eines zu kurzes und wahrscheinlich verkümmertes Bein stützte, dann in der Hüfte rollte, als fiele sie, bevor sie sich mit dem gesunden Bein auffing, wieder zum sicheren Stehen kam und sich dann weiter humpelnd einen Weg durch die Stuhl- und Tischreihen bahnte. Er war schockiert und angerührt. Und das umso mehr, da sie ihren Weg zurücklegte, ohne sich nach ihm umzublicken, ohne um Hilfe zu bitten, ohne irgendetwas zu verheimlichen, im vollen Bewusstsein, gesehen zu werden. Genauso wie er gerade zuvor seinen Weg in die Traurigkeit zurückgelegt hatte, doch er in dem sicheren Glauben, allein zu sein. Mehr noch, sie ging voller Würde. Unter seinem Blick ging sie tapfer, würdevoll, machte eine Wanderung durchs Klassenzimmer. Hier war eine Frau mit einer Wunde, die diese Wunde der Welt zeigte. Was ist los mit mir, schon wieder feuchte Augen?

So tuend, als würde er die anderen Karten, Poster und Juxartikel besichtigen – darunter eine leuchtfarbene Wal-Mütze mit Flossen als Ohrenschützer –, hörte er sie zurückhumpeln und fröhlich sagen: »Wir haben Glück!« Er drehte sich zu ihr um und erwiderte ihr Lächeln. Sie gab ihm den fest zusammengerollten Wal, ging wieder hinter das Pult, stützte sich auf ihre Arme und ließ sich auf dem Stuhl nieder.

Orville spürte in sich eine so mächtige Reaktion auf sie,

dass er es überspielen musste. Er reichte ihr fünf Dollar, sie gab ihm einen zurück. Was nun?

»Warum Wale?«

»Wie bitte?«

»Warum Wale?«

»Warum Wale *was*?« Sie redete mit ihm, als ob er schwer von Begriff wäre.

»Ach.« Er fühlte sich wie ein elfjähriger Junge, der mit einem elfjährigen Mädchen flirtete, und seine Sehnsucht machte ihn so nervös, dass er sich wie ein Idiot vorkam. »Na, in Columbia, das mit den Walen. Das Logo, die Straßenschilder, S.P.O.U.T.? Ich bin hier aufgewachsen und war längere Zeit weg, und ich frage die Leute in Columbia: ›Warum Wale‹, und sie antworten immer nur: › Sie wurden früher im Fluss gefangen.‹ Das wurde mir auch beigebracht. Also sage ich: ›Aber Wale leben im Meerwasser, oder? Und der Hudson ist Süßwasser.‹ Darauf erhalte ich ein: ›Ähhhm‹ als Erwiderung.« Sie kicherte. »Dann denken sie drüber nach und sagen noch mal ›Ähhhm …‹«

Sie lachte, Mozartkoloraturen. Ihre Blicke trafen sich. Sie bog sich vor Lachen. Es war ansteckend. Er lachte mit ihr. Schließlich sah sie auf, errötete, die Röte ergoss sich ihren Hals hinunter bis zum liebreizenden Spalt. »Wollen Sie es wirklich hören?«, fragte sie.

»*Sie* wissen es?«

»Ich *weiß* es.«

»Sie haben mein Leben gerettet.«

Sie schien darüber erschrocken.

»War nur ein Witz«, sagte er. »Erzählen Sie's mir.«

»Oh. Ja.« Wie um sich zu sammeln, schloss sie die Augen, holte tief Luft und atmete dann langsam aus. »Es ist während der Amerikanischen Revolution, okay?«

»Ich erinnere mich.«

»Gut. Es ist immer gut, sich an amerikanische Revolutionen

zu erinnern. Die Walfangflotte von Nantucket gerät in die Fänge der britischen Kriegsmarine, die sie zerschlägt. Nach dem Krieg nehmen sich die reichen Händler aus Nantucket vor, dass sie so etwas nicht noch einmal erleben wollen. Sie stellen eine Gruppe zusammen, die einen Hafen mit Tiefgang finden soll, der vor Angriffen geschützt ist. Es sind Quäker. Friedliebend und fromm. Sehr geizig. *Sehr* reich. Sie schicken diese Gruppe auf einem dreimastigen Walfangschiff in diesen Teil der Welt, um ein neues Zuhause zu finden. Sie schippern an Long Island entlang, kaufen beinahe eine Farm am East River in Manhattan und machen Halt in Kingston, das damals Esopus hieß. Eines Tages segeln sie um eine Flussbiegung, dorthin, wo heute Columbia ist. Langweilt es Sie?«

»Es ist faszinierend.«

»Ich rede zu viel über Geschichte, sagen meine Freunde. Es ist mein Job. Ich bin die Stadthistorikerin. Mein Name ist Miranda Braak.«

»Orvy Rose. Ich bin Arzt und arbeite mit Bill Starbuck zusammen. Vorübergehend.«

»Oh«, sagte sie mit einem Anflug von Verlegenheit. »Ja, ja, ich hab's von Bill gehört.«

Etwas lag in der Luft, aber was? »Ich wusste gar nicht, dass Columbia eine Stadthistorikerin hat«, erklärte er.

»Ich habe mich danach gedrängt. Im nächsten Jahr ist die Zweihundertjahrfeier von Columbia. Ich habe die Langweiler davon überzeugt, dass da möglicherweise Geld zu holen ist. Der Job ist nicht gut bezahlt, aber immerhin ist es ein Job. Ich stocke ihn mit ehrenamtlichen Tätigkeiten auf – verstehe das, wer will.« Sie lachten erneut. »Also, da war hier noch kein Columbia, sondern es gab nur zwei Läden und eine Fähre. Eigentlich müssen wir noch weiter zurückgehen. Henry Hudson landet mit seinem Schiff The Half Moon im Jahre 1609 hier, *vielleicht* hier.« Sie sah auf ihre Uhr. »Oh, ich muss bald gehen. Ich gebe Ihnen die Reader's-Digest-Version, Kurzfassung.«

»Gern. Ich habe nicht gewusst, dass Reader's-Digest-Bücher Kurzfassungen sind, jedenfalls bis ich aufs College kam.« Sie warf ihm einen ungläubigen Blick zu. »Das ist wahr.«

»Okay. Also. Die reichen Holländer siedelten sich hier Mitte des 17. Jahrhunderts an. Weil sie fruchtbares Farmland haben und nicht am Fluss leben wollten, errichten sie ihre Siedlung ein paar Meilen landeinwärts, im Osten bei Spook Rock. ›Spook‹ kommt von einer indianischen Legende. Der Anlegeplatz gehört zwei verfeindeten holländischen Familien, arm und mit etwas mohikanischem Blut. Es gibt zwei Kais, zwei Läden, zwei von allem und jedem – so werden beide Familien immer ärmer. Eine Fähre nach nirgendwo. Eine Gruppe von Mohikanern, die von ihrem Stamm verstoßen wurden, weil sie dem Alkohol verfallen sind. Den holländischen Ladenbesitzern gehören die Nord- und die Südbai und die Felsenklippe, die wir Parade Hill nennen. Der Ort heißt Claverick Landing, nach den Lehmklippen oder ›klavers‹ – man kann sie immer noch aus dem North Swamp aufragen sehen. ›Rack‹ heißt so viel wie Landzunge.«

Sie warf ihm einen kurzen Blick zu, als wollte sie überprüfen, ob er sich langweilte. Er lehnte an einer Schulbank, die Hände lässig in den Taschen.

»Ich bin ganz Ohr«, sagte er. »Nur weiter.«

»Eines Tages fährt ein riesiger Dreimaster, ein Walfänger, den Fluss hinauf und legt an. Weiße Männer in handgewebten grauen Anzügen und mit großen Quäkerhüten kommen an Land. Sie sprechen kein Holländisch. Niemand weiß, was die Mohikaner sprechen. Den Quäkern, angeführt von Seth Jenkins, gefällt, was sie sehen: zwei schiffbare Häfen im Norden und Süden, geschützt von dem Steilabbruch über dem Fluss, den Bais und den Bergen. Sie bieten …«

»Steilabbruch!«, wiederholte er das Wort, das ihm gefiel.

Sie lächelte. »Steilabbruch, ja«. Ein kurzer Blick. »So … Sie kaufen es, bezahlen fast zweitausend Dollar – 1783! Sie lassen sich sogleich nieder, bringen noch am selben Tag Häuser vom Schiff. Dreißig Landeigner aus Nantucket bilden den Rat der Stadt. Sie fangen von vorne an. Bauen ihr Utopia.«

»Utopia? *Das*?« Sie lachte, ein lisztsches Arpeggio. »Einen Moment. Sie brachten Häuser vom Schiff?«

»Sie hatten Häuser in Nantucket zerlegt und bauten sie hier wieder zusammen. Sehen Sie sich Curtiss House, Ecke Washington Avenue und First Street, an. Ein Katzensprung, hundertachtundzwanzig Meilen vom Ozean. Sie entwerfen ihr Utopia, erst auf großen Papierbögen, dann auf dem Land. Die Straßen sind schnurgerade, und ...«

»Oh«, sagte er strahlend, »daher das Gitter!«

»Daher das Gitter, genau! Fünf lange schnurgerade Straßen, acht Querstraßen, rechtwinklige Straßenecken. Hintergassen zwischen den langen Straßen für Müllentsorgung und Frachttransporte aller Art. Und in einer großen Phantasieanstrengung nannten die Quäker die Querstraßen First, Second, Third Street und so weiter ...«

»Nicht aufhören, die Spannung ist unerträglich!«

»Sie errichten hier ihren Walfanghafen. Beginnen mit Quäker-Versammlungen, Quäker-Kultur. Die Gesellschaft der Freunde.« Sie schien über diese Bezeichnung nachzudenken. und sie dann anzunehmen. »Wundervolle Wendung, finden Sie nicht auch?«

»Ja, stimmt. Halten Sie sie denn für realisierbar?«

»Nicht historisch, nicht für längere Zeit.«

»Warum habe ich nie irgendein Bild von diesen Quäkern gesehen?«

»Sie hatten Bilderverbot – haben es immer noch. Die Walfangindustrie – Walratöl, Ambra für Parfums, Korsettstangen aus Walknochen – zieht alle Arten von Schiffshandwerk und Handel an, so wie Seiler und ...«

»Daher die Rope Alley?«

»Sie spannen die Hanfstränge hundert Meter lang in der Rope Alley und zwirbeln sie, um daraus Seile zu flechten. Wir befinden uns an einer perfekten Handelskreuzung: Lebensmittel von den Farmen aus dem Osten, Holz von den Catskills im Westen, Güter werden zwischen New Amsterdam und Albany flussauf- und flussabwärts verschifft. Utopia erhält einen Namen, Columbia, und wird eine blühende Stadt. Innerhalb von fünf Jahren leben schon viertausend Einwohner hier! Der drittgrößte Hafen an der Ostküste. Und das Lebensblut des Hafens ist ... sind ...«

»Wale! Diese lieben Wale!«

»Ja! Schiffe werden in die ganze Welt verschickt. In den Südatlantik den weiten Weg bis Feuerland, in den Südpazifik, nach Japan. Man konnte den ganzen Weg über die Südbai auf den Decks von Schiffen entlanggehen, die Seite an Seite ankerten und auf Entladung warteten.«

»Es ist keine Bai, es ist ein Sumpf.«

»Sie haben der Bai mit der Eisenbahn den Hahn abgedreht. Aber jetzt kommt der Haken, die Ironie der Geschichte.« Sie zwinkerte verschwörerisch. »Die Stadt, diese ›gute‹ Stadt von ehrenwerten, moralischen, ordnungsliebenden, frommen Menschen zieht jene traditionell ›bösen‹ Elemente an, wie es aufstrebende Städte zu tun pflegen – Spieler, Diebe, Betrüger, Perverse und Huren. Die Quäker ziehen Huren an!« Sie lächelte und sagte: »Aber wir müssen Schluss machen. Das Fußballspiel meines Sohnes ist gleich um. Ich darf nicht zu spät kommen, verstehen Sie.«

»Nein«, erwiderte Orville überrascht, dann traurig, »eigentlich nicht.«

»Na ja.« Sie schien die Traurigkeit aufzunehmen, den roten Faden im Gewebe. »Tut mir Leid, doch ich muss los.«

»Aber es ist eine Fortsetzungsgeschichte!«

Sie kicherte, sammelte ihre Sachen zusammen und stemmte sich hoch. Zusammen gingen sie schweigend zur Tür.

»Ich würde gern mehr davon hören«, sagte er, als er ihr die Tür aufhielt.

»Nun, Sie haben Glück, wir sind erst bis 1803 gekommen. Ich wohne im alten Staats-House am Fluss nördlich der Stadt. Ich stehe im Telefonbuch.«

»Ich bin immer in der Praxis oder im Krankenhaus. Manchmal auch im Haus meiner Mutter am Courthouse Square.«

Jetzt hörten sie, wie Regen laut auf das Dach prasselte. Sie hatten ihn bisher gar nicht bemerkt. Blitze. Einundzwanzig, zweiundzwanzig, dreiundzwan ... *Bumm!* Donnerkrachen, Grollen. Und dann das Echo von den Bergen und das Echo des Echos.

»Rip van Winkle und seine Männer kegeln in den Catskills!«, rief er.

»Ach, ist es das?«, rief sie zurück.

»Ja, das habe ich in der Schule gelernt.«

»Dann haben Sie dort wenigstens eine Sache gelernt, die wahr ist.«

»Soll ich Ihnen helfen?«

»Danke. Ich schaff es selbst.« Sie öffnete ihren Schirm. »Wollen Sie mit drunter?«

»Nein. Ich liebe Regen!« Sie sah ihn fragend an, dann lachte sie.

Orville spazierte gelassen zum Chrysler und dachte an Wassermusik. Regentropfen sprangen von der kahlen Stelle auf seinem Kopf, liefen über seine Augen, die Wangen hinab, wuschen dort die Salzspuren weg, durchnässten seinen gestutzten Bart, sein weißes Hemd und seine Anzughose. Die Nässe erinnerte ihn an Holland und Celestina Polo. Er spürte eine Woge des Schmerzes, einen Druck in seinen Tränenkanälen, aber es ging vorbei. Sein Herz fühlte sich auch nass an, alle seine Sinne waren nass, so dass er einen Geruch von Nadelessenzen aufschnappte und an Starbusol denken musste, aber der Duft kam von einem kleinen Wäldchen triefender und des

Wassers froher Blautannen, und er fühlte sich glücklich, glücklich wie eine Hundenase im Frühling, was etwas seltsam erscheinen mochte, denn es ging auf den Winter zu. Sein Blick wanderte an dem Stamm einer Tanne hoch, wo nah unter der Spitze ein großer Vogel hockte, der vor dem Regen Schutz suchte.

Sie starrten sich gegenseitig durch den Vorhang des Regens und den Abstand der angeblichen Evolution an.

Der Vogel rappelte sich auf, hüpfte hinaus in die dünne Luft und begann Kreise zu ziehen. Sein Schrei war ein hohes, lang gezogenes *Skrie, skrie*, wodurch dem Mann bewusst wurde, dass es sich um einen Rotschwanzbussard handelte, obwohl es nur ein Vogel war oder noch nicht einmal ein Vogel, sondern ein anderes Lebewesen, aber vielleicht traf selbst das nicht zu, denn wenn Masse Energie ist, dann sind Steine auch lebendig, oder?

Der Bussard zog schräg im Regen seine Kreise über dem Mann, wie auf dem Rand eines Tellers, der sich auf einem Stock dreht. Sie waren miteinander verbunden durch ihr gegenseitiges einander Sehen. In den Augen des Mannes? Eine schräge undeutliche Gestalt, ein Traumvogel. In den Augen des Bussards? Zu groß zum Fressen und zu erdgebunden, um Angst zu machen.

Mann und Vogel, Doktor und Bussard, Arzt für Allgemeinmedizin und Rotgeschwänzter, Orville Abraham Rose und Namenloser tanzten einen Augenblick lang den Tanz der beiderseitigen und unterschiedenen Kreatürlichkeit, und dann flog der Vogel auf und davon, löste sich auf in einen Punkt, ließ ein paar rote Schwanzfedern der Hoffnung in den Erinnerungen und Phantasien des Mannes und der Frau zurück, vielleicht, wie es manchmal in solchen Momenten ist, für immer.

Orville schaute sich um.

Miranda ging unter dem Regenschirm zu ihrem Auto. Er las erneut den Aufkleber auf der Stoßstange: WORTH SAVING. Das ist es!, dachte er. Die hinkende Frau unter den drei Demonstranten vor dem Worth Hotel am ersten Abend meiner Rückkehr.

»Worth Saving?«, rief er ihr durch den prasselnden Regen zu.

»Was?«

»Worth Saving?«

»Ja! Ja, ›Worth Saving‹, auf alle Fälle ja!«

9

Am nächsten Sonntagnachmittag fuhr Miranda Braak durch Columbia Richtung Worth Hotel, um Mrs. Tarr, Orville und seine Nichte Amy zu treffen. Orville hatte sie am Morgen nach ihrer Begegnung im Schulhaus angerufen und gesagt, dass er sie sehr gern wieder sehen würde und was sie vom nächsten Sonntagnachmittag halte.

»Wir können weiter über Geschichte reden. Von 1803 ab.«

»Warum reden, wenn wir handeln können?«, hatte sie erwidert.

Er dachte darüber nach. »Ich glaube, es gibt nichts Gutes, außer man tut es, okay.«

»Was halten Sie davon, wenn wir uns eine historische Stätte anschauen. Ich habe Mrs. Tarr – sie ist meine Mitkämpferin bei den Daughters of the American Revolution – versprochen, mit ihr eine Stunde lang vor dem Worth eine Mahnwache abzuhalten. Wir könnten dort beginnen.«

»Abgemacht.«

Miranda war immer noch gehobener Stimmung von dem Nachmittag im Schulhaus. Wie ein Kind voller Vorfreude hatte sie eine unruhige Nacht verbracht und war früh aufgewacht, sogar noch vor ihrem Sohn Cray. Die ganze Woche hatte sie versucht, den lebendigen Mann mit dem zusammenzubringen, was seine Mutter ihr über ihn erzählt hatte.

Im Sommer 1961 – Orville war damals sechzehn – war Selma von einer Hirnoperation im Albany Medical Center nach Hause gekommen. Sie war als schöne Frau weggegangen, und zwei Monate später kehrte sie zurück, eine Gesichtshälfte schlaff, ein Auge zugenäht, den Kopf rasiert und unter einem Turban versteckt. Damals war es in solchen Fällen üblich, den Kindern nicht zu sagen, um was für eine Operation es sich handelte, und ihnen auch keine Besuche zu erlauben. Sie war krank und deprimiert und wollte am liebsten sterben. Das Einzige, was sie am Leben erhielt, waren, wie Selma Miranda erzählt hatte, ihre Kinder: »Ich wollte sehen, wie sie größer werden und ihren Platz im Leben finden.«

Als sie in jenem Juni nach Hause kam, versuchte Sol nach besten Kräften zu helfen, aber es war gerade Golf-Saison. Ihre Tochter Penny hing nach ihrem Abschluss am New Paltz State Teachers College ein bisschen in der Luft. Sie traf sich mit Milton Plotkin oben in Albany und hatte nicht die Nerven, sich um sie zu kümmern. Milt war im Begriff, die im Sommerprogramm der Beth El Synagoge angebotene Reise in ein Kibbuz zu machen, und er hatte Penny eingeladen, an dem Badespaß im Toten Meer teilzunehmen. Selma redete Penny zu, mitzufahren, damit Milt ermutigt wurde, ihr weiterhin nachzustellen. Oder wie Selma es ausdrückte: »Ich habe mein Glück geopfert, um dem meiner einzigen Tochter nicht im Wege zu stehen.«

Blieb also nur Orville.

Selma wurde verhaltener, als sie Miranda die Geschichte erzählte. In jenem Sommer hatte Orville sich zum ersten Mal verliebt, und zwar in ein Mädchen aus Columbia namens Laurice – »nett, aber Litauerin«. Endlich schien er aus seinem Schneckenhaus herauszukommen, hatte Freunde im Basketballteam und war im Sommer viel mit Bill Starbuck zusammen. Er blühte richtiggehend auf, seine Tage und Nächte waren voller Abenteuer.

»Aber wissen Sie was? Trotz das ganzen aufregenden Lebens, das ihn lockte, war Orville für mich *da*.«

Tag für Tag, Woche für Woche saß Orville mit ihr draußen

auf der hinteren Veranda und half ihr, ihre Gesichtsmuskeln zu trainieren und ihr Gehirn wieder zu benutzen.

»Ich sagte ihm immer wieder: ›Bleib heute nicht hier bei mir, geh raus und spiel mit deinen Freunden, geh im Taconic schwimmen, geh zum Catskill und spiele mit Sol Golf, geh zu Bill, geh meinetwegen sogar mit Laurice aus – aber opfere nicht den ganzen Sommer für mich, nein, nein. Du bist frei, du kannst gehen, Honigbär. Fliege!‹« Mit größter Demut hatte Selma Miranda in die Augen gesehen und gesagt: »Und wissen Sie was? Davon wollte der Junge nichts hören. *Er blieb*. Blieb und kümmerte sich um seine Mutter. Mein Sohn kümmerte sich um mich.«

Als Miranda erkannte, wer an jenem Nachmittag in dem Schulhaus in Tränen aufgelöst vor ihr stand, stieg ihr das Herz in den Hals, und plötzlich machte alles Sinn. Seine Tränen galten dem kürzlichen Tod seiner geliebten Mutter. Da er sie so sehr geliebt hatte, wie konnte er nach nur drei Monaten schon darüber hinweg sein? Insbesondere da er die Beerdigung verpasst hatte. Sie erkannte in diesem Augenblick, dass die ganze Richtung seines Lebens – die Verbindung von der Pflege seiner Mutter mit dem Zufall, dass er einen freundlichen alten Arzt kennen gelernt hatte, der ihn in die Medizin eingeführt hatte – durch diesen Sommer entscheidend geprägt worden war. In diesem Sommer hatte er, ein schüchterner Junge, Mitgefühl gelernt und war zu dem geworden war, was Miranda als eine enorme Seltenheit in ihrer Welt empfand, zu einem selbstlosen und fürsorglichen Mann. Und, mehr noch, zu einem fürsorglichen Arzt! Sie wusste aus ihrer langen Erfahrung mit Ärzten, wie selten das war.

Doch Miranda hätte nie und nimmer Orville gegenüber erwähnt, dass sie von Selma einiges über ihn wusste, ja, sie hätte nicht einmal gesagt, dass sie Selma gekannt hatte.

Miranda liebte Geheimnisse. Seit ihrer Jugend gehörte das Bewahren von Geheimnissen zu ihrem innersten Wesen.

Es hatte an dem Tag begonnen, als sie fast sieben war und vom Wohnzimmer auf die Veranda ihres Elternhauses in Boca Grande, Florida, ging und plötzlich hinfiel. Sie stand auf, überrascht, doch als sie wieder gehen wollte, fiel sie erneut hin. Kinderlähmung war in ihr Leben eingetreten und würde es nicht mehr verlassen. Wie ein Baum um einen Eisenpfahl herumwächst, so wuchs sie um den verkrüppelten Teil in sich, wurde größer und kräftiger, immer muskulöser aufgrund der Lähmung.

Doch sie wuchs noch auf andere Weise. Angesichts der kleinen Grausamkeiten anderer Kinder, die sich über ihr Humpeln und ihre Stahlschiene lustig machten, entwickelte sie einen eisernen Willen. Sie lernte, ihre Wut hinter diesem eisernen Vorhang zu verbergen. Nach dem Krieg waren ihre Eltern – ihr Vater, ein Postangestellter, und ihre Mutter, eine Lehrerin an der Junior Highschool – von Minnesota an die Golfküste gezogen. Ihre kühle nördliche Steifheit mischte sich mit südlicher Anmut. In ihrer Familie verwandelte sich Zorn in Höflichkeit, Verletzung in vorgetäuschte Anteilnahme. Miranda lernte, ihre Stahlschiene unter einem Hosenbein, ihr Bein unter Armaturenbrettern, Pulten und Verkaufstischen zu verbergen. Nur selten kam es zur Bloßstellung, etwa wenn jemand im Dunkel des Kinos im Gang nicht an ihr vorbeikam und sie laut den erniedrigenden Satz sagen musste: »Es tut mir Leid, ich bin behindert. Gehen Sie doch bitte außen herum.« Der eiserne Vorhang in ihr hielt sie sogar davon ab, sich einen jener Autoaufkleber für Behindertenparkplätze zu besorgen.

Miranda war zu dem Schluss gekommen, dass in einer Welt, die sie oft als unfreundlich erlebte, Geheimnisse funktionierten. Offen zu sein, die Wahrheit zu sagen war gleichbedeutend mit Verwundbarkeit. Und verwundbar sein hieß machtlos sein. Das kam nicht in Frage. Geheimnisse zu haben war für sie zu einer Art innerem Draufgängertum geworden.

Ihr Mann, Crays Vater, war tatsächlich ein Draufgänger gewesen. Er hatte als junger Ingenieur auf einer Reihe von Bohrinseln im Golf gearbeitet. Sie hatten sich kennen gelernt, als er eine Woche Ferien im Gasparilla Inn in Boca Grande machte, wo sie als Kellnerin arbeitete, um Geld für ein weiterführendes Geschichtsstudium an der Talahassee-Universität zu verdienen. Er hatte sie mit seiner Leidenschaft für Abenteuer und für sie selbst überwältigt. Er trieb alles zum Äußersten, von schnellen Autos über schnelle Boote bis zu schnellen Flugzeugen und schließlich – in solchen Flugzeugen, wie sie für Stunts in Filmen benutzt werden – zur Kunstfliegerei.

Kurz nachdem Cray zwei war, wagte ihr Mann zu viel. Bei einer Flugvorführung in Tampa, die zu besuchen sie sich geweigert hatte, hob er vor einer Zuschauertribüne mit hunderten von Leuten ab, machte ein gewagtes Manöver zu nah am Boden und zerschellte. Damals waren Mirandas Eltern bereits beide tot. Sie hatte niemanden außer ihrem zweijährigen Sohn und einer unverheirateten Tante in Grand Forks, North Dakota.

Vor drei Jahren waren sie und Cray in ein Haus am Ufer des Hudson River nördlich von Columbia gezogen, das ihr ein Onkel vermacht hatte. Als kleines Mädchen hatte sie immer einen Teil ihrer Sommerferien dort verbracht, und sie mochte es sehr. Cray und sie waren arm, aber es reichte zum Leben.

Wiederum wuchs sie um die Tragödie des plötzlichen Todes ihres Mannes herum, und sie wuchs anders als andere. Außer wenn Cray oder sonst jemand sie darauf ansprach, schwieg sie darüber. Es wanderte hinauf in ihren Speicher voller Geheimnisse. In den vier Jahren seit seinem Tod hatte sie herausgefunden, dass Geheimnisse in einem gewissen Sinn Lügen sind, die man der Welt erzählt, und dass sie ihren Preis haben. Doch der Preis war annehmbar geworden. Ihr inneres Draufgängertum wurde jetzt von einer gewissen Furcht überdeckt. Sie hatte sich der Welt gegenüber geöffnet und war gestürzt, hatte sich einem Mann geöffnet und ihn geliebt und hatte ihn verloren.

Und so war sie, als Orville sie am Montag anrief und fragte, ob er sie wieder sehen könne, zugleich freudig erregt und voller Furcht. Sie fürchtete sich vor dieser Erregung. Hatte er nicht, als er über seine Zusammenarbeit mit Bill Starbuck sprach, gesagt, dass er nur »vorübergehend« hier sei? So sehr sie sich in diesem ersten Augenblick ihm geöffnet hatte, konnte sie sich einen vorübergehenden Mann nicht leisten. Ihre Furcht betraf nicht nur sie und dass sie verlassen würde. Das Leben ihres Lebens war ihr Sohn.

Doch dann war da noch Selma.

Die beiden Frauen hatten sich etwa ein Jahr vor Selmas Tod in der öffentlichen Bibliothek von Columbia kennen gelernt. Miranda forschte dort im Archiv, um Material für ihre Magisterarbeit zu finden. Selma arbeitete ehrenamtlich am Ausgabeschalter. Als sie Selmas Gesichtslähmung sah, öffnete sich Mirandas Herz. Sie sprachen miteinander. Es stellte sich heraus, dass Selma in mehreren sozialen Projekten, sowohl in Columbia selbst als auch außerhalb, engagiert war. Sie meinte, dass Miranda ideal in das Komitee passe, das sich für eine originalgetreue Restauration der Bibliothek einsetzte. Miranda war einverstanden.

Nach einer der Sitzungen lud Selma Miranda zum Tee in ihr Haus ein. Als sie im Chrysler die Washington Avenue hinauffuhren, machte Selma plötzlich einen Umweg über die Second Street, bevor sie auf der Fourth Street zum Courthouse Square zurückkehrte. Miranda fragte, warum.

»Ich bin abergläubisch«, sagte Selma, »ich fahre nie am Worth Hotel vorbei. Es ist das einzige Projekt, mit dem ich nichts zu tun haben will.«

»Und weshalb nicht?«

»Es erinnert mich an die Zeit, als ich noch schön war.«

An diesem Nachmittag und bis in den Abend hinein sprachen sie sich aus. Ihre Behinderungen brachten sie einander nahe. Nicht nur das schiefe Gesicht und das verkrüppelte Bein, sondern das gegenseitige Verständnis für einen Lebensbaum, der versucht, um einen Pfahl in ihm zu wachsen.

Die jüngere Frau hatte viel mehr Zeit gehabt, um ihre Erniedrigung herumzuwachsen. Sie verlor darüber kein Wort, doch sie hörte der älteren verständnisvoll zu.

Die ältere Frau, die Konflikte mit ihrer Tochter und ihrem immer länger abwesenden Sohn überlebt hatte und die zugleich die Regung neuer Liebe für ihre einzige Enkelin verspürte, befestigte in der jüngeren den Glauben an die Fähigkeit der Lebenskraft, den Verlust eines geliebten Menschen zu überstehen. Miranda fand Selma so freimütig, dass sie sich selbst traute, ein Stück Wahrheit von sich preiszugeben. Selma wiederum fand Miranda so scheu, dass sie ihr vertrauen konnte. Beide waren Töchter und Mütter. Beide hatten ihre Männer verloren.

Selma erzählte Miranda von Orvilles Gutherzigkeit und über die Bestimmungen ihres Testaments – dass er das Geld, das Haus und das Auto nur bekomme, wenn er für ein Jahr und dreizehn Tage dauernd dort lebte. Warum dreizehn Tage?, fragte Miranda. Selma lächelte schelmisch, antwortete aber nicht.

Miranda war zunächst über das, was sie da hörte, erschrocken. Es schien ihr verrückt und zu sehr um Macht zu gehen. Doch als sie Selma weiter zuhörte, als sie erfuhr, wie sie ihren Sohn hatte ziehen lassen, »damit er sich in der Welt herumtreibt«, und »ich denke jeden Tag an ihn, und mir verbrennt das Herz!«, spürte sie einen Widerhall der Gefühle, die sie ihrem Sohn Cray gegenüber zu entwickeln begann. Auch er ging immer mehr nach draußen, entfernte sich immer mehr von ihr. Sie erkannte in Selmas Schmerz, wohin ihr eigener geringerer Schmerz zielte. Sie konnte sich mit ihr identifizieren als Mutter eines Sohnes. Die Lady hatte Courage.

Miranda verstand, wie verzweifelt Selma sich danach sehnte, ihrem Sohn eine Chance zu eröffnen, zu seiner Familie zurückzukehren, und wie, so verrückt es anmuten mochte, die Bestimmungen ihres Testaments vielleicht Erfolg versprachen. Mirandas Gefühl in jenen Augenblicken, wenn Cray nicht bei ihr bleiben oder sie nicht in der Nähe haben wollte, war tatsächlich wie ein kleiner Tod.

An dem Nachmittag im Schulhaus hatte sich nicht nur Orville geöffnet. Miranda war dort in einem Moment angekommen, als der gewöhnliche Fluss ihres Lebens sich in einem Augenblick erhöhter Möglichkeiten zu kristallisieren schien. Wie es bei solchen Augenblicken zu sein pflegt, war der Auslöser Kummer. Kummer um ihren Sohn Cray, der an diesem Tag seinen sechsten Geburtstag gefeiert hatte. In letzter Zeit empfand sie eine größere Distanz zwischen sich und ihm. Wie sie gestern ihrer besten Freundin Beth, der Mutter von Clare, beim Kaffee gesagt hatte: »Ich spüre, wie sich mein Sohn hinausschraubt.«

Als Orville hereinkam, hatte Miranda hinter ihrem Pult gesessen und den Faksimileband von Ellis' *History of Kinderhook County* aus dem Jahre 1848 vor sich liegen. Gewöhnlich las sie so fasziniert darin, dass sie die Zeit vergaß und um drei Uhr nachts noch wach war, während sie glaubte, es sei erst elf, oder dass sie wie vor ein paar Wochen fast vergessen hätte, Cray von seiner Freundin Clare drüben in Ghent abzuholen. Doch an diesem Nachmittag wollten die Worte keinen Sinn ergeben. Sie las denselben Absatz wieder und wieder. Sie machte sich Sorgen um ihren Sohn. Insbesondere machte sie sich Sorgen, weil er in den letzten vier Jahren keinen Vater oder irgendeinen anderen Mann als feste Bezugsgröße in seinem Leben gehabt hatte. Sie hatte das Gefühl, ihm etwas schuldig zu bleiben.

Zuvor hatte in ihrem Haus die Geburtstagsparty stattgefunden, neun Jungen und Clare. Crays Freund Maxie Schooner hatte sich kürzlich das Handgelenk gebrochen und trug nun einen Gipsverband. Cray und er spielten mit ihren Baseball-

Karten. Cray tauschte eine mit Maxie, wollte sie dann aber wiederhaben. Maxie wollte sie nicht zurückgeben. Sie stritten sich. Plötzlich schlug Cray mit aller Wucht Maxie auf den Gips. Miranda war erschrocken. So etwas hatte er noch nie zuvor gemacht.

Es hatte Maxie nicht wehgetan, er war nur überrascht. Und Cray war es, der zu weinen anfing. Maxies Mutter Nelda Jo war ziemlich böse.

»Ich wollte dir schon immer mal sagen, Miranda«, meinte sie, als sie ihn abholte, »dass du dir mit deinem Sohn etwas einfallen lassen musst. Er ist unbeherrscht. Er braucht einen Mann um sich herum, der ihm den Kopf zurechtsetzt.«

Miranda war eigentlich recht stolz darauf gewesen, wie sie Cray nach dem Tod seines Vaters erzogen hatte, aber sie hatte auch immer Zweifel gehabt. Plötzlich hatte sie nur noch Zweifel. Sie fühlte sich im Innersten getroffen, ihr ganzes Muttersein war in Frage gestellt und drohte in Scherben zu gehen. Aufgewühlt brachte sie die Party mit Kuchen und Gewinnen bis zum Ende. Cray und ein paar der anderen Jungs mussten gleich danach zu ihrem Fußballspiel in Kinderhook.

»Willst du noch hingehen?«, hatte sie gefragt.

Schmollend hatte er geantwortet: »Ja, aber ohne *dich*.«

Sie schluckte ihre Verletzung runter, sagte: »Schön«, und brachte ihn und seine Freunde hin. Doch sie wollte nicht alleine sein und rief Mrs. Tarr an, ob sie sich nicht am Nachmittag die Aufsicht im Ichabod Crane Schoolhouse teilen könnten.

In historischen Gebäuden fühlte sie sich immer geborgener, fast sicher. Sie hatte in dem Einzimmer-Schulhaus gesessen und sich ein wenig besser gefühlt, aber im Herzen war sie unglücklich. Unglücklich über ihr Versagen als Mutter, unglücklich über das Geburtstagsfest ihres Sohnes, das an den Tod seines Vaters erinnerte, unglücklich über all die Verluste und Niederlagen in ihrem Leben. Orville war hereingekommen, offenbar in der Annahme, er sei allein. Es war einer dieser Momente, dachte sie, in dem man einen Menschen genau so sieht, wie er wirklich ist.

Als er sie bemerkte, war sie von seinen Tränen, seiner Traurigkeit tief bewegt. Seine Augen waren so offen! Ein paar Minuten später, als sie erkannte, wer er war, gewann er ihr Herz – er weinte wegen seiner Mutter!

Als sie dann zu dem Fußballplatz hinausgefahren war, war niemand mehr da. Der Regen musste in Kinderhook früher eingesetzt haben. Sie starrte auf das matschige Spielfeld, wo ein einzelnes nasses orangefarbenes Trikot lag. Na, toll gemacht. Ein weiterer Beweis, was für eine schlechte allein Erziehende du bist. Mike Fredrickson, der Vater von Zeke, musste Cray heimgefahren haben. Und sie würde den Teufel tun und das verlorene Hemd im Regen holen.

Aber dann stieg Miranda doch aus, öffnete den Regenschirm, ging vorsichtig durch das matschige Gras, nahm das verwaiste Hemd und kehrte zum Auto zurück.

Sie fuhr durch den Wolkenbruch nach Hause. Mikes Pickup stand schon da. Mike und Zeke saßen in der Fahrerkabine. Sie winkte ihnen zum Dank zu. Die beiden fuhren los. In Crays Zimmer oben war Licht. Miranda ging ins Haus und rief die steile schmale Treppe hinauf: »Cray?«

Keine Antwort. Sie fragte sich, ob er wohl antworten würde.

Sie rief lauter: »Cray?«

Nichts. Dann: »Ja?«

Gott sei Dank. So munter wie möglich sagte sie: »Ich bin wieder zu Hause, Liebling.«

»Okay, Mom.« Es folgte ein Moment Stille. Sie hielt fast den Atem an. »Ich hab was auf den Tisch gelegt.«

»Okay.« Miranda sah auf dem Küchentisch nach. Dort lag ein Brief, in geschlossenem Umschlag und adressiert: »An Mom.« Auf einem Stück lavendelfarbenem Millimeterpapier stand in großen Blockbuchstaben, geschrieben mit einem breiten schwarzen Filzstift, der an den Rändern ausgefranst war: »Bite sei mir nicht mer böse.«

Jetzt, eine Woche später, als sie vor dem Worth Hotel vorfuhr, war sie immer noch berückt von dieser Bitte, von seiner schlichten Sensibilität – und ihrer auch. Ich habe an dem Band zwischen uns ein wenig gezogen, und er hat es gespürt und an seinem Ende gezogen.

Mrs. Tarr vom Frauenverein, das weiße Haar zu einem – wie Miranda von Monat zu Monat ihrer Mitarbeit immer mehr glaubte – ewigen Dutt gebunden, trug bereits ein Plakat umgehängt, das entweder sie oder das Hotel oder alles für WORTH SAVING erklärte. Der Spendeneimer war mit Umsicht auf dem Gehsteig platziert, ein schreiendes Stück gelbes Plastik in der kalten, sonnigen und windigen Luft des Novembertags. Obwohl Miranda fünfzehn Minuten zu spät kam, war von Orville und Amy nichts zu sehen.

Miranda hatte weder Amy kennen gelernt noch je wirklichen Kontakt mit Penny oder Milt gehabt. Nach ihrer ersten Aussprache hatten Selma und Miranda zusammen bei verschiedenen Komitees und Projekten mitgearbeitet, gelegentlich hatten sie sich auch zum Tee getroffen, aber nie wieder den gleichen Grad an Intimität erreicht. Es war, als hätten sie genug gesagt oder vielleicht sogar zu viel. Als ob sie den Faden nicht noch einmal aufgreifen müssten oder es auch nicht könnten. Miranda lebte mehrere Meilen außerhalb von Columbia, und ihr Freundeskreis befand sich in Kinderhook, so dass sie sich in Gesellschaft nie gesehen hatten. Ihre kurze tiefe Begegnung blieb ihr Geheimnis.

Deshalb traf Selmas plötzlicher Tod Miranda hart. Auf der erstaunlich großen Beerdigungsfeier hatte sie sich wie eine Außenseiterin gefühlt und am Rand gestanden. Sie suchte die Familienmitglieder nach Orville ab und war angesichts seiner

Nähe zu seiner Mutter erstaunt, dass er nicht erschienen war. Als die Trauernden den Friedhof verließen, schnappte Miranda auf, dass Orville irgendwo in Europa war und man ihn nicht erreichen konnte. Auf ihrer Heimfahrt von Selmas Beerdigung überraschte es sie, wie deprimiert sie war. Es geschieht nicht oft im Leben, dass einem jemand derartig vorbehaltlos und offen begegnet. Sie merkte, wie sehr sie sich mit Selma identifizierte, als Mutter eines, wie diese sich ausdrückte, »herumtreiberischen« Sohnes.

Am Tag nach der Beerdigung war Selmas Dienstmädchen Hayley an Mirandas Tür erschienen. Sie stand dort mit einer großen Pappschachtel auf den Armen – SCOMPARZA BESTATTUNGEN UND UMZÜGE. Miranda war verwundert und bat sie herein.

Hayley erklärte, dass sie einen geheimen Auftrag von Selma ausführe. Vor ihrem Tod habe Selma ihr die versiegelte SCOMPARZA-Schachtel gezeigt, auf der ein Zettel klebte: FÜR HAYLEY. Wenn Selma sterbe, soll sie die Schachtel umgehend zu Miranda bringen. Selma habe sie verpflichtet, niemandem je davon zu berichten.

Hayley war diejenige, die Selma tot in der Küche gefunden hatte. Sie hatte einen klaren Kopf behalten, die Schachtel im Kofferraum ihres Autos verstaut, dann war sie wieder ins Haus gegangen und hatte Bill Starbuck verständigt.

»Jetzt ist mein Auftrag ausgeführt«, sagte Hayley zu ihr an jenem Augustnachmittag. »Ich weiß nicht, was alles drin ist, aber es ist ausschließlich für Sie.« Im Weggehen blieb sie noch einmal stehen. »Mrs. Rose war ein bisschen seltsam, aber sehr stark.«

»Sehr. Stark und ein bisschen verrückt, ja.«

»Amen.«

Miranda öffnete die Schachtel. Obenauf lag ein dicker Brief an sie von Selma. Dick, weil fünftausend Dollar in Zwanzigerscheinen darin waren – ein heimliches Vermächtnis. Und er enthielt Anweisungen. In der Schachtel befanden sich mehrere eingepackte gerahmte Fotos sowie eine Reihe von Briefen. Die Briefe waren alle von Selma geschrieben und an Orville in ihrem Haus am Courthouse Square adressiert. Jeder war versiegelt und mit Briefmarke versehen. Und auf jedem klebte ein gelber Zettel mit einer Nummer – sie waren nacheinander durchnummeriert –, auf dem stand, wie viele Wochen nach Orvilles Heimkehr nach Columbia sie verschickt werden sollten. Den ersten sollte sie »Am Tag vor seiner Rückkehr abschicken«, den zweiten »Drei Wochen nach seiner Rückkehr abschicken« und so weiter. Sie sollten alle zwei oder drei Wochen versendet werden, und es schienen genug Briefe zu sein, um ein ganzes Jahr und dreizehn Tage damit abzudecken. Am Ende der ganzen Zeit sollte der verbleibende Rest der Schachtel an Orville geschickt werden. Miranda durfte nie zu erkennen geben, dass sie es war, die die Briefe absandte.

Miranda war entsetzt. Warum ich? Wir hatten ein tiefes Gespräch voll gegenseitigem Vertrauen, ja, und haben beim Bibliothekskomitee zusammengearbeitet, aber das war es auch schon. Warum *ich?*

Zuerst konnte sie sich nicht vorstellen, als heimliche Komplizin tätig zu werden. Doch Selma war überzeugend. Der letzte Teil ihres Briefs war das Meisterwerk einer gewissen bezwingenden Herzenslogik.

Ich weiß, es wird Dir nicht leicht fallen, meine Liebe, aber es ist mein wichtigster Wunsch, den ich Dir hiermit auftrage. Auch wenn wir nicht viel Zeit miteinander verbracht haben, bin ich doch sicher, dass ich Dir vertrauen kann. Jener Abend, als wir das erste Mal miteinander sprachen, war etwas so Besonderes! Wir beide dürfen uns auf die Schulter klopfen – wenn ich noch eine Schulter *habe*. Solltest Du jetzt genauso bewegt sein, wie ich es bin, da ich dieses schreibe, dann bitte, Liebe, schicke diese Briefe ab, und sag niemandem ein Sterbenswörtchen davon. *Dies ist mein letzter Wille.* Du bist eine Mutter. Du hast einen Sohn. Wir haben über unsere Söhne gesprochen. Meiner blieb bei mir und sorgte für mich, und um es ihm zu vergelten, ließ ich ihn gehen, ließ ihn aus dem Nest flüchten. Doch er flog zu weit weg und konnte nicht mehr zurück. Mein Testament und diese Briefe – eigentlich Liebesbriefe, mit allem, was ich ihm nie habe sagen können – sollen ihm die Augen dafür öffnen, wovor er wegflog, und vielleicht auch helfen, seinen Weg zurückzufinden.

Jetzt bitte ich Dich um noch etwas. Geh hinaus, schau in den Himmel, und versuche Dir vorzustellen, dass ich da oben bin, und leg Deine Hand auf einen Stein oder eine Bibel oder auf das rote Haar vom süßen kleinen Cray und sage: »Ich verspreche es.« Ich werde es vielleicht nicht hören können – haben die Toten noch Ohren? –, aber ich werde es verstehen. Oder, Gott behüte, ich werde wissen, dass Du's nicht tust. Tu es jetzt.

Alles Liebe, Deine Selma

PS: Öffne und lies die Briefe nicht. Liebesbriefe zwischen einer Mutter und einem Sohn sind heilig und klingen ein bisschen sentimental und rührselig für Außenstehende. Stell Dir ähnliche Briefe von Dir an Deinen hübschen Cray vor.

Alles Liebe, Deine Selma

Wie konnte sie Selma den letzten Wunsch verweigern? Sie schleppte die Schachtel auf den Speicher und versteckte sie hinter dem großen Überseekoffer, in dem die Relikte aus ihrer Jungmädchenzeit in Boca Grande und die Erinnerungsstücke ihrer Ehe aufbewahrt wurden. Danach – sie kam sich etwas albern vor – ging sie hinaus an den Fluss, setzte sich auf einen Felsen, legte ihre Hand darauf und sah hinauf in den dunstigen Augusthimmel, sich an ihre kindlichen Vorstellungen vom Himmel erinnernd – die Flügel und Heiligenscheine und weißen Chorgewänder –, und sagte: »Okay, Selma, ich verspreche es.«

Als sie zwei Wochen später in der Bibliothek recherchierte, hörte sie zufällig, wie eine der ehrenamtlichen Bibliothekarinnen sagte, dass Selmas Sohn Orville am nächsten Tag zurückerwartet werde.

Noch am selben Nachmittag fuhr Miranda nach Columbia und gab den ersten Brief auf.

»Tut mir Leid, dass ich so spät komme«, entschuldigte sich Orville, als er und Amy vor dem Worth aus dem Chrysler stiegen. »Bill hat Notdienst, und die Praxis war voller Patienten. Da musste ich bleiben und helfen.« Miranda trug einen weißen irischen Strickpullover und eine weiße Strickmütze, die ihr rotes Haar betonte – er fand, dass sie hinreißend aussah. »Aber jetzt sind wir da.«

»Ich freue mich«, sagte sie.

Er trug ein weißes Hemd mit Krawatte, die in den Windstößen umherflatterte und ihm ein legeres, sorgloses Aussehen verlieh.

Schweigen, dieses lähmende Schweigen, das nur schüchterne Menschen kennen.

Mrs. Tarr nahm die Sache in die Hand und stellte alle einander vor. Anschließend begann sie im Kreis zu gehen, gefolgt von Miranda, dann linkisch Orville und hinter ihm mürrisch Amy.

Nachdem sie sich am letzten Sonntag geweigert hatte, Orville zu sehen, hatte Amy – laut Penny – nur noch Unheil gebrütet. Die Zielscheibe ihres Zorns war Milt. Ihr Verhältnis war sowieso in den letzten Wochen getrübt gewesen, nachdem Milt, beunruhigt durch ihre schlechten Mathematiknoten, gesagt hatte, dass sie sich das Reiten und den Schauspielunterricht bei Greenie Sellers abschminken könne, wenn sie nicht jeden Abend ihre Hausaufgaben mache. Das hatte sie dann auch eine Weile lang brav getan, doch dann kam das Truthahnschießen bei der Federation of Polish Sportsmen. Milt und Penny waren mit den vier Schooners hingefahren und hatten in dem Wildgehege des Verbandes hinter der Lone-Star-Zementfabrik auf zahme Truthähne losgeballert. Milt hatte einen Puter eingepackt, ihn wie ein riesiges Huhn auf der Motorhaube seines babyblauen Lincoln vertäut und mit nach Hause gebracht. Amy warf nur einen Blick darauf und erklärte, sie sei Vegetarierin. Penny unterstützte das. Milt sagte zu ihr, dies sei ein freies Land und sie könne essen, was sie wolle. Doch Amy hörte nicht auf, Milt Vorwürfe zu machen, weil er wehrlose Tiere tötete. Milt fragte sie spöttisch, wo dann ihrer Meinung nach ihre beschissenen Hamburger herkämen, ob sie an Bäumen wüchsen? Sie gerieten sich in die Haare, Amy nannte ihn einen Nazi, und Milt erklärte, er verbiete ihr das Fernsehen für den Rest ihres Lebens. Seither hatte Amy die meiste Zeit in ihrem Zimmer verbracht und Gedichte über den Tod geschrieben.

Jetzt, Walkmanstöpsel in den Ohren, zog sie ihre Marinejacke fest um sich und ließ alle deutlich fühlen, wie es sie anwiderte, dass man sie aus dem Schreiben von Todesgedichten herausgerissen hatte, damit sie hier vor aller Augen solchen Unsinn vollführte.

»Gab es hier nicht auch Modeschauen?«, fragte Orville.

»Richtig«, antwortete Mrs. Tarr. »Die Tür ist zu, aber man kann hineinschauen.«

Sie führte sie unter das eingesunkene Maul des Portikus an ein Fenster neben der Eingangstür. Man sah die Reste einer großen geschwungenen Treppe, die hinunter ins Foyer ging. Orville erinnerte sich undeutlich, wie Selma in dem kobaltblauen Ballkleid, in dem sie neuerdings herumflog, diese Treppe herunterkam. In seiner Erinnerung war ihr Gesicht in Ordnung. Das Mahagonigeländer war größtenteils intakt, doch viele der Stufen aus schwarzem Walnussholz fehlten, wahrscheinlich gestohlen und für Rauschgift verkauft. Das Foyer war voller Bierdosen, Styropor-Krimskrams, einem Schlafsack und den verkohlten Resten eines Lagerfeuers. Jetzt bot es Junkies, Obdachlosen und Ratten Unterkunft.

»Die Modeschauen waren Wohltätigkeitsveranstaltungen«, sagte Mrs. Tarr, »veranstaltet von der Junior League und dem Förderverein des Krankenhauses. Ihre Mutter hat einige davon organisiert. Ich vermisse sie so sehr.«

»Grandma Selma?«, fragte Amy überrascht.

»Genau, Liebes«, antwortete Mrs. Tarr. »Bevor du auf der Welt warst. Ich sehe es noch vor mir, wie schön sie ausschaute, wenn sie die Treppe herunterkam und dann die übrigen Mädchen ansagte.«

»Echt?«, fragte Amy mit erwachendem Interesse.

Die anderen waren von Amys angedeutetem Sinneswandel überrascht und nahmen ihren Kreisgang wieder auf. Amy folgte weniger mürrisch.

»Warum Worth?«, wollte Orville von Miranda wissen.

»Warum Worth *was*?«, fragte sie mit fröhlich blitzenden Augen zurück.

»Onkel O., *müssen* wir denn?« Amy rief gegen den nun aufkommenden Wind an. Doch sie schien zu spüren, dass es zu weit ging, irgendetwas Wichtiges zwischen ihnen beiden zu unterbrechen, und unerwartet fuhr sie fort: »Entschuldigung, aber was ist daran so wichtig? Warum demonstrieren wir?«

»Weil dein Vater, Amy«, antwortete Miranda und lächelte sie an, »es abreißen und hier einen Supermarkt hinstellen will.«

Amys Mund bildete ein kleines O. »Mein Vater?«

»Die Baufirma Schooner and Plotkin will es abreißen.«

Amy dachte kurz darüber nach und betrachtete das heruntergekommene Hotel. »Er will dieses … dieses *wunderschöne* historische Hotel abreißen, wo Grandma Selma als *Model* aufgetreten ist? Was für ein Armleuchter.« Die anderen lachten. Miranda sah Orville an und zwinkerte ihm zu. »Milt würde für Geld seine eigene Großmutter verkaufen! Wie können wir ihn stoppen?«

»So, wie wir es hier machen.«

»Also los!«

Sie gingen wieder im Kreis. Doch der Wind war stärker geworden, ein vorzeitiger kanadischer Sturm, der durch den Trichter der Catskills und der Berkshires ins Hudson Valley geblasen und dann in Columbia scheinbar auf dem Buckel der Stadt gefangen wurde und sich zu einem Wirbelwind aufbaute, der sich zwischen North Swamp und South Swamp drehte, in die leuchtenden Herbstblätter von Columbia hineinfuhr und die nichts ahnenden Menschen aufschreckte. Die Plakatschilder waren wie Segel, die von heftigen Windstößen erfasst wurden. Mrs. Tarr und Miranda klammerten sich an die Holzstangen, als wären es Schiffsmasten. Orville half, sie gegen den Wind zu schieben und sie unten zu halten, wenn sie kehrtmachten.

»Ich friere!«, rief Amy. »Mir ist wirklich kalt!«

»Mir auch! Lasst uns aufhören«, sagte Miranda.

»Kommt, wir gehen ins Vereinshaus«, schlug Mrs. Tarr vor, »und machen uns heiße Schokolade.«

Bald saßen sie in der behaglichen Bibliothek des Frauenvereins und wärmten sich an ihren heißen Bechern.

Orville war erstaunt, nach all den Jahren immer noch die beiden riesigen Walkieferknochen vorzufinden, die sich über die Ausleihe spannten. Er erinnerte sich, wie er unter ihnen als kleiner Junge stand, der Ausgabetisch über ihm aufragend und diese beängstigenden spitzzähnigen Wale hoch oben, und die Frau fragte, die diese kleine Privatbibliothek führte, ob er sich ausnahmsweise ein Buch mehr als vorgeschrieben ausleihen dürfe, nur eines mehr, bitte. Und plötzlich dachte er an die Nacht, als er das Empfinden hatte, das Hotel spräche zu ihm, und seine Gedanken flogen zu Celestina Polo in Nepal mit dem Schweizer Banker und dem halben Elefanten, bei Rafting und Meditation, und er begann sich wirklich miserabel zu fühlen. Wogen der Sehnsucht und des Schmerzes brandeten in ihm auf.

Das Einzige, was er kannte, um den Schmerz zu betäuben, waren Alkohol und Atmen, wie sie selbst es ihm beigebracht hatte. Alkohol war nicht zu haben, Atmen vergegenwärtigte sie ihm nur umso lebhafter und machte alles noch schlimmer. Um seine Verzweiflung inmitten all dieser freundlichen Verstaubtheit einer verlassenen Bibliothek an einem kalten Sonntagnachmittag im tiefsten Nirgendwo zu verbergen, fragte er mit geheucheltem Interesse: »Also, warum Worth?«

»Warum *was*?«, fragte Mrs. Tarr zurück und legte ihre Hand ans Ohr. »Waswaswas?« Sie war seine Patientin, und Orville wusste, wie schwerhörig sie war.

»Warum Worth?«, wiederholte er lauter und warf Miranda einen hilfesuchenden Blick zu.

»Warum Worth *was*?«, neckte ihn nun Miranda wieder.

»Wer war er und was tat er denn, um ein Hotel zu verdienen?«

Miranda lächelte schüchtern. Da sie sich so von ihm angezogen fühlte, war sie froh, abgelenkt zu werden und ein neutraleres Thema zu verfolgen. »William Jenkins Worth wurde 1794 in der Coffin Street geboren, als Sohn eines aus Nantucket stammenden Quäkerpaares. 1812, mit achtzehn, arbeitet er als Angestellter in Gadicke's Feed and Grain in der Eighth Street. Wiegt Gerste und Hafer ab. Muss viel schleppen. Langweilt sich tödlich. Da campiert General Winfield Scott mit siebenhundert Soldaten in flotten Uniformen und den neuesten blitzenden Gewehren und mit allerhand großen kräftigen Pferden und Querpfeifen und Trommeln eine Nacht direkt auf dem Courthouse Square. Sie ziehen nach Norden, in den Krieg von 1812.«

Amy und Orville fragten beinahe wie aus einem Mund: »Was war das für ein Krieg?«

»Amerikaner gegen Briten und Indianer. Worth meldet sich freiwillig, haut von zu Hause ab. Mit den Generälen Apocalypse Smith und Scott ist er der Held der Schlacht vom Niagara. Er führt ein Massaker an den Indianern in Chippewa an und wird der 4. Kommandant von West Point. Ruhelos ist er unterwegs, um mehr Indianer niederzumetzeln, diesmal in Florida im Seminole-Krieg – Lake Worth in Florida ist nach ihm benannt. Die ganzen vierziger Jahre führt er Massaker an, diesmal an Mexikanern im mexikanischen Krieg.«

»Was für ein Dreckskerl!«, rief Amy aus. »Bin ich froh, dass ich Vegetarierin bin.«

»Aber Dreckskerle pflegen nun mal zu regieren«, sagte Mrs. Tarr.

»Ohne Witz, in der Schule gehen die Jungs in Gruppen die Flure lang, so dass man nicht an ihnen vorbeikommt, und rufen: ›Jungs sind besser! Jungs sind besser!‹ Aber wir rufen dann: ›Ihr Bettnässer! Ihr Bettnässer!‹

»Da habt ihr Recht! Ich wünschte, wir Mädchen wären in meiner Zeit auch so couragiert gewesen.«

»Als ich noch kleiner war, haben wir gesungen: ›Mädchen haben Spaß, denn sie lernen was; Jungen haben's öd, denn sie sind ja blöd.‹«

»Was wahrscheinlich«, fuhr Miranda lachend fort, »auf Worth zutrifft. Er ist dumm, aber er schaut toll aus. Er gilt als der schönste Mann der amerikanischen Army. Wenn er auf dem Pferd sitzt, sieht er umwerfend aus, und er ist ein begnadeter Tänzer. Der verbreitetste Tanz der Zeit ist der ›General Worth Quick-Step‹. Amerika verliebt sich in ihn. Hier in seiner Heimatstadt benennen sie ein Hotel nach ihm. Berühmte Leute steigen hier ab – Politiker, durchreisende Opernstars, Industriemagnaten. Aufgrund seiner Begabung zum Massenmord und seiner äußeren Erscheinung auf dem Pferderücken und des Quick-Steps ist er der naturgegebene Kandidat für die Präsidentschaft. Aber er hat … *einen großen Fehler.*« Sie lachte in sich hinein. »Er war einer der dümmsten und aufgeblasensten, eigensüchtigsten Männer in der Geschichte, und das wurde ihm zum Verhängnis. Wenn sich einer selbst ein Bein gestellt hat, war er es. Er versucht das Rampenlicht im mexikanischen Krieg allein auf sich zu ziehen, indem er persönlich die Kapitulation empfängt. Damit stiehlt er demselben General Winfield Scott, der ihn aus Columbia holte, die Schau. Doch als er von Scott scharf gerügt wird, schreibt er verbitterte, selbstgerechte Briefe an Zeitungen, in denen er kein gutes Haar an seinem Gönner lässt. Aber die Mächtigen schlagen zurück, indem sie ihn zur Befestigung der Grenze nach Mexiko beordern. Ihm zu Ehren haben sie immerhin das erste Fort in Texas nach ihm benannt.«

»Fort Worth?«, fragte Amy. Miranda nickte. »Da war ich mit meinen Eltern. Das ist vielleicht doof, nur beschissene Golfplätze. Milt spielt da.«

»Das ist eine spannende Geschichte«, meinte Orville. »Junge aus Columbia kommt groß raus.«

»Nicht ganz so groß. Er stirbt an der Cholera in San Antonio, bevor er von der Ehre erfährt.«

»Ein großer Amerikaner«, sagte Orville ironisch.

»Ja«, erwiderte Miranda, »fast ist er einer.«

»Gibt es so etwas denn?«

»O ja, zum Beispiel George Washington. Ein unglaublicher Mann. Nach der Revolution hätte er ein Diktator werden können, ein zweiter Napoleon, aber er gab das Land den Menschen zurück. Er hat verhindert, dass wir eine Bananenrepublik werden.«

»Dann haben wir heute also eine richtige Republik«, sagte er, »mit einer Banane an der Spitze?«

Gemütlich tranken sie ihre heiße Schokolade und plauderten über Bananen und Indianer, Walkiefer und Revolutionen, während der heulende Wind an den großen alten Fenstern des im Föderalstil erbauten Hauses rüttelte. Bis Miranda aufbrechen musste, um ihren Sohn vom Fußball abzuholen. Amy und Orville würden ihren Nachmittag wie immer im Hudson Diner beschließen, mit dem frittierten Allerlei aus Orvilles und jetzt Amys Jugend.

»Und er liegt oben auf dem Cemetary Hill begraben?«, fragte Orville.

»O nein!«, rief Mrs. Tarr entsetzt aus. »Das wäre viel zu poplig für ihn! Er ist unter einem Obelisken in Manhattan begraben, Ecke 5th und 25th, mit Blick auf das Flatiron Building gleich gegenüber von Macy's. Seine ganzen Schlachten sind in den Obelisk eingemeißelt. Chapultepec, Vera Cruz, Puebla, Lundy's Lane, Chippewa, Chorobusco – klingt wie Musik, nicht wahr?«

»Und die Ironie der Geschichte«, sagte Miranda, »ist natürlich, dass ihn dort niemand zur Kenntnis nimmt. Es ist heute eine Verkehrsinsel und eingezäunt – kaum Platz für Fußgänger. Selbst wenn man ihn bemerkt, ist dort so viel los, so viel lauter, chaotischer Verkehr, dass nur wenige Leute stehen bleiben. Wenn man zufällig einen Blick darauf wirft, hält man es für ein Relikt aus irgendeinem Grab in Ägypten. Niemand liest, was darauf geschrieben steht. Eigentlich ist es traurig.«

Als Mrs. Tarr die alten Lampen eine nach der anderen ausschaltete, fragte Orville Miranda: »Was das Worth betrifft, habt ihr überhaupt eine Chance zu gewinnen?«

»So gut wie keine. Wir haben eine Petition vorgelegt, es unter Denkmalschutz zu stellen, was die Sache verzögert, aber nur etwas. Um es zu restaurieren, müsste man eine halbe Million Dollar investieren. Die Einwohner von Columbia würden es am liebsten abreißen. Die Einzigen, die uns unterstützen, sind die Leute im County, aber sie haben keine Stimme. Die Bundesregierung hat zugesagt, zwei Drittel der Abrisskosten zu tragen. Wir warten jetzt auf die Entscheidung des Denkmalamts.«

»Es könnte das Zentralstück bei der Wiederbelebung der Innenstadt werden«, sagte Mrs. Tarr. »Die Antiquitätenhändler sind auf unserer Seite, aber sie sind wenige.«

»Wie hoch sind also eure Chancen?«

»Onkel O.! Du meinst, wie hoch sind *unsere* Chancen, nicht wahr? Du bist doch wohl auf *unserer* Seite, oder?«

»Vollkommen. Wie hoch sind also *unsere* Chancen?«

»Gleich null. Selbst wenn es zum Baudenkmal erklärt wird, kann der Bürgermeister es abreißen lassen, wenn nicht genug Geld zusammenkommt, um es zu restaurieren. Schooner and Plotkin dürfen ein geschichtsträchtiges Preisparadies bauen.«

»Diese *Hornochsen*! Wir müssen sie aufhalten!«

»Am Ende kommt also dabei heraus«, sagte Miranda, »dass es so gut wie hoffnungslos ist. Sehen Sie es nicht auch so, Mrs. Tarr?«

»Völlig hoffnungslos, ja, das stimmt.«

»Warum«, wollte Orville wissen, »machen wir dann das Ganze?«

Miranda fühlte eine Erleichterung. Plötzlich war sie auf sicherem Gelände. Es war, als ob er fragte, warum man zu gehen versucht oder warum man sich um sein Kind kümmert oder warum man versucht, sich nicht zu verlieben oder sich nicht zu trennen.

In Anbetracht der mehr als kärglichen Erfolgsaussichten verwunderte es Orville, dass sie ihm mit so heller und melodiöser Stimme antwortete, wie in jenem flirtenden Augenblick voller Möglichkeiten in dem kahlen Schulhaus vor einer Woche.

»Warum, Dr. Rose«, sagte sie, berührte seine Hand und sah ihm fest in die Augen. »Tun wir Dinge nur wegen der Ergebnisse?«

10

Babs hat heute Morgen gemeint, weil du hier in der Praxis so gute Arbeit leistest und es doch bald kalt wird, da könnten sie und ich vielleicht ein Weilchen unten in Boca Ferien machen. Also ich weiß nicht recht, ich meine, was zum Teufel soll ein alter Sack wie ich unten in Boca Raton anfangen? Komischer Name, Boca Raton, findest du nicht auch?«

»Rattenmaul«, meinte Orville, umweht von einer Schalottenwolke.

»Tatsächlich? Zwar kann Babs sich vor Tierliebe kaum retten, aber ich bezweifle, dass sie es mit Ratten hat, hähä. Sie stellt sich vor, dass wir über Thanksgiving unten sind, mit den anderen Zugvögeln. Aber dann kommen wir Weihnachten zurück. Wir wären nur ein paar Wochen, sagen wir drei Wochen, weg.«

»Aha«, sagte Orville hinter dem alten Schreibtisch und lehnte sich in Bills Stuhl zurück. Bill saß auf dem Patientenstuhl und wirkte desorientiert. »Wollen wir die Stühle wechseln, Bill?«

»Was? Nee. Ist irgendwie auch mal gut, auf dieser Seite zu sitzen. Sagen Sie, Doc, ich hab jetzt seit zehn, fünfzehn Jahren diese Schmerzen in der Leistengegend und ... hähä.« Er blies zwei Rauchwolken in die Luft, hustete, lief ein bisschen bläulich an, wurde dann wieder rosig, deutete mit der Zigarette auf Orville und fuhr fort: »Ich hab dir versprochen, dass du den Karren nicht allein ziehen musst, Orvy, und wenn du Nein sagst, dann kann *ich* auch Nein sagen und bin sehr froh dabei.«

»In der Praxis geht es zur Zeit nicht so wahnsinnig zu, Bill. Drei Wochen finde ich okay.«

»Scheiße. Ich hatte irgendwie gehofft, du würdest da nicht mitmachen. Babs hab ich gesagt, es dauert zwei, höchstens drei Wochen, bis mir in Boca die Decke auf den Kopf fällt. Wir kommen dann in der ersten Dezemberwoche zurück?«

»Nur zu, Bill.«

»Ich hab befürchtet, dass du so reagierst.«

»Wann fahrt ihr los?«

»Übermorgen. Das sag ich natürlich schon seit fünfzig Jahren oder so, also mal abwarten.«

Aber er ist tatsächlich an jenem Übermorgen abgefahren, und das war nun zwei Wochen her, und in der Praxis ging es alles andere als ruhig zu. Bill hatte ihm offenbar verheimlicht, dass mit dem drohenden Winter die Jagdsaison einsetzte, und mit der verwünschten Serie von Feiertagen ab Thanksgiving glich die ärztliche Tätigkeit in Columbia einer Art Winterkarneval im Fegefeuer. Außerdem stellte sich heraus, dass Bill einen sehr viel größeren Teil der Praxis auf seinen Schultern getragen hatte, als es Orville erschienen war. Der alte Mann hatte die imaginären Beschwerden der armen Seelen, die hereintrudelten, mit immer höheren Dosierungen von Starbusol und mit so genannten Starbusol-Diäten behandelt, was immer das heißen mochte.

Für Orville war die Hirschjagd ein trauriger Witz. Traurig wegen der Abschlachtung ziemlich zahmer Rehe und Hirsche und ihrer Kitze. Traurig auch wegen des Umstands, dass das Wildfleisch wie alles Leben in einer Nahrungskette, die von einem Fluss abhing, der mit PCB verseucht war, ein hohes Krebsrisiko barg. Traurig, weil die Armen es dennoch aßen. Die Preise für Nahrungsmittel waren nämlich gestiegen, die Einkommen hingegen gesunken. Seltsam, aber wahr. Der Große Kommunikator, sich des Problems bewusst, war im Fernsehen erschienen und hatte mit jener Bass-Saxophonstimme seine amerikanischen Landsleute dahingehend beruhigt, dass in den Schulessen ihrer Kinder Ketchup ab sofort als Gemüse eingestuft würde. Traurig fand es Orville auch, wie das hiesige Provinzblatt *The Columbia Crier* die Jäger aufputschte. Ein Artikel zeigte einen jungen Mann im Rollstuhl und einen alten Mann mit Gehhilfe, die beide Gewehre hielten. Seine Überschrift: »Behinderte und Rentner sind bereit!« Ein anderer – »Eine dreibeinige Trophäe!« – zeigte einen dreibeinigen Hirsch, und darunter stand: »Wie der Sechsender sein Bein verloren hat, ist unklar, aber die Haut hatte genug Zeit, über den Stumpf zu wachsen. In Canaan zur Strecke gebracht, wog er ausgenommen hundertsiebenundfünfzig Pfund.« Und da waren noch verschiedene herzerwärmende Artikel mit Fotos von Jungen neben ihren Vätern, die Köpfe von Tieren hochhielten, welche sie soeben erlegt hatten. Orville fühlte sich an das Blutbad erinnert, das manche Männer für nötig erachteten, um aus Jungen Männer zu machen, aus richtigen Jungen richtige Männer, wie er sie auf Fotos in den Zeitungen bei seinen Einsätzen in Kriegsgebieten gesehen hatte, in der verzerrten Haltung der Toten.

Und traurig fand er die Hirschjagd auch wegen des zügellosen Feierns, wenn die Jäger aus den kalten dürren Wäldern zurückkehrten. Betrunkene Jäger, die mühsam versuchten, den Windungen der waldgesäumten Straßen draußen auf dem Land zu folgen, und in Bäume rasten oder entgegenkommende Autos zu Schrott fuhren. Unglückliche Jäger, die zu Hause ihr Jagdglück versuchten und ihre Familien und Freunde über den Haufen schossen. In der Stadt nahmen die Schießereien zu. Orvilles kritische Haltung gegenüber Jägern und dem Waidmannshandwerk war kein Geheimnis. Er wurde als dieser halb unwirkliche Mann angesehen, der am Ende der Krankenwagenfahrten wartete.

Doch der schwarze Humor ist oft ein Trost für Ärzte, und der eigentliche Witz an dem traurigen Witz der Jagdsaison bestand für Orville darin, dass die Einwohner von Columbia mehr von ihrer eigenen Spezies als vom Rotwild erlegten. An einem Tag schoss ein Jäger den Propangastank eines Hauses mitsamt der darin befindlichen sechsköpfigen Familie in die Luft. Am nächsten Tag traf ein Jäger einen Schulbus, wobei sich ein Regen von Glassplittern über die Kinder ergoss; nur ein Auge ging verloren, aber immerhin. Hausfrauen, die ihre Wäsche an die Leine hängten, wurden mit einer Ladung Schrot bedacht. Ein Kind knallte seinen Vater ab, ein Blinder gab seinem Blindenhund den Gnadenschuss, ein Schwachkopf von der Rope Alley erschoss seine Mutter, und mehrere andere Stadtbewohner schossen sich selbst verschiedene Glieder vom Leib – einen Fuß, eine Hand, einen Arm, einen Kopf. Oder sie schossen auf einen Sohn und einmal sogar auf eine Tochter, die in Amys Alter war und starb. Und keineswegs still. Keinen Fernsehtod. Das kleine Mädchen war nicht still gestorben, ganz und gar nicht.

Erschöpft arbeitete Orville wie verrückt, um kreative Lösungen zu finden, um aus den kläglichen Resten dieser Selbstverstümmelungen, Abtrennungen, Ausweidungen und Amputationen, wie die New Yorker immer sagten, »Kunst zu machen«, nicht unbedingt Menschen, aber jedenfalls Körper zu machen. Erschöpfung und die intensive Konzentration auf seine Arbeit dehnten die Intervalle aus, in denen der Verlust seiner Liebe, Celestina, sein Bewusstsein mit Schmerz erfüllte. Abgesehen von dem anregenden Gemetzel und den Sonntagnachmittagen mit Miranda und Amy, lebte er in einem Blackout.

Doch selbst während dieser wenigen kostbaren Stunden am Sonntag, seinem einzigen freien Nachmittag in der Woche, nahm ihn Bitterkeit gefangen. Mit Amy und Miranda und sogar mit der etwas unheimlichen Mrs. Tarr verstand er sich gut, aber er begegnete natürlich auch dem einen oder anderen seiner Patienten. Sie wollten dann immer über ihr Problem oder über das von jemand anderem reden. Er versuchte, so gut es ging, geduldig zuzuhören und höflich zu antworten, doch er spürte, dass er ihnen nicht gerecht wurde, im besten Fall war er steif und unnahbar, im schlimmsten Fall arrogant, ja sogar abweisend. Er fragte sich, was Miranda wohl davon hielt.

Als ob die überwältigende Arbeitslast nicht gereicht hätte, wurde Orville auch noch überfallen und ausgeraubt. Als er nach einem Hausbesuch unterhalb der Fourth, im schlechten Teil der Stadt, zurück zum Chrysler ging, griff von hinten ein Arm wie eine Stahlkralle um seinen Hals, und seine Lichter gingen aus. Er erwachte im Krankenhaus, Packy Scomparza, der Polizist, sah ihn besorgt an. Sämtliche Spritzen und Medikamente waren aus seiner Arzttasche ausgeräumt worden. Keine Verdächtigen. Es war nur eine Gehirnerschütterung, und er dachte, er könnte sich ein bisschen ausruhen, aber sie zerrten ihn noch an diesem Morgen aus dem Bett und schoben ihn im Rollstuhl hinunter zur Notaufnahme, um einem Einhundertsechsunddreißig-Kilo-Mann beizustehen, der in seiner riesigen rot-weiß karierten Jagdjacke wie eine Reklametafel für Purina-Hundefutter nach dem Einschlag des Halleyschen Kometen aussah. Der Mann war ein Jäger, der einen Hirsch in den Sumpf verfolgt hatte und dort eingesunken war, bis er von dem Schwermann-Brunnen-Bohrer herausgezogen wurde. Seine innere Körpertemperatur betrug 30,5 Grad. Alle Versuche, ihn ins Leben zurückzuheizen, waren vergeblich, er starb. Das Gute an dem Überfall war, dass ihn an der Schwelle zur Haustür eine einzelne rote Rose und eine Postkarte mit dem Worth in seiner vergangenen Pracht und der Mitteilung begrüßte: »Gute Besserung! In Zuneigung, Miranda.«

Beim Schreiben hatte Miranda gezögert, wie sie unterzeichnen sollte. Im Laufe der verschiedenen Sonntage, an denen sie mit Orville und Amy an historische Stätten gefahren war, hatte sie ihn mehr und mehr lieb gewonnen. Sie hatte nach Anzeichen für die Güte und das Mitgefühl in ihm gesucht, von denen Selma gesprochen hatte. Und sie war fündig geworden, so glaubte sie. Nicht nur die Art, wie er sich seiner Nichte und ihr und sogar Mrs. Tarr gegenüber verhielt, sondern wie er auf seine Patienten zuging, die er unweigerlich traf. Sie kamen mit Fragen und Klagen zu ihm. Er antwortete offen, ernst, mit Geduld und Einfühlungsvermögen, selbst an seinem einzigen freien Nachmittag in der Woche.

Sie sah in ihm einen großherzigen, liebevollen Mann, der wie sie immer gegen eine gewisse Schüchternheit anzukämpfen hatte. Da sie dies in ihm erkannt hatte, nahm ihre Sorge für ihn zu. Ursprünglich hatte sie die Karte »In Liebe« unterschreiben wollen, doch in dem Moment, als die Spitze ihres Füllers die Karte berührte, verwandelte sich ihr Gefühl in Furcht. Ach, das ist nur Furcht, hatte sie sich ermuntert. Die Feder begann erneut mit dem »In L«. Doch dann gewann die Furcht Oberhand. Es war die Furcht vor seinem »vorübergehend«, dass er nur vorübergehend für sie und ihren Sohn da war. Die Furcht davor, verlassen zu werden. Das »L« wurde durch einen kurzen Querstrich, den sie oben links ansetzte, zu einem »Z«.

Orville tastete mit den Fingerspitzen seines Geistes über die drei Silben dieser »Zuneigung«, eine Blindenschrift, die in ihm die Musik ihrer Stimme zum Erklingen brachte. »Zuneigung« – das schien schon eine Menge. Er behielt die Karte in seiner Brusttasche, während er sich durch die Tage und Nächte des Gemetzels kämpfte, und hörte in Gedanken diese Musik. Es war nicht »Liebe«, aber es war Trost.

Als er am nächsten Sonntag nach nur zwei Stunden Schlaf erwachte, fühlte er zunächst den Stich des Schmerzes wegen Celestina, dann ein Aufwallen von Wut über den letzten Brief von seiner Mutter – der ihn erwartet hatte, als er um drei Uhr nachts von der Klinik heimkehrte – und dann ein Glühen von, ja, Zuneigung für Miranda. Seine Zuneigung, so merkte er, galt ihrer Aufrichtigkeit, ihrem Wirklichkeitssinn, ihrem Leben aus einer Art von geschichtlicher Wahrheit heraus. So ganz anders als Celestina mit ihren verschwommenen Fluchten im Namen von *karma* und *dharma* oder was auch immer, ihren Geheimnissen und ihren Lügen.

Der Tag dämmerte nur widerwillig, nächtlicher Nebel hatte eine glänzende Schicht Eis über den ersten Schnee gelegt. Sowohl Fahren als aus Gehen war tückisch. Der Nachtwind hatte von der Fabrik Universal Atlas Cement hinter dem sagenumwobenen Dörfchen Katieville Zementstaub hergeblasen und die Stadt damit eingedeckt. Nicht nur Bäume, Häuser und Autos. Auch die Einwohner von Columbia, die Schnee schippten oder Salz streuten, fanden sich binnen kurzem in staubige, geisterhafte Schatten verwandelt. Der Zementstaub vermischte sich mit der Luftfeuchtigkeit und überzog die Windschutzscheiben von Autos, die nachts draußen gestanden hatten, mit einer dünnen Zementschicht. Wasser richtete nichts dagegen aus. Das Einzige, was half, war Essig. Das führte dazu, dass am Ende die ganze Stadt ein wenig wie ein angemachter Salat roch, der zu lange gestanden hatte.

Als Orvy seine Windschutzscheibe mit Essig schrubbte, beobachtete er die Prozession staubfarbener, nach Essig riechender Einheimischer, die sich ihren Weg über den schlüpfrigen Courthouse Square zur Messe in St. Mary's bahnten. Er sah ihre Lungenbläschen vor sich und dachte: Stell dir vor, was dieser Zementdreck den Lungen von uns allen antut.

An diesem Sonntag hatten sie sich das Versammlungshaus der Quäker zur Besichtigung vorgenommen, vom Square aus die Coffin Street hinunter. Zum ersten Mal waren sie allein unterwegs, weil Amy Probe für die Weihnachtspremiere von Greenie Sellers' *Sommernachtstraum* hatte. Amys Interesse an der Stadtgeschichte hatte deutlich zugenommen. Sie war geradezu davon besessen, das Worth zu retten. *The Crier* hatte auf der ersten Seite ein Bild von Amy, Miranda und der fotogenkämpferisch dreinblickenden Mrs. Tarr gebracht, wie sie vor der zukünftigen Stätte von Plotkin and Schooners Traumprojekt demonstrierten.

Milt war explodiert, Penny hatte Gift und Galle gespuckt. Amy lehnte es ab, mit ihnen zu sprechen. Sie luden Orvy zum Abendessen ein. Er und Penny saßen am Tisch, da nahm Milt Amy beiseite, hinunter in das tiefer gelegene Wohnzimmer. Orvy und Penny beobachteten, wie Milt, an der Grenze zu neuen ballistischen Reaktionen, geduldig seiner Tochter die Situation erklärte. Seine Hände zeichneten vernünftige Szenarios einer gesunden Stadtentwicklung in die Luft des *kiva*. Er lehnte sich zurück und wartete, was von ihr kommen würde.

»Du riechst schlecht aus dem Mund«, sagte Amy und stürmte auf ihr Zimmer.

Milt war außer sich. »Keine Pferde, keine Theaterscheiße mehr mit dieser Zwergenschwuchtel, nie mehr!«

»Wie kannst du mit so jemandem eine Affäre haben?«, schrie Penny über Milts Raserei Orvy an.

»Ich habe keine Affäre mit ihr, ich laufe mit …«

»Komm, hör auf. Lass dir von Milt und mir sagen, sie ist eine *Individualistin!*«

»Was ist denn verdammt noch mal daran schlimm?«, schrie Orville zurück.

»Individualisten halten den Fortschritt auf«, sagte Milt, »und so weiter.«

»Genau, was die Welt so dringend braucht, was, Milt? Noch ein Preisparadies.«

»Jawohl.«

»Na, dann viel Spaß. Ich hoffe, du wirst steinreich.«

»Wie sie auf Jiddisch sagen, Orvy: ›Dein Wort in Gottes Ohr.‹«

Jetzt vor dem Versammlungshaus der Quäker bot Orvy Miranda seinen Arm, als sie aus dem Auto stieg. Bordstein und Gehweg waren vereist, und sie nahm ihn an.

Das Gefühl, als sie sich auf ihn stützte, weckte in Orville die Erinnerung an jene Zeit, als seine Mutter, immer schwindlig von dem noch nicht diagnostizierten Gehirntumor, plötzlich in ihn hineintaumelte und sich an ihm wie am letzten Strohhalm festhielt. Ein Schock für einen Jungen.

Miranda, die sich in ihrem Leben schon auf viele Arme aufgestützt hatte, konnte eine Menge aus der Berührung des jeweiligen Samariters lesen. Jetzt erkannte sie etwas von Orvilles innerem Kampf und dachte daran, dass Selma ihr davon erzählt hatte, wie er sie gehalten hatte. Doch Miranda gingen noch viele andere Dinge an diesem Tag durch den Kopf. In den Wochen, seit ihr Sohn ihr geschrieben hatte: ›Bite sei mir nicht mer böse‹, war sie es tatsächlich weniger gewesen, aber manchmal eben doch. Cray war streitlustig geworden wie ein kleiner Anwalt. Ihre anderen Freundinnen, die auch Mütter waren, meinten, dass dies für einen Sechsjährigen typisch sei, dieses argumentative Sichherauswinden aus den geringsten Anforderungen.

Als Historikerin nannte sie diese Vorkommnisse »Die Cray-Kriege«: »Der Tägliche Krieg Ums Aufstehen Und Zur-Schule-Gehen«, »Der Große Krieg Ums Ausschalten Des Fernsehers«, »Der Krieg Ums Anziehen Des Wintermantels«. Sie fragte sich, ob Cray spürte, dass sich etwas Neues an den Sonntagnachmittagen entwickelte. Normalerweise war Miranda bei seinen Fußballspielen, doch die letzten Sonntage nicht mehr. Miranda hatte ihm keine Erklärung dafür gegeben. Ihre Neigung zu Geheimnissen und ihr Widerwille, ihren Sohn in diese zeitlich begrenzte Geschichte mit Orville hineinzuziehen, ließen es ihr geraten erscheinen, die Sache für sich zu behalten.

Getrennt voneinander und insgeheim teilten Miranda und Orville die freudige Erregung darüber, dass sie sich an diesem Sonntag wiedersahen. Aber nun, da der Moment gekommen war, bedeckte Schüchternheit sie wie mit grauem Staub. Da sie sich zum ersten Mal seit jener Begegnung im Schulhaus alleine trafen, ohne Mrs. Tarr, sah jeder den anderen mit dem bleichen Blick der eigenen inneren Gespanntheit.

Tapfer versuchten beide, gegen ihre Natur anzugehen. Sie nahmen sich Dinge vor wie: Wenn du Hallo sagst, sieh ihm in die Augen. Oder: Sag etwas über ihr Aussehen oder über ihre Kleidung. Doch die Unbeholfenheit siegte. Schon nach den wenigen vorsichtigen Schritten über den Gehweg endete ihr Small Talk im großen Schweigen. Und in ihren Hirnen rotierte etwas Ähnliches wie: Warum zum Teufel habe ich mich darauf eingelassen? Oder: Okay, ich werde einfach noch diesen Sonntag höflich durchziehen, und das war's dann.

Wortlos betraten sie das Versammlungshaus der Quäker.

Es war ein winziges, nur aus einem Raum bestehendes Gebäude. Den beiden Fenstern neben der Tür entsprachen zwei weitere in der Wand gegenüber, durch die man auf die Prison Alley blickte. Alte, abgenutzte, geölte Bänke bildeten ein Quadrat um einen leeren Raum. Auf den Bänken lagen dunkelblaue Kissen. Es gab nur noch wenige Quäker in Columbia. Fünf saßen um diese imaginäre Mitte wie um einen Boxring, lange nachdem der Kampf beendet war. Sie saßen schweigend. Miranda und Orville fügten sich ohne Schwierigkeiten ein.

Bald füllte die Stille Orvilles Gedanken mit Celestina und *ihren* Schweigephasen und Mirandas Gedanken mit Sorgen über ihren Sohn und der Frage, was zum Teufel sie hier mit diesem Mann machte, und der Erleichterung, dass sie keine Quäkerin war. Ein älterer Mann sprach über eine junge Frau, die vor zwei Abenden von einem angetrunkenen Fahrer totgefahren worden war. Orville hatte den verstümmelten Körper gesehen und den Tod festgestellt. Der Mann erzählte die Geschichte des jungen Opfers: Sie hatte ein vorbildliches Leben im Dienst ihres Glaubens geführt, überall in der Welt Quäker-Friedensmissionen geleistet und im letzten Sommer am Witness-for-Peace-Programm in Nicaragua teilgenommen. Dies zu hören deprimierte Orville nur noch mehr. Eine Frau sprach davon, dass sie gewaltlosen Widerstand gegen Reagans Plan organisierte, fünftausend neue Atombomben zu bauen. Erneut Stille. Sie gingen bald und ließen die anderen dort sitzen.

Draußen auf der Straße empfanden Miranda und Orville nicht nur Schüchternheit, sondern Trübsinn. Bisher war der Tag ein Reinfall. Jetzt stellte sich ihnen nur noch die Frage: Was nun?

»Wie fanden Sie es da drinnen?«, fragte sie, um etwas zu sagen.

»Mein Kopf war wie ein Bienenschwarm, lauter summende Gedanken. Ich hatte schon bessere Meditationen.«

»Sie meditieren?«

»Früher mal, in Italien, aber seit ich wieder hier bin, nicht mehr oft.«

»Wie heißt sie?«

Orville lächelte scheu. »Celestina Polo.«

Miranda hörte aus der Art, wie er den Namen aussprach, seine Liebe für sie. Sie sagte zu sich: Okay, Lady, aus euch beiden wird nichts, also sei Gönnerin. »Wie mein Sohn Cray sagen würde: ›Geiler Name!‹«

»Das war einmal. Es ist vorbei. Dank meiner Mutter und Columbia.«

»Wieso das?«

Er erzählte es ihr. Erzählte ihr von den Bestimmungen des Testaments und davon, dass Celestina ihn immer länger hingehalten hatte, bis sie ihn für einen Schweizer Banker fallen ließ. Selmas Briefe erwähnte er nicht und auch nicht, dass sie in der Gegend herumflog oder dass das Worth ihn anscheinend angefleht hatte.

Und dann geschah etwas Seltsames. Irgendetwas in der Art, wie sie ihn ansah, ihre aufmerksame Neugier, brachte ihn in Fahrt. Dieser schüchterne Mann hatte plötzlich keine Mühe, vollkommen unbefangen aus sich herauszugehen. Er sprach darüber, wie schwer ihm die Zeit in der Stadt fiel als Rückkehrer und als Arzt. Er sprach über das Gemetzel mit den Gewehren, die Autounfälle, die Friedensmissionarinnen in neunzehn Teile aus Blut und Knochen und Eingeweiden und Hirn auf dem Gehsteig zerlegten, über Alkohol und Drogen und Raubüberfälle und Gewalt, die sich mit allem Schlimmen messen konnten, was er auf seinen Arztstationen rund um die Welt gesehen hatte, ja, vielleicht sogar mit dem, was im Fernsehen lief. Und über die Verschleierung und Verdrängung all dessen mittels Religion und Markennamen und des großen leeren Grandpas in der Glotze.

»Ich bin der Typ, der am beschissenen Ende von alldem wartet«, rief er auf der eisigen Straße aus. »Ich bin der, den sie holen, um sie zusammenzunähen, ihre Knochen zu gipsen, ihnen den Totenschein auszustellen. Ich bin der, den sie holen, wenn sie eine Dosis Wirklichkeit brauchen, und ich habe es satt! Die Leute hier – die Einheimischen zumindest – essen Dreck und liegen herum wie die Schweine und rauchen, damit sie sich durch das Nikotin ein bisschen lebendiger fühlen, während sich die Karzinogene mit den PCBs und dem Zementstaub verbinden und ihre Lungen und Lebern zerstören, und dann kommen sie zu der Erleuchtung: Mann, ich glaub, ich gehe zum *Arzt*. Sie glauben ... die Leute hier glauben, sie handeln in ihrem eigenen Interesse, und tun dabei nichts anderes, als sich möglichst großen Schaden zuzufügen. Der wahre Einwohner von Columbia schießt sich permanent in den Fuß! Und wer ist mein Stadtrat? Wer wird sich wahrscheinlich um einen Sitz im Kongress bewerben? Henry Schooner! Der üble Neonazi aus meiner Kindheit! Ich hab's satt! Diese Leute hier tun sich in ihrer totalen Selbstsucht die widerwärtigsten Dinge an, und ich will verflucht noch mal nichts mehr damit zu tun haben! Nach mir die Sintflut! Ich und mein Eigentum! Wer ist die Nummer eins? Ich meine, du lieber Gott, wo ist die Freundlichkeit, das Mitgefühl für den anderen, das Interesse an Nummer zwei oder sogar, Gott bewahre, an der Heimatstadt? Wie steht es damit, für einen anderen Verantwortung zu tragen? Ich und Bill, wir kümmern uns um Körper und Bewusstsein, aber es sind nur äußere Symptome, das hat nichts mit dem wirklich Wesentlichen zu tun, mit der Seele – das ist nur ein Tropfen auf den heißen Stein. Es kann doch nicht nur dich und Mrs. Tarr geben, so tüchtig sie ist. Gott weiß, es kann nicht nur die Kinder geben, die Amys dieser Welt! Ich hab's satt. Ich habe noch neun Monate und ein paar zerquetschte, um mit diesem menschlichen Desaster umzugehen, und dann bin ich *Vergangenheit!* Jeden Tag, den Gott werden lässt, möchte ich lieber aufgeben und wieder wegrennen, und das einzig Gute, was ich hier gefunden habe, bist du!«

Du … Du … du du hallte das Echo zwischen den Häusern der Coffin Street hin und her.

Miranda war es, als ob ein *Pling!* durch ihren Körper zuckte, so dass es überall prickelte und ihre Sinneswahrnehmung zugleich erhöht und vertieft schien. Er liebt mich! Zum ersten Mal seit dem Tode ihres Mannes wusste sie, dass ein anderer sie liebte. Sie warf ihm einen raschen Blick zu. Er sah weg, als ob er sich schämte, als ob er glaubte, sie verloren zu haben – in dem Moment, als er sie gefunden hatte! Sie konnte nicht sprechen.

Orville wich ihrem Blick aus, sicher, dass er verspielt hatte. Das Schweigen brachte ihn um. Er sah einen Pick-up die Straße hinaufkommen, auf der Stoßstange ein Schild, auf dem stand: Der Fahrer hat kein Bargeld – Er ist verheiratet, und hinten: Mein Kind war Insasse des Monats. Er wandte sich wieder zu Miranda um, bereit, *goodbye* zu sagen. Zu seiner Überraschung lächelte sie. Sie schien ein Lachen zu unterdrücken.

Sie unterdrückte es, das leichte Lachen der Liebe, und sagte: »Ja!«

»Ja?«

»Ja.«

»Ja *was?*«

»Du hast den Nagel auf den Kopf getroffen. Solange sich irgendjemand erinnern kann oder schriftliche Zeugnisse existieren, sind die Leute in Columbia genau so, wie du sie beschrieben hast. Seit fast zweihundert Jahren ist es die boshafteste und selbstzerstörerischste kleine Stadt, die auch *andere* je gesehen haben. Sie ist *bekannt* dafür!«

Orvilles Mund klappte auf.

»Ich bin bei den Recherchen für meine Magisterarbeit, in der es um Columbia geht, darauf gestoßen, und je mehr ich darüber erfahre, umso mehr fühle ich mich ... wie du in diesem Moment aussiehst.« Sie betrachtete ihn und lachte jetzt unbefangener. »Da ist ein Ausdruck von was? Staunen? Ungläubigkeit?«

»Nein, nein – Gläubigkeit!«

»Genau! Manchmal sitze ich da und lese die Dokumente und sage mir: »O nein, das können sie nicht getan haben! Du siehst, es ist schre ...« Sie brach in ein Lachen aus, Liebestränen in ihren Augen. »Es ist schrecklich! Komm mit.«

Sie hielt ihm ihren Ellbogen zum Unterhaken hin. Er nahm ihn. Sie fuhr die Washington hinauf und dann die Fourth Street Richtung Norden zur Columbia Area Library, einem zweistöckigen Gebäude aus scharf geschnittenen Kalksteinblöcken, die nun im Mittagslicht golden leuchteten, mit einem historischen Zentralkörper und zwei symmetrischen Flügeln.

Es war, wie er von ihr erfuhr, 1818 als Armenhaus erbaut worden – in höchst verzögerter und widerwilliger Befolgung eines Staatsgesetzes, das Städten die Pflicht auferlegte, für ihre Armen zu sorgen –, dann wurde es 1830 in die erste Irrenanstalt Amerikas umgewandelt, ganz in der Tradition der Quäker, die einen humanen Umgang mit Geistesgestörten zu praktizieren versuchten. Als 1850 die Staatliche Irrenanstalt in Utica eröffnet wurde, polierte man es zur Columbia Female Academy auf, wo der große Henry Ary den Ladys Kunstunterricht gab, und dann wurde es zum Waisenhaus.

»Das Waisenhaus«, sagte er und sah es mit neuen Augen an, »ja, ich erinnere mich.«

Er half ihr die Granitstufen hinauf zur Eingangstür, die von zwei Steinlöwen bewacht wurde – wohl kleinen Nachbildungen der beiden großen Löwen vor der New York Public Library, dem Treffpunkt von ihm und seiner ehemaligen Frau Lily, wann immer sie in der Stadt waren.

Miranda zog einen Schlüssel heraus, öffnete die Tür, schaltete das Licht an und ging die Treppe hinauf zu einem winzigen Archivraum, dessen Tische mit allen möglichen Notizen und getippten Manuskriptseiten bedeckt waren.

»Das ist mein Arbeitsplatz«, sagte sie. »Setz dich doch.«

Er nahm ihr gegenüber Platz, froh, ihr Zuhörer zu sein.

Sie erzählte ihm über die Stadt.

Das Reden und Zuhören war für beide sowohl anstrengend als auch angenehm. Anstrengend, weil das, was sie sagten und hörten, nichts anderes war, als dass sie sich hier und jetzt ineinander verliebten. Warum also sagten und hörten sie es nicht direkt? Angenehm, weil sie als anonyme Mitglieder der Anonymen Schüchternen – einer Gruppe, die sich naturgemäß nie traf – diese Verliebtheit, diese Liebe hinausschieben konnten.

Sie erzählte ihm, dass die frühe Geschichte, die der Holländer und Indianer, voller Torheiten steckte. Eine Fähre wurde genau an der Stelle am östlichen Ufer des Hudson eingerichtet, wo man sicher sein konnte, dass ihre Fahrt über den Fluss von einer Insel blockiert wurde. Dann war da ein Wasserrad am Kleek's Pond zum Mahlen von Korn, angetrieben von einem Fluss, der in den trockenen Erntemonaten zu wenig Wasser führte, um es in Schwung zu halten, und ein größeres Wasserrad befand sich am selben Fluss, das noch schlechter funktionierte. Hogebooms Riesenwindmühle, die auf dem höchsten Punkt von Cemetary Hill errichtet wurde und auch wunderbar im Wind lag, war aber so weit oben, dass nur wenige Wagen den Weg bis hinauf schafften. Doch es gab, wie sie sagte, in jener Zeit vergleichbare Torheiten in vielen ähnlichen Städten. Das neue Land musste erst noch lernen. Der absonderliche Geist, der Columbia beseelte, war dagegen etwas anderes – ein komischer Genius der Selbstzerstörung.

»Wir waren 1803 stehen geblieben«, sagte sie munter, »das religiöse Utopia der Quäker im nervösen Nebeneinander mit dem verführerischen Zirkus der Huren. 1837 ist die Stadt finanziell am Ende. Die Bürger von Columbia weigern sich, höhere Steuern zu zahlen. So verkauft die Stadt das ganze Umland an Spook Rock. Dadurch wird sichergestellt, dass die Stadt auf ewig pleite ist – das Steueraufkommen ist für immer eingefroren.«

»Die Bürger von Columbia haben Columbia den Hahn zugedreht?«

»Gute Formulierung – ich werde sie benutzen. Bald nennt man Columbia nur noch ›die ruinierte Stadt‹. Ignatious Jones, ein Sohn der Stadt, der 1847 heimkehrte, schreibt ein Memorandum – ›Columbia wohin?‹ – und sagt dort: ›Eine alles durchdringende Atmosphäre der Teilnahms- und Lustlosigkeit, eine sabbat-artige Stille hing wie ein Leichentuch über dem, was ich einst als betriebsame, lebendige, geschäftige Straßen gekannt hatte. Die Einwohner von Columbia sträuben sich, auch nur einen Heller für das öffentliche Wohl zu geben.‹ 1859 wird in Pennsylvania Öl entdeckt – das Walfett ist damit bald wertlos. Die Quäker ziehen weg. Columbia wird von der Eisenbahngesellschaft Geld für einen Schienenweg über die beiden schiffbaren Buchten angeboten, der für immer ihren Status als Hafenstadt zunichte macht. Man nimmt das Geld. Die Buchten verlanden, aus ihnen werden Sümpfe. Gegen Ende des Bürgerkriegs sind die meisten Quäker gegangen, ihr Utopia befindet sich nun in den Händen von Huren und Spielern. 1866 zerstören Brände einen großen Teil der Washington Avenue. Die Bürger der Stadt werden aufgefordert, sich finanziell an der Anschaffung einer dampfgetriebenen Feuerwehrpumpe, die die handbetriebene ablösen soll, zu beteiligen. Sie stimmen mit ›Nein‹. 1867 investiert die Stadt weniger als ein Drittel dessen, was vergleichbar große Städte im Staat für sich ausgeben. 1876 reichen die Schulen nur für die Hälfte der Kinder aus, was zum Schulschwänzen und zur Kriminalität führt. Doch als die Einwohner über die Einrichtung von mehr Schulen mit mehr Lehrern entscheiden sollen, stimmen sie mit ›Nein‹. Columbia legt sich als letzte Stadt im Staat einen Bildungsausschuss und eine öffentliche Bibliothek zu. Ich meine, Andrew Carnegie gab um 1900 jeder Stadt in Amerika Geld, um eine Bibliothek zu bauen – sogar wir in dem winzigen Boca Grande in Florida mit dreiundneunzig Einwohnern nahmen das Geld und bauten eine Bibliothek. Die Leute in Columbia stimmten mit ›Nein‹. Weißt du, wann dieses Gebäude hier eine Bibliothek wurde?«

»Ich habe nie darüber nachgedacht – vielleicht, als ich auf der Highschool war?«

»1961! Die letzte im Staat. Die allerallerletzte.« Sie schüttelte verständnislos den Kopf. »Doch das wirklich Erstaunlichste ist die Haltung der Stadtbürger gegenüber dem Licht. Damit habe ich mich intensiv beschäftigt.«

»So?«

»Seit 1797 gibt es Gaslampen in den Straßen. Doch die Leute hier wollen kein Geld dafür zahlen, dass sie brennen. Sie werden nur angezündet, wenn der *Farmer's Almanac* voraussagt, dass es kein Mondlicht gibt – sechzehn Nächte im Monat, sechs Stunden pro Nacht. Dabei spielt es keine Rolle, dass es in Mondnächten Wolken oder Regen oder Schnee geben kann. Kein Licht. Um 1855 geht der Stadt wieder mal das Geld aus, und sie sperrt die Gaszufuhr für die Lampen. Die Einwohner sind empört. Bis sie mit einer Sonderabgabe konfrontiert werden, da stimmen sie schnell mit ›Nein‹. Die Straßen bleiben dunkel. Jugendliche Schlägerbanden ziehen nachts umher. Die Feuer sind schwerer zu bekämpfen. Die letzten Quäker fliehen aus der Stadt.« Sie machte eine Pause und blinzelte ihm zu. »Doch noch ist nicht alles verloren! Endlich tun sich die Einwohner zusammen.«

»Gott sei Dank!«, sagte er, auf ihren Ton eingehend.

»Sie fordern mehr Polizei und Feuerwehr.«

»Was höchste Eisenbahn ist!«

»Der Stadtrat reagiert!«

»Wir sind gerettet!«

»Sie schlagen eine kleine Steuererhöhung vor, um mehr Polizei und Feuerwehr bezahlen zu können.«

»Na also, wer würde denn dafür kein Geld ausgeben?«, sagte Orvy. »Niemand kann sich dem doch verweigern!«

»Und wie stimmen die Bürger Columbias?«

»Geben sie endlich ihre Linie auf und gelangen zu einem ›Ja‹?«

Sie lächelte, schüttelte den Kopf, und zusammen sagten sie: »Sie stimmen mit ›Nein!‹«

Sie lachten, und Miranda fuhr fort: »Columbia ist bis heute die am schlechtesten beleuchtete Stadt am Hudson, wahrscheinlich in Amerika, vielleicht in der ganzen zivilisierten Welt.«

»Und wenn meine Mitbürger vor die Wahl gestellt werden, eine Kerze anzuzünden oder lieber im Dunkeln zu leben?«

»Dann wählen sie die Dunkelheit. Nur in der Diamond Street gibt es Licht, in den Bordellen. Als die Quäker gingen, wurde Columbia ein Eldorado der Prostitution.«

»Von Walen zu Huren – eine amerikanische Geschichte.«

»Doch 1953 macht Gouverneur Dewey Schluss damit. Vor nun dreißig Jahren verliert Columbia seinen letzten Glanz. Es wird dunkel. Tot. Dieselbe Stadt, die um 1790 nur durch eine fehlende Stimme nicht zur Hauptstadt des Staates New York gewählt worden ist. Mausetot.« Sie sah ihn fragend an. »Wann seid ihr hergekommen?«

»1946.«

»Aha, ich verstehe.« Ihr Gesichtsausdruck glich dem einer Totenwache.

»Warum?«

»Von allen schlechten Zeiten in der selbstzerstörerischen Geschichte dieser Stadt habt ihr euch eine der schlimmsten ausgesucht.«

»Na, großartig«, sagte er mit spöttischer Genugtuung. »Weißt du, an die Diamond Street kann ich mich noch erinnern. Die ganze Nacht hindurch war sie in Festbeleuchtung. Man sah die tollsten Autos – alle nicht aus Columbia –, Nummernschilder von überall, Musik drang aus den offenen Fenstern. Die Frauen waren schick angezogen, die Männer auch. Ich bin mit Bill in ein paar dieser Häuser gegangen. Er war ihr Arzt. ›Zwei Dollar für einen Hausbesuch‹, sagte er, ›oder sie müssten's mir auf andere Weise bezahlen, aber ich bin noch nie mit leeren Händen rausgegangen.‹«

»Sie war berühmt. In der ganzen Welt. Im Jazz-Zeitalter hatte Legs Diamond einen oder zwei Clubs unter sich, und das Glücksspiel nicht zu vergessen. Sieh dir das mal an.« Sie reichte ihm eine Fahrkarte von New York Central Station. »Es gab einen Schaffner in der Grand Central Station, der einem auf diese Weise die Fahrkarte lochte, wenn er merkte, dass man nach Columbia fuhr.«

Orville warf einen Blick darauf, dann sah er es. »Ein herzförmiges Loch?«

»Der Name Columbia war hundert Jahre lang ein Synonym für Sünde.«

»Das ist es! Das ist der Grund!« Er war verblüfft. »Immer wenn mich einer gefragt hat, woher ich komme, habe ich nie Columbia gesagt. Ich habe immer geantwortet: ›Aus einer kleinen Stadt südlich von Albany.‹ Und ich wusste nie, warum.«

»Erstaunlich. Ich sage es Ihnen nur ungern, Dr. Rose«, erklärte sie in gespieltem Ernst, »aber von dem Zeitpunkt an, da sie die Diamond Street dichtmachten – du warst, warte, neun

Jahre alt –, bist du in einer Stadt aufgewachsen, die im Dunkeln lag.«

»Wunderbar!« Er grinste breit. »Ich war also nicht verrückt – ich meine, mit meiner Langeweile und dass ich verprügelt wurde, dass ich in all diesem Desaster und dieser Dürftigkeit und Bosheit mich krank und tot fühlte – nicht *ich* war der Verrückte?«

»Nein. Es war immer schon eine ziemlich verrückte Stadt.«

Doch dann erst wurde Orville klar, was er gesagt hatte. Auf einmal kam es ihm ernster vor, mehr wie die Empfindung des »Vergeudeten«, die er hatte, als er sein sauber hergerichtetes Schlafzimmer in jener ersten Nacht nach der Heimkehr sah, sich gegen die Wand lehnte und dann an ihr hinunterrutschte und mit gespreizten Beinen auf dem Parkettfußboden saß. Er rief sich die Leblosigkeit, die Verschwendung von Energie, die Vergeudung von Leben in Erinnerung. Und es hängt wie immer, dachte er, mit meiner Mutter zusammen. Meiner lebenden, meiner toten Mutter. Er saß einige Momente still da.

»Du musst verstehen ... als ich hier aufwuchs, weißt du, hatte ich ganz tief drinnen stets das Gefühl, dass irgendetwas mit mir nicht stimmt.«

Miranda dachte an ihren eigenen Sohn, an seine wunderbare Sensibilität ihr und anderen gegenüber. »Ein sensibles Kind wie du – hier? Wie hättest du anders empfinden sollen?«

Sie saßen zusammen in dem kleinen Raum, der angefüllt war mit dem Versuch einer Historikerin zu verstehen und mit der Erleichterung eines Einheimischen, verstanden zu werden, saßen in einem steinummauerten Zimmer, das eine Zelle für einen Armen oder deren zehn gewesen war und dann für einen Irren oder vielleicht deren fünf und dann für eine junge Lady, die malen lernte, und dann für ein Baby, das weggegeben wurde, und jetzt für Bücher, die all das erzählten. Sie saßen in dem schwachen Winterlicht, das um die Stapel Papier kroch und dann still auf einer Schreibtischplatte aus altem Kalkstein lag, in der Trilobiten aus der Zeit steckten, als Columbia eine tropische Lagune wie Orlando gewesen war. Beide fühlten den geteilten Kummer und begriffen, wie nahe Kummer Liebe ist.

»Und es geht immer noch weiter«, sagte sie. »Milt und Henry sind so *dumm*! Sie sind die letzten in einer langen Reihe von Dummköpfen, die für schnelles Geld die Stadt und sich selbst zerstören. Das Einzige, was hier Sinn macht, ist, die Stadt zu restaurieren, sie in einen Antiquitätenhimmel zu verwandeln, ein Mekka für Innenarchitekten. Antiquitätenläden ziehen reiche Leute an. Kleine hübsche Restaurants werden wie Pilze aus dem Boden schießen, wo man einen *caffe latte* oder Pasta mit sonnengetrockneten Tomaten bestellen kann, dazu ein Glas Chardonnay. Fernsehstars werden ihre zweiten Wohnsitze hier haben, und Touristen werden da sein, die sie anglotzen. Dann bekommt die Stadt den Ruf, den sie braucht. Plotkin and Schooner glauben, dass sie rational, aus ihrem eigenen freien Willen handeln. Sie merken gar nicht, dass sie von verborgenen Kräften vorwärts getrieben werden, von dem alten geheimen Geist der Stadt.«

»Werden wir auch vorwärts getrieben? Du und ich?«

»Wahrscheinlich.« Sie ordnete ihre Papiere. »Ich muss gleich Cray abholen.«

»Wann werde ich Cray mal kennen lernen?«

»Vielleicht nächsten Sonntag? Nach dem Fußball?«

»Sehr gut.«

»Noch eines«, sagte sie und zog an einer Schublade. Nichts. Sie zog fester. Wieder nichts. Orville beugte sich vor und half ihr. Der Knopf brach ab, und die Schublade flog heraus, so dass sämtliche Papiere auf dem Boden landeten. Sie sahen sich an und lachten. Sie griff nach einem Farbfoto. »Das wollte ich dir zeigen. Es ist das Stadtsiegel von Columbia – aus dem 18. Jahrhundert.«

Sie betrachteten es gemeinsam, die Köpfe eng beieinander. Das Siegel war rund, wie ein Blick durchs Bullauge auf den

Ozean. Neptun mit seinem Dreizack saß auf dem Buckel eines Wals und schaute in den Hintergrund, wo eine Frau irgendetwas mit einem Vogel machte. Orville wollte wissen, was das darstellte.

»Offiziell ist es ›Eine Meerjungfrau, die eine Taube liebkost‹.«

Über diese friedliche Meeresszene schwang sich ein Spruchband, auf dem der Wahlspruch der Stadt stand: ET DECUS ET PRETIUM RECTI. Orville fragte nach der Bedeutung.

»Glanz und Lohn der Rechtschaffenheit.«

Wieder lachten sie und gingen die Treppe hinunter, vorbei an der Hauptausleihe und dann hinaus auf die Eingangsstufen, wo die hauskatzengroßen Löwen saßen. Sie wappneten sich gegen die erstaunliche Kälte, die jetzt aber weniger bedrückend als vielmehr frisch und lebendig erschien. Ihre Hand auf seinem Arm fühlte sich auf neue Weise vertraut an, als sie zum Auto gingen. Sie stieg ein und kurbelte das Fenster herunter.

»Weißt du übrigens«, fragte sie ihn, »wer 1960 den Kampf angeführt hat, der letztlich zum Bau dieser Bibliothek geführt hat?«

»Nein, wer?«

»Eine Einwohnerin von Columbia namens Selma Rose.«

»Was?«, rief er ungläubig. Es war, als ob etwas in seinem Hirn ausrutschte. »Selma Rose? Nicht meine Selma Rose, das kann nicht sein. Das muss eine andere Selma Rose gewesen sein.«

»Tut mir Leid, es war deine Mutter.«

Leicht schwindlig versuchte Orville dieses Zeichen für Selmas Selbstlosigkeit mit all den Zeichen ihres aggressiven Selbstmitleids in Einklang zu bringen und scheiterte. Er stand dort in der Kälte und fühlte sich, als ob einige seiner Hirnwindungen gerade gezogen würden. Er hätte lachen mögen, doch da war noch der Brief in seiner Tasche. Eine Wolke verfinsterte sein Gesicht. Er wollte warten, bis sie vorüberging, aber er konnte nicht.

»Meine Mutter?«, sagte er, unfähig, seine Bitterkeit zu verbergen. »Ich werde dir von meiner Mutter erzählen. Ich habe gestern Abend einen Brief von ihr bekommen.«

»Einen Brief?«

»Du weißt nicht, was Leben ist, bevor du nicht einen Brief von deiner toten Mutter erhalten hast.« Er zog seine Handschuhe aus und holte ihn mit klammen Fingern aus der Tasche. »Sie hat mir eine ganze Folge geschrieben, die nach ihrem Tod verschickt werden sollen. Sie sind in Columbia aufgegeben. Jemand hat sie bekommen und schickt sie ab, aber ich kriege nicht heraus, wer. Hör dir das an.« Er überflog den Brief, um eine Stelle zu finden, die er ohne Beschämung vorlesen konnte. Der Anfang war, wie meistens, nicht so schlimm.

> Hallo, Honigbär!
> Na, hattest Du heiße Ohren? Ich habe mit Dir geprahlt. Das habe ich anderen gegenüber immer getan. Ich erzähl ihnen nie etwas Schlechtes über Dich – und Du weißt, da gäbe es eine <u>Menge!</u>

»Menge«, sagte er im Ton der Verachtung zu Miranda, »ist unterstrichen.«

Seine Schroffheit überraschte sie. Ihr kam es nicht so schlimm vor, es war eben typisch Selma. Ein bisschen verrückt, sicher, aber auf lustige Art.

»Lies weiter«, forderte sie ihn auf, und er nickte.

> Nun bist Du schon fast fünf Monate hier. Macht Spaß, was? Ich glaube, dass ich jetzt im Moment – ob im Himmel oder an jenem etwas heißeren Ort – das Gefühl habe, etwas vollbracht zu haben. Ich stelle mir vor, dass Du Bill aushilfst als liebenswürdiger und glanzvoller Arzt für unsere kleine

Stadt. Meine Lebensphilosophie lässt sich in zwei Sprüchen zusammenfassen: NA UND? und WAS JETZT? Der erste ist gut für die Vergangenheit. Der zweite noch besser für die Zukunft. Gott weiß, dass sich an der Gegenwart nichts ändern lässt. Du stecktest immer bis zum Hals im Schlamm der Gegenwart, was, wenn man darüber nachdenkt und damit vergleicht, wie es ist, wenn man sich mit Vergangenheit und Zukunft beschäftigt, sonderbar ist, höchst sonderbar. Einer der letzten Briefe, die Du mir geschrieben hast – und nimm's mir nicht übel, es waren nicht viele –, handelte nur von Deiner buddhistischen Philosophie. Ich schrieb Dir zurück, dass ich das wundervoll finde. Jetzt, da ich tot bin, kann ich Dir die Wahrheit sagen …

Orville, der wusste, was dann kam, brach ab. Der Satz endete: »… es war nur ein weiteres Beispiel für Deine totale Selbstbezogenheit.«

Noch aufgebrachter als zuvor sagte er zu Miranda: »Es wird noch schlimmer.«

»Es ist ein bisschen verrückt, das gebe ich zu«, erwiderte sie, »aber hast du wirklich den Eindruck, dass es so schlimm ist?«

»Du glaubst es nicht? Dann nimm hier den dritten Absatz!«

»Okay. Lass den dritten Absatz hören.«

Doch Orville wusste von der Lektüre am vorigen Abend und von dem Gefühl, ein Messer würde ihm im Leib herumgedreht, dass der folgende Text zu demütigend war, um ihn irgendjemandem vorlesen zu können. Er kauerte neben dem Auto und konnte nicht anders, als ihn schweigend zu überfliegen.

Es gibt noch etwas anderes, das ich immer schon sagen wollte. Dein Wegrennen von mir. Im Sommer '61, als ich von meiner Hirnoperation nach Hause kam und kaum sehen oder hören oder gehen oder sprechen konnte, dieser lange Sommer, als ich Dich wieder und wieder bat, Dich anbettelte, bei mir zu bleiben. Und was hast Du getan? Du bist weggerannt. Du bist nicht geblieben. Ich war Dir egal, und ich werde Dir das nie vergeben. Nein, das stimmt nicht. Ich werde Dir vergeben, aber ich werde es nicht vergessen. Und das ist der Grund für mein Testament, Du Nestflüchter. Mein letzter Wille ist, dass Du bleibst. Dich vom Wegfliegen abzuhalten, Dich einmal in Deinem Leben, wenn Du wirklich nicht willst, zum Bleiben zu bewegen. So wie ich geblieben bin. Wenn Du jetzt wegrennst ...

Eine Stimme brachte ihn zurück. Er sah sich auf gleicher Höhe mit zwei grünen Augen, umgeben von rotem Haar. Die Augen von der Farbe tropischen Wassers nahe am Strand. Augen voller Anteilnahme. Miranda Braak.

»Was hast du gesagt?«, fragte er

»Es ist okay. Du kannst es mir vorlesen. Ich würde es gern hören.«

»Nein. Es ist einfach zu demütigend.«

Wieder verblüffte Miranda die Heftigkeit seiner Reaktion auf etwas, das sie selbst vor allem als liebevollen Brief empfand – sie wusste doch, wie sehr Selma ihren Sohn liebte. Doch jemand Geliebten zu betrauern ist schwer, dachte sie. Gott weiß, ich habe das auch alles durchgemacht, den Zorn, die Bitterkeit. Es ist eine schwere Zeit für ihn.

Sie zog ihren linken Handschuh aus und legte ihm ihre Hand auf die Wange. Sie fühlte sich eisig an.

Für ihn war ihre Berührung warm, ja, sogar heiß. Weniger tröstend als erregend. Er fragte: »Hast du sie gekannt?«

Erschrocken sagte Miranda: »Nein.«

11

Die ganze Nacht hindurch warf Miranda sich unruhig im Bett hin und her und fragte sich, warum in aller Welt sie ›Nein‹ gesagt hatte. Sollte sie ihn noch anrufen? Ihm gestehen, dass sie die Briefe abschickte?

Zwei Tage zuvor hatte sie auf ihrem Speicher aus der Schachtel mit der Aufschrift SCOMPARZA BESTATTUNGEN UND UMZÜGE einen der versiegelten Briefe herausgenommen und den gelben Zettel – »Selma-Brief Nummer 6. Drei Monate und drei Wochen nach seiner Rückkehr abschicken« – entfernt. Sie war in die Stadt zu einem Briefkasten gefahren, der den Poststempel »Columbia« garantierte, und hatte ihn eingeworfen. Wie sie es schon fünfmal getan hatte. Alles vollkommen heimlich. Vorsichtig. Sie achtete darauf, dass die Klappe des Briefkastens nicht klemmte, und fuhr dann schnell wieder nach Hause.

In den drei Monaten, bevor sie Orville kennen lernte, hatte sie eine gewisse Befriedigung darin gefunden, Selmas Liebe zu dienen, ihren Versuch einer posthumen Heilung zu unterstützen. Sie stellte sich den Inhalt der Briefe so vor, wie Selma es ihr gesagt hatte: Eine Mutter erzählte ihrem abwesenden Sohn all das, was sie nicht hatte sagen können, als sie zusammen waren. Die Briefe halfen dem Sohn, sich ihr näher zu fühlen, seine Trauer zu verarbeiten.

Ob wohl jemand, fragte sie sich mitten in der Nacht, das Gleiche für *mich* tun würde, falls Cray je weggeht und ich keinen Kontakt mehr zu ihm habe und sterbe? Es ist sehr schön, so etwas zu tun, oder?

Als sie ihn dann schließlich an jenem verregneten Nachmittag im Schulhaus zum ersten Mal sah, hatte sie in seinen Tränen seine Trauer gespürt, und ihr Herz war ihm zugeflogen. Da sie Selmas Beschreibung von seiner Fürsorglichkeit so bestätigt fand und auch seine Offenheit und Freundlichkeit seinen Patienten gegenüber sah, fühlte sie sich immer wohler dabei, ihr Geheimnis für sich zu behalten und die wohltätige Mittlerin zwischen Mutter und Sohn im Dunkeln zu sein.

Als er ihr gestern in seiner Empörung Teile des Briefs vorlas und bemerkte, der Rest sei »einfach zu demütigend«, um ihn vorzulesen, hatte sie geglaubt, seine innere Not hinge mit der Wut über den Verlust der Mutter zusammen – ein ganz natürliches Verhalten, um damit zu Rande zu kommen. Und als er sie plötzlich fragte, ob sie Selma gekannte habe, fühlte sie sich ertappt und antwortete automatisch mit Nein.

Die ganze Nacht nagte ihr Geheimnis an ihr. Warum hatte sie nicht gesagt: Ja, ich habe sie kennen gelernt, wir haben uns zusammen in Komitees engagiert, aber ich habe sie nicht wirklich gekannt. Warum hatte sie das Naheliegende nicht sagen können? Warum war sie so ängstlich?

Ihr wurde klar, dass es an ihrem Geheimnis lag, daran, dass sie es war, die die Briefe einwarf. In diesem Moment hätte ein Ja die Büchse der Pandora geöffnet. Was hätte sie sagen sollen? Etwa: Ich bin dabei, mich in dich zu verlieben, und übrigens bin ich diejenige, die die Briefe deiner toten Mutter abschickt. In der ersten Zeit war es in Ordnung, aber seit ich dich kenne …

Wie könnte ich es ihm jetzt sagen? Es ist alles zu zerbrechlich, zu neu. Ich habe es Selma versprochen. Habe ihr Geld genommen. Versprechen ist Versprechen. Außerdem will ich nicht, dass sie sich hier dazwischendrängt, zwischen ihn und mich.

Aber ist es nicht grausam, solch ein Geheimnis vor jemandem zu hüten, den man liebt?

Ja, das ist es. Ich werde es ihm sagen. Sofort.

Sie nahm den Telefonhörer in die Hand.

Legte auf.

Nahm ihn wieder und wählte.

Legte auf.

Nahm erneut ab und wählte und ließ es klingeln, bis sich jemand meldete.

»Hallo?«

Es war seine Stimme.

Sie legte auf.

12

Schreiben ist oft eine Krücke für schüchterne Menschen. Zwei Abende später saß Orville in der Notaufnahme und wartete darauf, dass sich ein Mädchen im Teenageralter erbrach, das sich an Hundefutter überfressen hatte. Während er darüber nachdachte, ob es vielleicht eine zuträgliche Dosis von Hundefutter für Teenager gab, überkam ihn das Bedürfnis zu schreiben. Seinen letzten Tagebucheintrag hatte er am Abend vor Beginn seines Studiums an der Medical School in Dublin gemacht. Zuvor hatte er Seite um Seite eines neuen Notizbuchs mit Eindrücken von dieser literarischen Stadt gefüllt. Nicht dass er ein neues Tagebuch beginnen wollte. Doch während er darauf wartete, dass die Brechwurzel ihre Wirkung tat, nahm er sich ein Formular für Röntgenaufnahmen und begann auf der Rückseite zu schreiben:

> Seit ich letzten Sonntag mit Miranda in der Bibliothek war, bin ich auf Wolke sieben, und auch Columbia nimmt für mich andere Züge an. Als ob diese Stadt und ihre Geschichte und der Teil davon, der meine Geschichte ausmacht, eine Leinwand wären, die auf einem leeren Platz liegt, im Winterwind formlos und zwecklos herumflattert und jeden Moment weggeblasen werden kann. Als ob jede der historischen Örtlichkeiten, die wir besucht haben, und jede geschichtliche Tatsache ein Stab wäre, der durch die Leinwand in den Boden gestoßen wird und sie fest verankert, so dass man jetzt endlich nach einem halben Jahrhundert, in dem sie sich aufgerollt und gewellt und ohne Plan

die Gestalt verändert hat, erkennen kann, dass es in Wahrheit ein Zelt ist. Und dass jetzt, da die Stäbe eingeschlagen sind, offenbar wird, dass, verborgen unter dem sich blähenden Stoff wie Knochen unter der Haut, Zeltstangen sind und dass vor unseren Augen diese Stangen aufgerichtet werden und die Leinwand in eine Form gespannt wird, so dass sie – daran kann kein Zweifel bestehen – ein Zelt ist, vielleicht sogar ein Zirkuszelt, warum nicht, denn einen solchen Eindruck gewinnt man, wenn man zusieht, wie es Gestalt annimmt. Es ist bunt und lustig, als ob der Zirkus in die Stadt käme. So dass man beim Betreten des Zelts nicht nur drei Manegen und Clowns und Elefanten sieht, sondern begreift, dass unter dem Sägemehl und noch tiefer unter der Erde die Toten liegen und wie ein zahlreiches Publikum gebannt nach oben starren, nicht traurig oder betrübt, vielmehr sich wie die Lebenden oben an dem Treiben, diesem Zwischenspiel aus Phantasie und Risiko, erfreuen. Ja, Risiko, denn die Löwen haben wirklich Zähne und Krallen, und auch wenn die Hochseilakrobaten ein Netz unter sich haben, stürzen sie manchmal daneben, und sogar die Clowns riskieren es, nicht komisch zu sein, und müssen ihren Frauen als Versager gegenübertreten, bevor sie sterben.

Warum hasst ihr Columbia, Bürger Columbias?

Ein kleiner Junge kommt am Vatertag zu dir und birst vor Stolz über das Geschenk, das er dir ganz allein gemacht hat. Er steht dort vor dir, ein Junge von sechs Jahren, verstrubbelt und pausbäckig – in den sich in wenigen Jahren irgendein Mädchen wahnsinnig verlieben wird –, in einem zerrissenen T-Shirt mit dem Logo der National Rifle Association, das er nicht von dir, also wahrscheinlich von seinem Großvater bekommen hat – oder von seinem Pfarrer oder, Gott bewahre, von seiner Mutter –, in geflickten Jeans und zwei verschiedenfarbenen Socken und ungeschnürten Nikes, und du schaust von seinem glücklichen, stolzen und erwartungs-

frohen Gesicht auf das seltsame Konglomerat aus Holz und Metall und Farbe und Klebeband und Nägeln und Gummiringen und Teilen deines alten Elektrorasierers, das er dir als Geschenk zum Vatertag überreicht, und was tust du?
Sagst du: »Oh, tut mir Leid, aber das ist nicht genug. Es ist nicht gut genug«? Natürlich nicht. Du sagst: »He, was für ein tolles Vatertagsgeschenk!« Und du nimmst ihn in den Arm. Doch er weicht zurück, so wie es Jungs tun, die es nicht abwarten können, etwas vorzuführen, die zeigen wollen, wie es funktioniert oder was es damit auf sich hat, oder vielleicht sogar, was es in ihrer eigenen Welt darstellt. Und was tust du dann?
Sagst du: »Vielen, vielen Dank, das ist wirklich nett, aber ich muss jetzt weg zum Golf, wir sehen uns später?« Natürlich nicht. Du legst den Arm um seine Schulter und sagst: »Komm, wir gehen zusammen in den Zirkus!«
Und was ist das Geschenk nun eigentlich? Es ist gleichgültig, was es ist, vielmehr interessiert daran, welche Eigenschaften es anzieht, welche ihm innewohnenden vitalen Eigenschaften sich vermitteln. Sieh hinein. In seiner Nutzlosigkeit wirst du Nutzen entdecken, in seinem Chaos Gestalt, in seiner Unfertigkeit Eleganz, in seiner Maßlosigkeit Menschlichkeit, und bei deinem Zögern, es zu bewundern, und deinem Bedürfnis, es zu definieren (denn du bist einfach nur einer von diesen blöden Erwachsenen), wirst du in einem Moment seltene, wesentliche Eigenschaften gewahren: Zuneigung, Demut, Sanftheit, Kraft.
Columbia ist dieses Geschenk – das hat Celestina gesagt, oder? –, und Gott sei gedankt für seine vielen falschen Facetten. Man kann die Wahrheit nicht sehen. Nur indem man sieht, was falsch ist, kann man sich vorstellen, was wahr ist. Man kann Liebe nicht sehen. Nur indem man sieht, was nicht Liebe ist, kann man sich vorstellen, was Liebe ist. Ich sehe die Art und Weise, auf die ich sie noch nicht lieben

kann, und ich stelle mir vor, dass die Liebe genau auf diese Art und Weise beginnt.

So ist es also jetzt abgesteckt oder vielleicht sogar nieder- und ausgestreckt vom Fluss bis zum Friedhof, von Sumpf zu Sumpf und nimmt langsam die Form von etwas anderem als einer Leinwand auf dem Boden an, die sich im Wind hebt, oder einer Wolke, die hoch oben, vom selben Wind getrieben, eilig über den Himmel zieht. Ich meine die Einwohner und Columbia selbst – nein, nein. Nein. Moment mal.

Was ich tatsächlich meine, ist dieses seltsam vertraute Erwachen der Liebe.

13

»Liebst du Dr. Rose?«

Die Frage kam unvermittelt vom Rücksitz in Mirandas Kombi. Sie fuhr Cray zu seinem letzten Fußballspiel in dieser Saison.

Cray war sechs Jahre und ein paar Monate alt. An diesem Sonntagmorgen hatte Miranda ihm mit gespielter Beiläufigkeit mitgeteilt, dass Dr. Rose sie beim Fußballspiel treffe und danach mit ihnen nach Hause zum Abendessen komme. Cray durchschaute den gespielten Teil und sagte nichts. Er hatte gewusst, dass irgendetwas mit seiner Mutter los war, und jetzt stellte sich heraus, dass dieses Etwas Dr. Rose war, und er fand das überhaupt nicht lustig. In den vier Jahren, in denen er am Rande von Columbia aufgewachsen war, hatte er von Zeit zu Zeit Männer im Haus erlebt. Die meisten kamen ihm einfallslos und laut vor und rochen nach Essig oder Bier. Es fing immer mit einem Abendessen an. Während des Abendessens schaute er immer im anderen Zimmer fern. Oft waren sie noch da, wenn er ins Bett ging. Selten blieben sie bis zum Morgen, wenn er aufwachte. Niemand war öfter als ein paar Wochenenden gekommen. Das fand Cray auch in Ordnung so. Es war schwer genug, ein Loch dort zu haben, wo ein Vater hätte sein sollen. Sehr viel schwerer aber war es, einen anderen Mann im Haus zu haben, dem seine Mutter Aufmerksamkeit entgegenbrachte, selbst wenn Cray dabei war.

»Nein«, antwortete Miranda. Ihre Hände umklammerten das Lenkrad.

»Gut.«

»Sei trotzdem nett zu ihm, ja?«

»Warum?«

Miranda unterdrückte die bequeme Antwort: Weil ich es gesagt habe. Stattdessen erwiderte sie: »Gute Frage. Okay, Cray, sei, wie du sein willst.«

Orville kam spät, gerade vor Ende der ersten Halbzeit. Der Tag war für den frühen Dezember ungewöhnlich warm. Das Spielfeld befand sich in einer mit Gras bewachsenen Vertiefung neben dem Eingang zur Turnhalle der Columbia Highschool und war so weit aufgetaut, dass kinderfreundlicher Matsch entstanden war. Er schaute vom Rand aus hinunter und entdeckte Mirandas rotes Haar an einer der Seitenlinien. Am Rand einer ganzen Gruppe von Jungen, die alle dem Ball nachjagten – die Idee, einem anderen den Ball zuzupassen, war ihnen noch fremd –, machte er einen zweiten Rotschopf aus. Das musste Cray sein. Orville beobachtete ihn. Der Junge wollte sich nicht in den wilden Haufen begeben und ihn aufmischen. Er ging nur auf den Ball los, wenn er frei war. Vor langer Zeit, als er noch Manager der Fish Hawk Hoopsters gewesen war, hatte Orville gelernt, dass man so gut wie alles über eine Person erfahren kann, wenn man sie in einem Teamsport agieren sieht. Hier war ein ängstlicher Junge. Zwei andere Haarschöpfe stachen aus der Meute hervor – das weiße Haar in Andy-Warhol-Manier von Henry Schooner und der weißblonde Schopf von Schooners zweitem Sohn Maxie. Orville ging hinunter an die Seitenlinie. Als er Miranda begrüßte, vollführte sein Herz einen kleinen Cha-Cha-Cha in der Brust.

Ihres tanzte nicht so sehr, als dass es ein wenig sang.

Zum ersten Mal war ihre Begrüßung mehr von Liebe als von Gehemmtheit geprägt.

Cray und sein Freund Maxie trugen Trikots, auf denen SCHOONER'S SPA stand. Henry war ihr Trainer. Er winkte Orvy fröhlich zu. Die Pfeife trillerte zur Halbzeit. Die Jungs rannten zur Seitenauslinie und drängten sich um Henry. Cray nahm Miranda und Orville gar nicht wahr. Schooner verteilte halbe Orangen an die Jungs, was Orville daran erinnerte, dass er früher das Gleiche bei den Fish Hawks getan hatte. Während die Kinder die Orangenhälften ausschlürften, gab Henry Instruktionen für das Spiel.

Er hielt den Ball geschickt mit einem Fuß in der Luft, rief »Glücksfüße! Glücksfüße!« und führte trotz seines Eisschrankkörpers erstaunlich leicht den Tanz der Glücksfüße auf. Dann schoss er ihn ein Stück weit voraus. Als er rollte, rief er erneut aus: »Glücksfüße! Glücksfüße!« Er teilte die Jungs in zwei Gruppen ein, sie schoben sich den Ball zu, riefen dabei »Glücksfüße! Glücksfüße!« und versuchten den kleinen Tanz. Als sie weiterübten, kam er zu Miranda und Orville herüber.

»Wie geht's, Leute. Schön, euch zu sehen.« Für Orville gab es den politischen Handschlag mit beiden Händen, Miranda wurde umarmt. »Du hast doch auch Fußball gespielt, Orvy, oder nicht?«

Orville bemerkte eine frische Wunde auf Henrys Wange. »Ein bisschen. Wir haben jedes Spiel verloren, bis zur Revolution in Ungarn. Dann kam Bruno Baloghy. Unsere Strategie war: ›Spiel den Ball zu Bruno.‹ Danach haben wir nie mehr verloren.«

»Ein großartiges Land, oder? Wir nehmen jeden auf. Ein wahrer Schmelztiegel. Eines Tages, Miranda, werde ich dir die tiefe dunkle Wahrheit über Orvy erzählen. Ein echter Heißsporn auf der Highschool. Eine Art Fischadler der Fish Hawks.« Alle drei lachten. »Ach, übrigens, ein starkes Foto von euch Leuten vor dem Worth. Gut, dass sich auch mal jemand anders für die Stadt engagiert. Die kleine Amy hat jetzt ein richtiges Projekt, das ist wirklich toll. Natürlich ist mein Partner Milt nicht so erbaut davon, aber vielleicht können wir seine Valium-Dosis erhöhen?«

»Wir sind bereits bei der gesetzlichen Grenze angelangt. Noch ein Milligramm mehr, und er wird ein Mensch.«

Henry lachte und rollte seinen Kopf vor Vergnügen. »Amy hat jetzt ein Projekt, und ihr Vater regt sich auf, aber he, das ist Amerika, stimmt's?«

Sie pflichteten ihm bei. Die Trillerpfeife gab das Zeichen zur zweiten Halbzeit, und Schooner ging zurück zu seiner Mannschaft.

»Seltsam«, sagte Orville zu Miranda, »gleich da oben, auf dem Hügel, wo der Weg vom Eingang der Turnhalle hinunter in das Wäldchen um Kleek's Pond zur Sixth Street führt, habe ich Henry zuletzt gesehen, als er von der Schule gewiesen wurde, nachdem er Tickets für Basketballspiele erst geklaut und dann schwarz verkauft hatte, und er zeigte uns den Finger. Schaute damals genauso aus wie sein Sohn heute. Komisch, ich sehe in all diesen Erwachsenen die Kinder, die ich kannte, als ob es eine Stadt der Kinder wäre. Sie ist auch geschrumpft, sie kommt mir wie eine Spielzeugstadt vor.«

»In welchem Jahr war das?«

»Zweiundsechzig. Er war ein Schläger. Ging dann zur Navy, hat nie zurückgeschaut.«

»Menschen ändern sich.«

»Ja, aber verglichen mit seinen ersten siebzehn Jahren hat er sich zu sehr verändert. Als Kind – nicht nur mir gegenüber, verstehst du, du kannst jeden fragen – war er ein Monstrum. Dann gab es da dieses Loch – na, von vielleicht weiteren zwanzig Jahren. Und jetzt macht er alles richtig – eine Säule der Gesellschaft.«

»Gesellschaftshölle«, sagte sie verschmitzt, »der ›Freien Welt‹. Er ist eine Fernsehpersönlichkeit geworden.«

»Genau. Da sträuben sich mir die Nackenhaare.«

»Wirklich?« Sie sah, wie er zögerte, während er der Meute von Jungs nachschaute.

»Weißt du, ich bin abergläubisch – deshalb ist es vielleicht etwas verrückt. Du nimmst es mir nicht übel, wenn ich ein *bisschen* verrückt bin, oder?«

»Nein, nicht solange es mit Columbia zu tun hat.«

»Oh, das hat es, und ob!« Er lachte in sich hinein. »Ich mache mir über etwas Sorgen, okay?«

»Okay.«

Quietschende Schreie kamen vom Fußballplatz. Die Jungs rollten in einem Klumpen auf dem Matschplatz und quiekten wie glückliche Schweine.

»Es ist, als ob das Fernsehen eine seltsame Umkehrung vornähme«, sagte er. »Es nimmt die unechtesten Typen und macht aus ihnen ganz real erscheinende Leute. Schon mal im Fernsehen gewesen?«

»Einmal, im letzten Jahr.«

»Und?«

»Es war entsetzlich.«

»Hast du dich selbst kaum wiedererkannt?«

»Auch meine Freunde und Cray nicht. Cray ist fast ausgeflippt. Ich sah komisch aus.«

»Ich genauso, als ich mal im Fernsehen war. Aber nicht Schooner. O nein, nicht Henry Schooner. Nimm Reagan. Im Fernsehen war noch kein Präsident besser. Aber Leute, die ihm wirklich begegnet sind, sagen, dass sie das unheimliche Gefühl gehabt hätten, dass da keiner zu Hause ist, niemand da. Hohles Loch. Leerstelle. Nicht vorhanden.«

»Und was folgt daraus?«

»Ein hohler Mann kann alles tun, sogar das, was er als Junge gemacht hat.« Er unterbrach sich. »Tut mir Leid, ich mein, ich wollte nicht diesen schönen Tag ...«

»Nein, nein«, sagte sie und legte eine Hand auf seinen Arm. »Mich beschäftigt das auch. Es ist eine wesentliche Frage – vielleicht *die* Frage – der Geschichte: Sind wir, die wir sind?«

»Genau. Wir alle, ja.«

»Ja.« Sie drückte seinen Arm zärtlich. »Aber ich habe nicht deine Probleme mit Henry. Für mich ist er ein Vater, ein Trainer – ein sehr guter Trainer –, die Jungen lieben ihn. Er scheint auch ein guter Vater zu sein. Cray und Maxie sind Freunde. Sie kommen prima miteinander aus, haben sich nur einmal gestritten, und zwar an dem Tag, als ich dich kennen lernte. Cray schlug Maxie auf seinen Gips. Das war verrückt, weil er vorher noch nie jemanden geschlagen hat.«

»Weswegen der Gips?«

»Gebrochener Arm. Maxie neigt zu Unfällen. Beide Schooner-Jungen neigen dazu. Sein älterer Bruder ist zwölf, ein rauer Bursche. Er scheint Einfluss auf Maxie zu haben, und dann beeinflusst Maxie Cray – das beunruhigt mich –, aber alles in allem ...«

Schreie ertönten von dem Matschhaufen. Zwei Jungs standen sich in Kampfposition gegenüber, der Klumpen hatte sich in zwei gegnerische Klumpen getrennt. Ein Junge, dessen Trikot SCHMERZ DRUGS anpries – Orvy erkannte in ihm das adoptierte koreanische Kind von Mouse und Faith Schenckberg –, schubste Maxie, der über Cray stolperte, und beide landeten in einer Pfütze.

Maxie sprang auf und wollte auf den anderen losgehen. Er war gerade im Begriff, den koreanischen Schenckberg zu schnappen, als ein seltsam hoher Pfiff – wie von einem Teekessel – von der Seitenlinie kam. Henry hatte zwei Finger im Mund. Maxie hörte wie geschockt sofort auf. Er wandte sich ab und ging langsam zu Henry.

Die beiden Trainer griffen ein und machten Frieden. Das Spiel war vorbei. Die Jungen riefen ein lahmes »Hoch!« für die andere Mannschaft, dann begaben sie sich zu ihren Eltern – die Orville alle, wie er überrascht feststellte, aus der Praxis kannte. Er kannte ihr privates Selbst, kannte sie entblößt, sowohl körperlich als auch seelisch. Er hörte sie oft in Gesprächen draußen lügen – über ihre Gesundheit, ihr Glück, ihre sexuelle Tüchtigkeit. Wie Bill sagte: »In dieser Praxis hebst du den Deckel, guckst in den Topf und siehst die Wahrheit.« Die

Schooners waren nicht seine und Bills Patienten. Sie gingen zu Ed-Kurpfuscher-Shapiro draußen in Spook Rock.

Cray kam zu ihnen, ein schlammiger Krieger. Er sah Orville nicht an. Miranda sagte: »Cray, das ist Dr. Rose. Er kommt mit zu uns zum Abendessen.«

Cray erwiderte nichts. Er versteckte sich hinter ihr. Sein Kopf zeigte direkt nach unten, seine Augen sahen noch direkter nach unten.

»Hallo, Cray. Du kannst mich Orvy nennen.«

Cray schwieg weiterhin. Plötzlich rannte er los, den Hügel aus der Grassenke hinauf zum Parkplatz. Schooner sammelte die Fußbälle ein, die sie für das »Glücksfüße«-Training gebraucht hatten, und verstaute sie in einem großen Netz. Er winkte ihnen munter zu, als sie gingen; ein Zeremonienmeister ihrer Liebesgeschichte, geleitete er sie mit seinem Lächeln zu einem wirklich umwerfenden Abenteuer, wie es so nur in Amerika, einem großartigen Land, erlaubt war, stimmt's? Orvy hatte ein schlechtes Gewissen, dass er ihm da draußen nicht mit den Bällen half, die Papierbecher und ausgelutschten Orangen mit aufräumte, und auch irgendwie, dass er ihm nicht mit dem Aufräumen der Welt half. Verglichen mit Schooner kam sich Orville oft wie ein Versager vor.

Orvy half Miranda den schlüpfrigen Grashang hinauf. Bald fuhr sein New Yorker ihrem Country Squire auf der Route 9 hinterher, aus Columbia hinaus Richtung Norden.

Im Auto fragte Miranda Cray: »Hat es Spaß gemacht?« Vom Rücksitz kam ein lautes Nichts. »Du hattest immer noch ein bisschen Furcht, in der Jungenmeute nach dem Ball zu kicken?«

»Ja, ich warte lieber, bis er rauskommt, und dann kick ich ihn.«

»Wieso?«

Nach einer Weile antwortete er: »Ich will nicht gestoßen und hingeschmissen werden.«

Sie war dankbar dafür. Früher hatte sie immer gedacht, dass er mit einem Vater mutiger geworden wäre, und versucht, ihn zu größerer Risikobereitschaft anzuhalten, aber das hatte nichts gebracht. Sie wusste auch nicht, wozu es hätte gut sein sollen. Doch jetzt, dankbar für seine Ehrlichkeit, sagte sie nur: »Mhm.«

Sie fuhren links von der Route 9 ab auf eine ungeteerte Straße parallel zum Kinderhook Creek. Orvilles großer Chrysler schaukelte in den Schlaglöchern auf und ab wie ein Wal bei Aerobic-Übungen, vorbei an verschneiten Feldern, die von abgebrochenen Maisstauden bewacht wurden, bis zu einem plötzlichen Ausblick, wo der Bach unter einem Eisenbahnviadukt hindurchfloss – das den Vordergrund so scharf abschnitt wie die Kante eines Bilderrahmens – und sich in den teilweise übereisten Hudson ergoss. In der Ferne erhoben sich die Catskills. Das harte Licht einer einsamen Straßenlampe fiel ein Stück weit auf das Eis und ließ es zerknittert erscheinen, eine weißgraue Decke, über dem Wasser ausgebreitet, um das Leben unter sich bis zum Frühjahr schön kalt zu halten.

Mirandas Haus schmiegte sich in die Beuge, wo Bach und Strom aufeinander stießen. Am Ende der Straße, bei den Schienen, lag ein kreisförmiger Wendeplatz, der von älterer Schlacke geschwärzt war. Das Haus selbst saß behaglich an dem Hang eines Maisfelds und wurde von drei großen Kiefern überragt. Es hatte zwei Geschosse, das Erdgeschoss war aus massiven Steinquadern, das obere aus verwittertem Holz, mit vier Dachgauben nach vorn und zwei auf der Seite gen Westen. Der Stein war jener butter-goldene Kalkstein, den Orville in den Cotswolds, den Dolomiten und an der Bibliothek gesehen hatte. Er nahm das tief stehende Wintersonnenlicht in einer Weise an, die es noch einmal weicher machte und das Haus selbst wie aus Gold erscheinen ließ. Vor dem Haus stand eines dieser blauen historischen Schilder:

Staats House
Hendrick Hudson landete hier am
17. September 1609
erbaut 1654–64 von Colonel Abram Staats

Cray rannte den Steinweg hoch und durch die verschlossene Tür ins Haus. Orville half Miranda den überfrorenen Weg hinauf. Innen im Haus fielen ihm die niedrigen Decken und kleinen Zimmer auf – Küche und Wohnzimmer. Sie erinnerten ihn an alte Häuser in Europa, als ob damals die Menschen Zwerge gewesen wären. Die Zimmer waren wunderbar vollgestopft. Es war richtig gemütlich – Papiere auf dem Küchentisch, ein Vogel in einem komplizierten Käfig mit Drehspiegeln und einem winzigen Glöckchen an einer Kette aus bunten Plastikgliedern, ein Fressnapf für Katzen, zwei schmutzige Menschenteller in der Spüle, ein tropfender Wasserhahn und nichts von all dem Lysol und Desinfektionszeug, das seine Schwester über das Haus seiner Mutter am Square ausgeschüttet hatte. Hier, dachte er, war ein Haushalt, in dem gelebt wurde. Die Frau, die ihn führte, befand sich auf dem Boden der wesentlichen Tatsachen: Essen, Kleidung, Dach über dem Kopf, Haustiere. Keine Plastikläufer weit und breit. Keine sauberen Handtücher für keine sauberen Gäste. Cray, der schmutzig war, blieb schmutzig.

»Mom, kann ich fernsehen?«

»Nicht fernsehen, aber Video. Ich habe das *Dschungelbuch* für dich geholt.«

Cray rannte ins Wohnzimmer zum Fernseher. Im Nu hatte er die Kassette eingelegt, saß zehn Zentimeter vor dem Bildschirm und rief über die Schulter zurück: »Kann ich beim Gucken essen?«

»Du kennst unsere Abmachung.«

»Ja, aber heut Abend ist es was anderes, weil ein Gast da ist.«

»Ein Gast, der gerne hätte, dass du mit uns isst. Stimmt's, Dr. Rose?«

»Ja, das hätte ich wirklich gern.«

»Aber Mom, deshalb will ich doch vor dem Fernseher essen.«

Miranda sah Orville an und zuckte mit den Schultern. »Na schön.«

Cray rief »Ja!« und wurde still und stiller, nur noch seine Augen bewegten sich.

Miranda zeigte Orville das Haus und machte in einem Holzofen Feuer, das bald Wärme in der Art verbreitete, die einen an die Sterblichkeit erinnert – Hitze, die sich schnell in jene Kälte gleich hinter deinem Rücken verflüchtigt. Sie öffneten die Flasche Wein, die er mitgebracht hatte – natürlich Chardonnay –, und unterhielten sich entspannt über alles und jedes, nur nicht über sich und ihre mögliche Liebe. Zu viel Zeit widmeten sie dabei Hendrick Hudson.

»Er heißt gar nicht Hendrick, sondern Henry«, sagte sie, »er ist Engländer, kein Holländer, segelt aber nicht für England, sondern für die Holländische Ostindische Handelsgesellschaft. Er versucht die Gewürzinseln zu erreichen. Zuerst segelt er genau in die falsche Richtung, direkt nach Norden entlang der norwegischen Küste! Sein Schiff friert fest, seine Mannschaft meutert. Er kehrt um und segelt in eine andere genauso falsche Richtung, westlich über den Atlantik, und stößt auf die Mündung dieses Flusses. Er glaubt, hier führt ein Weg zu dem so genannten ›Wilden Wasserfall‹ und *dann* zu den Gewürzinseln – der Wasserfall ist natürlich Schwindel, die Phantasie von einem britischen Entdecker namens Davies.«

»Mir gefällt es«, sagte Orville, »dass du die Vergangenheit immer in der Gegenwart erzählst.«

»O, das kommt vielleicht daher, weil die Gegenwart manchmal so bedrängend ist. Geschichte ist für mich leichter.«

»Für mich auch, seit ich dich kenne.«

Sie errötete. Er ebenfalls. »Colonel Staats, ein Wundarzt

und Fellhänd…« Ihre Augen trafen sich, und sie brachen in Lachen aus. »Colonel Pelzhändler …« Erneut erröteten sie und lachten. »Ach, zum Teufel mit Colonel Staats!«

»Nein, nein«, sagte Orville in gespieltem Ernst. »Colonel Staats ist entscheidend!« Sie grinste und bekam Grübchen. »Henry Hudson ist also wirklich hier gelandet?«

»Was meinst du mit ›wirklich‹?«

»Ich meine, ist es wahr, dass er hier landet?«

»Du glaubst, dass es eine ›wahre‹ Geschichte gibt?«

»Ja.«

»Na schön. Wenn ich Geschichtsunterricht gebe, bitte ich meine Klasse in der ersten Stunde, mit einem Satz das Wetter an diesem Tag zu beschreiben. Ich schreibe auch einen Satz auf. Ich lese dann ein paar dieser Sätze vor. Es sind alles ziemlich zutreffende Beschreibungen: ›Es ist ein sonniger Tag‹ oder ›Die Sonne scheint den ganzen Tag.‹ Und dann komme ich mit meiner Beschreibung: ›Der Tag ist dunkel, und unaufhörlich fällt dichter Regen.‹ Ich halte den Zettel hoch und sage: ›Dies ist die Beschreibung, die überleben wird.‹«

»Dann gibt es keine wahre Geschichte?«

»Die kleinen Geschichten sind wahrscheinlich immer wahr.«

»Die kleinen Geschichten?«, fragte er verblüfft.

»Von Leuten wie uns.«

»Aha«, sagte er nickend. »Kleine Leute wie wir, ja.«

Sie spürten beide, dass sie bisher eine kleine Liebesgeschichte miteinander hatten.

Diese Empfindung war für Miranda immer noch so Furcht einflößend, dass sie ausgerechnet auf Tolstoi verfiel. »Wenn man Tolstoi glaubt, dann besteht die große Geschichte – Singular –, die in Büchern aufgeschrieben steht und ›Historie‹ genannt wird, im Kern aus ein paar wesentlichen kleinen. Als jemand Napoleon fragte, wie er seine Generäle ausgewählt habe, antwortete er: ›Ich nehme die, die Glück haben.‹«

»Klingt für mich einleuchtend, Miranda.« Ihren Namen auszusprechen, erzeugte in ihm eine besondere Nähe zu ihr.

Es folgte Schweigen, doch jetzt zum ersten Mal war es ein angenehmes, sinnliches Schweigen. Die Glut und der Geruch des Holzfeuers, die Glut des Weißweins, die leise Wahrnehmung, wie das Abendessen seine wundersame Bahn durch ihre Verdauungstrakte nahm, das erste wirkliche Nachlassen der Sorge, wie der eine dem anderen erscheinen mochte – all das wirkte sinnlich, sogar sexy.

»Versuch's mal mit Gemütlichkeit, mit Ruhe und Gemütlichkeit. Und schmeiß die dummen Sorgen über Bord …«

Das Lied von Balou, dem Bären im *Dschungelbuch*, drang bis zu ihnen hinüber. Miranda sah, wie Orville sich umdrehte und zu Cray hinschaute – er war es nicht gewöhnt, ein Kind um sich zu haben, immerzu auf zwei oder drei oder zehn Dinge gleichzeitig zu achten –, und sie spürte wieder eine leise Besorgnis in sich aufsteigen.

Orville war hin- und hergerissen. Einerseits wollte er mit Cray Kontakt aufnehmen, andererseits wünschte er sich, dass Cray sich wie ein Traum im Tageslicht auflösen würde, damit er Miranda in seine Arme schließen konnte.

»Ich würde gern mit Cray einen neuen Versuch wagen«, sagte Orville.

»Schön«, erwiderte Miranda und stand auf. Von dem Wein und der Glut fühlte sie sich leicht beschwipst. »Lass uns einen kleinen Abstecher ins Cray-Land machen.«

»Einen kleinen Abstecher in eine kleine Geschichte. Na dann los.«

Cray saß immer noch wie festgenagelt vor dem Bildschirm, eine Gabel voll Nudeln in der Hand, den vollen Teller auf dem Schoß.

Orville unternahm mehrere Versuche, Cray auf sich aufmerksam zu machen, beginnend mit: »Hallo, Cray!«

Nichts. Der Junge blickte nicht einmal zu ihm hin.

Miranda beobachtete dies, sah in Orville den unbeholfenen, übereifrigen Mann, der nie Kinder gehabt hat, und empfand sowohl Mitleid mit ihm als auch noch mehr Liebe. Sie berührte seinen Arm und sagte: »Lass gut sein. Gehen wir wieder.«

Doch Orville wollte noch nicht aufgeben. Er selbst mochte Disneys *Dschungelbuch* sehr, er hatte es wohl an die fünfzigmal gesehen, wenn er auf die kleine Amy aufgepasst hatte. Sein Lieblingstier war der Elefant. In einer Szene macht der Elefantenführer Colonel Hahti etwas Dummes mit seinem Sohn, dem kleinsten und letzten Elefanten in der Reihe, und seine Frau stellt ihn daraufhin zur Rede. Orville kannte den Satz auswendig und sagte ihn nun mit ihr zusammen, genau ihre Stimme einer strengen viktorianischen Gouvernante nachahmend: »›Sei still, du aufgeblasener Windbeutel!‹«

»Psst!«, zischte Cray. »Jetzt hab ich's verpasst!« Er drückte STOP, REWIND und PLAY. Miranda streckte die Hand nach Orvy aus und zog ihn aus dem Zimmer.

»Tschüs, Cray«, sagte Orville munter.

Nichts.

»Tja, das war ein großer Erfolg«, meinte Orville.

»So geht es allen.«

»Ich würde gerne bleiben, aber ...«

»Ein anderes Mal.«

»Ich meine nicht ...«

»Ich aber.«

Er verstand und nahm ihre Hand. »Ist es, weil er mich nicht mag, oder fürchtet er sich vor mir, oder ist es ihm einfach egal?«

»Ich würde mal annehmen – aber es ist nur eine Annahme, ja? –, dass er sich davor fürchtet, dass es ihm nicht egal ist und es ihm sonst zu wenig egal werden könnte.«

Orville seufzte erleichtert auf. »Ja, wie bei uns allen.« Er drückte ihre Hand, traurig, sie zu verlassen, den Jungen, diese voll gestopfte Behaglichkeit.

Sie spürte seine Traurigkeit. Der Widerstreit zwischen ihrer eigenen Zuneigung und Furcht – denn er würde nicht über Nacht bleiben – wollte sich zugunsten der Zuneigung entscheiden.

Auf der Türschwelle, außer Crays Sichtweite, nahmen sie Abschied und umarmten sich. Es war für beide eine Art Wir-treiben-allein-in-einem-Rettungsboot-Umarmung, aber dann wurde der körperliche Raum zwischen ihnen wärmer, sie umarmten sich wirklich, er spürte ihre Brüste durch seinen Pulli, sie seine Finger, die am Nacken leichte Spiralen drehten. Draußen auf der kalten Schwelle zum Winter, hinter dem Rücken des Jungen, fühlte es sich verboten und sexy an.

»Vielleicht kann ich doch bleiben?«, sagte Orville, dem die Erotik Sicherheit verlieh.

»Eines Tages.« Sie fühlte sich erregt und erschauerte, dann bekam sie Zweifel. »Nicht wahr?«

»Ja.«

14

Wie geht's, Partner?

Boca ist super. Babs kauft ein & wir spielen Bridge mit einem netten Ehepaar, noch älter als wir, heißen Wolfgang & Kenni Vista aus Altoona, PA. (»Setzt Gott Amerika ein Klistier«, sagt Wolfgang, »dann macht er's in Altoona.« Was für ein Witzbold.) Wolfi & Kenni haben eine Weltreise vor. Wetter ist traumhaft. Starbusol wirkt auch bei kleiner Dosis. Komme etwas später zurück als geplant. Sorge dafür, dass die guten Jungfrauen von Columbia glücklich sind – alle drei. Hähä. Grüße, Bill

Die übergroße Postkarte, die auf der anderen Seite einen gewaltigen Sonnenuntergang zeigte, eingerahmt von einer Palme, die aus dem Strand aufstieg wie der Feuerschweif einer Mittelstreckenrakete, trug das Datum vom 17. Dezember. Sie war einen Tag vor Weihnachten angekommen. Als das Datum für Bills erwartete Rückkehr nach Columbia verstrichen war, hatte Orville versucht, ihn anzurufen. Doch in der Wohnung am anderen Ende meldete sich niemand. Da er keine Kinder mehr hatte und der medizinischen Versorgung Columbias enthoben war, besaß Bill keinen Anrufbeantworter. Es beunruhigte Orville allerdings, dass Bill kein eindeutiges Datum für seine Rückkehr angab. Und außerdem – Orville war abergläubisch, was Daten betraf. Der 17. Dezember stand in seinem Leben unter einem guten Stern. Genau um 10 Uhr 35 am Donnerstag, den 17. Dezember 1903, flog Orville Wright auf dem Kill Devil Hill, Kittyhawk, North Carolina, als erster Mensch vierzig Meter in zwölf Sekunden. Dass Bill an diesem wichtigen Tag für die Menschheit geschrieben hatte, schien dem anderen Orville jetzt voller Vorbedeutung.

Trotz des Blutzolls unter den Einwohnern von Columbia, den Orville während der Feiertage in der Praxis einzudämmen versuchte, sahen er und Miranda sich so oft wie möglich. Sie hatten sich gegenseitig ihre Lebensgeschichte erzählt – die gereinigten Fassungen, die man denen erzählt, die nicht die erste Liebe sind.

Er hatte ihr von Lily und dem Hamsterei berichtet, von dem wissenschaftlichen Beweis seiner Unfruchtbarkeit. Die Unterhaltungen mit seiner fliegenden Mutter unterschlug er dagegen, und ebenso alles Weitere über Celestina – sie war, wie ihm nun klar wurde, auch dem Herumflattern zugeneigt. Seit jenem Tag, als er in der Kälte außerhalb der Bibliothek aus Verzweiflung Miranda ein Stück aus einem von Selmas Briefen vorgelesen und sie gesagt hatte, es komme ihr nicht so furchtbar schlimm vor, wusste er, dass es ein Fehler war, überhaupt mit Miranda über Selma zu sprechen. Lily hatte Selma nie gemocht und behauptet, ihre Ehe sei gescheitert, weil Selma sich immer aufdrängte und ihre Nase in alles hineinsteckte, immer helfen wollte, was in Lilys Augen nur auf eine totale Kontrolle hinauslief.

Nachdem er Mirandas Reaktion auf den Brief erlebt hatte, schwor sich Orville, Selma nie wieder in seine Liebesaffäre eindringen zu lassen. Er nahm sich fest vor, nie mehr über sie zu sprechen, Miranda selbst dann nichts zu sagen, wenn er einen weiteren von Selmas Briefen erhalten hatte. In seinem Bewusstsein hing ein großes »Zutritt verboten, Mutter!«-Schild an der Tür. Selma wäre sein Geheimnis. Ein Trost.

Miranda hatte ihm von der Tragödie mit ihrem draufgängerischen Ehemann erzählt, aber alles, was sie mit Selma zu tun hatte, für sich behalten – nicht nur die Briefe, sondern auch, was Selma über ihren »heiligen« Sohn gesagt hatte, der in dem langen Sommer ihrer schlimmen Entstellung und Erholung bei ihr geblieben war. Als Orville und sie einander näher kamen, fühlte sie sich natürlich jedes Mal, wenn sie nach Columbia fuhr, um einen weiteren Brief von Selma einzuwerfen, etwas seltsam, aber was konnte sie tun? Es war schließlich eine gute Tat. Sie fand es zwar sonderbar, dass er Selma nie wieder erwähnte, aber das war auch in Ordnung – es hielt Selma außen vor.

Und so blieb Miranda bei ihrer gewohnten Überlebensstrategie: Mache dich nie verwundbar, behalte deine Geheimnisse für dich.

Wenn sie sich trafen, war Cray stets dabei. Orvys »Hallo, Cray« wurde immer noch nur mit Schweigen und einem gesenkten Blick quittiert. Heute, am ersten Weihnachtsfeiertag, da er mit Amy hinaus zu Miranda fuhr, um Geschenke zu bringen, fühlte er sich erleichtert. Ein einheimischer Chirurg hatte sich bereit erklärt, ihn bis Mitternacht zu vertreten, im Austausch für Neujahr, und Miranda hatte für Cray eine Übernachtungsgelegenheit bei Maxie Schooner organisiert. Endlich würden sie Zeit für sich allein haben.

Im Lauf der Wochen hatte Miranda mit der Liebesgeschichte gerungen. Es gab eine körperliche Anziehung zwischen ihnen, und sie liebte die Art, wie sich hinter seiner Scheu und seinem Medizinerzynismus eine erstaunliche Energie verbarg, ein echtes Interesse an ihr und Verständnis für sie und für Geschichte, groß und klein. Sie erlebte immer wieder Zeichen seines fürsorglichen Charakters, über den Selma gesprochen hatte. Doch mit der wachsenden Anziehung zwischen ihnen wurde auch ihr Zweifel größer. Regelmäßig hörte sie sich sagen: »Es stimmt nicht, es stimmt nicht.« Der Zweifel galt vor allem seiner Ernsthaftigkeit, seiner Treue, seiner Kraft zum Bleiben. Er sprach nie darüber, dass er im August gehen wollte. Sie wusste aus ihrer Vergangenheit, wie gefährlich Zweifel waren, wie ihr Zweifel sie von der Person isolierte, an der sie zweifelte, von der Welt dieser Person, von der Welt selbst. Es war mit ihrem Mann so gewesen, von ihrem ersten Treffen an im Gasparilla Inn auf Boca Grande. Er hatte um sie geworben, ihr Versicherungen gemacht. Schließlich hatte sie die Zweifel fahren lassen und sich ihm geöffnet. Jetzt war sie allein. In den vier Jahren seit seinem Tod war ihr klar geworden, dass sein Versprechen, er werde für sie beide auf seine Sicherheit achten, eine Lüge war. Kunstfliegerei und *Sicherheit*?

Bei Orville spürte sie, dass sie sich nicht einfach auf ihn einlassen konnte. Eine leise Stimme warnte sie immer wieder: He, er geht weg, nicht wahr? Nicht nur du musst es bezahlen, sondern auch dein Sohn. Irgendwann wird Cray antworten, wird »Hallo« zu ihm sagen. Wenn man einmal »Hallo« gesagt hat, wird man eines Tages auch »Lebewohl« sagen müssen.

Als Orville und Amy am Nachmittag des Weihnachtsfeiertags ankamen, fühlte Miranda ein inneres Anbranden von Glück. »Ich bin so froh, dass du mitgekommen bist, Amy. Du musst ganz aufgeregt sein wegen heute Abend – Premiere und so weiter?«

»Nö. Greenie Sellers sagt, wenn was schief geht, ist es okay, und wenn's zu gut geht, dann stimmt auch was nicht. Der Text ist sowieso nicht so wichtig, weil es postmodern ist.«

»Das ist mein Sohn Cray. Cray, Amy.«

Amy legte eine Hand auf Crays Schulter und sagte: »Was für ein verdammt schöner Baum! Meine Eltern glauben nicht an Weihnachten!«

»Tun sie *nicht*?«, fragte Cray erstaunt. »Warum nicht?«

»Wir sind jüdisch. Wir dürfen noch nicht mal den Namen aussprechen ... Jesus Christus?«

»Aber Jesus *war* Jude«, sagte Cray, »stimmt's, Mom?«

»Bis er konvertierte, ja.«

»Das ist so cool, Onkel O. ... Das ist mein allererstes Weihnachten! Zeig mir *alles,* Cray!«

Miranda war überglücklich. Die letzten Sonntage, an denen sie sich mit Amy für das Worth eingesetzt hatte, war ihr das Mädchen sehr lieb geworden. Selma hatte eine Menge über ihre Enkelin erzählt. Jetzt öffnete sich Mirandas Herz diesem Mädchen, das auf demselben Drahtseil tanzte wie sie selbst, aufgespannt zwischen Sicherheit und Zweifel. Gibt es irgendeine Frau, fragte sie sich, die sich nicht von ihrer Pubertät erholen muss? Als sie zusah, wie Amy Geschenke auspackte, ihr Gesicht ganz Erwartung und Spannung, fühlte sie in sich das bittersüße Bild einer Tochter, die sie nie gehabt hatte – und immer hatte sie sich vorgestellt, sie würde eine haben.

Amy hatte sich mit der ganzen Energie einer Elfjährigen auf sie eingelassen und endlich eine Alternative zu ihrer Mutter gefunden. Sie sagte zu Orvy: »Mom und Miranda sind irgendwie total verschieden! Wie zwei verschiedene Spezies oder so.«

Als sie sah, wie gut sich Amy und Cray verstanden, ließen Mirandas Zweifel nach. Gib einfach dem Wunder nach, sagte sie zu sich selbst, zumindest für heute Nacht.

Orville staunte, wie die geheime Sprache der Kinder Cray mit Amy zu tun erlaubte, was er mit ihm erst noch zu Wege bringen musste. Orvilles »Hallo, Cray« war wieder, auch an diesem Tag, mit gesenktem Kopf beantwortet worden.

Die Geschenke wurden überreicht. Orvy schenkte Miranda einen Anhänger an einer Goldkette, einen goldenen Wal mit einem Diamanten als Auge. Sie schenkte ihm die Faksimile-Ausgabe eines Shaker-Buchs, das in New Lebanon 1823 erschienen war: *Feine Manieren: Ein Leitfaden zu gutem sittlichem Verhalten.* Amy fand es ein komisches Geschenk, schnappte es Orvy weg und las laut in ihrer Bühnenstimme einen Absatz über das »Leben als moralischer Versuch« vor und ebenso über »Sechzig Regeln der Höflichkeit« von General George Washington.

»›Spotte über niemanden‹«, las sie feierlich, »›auch wenn er dir dafür Anlass bietet.‹«

»›Spotte über niemanden‹«, kreischte Cray, »›spotte über niemanden!‹ Pfui Teufel!«

»Und hört euch *das* an!«, sagte Amy und schlug das Vorsatzblatt auf. »›Für Dr. Rose, in Dankbarkeit für deine Güte, in Lie...‹ Uuch ... oh ...« Amy war ganz verlegen. »Verzeihung. Es ist was Persönliches, oder?«

»Macht nichts, Liebes«, sagte Miranda. »Hier ist dein Geschenk von uns.« Es war die Erstausgabe von Stanislavskis *Die Arbeit des Schauspielers*. Amy quietschte vor Begeisterung und drückte es theatralisch an ihr Herz. Orvy schenkte Cray ein Video des *Dschungelbuchs* zum Behalten.

Sie sangen ein paar Weihnachtslieder und tranken etwas heißen Apfelwein, und dann war es für alle Zeit zum Aufbruch, Amy musste zum Theater und Cray zu den Schooners. Cray packte seine Übernachtungssachen – Kleidung und einen Teddy und einen *Babar* und das *Dschungelbuch*-Video und »Shirty«, ein graues abgetragenes weiches Babyhemd, das er als Schmusetuch verwendete. Er schnallte seinen Rucksack um und nahm ein Weidenkörbchen in Gestalt einer Ente, doch bevor sie losgingen, schob er seine Mutter auf Orville zu und versteckte sich hinter ihr.

»Na los, Cray«, sagte Miranda, »du kannst es ihm selbst geben.«

»Nein, du.«

»Aber es ist doch von dir.«

»Du!«

»Also schön.« Sie gab Orville eine Karte. »Von Cray für dich.«

»He, danke, Cray. Das ist wunderschön. Es gefällt mir sehr.«

Cray sagte nichts. Aber dann sah er zum ersten Mal hinter Mirandas Hose hervor, und für den Bruchteil einer Sekunde hatte er Blickkontakt mit Orville, der versuchte, seine Rührung zu verbergen, um den Jungen nicht zu verscheuchen. Miranda spürte Glück und Zweifel, Glück im Zweifel und schließlich ein Überwiegen des Glücks.

Später am Abend, als Miranda und Orville zusammen den Mittelgang im heruntergekommenen ehemaligen Opernhaus an der unteren Washington Avenue hinabschritten, erregten sie Aufsehen. Es war das erste Mal, dass sie sich gemeinsam in der Öffentlichkeit zeigten. Penny winkte sie zu sich herüber, begrüßte Orville herzlich und Miranda herzlich. Milt grüßte sie kühl.

»Unglaublich«, flüsterte Penny Orville zu. »Du mischst dich unter die Gesellschaft!«

»Na und?«

»Vielleicht wirst du noch sozial! Mutter sagte, sie würde sterben, bevor sie das sähe, aber ich habe immer entgegnet, es müsse nur die richtige Frau sein.«

»Ich dachte, Miranda ist die falsche Frau.«

»Für Milt ja. Ich bin Agnostikerin.«

»›Nett, aber *goy*‹?«

»Wen interessiert's? Soll sie sich im Grab umdrehen. Du in Gesellschaft? Das ist heiß!«

Als die Lichter langsam dunkler wurden, traten die Schooners ein, imposant, lächelnd und winkend, beide sahen prächtig aus, Henry in der schneidigen weißen Uniform eines Marineoffiziers, Nelda Jo in einem seidigen roten Kleid, das nur durch zwei Spaghettiträger gehalten wurde. Orville erschien sie als wandelnde Reklame für Gymnastikprogramme oder Schönheitschirurgie. War es nun Patriotismus oder Lust, überlegte er, was sich unter der Gürtellinie der heterosexuellen Bürger von Columbia regte? Die Schooners lächelten sich gegenseitig an, als ob sie sich gerade an diesem Tage erst verliebt hätten.

Miranda beugte sich vor und sprach über Orvilles Schoß hinweg zu Penny. »Freuen Sie sich nicht wahnsinnig, wenn Sie zwei Menschen sich so anlächeln sehen?«

Penny dachte darüber nach. »Nein«, antwortete sie, »ich freue mich, wenn sie sich beide umdrehen und mich anlächeln.«

Die Lichter gingen aus, der *Sommernachtstraum* fing an. Die Elfen waren Nazis, die Liebenden Disneyfiguren und die Handwerker schwul. Am Ende war alles halb und halb vermischt, so dass Amy als Elfe Motte ein Gestapo-Offizier mit Goofy-Maske war. Die Bewegungen erinnerten an Kabuki, manchmal röhrte aus heiterem Himmel ein echtes Motorrad über die Szene, die Musik war ein Durcheinander von Liedchen, Philip Glass, Big Band und John Philip Souza. Anfangs gab es Unmutsbekundungen, doch dann fanden die Spook Rocker und die Antiquitätenhändler einen Zugang. Ein erstauntes Murmeln lief durch die Menge: »Es ist ein rekonstruierter Witz – über uns!« Bald begriffen auch die Einheimischen den Witz. Das Stück dauerte zweiundvierzig Minuten, die Orvy und Miranda wie zwei Stunden vorkamen. Stehender Applaus. Rufe wie »Greenie ist ein Genie!« und »Bringt es nach New York!« Milt war einer der wenigen Abweichler. Er sagte zu Orville: »Vierzig Dollar die Stunde für den Unterricht von diesem abgefuckten Zwerg, damit eine *solche* gequirlte Affenscheiße herauskommt?« Als sie in einer Reihe standen und die Gratulationen entgegennahmen, fragte Amy sie: »Wie hat's euch gefallen?« Orvy und Miranda antworteten, dass sowohl das Stück als auch sie toll gewesen seien. »Echt?«, rief Amy aufgeregt. »Ich meine, ihr meint das wirklich?«

»Wirklich.«

»*Echt* wirklich?«

»Wirklich *echt* wirklich.«

»Und habt ihr gehört? Sie reden darüber, dass sie es vielleicht nach New York holen wollen.«

Orville sagte, dass er es gehört habe, und ging zu Greenie Sellers, um seine winzige Hand zu schütteln. Er kannte Greenie nicht nur aus seiner Jugend, sondern auch aus seiner Praxis – ein Experte für Phantombeschwerden, pathetische Einschmeichelungsversuche und vielleicht Perversionen.

»Grazie, grazie«, sagte Sellers. Aus irgendeinem Grund sprach er Pseudoitalienisch. *»Por della granda apprecionissimo dell'arte.* Ich fühle mich so gut, aber überhaupt nicht gesund. *So* überwältigt, *cosi contuso!«*

Daheim bei Miranda machten sie in dem Holzofen Feuer, setzten sich zusammen auf das Sofa in dem nur gedämpft beleuchteten Wohnzimmer und tranken Brandy. Orville fühlte sich hier mittlerweile zu Hause. Sie starrten auf die Glut in der Feuerluke und sprachen über die scheußliche Aufführung. Er streichelte ihren Nacken, und ihr Gesicht begann zu glühen. Da sie beide noch ihre gute Kleidung anhatten, kam sich Orville vor wie ein Teenager auf dem Abschlussball, erfüllt von heißem Begehren, aber voller Furcht, zu schnell zu weit zu gehen. Jetzt, da das Körperliche zwischen ihnen so deutlich war, empfand auch sie Scheu. Aber sie fühlte zugleich, dass sie, wenn sie nicht beide bald nackt wären, platzen würde.

Ihre Worte nahmen jenen falschen Ton an, den Worte bekommen, wenn die sinnliche Welt die Führung übernimmt. Als sie sich endlich küssten, biss sie ein elektrischer Funke in die Lippen – die statische Elektrizität in dem trockenen Raum –, und sie lachten. Vorsichtig wie zwei bestrafte, aber eifrige Schüler, die ihre Aufgabe fertig machen, küssten sie sich wieder – ein Funke! – und küssten unter Funken weiter, bis ihr Fürsichsein den Weg für ihren Hunger freigab. Genugtuung traf auf Genugtuung, dass das, was sie beide ersehnten, nun ohne Aufhalten geschehen würde.

Miranda stand auf, nahm Orvys Hand und führte ihn zu der schmalen Treppe, doch da sie Alkohol nicht gewöhnt war, strauchelte sie ein wenig. Er stützte sie, seinen Arm schnell um ihre Taille legend wie ein Arzt bei einem – nein, mehr wie eine Krankenschwester bei einem Patienten. Gesicht an Gesicht, eng beieinander, sahen sie den Hunger in den Augen des anderen, und dann waren ihre Lippen aufeinander, Zunge traf auf Zunge, alles nass und schlüpfrig und doch erstaunlich fest.

Orville hatte ebenfalls einen kleinen Schwips und fühlte, wie es von seinen Zehen hoch in seinen Schädel zischte und wieder zurück, und er knöpfte ihre Bluse auf und streifte sie von ihrer Schulter und half ihr dann sanft auf den Teppich hinunter. Die leise Erinnerung an ihre Behinderung erhöhte nur seine Leidenschaft. Er zog seine Sachen und sie ihre Hose aus. Ihren Nacken liebkosend, öffnete er den Verschluss ihres BHs. Ihn erregte das Anschwellen ihrer Brüste in der einsetzenden Dunkelheit des herabgebrannten Feuers, wie die sich verjüngenden Rundungen bis hin zu ihren vermutlich roten Spitzen wuchsen. Seine Finger spürten die seidigen Wölbungen. Er legte seine Lippen um eine vorstehende Brustwarze und ließ sanft wie im Traum seine Zunge um sie spielen. Seine Handflächen auf den kräftigen Muskeln ihres Rückens fühlten ein Murmeln – sie sagte ihm damit, dass sie kurz davor war, sich zu verlieren, dass sie es hinauszögern wollte, genießen wollte, beschleunigen wollte.

Mirandas Hände lagen um seinen Hals, und sie spürte seine lockigen Brusthaare an ihren Brüsten. Sie fühlte ihn bei sich, und dieses Beieinander war, als schwebte sie auf einer großen Woge im Golf von Mexiko, ein gegenseitiges Geben und Nehmen und … was? Sie war überrascht. Warum hörte er auf?

Seine Hand berührte ihr verkrüppeltes Bein.

Unter seinen Fingern empfand er, als er das scharfe Schienenbein und die welke Muskelmasse spürte, unwillkürlich die Person, er stellte sich die Geschichte der Person vor, mit der ihn eine beginnende Liebe verband, und die Traurigkeit der Geschichte und den Zorn über diese Traurigkeit. Es war, als würde er das unvermittelte Nebeneinander von Körper und Mensch erkennen, von Arztsein und Liebe, die er mit dem ersten Leichnam zu trennen gelernt hatte, ja, von dem ersten sezierten Frosch, vom ersten Anblick des zerstörten Gesichts seiner Mutter an. Plötzlich stellte sich seine ärztliche Wahrnehmung nicht nur auf die Person, sondern auf die Patientin ein, nicht nur auf den geliebten Körper, sondern auf den Körper mit seiner Geschichte: Symptome, Diagnosen, Behandlungen, die sorgenschweren Jahre tapferer Eltern, die alles für sie taten, und ihr eigenes so hartes Ankämpfen dagegen, und Kinder in eisernen Lungen und Physiotherapie und Zweifel, ob sie je wieder würde gehen können, und Autopsien von Kindern, die an Polio gestorben waren, die Hirnstämme weggefressen, und die Fotos von Jonas Salk.

Miranda spürte seinen Schock. Sie nahm seine Hand, die immer noch wie eine tote Frage auf ihrem Schienenbein lag, führte sie sanft an ihre Lippen und dann an ihre Brust, etwas Ähnliches wie eine Art Antwort auf ihr frühes Leiden. Ihre andere Hand liebkoste seine Wange, suchte seine Lippen.

»Wollen wir darüber reden?«, fragte er.

»Nein. Nicht jetzt.«

»Ich würde gern.«

»Ich nicht.« Sie saugte an seinem Ohr, rollte ihre Brustwarze zwischen seinen Fingern, die erneut unter seiner Berührung größer wurde. Sie war unterwegs auf der hohen Woge im Golf, fühlte sich groß und dahinschmelzen. Sie küsste ihn wieder, spürte, wie sein Mund sich gegen das heiße Begehren wehrte. Sie streichelte seinen Bauch.

»Ich … ich muss es vielleicht.«

Ihre Hand wanderte tiefer zu seinem Penis. »Ach, Dr. Rose, ich weiß zufällig, dass Sie es nicht müssen.«

Er lachte und fand rasch Gefallen an der prallen Erektion, auch wenn ihre Zerbrechlichkeit in seinem Bewusstsein blieb, wie eine Allergiewarnung auf der Karte eines Patienten. Er schuf eine Balance zwischen seiner sexuellen Kraft und der Zerbrechlichkeit ihres Oberschenkels, Schien- und Wadenbeins, die vor seinem Auge in Röntgenaufnahmen erschienen.

Doch Miranda hatte einen guten Teil ihres Lebens mit solchen Röntgenaufnahmen verbracht, hatte gelernt, die Grenzen dieser Zerbrechlichkeit abzuschätzen, und sie hatte auch gelernt, die Furcht davor in anderen zu lesen. Also übernahm sie die Initiative und versuchte ihm in der Berührung mitzuteilen, dass sie diese Aufnahmen sehr viel tiefer in sich bewahrte, als er es je könnte, und dass sie für die Lust nichts preisgeben würde, nicht einen Knochen, nicht ihren Sohn, nicht ihre Seele, und sie nahm seine Hand und legte sie auf ihre gute Hüfte und führte seine Finger an jene feuchte süße Stelle, die nicht nur Sex bedeutete, sondern in diesen acht Wochen eines Vorspiels ihn begleitet hatte. Sie half ihm, ihr beim Aufsitzen zu helfen, spreizte ihre Beine über ihn und nahm ihn in sich auf. Sie seufzte, als er die rosigen Spitzen ihrer runden Früchte küsste, und sie begann sich auf ihm zu bewegen, ritt auf jener großen, sich überschlagenden Woge. Immer noch hielt er sich zurück.

»Mach dir keine Sorgen mehr«, flüsterte sie. »Ich zerbreche nicht. Wovor fürchtest du dich?«

»Kunstfehler?«

Sie lachte. »Okay«, flüsterte sie, »hiermit spreche ich Sie … oh … die Woge!«

»Du hast doch …«

»Nein, nein, *die Woge kommt*, mach schnell!« Sie hob und senkte sich über ihm und unterdrückte einen Schrei, doch dann, als sie merkte, was sie tat, sagte sie: »Warte!«

»Nein! Cray ist weg! Keiner kann uns hören!«

»Jaah!«

Sie verstärkte ihre Bewegungen und schrie glücklich, voller Lust, und auch er gab dem Schreien glücklich, voller Lust nach, und sie schrien wie zwei Tiere, und ihre Vögel stimmten zwitschernd ein. Und dann legte sie sich auf ihn, sich wie in einem warmen Bad aus reiner klarer Liebe fühlend.

Es war, als ob zwei Frauen auf ihm lägen, eine auf seinem Oberkörper, stark und anschmiegsam und mit unglaublich festen Brüsten, eine vitale Frau, und eine unten auf seinen Beinen, knochig und zerbrechlich, ein Mädchen mit Rachitis. Eine Welle der Zärtlichkeit überkam ihn. Er hatte geglaubt, er wäre zu alt und zu verbraucht von seinen Liebesgeschichten und seiner ärztlichen Arbeit in Columbia, um sie noch einmal fühlen zu können, eine Zärtlichkeit, die ihm plötzlich mit scharfem Schmerz ins Herz schnitt, denn sie erinnerte ihn an die unschuldigste Liebe in seinem Leben, an seine ehemalige Frau Lily Wolf, und er nahm die Frau und das Mädchen an seine Brust – nahm sie in sein Leben.

Miranda spürte dieses Aufgenommensein, spürte, wie seine Liebe die ihre berührte, beider Gefühle vom Tod auferstanden. Sie seufzte mit der Zufriedenheit gewagter und gestillter Hoffnung.

Sie kuschelten sich unter einer dicken Sofadecke aneinander. Ihre Herzen beruhigten sich nach dem Abklingen des Orgasmus, das eine durchdrungen von Frieden.

Unwillkürlich flimmerten in seinem Kopf die physiologischen Tabellen der Detumeszenz, beim Mann die Bereitschaft zum Einschlafen, bei der Frau nach dem höheren Gipfel der langsamere Abstieg, und so versuchte er wach zu bleiben, bis ihr Herzschlag sich so weit beruhigte, dass sie auch schlafen konnte.

Gerade als sie wegdämmerten, sagte sie: »Große Wale, was?«

»Ja, Liebes, große nasse Wale.«

Um zwei Uhr morgens wurde er von seinem Piepser geweckt. Miranda rührte sich kaum, als er aufstand, seine Kleidung zusammensuchte und sich anzog. An Dunkelheit gewöhnt, machten seine Augen ihr alabasterfarbenes Gesicht und ihre feste Schulter aus, und er dachte an das Feuer ihres Haars und die roten Beeren auf ihren Brüsten, und er seufzte vor Glück. Er ging hinaus in die eisige Nacht, die ihm aber nichts anhaben konnte, nicht bis er auf dem Sitz des monströsen Chrysler saß, der sich wie ein Eisberg anfühlte. Doch er jauchzte vor Freude.

Die Krankenschwester hatte ihn zur Geburt von Zwillingen gerufen. Er hatte das Paar während der Schwangerschaft betreut, ihrer ersten. Sie waren arm und schwarz, ein Mann und eine Frau, die er flüchtig als Kinder gekannt hatte, Freunde von Selmas Dienstmädchen Hayley. Sie hatten ihr Leben direkt an den Bahnschienen verbracht, in der Barackensiedlung zwischen dem North Swamp und dem Hudson. Bill hatte sich nie um die Versicherung von Patienten gekümmert, und mittlerweile hatte auch Orvy es aufgegeben, sich mit diesem Übel rumzuschlagen. Dies war reine Wohltätigkeit. Die Wehen waren fortgeschritten, doch als er ankam, setzten sie aus. Was war los? Er hatte hunderte von Babys in Dublin am National Maternity Hospital in der Holles Street entbunden, das, wie Lily ihm erzählt hatte, in drei Kapiteln von Joyces *Ulysses* vorkommt. Ein Baby pro Stunde, das ganze Jahr hindurch. Mit den anderen Medizinstudenten im O'Dwyer's auf der gegenüberliegenden Straßenseite sich betrinken, fluchend um halb elf vor die Tür gesetzt werden, das Gebäude anstarren, das im Nachtdunst schwankte, die anderen fragen, ob man noch ein paar Babys rausholen oder gleich ins Bett gehen solle, altersschwachen Aufzug zum obersten Stockwerk nehmen, ein oder zwei Babys entbinden und dann ins Bett, auf die Rosshaarmatratze unten im Erdgeschoss, hinter der Rezeption.

Orvy kannte sich mit Geburten aus. Doch diese hier bedurfte der Überlegung. Hundert Prozent Entscheidung auf einer Grundlage von fünfzig Prozent der Daten. Er vergewisserte sich, dass das Ultraschallgerät funktionierte, und ging in den Entbindungstrakt in dem (von Henry Schooner) neu gestifteten Selma-Rose-Flügel, Begründerin des Krankenhaus-Fördervereins. Er setzte sich in ein Zimmer mit Aussicht auf die nächtliche Stadt und dachte nach.

»Hallo, Jungchen!«

»O Gott!« Sie schwebte draußen vor dem Fenster des vierten Stockwerks. Nicht im kobaltblauen Ballkleid, sondern in einem Khaki-Fluganzug wie Amelia Earhart.

»Nicht Gott, *ich*.« Sie stieß hinab wie ein Falke und tauchte wieder auf. »Die First Lady der Lüfte.«

»Mach, dass du wegkommst.«

»Ich bin weg. Du nicht, aber ich bin's. Frohes Chanukka.«

»Frohe Weihnachten.«

»Sag so was nicht zu mir, was fällt dir ein? Wir sind alttestamentarisch, vergiss das nicht.«

»Du bist das Alte, ich das Neue. Größtenteils das Neue.«

»Das Neue, Gernegroß, ist die Süßstoffbibel.«

»Dir ist wohl ›Auge um Auge‹ lieber.«

»*Zumindest* eins! *Nie wieder!* Die Israelis sind *zäh*. Zäh wie die Deutschen.«

»Nicht so zäh wie du.«

»Ich, nein, *du*! Hast du um mich geweint? Hast du auch nur eine einzige kleine Träne meinetwegen vergossen? Ich bin deine Mutter, ich bin tot, und du bist zu selbstsüchtig, um auch nur …«

»Dr. Rose?«

»Der Flug geht, Honigbär. Bis später.«

»Ja?«

»Da stimmt etwas nicht«, sagte die Nachtschwester. »Kommen Sie schnell.«

Es stimmte etwas ganz gewaltig nicht, erkannte er. Der Tod klopfte einem Baby auf die Schulter. Er erklärte, dass er einen Kaiserschnitt machen müsse. Das Ehepaar war einverstanden.

Er nahm den Schnitt vor. Zwillingsjungen. Einer wohlgestaltet, kräftig, lauthals schreiend. Der andere mikrozephalisch, Kopfgröße wie bei einem Kätzchen, doch riesige Lippen und Nase und Augen zusammengeschoben und kaum Stirn, er sah ein bisschen wie ein Frosch aus. Rumpf und Beine waren normal bis auf den Überrest eines Schwanzes. Es war grauenhaft anzusehen und zugleich faszinierend. Die Geburtshilfeschwester war vertrauter als Orville mit der Fülle von Geburtsschäden, die es in Columbia gab, weit über dem nationalen Durchschnitt. Und jedem war klar (nur die Verantwortlichen bestritten es), dass dies die Folge der PCBs und anderer giftiger Schweinereien war, die in den Fluss gekippt und auf die Obstbäume gesprüht wurden, eine Folge des Kreosots, mit dem die Schienen in seiner Kindheit getränkt worden waren, und des Zementstaubs. Abnorme Apgar-Werte waren fast an der Tagesordnung. Orville musste sich daran erst noch gewöhnen. Die Schwester brachte das gesunde Kind zum Vater, während Orville darauf wartete, dass das andere starb. Zum Glück tat es das ohne einen Laut und in wenigen Minuten, während er den Unterleib der Frau nähte. Orville ging hinaus zu dem Vater. Die Schwester hatte ihm gesagt, dass das andere Kind gestorben sei.

»Was ist passiert?«, fragte der Mann entsetzt.

»Der zweite Junge hat nur wenige Minuten gelebt. Er war deformiert.«

»Kann ich ihn sehen, Doktor?«

Orville zögerte. Der ältere Arzt in ihm, der gute alte Doc Starbuck, der Starbusol und väterliche Weisheit verabreichte, hätte ihm auf die Schulter geklopft und gesagt: Nein, mein Sohn, besser, du siehst ihn nicht. Der junge Arzt aber unterstützte seinen Wunsch, wohl wissend, dass der Eindruck für ihn unauslöschlich sein würde. »Sicher«, antwortete Orville, »das können Sie. Ich muss Ihnen nur sagen, dass Sie den Anblick nie wieder vergessen werden.«

»Ich will ihn sehen.«

Also gingen sie zusammen hinein. Die Schwester hatte ihn gewaschen, so dass er ein wenig ansehnlicher war – ein Bastard der Ontologie, der sich nicht hoch genug entwickelt hatte, um Mensch zu sein, und doch schon zu sehr Mensch war, um auf einer tieferen Stufe überleben zu können. Der Vater streckte eine Hand aus und berührte die vollkommene Schulter und dann das zusammengedrückte Köpfchen. Er bekreuzigte sich. »Im Namen des Vaters, des Sohnes und des Heiligen Geistes, Amen.« In seinen Augen standen Tränen des Kummers. »Danke«, sagte er.

»Ich danke Ihnen«, erwiderte Orville, der das Gefühl hatte, dass dieser Mann die Kraft besaß, einer Welt ins Gesicht zu sehen, die sich von der Naturregel abwandte. »Was Sie getan haben, ist ein Geschenk.«

»Ich glaube, sie wird ihn auch sehen wollen.«

»Schön.«

Orville wurde weggepiepst, um einer Überdosis Drogen aus Bliss Towers, einem Messerstichopfer aus einer glücklichen Familie, dem Opfer eines Autounfalls und, als komischen Ausgleich, einem Schauspieler von Greenies Premierenparty beizustehen, dem eine Arterie in der Nasenscheidewand vom Kokaingenuss geplatzt war. Dann kam das Traurigste. Seraphina Scomparza, siebzehn, von einem Kohlenlastkahn nahe Catskill aus dem Fluss gefischt, eiskalt, tot. Ihr Bauch war aufgerissen, sie war schlimm zugerichtet – die Folge des Sprungs von der Rip-van-Winkle-Brücke, von einer Höhe, die, wie er noch aus seiner Zeit als Mautkassierer und Brückenkehrer wusste, an die fünfzig Meter betrug, plus/minus anderthalb Meter wegen der Gezeiten. Ein entsetzlicher Anblick. Die Eingeweide aus einem hellroten Partykleid hervorgeplatzt, ein Goldarmband immer noch glitzernd an einem grauenhaft verbogenen Arm, wie Gott ihn nie gedacht hatte. Er rief ihre Mutter an.

»Ich habe eine schlechte Nachricht für Sie. Ihre Tochter ist im Krankenhaus.«

»O Gott, geht es ihr gut?«

»Ich fürchte, nein. Bitte, kommen Sie.«

Er vernahm einen Schrei. Der Hörer fiel hinunter, immer noch in Verbindung. Schreie, Rufe, Türenschlagen, Stille.

Es ist so traurig, dachte er. Eine Party. Ein Drink. Vielleicht die Trennung von einem Jungen – vielleicht sogar nur ein »Nein« zu einem Jungen. Und als Nächstes wird sie aus dem eisigen Fluss gefischt.

Während er auf die Ankunft der Eltern wartete, schnorrte er eine Zigarette und ging hinunter zu den Parkplätzen. Die Nacht war frisch. Die kleine Stadt war wie mit Zuckerguss überzogen, die Luft schmeckte nach kalten Münzen und schien so scharf gespannt wie ein Trommelfell, so dass man den Eindruck hatte, man könnte alles fern und nah hören. Er dachte an das tote Zwillingsbrüderchen, das immer beinahe da sein und im Äther schweben würde wie sein eigener toter Vater und seine Mutter, und an das lebendige Brüderchen. Er dachte an Miranda, an ihre Geschichten und wie sie sich geliebt hatten, und er sagte laut zu sich: »Das ist es, was überleben wird.«

15

Am Silvesterabend war Cray so weit, dass er Orvy tatsächlich ansah, wenn er »Hallo, Cray« sagte. Einmal glaubte Orvy sogar, er hätte ihm etwas geantwortet, aber es kam so leise wie von einem verängstigten Häschen, und Orville hatte nicht nachgehakt.

Miranda und Orville gingen am Abend zu dem heißesten gesellschaftlichen Ereignis in Columbia, dem Dinner-Tanz-Schwimmen, das in Schooner's Spa draußen im Einkaufszentrum an der Route 9 stattfand. Sie hatten Amy als Babysitterin gewonnen, die auch in Mirandas Haus übernachten sollte. Cray hatte Amy gerne um sich, und Amy mochte es, Crays große Schwester zu spielen. Also wünschten Miranda und Orville ihnen gute Nacht und sagten, dass sie sie im neuen Jahr wiedersehen würden, doch die Kinder waren so mit Crays erstem Roman beschäftigt, bei dessen Abfassung Amy half, dass sie das Fortgehen der Erwachsenen kaum zur Kenntnis nahmen.

Henry Schooner überraschte Orville stets aufs Neue. Henry hatte eine ähnliche Party zum ersten Mal veranstaltet, als er nach Columbia zurückgekehrt war. Sie war ein so großer Erfolg gewesen, dass diese zweite daraus eine feste Einrichtung machte. Jeder, der etwas darstellte, war da, und ein paar Bewohner von Columbia, die eigentlich nichts darstellten, waren ebenfalls da. Das Essen war eine Mischung aus einheimischer und internationaler Küche, es gab Steaks und Pommes frites und Lachs und andere edle Fische, dazu Pabst und Perrier – nicht nur das Mineralwasser, sondern auch den Champagner.

Das Ambiente war für Columbia unerhört: glitzernder Chrom allüberall, sprudelnde Whirlpools am Ende des Pools, der Olympiamaße hatte, und in den separaten Umkleideräumen befanden sich zwei Saunen, die nach schwedischen Essenzen rochen. Außerdem stand – neben kostenlosen Hanteln und Hebegeräten – eine Fitnessstudio-Einrichtung zur Verfügung, wie es sie in Columbia noch nicht gegeben hatte, Nautilus und Stairmaster und Maschinen, die mit Kompressoren arbeiteten und das Gewichtstraining so mühelos machten wie fernsehen. Das Fernsehen schien hier für Orvy und Miranda in der Tat das Leitmotiv zu sein, nicht nur wegen der Bildschirme, die gegenüber den Übungsgeräten in einer Reihe von der Decke hingen – an den Geräten waren wiederum Ohrstöpsel, so dass sich jeder auf sechs Kanälen während des Trainings sein bevorzugtes Programm anschauen konnte –, sondern auch in den Personen von Henry und vor allem von Nelda Jo.

Orvy beobachtete Henry – diesmal im Smoking mit roter Nelke, sein weißes Haar glatt nach hinten gekämmt –, der wie auf Rollschuhen hierhin und dorthin glitt, Gläser und Egos auffüllte und die bewusste zweihändige Begrüßung ausführte, um mit der gleichen Bewegung die Person weiterzureichen und die nächste in Empfang zu nehmen. Und er beobachtete Nelda Jo, in einem lavendelfarbenen hautengen Top, das um ihren von blonden Haaren umwedelten Hals tief ausgeschnitten war und sich über ihren Brüsten spannte, dazu ein blumengemusterter Minirock, der sich ebenfalls jeder Rundung aufs Engste anpasste. All das hätte übertrieben wirken können, aber an ihr war es richtig. Mit dem Oklahoma-Humor in ihren blauen Augen forderte sie zwinkernd die noch unentschlossenen und nicht so gut gebauten Gäste beiderlei Geschlechts auf, die Geräte auszuprobieren. Sie sah aus wie die Frau morgens um sechs im Fernsehen, die einem zeigt, wie man seinen Körper, sein Leben, seine Welt auf Vordermann bringt. Ihre gute Laune war ansteckend. Sie war eindeutig der Hit der Party.

Orville und Miranda waren schüchtern und fühlten sich etwas fehl am Platz. Die lange Geschichte beider als Mauerblümchen auf Schulbällen stempelte sie von vornherein zu Außenseitern bei den hier angesagten Aktivitäten.

Doch eine Kleinstadt konnte das nicht dulden, insbesondere nicht, wenn eine neue Liebe dabei im Spiel war, und die Leute kamen zu ihnen, zogen sie zu sich herüber, verführten sie zum Essen, zur Unterhaltung, zur Normalität.

»Ich wusste immer schon, dass ihr füreinander geschaffen seid, alter Junge«, sagte Henry und drückte Orvilles Arm, nachdem er Miranda auf europäische Weise mit zwei Küsschen bedacht hatte. »Deine Mutter würde sich so freuen!« Sprach's und war verschwunden.

»Ihr zwei passt mir auf, dass ihr euch schön schlecht benehmt«, meinte Nelda Jo mit viel sagendem Zwinkern, »sonst, Orvy, stürze ich mich auf dich.« Sie begleitete diese Ankündigung mit einer Umarmung, die ihm, da sie etwa die gleiche Größe hatten, wie eine Ganzkörpermassage vorkam, ausgehend von ihren festen Schenkeln gegen seine weichen, ihrem Schambein gegen seines, ihren Brüsten, die sich gegen seinen Brustkorb pressten, und ihr Haar, das schöne natürliche Haar, das sanft und streng nach irgendetwas roch – ja, Eukalyptus! –, eine Umarmung voller Versprechen.

Penny wollte sich wegen ihres gemeinsamen Auftretens gar nicht mehr einkriegen. Wahrscheinlich war es aufdringlicher, als sie beabsichtigte, aber sie hatte zu viel Champagner getrunken. »Ich kann's nicht fassen, kleiner Bruder, ich meine, du willst tatsächlich Spaß haben? Er hat nie wirklich loslassen können, Miranda, nie einfach nur Spaß haben können. Ich hätte das niemals geglaubt, und erst recht nicht mit dir, Miranda, weil – wenn ich das sagen darf – du ein genauso kauziger Mensch wie er bist. Und es ist mir schleierhaft, wie du das hingekriegt hast, denn Mom und ich haben's nie geschafft, aber weiter so, weiter so!« Sie ging, und Orville und Miranda sahen sich an und verdrehten die Augen. Doch dann kam sie zurück. »Und was du mit Amy machst, ist unglaublich! Weiter so.«

»Bis«, erklärte Milt, ein Burrito kauend, »auf den sozialistischen Teil und so. Was für ein Auflauf, he? Und das Essen ist auch nicht schlecht, haha! Ich sag dir was, Orvy, Henry kommt ganz groß raus, echt ganz groß.«

Die Party wurde ausgelassener. Die Leute sprangen in den Pool und tollten im Wasser herum, probierten die Geräte aus und tanzten zu ohrenbetäubenden Oldies und Newies.

»Tut mir Leid«, sagte Miranda, »ich kann nicht tanzen.«

»Gott sei Dank«, erwiderte Orville, »ich auch nicht. Weißt du, es ist erstaunlich«, fuhr er fort, »selbst Leute, die sich bis aufs Blut verabscheuen, reden miteinander und haben Spaß.«

»Ja, es ist Klei...

Die Musik drehte auf: »My boyfriend's back and you're gonna be ...«

»Was?«, rief Orville.

»Es ist Kleinstadt-Leben!«, rief sie zurück.

»Gemeinschaft?«

»Nicht wirklich! Nicht seit 1790 ...«

Die Musik brach plötzlich ab, und »1790!« stand wie eine irrtümliche Ankündigung im Raum. Alle starrten die beiden Mauerblümchen an und lachten, doch dann beeilten sie sich, auf das Jahr 1984 anzustoßen. Orville und Miranda brachen baldmöglichst auf und wurden auf einmal von der arktischen Stille der Nacht umschlossen.

Orville wandte sich seinen Freunden, den Sternen, zu und zeigte hinauf auf die glitzernden Juwelen am Schwert und Gürtel des Orion – auf Beteigeuze und die Plejaden.

Auf der Heimfahrt zitierte Miranda George Orwell: »›Wir leben in einer Welt, in der es so gut wie unmöglich ist, zugleich anständig und am Leben zu bleiben.‹«

Cray war im Pyjama über seinem großen Buch eingeschlafen. Amy schlief ebenfalls. Der Fernseher flimmerte weiß vor sich hin, das Videoband war abgespult.

Miranda war so überwältigt von Glück, als ob in diesem Moment in ihrer Welt alles richtig wäre, dass sie Orville mit einer Hand festhielt. »Schau, Liebster. Nur für eine Sekunde.« Zusammen freuten sie sich an der Schönheit der schlafenden Kinder.

Cray wachte auf. »Momma?«

»Ja, mein Lieber. Und Orvy auch.« Ein schlaftrunkener Blick. »Komm. Ins Bett.«

»Will noch das Buch lesen.« Er hielt ein orangefarbenes Buch hoch mit Elefanten auf dem Umschlag, zwei Erwachsene, drei Kinder. *Babar und seine Kinder.*

»Ein Stück daraus«, erwiderte Miranda und war auf einen Kampf gefasst. Cray hasste halbe Sachen. »Es ist schon so spät, mein Herz, und die ganze Geschichte ist zu lang …«

»Okay, aber nur, wenn Orvy es mir vorliest.«

Orville konnte es kaum glauben und sagte: »Ja, mach ich!«

Cray stand auf und ging die Treppe hinauf, gefolgt von den beiden. Er legte sich auf sein kleines Bett. Orville, unvertraut mit der Vaterrolle, setzte sich. Cray machte ihm ein Zeichen, sich neben ihn zu legen. Miranda sah beiden von der Tür aus zu, dem unbeholfenen Mann und dem aufgeweckten kleinen Jungen, und ihr schoss der Gedanke durch den Kopf: Jeder von beiden ist hungrig nach diesem Vatersein, nach diesem Sohnsein.

»Nein, nein«, sagte Cray, ohne Orville anzusehen. »Aufenarmlegen.«

»Aufenwas?«, fragte Orvy. »Ich dachte, es wäre über Elefanten.«

»Nein, ich meine, auf den Arm legen. Auf den Arm legen.« Cray richtete sich auf, drehte sich um, nahm Orvilles Arm und legte ihn unter seinen Kopf.

»Oh! Aufenarmlegen, o ja, hab ich vergessen.« Der mit Babyshampoo gewaschene rote Haarschopf an seiner Wange weckte in Orville so starke Gefühle, dass er sich kaum auf das Lesen konzentrieren konnte. »Elefanten sind auch meine Lieblingstiere!«

»Lies jetzt.«

Während er las, erinnerte sich Orville daran, dass er dieses Buch als Kind geliebt hatte. Er kam zu Seite 16, wo Flora eine Rassel verschluckt und blau anläuft und Königin Celeste erfolglos einen Heimlich-Handgriff versucht, bevor der Affe Zephir die Rassel herauszieht – er erinnerte sich an jede Einzelheit, selbst an die Anordnung der acht Bilder auf der Seite. Und es erinnerte ihn auch an seinen eigenen vergeblichen Heimlich-Handgriff bei dem Büffel-Mozzarella und an Celestine. Doch der Gedanke an sie schmerzte ihn nicht mehr, denn jetzt hatte er einen Jungen im Arm und schwebte in einem Mantra: Als wäre ich Vater, als wäre ich Vater …

Miranda stand noch immer an den Türrahmen gelehnt und beobachtete die beiden. Zu sehen, wie der Mann, den sie liebte, den Schritt von der Unfruchtbarkeit zum Vatersein tat, machte ihr Herz leicht und froh. Ihr ganzes Leben schien vom Erdboden abheben zu wollen, so dass sie sich an der Tür festhalten musste, um unten zu bleiben. Ihr Gesicht rötete sich, ihre Augen füllten sich mit Tränen, ihre Lungen dehnten sich voller Luft, und ihr Herz, so spürte sie, öffnete sich wie eine blutrote Tulpe. Orville hatte eine Linie überschritten, die wie mit einem Diamanten in Stahl geritzt war, eine Linie zwischen Eltern und Nicht-Eltern, und in diesem Augenblick fiel alle Furcht, fiel aller Zweifel von ihr ab. Er hat so gar nichts Schüchternes in diesem Moment, dachte sie. Sie spürte, wie sich ihre gesunde Hüfte an den Türrahmen des alten Hauses schmiegte, des Hauses, das alles, wirklich alles gesehen haben musste, und die Stimme in ihr sagte plötzlich etwas Unerwartetes: Vielleicht gibt es doch einen Gott?

Auf Orvilles kräftigem Arm liegend, überkam Cray eine

friedliche Müdigkeit. Er gähnte und meinte: »S'reicht.« Dann hob er Kopf und Schultern und befreite so Orvys Arm. »Nacht.«

Miranda kam und gab ihm noch einen Kuss. »Gute Nacht, schlaf schön. Ich hab dich lieb.«

»Gute Nacht, Cray«, sagte Orville.

Nichts, außer unter der Decke vielleicht ein Kichern?

Und so versuchte es Orville mit: »Hallo, Cray!«

»Hallo.«

»Hallo *wer*?«

»Hallo, *Orvy.*«

»Oh, ich *liebe* dieses Wort!«, rief Orville fröhlich.

Cray lugte unter der Decke hervor, sah kurz Orville, dann Miranda mit einem Gesichtsausdruck an, der zu sagen schien: Wer ist dieser Irre überhaupt? Dann deckte er sich wieder zu und schlief im nächsten Augenblick ein.

Auf dem Küchentisch fanden sie Crays Roman, jede Seite mit einem Bild illustriert. Im Bett, glücklich wie die Schneekönige, kuschelten sie sich zusammen, um zu lesen.

»Aufenarmlegen!«, sagte Miranda. Sie legte sich auf seinen Arm. Er las ihr vor.

Der Hund
Ein Roman von
Cray

Der Hund lebte auf den strasen
weil er kein zuhause
hat.

Er frist müll.

Eines tages ging er in den pak.
Ein mann sagt ich neme dich mit zu mir

Der man ging und ging zu
seinem auto. Der Hund ging hinterher

also nam der Man in mit
ins haus.

Als er hochfur zum weg zum haus
sa der Hund sich um

Ende

16

Zwei Eisfischer aus Columbia und ihr Hund hatten eine kluge Idee. Es war einige Wochen später, Ende Januar. Der Hudson war zugefroren. Während sich in dem vergifteten Fluss nicht viel fangen ließ, wenn er ohne Eis war, dachten viele Einwohner Columbias, dass bei einer Eisschicht von einem Fuß Dicke die Fische zurückkehren würden. Ihr größtes Problem war nicht die Kälte. Sie tranken so viel Bier, dass es wie ein Frostschutzmittel wirkte, und sie schleppten tragbare Gasöfen zu ihren Unterständen auf dem Fluss. Die Hauptschwierigkeit war, das Eis aufzuschneiden. Viele männliche Einwohner Columbias hatten ein Liebesverhältnis zu Verbrennungsmotoren. Sie schienen oft ziellos und verloren, wenn ihre Hände nicht das vibrierende Lenkrad eines Autos, Lastwagens, Traktors oder Bulldozers umklammern konnten. Einer der süßesten Momente in dieser Liebesaffäre war es, wenn ihre Hände eine Kettensäge liebkosten. Doch im Herzen des Winters erforderte die Kettensäge genau das bisschen zusätzlicher Geistesgegenwart von den angetrunkenen Männern Columbias, um durch das Eis zu schneiden, ohne sich zugleich den Zeh oder den Fuß oder das Bein abzusägen.

In der Morgendämmerung dieses unerbittlich kalten Tages kamen die beiden Eisfischer und ihr Hund auf den klugen Gedanken, Dynamit zu benutzen. Sie fuhren mit ihrem Pick-up aufs Eis in Richtung des verlassenen Leuchtturms und stiegen aus, alle drei. Sie identifizierten die Zündschnur an dem Dynamitstab, gratulierten sich zu ihrer Findigkeit und konnten sich vor Begeisterung kaum halten. Sie stellten sich schon vor, wie sie ihren Kumpels davon erzählen würden. Keine Kettensäge. Keine Gefahr für Leib und Zehen.

Der eine hielt den Dynamitstab, der andere zündete die Schnur mit seiner Zigarre an. Es zischte – eine sprühende Phosphorglut. Der Mann, der den Dynamitstab hielt, warf ihn weit, weit weg. Er segelte in einem hohen Bogen Richtung Leuchtturm.

Sie beobachteten, zunächst in trunkenem Staunen, in das sich eine leichte Zufriedenheit über die unverrückbare Ordnung der Welt mischte, dann in trunkenem Entsetzen, wie ihr Hund dem Stab hinterherrannte, ihn ins Maul nahm und mit seiner Beute zu ihnen zurückkehrte. Seht, wie der Hund rennt. Seht, wie die Männer aus Columbia rennen. Seht, wie schnell der Hund rennt. Seht, wie langsam die Männer rennen.

Zum Zeitpunkt der Explosion saß Orville an Mirandas Küchentisch und brachte das »Omelett-Wurfspiel« zu Ende, bevor Cray zur Schule musste.

»Wie viel mal?«, fragte Orville Cray und hielt ein kleines viereckiges Stück Omelett in der Hand. Vogel und Katze schauten zu.

»Einmal!«

»Miranda?«

»Zweimal.«

Orville schnipste das Stück Omelett in die Luft und versuchte es mit dem Mund aufzufangen. Beim ersten Mal ging es daneben. Beim zweiten Mal landete es in seinem Mund.

»Nicht noch mal!«, meckerte Cray. »Ich gewinn ja nie mehr.«

»Du hast gestern gewonnen«, sagte Orville, beugte sich vor und machte eine große Schau daraus, Miranda auf die Lippen zu küssen. Wer die richtige Zahl sagte, bekam von Orville einen Kuss. Wenn keiner richtig riet, küsste er sein eigenes Spiegelbild. Cray trödelte beim Frühstück, da er nicht zur Schule gehen wollte. Orville las noch schnell »Wie der Elefant seinen

Rüssel bekam« aus *Nur so Geschichten für Kinder* von Rudyard Kipling vor. Seit Orville herausgefunden hatte, dass Cray wie er selbst Elefanten mochte, versuchte er Geschichten und Videos über die Dickhäuter aufzutreiben. Als sie gerade vor die Tür traten, kam die Nachricht von der Explosion der Eisfischer und ihres Hundes, und Orville sagte, er sei schon unterwegs.

Die Tür des Chrysler war kaum mit jenem sarggleichen *Tonkk* zugeschlagen, da fragte Cray: »Können wir Tiereraten spielen?«

»Okay«, antworteten Orvy und Miranda. Cray hatte das Spiel erfunden. Einer denkt sich ein Tier aus, die anderen beiden müssen es erraten. Wurde fünfmal falsch geraten, gab es Hilfen.

»Orvy, du denkst dir zuerst eins aus«, sagte Cray.

»Okay.«

»Hast du's?«, fragte Cray.

»Noch nicht.« Orville staunte immer über die Geschwindigkeit, in der Crays Hirn arbeitete, im Gegensatz zu seinem eigenen. Sechs Jahre Hirnverfall im Vergleich zu neununddreißig Jahren. Er schwieg, als ob er nachdenken würde, dann sagte er: »Ich hab's. Aber ich warne dich, Cray, diesmal ist es wirklich schwer. Wirklich schwer.«

»Ich bin zuerst, okay, Mom?«

»Schön.«

»Es ist ein …« Cray hielt inne, da ihm gerade bewusst geworden war, dass er keine Vorstellung von dem Ende des Satzes hatte, den er angefangen hatte. Dann riet er: »Ein Faultier?«

Orville tat überrascht. »Hast du … ›Faultier‹ gesagt?«

»Jaah!« Cray hüpfte aufgeregt auf seinem Sitz.

»Du hast nicht ›Faultier‹ gesagt, oder?«

»Doch, hab ich, Mom, du hast's gehört, ich hab's gesagt!«

»Unglaublich!« rief Orvy. »Es war ein Faultier.«

»Ich wusste es!«

»Woher hast du das gewusst, Cray?«

»Bei dir find ich's immer raus.«

»Das Gefühl habe ich auch«, erwiderte Orvy und nickte ernst zur Bestätigung.

»Ich bin dran«, sagte Cray. Er dachte sich ein Tier aus. »Okay. Ratet.«

Miranda sah dies alles mit Belustigung. Orville alberte mit dem Jungen größtenteils nur herum. Cray machte es meistens riesigen Spaß, aber hin und wieder bekam er einen leicht verwirrten Gesichtsausdruck, weil er nicht wusste, ob Orville es nun ernst meinte oder nicht. Amy, die Cray seit neuestem große Schwester nannte, hatte ihm gestern gesagt: »Onkel O., Cray, ist ein großer Witzbold, so dass man manchmal nicht weiß, ob er es ernst meint oder nicht.« Von ihren sechseinhalb Jahren Mutterdasein wusste Miranda um die Gefahren des Herumalberns mit Kindern. Orville schien sich nicht klarzumachen, wie wichtig es für Kinder ist zu wissen, wo man wirklich steht.

Orvy alberte natürlich auch mit ihr herum. Sie sah darin sowohl eine Art der Kontaktaufnahme mit ihr als auch eine Art der Selbstdistanzierung von wirklichen Gefühlen. Es war ganz ähnlich, wie Selma Sol beschrieben hatte: »Gutherzig, aber immer zu *Witzen* aufgelegt.« Orvilles Rumalbern beunruhigte sie, weckte erneut in ihr Zweifel an seinem Durchhaltevermögen. Unwillkürlich verband sie sein humoristisches Ablenken von Gefühlen mit seiner Weigerung, darüber zu sprechen, dass er in sechs Monaten nicht mehr hier sein wollte.

Doch immer noch betrachtete sie das ganze Orville-Paket durch die Brille, die Selma ihr aufgesetzt hatte. Habe ich je bei irgendeinem Mann, den ich kannte, so fragte sie sich, im Zweifelsfall mehr für ihn entschieden? Selbst als er die wirklichen Gefühle auf der Spindel des Humors zu drehen begann, sah sie darin ein Stück Mitgefühl. Und sie sah ebenfalls an den zynischen Rändern seiner Witze Freundlichkeit aufblitzen. Und so entschied sie sich auch bei der Art, wie er mit ihrem Sohn umging, im Zweifelsfall für ihn.

Als sie ihm dabei zusah, wie er diesen plötzlichen Sprung von der Zeugungsunfähigkeit zur Fruchtbarkeit machte, vergaß sie aber nicht, dass er nie Vater gewesen war. Er hatte nicht ihre sechs Jahre im Schützengraben gestanden, Zeiten der Demütigung und Unfähigkeit und, schlimmer noch, der Wut durchgemacht. Sie erkannte, dass er schlicht und einfach nicht wusste, wie er sich verhalten sollte. Cray lag keine Gebrauchsanweisung bei. Zu sehen, wie sich Orvy nach der vorgestrigen Gebrauchsanweisung von Sol richtete, war zugleich rührend und entmutigend.

Wie schwierig war es für Orvy gewesen, in Crays und ihr lautes Singen einzustimmen – sogar im Auto! Wenn Sicherheit gefordert wurde, wie schüchtern war er da, wenn Nachgiebigkeit erforderlich wurde, wie sicher. Das Schlimmste war, wie er manchmal die Geduld verlor, zum Beispiel wenn man schnell aufbrechen musste und Cray plötzlich ein Spielzeug einfiel, ohne das er keinesfalls das Haus verlassen konnte, oder ein Buch oder ein Wurm im Garten, und alles aufhielt. Orville fiel es schwer, sich klarzumachen, dass es nicht nur darum geht, was man mit einem Kind tut, sondern ebenfalls, was man nicht tut, was man ignoriert; oder auch, nachdem man sich aufgeregt hat, was man danach tut.

Und er sah einfach nicht, wie schwierig es war! Wenn er bei ihnen war, machte das die Dinge keineswegs einfacher, denn sie musste sich nicht nur um Cray, sondern auch um Orvy kümmern, um die Cray-Orvy-Geschichte und um die Cray-Miranda-und-Orvy-Geschichte und um die Miranda-und-Orvy-Geschichte. Und zugleich dieses Sichkümmern vor ihnen beiden verborgen halten.

Doch sie mochte es, wie Orvy sich gleich auf Cray einließ und wie er, selbst wenn ihm das Wasser bis zum Hals stand, um sich schlug und darum kämpfte, Luft zu bekommen. Seine

Energie hatte manches besser gemacht. Es gab weniger Kleinkriege wegen des Aufstehens oder des Aufbrechens, um rechtzeitig zur Schule zu kommen. Doch der große Krieg um das Ins-Bett-Gehen hatte sich verschärft. Cray fuhr so auf diese Vaterperson in seinem Leben ab, dass die Scharmützel zur Schlafenszeit bedenkliche Formen annahmen. Cray wollte sich nicht aus der Welt von Mom und Dad aussperren lassen – wer konnte es ihm verdenken?

Als sie nach Columbia hineinfuhren, verdunkelte sich der Tag seltsam. Sie stellten fest, dass es wieder einer dieser Zementstaub-und-Essig-Tage war, da der Wind von der Universal-Atlas-Fabrik herüberblies. Die Gebäude und die vermummten Einwohner waren nur noch staubgraue, gespenstische Schatten, und der Essiggeruch war der beißende Begleiter einer Welt ohne Sonnenlicht. Orville ließ Cray bei der Sixth Street School und Miranda bei der Bibliothek an der Fourth Street aussteigen und fuhr dann zur Notaufnahme.

Das Dynamit hatte die Lebenskraft zwischen den beiden Eisfischern und ihrem Hund neu verteilt. Die vordere Hälfte des Hundes und die untere Hälfte eines der Männer waren zerfetzt worden. Beide waren tot. Der andere Mann war so weit in Ordnung, abgesehen von einer Hand und einem Arm, die wie eine Lammkeule aussahen, die ein betrunkener Metzger entbeint hatte, einer Gürtelschnalle, auf der RHODES stand und die sich in seinen Schritt gebohrt hatte, sowie einem hysterischen Weinanfall.

»Nigel! Nigel!«, brüllte der Eisfischer weinend. »Nigel!«

»Es tut mir Leid um Ihren Freund, aber Sie müssen jetzt stillhalten.«

»Freund? *Freund?* Nigel war mein Hund!«

Während Orville schnipselte und flickte, um dem Arm wenigstens die Nützlichkeit einer thalidomiden Schwimmflosse zu erhalten, rekonstruierte er den Vorgang in Gedanken. Der Hund war dabei, das Dynamit dem anderen, jetzt toten Mann zu bringen, und der Überlebende warf sich nicht auf das Dynamit, um seinen Freund zu retten, sondern auf seinen Freund, um sich selbst zu retten. Wie kam sonst eine Gürtelschnalle mit dem Namen RHODES in den Schritt eines Mannes mit dem Namen Stoiber.

Er legte letzte Hand an und ging dann hinunter in den Hendrick Hudson Diner, um eine Tasse Kaffee zu trinken, doch da fiel ihm auf, dass das ewig leere Schaufenster neben dem immer geschlossenen Laden, wo er als Junge lange weiße Kandiszuckerstangen gekauft hatte, jetzt mit rot-weiß-blauem Stoff dekoriert war und einem neuen Schild:

STIMMT FÜR AMERIKA
WÄHLT SCHOONER

Aus dem Lautsprecher erklang »Happy Days Are Here Again«. Eine Menschenmenge hatte sich eingefunden. Orville schlenderte hin. Es stellte sich heraus, dass es sich um die große Eröffnung des Wahlhauptquartiers für Henry Schooners Kandidatur zum Kongress handelte. Der alte langjährige Amtsinhaber, ein Republikaner mit faschistoiden Tendenzen, einer neuen jungen Frau und gelbem Alpha Romeo, trat in den Ruhestand. Die Kandidatenkür der Republikaner begann im September. Schooner war bereit.

Orville konnte beobachten, wie eine buntscheckige Schlange von Kindern in Winterkleidung – Atemwolken wie Cartoonblasen über den Köpfen – durch den Seventh Street Park zum Schooner-Hauptquartier kam. Eine Lehrerin begleitete sie. Orvy entdeckte den roten Schopf von Cray, der neben Maxie Schooner ging. Die Erstklässler bekamen eine lebendige Unterweisung in Demokratie. Cray sah ihn, rief ihm was zu und winkte, er solle zu ihnen kommen. Als Orville auf sie zuging, sah er Henry, Nelda Jo und Henry junior ohne Mützen und Jacken auf dem Gehsteig in der dunklen Kälte stehen. Maxie brach aus der Reihe aus und rannte zu Henry, der ihn auffing und hoch in die Luft hob. Henry winkte Orville zu sich.

Die Veranstaltung war chaotisch und amateurhaft. Die Musik war zu laut, die Kinder schrien durcheinander, die Hände in Fausthandschuhen konnten die Becher mit Punsch oder Kaffee und die Plätzchen und Doughnuts nicht halten, Nelda Jo und Henry junior wanderten ziellos in dem Gedränge von Einheimischen und New Yorker Antiquitätenhändlern umher, und niemand sorgte für irgendeine Ordnung. Es war ein Tumult.

Henry schüttelte Orvilles Hand und rief: »Toll, dass du zur Eröffnung gekommen bist, Orv...« Ein plötzliches Scheinwerferlicht kämpfte gegen das trübe Grau des Zementstaubs an. Eine Fernsehkamera von der Albany-Fernsehstation hatte mit der Aufnahme begonnen. Blitzlichter ringsum. Henry posierte gelassen und ging zur nächsten Hand über.

Eine Weile stand Orville da und betrachtete den seiner Meinung nach armseligen Start von Schooners Wahlkampagne. Als ob, dachte er, selbst Schooner der Große gegen den Geist Columbias nicht gefeit wäre. Als er die Straße hinunter zu seiner Praxis ging, realisierte Orville plötzlich, was geschehen war. Er machte auf dem Fuß kehrt und eilte zurück. Die Musik war aus. Die Kinder waren fort. Henry saß allein an einem Schreibtisch im Büro, rauchte eine Zigarre und las in einem säuberlich gefalteten Wall Street Journal.

»Henry, du kannst mich nicht ...« Er brach ab und rang nach Atem. Du wirst fett, du Schwein, dachte er, treib Sport!

»Hallo, Dr. Rose!«, sagte Schooner fröhlich. »Setz dich doch, setz dich. Magst du eine Tasse Kaffee aus dem Restaurant?«

»Henry, ich lasse mich von dir nicht für das Fernsehen benutzen.«

»Wie bitte?«

»Diese Kamera, diese Fernsehkamera, die gefilmt hat, wie ich dir die Hand gebe – das kannst du nicht im Fernsehen bringen. Ich lasse nicht zu, dass du den Eindruck erweckst, ich würde deine Kandidatur unterstützen.«

»Ach, tatsächlich!« Henry war aufgebracht. »Wer hätte das gedacht?« Sein Gesicht sah plötzlich so verletzt aus, dass Orville ein wenig zurückschrak. »Wenn ich gewusst hätte, dass du so denkst, hätte ich sie die Kamera in dem Moment nie filmen lassen.« Diesmal bemerkte Henry nicht, dass Orville den grammatikalischen Schnitzer mitgekriegt hatte. »Ich habe die Nummer von den Fernsehleuten gleich hier.« Henry wählte. Wartete. »Axel? Henry ... Hör mal, ihr könnt nichts benutzen, wo Dr. Orville Rose drauf ist, okay? Wie er aussieht?« Henry beschrieb ihn. »Wenn du das laufen lässt, brauchst du nie mehr ein Wort mit mir zu reden, verstanden? Wunderbar.« Er legte auf. »Das wäre erledigt.«

»Gut.«

»Wieso denkst du denn, ich würde dich dafür benutzen, um ...«

»Nichts leichter als das.«

»Du meinst, wenn du mich unterstützt, als Arzt der Stadt, das würde bedeuten ...« Er unterbrach sich selbst. »Ja, ich verstehe, es würde 'ne Menge bedeuten, Stadtarzt und so weiter, ja.«

»Ich muss gehen, Henry. Hab zu tun.«

»Nimm's mir nicht krumm, Orvy, okay? Wir haben mehr gemeinsam als was uns trennt.«

»Was?«, sagte Orville verblüfft. »Blödsinn!«

»Du und ich, wir sollten uns mal allein zusammensetzen und die alten Leichen aus dem Keller holen, sie ein für alle Mal begraben, damit wir's hinter uns haben und nach vorne schauen können. Ich meine, das haben wir nie gemacht, oder?«

»Warum sollten wir?«

»Weil wir im selben Boot sitzen. Wir sind beide zurückgekommen in dieses Scheißnest von Stadt, nachdem wir draußen in der wirklichen Welt waren. Wir beide wollen es besser machen, okay?

»›Scheißnest von Stadt?‹«

»Wer hat das gesagt?«, fragte Henry, sah sich um und kicherte. »Das hast du nicht von mir gehört.«

»Was der Grund ist, warum wir uns nicht zusammensetzen werden.« Orville ging.

Ein paar Minuten später, auf Bills Stuhl hinter dem Schreibtisch, sah Orville eine Postkarte in der üblichen Post. Die Sphinx, eine Palme, ein Kamel, auf dem zwei westliche Touristen saßen, geführt von einem Araber. Er drehte die Karte um und stöhnte.

Wie geht's, Partner,
haben uns Wolfgang und Kenni Vista angeschlossen und machen eine Weltreise. (Sie sind aus Altoona, PA, und Wolfi sagt immer: »Setzt Gott Amerika ein Klistier, dann macht er's in Altoona«, hähä.) Erster Stopp ist Ägypten. Heiß! Moskitos so groß wie kleine Kinder. Babs hat Darmbeschwerden, aber Starbusol hilft. Essen scheußlich, sogar im McDonald's in Kairo.
Viel Glück, Bill

Orville hob seinen Blick und starrte in die toten Augen des Vierzehnenders an der Wand.

»Ich bin am Ende.«

An diesem Abend saßen Miranda, Orville und Cray am Küchentisch und aßen zusammen. Es war das erste Mal, dass Cray mit ihnen aß statt vor dem Bildschirm. Vor dem Fernseher war er, wie Orvy bemerkte, immer so angespannt, dass er kaum etwas zu sich nahm. Miranda sagte, sie sei aus Bequemlichkeit in diese Situation geraten und wisse nicht, wie sie wieder herauskommen solle. Orvy schlug eine neue Regel vor:

Kein Essen vor dem Bildschirm. Als sie es Cray mitteilten, bekam er einen Wutanfall.

»Was mach ich denn dann?«, schrie er. »Ich hab ja nix zu tun, wenn ich mit euch esse!«

Beim Abendessen war Cray verdrossen. Er weigerte sich, ihre Hände für den Abendsegen anzufassen. Nach einem Moment Stille sagte jemand »Frieden«.

»Und was machen wir jetzt?«, quengelte er und stocherte in seinem Essen herum.

»Wir reden«, antwortete Miranda.

»Ohne mich!«, erwiderte Cray.

Eine Weile saßen sie schweigend da.

»He, ich hab 'ne Idee«, sagte Cray plötzlich. »Wie wär's, ich erzähl euch, was ich heut getan hab, und dann ihr mir?«

»Tolle Idee, Cray!« Miranda war erstaunt und erfreut.

»Dann mal los, Cray«, sagte Orville, »wir sind ganz Ohr.«

»Heut hab ich in der Schule meinen neuen Roman angefangen. Er heißt CFIT.«

»C-Fit?«, fragte Orville und dachte an eine Vitaminbrause. »Was ist das?«

Miranda wusste es. Ihr Herz schien stehen zu bleiben, sie hielt den Atem an.

»C ... F ... I ....T«, buchstabierte Cray. »Es steht für Kontrollierter Flug Im Terrain. Dabei ist mein Dad gestorben. Er ist in einem CFIT gestorben. Er ist mit seinem Kunstflugzeug abgestürzt. Ich hab ein Bild von ihm und dem Flugzeug. Kann ich aufstehen, Mom, und es holen?«

Miranda war ebenso überrascht von seinem Wunsch, es zu zeigen, wie von seiner Höflichkeit, und sie antwortete: »Sicher, Cray.«

Zwei Sekunden später kam er mit einem gerahmten Foto zurück, worauf ein rot-gelb gestrichenes Kunstflugzeug zu sehen war, daneben ein Mann, seine Hand liebevoll auf einem

Flügel, als gehörte er zu einer Frau. Neben dem Flugzeug wirkte er klein, sein Gesicht war nicht genau zu erkennen. Ein blonder Haarwuschel im Wind, rote Wangen, Fliegerbrille, ein Lächeln.

»Das ist fabelhaft, Cray«, sagte Orville stark bewegt.

»Ja, doch für meinen Roman muss ich wissen, warum er abgestürzt ist. Das Problem ist, dass ich ihn nur danach fragen kann, wenn er nicht abgestürzt ist. Aber wenn ich ihn fragen könnte, dann wäre er ja nicht abgestürzt. Man wird ganz durcheinander.«

»Ja«, bestätigte Orville.

»Ich wünschte auch, ich wüsste es«, sagte Miranda.

»Ich bin fertig. Kann ich jetzt fernsehen?«

»Sicher«, antwortete sie. Sie war überrascht von alldem, überrascht davon, dass es jetzt hervorkam, da Orvy mit ihr, mit ihnen zusammen war.

Cray stellte den Fernseher an, doch dann tat er etwas, was er noch nie getan hatte – mitten in der Sendung stand er auf und kam zu ihnen zurück. »Ich hab 'ne Idee. Ich könnte sein Grab fragen. Wo ist er beerdigt, Mom?«

»In Avalon, Mississippi.« Sie hatte ihm das schon öfter gesagt. Diesmal, so spürte sie, würde er es nicht mehr vergessen.

»Können wir hinfahren und sein Grab fragen?«

»Ja, wenn du glaubst, dass du es schaffst.«

»Ich schaff's. Kann Orvy mitkommen?«

»Natürlich, mein Herz«, antwortete sie mit bewegter Stimme.

»Wir drei zusammen? Cool.«

Cray ging zum Fernseher zurück. Miranda sagte mit weit geöffneten Augen: »Weißt du, wie unglaublich das ist?«

»Nein, wie?«

»Eine Premiere. Ich bin einfach … ich bin völlig sprachlos.«

»Ich würde gern mehr über ihn wissen«, sagte Orville.

Miranda nahm es nur langsam in sich auf, als ob jemand versuchen würde, in ihr innerstes Geheimnis vorzudringen. Es klang wie eine mühsam ausgehandelte Übereinkunft, als sie erwiderte: »Irgendwann, ja. Ich glaube, ich bin jetzt noch nicht so weit, über meine vorcolumbianische Zeit zu sprechen.«

Da er spürte, wie sie mit sich rang, entschied sich Orville, ihr sein eigenes Geheimnis anzuvertrauen, und sagte: »Von wegen Grab befragen, nun ja ... ich bekomme nicht nur diese Briefe von meiner Mutter, sondern von Zeit zu Zeit ...« Nein, er konnte nicht zugeben, dass er sie umherfliegen sah. »... spreche ich mit ihr.« Plötzlich schien es ihm zu intim, und er bedauerte es, sich so weit entblößt zu haben. Doch zu seiner Überraschung reagierte Miranda ungezwungen verständnisvoll.

»Ja«, entgegnete sie, »nachdem meine Eltern gestorben sind, habe ich auch mit ihnen geredet. Es war sogar so, dass sie mich im ersten Jahr besuchten, wenn ich im Halbschlaf war, so als ob sie im Zimmer wären, und ich habe mit ihnen Gespräche geführt. Was sagst du ihr denn?«

»Ich sage da nicht so viel, es ist mehr so, dass sie redet, und ...«

»He, Orvy, komm schnell!«, rief Cray. »Du bist im Fernsehen!«

Sie eilten zum Fernseher. Da schüttelte er Henry Schooners Hand. Orvy hatte Miranda von Schooners Versprechen erzählt, und jetzt sahen sie seinen Vertrauensbruch. Doch in Orvys Wut und Ekel mischte sich auch Erstaunen. Was er als chaotische Veranstaltung mit einem schlecht vorbereiteten Kandidaten und einer armseligen Schar von Anhängern unter düsterem Himmel erlebt hatte, war wie verwandelt.

Die Kamera hatte daraus eine Welt der Ordnung und des Professionalismus gemacht. Henry Schooner sah fabelhaft aus – mit stolzer Brust, großem Lächeln, schick gebundener Krawatte, attraktiv vom Wind zerzaustem weißem Haar, ohne Hut und Winterjacke draußen in der Eiseskälte. All dies vermittelte den Eindruck eines jugendlichen, hemdsärmelig zupackenden Kandidaten, der eine gewisse Generation unwillkürlich an John F. Kennedy, wenn nicht sogar an Robert erinnern musste. In der Szene im Fernsehen ergriff Henry Orvys Hand und Ellbogen mit großer Zuversicht und Überzeugung. Im Hintergrund spielte leise »God bless America«. Orvy, der dem Zuschauer als »Stadtarzt« vorgestellt wurde, sah blass und müde und, ja, schlampig aus, doch schien er in diesem Videomoment in einen Prozess der Wandlung einzutreten, herausgehoben zu werden aus seinem Alltagstrott. Selbstverständlich ließ das Hand-und-Ellbogen-Tätscheln einen unscheinbaren Mann wie ihn zu einem bedeutsamen Teil dieses folgenschweren Ereignisses in Columbia und, vielleicht, der amerikanischen Geschichte werden. Nelda Jo und Henry junior und der kleine Maxie, von Henry hochgehoben, waren ebenso telegen – wenn man von einer frisch genähten Wunde an Henry juniors Kinn absah. Die Musik klang irgendwie gedämpft und optimistisch. Am sonderbarsten von allem aber war, dass der Tag selbst in anderem Licht erschien. Er war hell und heiter, Strahlen wie von einem engelhaften, frohlockenden, ja biblischen Licht erleuchteten die Szene.

Und als Henry sprach, war es die reine Magie. Diese Stimme! Wo hatten sie diese Stimme zuvor gehört? Sie klang ein bisschen heiser, gemütlich, ohne perfekte Grammatik, eine sanfte, Ruhe und Sicherheit vermittelnde Stimme, eine ehrliche und sogar aufrichtige Stimme, eine Stimme, die weder Orvy noch Miranda je mit Schooner in Verbindung gebracht hätten. Sie war größer als Schooner selbst. Die Stimme eines Führers, eine Stimme, der man folgen konnte. Eine Vaterstimme. Eine jugendliche Großvaterstimme. Das war es! Es war die Reagan-Stimme.

»Du Schweinehund!«, schrie Orville in Richtung Bildschirm. »Du …«

»Orvy?« Miranda drückte ihn am Arm und deutete auf

Cray, dessen Freude, ihn im Fernsehen gesehen zu haben, sich nun in Furcht verwandelte.

»Tut mir Leid, Cray«, sagte Orvy.

»Was ist denn los?«

»Nichts.«

»Ich find dich toll im Fernsehen, Orvy. Was hast du denn?«

»Nichts, hab ich gesagt.«

»Aber ...«

»Cray«, Orville versuchte seiner Erregung Herr zu werden, »ich bitte dich, damit aufzuhören.« Crays Gesicht schien in sich zusammenzufallen. Eine Werbung für ein Verdauungsmittel folgte. Orville fühlte sich miserabel und sagte: »He, es tut mir Leid.«

Cray wendete sich ab und wieder dem Fernseher zu.

»Warum spielt ihr nicht ein bisschen zusammen, du und Cray?«, fragte Miranda.

Cray drehte sich um und sah erst sie, dann Orville an. Er schien zu überlegen. Dann sagte er: »Hilfst du mir, meine B-52 zu bauen?«

Das Einzige, was Orville beim Spielen mit Cray nicht mochte, war Flugzeugmodelle zu bauen. Als Echo auf Selmas Liebe zum Fliegen hatte sich Sols Spielwarenladen auf Modellbauflugzeuge spezialisiert. Zu jedem Geburtstag – der, wie er mittlerweile wusste, nicht sein richtiger war – bekam er (und auch Amelia) einen neuen Modellbausatz mit Kleber, Abziehbildern und Farbe. Orville mochte den Geruch von Duco-Zement und Ölfarbe, manchmal schnüffelte er auch am Kleber, aber er hasste das Bauen der Flugzeuge mehr und mehr. Seine fertigen Produkte stimmten nie mit den Bildern auf den Packungen überein. Seine Modelle flogen nur den Höhenflug seiner Phantasie.

Und von allen Flugzeugen, dachte Orville jetzt, ausgerechnet eine B-52? Die in der Idiotie des Vietnamkriegs mehr Bomben auf das arme Land abgeworfen hatte als im ganzen Zweiten Weltkrieg gefallen waren? Bis das Land dem abgerissenen Bein eines Eisfischers aus Columbia glich.

Mit der gleichen Willenskraft, die er in der medizinischen Fakultät in Dublin angesichts der zu sezierenden Leichen aufgebracht hatte, sagte Orvy: »B-52! Ich liebe B-52-Bomber! Klar, Cray, nichts wie los.«

Bald jammerte Cray und beschwerte sich über Orvys Technik. »Nein, du machst es falsch! Lass es mich machen!«

»Cray«, sagte Miranda über den Küchentisch, »sei nett, ja?«

Sie bastelten noch eine Weile, dann sagte Cray wieder in jammerndem Ton: »Nein, du weißt nicht, wie man das Abziehbild richtig dranmacht. Du machst es *immer* falsch!«

Langsam verlor Orville die Geduld. »Jetzt hör schon auf zu jammern, Cray.«

Cray starrte ihn mit langem Gesicht an. Dann meinte er leise: »Das hast du ohne Liebe in deiner Stimme gesagt.«

Orville erwiderte seinen Blick und wollte etwas entgegnen wie: Da hast du verdammt Recht. Was glaubst du, was ich bin, ein Heiliger? Aber dann sah er Mirandas Miene und versuchte durchzuatmen und sich zu beruhigen. Cray starrte ihn immer noch an und wartete. »Okay, Cray, du hast Recht. Ich habe es ohne Liebe in meiner Stimme gesagt.« Er wusste, dass er jetzt den Mund halten sollte, doch unwillkürlich fuhr er fort: »Aber ich möchte *immer noch,* dass du aufhörst zu jammern.«

»Das hast du *wieder* ohne Liebe in deiner Stimme gesagt!«, rief Cray. Er brach in Tränen aus, rannte die Treppe zu seinem Zimmer hinauf und schlug die Tür zu.

Orvy und Miranda sahen sich in der aufgeladenen Stille an.

»O Gott. Er hat Recht. Soll ich zu ihm gehen?«, fragte Orvy.

»Gib ihm etwas Zeit.«

»Ich fühle mich scheußlich.«

»Glaub mir, ich kenne das. Beim ersten Mal, als er das mit

der ›Liebe in deiner Stimme‹ zu dir sagte, da hat er es ernst gemeint. Doch beim zweiten Mal hat er es nur noch benutzt. Du kennst Cray – er hat einen enormen Dickkopf.«

»Aber er hat Recht. In letzter Zeit ist nicht sonderlich viel Liebe in meiner Stimme.«

»Für ihn und mich schon. Eine Menge Liebe für uns.«

»Und für Amy, ja. Aber seit Bill weg ist, bringt die Arbeit mich um. Ich laufe immer mit einer solchen Wut im Bauch herum! Und ich darf sie nicht rauslassen. Was soll ich denn machen? Meine Patienten anbrüllen? ›Was fällt Ihnen ein, einen Herzinfarkt zu haben!‹ – ›Sie haben sie wohl nicht alle, Ihre Medizin nicht zu nehmen!‹ Fast jeden Morgen wache ich jetzt mit dieser kleinen Stimme in mir auf, die fragt: ›Wie zum Teufel willst du den Tag überstehen?‹«

»Kann ich dir irgendwie helfen?«

»Bleib einfach so, wie du bist. Du und Cray und Amy, ihr seid das Einzige, was mich bei der Stange hält.«

Crays Tür quietschte. Sie hielten den Atem an. Kam er herunter, um sich auszusöhnen? Nichts. Sie gingen nach oben, Orvy voraus. Die Stufen knarrten. Bevor sie oben waren, schlug die Tür wieder zu. Auf ihr war mit Klebeband ein Blatt befestigt, auf dem stand: !!!Bite drausen bleibm!!!

Sie sahen einander an.

»Zumindest steht bitte darauf«, sagte Miranda.

Unten klopfte es an der Haustür. Mehrmals.

»Wer in aller Welt ist das?«, fragte Miranda. »Gott sei Dank bist du hier. Ich würde sonst nicht aufmachen.«

Sie gingen hinunter. Orville öffnete die Tür. Es war Henry Schooner.

Er sah mitgenommen aus und hatte eine Fahne.

»Ich weiß, ich weiß«, sagte er, »du hältst mich für ’nen Dreckskerl, aber lass mich …«

»Verschwinde!«, rief Orville.

»Ich weiß, du hältst mich für ’nen Dreckskerl …«

»Einen verlogenen Dreckskerl ...«

»Aber du hast gehört, wie ich den Scheißer angerufen habe und ...«

»Ich glaube nicht, dass da jemand am anderen Ende der Leitung war.«

»Das glaubst du *nicht*?« Henry schien kurz vor einem Zusammenbruch. Automatisch streckte Orvy seinen Arm nach ihm aus und hielt ihn.

Auf einmal sah er Schooner aus nächster Nähe. Sein Medizinerblick erkannte die winzigen spinnenhaften Teleangiektasien auf seiner Nase, Zeichen für Alkoholismus. Auf seinem zerknitterten Hemd, unter der schiefen Krawatte, die etwas von einem Strick hatte, in der Mitte eines roten Flecks, der zuerst wie Blut ausgesehen hatte, klebte ein Stück Spaghetti. Aber diese hier sah nach Orvilles Ansicht nicht wie die aus, die er in Italien kennen gelernt hatte, aus reinem Weizengrieß, nein. Eher eine amerikanische Sorte, solche, die in Büchsen sind, ein Nudelgericht aus der Konservendose. Der arme Hund, dachte Orvy. An seinem großen Tag isst der Mensch Nudelkonserven? Seine Haare waren zerzaust, sein Mund war offen, sein Kinn schlaff. Die Fernsehkamera hatte das alles nicht nur verborgen, wie Orvy feststellte, sondern es war, als ob sie, indem sie aus Schooner etwas Neues geschaffen hatte, zugleich in ihn eingegriffen und ihm etwas genommen und ihn nun in der Wirklichkeit als etwas Geringeres zurückgelassen hätte. Aber es war ein seltsames Geringeres, denn das nächste Mal, wenn er wieder im Fernsehen wäre, so spürte Orvy, würde durchaus mehr da sein als je zuvor.

Schooner redete über »deine großartige Mutter, die ich gern selbst gehabt hätte, und wie hab ich immer zu dir aufgeschaut«.

Miranda und Orville führten ihn herein. Er ließ sich schwer auf einem Stuhl nieder. »Ich bin hierhergekommen, um Abbitte, nein, um Wiedergutmachung zu leisten.«

»Du warst schon immer ein Schleimscheißer, und du bist es noch, also vergiss ...«

»Hier ...« Er langte in seine Hemdtasche und brachte ein Papier zum Vorschein. »Ich hab' den beschissenen Fernsehsender angerufen, hab ihnen und den *Crier* und allen das hier geschickt und gesagt, dass du mich nicht unterstützt.« Orville nahm das Papier, zerknüllte es und warf es in den Mülleimer. »Wir haben Pressefreiheit«, fuhr Henry fort, »ich kann diese Bastarde nicht kontrollieren. Ich will dich entschädigen. Wir machen Geschäfte miteinander, spielen Golf zusammen. Ich will deinen Respekt gewinnen.«

»*Warum*? Warum zum Teufel redest du immer davon, dass du meinen Respekt gewinnen willst?«

»Weil sich das anfühlen würde, als würde mein großer Bruder mich dennoch lieben.«

»O Gott! Komm zu dir, Henry, werde endlich erwachsen!«

»Das versuch ich ja, alter Freund.« Seine Augen füllten sich mit Tränen. »Ich versuch's wirklich.«

Sie sahen ihn an, seine rot unterlaufenen Augen, in denen entweder sein Suff oder sein Elend oder beides zu lesen war. Sie machten Kaffee und hörten ihm zu. Hörten zu, ja, denn er redete pausenlos, als ob er sich verzweifelt alleine fühlen würde und durch sein Reden mit ihnen zusammen sein könnte. Er erzählte, wie schrecklich es sei, immer bei denen zu versagen, die er am meisten bewundere, bei ihnen beiden und bei Selma Rose, jener großen Lady seiner Kindheit. Beiden kam es wie ein Sack voller Lügen vor, aber es war alles so verdammt erbärmlich, dass Orville die Flasche Scotch holte und sich und Miranda ein Glas einschenkte und sie einfach dasaßen und zuhörten.

»Ich habe so viel Respekt vor dir, Orvy, ich träume sogar von dir. Hast du das gewusst?«

»Woher zum Teufel soll ich das gewusst haben, Henry?«

»Schöne Träume, in denen du mein Freund bist.« Die

Stimme, die heisere und einschmeichelnde Stimme, die Aufmerksamkeit erregte, war fort, ersetzt durch eine Allerweltsstimme. »Warum hast du keinen Respekt vor mir?«

»Das weißt du nicht?«

»Schon gut, schon gut, ich gebe zu, das mit den Eintrittskarten war meine Schuld, aber ich hab dafür gebüßt.«

»Das davor. All die Male, wo du mich verprügelt hast, gepeinigt …«

»Was? Dich verprügelt?« Henry schien verblüfft. »Ich hab dich nie verprügelt. Wir waren Freunde.«

»Du erinnerst dich nicht?«

»Nein.«

»Unsinn!«

»Ich hab dich wie einen Bruder und deine Mutter wie eine Mutter geliebt, ich …« Er weinte und bedeckte beschämt seine Augen.

Etwas Komisches passierte. Orvy hatte immer gespürt, dass Henry, obwohl er als Kind auf ihn einschlug, was anderes in ihm sah, etwas von großem Wert, dem Henry nachstreben mochte, das er aber nie erreichen konnte, ganz gleich, wie sehr er sich auch abstrampelte. Doch in ebendiesem Augenblick, auch wenn Henry am Boden war, hatte Orvy das verrückte Gefühl, dass sich die Situation umgekehrt hatte und dass dieses andere – als was sollte man es bezeichnen: Courage? Hingegebensein? Alles daransetzen, um etwas zu erreichen? – in Henry lebte und nicht in ihm. Das war niederschmetternd.

Zeit und Koffein taten ihre Wirkung. Henry wurde so weit nüchtern, dass er peinlich berührt war und den Mund hielt. Er sagte, er wolle heimfahren. Sie fragten, ob er nüchtern genug sei, was er bejahte. Orvy begleitete ihn nach draußen zum Jeep, um sich davon zu überzeugen, und er schien wirklich okay zu sein.

»Ein großer Amerikaner?«, fragte Orville ironisch, als er ins Haus zurückkehrte.

»Das Schreckliche ist«, sagte Miranda traurig, »dass eine Menge Leute das glauben. Komm, Liebster, lass uns ins Bett gehen.«

Sie sahen nach Cray, der wie ein Engel schlief. Im Bett redeten sie dann noch über den Tag. Keiner konnte einschlafen. Orville fühlte sich wegen Cray schlecht. Miranda spürte das, wusste, dass sie ihm nicht helfen konnte, und lag da und lauschte ihrer eigenen Stimme des Zweifels. Doch wie immer, seit sie sich zum ersten Mal geliebt hatten, als sich ihre Scheu im Dunkeln in schamloser Leidenschaft gelöst hatte, wies das sinnliche Beieinandersein einen Weg hinaus und hinein. Die Bedrücktheit und die Zweifel wichen vor der Elektrizität der Berührung, dem Feuer der Erregung, der Nässe tollender Wale.

Und Cray? Der Junge war ohne das geringste Bewusstsein eingeschlafen, wie ausgeknipst, und schlief durch, bis der nächste Morgen ihn weckte.

17

Honigb.,
wie geht es Dir? Ich frage mich, wie es mir wohl geht? Was mich wirklich beschäftigt, ist, wie ich gestorben bin. Ich hoffe, schnell. Aber es spielt keine Rolle, was ich im Moment hoffe, denn jetzt ist es vorbei. Nicht jetzt, verstehst Du, sondern jetzt. Das tote Jetzt.
Du wirst Dich wahrscheinlich immer noch nicht mit meinem letzten Willen angefreundet haben. Dass ich Dich für ein Jahr und dreizehn Tage hier angebunden habe. Tja, Mr. Dickkopf, Gernegroß, zu schade. ›Vater weiß alles am besten‹ ist ein Witz. ›Mutter weiß alles am besten‹ ist Gottes reine Wahrheit. Es ist das Menschlichste von der Welt, wenn eine Mutter will, dass ihr Sohn ein normales Leben führt, besonders …

»Und es ist das Menschlichste von der Welt, Mrs. Macbeth«, zischte Orvy dem Toaster zu, »dass ein Sohn deine Normalität grotesk findet! Aber, o nein, du nicht!«

… besonders wenn er vom rechten Weg abgekommen ist. Aber nicht Du, nein! Auf keinem von Sols Familienfotos hast Du je gelächelt. Das sagt eine Menge aus …

»Warum lese ich weiter?«, fragte er den Toaster. Der blieb ihm die Antwort schuldig. Orville hatte den Brief an diesem Morgen bekommen und ihn gleich zu lesen begonnen. Er war sofort verärgert, und da er einen schweren Tag vor sich hatte, legte er ihn beiseite. Jetzt, um sechs Uhr abends, glaubte er, ihn ertragen zu können.

... Du scheinst keine Erinnerungen an Deine Kindheit zu haben. Ich entsinne mich an jede Sekunde davon. Du warst das dickköpfigste Kind im ganzen Häuserblock, in Dich gekehrt und still. Nicht wie Dein alter Freund Henry Schooner. Wunderbarer Junge, und jetzt ein beachtlicher Mann! Er ist zurückgekehrt, wie du weißt, und ein großer Erfolg. Säule der Gesellschaft. Hat geheiratet – ein nettes Mädchen, aber Baptistin. An diesem Morgen – es ist drei Uhr früh – möchte ich mit Dir über ein winzigkleines Stückchen deiner totalen Selbstsucht plaudern, das mich tief verletzt hat.
Du und Lily, ihr konntet keine Kinder bekommen. Unnormal? NA UND? (Um Dich zu haben, musste ich mir von Bill Starbuck die Eileiter durchspülen lassen – sprich mir von Schmerzen! Guter Mann, schlechter Arzt.) Am 24. Juli 1981 steigen Sol und ich in den New Yorker – schönes Auto, oder? Und der Kofferraum, zum Sterben! (bin ich ja auch!) – und fahren hinunter nach Jersey, um zu feiern, was Du für Deinen siebenunddreißigsten Geburtstag hältst. Es ist so heiß, dass einem schlecht wird. Der Garten-Staat stinkt zum Himmel. Euer Haus ist schmutzig. All das ertragen wir. Wir gehen zum Essen aus. (Lily kocht nie.) Zum Chinesen. Wir singen Happy Birthday – es fällt Sol und mir nicht leicht, weil es ja gar nicht stimmt. Du bezahlst. Wir danken.
Im Auto siehst Du in den Rückspiegel und sagst uns, dass Ihr beide Euch überlegt, ein Negerbaby, na ja, halb Neger, ein Mädchen, zu adoptieren, dass Ihr Euch bis morgen entscheiden müsst und dass Ihr Lilys Eltern schon nach ihrer Meinung befragt habt.
Dein Vater und ich haben Mühe, das Essen bei uns zu behalten. Aber wir bleiben ganz ruhig. Ich sage zu mir selbst: WAS NOCH? Sol ist konstruktiv. Er meint, da sie eine Negerin ist,

wenn auch nur halb, kann sie natürlich keine Jüdin sein, und wenn Ihr uns in Florida besucht, kann sie natürlich nicht in unserer Wohnung übernachten, also müsst Ihr Euch Zimmer im Motel mieten und so weiter. Doch andererseits, sagt Sol, ist es eine wunderbare Idee.

Du fängst an zu schreien. Lily bemüht ihren Tränentrick. Erschrocken verstummen wir. Wir kommen an Eurem weniger als sauberen Haus an. (Warum sie keine Läufer auf dem Teppichboden haben will, wird nicht in meinen Kopf gehen, bis ich sterbe! Du kannst das umändern in: gestorben bin.) Keiner sagt ein Wort. Ich trödle herum. Endlich, nachdem Du zwei große Scotch vor dem Schlafengehen getrunken hast, erwische ich Dich allein im Flur und sage: »Es verletzt mich tief, dass Ihr mit Lilys Eltern gesprochen habt, bevor Ihr uns etwas davon gesagt habt.« Du drehst durch, schreist laut herum. Bei unserer Familiengeschichte sorge ich mich, du könntest eine Andeutung von Selbstmord machen. Wie gewöhnlich, wenn ich Dich zu einem Gespräch bewegen will, rennst Du weg. Rennst einfach aus dem Haus. Ich bin so müde, dass mein gesundes Auge schon alles dreifach sieht, aber gehe ich ins Bett? Nein, ich warte. Ich halte meine mütterliche Nachtwache wie in all jenen Nächten während deiner Highschool, als Du Dich mit Laurice, der *Schickse,* herumgetrieben hast, bis Du sicher und gesund heimkamst. Selbst nach all den schrecklichen Dingen, die Du zu mir, deiner Mutter, gesagt hast. Warum tue ich das? *Wer sonst würde das tun?* Ich bleibe auf.

Weil ich jemand bin, der Liebe und Freundlichkeit und Verantwortung in sich spürt, weil ich, zu Deiner Information, eine gute Mutter bin. Das mag Dir neu sein. Aber frag nur mal Penny, Amy oder Henry Schooner. Starte mal eine kleine Umfrage.

Ich vergebe Dir. Aber *nie wieder.* Du bist ein etwas verrückter Erwachsener geworden, die Art von Person, die nur an sich selbst denkt und meines Wissens nie eine erfolgreiche Beziehung mit jemand anderem hatte, nie sich wirklich um jemand anderen bemüht hat. Mach noch eine Umfrage. Vielleicht ist es gut, dass Du kein Kind hast, weil ein guter Vater ja nun wirklich …«

Orville sah durch das Küchenfenster in den Garten, dann hinauf in die Bäume, in der Hoffnung, sie dort oben zu finden, damit er sie kreuzigen könnte. Aber nichts. Die örtliche Wettervorhersage hatte einen für die Jahreszeit untypisch milden und sonnigen Tag versprochen, stattdessen war ein böser Wintersturm über sie hereingebrochen. Arktische Luftmassen, die den Hudsonlauf herunterströmten, hatten sich dort mit einem von den Carolinas kommenden Tiefdruckgebiet vereinigt und Schwups! – ein schweres Schneetreiben mit heftigen Windböen brach los, in dem selbst tote Mütter aufs Fliegen verzichteten. Er dachte daran, den Brief in den Müll zu werfen. Aber er hatte alle – wie viel? – sieben Briefe in einem Safe in Bills Praxis aufgehoben. Er steckte ihn in seine schwarze Tasche.

Krach! Der Wind schlug einen Ast gegen das Fenster. Besser ich fahre jetzt zu Miranda, dachte er, bevor ich eingeschneit werde. Das einzige Gegenmittel gegen die Trostlosigkeit der Briefe waren Miranda und Cray – und Amy, die sich immer öfter draußen bei Miranda aufhielt.

Er wollte gerade die Küche verlassen, als es an der Haustür klingelte.

Hayley, die im Begriff war zu gehen, öffnete die Tür. Er hörte ihren Ausruf: »O Gott!«

»Hallo, Hayley. Schön, Sie wieder zu sehen.«

Orville erstarrte. Die Stimme vergisst man nie.

Plötzlich stand sie in seiner Küche. Seine Exfrau Lily Wolf.

Sein erster Gedanke? Hamsterei.

Sein zweiter? Wie sie sich verändert hat – älter, dünner, reicher.

Reicher wegen ihrer süßen Nerzkappe und ihres schwarzen Mantels mit Nerzkragen, der sie elegant bis zu ihren Schuhen umfloss. Und was für Schuhe! Schick, glänzend, hochhackig, die Absätze aus zebragemusterten Schichten von Hartholz, italienische Schuhe, die, wie er von Celestina wusste, um eine Million Lire das Paar kosteten. Über ihrer Schulter trug sie eine dunkle Lederhandtasche, und in ihrer Hand hielt sie eine oben zusammengeknüllte Papiertüte – eine Flasche Schnaps. Ihre Fingernägel waren ebenso scharlachrot wie ihre breiten Lippen. Ein Diamant, der mehr wert war als der Chrysler, fing das schwindende Tageslicht auf. Er starrte den Diamanten an, sich nicht trauend, ihrem Blick zu begegnen, und sah darin die Flocken des Schneesturms draußen, die hier und da aufblitzten wie Engel auf der Flucht vor einer tiefen Finsternis.

Er war verblüfft, wie anders sie aussah, irgendwie richtig umwerfend, wirklich. Als er in ihre dunkelbraunen Augen schaute, wurden ihm die Knie weich. Er lehnte sich an die rote Resopalplatte der Anrichte und tat gelassen.

Lange sprach keiner von ihnen. Sie suchten ihre älteren Gesichter nach Anzeichen für etwas ab.

Seltsam, dachte Orville, jetzt einen Stich der Liebe für diese Frau zu spüren, die mich sitzen gelassen hat, die mir das Gefühl gab, zutiefst unliebenswert zu sein. Zutiefst liebesunfähig. Er erkannte mit Schrecken, dass er in den letzten beiden Jahren Lilys Urteil geteilt, all den Selbsthass und die Verwundung gelebt hatte, die darin steckten. Mit Celestina hatte er angefangen daran zu zweifeln, doch als sie ihn im Stich ließ, hatte er wieder daran geglaubt. Nun mit Miranda und Cray und Amy hatte er es vollkommen vergessen.

»Hallo, O.«, sagte Lily. Ihre Stimme war tiefer geworden, hatte sich entspannt auf der chromatischen Skala nach unten bewegt. Sie nahm ihre Nerzkappe ab. Ihr schwarzes Haar war kürzer geschnitten und nach hinten frisiert, wie von einem sanften Wind zurückgeplustert. Ihr Parfum roch ebenfalls »teuer«.

»Was machst *du* denn hier?«

»Ich war geschäftlich unterwegs nach Albany, und der Schnee auf dem Taconic Highway wurde immer schlimmer. Also bin ich hier. Der Termin ist erst morgen.«

Er fragte sich, ob sie vorhatte, bei ihm zu übernachten.

»Keine Angst«, sagte sie, »ich gehe in ein Hotel.«

»Du kannst auch ruhig da bleiben. Hier ist jede Menge Platz.«

»Wir werden sehen.« Sie machte eine Pause, blickte zu Boden und dann wieder in seine Augen. »Ich habe das mit deiner Mutter gehört, weißt du, über fünf Ecken.«

»Über Pennys Nachrichtensystem?«

»Ja. Ich hätte eine Karte geschickt, aber …«

»Du wolltest doch nicht dem Postweg trauen.«

Sie lachten. Nach ihrer Liebesgeschichte als Studenten in Dublin war Lily zurück an die Universität in New York gegangen, während Orville noch geblieben war, um Geburtshilfe und Gynäkologie zu studieren. Die Beziehung funktionierte auf die Entfernung nicht. Sie verloren den Kontakt. Nach ein paar Monaten des Schweigens schickte Lily ihm einen Brief, in dem sie ihm mitteilte, dass sie in zehn Tagen einen älteren Mann heirate, der in der »Street« arbeite. Verblüfft erfuhr Orvy, dass mit »Street« die Wall Street gemeint war. Am Tag der Hochzeit saß er mit gebrochenem Herzen im O'Dwyers und trank sich mit seinen Studienkollegen zu. Gälisch galant weinte er in sein dunkles Guinness.

Zwei Wochen später ging es ihm schon wieder besser. Er hatte mit ihr abgeschlossen. Doch dann eines Abends, nach Mitternacht, schleppte sich ein emphysematöser Postbote in das Schlafquartier der Ärzte im Erdgeschoss des Krankenhauses und überbrachte ihm einen Brief. Er war als »Eilzustellung« deklariert, aber am Tag der Hochzeit, vor zehn Tagen, aufgegeben worden. Darin stand: »Vergiss den vorigen Brief. Habe es nicht übers Herz gebracht. Liebe immer noch nur dich in alle Ewigkeit. Vergib mir. Lily.« Warum hatte der Brief so lange bis zu ihm gebraucht? Sie hatte vergessen, ihn per Luftpost zu schicken. Es war der erste Schiffspost-Eilzustellungsbrief, der je aufgegeben worden war. Er war gemächlich über den Nordatlantik geschippert, und sowie er in Cork ankam, wurde er unverzüglich mit dem Cork City-Dublin Express weiterbefördert und ihm von dem nach Luft ringenden Nachtpostboten ausgehändigt.

Sie zog ihren teuren Mantel aus und enthüllte weitere Reichtümer – ein schick geschnittener Nadelstreifenanzug, aus dessen Brusttasche zwei Spitzen eines Tuchs hervorlugten, um den Hals ein Gedicht aus Gold mit ein paar diamantenen Arabesken. In jedem der Diamanten schimmerten diese Engel. Er war überrascht, wie gut sie aussah. Flacher Bauch, wundervolle Brüste, sichtbare Wangenknochen, glänzendes Haar, Parfum, ein Blitzen in ihren Augen, ein freundliches Blitzen übrigens.

»Alles schaut so klein aus!«, sagte sie. »Die Stadt, das Haus, die Küche.«

Es alarmierte Orville, dass er selbst diese Wahrnehmung nicht mehr teilte. Für ihn sah jetzt alles normal aus, sogar groß. Fabelhaft, dachte er, du siehst die Welt mit den Augen eines Kindes aus Columbia.

»Für mich hat's normale Lebensgröße. Worum geht es denn?«

»Um nichts«, sagte sie knapp, abwehrend, seine Frage missdeutend. »Es hat mir *wirklich* Angst gemacht, in dem Schneesturm weiterzufahren, und ich ...«

»Nein, nein, ich meine das Geschäftliche in Albany.«

»Oh.« Sie lachte leicht gepresst. »Da geht's um einen Firmenaufkauf, eine Firma, die Sanitäranlagen herstellt. Eine feindliche Übernahme.«

Wie passend, dachte er. Zu der Zeit, als er nach Europa abgehauen war, hatte sie gerade ihren Abschluss in Ökonomie gemacht und war auf der Suche nach einem Job. »Also bist du im Geldgeschäft?«

»Ja. VC.« Sie sah seinen fragenden Blick. »*Venture Capital.*«

»Ach. Ist doch lustig, oder? Noch vor gar nicht langer Zeit stand VC für Vietcong.«

»Ich arbeite bei Drexel«, fuhr sie fort, ohne seiner Bemerkung Beachtung zu schenken, was ihn etwas traurig stimmte. »Junk Bonds. Das Geld ist unglaublich. Es ist zur Zeit so, als ob Reagan uns Geld drucken lassen wollte! Man sagt, der Markt geht am Ende seiner zweiten Amtszeit auf die *Tausend* zu. Es ist ziemlich wild. Biete Junk Bonds an, und du kannst dich vor Geld nicht retten!«

All das kam ihm sonderbar vor. Als er sie in Dublin kennen gelernt hatte, studierte sie im Hauptfach Anglistik mit Schwerpunkt Kritik – was umso passender schien, je mehr ihre Ehe den Bach runterging. Sie hatte viele Stärken, aber das Rechnen gehörte nicht dazu. Ihr Scheckbuch las sich wie ein Roman. Die einzige Akkuratesse, die er je bei ihr erlebt hatte, war die Sauberkeit in ihrem Haushalt, ihr Regime der »Sauberen Gästehandtücher für saubere Gäste«, in dem er sich schließlich wie ein verirrter Flecken Schmutz vorkam, reif für Lysol. Sie kapierte noch nicht einmal die Luftpost.

»Ich bin etwas verblüfft«, sagte er. »Verzeih mir, aber im Rechnen warst du noch nie gut.«

»Bin ich immer noch nicht.« Sie lächelte. »Die Typen mit den kurzen Bleistiften und den grünen Augenschirmen sind dafür zuständig. Geschäft lebt von Beziehungen, Furcht und Geldgier. Wen du kennst und wen du …« Sie unterbrach sich, hielt die Papiertüte hoch und sagte: »Ich habe uns etwas mitgebracht.«

»Bushmills.«

»Was sonst?« Sie holte die eckig geformte bernsteinfarbene Flasche hervor. »Ich bin ziemlich viel gereist, weißt du, aber von Dublin habe ich mich stets ferngehalten. Von unserem Dublin.«

»Ja. Ich war noch einmal da.« Ihr Gesicht zeigte einen Anflug von Verletztheit. »Um meine alten Arztfreunde zu treffen – Tony, Noel.« Er hob die Flasche hoch. »Pur oder mit Eis?«

»Pur. Und wenn du vielleicht noch was zum Hinterherspülen hast, ein Bier oder so?«

Er nickte. Sie setzten sich an den Küchentisch und tranken. Lily wollte in Erinnerungen an Dublin schwelgen. Zunächst war er reserviert, so wie man reserviert ist, wenn man erzählt bekommt, wie man als Kind war. Doch bald verführte ihn ihre beharrliche Lust an der Vergangenheit – sie war einfacher als alles, was sie gemeinsam erlebt hatten, und in mancher Hinsicht auch einfacher als die Gegenwart.

Er wurde in der Geburtshilfe am National Maternity Hospital in der Hollis Street ausgebildet. Sie tauchte eines Tages in dem kleinen alten Amphitheater auf und hielt einen Vortrag über James Joyce. Da sie die einzigen Amerikaner waren, fanden sie zusammen. Sie wusste nichts über Medizin, er hatte keine Ahnung von Literatur. Sie erzählte ihm, dass drei Kapitel von *Ulysses* in seinem Krankenhaus spielten, das dort Orne's House hieß. Er fragte, was *Ulysses* sei. Bald waren sie unzertrennlich. Sie verbrachte ihre Freizeit mit Medizinstudenten. Sie gingen zu Partys in »The Mater« – Mater Misericordia, die andere Entbindungsklinik – und zogen abends durch alle möglichen Pubs. Auch Joyce, sagte sie, habe kurz an der UCD Medizin studiert. Er las *Ulysses* und besuchte mit ihr die Stätten des Romans, von Leopold Blooms Haus an der Eccles Street Nr. 7 in dem nach Kohlefeuer riechenden feuchten Norden von Dublin über die auf hohen Bögen den Liffey querende Fußgänger-Eisenbrücke, vorbei an Stephen's Green nach Dalkey zum Martello Tower in Sandycove, wo Daedalus seine Reise durch den Tag begann.

Sie hatten die gleichen Erinnerungen an die Höhepunkte aus diesem Teil ihrer Vergangenheit, beide erinnerten sie sich an ein Wochenende, als sie einen Zug nach Galway nahmen, eine Tuschfederzeichnung von Jack B. Yeats mit dem Titel »The Side Car« erstanden und sich zum ersten Mal in einem Bed and Breakfast mit Blick über die Galway Bay liebten. Am nächsten Morgen fuhren sie auf einem schmuddligen Fischkutter zwanzig und ein paar Meilen nach Aranmore. Der Kapitän bestand darauf, dass sie sein Mittagessen mit ihm teilten, Dosenfleisch mit Dieselaroma. Als sie die stillen, von alten Steinmauern eingefassten Wege auf dieser letzten großen Insel vor dem Atlantik entlanggingen, hatten sie immer noch den Dieselgeschmack im Mund. Sie setzten sich in die bienenkorbförmigen Steinhütten der Frühchristen, kletterten auf die Steilklippen, die gen Westen, heimwärts, zeigten. Sie verliebten sich.

»Und Selma ist wirklich tot, oder?«, fragte Lily plötzlich.

Verblüfft dachte er: Na, das ist aber 'ne delikate Frage.

»Ich meine, verzeih bitte«, sagte sie, denn sie hielt seine Verblüffung für Verletzung, »aber, um ehrlich zu sein, ich traue ihr noch nicht einmal darin, dass sie wirklich tot ist.«

»Doch, sie ist tot. Möchtest du vielleicht eine kleine Sitz-*Schiwa* machen?«

»Ich würde lieber ein Fest feiern, nach allem, was sie getan hat!« Erstaunt über ihre Härte, aber nicht abgestoßen, fragte er: »Ist das dein Ernst?«

»Je mehr ich über dich und mich und sie nachgedacht habe und was alles falsch gelaufen ist, desto mehr denke ich, dass es mit ihr zu tun hatte. Manchmal würde ich am liebsten mit ihr den Boden wischen! Ich meine, die Beziehung zwischen dir und deiner Mutter hätte unter den Schutz des Abkommens von Helsinki gehört!«

»Haha! Das klingt gut.« Er fühlte sich von ihr angezogen, von der ganzen Geschichte, aber auch sofort schuldig. Aber

Lilys Selma-Schelte war verlockend, geradezu unwiderstehlich. Hier war vielleicht eine Verbündete. Er lehnte sich zurück, goss sich einen neuen Bushmills ein und sagte: »Erzähl mir mehr davon.«

18

Miranda war beunruhigt. Orville hätte zum Abendessen bei ihnen sein sollen, und das war zwei Stunden her. Sie saß neben dem Telefon am Küchentisch, wartete und überlegte zugleich, ob sie selbst anrufen sollte. Nein, lass ihn in Ruhe, dachte sie. Aber ebendies machte sie noch mehr zur Gefangenen der Rücksichtnahme, zu der sie Männern gegenüber erzogen war – und sogar, wie sie befremdet merkte, ihrem Sohn gegenüber. Was sollte sie nur tun?

Vielleicht lag es an dem Prasseln des Windes gegen die Fensterscheiben des alten Hauses, am dichten Schneetreiben, das sich langsam zu einem Schneesturm aufbaute, was sie unruhiger machte als sonst. Er musste zu viel zu tun haben, um anzurufen. Sie trommelte mit den Fingern auf der Tischplatte und erinnerte sich an das erste Mal, als Cray zu spät gekommen und sie in Panik geraten war.

Vor etwa einem Jahr hatte sie Nelda Jo Schooner erlaubt, Cray mit Maxie zu einem Jahrmarkt in Athens auf der anderen Seite des Flusses mitzunehmen. Danach wollten sie noch bei einer Freundin von Nelda Jo zu Abend essen. Cray sollte um halb sieben wieder zurück sein. Um sieben versuchte sie Nelda Jo oder Henry zu erreichen. Nichts. Nelda Jo rief sonst immer an, wenn sich etwas an ihren Plänen änderte – irgendetwas musste passierte sein.

Sieben Uhr dreißig. Sieben Uhr *vier*unddreißig. Wann ruft man die Polizei oder das Krankenhaus an? Um Viertel nach acht telefonierte sie mit der Polizei und dem Krankenhaus. Sie sah das Auto von der Rip-van-Winkle-Brücke stürzen. Oder eine Gasexplosion in einem Haus. Eine Panne. Eine Entführung. Um neun schrie sie das Telefon in der Küche an, von dem sie keinen Zentimeter wich, weinte und betete.

Bitte, lieber Gott, Cray ist alles, was ich habe. Wenn er stirbt, bringe ich mich um, und das willst du doch nicht auf dein Gewissen laden, oder?

Telefonläuten. Sie riss den Hörer hoch und presste ihn ans Ohr. »Hallo?«

»Hier spricht die Polizei von Columbia.« Ihr Herz blieb stehen. »Es geht um einen Gedächtnisfonds für …« Sie wurde beinahe ohnmächtig, bis sie merkte, dass der Polizist Geld für tote Kollegen sammelte.

Schließlich, nach halb zehn, klingelte das Telefon erneut. Nelda Jo. Fröhlich sagte sie: »Ich habe die Zeit völlig aus den Augen verloren, Schätzchen, sie hatten so viel Spaß …« Miranda brach in Tränen aus, weinte vor Erleichterung, rief immer wieder »Gott sei Dank! Gott sei Dank!« und konnte nicht aufhören zu weinen. Nelda Jo entschuldigte sich, befremdet und etwas verstimmt.

»Was ist denn, Schätzchen«, sagte sie, »vertraust du mir nicht?«

»Doch, aber du bist immer so zuverlässig, deswegen habe ich Angst gehabt, verstehst du?«

Jetzt beruhigte sie der Gedanke an jenes Warten auf Cray. Das Warten auf Orvy war etwas ganz anderes. Cray war nebenan, sicher in seinem Zimmer. Ende des Vergleichs.

Doch als noch eine Stunde verging und Cray sich fertig machte, um ins Bett zu gehen, und fragte, wo Orville sei, und immer noch der Sturm ums Haus fegte, nahm ihre Furcht zu.

Zuletzt hatte sie mit ihm bei ihrem täglichen Guten-Morgen-Anruf gesprochen. Er hatte niedergeschlagen geklungen, und sie hatte ihn nach dem Grund gefragt.

»Ich hab wieder einen Brief von Selma bekommen. Es ist nicht leicht für mich.«

»Ich weiß.« Sie war überrascht. Es war das erste Mal seit Monaten, dass er Selma erwähnte, vielleicht das erste Mal seit jenem Tag in der Bibliothek.

»Wirklich?«

»Ich weiß, was es heißt, jemanden zu verlieren, den man liebt.«

»Ja!« Er schien zu bedauern, dass er was über Selma gesagt hatte, und machte einen Rückzieher. »Ich glaube, das tust du. Essen wir heute Abend zusammen?«

Sie bot an zu kochen. Er sagte, er versuche früh da zu sein. Sie erwiderte, die Chancen dafür stünden so gut wie für Schnee im Hochsommer, aber er solle sein Bestes tun. Sie wünschten einander einen schönen Tag und legten auf.

Jetzt wartete Miranda am Telefon und machte sich Sorgen. Immer wenn er einen Brief von Selma bekam, war er in schlechter Stimmung. Das äußerte sich darin, dass er zu ihr oder Cray kurz angebunden war, oder in der Art, wie er über seine Patienten sprach – auf zynische und verächtliche Weise, die sie erschreckte und das Gegenteil von dem war, was sie am meisten an ihm liebte, sein Mitgefühl. Sie kannte sich nur zu gut aus mit dem Auf und Ab des Schmerzes im Trauerprozess, doch in letzter Zeit schien er wirklich niedergedrückt zu sein. Sie wünschte, sie könnte ihm helfen. Manchmal fragte sie, wie es ihm mit dem Tod von Selma ergehe, aber er wollte nicht darüber sprechen. Vielleicht war es besser so. Vielleicht auch nicht.

»Mom«, sagte Cray jetzt, »ich geh ins Bett. Wo ist Orvy?«

»Ich weiß nicht, mein Schatz. Ich werde ihn anrufen.« Sie nahm den Hörer ab und wählte.

Das Telefon klingelte.

Orville und Lily saßen immer noch in der Küche, tranken und unterhielten sich. Beim zweiten Klingeln sah Orville auf seine Uhr. Scheiße. Das Telefon läutete weiter. Er war verlegen, so als ob er Lily, nicht Miranda betrügen würde. »Entschuldige«, sagte er und rannte die Stufen hoch, um das Gespräch in seinem Turmschlafzimmer anzunehmen. »Hallo?«

»Hallo«, sagte Miranda. »Ich habe mir Sorgen gemacht. Wegen des Sturms. Bist du okay?«

»Ja, alles bestens.«

»Ich meine, ich habe gewartet. Wir wollten doch zusammen essen. Warum hast du nicht angerufen?«

»Ich hatte viel zu tun, weißt du. Hab die Zeit vergessen. Bei dem Sturm kann ich sowieso nicht zu euch rauskommen.«

»Was ist denn los?«

»Hm ... nichts. Nichts ist los.«

»Bist du immer noch wegen Selmas Brief böse?«

»Nein, nein, das hat damit nichts zu tun. Mit Selma bin ich im Reinen.«

»Was ist es dann?«

Er zögerte. »Meine Exfrau ist überraschend aufgetaucht.«

Ihr sank das Herz. Sie versuchte ihren Schmerz im Schweigen zu verbergen.

»Miranda? Hallo? Bist du noch dran?«

»Ja.«

»Es tut mir wirklich Leid. Sie ist einfach gekommen, nach zwei Jahren. Auf dem Weg nach Albany ist sie vom Sturm überrascht worden, verstehst du.«

»Schön«, erwiderte sie kalt.

»Warte – es ist nicht so.«

»Ich rufe nicht nur meinetwegen an«, sagte sie tapfer, »es ist auch wegen Cray. Er will nicht ins Bett, bevor er nicht mit dir gesprochen hat.«

Orvilles Herz sank ebenfalls in eine schmerzhafte Zone. »Gib ihn mir.«

Der Hörer wurde zwei Fuß tiefer gereicht, es raschelte.

»Hallo, Orvy.«

»Hallo, Cray.«

»Sagst du nicht: ›Oh, ich *liebe* dieses Wort!‹?«

»Oh, ich *liebe* dieses Wort!«

»Können wir Tiereraten spielen?«

»Es ist spät.«

»Nur einmal. Du denkst dir eins aus, und ich rate es. Bitte!«

»Also gut.«

»Hast du's schon?«

Orvy zählte leise bis fünf. »Ich hab's. Aber ich warne dich. Es ist sehr schwierig.«

»Ist es ein ... ein ... ein Wanderfalke?«

Wieder zählte Orville bis fünf. »Hast du ... ›Wanderfalke‹ gesagt?«

»Jaah!«

»Du hast nicht ... ›Wanderfalke‹ gesagt, stimmt's?«

»Hab ich, hab ich wohl, und du weißt es!«

»Unglaublich. Es war ein Wanderfalke.«

»Ich hab's gewusst!«

»Wie machst du das?«

Cray schwieg ein paar Sekunden. »Orvy, war es wirklich einer?«

»Wirklich.«

»Ich meine, wirklich wirklich?«

»Wirklich wirklich, jawohl.«

Cray gähnte und sagte im Gähnen: »Ich krieg's bei dir immer raus, Gute Nacht.«

»Gute Nacht.« Orville hörte, wie der Hörer zwei Fuß nach oben gereicht wurde.

»Zieh deinen Schlafanzug an, Cray. Ich komme dann hoch und les dir vor.« Der Junge ging hinauf ins Bett. »Demnächst«, sagte Miranda zu Orville, »wird er dich durchschauen.«

»Und dann?« Sie schwieg. »Du meinst, ich sollte nicht so tun, als ob er magische Kräfte hätte?«

»Ich meine, wenn er die Wahrheit herausfindet, dann wirst du alle Mühe damit haben, dass er dir wieder vertraut.«

»He, komm, es ist nur ein Spiel.«

»Gute Nacht.«

»Warte. Ich liebe dich noch.«

»Danke.« Sie legte auf. Zitternd und vorsichtig stieg sie die Stufen zu ihrem Sohn hinauf.

Orville kehrte beklommen zu Lily zurück.

»Wie heißt sie?«, fragte Lily.

»Miranda.«

»Liebst du sie?«

»Ja. Und nein.«

»Das bedeutet?«

»Ja, soweit ich jetzt fähig dazu bin. Nein, soweit ich unfähig dazu bin. Behindert.«

»Behindert im Lieben?«

»Ich bin sicher, du würdest mir zustimmen.«

»Sei da nicht so sicher. Es ist zwei Jahre her. Da kann sich eine Menge verändern.« Sie lächelte ihn an. »Es ist okay. Ich habe einen Banker. Doppelnetz. Wir sind beide vergeben.«

Schweigen trat ein. Die einzigen Geräusche waren das Knacken im Haus, das warm zu bleiben versuchte, der Schnee, der gegen seine Front, gegen die buckligen alten Fensterscheiben, die Augen des Hauses, wehte, und die alte Standuhr in der Diele. Es schien deutliche Pausen zwischen dem *Tick* und dem *Tack* zu geben, ganz ähnlich, dachte Orville, den Pausen zwischen den Wellen, die träge an den Strand von Maho Bay auf St. John in der Karibik spülten, bei ihren letzten gemeinsamen Ferien – ein Versuch, die Ehe zu retten. Orvy wunderte sich, dass er schwitzte. Er fühlte sich entsetzlich wegen seines Verhaltens Miranda gegenüber. Ich muss so schnell wie möglich aus der Lily-Umklammerung heraus.

Er schaute sie an. Eine alte Wärme schimmerte in ihren Augen. Er hätte schwören können, dass sie feucht waren, als ob etwas Hartes schmelzen würde. Sie sah hinunter auf ihren Bushmills.

Ihre Erinnerungen an Dublin und an Selma hatten ihn aufgewühlt. Sie hatten bisher vermieden, über ihre Ehe und Scheidung zu sprechen. Finanziell war es eine saubere Angelegenheit gewesen. Zu der Zeit hatte er sich so sehr seines dummen Verhaltens und seiner Unfruchtbarkeit geschämt, dass er Lily alles überlassen hatte. Er glaubte, dass seine einzige Chance darin bestünde, alles wegzugeben, was ihm lieb und teuer war. Schließlich brach er mit nichts als seiner schwarzen Arzttasche, einem Rucksack und einer American-Express-Karte auf.

Die gemeinsame Erinnerung an Dublin hatte in der kläglichen Küche eine gewisse Magie verbreitet, ihr Gespräch über Selma einen gewissen Trotz. Lily und er hatten in den Selma-Kriegen im selben Schützenloch gesessen. Selma hatte den Krieg gewonnen, aber man vergisst den Kameraden nie, mit dem man verloren hat. Orville wusste, dass Selma, wenn sie denn zuhörte, das, was sie über sie sagten, nicht ertragen konnte, und er fürchtete, dass sie sich bald blicken ließ. Vielleicht könnte Lily sie auch sehen. Hin und wieder blickte er durch das große alte Fenster hinaus in den Himmel. Aber nein, die Wetterverhältnisse mussten selbst für Selma zu schlecht sein. Die einzigen Geister weit und breit – wenn es sich bei seiner Mutter um einen solchen handelte – waren ihre eigenen jüngeren Geister und die ihrer derzeitigen Liebesgeschichten.

»Es ist schon erstaunlich«, sagte Lily jetzt, »was wir gehabt haben.«

»Ja, das *war* es«, sagte er, die Vergangenheitsform betonend.

Wenn sie die Veränderung der Zeitform heraushörte, so zeigte sie es nicht. Sie fuhr mit warmer, fast sentimentaler Stimme fort: »Ich meine die Träume.« Sie seufzte, weniger traurig als beinahe getröstet. »Fazit? Ich glaube, *ich* würde es vielleicht noch mal versuchen.«

Das Hamsterei. Da war es plötzlich wieder. Das verdammte

Ding hatte seine Unfruchtbarkeit besiegelt, ihren Traum von Kindern zerstört. Da war's, groß und drohend und verdrängt.

»*Ich* würde.« Lily sah ihn erwartungsvoll an. »Und du?«

Er fühlte sich in der Falle. Mit Lily war es nur zu oft so gewesen, er unter Druck, an ihren scharfen Enden aufgespießt. Gefangen in genau diesen Momenten, in denen der Raum still wird und die Gefühle so brennen, dass es den Anschein hat, man könnte seine Hand ausstrecken und sie streicheln. Aber man traut sich nicht, denn wenn man so weit geht, sie sanft zu berühren, wird der ganze Raum – das ganze Haus – zusammenbrechen, nicht anders als die komisch implodierenden Soufflés bei historischen Anlässen in Columbia. In solchen verteufelt sehnsuchtsvollen Augenblicken erhält alles eine so intensive Bedeutung, dass man weder hinzusehen noch wegzusehen, sich auf dem Stuhl zu bewegen oder auch nur zu atmen wagt. Das gesamte Gleichgewicht hängt am seidenen Faden eines Wortes, einer Bewegung, eines Blicks, eines Lautes – und sei es eines Furzes. Besonders eines Furzes.

Im Lauf der Jahre hatte er derartige Momente zumeist ermüdend, nur gelegentlich belebend gefunden. Aber er war zu der Gefühlseinsicht gekommen, dass keine Liebe solche Verspannungen des Gleichgewichts überleben konnte, und er empfand es in diesem Moment stärker denn je. War er innerlich zerrissen? Willkommen zu Hause. Der alte Wunsch, wegzurennen, stieg in ihm auf, brach aus, erfüllte die Luft. Halt dich von ihr fern! Sage »Nein danke« und beweg deinen Arsch zu Miranda. Flieg blind, aber flieg!

Lily streckte ihre Hand vor, legte sie unter sein Kinn, hob sein Gesicht, so dass sie sich ansahen, und sagte: »Ich kann mir nicht vorstellen, dass es je aufhört, dass es *wirklich* je Vergangenheit wird. Ich habe erkannt, all die Jahre und jetzt noch mehr als irgendwann …« Sie sah ihm tief in die Augen, und Tränen liefen ihr über die Wangen, »… dass es mein ganzes Leben lang anhält.«

»Äh … ja«, meinte er leicht benommen, beschwipst, »kommt es mir nur so vor, oder wird das hier ein bisschen sehr intensiv?«

»Ja, das wird es. He, ich will einfach ein bisschen Spaß haben.« Sie stand auf, kam zu ihm herüber, beugte sich zu ihm hinab und küsste ihn. Dann setzte sie sich auf seinen Schoß. »Es ist wunderbar, nach all den Jahren deine Augen zu sehen! Keine dicken Brillengläser mehr! Ich habe vergessen, was für ein schönes Blau sie haben. Gute Idee, das mit den Kontaktlinsen. Augen sind so ein Anmacher für mich.«

»Du siehst auch toll aus, Lily – du bist umwerfend! Toll in Form.«

»Ja! Ich arbeite an mir. Hart.«

Sie küsste ihn erneut, mit offenem Mund, Zunge an Zunge. Dann öffnete sie die beiden oberen Knöpfe ihrer weißen Seidenbluse, nahm seine Hand und legte sie auf ihren Büstenhalter. Seine Finger schlüpften unter den Satin und fanden die kleinen vorstehenden Knospen, und er dachte: Cork City. Er wurde erregt, versuchte es aber zu unterdrücken – du liebst Miranda, hast du das verdammt noch mal vergessen?

Aber angetrunken und voller Glut, spürte er eine drängende Neugier ihr gegenüber. Die alte Liebe wühlte in seiner Brust, in seinem Bauch und tiefer. Trotz allem, was war, öffnete er sich ihr wieder, dieser Frau, die er länger und stärker geliebt hat als jede andere, die erste Frau – die erste Person –, vor der er seine Schüchternheit abgelegt hatte. Er erschauerte – es erinnerte ihn daran, wie er, als sie noch nicht lange zusammen waren, regelmäßig zitterte, wenn sie begannen sich zu lieben, eine Reaktion des sympathischen Nervensystems.

»Siehst du?«, raunte sie sanft in sein Ohr. »Ich fange an.«

Er gefror. Er war immer derjenige gewesen, der mit dem Sex angefangen hatte. Selbst in der Zeit, als sie Kinder wollten und keine bekamen und der österreichische Experte ihnen zwei Arten von Sex empfohlen hatte, Liebessex und Arbeitssex, hatte

Lily es abgelehnt, die Verführerinnenrolle zu übernehmen. Stattdessen musste er Pornofilme ausleihen, um sich zu stimulieren. Ihr Satz erinnerte ihn an den Schmerz, als sie vergeblich versucht hatten, ein Kind zu zeugen. Das Messen der Morgentemperatur, um den Eisprung herauszufinden, die Gebete vor jeder monatlichen Periode, die an eine Phantasmagorie grenzende Reise durch die Welt der Fruchtbarkeitsärzte, die monatliche Hoffnung, die monatliche Verzweiflung, der Kummer und die Wut, wenn man schwangere Frauen sah, und das Allesvernichtende – dass sein Sperma es nicht schaffte, in ein *Hamsterei* einzudringen. Dieser fügsamste und empfänglichste aller Nager. Ein großes Ei. Gut aussehendes Sperma. Peng. Schlechter Schuss. Blindgänger.

Aber warum? Warum Blindgänger? Zum ersten Mal dachte er an den Zementstaub, die PCB-Belastung im Hudson, in der Nahrungskette – lag es an *Columbia*? War es ein Teil der allgemeinen Pannen? Chromosomale Panne? War das der Grund, warum …

»Was hast du?«

»Nichts«, antwortete er.

»Es ist schon okay, du kannst es mir sagen. Was fühlst du?«

Er empfand Grauen, und das hielt ihn davon ab, ihr zu sagen, was er fühlte. Die kleine Stimme in ihm warnte ihn: Nichts Gutes kommt raus, wenn du dich hierauf einlässt, es ist nur eine Frage, wie schlimm es wird, bevor es vorüber ist – und es wird nie vorüber sein. Er schwieg.

»Kannst du es mir nicht sagen?«

»Ich denke an das Hamsterei. Wie es uns endgültig auseinander brachte.«

Lily wich erstaunt zurück. »Das? Du glaubst, *das* war es?«

»Du *nicht*?«

»Solche Dinge bringen manche Leute näher zusammen«, sagte sie.

»Kann sein, aber uns hat es auseinander gerissen.«

»Das *Hamsterei*?« Sie blinzelte, als ob sie ihren Blick schärfen wollte. »Das Hamsterei war ein Symptom.«

»Wofür?«

»Neurosen.«

»Neurosen?«

»Meine, deine. Frühe Kindheitserlebnisse. Ich kümmere mich gerade darum. Auf der Couch. Ich bin in psychoanalytischer Behandlung. Ich weiß, wo sie bei mir herkommen. Ich weiß, wer ich bin und was ich will. Du hast gesehen, wie ich angefangen habe, dich zu verführen. Das habe ich früher *nie* gemacht, stimmt's?« Er nickte. »Was ich wirklich gelernt habe, ist, dass ich kein Kind brauche, um zu wissen, wer ich bin.«

Ihre starke und so selbstsichere Aussage warf ihn um. Er fragte sich, ob er ein Kind brauchte, immer noch, um zu wissen, wer er war. Cray. Er liebte Cray. Er hätte ihr dies sagen können, aber sie fragte nicht danach.

»Um ganz ehrlich zu sein«, fuhr sie mit einem verschwörerischen Zwinkern fort, »ich bin selbst über meine Kathexis dir gegenüber heute Abend überrascht. Darum habe ich ganz offen gesagt, dass *ich* es noch einmal probieren würde.«

»Kathexis?«

»Es zu Es, Junge. Frühe Triebverlagerung in der Kindheit.« Sie schlang ihre Arme um seinen Hals und lächelte. »Ich weiß jetzt, wer ich bin. Ich kenne all die kleinen Winkel meines Ichs. Und nicht nur die sauberen. Ich bin bereit.«

»Ich nicht.«

»Natürlich nicht«, sagte sie selbstsicher und bestätigend, »du läufst auf Sparflamme. Es wird jüdischer Mutterkomplex genannt.«

»Du hast deinen überwunden, oder?«

»Durchgearbeitet. Mein Banker, mein neuer Lover, verstehst du?« Sie machte eine Pause und fuhr dann stolz fort: »Er ist deutschstämmig.«

»Ach.« Sie hatte Deutsche immer gehasst. »Erstaunlich.«

»*Und wie.* Zeigt, wie weit ich's gebracht habe. Heute Abend, als wir über deine Mutter geredet haben, war mir klar, dass du mit ihr noch nicht fertig bist. Sie hängt hier immer noch herum, nicht wahr?«

Wenn du wüsstest!, dachte er.

»Vergiftet dein Selbst. *Ich* habe meine durchgearbeitet, du musst dich durch deine durcharbeiten, und wir haben es geschafft. Zwei seelisch starke Menschen. Nichts, was wir nicht erreichen könnten!«

»Aber du hast doch immer gesagt, ich sei zu sehr mit mir selbst beschäftigt, zu selbstbezogen, zu selbstsüchtig – ich meine, war es nicht *das*, worum es ging, als wir uns trennten?«

»Du warst in dir selbst versunken, aber ohne dich selbst zu *verstehen.* Analysiere dein Ich, verstehe es, und dann kannst du vollständig du selbst sein. Ich bin ganz schön weit auf dem Weg, vollständig ich selbst zu werden, und es wird wunderbar sein!«

Ihre Augen strahlten, blitzten erwartungsvoll, wie bei dem Mädchen, das er einst gekannt hatte. Es fiel ihm schwer, ihrem Blick standzuhalten.

»Ich hole noch etwas Eis«, sagte er, sich – sein unanalysiertes Selbst – aus ihrer Umklammerung befreiend. Er ging zum Kühlschrank, beugte sich zum Eisfach und hielt plötzlich inne.

Ihm war kalt. Die hundert Jahre alten Radiatoren heizten, was das Zeug hielt, aber sie brauchten ihre Zeit, um mit dem Thermostat mitzuhalten. Ähnlich wie er nie mit seinem Leben mitzuhalten schien. Vielleicht hat sie Recht. Wenn ich nur verstehen würde, könnte ich Selma begraben und endlich frei sein? Wenn ich ihr nur nahe genug käme, vielleicht würde ich nie mehr frieren? Er sehnte sich nach dieser sinnlichen mütterlichen Wärme, wie sich ein Vogel im Spätherbst, der noch nicht fortfliegen will, nach der Sonne sehnt. Doch er wusste aus seiner ärztlichen Erfahrung, wie weit das wirklich Erreichbare meist von dem Ersehnten entfernt bleibt, eine Kluft so groß wie zwischen einem Flug und einem Fall. Unvermittelt dachte er an etwas, das im letzten Sommer geschehen war, als er mit Celestina Polo in dem Hotel über dem Lago d'Orta gewohnt hatte.

Ein Spatz war in ihre Hotelsuite geflogen. Ein kleiner Spatz noch, vielleicht gerade flügge geworden, auf seinem ersten Flug aus dem Nest. Er flog aufgeregt im Zimmer umher und suchte einen Weg hinaus. Schließlich hockte er sich erschöpft auf den Marmorsims über dem Kamin. Vorsichtig näherte sich Orville und nahm ihn sanft in die Hand. Er war winzig und so leicht, als ob er nur aus Federn bestünde. Abgesehen von seinem Zittern, fühlte er sich unwirklich an. Seine Augen glitzerten wie schwarzes Eis. Orville brachte ihn hinaus auf den Balkon, hob seine offene Hand gen Himmel, als ob er den Göttern des Flugs ein Opfer aus dem Reich der Menschen darbringen würde, und ließ das Vögelchen frei. Doch es lag regungslos auf seiner Handfläche. Tot. Es war vor Angst gestorben.

Er warf die Eisstücke in sein Glas, richtete sich auf und kehrte zu Lily zurück.

»Es mag seltsam klingen, aber ich gehe einen ganz anderen Weg.«

»Der wäre?«

»Ich habe das Gefühl, dass ich mich zu viel mit mir beschäftige. Ich versuche von mir wegzukommen, suche nach etwas anderem.«

»Ohhh-kay«, sagte sie voll deutlichem Argwohn. »Was ist ›etwas anderes‹?«

Er wusste es nicht, antwortete aber: »Das Spirituelle.« Es war Celestinas Begriff, doch er lieh ihn sich aus, so wie man das Auto eines Freundes ausleiht, wenn das eigene nicht fährt.

»O Gott!«

Ihre unüberhörbare Geringschätzung erinnerte ihn daran, mit welcher Geringschätzung er selbst anfangs reagiert hatte, als Celestina über spirituelle Dinge gesprochen hatte. Und dann fiel ihm etwas ein, was sie in einem langen Gespräch gesagt hatte, nachdem sie sich geliebt hatten. »Freud ist ein Witz, ein grausamer Witz. Noch so ein *patriarca* mit zusammengekniffenem Arsch, *caro*, der böse Energie in die Welt gebracht hat, die Energie des Ego, des Selbst. Das Selbst ist die Vergangenheit. Wenn du dich mit deiner Vergangenheit beschäftigst, zementierst du nur dein Elend. *Allora*, du vergleichst dich mit jemand anderem, der du mal warst. Fühlst dich besser als oder schlechter als. Immer musst du werden, dabei finden wir nur Freiheit und Frieden im Sein.«

»Macht nichts«, sagte er jetzt. »Das verstehst du nicht.«

»Dann erklär's mir.«

»Ich suche nicht mehr mein Selbst oder meine Vergangenheit, sondern bin bestrebt, davon wegzukommen.«

»Du rennst weg?«

Es war wie ein Schlag in die Magengrube. Das war ihr alter Vorwurf und der von Selma. »Ich dachte«, entgegnete er, »eher an Liebe.«

»Mit wem?«

»Jetzt mit Miranda und Cray. Am Anfang mit dir. Wir haben uns so geliebt, dass wir uns selbst darin verloren. Wir waren voller Ehrfurcht. Erinnerst du dich?«

»Cray?«

»Ihr Sohn. Er ist sechs.«

Sie saß schweigend da. Ihre Augen füllten sich mit Tränen. Er spürte, wie die alte Liebe für sie durch ihn hindurchflutete – mehr noch für alles, was sie durchgemacht und durchgestanden hatte. Sein Herz öffnete sich. Vielleicht ist es möglich! Er ging auf sie zu.

Sie wollte ein Papiertaschentuch nehmen, ihr Arm stieß gegen ihr Glas, und der Bushmills ergoss sich über den Tisch. »Scheiße!«, rief sie. Und schneller, als er für möglich hielt, stand sie auf, holte eine Rolle Küchentücher und wischte die

Lache auf, wischte den ganzen Teil des Kirschholztischs, dann den ganzen Tisch. Er fühlte sich immer noch offen, sah immer noch die Möglichkeit einer Zukunft mit ihr. Hier war eine echte Chance. Der Moment, in dem etwas Neues entstand.

Sie starrte den sauberen Tisch an, dann die Papierrolle in ihrer Hand und schüttelte den Kopf, als empfände sie Abscheu bei diesem neuen Ausbruch ihrer alten Zwanghaftigkeit – »Saubere Gästehandtücher für saubere Gäste«. Das bedeutete ja wohl, dass sie noch ein paar Jahre die Couch drücken durfte. Als sie ihn wieder ansah, hatte sie aufgehört zu weinen.

»Ich habe dich angefleht zu bleiben«, sagte sie, »eine Therapie zu machen und ...«

Obwohl von ihrem raschen Wechsel überrascht, fiel er ihr ins Wort: »Aber wir haben eine gemacht, wir sind zu ...«

»Paartherapie. Wir haben eine Paartherapie gemacht. *Ich* habe eine Einzeltherapie gemacht. Dazu warst du nie bereit.«

»Du glaubst, dass uns das gerettet hätte?«

»*Mich* hat es gerettet. Dich hätte es vielleicht auch gerettet. Ich habe mich reingehängt, mich auf die Couch gelegt, habe mich abgearbeitet, um zu verstehen, einen Beruf zu finden, vielleicht sogar einen Mann, der zu mir passt. Auch wenn er deutschstämmig ist. Ich habe mich geändert, aber du bist immer noch der Alte.« Sie stand auf und sah ihm in die Augen. »Fazit? Ich bin geblieben, du bist auf und davon. Wo schlafe ich?«

»Warte eine Minute ...«

»Wo?«

»Oben. Da sind vier Schlafzimmer. Such dir eins aus.«

»Und wo schläfst du?«

»Hier unten. Auf dem Sofa.«

»Sehr witzig.«

»War nur'n Scherz.«

Sie sammelte ihre Sachen ein. »Ich finde den Weg alleine.«

»Nach oben?«

»Das auch.« Sie wandte sich ab.

»Lily!«

»Ja? «

»Es tut mir Leid.«

»Mir nicht.«

»Das ist alles so ... unglaublich traurig.«

»Ja, das ist es. Aber ich erwarte kein Glück mehr.«

»Nicht?«

»Nein. Nur ein erträgliches Maß an Angst. Nur das Menschliche.«

»Gute Nacht.«

»Leb wohl.« Sie ging zum Flur hinaus, schaffte es aber nicht bis zum Ende. Er hörte ein Schluchzen. Sie kehrte zurück, blieb in der Tür stehen, und ihre Stimme zitterte, als sie sprach.

»Mein großer Fehler war nicht, dass ich dich in mein Leben gelassen habe, nein. Ich habe dich von ganzem Herzen geliebt, und wir haben uns gegenseitig geholfen, von unseren Familien loszukommen – größtenteils –, und das ist eine Menge. Nein, *mein* Fehler war, dass ich deine Mutter in unser Leben gelassen habe. Willst du wissen, was es war, das uns zerstört hat? Nicht ich war es, nicht du warst es, und es war mit Sicherheit kein Hamsterei. Es war deine Mutter. Und sie ist es noch. Leb wohl.«

Er hatte eine schwere Nacht auf dem Sofa. Immerfort kreisten seine Gedanken darum, wie er bei Lily und dann bei Celestina gescheitert war. Wie er schon jetzt bei Miranda Schaden angerichtet hatte. Gott sei Dank, dachte er, hat sie nichts mit diesem analytischen New-Jersey-Quatsch im Sinn. Als er schließlich einschlief, geriet er in alte Albträume, Abwandlungen davon, dass Lily einen anderen Mann fand.

Er wachte im Morgengrauen auf, als sie die Treppe herunterkam. Er lag dort im Wohnzimmer mit starken Kopfschmerzen, blinzelte durch den Flur zur Küche und tat so, als ob er noch schliefe. Sie stand vor der Anrichte, einen Stift in der Hand, und warf einen Blick zu ihm hinüber, um zu sehen, ob er schon wach war.

Es herrschte vollkommene Stille. Das Schneetreiben hatte aufgehört und ebenso der Wind. Ein hartes rötliches Licht durchdrang allmählich die Dunkelheit. Lily war im Begriff zu gehen.

Er war innerlich aufgewühlt, lag aber ganz still da. Ein alter Teil von ihm wollte unbedingt die Augen öffnen, ein neuer Teil hinderte ihn daran.

Lily beendete ihr Schreiben. Sie warf ihm noch einen Blick zu, schien zu erschaudern oder zu frösteln und, so spürte er, machte sogar ein, zwei Schritte auf ihn zu.

Dann wandte sie sich rasch ab und ging, ohne sich noch einmal umzusehen, zur Hintertür und drückte sie mühsam gegen eine Schneewehe auf.

Eine Wagentür schlug zu. Er stand auf. Ein Motor startete.

Da kommt sie nie raus, dachte er. Ich helfe ihr.

Er eilte zur Hintertür, zögerte dann aber. Ach, vergiss es.

Kurz darauf hörte er, wie die Reifen durchdrehten, nach Haftung suchten, und dann, wie sie griffen. Bedauern stieg in ihm auf. Warte – es gibt noch mehr zu sagen.

Er ging zur Hintertür hinaus in die hohen Schneeverwehungen hinter dem Haus, seine nackten Füße in ihren Spuren, und rief: »He, Lily, warte!«

Zu spät. Irgendwie hatte sie es geschafft, und ihr großer neuer Saab schnitt durch eine Schneewehe, wo die Ausfahrt in die Coffin Street mündete. Als sie davonfuhr, las Orville das Schild auf ihrer hinteren Stoßstange: WENN ES KEINEN GRUND GIBT, DANN WAR ES DEINE MUTTER.

Sie war fort. Er stand auf der leeren Stelle, wo ihr Auto geparkt hatte, wie in einem frisch geschaufelten Grab auf einem Schneefriedhof, verwundert, wie traurig er sich fühlte, jetzt, da es endgültig zu Ende war. Dann machte die Kälte ihm klar, dass er nicht nur barfuß war, sondern auch bloß Unterwäsche anhatte. Er kehrte zurück ins Haus.

Auf dem Küchentisch lag ihre Nachricht.

Lieber O.,

ich fühle mich völlig zerrissen. Nun ja, ich bin nicht so stark, wie ich vielleicht gewirkt habe. Ich habe geschworen: »Bis dass der Tod uns scheidet«, und das sitzt immer noch irgendwo in meinem Unterbewusstsein. Doch meine Aufgabe ist es, mir das Unbewusste bewusst zu machen. Ich liebe Dich immer noch, aber ich weiß jetzt, dass es vorbei ist. Weil Du Dich geändert hast und weil Du so tief mit Deiner Miranda verbunden bist. Und Deinem Cray. Schluss der Debatte. Ich muss weinen, aber das war's.

In Liebe

Ich

Er starrte auf das Blatt Papier – auf die Flecken ihrer Tränen, die darauf gefallen waren –, da klingelte es an der Haustür. Hoffnung schoss in ihm auf – und Furcht schoss zurück. Er ging in die Diele und öffnete die Eingangstür.

Henry Schooner. Aufs Schönste vermummt, Kopf bloß, in strahlendem Weiß. Hinter ihm stand sein riesiger Army-Jeep, an dem vorn ein Schneepflug angebracht war. Der Motor knurrte rhythmisch wie ein Tier kurz vor dem Sprung.

»He, Alter«, sagte er, »brauchst du Hilfe, um herauszukommen?«

»Nein danke.«

»Bist du sicher? Ich meine, da, wo deine Freundin geparkt hat, liegt kein Schnee, aber der verdammte Chrysler ist total eingeschneit. Und wir können nicht zulassen, dass unser Stadtdoktor festsitzt, stimmt's?«

Orvy starrte ihn an, starrte in die munteren dunklen Augen dieses guten Bürgers von Columbia, bis ihn ein Unbehagen beschlich und ihn daran erinnerte, wie in Crays *Dschungelbuch*-Video der Junge Mogli von der Schlange Kaa hypnotisiert wird, und die einzigen Worte, die er herausbrachte, kamen ihm reichlich fehl am Platz vor: »Ja. Danke.«

»Keine Ursache«, sagte Schooner glücklich und stapfte in seinen übergroßen, wichtigtuerischen Moonboots die Veranda hinunter, durch vier Fuß hohe Schneewehen, wo sonst der Gehweg zum Haus war, und stieg in sein unbezwingbares Mondfahrzeug, Marke Jeep. Er kurbelte das Fenster runter, aus dem nun die heiteren Klänge von Coplands großer Symphonie des Westens drangen, und rief zu ihm zurück: »Und mach dir keine Gedanken, alter Freund, ich schick dir gleich meinen Mann rüber, um deinen Weg zu räumen.«

19

Miranda saß oben auf ihrem Speicher auf dem Boden. Der rostige Deckel des alten Überseekoffers ihrer Tante ragte über ihr in die Höhe. Wie um die Gleichgültigkeit der Gegenstände gegenüber der menschlichen Geschichte zu zeigen, dachte sie. Sie rosten, wir sterben.

Der Speicher reichte über die ganze Länge des Hauses, von dem kleinen Giebelfenster, durch das man auf die beiden allein stehenden Kiefern blickte, bis zu dem kleinen Giebelfenster, durch das die schrägen Sonnenstrahlen des Februarnachmittags fielen und vier helle Rauten auf die breiten Holzdielen des Bodens legten. So wie sie seit ungefähr dreihundertzwanzig Jahren dort immer mal wieder gelegen hatten. Es war Samstag. Sie war allein im Haus. Cray war mit Amy zu ihrer Probe der *West Side Story* in der Beaver Country Day School, ihrer Privatschule draußen in Spook Rock, gegangen. Penny hatte ihn um eins abgeholt und würde ihn um drei zurückbringen. Pünktlich auf die Minute. Miranda hatte das alles mit Umsicht arrangiert. Sie wollte diese Stunden mit der Vergangenheit allein sein. Das Satin- und Spitzenkleid, das ihre Mutter zur Hochzeit getragen hatte und das auch ihr eigenes Hochzeitskleid gewesen war – es reichte bis zum Boden und hatte an diesem Tag ihr Bein verborgen –, floss aus dem Koffer in ihren Schoß. Es war der vierte Todestag ihres Mannes.

Sie merkte plötzlich, wie ein Tod den anderen spiegelt. Zum ersten Mal seit seinem Tod war ihr Schmerz nicht ungeteilt. Neben dem Koffer stand der Karton mit der Aufschrift SCOMPARZA BESTATTUNGEN UND UMZÜGE, in dem sich Selmas

Briefe und die eingewickelten gerahmten Fotos befanden. Mirandas Gefühle waren hin- und hergerissen zwischen der Erinnerung an den Mann, der gestorben war, und an den kleinen Tod des Mannes vor zwei Abenden, den sie zu lieben begonnen hatte. Vielleicht lag es an ihrer Müdigkeit. Cray hatte die unvermeidliche Februar-Erkältung bekommen. Sein Husten und Schnupfen hatte sie in den letzten beiden Nächten kaum Schlaf finden lassen. Müdigkeit und Kummer hatten ihre Gemütsverfassung verwandelt, sie war leicht aufbrausend und nachtragend. Cray hatte einiges davon abbekommen, was sie ihre »schlechte Alleinerziehung« zu nennen pflegte. Er hatte sich mit erkennbarer Erleichterung Amy und Penny angeschlossen, und wenn nur aus dem Grund, von ihr wegzukommen. Was ihr wiederum wehtat.

Das Komische war nun, ging es Miranda in ihrem leicht benebelten, unausgeschlafenen Zustand durch den Kopf, dass ihr von den Dingen auf dem Speicher die Orville-Sachen wichtiger waren als die ihres verstorbenen Mannes. Wich sie dem Schmerz der Ehe aus? Wie zur Antwort spiegelte das schräg einfallende Licht auf den Holzdielen keine Floridasonne, sondern das Herbstlicht, das durch das Fenster der Bibliothek auf die Platte aus Becraft-Kalkstein mit den Trilobiten an jenem Nachmittag gefallen war, als sich ihre Liebe gefunden hatte. Beide Männer hatten sie enttäuscht. Das Schlimmste aber waren die falschen Versprechungen, die sie ihrem Sohn gemacht hatten.

Seit dem befangenen Telefongespräch, in dem Orville ihr gestanden hatte, dass seine Exfrau bei ihm war, hatte sie ihn nicht wieder gesehen. Er hatte am nächsten Morgen angerufen, gesagt, dass er am Abend nach der Arbeit zu ihr hinauskommen wolle. Seine Stimme war völlig verändert – distanziert, erfüllt von uneingestandener Schuld, so empfand sie es zumindest –, und sie fühlte, wie sie selbst in einer Spirale nach unten sank. Am Ende des Tages hatte er wieder, diesmal vom

Krankenhaus aus angerufen, mit Schreien und Sirenengeheul im Hintergrund, und gesagt, dass er in Arbeit ersticke. Seine Stimme klang müde und sarkastisch. Die Einheimischen, bei dem Schneesturm in ihre Häuser eingeschlossen, hätten ihre Klaustrophobie in allen Arten von Messerstechereien und Schießereien, Herzanfällen und Psychosen sowie der rituellen Zerstückelung einer inkontinenten Katze ausgelebt. Er versuche, damit zu Rande und dann zu ihr zu kommen. Nach Mitternacht rief er noch einmal an. Lärm von Krankenwagen und schreckliche Schreie drangen durch die Leitung. Die Leute füllten die Leitung. Die Leute stürben, sagte er, doch zu seinem Pech nicht schnell genug, so dass er gehen könne. Er könne nicht kommen, sie würden sich morgen sehen. Angesichts des bevorstehenden Todestages ihres Mannes – den sie für sich behielt – fand sie den leichtfertigen Zynismus, mit dem er über den Tod von Menschen sprach, geschmacklos.

Und so waren ein Tag und eine Nacht und der Teil eines weiteres Tages vergangen, und sie hatte ihn immer noch nicht wieder gesehen. Sein letzter Anruf, vor einer Stunde, mit übernächtigt heiserer Stimme, war aus der Praxis gekommen. Er habe die ganze Nacht nicht geschlafen und wolle in der nächsten Stunde bei ihr sein. Sie sagte ihm, er solle sich nicht die Mühe machen.

»Nie mehr?« Seine Stimme klang beunruhigt.

»Nein, nein, ich meine, so bald. Schlaf erst mal, werde erst mal wieder du selbst. Ich habe einiges zu erledigen. Wir sehen uns zum Abendessen. Sagen wir um sechs?«

»Cray auch?«

In Miranda stieg kurz Unmut auf. *Warum?* Lag es daran, wie Orvy Cray zu sich hingezogen hatte und einen Sohn genoss, ohne die wirklichen Leistungen eines Vaters zu erbringen? Um Cray zu schützen, hätte sie Orvy am liebsten angeschrien. Stattdessen sah sie in allem nur ihren eigenen Fehler. Und sie antwortete: »Ich will's versuchen.«

»Danke. Ich vermisse ihn.« Eine Millisekunde Zögern, dann: »Auch.«

Du Scheißkerl, wollte sie sagen, legte aber nur auf und dachte: *Du* bist die Närrin und eine schlechte Mutter dazu, weil du dich überhaupt auf einen Kerl eingelassen hast, der nicht bei euch bleiben und zu Ende bringen wird, was er angefangen hat. Zweifel wurde zu Angst, Angst zu Tränen. Als sie ihr Hochzeitsfoto betrachtete, seine Liebesbriefe las, spürte ihr Herz es wieder, die ganze Liebe und Zärtlichkeit und Hoffnung, das Überfließen ihrer Geheimnisse, die sie endlich einem Mann offenbarte.

Sie weinte leise, leicht, es war voller Trost. Und dann schluchzte sie wütend auf, schlug mit den Fäusten auf den staubigen Holzboden und schrie: »Was bist du für ein Scheißkerl, und vielleicht hast du's sogar mit Absicht getan. Du konntest unser Glück nicht ertragen, ohne dein Leben aufs Spiel zu setzen, war es das?« Die Unsinnigkeit und Verlorenheit und Einsamkeit von alldem zerriss ihr das Herz. »Was soll mit deinem Sohn werden, Schwachkopf? Schau, was du deinem Sohn angetan hast! Weißt du, dass ich, selbst wenn er glücklich ist, sehen kann, dass er ein Loch in seinem Herzen trägt? Dass ich in seinem Hunger nach dem anderen Scheißkerl, dem großen Dr. Rose, die Frage sehe, mit der er jede einzelne Minute jedes einzelnen Tages leben muss: Warum, Mom, warum? Wer war er, Mom, wer war er? Glaubst du, ich kann es ihm sagen? Ich glaube noch nicht mal, dass ich es wirklich je gewusst habe. Denn wenn ich's gewusst hätte, hätte ich dich nie geheiratet, oder wenn doch und ich rechtzeitig aufgewacht wäre, dann hätte ich dein verdammtes Flugzeug in die Luft gejagt! *Unser* Sohn. Er wird immer durch die Welt laufen und nach dir suchen, und was sage ich ihm? Warst du selbst zu sehr ein Junge, um ihn mit mir zu teilen? Und jetzt mach ich's wieder? Scheiße! Verdammte Scheiße!« Sie verstummte. Der Speicher schien klein geworden zu sein, wie in einem Puppenhaus. Der Schrankkoffer war ein Puppenhaus-Schrankkoffer. Das Kleid aus Papier, nicht aus Satin und Spitze. Verzweifelt schlug sie die Arme um sich und erinnerte sich jetzt – endlich! – daran, wie er sei umarmt hatte, wie sie albern gewesen waren und so jung! Und da erfasste sie die Woge des Verlusts, so überraschend, wie sie immer kommt, einen voll erwischt und unvermeidlich über einem zusammenbricht, und sie weinte still, ruhiger werdend, die lange Welle der Trauer bis zum Versiegen in sich spürend.

»Hallo? Miranda?«

Erschrocken sah sie auf die Uhr. Von allen Tagen kommt er ausgerechnet heute früh. Verdammt. Orvilles Kopf erschien durch die offene Falltür.

»Miranda?«, rief er wieder mit besorgter Stimme und suchte mit den Augen den düsteren Speicher ab.

»Ja?«

»Bist du okay?«

»Ja.«

»Dein Auto stand vor dem Haus, aber es war nirgendwo ein Lebenszeichen von dir, und ...« Sein Blick fiel auf das Hochzeitskleid und dann auf den Pappkarton mit der Aufschrift SCOMPARZA UMZÜGE UND BESTATTUNGEN. »Was ist denn los?«

»Wie spät ist es?«

»Fast drei.«

»Ich dachte, wir hätten Abendessen gesagt.«

»Bei zwei Patienten ging's schnell, und ich habe eine Vertretung gefunden.«

»Nicht geschlafen?«

»Nein.« Seine Augen gewöhnten sich an das Dämmerlicht. Er glaubte in den ihren ihre Seelennot zu erkennen. »Du siehst furchtbar aus. Kann ich hochkommen?«

»Nein!«

»Was hast du denn?«

»Nichts. Ich bin gleich unten.«

»Ich möchte dir helfen.«

»Bitte!«

»Es tut mir Leid, dass ich nicht früher kommen konnte. Es ist alles meine Schuld. Ich wollte es, ich habe es versucht, aber …«

»Es hat nichts mit *dir* zu tun, es geht nicht um dich …«

»Ich bin hier, ich liebe dich, und ich …«

»Warum musst du immer alles auf dich beziehen?« Sie sah die Verletzung in seinem Gesicht und bekam Gewissensbisse. Sie streckte die Hand nach ihm aus und sagte: »Komm. Es tut mir Leid. Hör zu«, sie holte tief Luft, »ich … heute ist der Tag, an dem mein Mann gestorben ist.« Sie sah, wie Orvy begriff und sich schämte.

»Das wollte ich nicht. Es tut mir wirklich, wirklich … Leid. Ich lass dich allein.« Er machte Anstalten, die Stiege hinunterzuklettern.

»Nein! Komm her.«

»Ich dachte, ich soll runtergehen.«

»Jetzt will ich, dass du *bei* mir bist.« In dem Moment schoss ihr durch den Kopf, dass er die SCOMPARZA-Schachtel sehen könnte, deshalb schob sie sie in die Dunkelheit, als ob sie Platz schaffen wollte, und setzte sich etwas anders hin, so dass sie sie verdeckte.

Er kroch zu ihr hinüber und kam sich dabei wie ein großer Hund vor. Noch auf allen vieren, fragte er sie: »Möchtest du über ihn reden?«

»Nein, setz dich einfach nur neben mich.« Sie lächelte. »Sitz! Sitz! Guter Junge.«

Mit erleichtertem Seufzer ließ er sich neben ihr nieder. Sie rückten aneinander, Seite an Seite, da hupte es draußen, eine Autotür ging auf und wurde zugeschlagen, und mehrere Stimmen riefen nach ihnen.

»Sie sind zurück«, sagte sie. »Wir müssen nach unten.«

»Nein, nein, bleib du nur. Ich geh schon.«

»Cray wird sich wundern ...«

»Ich freue mich so, ihn zu sehen. Lass mich.«

»Amy ist bei ihm.«

»Um so besser. Komm runter, wenn du soweit bist.«

Orvy kletterte die Stiege hinunter und traf Cray, gerade als der die schmale Treppe hinaufgerannt kam. »Hallo, Cray«, rief er.

»Hallo, Orvy!«

»Oh, ich *liebe* dieses Wort!« Cray sprang in seine Arme, und halb umarmte, halb erwürgte er ihn. Er nieste in Orvys Ohr und nieste noch einmal. »Hier«, sagte Orvy und gab ihm ein frisches Papiertaschentuch aus der linken Hosentasche, »putz dir die Nase.«

»Onkel O.?«

»Amy, mein Schatz!«

Orvy trug Cray die Treppe hinunter zu Amy und Penny. Es erstaunte ihn, wie ähnlich sich Mutter und Tochter geworden waren. Beide trugen Designerjeans und gerippte weiße Designerpullis. Aus den wollenen Ausschnitten ragten ihre Hälse hervor, Pennys mit Faltenringen, Amys ein junger Schwanenhals, wie er vor Jahrzehnten noch Pennys Teenagerstolz gewesen war. Amys Frisur, kurz geschnittenes kastanienbraunes Haar mit Dauerwelle, erschien ihm zu streng, wie die ihrer Mutter. Penny klimperte mit ihrem Schlüsselbund. Sie war wie meistens sich selbst einen Schritt voraus.

»Ich hab keine Zeit«, sagte sie. »Muss mich beeilen.«

»Okay. Wie war die Probe, Amy?«

»Toll!«

»Warst du gut?«

»Schon.«

»Und ich durfte auch singen«, sagte Cray. »Es hat riesigen Spaß gemacht.«

Amy setzte eine kokette Miene auf und sang ein paar Takte aus »I feel pretty«.

»Gut, Kind«, drängte Penny, »jetzt auf zur Reitstunde.«

Amy sang weiter, und sie und Cray tanzten um den klimpernden Schlüsselbund.

»Jetzt oder nie«, sagte Penny an der Tür. »*Use it or lose it.*«

»*Basta!*«, rief Amy, zeigte Penny einen Vogel und ging trotzdem zur Tür. »*Ciao, Orvio! Ciao, Crayi!*«, sagte sie dramatisch und winkte ihnen zum Abschied mit einer italienischen Schnabelhand zu.

»Wo ist Miranda?«, fragte Penny auf der Schwelle mit halbem Lächeln.

Orvy verstand, dass Penny, deren Sexualität mit Milt nach Amys glücklicher Geburt und ihrer notgedrungenen Hysterektomie so gut wie zum Erliegen gekommen war, danach fragte, ob Miranda und er die letzten Stunden mit Sex verbracht hatten. »Ach, Miranda«, antwortete er lässig, »sie ist noch oben im Lederanzug und schwingt die Peitsche.« Pennys halbes Lächeln gefror. »Und so weiter.« Orville sah, wie Pennys Lächeln, im Widerspruch zum dritten Satz der Thermodynamik, wieder schmolz.

»Eine Peitsche, wie?«, sagte sie. »Genau wie Mom. Tschüs.«

Cray zerrte hustend an Orvys Bein. »Orvy, ich hab dir ’nen neuen Roman geschrieben!« Er steckte Orville ein Blatt Papier in die Hand.

Mein Freund Orvi
von Cray, 6 Jahre und 1 Monat

Du bist mein freund
ich bin dein freund
Wir sind beide freunde zusamen
auch wen wir nicht zusamen sind
könen wir aber doch zusamen sein
nemlich so

Wenn ich alein bin bist du bei mir
Wenn du alein bist bin ich bei dir
so gets!

»He, Cray, das ist großartig!«, sagte Orville. »Ich find es irrsinnig schön.«

»Können wir zusammen ein Video angucken?«

»Klar, bis deine Mom herunterkommt.«

»Warum nur bis dann?«

»Weil ich mit ihr reden muss.«

»Immer *redest* du mit ihr!« Er nieste wieder.

»Hier, schnäuz dich noch mal.« Währenddessen fuhr er fort: »He, hör mal, das ist ein toller Roman.«

»Ja, aber ich hab jetzt nicht mehr so viel Phantasie.«

»Nein?«

»Nee. Als ich klein war, hatte ich viel Phantasie. Es war wirklich viel – so viel!« Er breitete seine Arme aus. »Und dann, als ich größer wurde, wurde es weniger.«

»Echt?«

»Ja. Man hat viel, bis man in die Schule geht. Dann bringen sie einem all das Zeug bei, und es macht einem den Kopf voll, da wird sie weniger und weniger, bis sie schließlich kaum noch da ist. Ungefähr so wenig.« Er ließ zwischen Daumen und Zeigefinger nur einen winzigen Abstand. »Deshalb habe ich jetzt so wenig.«

»Ich finde nicht, dass es so wenig ist. Ich finde, es ist immer noch eine riesige Menge.«

»Nicht so wenig wie bei Erwachsenen, aber es ist wenig. Wenn man erwachsen ist, ist sie ganz weg. Ich tu *Bambi* rein. Du bleibst bei der schlimmen Stelle bei mir.«

Doch Orvy konnte nicht. Bambis Mom lebte noch, als Miranda herunterkam. Cray wollte unbedingt, dass Orvy weiter mit ihm *Bambi* schaute, weil er sich zu sehr ängstigte, um anzusehen, wie die Jäger Bambis Mutter töteten. Orvy aber hielt es nicht mehr aus, er musste mit Miranda ins Reine kommen. Und Miranda musste ebenfalls mit ihm sprechen. Cray schmollte und versenkte sich ins Fernsehen. Miranda schlug einen Spaziergang am Fluss vor.

Sie merkten bald, dass das eine abwegige Idee war. Der späte Februarnachmittag war so kalt und die Felder waren so makellos weiß und die Bäume, Büsche und Eisenbahnschienen so makellos schwarz, dass sie sich wie in einem Negativabzug der Hölle vorkamen. Sie waren beide erschöpft und kaum mehr aufnahmefähig. Er bot ihr seinen Arm. Sie nahm ihn. Durch die dicke Winterkleidung fühlte sich die Berührung für beide steif an.

Sie gingen langsam die übereiste Straße entlang bis zu dem Wendehammer, wo die Straße, der Bach und die Eisenbahnschienen vor dem Fluss aufeinander trafen. Der Schnee war tief, und nur ein paar Schlackeflecken, vom Schneepflug aufgewühlt, sprenkelten das Weiß. Der Wind kam jetzt von Westen, von den schneeweißen Bergen. Der Bach war zugefroren und still, der Fluss lag zu großen Teilen unter einer Eisdecke und war ebenfalls still. Keine Boote waren zu sehen, keine Vögel. Außer dem Wind, der an ihre frierenden Ohren blies, gab es keinen Laut.

Orvy schwieg, um Miranda die Gelegenheit zum Sprechen zu geben. Sie sagte nichts. Später versuchte er die Atmosphäre wegen Lilys Besuch zu bereinigen, indem er Miranda ziemlich eingehend erzählte, was sich zugetragen hatte.

»Aber sie ist jetzt wirklich gegangen?«, fragte Miranda kühl.

»Ja.«

»Kehrt nicht zurück?«

»Nein. Sie ist vor allem in sich selbst verliebt und in ihren Analytiker – in dieser Reihenfolge –, also ist es sehr unwahrscheinlich, aber nein.« Er überlegte. »Und es ist auch ein Deutscher beteiligt.«

»Wie alt ist denn die Frau? Ich meine dem Geburtsdatum nach.«

»Achtunddreißig.«

»Und du hast nicht die Absicht, zu ihr zurückzukehren?«

»Aber woher denn! Was soll das? Es war nicht meine Schuld, dass sie aufgetaucht ist.«

»Es war deine Schuld, dass wir uns zwei Tage nicht gesehen haben …«

»Alles, was ich in diesen zwei Tagen gesehen habe, waren Stücke von Einwohnern Columbias.« Er holte tief Luft und versuchte, das Gespräch in andere Bahnen zu lenken. »Okay, okay. Jetzt hör mal zu – sie hat mich verlassen, okay? Und seitdem sitze ich in einem tiefen Loch, in einem totalen Loch. Ich habe gesagt, dass es mir Leid tut! Kannst du nicht einfach damit aufhören?«

»Du Dummkopf! Du erwartest, dass es einer Frau, die es ernst meint, egal ist?«

»Okay, okay. Du hast mich erwischt.«

Im gespielten Ton einer Anklägerin sagte sie: »Also, du hast mit ihr nicht über Wale gesprochen, oder?«

»Nein!« Er lachte. »Die Wale gehören nur uns.«

»Na gut. Ich bin ein großes Mädchen. Ich weiß jetzt, was ich wissen wollte. Es ist Vergangenheit.« Sie ergriff seinen Arm in der alten liebevollen Weise, stützte sich auf ihn und führte ihn langsam in die eiskalte Luft am Fluss, zu den Schienen. Die trockene, klirrende Luft brachte die Catskills näher. Das andere Ufer, eine Meile über den zugefrorenen Fluss mit der schmalen Furche in der Mitte, die vom Eisbrecher der Küstenwacht offen gehalten wurde, schien viel weniger nah.

»Du musst sehr traurig sein über seinen Tod«, sagte Orville.

»Ja, das bin ich.«

Sie gingen weiter an den Schienen entlang. Die rostigen Stahldiagonalen der Brückenträger am Kopf des Eisenbahnviadukts ließ sie beide zwergenhaft erscheinen.

»Willst du über ihn reden?«

»Er war ein Draufgänger«, brach es aus ihr heraus. »Ich bin zu dem Schluss gekommen, dass er sich im tiefsten Innern selbst gehasst hat. Er hat es nicht ausgehalten, geliebt zu werden.« Sie hielt inne. »Oder vielleicht zu lieben ... oder ... nein, nein.«

Sie gingen schweigend über den Viadukt, zwischen den Schienen des Gleises, das näher am Fluss war. In der dünnen Dämmerluft lag der strenge Geruch von Kreosot und erinnerte Orville an jenes Feld in seiner Kindheit, an der Ten Broaek Street, wo er kurz die Offenbarung von etwas anderem gehabt hatte.

»Nein«, fuhr sie schließlich fort, »das ist nicht recht. Was mich wirklich beschäftigt, ist nicht er, sondern das seid ihr, du und Cray.« Sie spürte, wie er sich versteifte. »Ich mache mir Sorgen um Cray. Du hast ja gesehen, wie er gerade eben mit dir war – und er hat dich nur zwei Tage nicht gesehen! Er sehnt sich so nach einem Vater, und wohl oder übel bist du nun so etwas für ihn. Es ist beängstigend, sogar erschreckend. Ich weiß nicht, wie er das überleben wird, wenn du gehst in – wann? – fünf Monaten.«

»Fünf Monate sind eine lange Zeit. Da kann noch viel passieren.«

»Aber wenn es noch fünf Monate sind, und *dann* gehst du weg?«

»Fünf Monate? Ich überblicke kaum einen einzelnen Tag! Wie kann ich so weit voraus planen?«

»Aber ich *muss*. Ich bin seine Mutter.« Sie blieb stehen und sah ihn an.

»Du willst, dass ich bleibe, aber ...«

»Vielleicht, vielleicht auch nicht, ich weiß es nicht ...«

»Du willst nicht, dass ich bleibe?«

»Ich will, dass *du* darüber sprichst! Du sprichst nie darüber!«

»Du denn?«

»Ich tue es ja gerade! Und alles, was ich zu hören bekomme, ist, dass ich falsch liege …«

»Warte, warte«, sagte er und streckte ihr die Handflächen entgegen.

»Sag mir nicht, ich soll warten, verdammt, ich hab …«

LLROWWWWWWAAAA!

Eine gewaltige Erschütterung ließ den Boden erbeben. Mit einem Schlag wurden sie aus ihrem Gespräch gerissen, und im gleichen Augenblick sahen sie den Zug, der von Columbia flussaufwärts fuhr, die Kurve nahm und auf der Brücke auf sie zuraste. Der Lärm sauste die chromatische Tonleiter hinauf, als wollte er seine Fahrt noch beschleunigen oder sein eigenes Echo überholen, das von den übereisten Bergen zurückschallte.

Der Zug kam schnell und leise, abgesehen von einem weiteren Getöse, das die Brücke selbst aus ihrer Kehle ihnen zuzuschreien schien, und es war klar, dass er nie mehr vor ihnen zum Stehen kommen könnte.

Sie waren wie erstarrt, fanden sich Seite an Seite am äußersten Rand der Schwellen zwischen einem Eisengeländer und den Drahtseilen der Brückenträger. Die Zeit dehnte und beschleunigte sich gleichzeitig, und es kam Orville vor, als bliebe nur Zeit für einen Schritt, einen einzigen. Wohin aber? Hinüber auf die anderen Schienen? Oder den Sprung über die Brücke wagen, tief hinunter auf das Eisbett des Bachs?

Körper sind biegsam, dachte Orville. Er packte Miranda, als ob sie gewichtslos wäre, und presste sie und sich mit aller Gewalt in die Hohlformen der Brückenverstrebung.

Der Zug war auf gleicher Höhe mit ihnen.

Orvy versuchte sich vorzustellen, wie viel Platz zwischen dem Rand der Schiene und den Streben war und fluchte still in sich hinein: Scheiße, nein, nicht jetzt, nicht hier, nicht durch einen blöden Zug!, und betete für sie und Cray und Amy.

»Cray!«, schrie Miranda, »Cray Cray Cray Cray Crayyyy!«

Der höllische Lärm und der Windzug schlugen wie eine Riesenhand mit donnernder Wucht gegen ihre Köpfe und Rücken, und sie beteten, dass keine Posthaken oder Scharniere herausragten, die ihre Köpfe abreißen oder sie in Hüfthöhe zweiteilen könnten, und dann war es im Nu vorbei.

Ein Luftsog, der dem letzten Waggon folgte, ließ sie mit einem Ruck los, und weg war er und sandte das Geheul der Zugsirene zurück, als ob er der verpassten Chance nachtrauerte. Zweimal wurde das Echo übers Eis zurückgeworfen, vielleicht sogar, wenn man das Gehör eines Hundes gehabt hätte, dreimal. Dann wurde er immer kleiner, kroch schließlich wie ein Insekt die Kurve gen Norden entlang, flussaufwärts Richtung Albany in den dunkelnden Tag hinein.

Sie lösten sich von den Streben, abgeblätterten Rost an den Händen, unter den Nägeln, Dieselgestank in der Nase. Zitternd, kleine stoßweise Atemwolken vor den Mündern, starrten sie sich mit großen Augen an, sahen die roten Rostflecken auf den Wangen des andern.

»Es gibt bessere Plätze«, piepste Miranda, »um über die Beziehung zu reden.«

»Wie Buddha sagt ...«, begann Orville, aber seine Stimme war so unsicher, dass er es noch einmal versuchte. »Wie Buddha sagt: ›Meditiere, aber binde deinen Elefanten an.‹« Eines Tages, dachte er, wird mich einer dieser Züge umnageln.

Langsam gingen sie zum Haus zurück. Zur Tür des Hauses.

»Sag Cray nichts davon«, bat Miranda, als sie an der Haustür waren.

Orville hörte daraus wieder ihre Übervorsicht im Umgang mit ihrem Sohn und wollte es sagen, zog aber vor, es nicht zu tun. Seine Erschöpfung, das Erlebnis der Todesnähe – er wusste, dass er kurz davor war, etwas Geringschätziges von sich zu geben. Doch schweigen konnte er auch nicht. »Warum nicht?«

»Ich will nicht, dass er sich ängstigt.«

Er überwand sich, den Mund zu halten, überwand sich mit Mühe und hoffte, dass sie es nicht merkte.

»Komm«, sagte sie, es sehr wohl spürend, aber sie hatte keinen Zweifel an der Richtigkeit ihres Entschlusses, nicht nach diesem Erlebnis. »Komm rein.«

Cray war schlecht gelaunt. Sein Husten und seine Erkältung, die schlimmer wurden – was Orvy Sorgen machte und ihn daran denken ließ, ob er ihm nicht etwas verschreiben sollte –, seine einsame Stunde vor dem Fernseher, während sie weg gewesen waren, die Spannung, die er zwischen beiden empfunden hatte, all das machte ihn gereizt und gekränkt. Er sah Orvy mit düsterem Blick an, er brauchte seine ganze Zuwendung. Das war schwer für Orvy, doch Miranda sagte, dass er vielleicht mit Cray spielen könne, bis sie das Abendessen fertig habe. Jeder Knochen in seinem Körper schmerzte und sehnte sich nach Schlaf. Doch für einen Arzt waren Überforderungen an der Tagesordnung, und so stellte er bei sich den Autopiloten an und versuchte das Gleiche als eine Art von Vater zu leisten.

Zuerst wollte Cray nach draußen gehen und im Schnee Fußball spielen. Orvy legte wegen seiner Erkältung Einspruch dagegen ein. Cray bestand dann darauf, ein Tor im Wohnzimmer aufzubauen, und versuchte unter den Rufen »Glücksfüße! Glücksfüße!«, den Ball an Orvy vorbei zu schießen. Miranda setzte dem Fußball im Haus bald ein Ende. Anschließend spielten sie Tisch-Hockey und Dame – Orvy schlug Cray, der daraufhin alle Spielsteine vom Brett fegte. Orvy hob sie geduldig und wortlos auf. Für ihn war das Abendessen eine Erlösung. Auch wenn sie nicht gerade festlich gestimmt waren, so bedeutete es immerhin eine Pause.

Die Erwachsenen hatten wider besseres Wissen beinahe eine ganze Flasche Wein geleert. Gegen acht Uhr gähnte Orvy unaufhörlich, und Miranda versuchte die Augen offen zu halten, während sie auf dem Sofa immer tiefer sank. Cray, schniefend und hustend, war ohne eine Spur von Müdigkeit. Hellwach, wollte er wenigstens noch ein Spiel vor dem Zubettgehen spielen.

»Okay«, sagte Orville gähnend. »Noch ein Spiel, und dann ist Schluss.«

»Tiereraten. Du denkst dir zuerst eins aus.«

Gähnen. »Okay.«

»Aber lass es mich nicht raten.«

»Okay.«

»Hast du's?«

»Ja.« Noch ein Gähnkrampf. Miranda fing auch an zu gähnen.

»Aber sag die Wahrheit, okay?«

»Klar. Es ist diesmal sehr schwer, sehr sehr schwer.«

Cray quiekte vor Vergnügen. »Ist es ein … Großer Tümmler?«

»Hast du ›Großer Tümmler‹ gesagt?«

»Nicht! Sag's nicht, wenn es nicht stimmt.«

»Ich meine«, Orvy gähnte wieder und verspürte den perversen Wunsch, den Jungen auf die Folter zu spannen, »hast du wirklich ›Großer Tümmler‹ geraten …«

»Ist er's oder nicht?«, fragte Cray, der nicht mehr lächelte.

»Nein«, antwortete Orvy. »Es ist kein Großer Tümmler.«

»Warum hast du dann gesagt, er sei's?«

»Ich habe nie gesagt …«

»Aber du hast so getan, als ob er es wäre …«

»Ich hab nur Spaß gemacht, einfach so …«

»Du Betrüger! Du Riesenbetrüger! Ich hasse dich! Ich lasse mir nie wieder was von dir vorlesen!« Cray wollte die Treppe hinaufstürmen. Orvy stand auf und ergriff seinen Arm, um ihn festzuhalten, aber das brachte Cray nur dazu, sich zu wehren. Er schlug auf Orvy ein, fiel dann mit einem Hustenanfall auf die Stufen und trat ihn von oben.

»Es tut mir Leid, aber ich habe nicht …«

»Du hast dich über mich lustig gemacht, du mieses Schwein!«

»Cray!«, sagte Miranda und stand auf.

Der Junge rannte die Treppe hoch und schlug die Tür hinter sich zu. Zweimal.

Orville sah Miranda an und fühlte Scham in sich aufsteigen. In ihren Augen stand eine Frage, so was wie: Warum hast du *das* getan? Er ließ die Schultern hängen und sagte: »Ich hab bloß versucht, ihn zu unterhalten, Spaß zu machen …«

»Das brauchst du nicht. Er will nur, dass du da bist.«

»Okay, das reicht mir für heute Abend. Gute Nacht.«

»Warte …«

»Nein, nein. Was ich auch tue, es ist nie genug.« Er nahm seinen Mantel und ging zur Tür hinaus. Im Dunkeln stolperte er die Eingangsstufen hinunter.

Er ging zum Chrysler und am Chrysler vorbei zum Schlackebett am Ufer des Flusses. Es war stockdunkel. Schmerz wallte in ihm auf, verebbte, kehrte zurück. Der Nordwind schlug gegen ihn. Er begann zu zittern, machte aber keinerlei Anstalten, seinen Mantel überzuziehen. Er dachte: Ist es jetzt vorbei?

Zittern.

Ich verdiene den Schmerz.

Er fühlte sich hoffnungslos, stand da und sah nichts. Das Zittern war ihm gerade recht – in all dem Toten ein Zeichen, dass er lebte.

Doch dann begann es ihn wirklich zu schütteln, seine Zähne schlugen aufeinander, er zitterte so stark, als ob seine Knochen klappern würden – die Reaktion des Körpers auf Kälte bis ins Mark, auf Angst. Er zitterte so stark, dass sein Hirn hin und her gegen die Schädeldecke zu schlagen schien wie bei einem fortwährenden Autounfall mit all den Gehirnerschütterungen, die er in diesem beschissenen langen Jahr gesehen hatte. Je mehr er versuchte gegen das Zittern anzugehen, indem er sich mit all seiner Willenskraft anspannte, umso mehr zuckte sein Körper.

Bebend und vornübergebeugt vor Kälte versuchte er seinen Mantel anzuziehen. Er zitterte von den Knien über den Bauch bis zur Brust und den klappernden Zähnen. Kurze Schreie entrangen sich ihm. Tief gebeugt und schlotternd wie ein zu Tode geängstigter Infanterist schleppte er sich Meter für Meter zurück zum Chrysler. Als er das Auto erreichte, kämpfte er gegen das Vibrieren seines Körpers, seiner Hände, seiner Finger an und suchte nach dem Schlüssel.

Sein Blick blieb an dem Licht über Mirandas Hauseingang haften – eine dieser »Insektenbirnen«, für Käfer und Nachtgetier unsichtbar, so dass sie in Sommernächten nicht davon angezogen wurden. Es leuchtete in der klaren Luft, schimmerte golden über der alten Tür.

In diesem Haus sind die beiden Menschen, die ich auf der Welt am meisten liebe.

Miranda saß am Küchentisch. Sie hatte versucht, Cray zu trösten, aber er wollte seine Tür nicht öffnen. Wieder unten hatte sie aus irgendeinem Grund das Licht draußen angeschaltet. Sie setzte sich. Der Schmerz in ihrem Herzen schien das Einzige, was von ihr noch übrig war. Sie horchte lange, wie ihr schien, auf das Heulen des Windes, spürte, wie er mit kalten Fingern in die Ritzen des Hauses griff, und zitterte, weniger vor Kälte als aus Furcht.

Wird er zurückkommen? Will ich, dass er's tut?

Leise klopfte er an ihre Tür.

20

Die Art der Gnade weiß von keinem Zwang«, rezitierte Amy. »Sie träufelt, wie des Himmels milder Regen, zur Erde unter ihr …«

Die öffentliche Anhörung zum Worth Hotel fand einige Wochen später in den Beratungsräumen des Rathauses Ecke Fourth Street und Washington Avenue statt. Amy stand vorn in der Mitte hinter einer niedrigen Holzbrüstung, die den Ratstisch vom Publikum trennten. An dem Tisch saßen Bürgermeister Americo Scomparza, ein paar Stadträte und mehrere ernannte Sprecher für und gegen den Abriss des General Worth Hotel. Das Publikum hatte sich großenteils still verhalten, die Anhörung verlief gesittet.

Während der Rede des Bürgermeisters passierte nichts Unvorhergesehenes. Er beschrieb die Ausgangslage. Das Gebäude stand seit vielen Jahren leer, es war baufällig. Die Kosten für eine Sanierung beliefen sich auf Hunderttausende von Dollar, die Abrissgebühren auf achtzehntausend Dollar. Vor fünf Jahren hatte die Bundesregierung durch das Wohnungsbauministerium angeboten, zwei Drittel dieser Kosten zu übernehmen. Ein Bauunternehmer wurde beauftragt. Die Worth-Saving-Proteste begannen. Helen Hayes, die zur Hochblüte der Prostitution im Worth gewohnt hatte, sandte ein Telegramm. Ein Richter unterschrieb eine einstweilige Verfügung gegen den Abriss. Mabel Mercer und Harry Belafonte, die beide Häuser im County besaßen, sandten Telegramme. Das Innenministerium verlautbarte, dass jede Anstrengung unternommen werden müsse, das Worth als Teil des Nationalerbes zu erhalten.

Kürzlich war es der Worth-Saving-Kampagne gelungen, das Hotel in die Denkmalliste aufnehmen zu lassen. Das hieß, dass Columbia es immer noch abreißen konnte, aber sie würden dafür keinen Zuschuss vom Wohnungsbauministerium mehr bekommen.

»Sie meinen, dass wir wegen dieser Spinner zwölftausend verloren haben?«, rief jemand aufgebracht.

»Jawohl.« Das Publikum stieß erboste Rufe und Schimpfworte aus. »Fazit ist«, fuhr der Bürgermeister fort, »wir lassen es so, wie es ist, oder wir reißen es mit euren Steuergeldern ab oder restaurieren es mit euren Steuergeldern oder verkaufen es an jemanden, der das macht. Jede Möglichkeit steht uns offen.« Der Bürgermeister nahm Platz. Mit einem verstohlenen Blick nach oben prüfte er, ob auch nichts im Begriff war, herunterzustürzen.

Danach waren die Sprecher dran, immer abwechselnd pro und contra, zunächst für die Erhaltung des Worth Mrs. Tarr von den Daughters of the American Revolution, dann für den Abriss Gus Clinton von der Stadtsparkasse als Vertreter von S.P.O.U.T. Es folgte für die Erhaltung Mrs. Clive Follywell, Besitzerin des Antiquitätenladens Quite Dear Antiques und Gründerin von CATS, der Columbia Antique Trade Society. Dann war May Carter an der Reihe, die den eilends gegründeten PALH! – People Are Living Here! – vertrat, eine Gruppe meist armer Mitbürger, die unterhalb der Fourth Street wohnten und genug von der »Rattenfalle« hatten und einen »Billigmarkt für uns« haben wollten. Nach ihr kamen Amy Plotkin (dafür) und Milton Plotkin (dagegen). Anschließend sollte die allgemeine Aussprache beginnen.

Miranda und Orvy hatten in der ersten Reihe Platz genommen. Penny saß rechts von Orvy, und neben ihr waren Henry, Nelda Jo und Henry junior, dessen Arm schon wieder eingegipst war. Cray befand sich mit Maxie zu Hause bei den Schooners.

Henry verbreitete einen köstlichen Duft von gerösteten Haferflocken und Gerste, einem herzhaften Frühstücksmüsli. Er und Milt hatten vor kurzem ihre Büros in das alte Gadicke-Nahrungsmittel-und-Getreide-Gebäude verlegt, und nach einem Tag im Büro wurden sie den Geruch nicht mehr los. Wenn man mit ihnen zusammen war, ging es einem besser, man fühlte sich, als ob verbrauchte Energie sofort zurückkäme, gekräftigt und bereit für den Tag.

Historische Orte erfüllten Miranda immer mit einer Art Geborgenheit. Das Rathaus war ein Ziegelgebäude, das 1805 von den Quäkern errichtet worden war, während der ersten Amtszeit von Bürgermeister Caleb Starbuck, einem von Bills Vorfahren aus Nantucket. Die Decke war eindrucksvoll hoch, vielleicht sieben oder acht Meter. Die Fenster zur Straße hin waren ebenfalls hoch und schmal und saßen sehr viel weiter oben als bei späteren Bauweisen.

Miranda war zu schüchtern, um in der Öffentlichkeit zu sprechen, und hatte das Reden Mrs. Tarr, Mrs. Clive Follywell und Amy überlassen. Mrs. Tarr hatte trotz ihres trockenen Hustens eine gute Figur gemacht. Sie gab eine kurze Biographie von Columbias berühmtestem Helden, William Jenkins Worth, und erinnerte an Modeschauen und Abschlussbälle, die jahrzehntelang in dem Hotel stattgefunden hatten. Mrs. Clive Follywell dagegen hatte zu viele technische Begriffe gebraucht und verlor – außer bei den New Yorkern, die sie offenbar verstanden – das Terrain, das Mrs. Tarr bei der Mehrheit des Publikums aus Columbia möglicherweise gewonnen hatte.

Dass die Befürworter durch einen Mittelgang von den Gegnern getrennt waren, erinnerte Miranda an die beiden Parteien bei einer Hochzeit. Freilich waren die Familien verschieden groß, die Bewahrer füllten weniger als die Hälfte ihres Platzes, während die Gegner die andere Seite restlos mit Beschlag belegten.

Miranda saß da, hörte teils Amy zu, und teils betrachtete sie das drei mal vier Meter große Ölporträt von General George Washington, eine Kopie, die der einheimische Henry Ary 1840 nach dem berühmten Bild von Gilbert Stuart angefertigt hatte. George hielt seine rechte Hand in mitfühlender und heroischer Gebärde ausgestreckt, als wollte er sagen: Okay, Kinder, ich habe es euch übergeben, jetzt macht das Beste draus. Miranda und Mrs. Tarr hatten das Gemälde eingehend untersucht. Es war mitsamt seinem Rahmen in jämmerlichem Zustand, die leuchtenden Rot- und Goldtöne waren unter dem Einfluss des jahrelangen Rauchens der Stadträte braun und grün geworden, Washingtons Gesichtsfarbe war mehr asiatisch als kaukasisch. Großartig, dachte sie, wenn wir diesen Kampf verloren haben, können wir gleich mit Washington Saving weitermachen.

Ihre Gedanken wanderten zu Orville. In den Wochen nach ihrem gefahrvollen Erlebnis auf dem Viadukt befand sich ihre Beziehung in einer Art Warteschleife. Abgesehen vom Sex, waren sie wieder zur alten Scheu zurückgekehrt. Sie wollten nichts wirklich ins Auge fassen. Eine Distanz war zwischen ihnen, die teilweise von Cray überbrückt wurde. Was wiederum ein vollkommen anderes Problem war.

Miranda versuchte sich erneut auf Amys Rede zu konzentrieren, doch da schob sich ein weiterer Gedanke an Orville in ihr Bewusstsein: Er möchte es schön, ich möchte es wirklich. Oder nicht?

Orville rutschte auf seinem Stuhl herum und stöhnte. Heute war Selma in ihrem Brief boshafter denn je gewesen. Wie üblich fing sie gut gelaunt und zwitschernd an, doch dann ging sie schnurstracks auf den wunden Punkt los. Im Laufe der Monate hatte sie immer größere Geschütze aufgefahren. Er fragte sich, was sie wohl am Ende des Jahres und der dreizehn Tage noch in petto hatte. Bald würde er aber über den Süßholzteil ohnehin nicht mehr hinauslesen.

Orvys schlechte Laune rührte jedoch nur zum Teil von Selmas Brief her. Die Praxis war, wie er Miranda heute gesagt hatte, »jenseits von Gut und Böse«.

Der März hatte noch die Winterkälte weitergeschleppt. Nur an diesem Tag war es für die Jahreszeit entschieden zu mild. Die Einwohner Columbias warteten auf Wärme. Das Land war welk und kahl, die Obstbaumgruppen glichen weniger Obstgärten als den Spielbrettern von »Mensch ärgere dich nicht«, die blattlosen Ahornbäume und Eichen und Birken reihten sich an den windgepeitschten Feldern wie zertrümmerte Strommasten.

Als er heute von einer Farm, auf der zwei Arbeiter in die Jauchegrube gestürzt und dabei ums Leben gekommen waren, zur Praxis zurückfuhr, zog der Aufkleber auf einem Lastwagen seine Aufmerksamkeit auf sich: JESUS KOMMT, SEI FLEISSIG. In seiner Post war eine Karte mit dem Fuji.

> Hallo, mein Sohn,
> Fuji überlaufen. Sushi Muschi. Tokio ist so voll, dass es keine Parkplätze gibt. Wolfgang und Kenni werden fad. Er ist ein Trottel, sie hat Depressionen und ist eine Quasselstrippe. Babs' Rücken geht's nicht gut. Starbusol hilft. Alles Gute, Bill

Orville entnahm dem, dass Bill keineswegs vorhatte, in absehbarer Zeit nach Columbia zurückzukehren, und dass es ihm nicht gleichgültiger hätte sein können, was Orvy mit der Praxis machte. Er merkte in Gedanken vor, dass er sich nach einer Verkaufsmöglichkeit umsehen wollte, ehe er Columbia verließ.

»Doch Gnad' ist über diese Szeptermacht«, sagte Amy jetzt, und Röte stieg ihr in die Wangen, »›sie thronet in dem Herzen der Monarchen, sie ist ein Attribut der Gottheit selbst, und ird'sche Macht kommt göttlicher am nächsten, wenn Gnade bei dem Recht steht ...«

Sie endete und verneigte den Kopf. Stille, dann ein Ruf von hinten: »*Bravo, bravissimo!*« Die zwergenhafte Gestalt von Greenie Sellers war aufgesprungen und rief auf Italienisch, forderte mit Gesten alle New Yorker und Antiquare auf, mit einzustimmen, was sie auch taten. Amy verbeugte sich. Der Applaus nahm zu. Selbst Einheimische standen auf und applaudierten. Schließlich war sie eine von ihnen und Milts Tochter.

Und Amy fuhr fort: »Also, wir fordern Gnade für das Worth! Meine liebe Grandma Selma ist dort in Modeschauen aufgetreten! Und, also, was ich zum Schluss sagen will, ist ein Gebet: Lieber Gott, schütze das Hotel vor meinem Vater!«

Verstreuter Applaus bei den Worth-Freunden. Amy nahm Platz. Milt erhob sich.

Er stellte sich als Repräsentant der Baufirma Plotkin and Schooner vor, die das Objekt »in einem Aufwasch« kaufen, für den sicheren Abriss aufkommen und an seiner Stelle nicht nur einen Billigmarkt, sondern ein ganzes Mini-Einkaufszentrum errichten würde, dessen Architektenentwurf er gleich zeigen werde. »Selbst meine liebe verstorbene Schwiegermutter, Selma Rose, die bei Modeschauen im Worth aufgetreten ist, hat es in ihrem Alter abgelehnt, bei der Worth-Saving-Kampagne mitzumachen. Sie wollte in den letzten Jahren nicht einmal daran vorbeifahren. Wir müssen den schlechten Zahn dort ausreißen und stattdessen eine Goldbrücke einsetzen«, sagte er. »Wir müssen das Worth zerstören, um es zu retten.« Dann stellte Milt seinen neuen Computer-Projektor vor, mit dem er einige Dias zeigen wollte, und erklärte dem Publikum, dass er das Gerät per Fernbedienung in seiner Hand betätigen würde. »Blinky, können wir das Licht etwas herunterfahren?«

Die Lichter wurden schwächer.

»Danke, Blinky.« Milt schaltete den Computer an, es gab ein leises *Puff!*, und der Raum war schwarz. Gelächter, dann

Pfiffe und Buhrufe. Es war dunkel, es war ein definitiver Störfall, und die Unruhe wuchs. Jemand zündete ein Gasfeuerzeug an. Der Hausmeister nahm das Feuerzeug und öffnete den Sicherungskasten. Glücklicherweise gab es eine Ersatzsicherung. Er drehte sie hinein, die Lichter gingen – unter Bravorufen und Applaus – an, doch Milt hatte vergessen, den Computer auszuschalten, und so machte es erneut *Puff!*, und alles ging wieder von vorne los. Milt rief, dass er den Computer nun abgeschaltet habe, doch der Hausmeister rief zurück, dass dies die letzte Ersatzsicherung gewesen sei. Sie saßen im Dunkeln.

Ein paar Kerzen und Taschenlampen wurden auf dem Tisch des Sprechers platziert. Die Augen der Anwesenden gewöhnten sich an die Dunkelheit. Eine Argon-Straßenlampe warf durch eines der großen Fenster von draußen Licht herein. Bald konnten die Leute wieder etwas sehen.

Doch als Milt fortfuhr – ziemlich schwach ohne seine Dias –, spürten alle, dass das Problem eigentlich nicht das Licht, sondern die Hitze war. Die Klimaanlage war ausgefallen, aber die Heizkörper waren noch an. Der Hausmeister ging in den Keller und schaltete den Kessel aus. Die alten Heizkörper würden allerdings sehr lange brauchen, bis sie ihre Hitze verloren. Bald war der Raum stickig und muffig. Es gab Rufe, man solle die oberen Fenster öffnen, doch selbst mit einer Stange und der versammelten Kraft der Männer aus Columbia waren diese nicht aufzubekommen, als wären sie zugenagelt.

Milt setzte sich. Der Bürgermeister erklärte die allgemeine Aussprache für eröffnet.

Die Dinge entwickelten sich zunächst unschön, dann bedrohlich. Ein Problem war, dass das Licht sich nur vorn befand und das Publikum im Dunkeln saß. Keiner konnte sagen, wer nun gegen oder für die Redner schrie. Anhänger des kleinen Einkaufszentrums, die darüber sprachen, wie viel es ihnen bedeutete, eine eigene Einkaufsgelegenheit zu haben, und wie dies mehr Geschäfte in die Straße locken könnte – McDonald's und Taco Bell –, wurden bejubelt. New Yorker wurden niedergeschrien, trotz der Versuche des Bürgermeisters, Ruhe herzustellen. Und Mrs. Tarr wurde bei ihrer Entgegnung angegriffen.

»He, gute Frau«, rief jemand aus dem Dunkel, »Sie wohnen hier nicht mal. Sie und Ihre historischen Ladys trinken Tee draußen in Spook Rock, und ich versuche, meine Kinder von dieser Müllkippe fernzuhalten, von den Drogendealern und den Perversen. Und Ratten. Wann haben Sie zum letzten Mal 'ne Ratte gesehen?«

»Ja, es sind unsere Steuern, nicht Ihre. Sie zahlen keine Steuern in Columbia.«

»Ich bezahle meine Steuern«, erwiderte Mrs. Tarr, »in Gestalt meiner Dienste für die Allgemeinheit. Wenn man uns Zeit lässt, können wir Privatspenden auftreiben, um das Hotel zu retten. Wenn es wieder hergerichtet ist, kann es der Hauptanziehungspunkt in der Innenstadt werden, ein Markstein für die Antiquitätenläden und für die Zweihundertjahrfeier im nächsten Jahr.«

»Ich bezahle Steuern«, sagte Mrs. Clive, Gründerin von CATS, »und ich und meine Kollegen sind sogar bereit, mehr Steuern zu bezahlen, wenn dadurch das Worth gerettet wird.«

»Ja, Sie können sich's auch leisten!«

»Ruhe, Ruhe!«, rief der Bürgermeister und schlug mit seinem Hammer auf den Tisch.

Orville erhob sich und sprach über das Worth als wichtigem Wahrzeichen in seiner Jugend. »Es war der Ort, zu dem mich Dr. Bill Starbuck zum Essen einlud. Und dort habe ich mich entschieden, Arzt zu werden. *Ihr* Arzt, und …«

»Ja, bis August!«, rief jemand.

»Halt den Mund!«, rief jemand zurück. »Er ist ein guter Arzt bisher.«

»Er wird nie ein Bill Starbuck!«

»Gott sei Dank!« Alle lachten.

Orville war schockiert. Zum ersten Mal hatten sich Mitbürger über ihn lustig gemacht. Er setzte sich, erregt und wütend.

Greenie Sellers, in seinen Dashiki und mit grün gefärbten Haaren, stand auf und hielt eine mit italienischen Wörtern gepfefferte Rede. Er vertrat leidenschaftlich beide Ansichten, unterstützte sowohl »das Old-Lady-Hotel und meine New York *antico diviazione*« als auch »mein unterdrücktes Proletariat, meine Mitbewohner von unterhalb der Fourth Street. Ich bin ein Columbianer!« Er wurde grausam niedergebuht.

Die Versammlung geriet zunehmend außer Kontrolle. Die Hitze war gewaltig, das Atmen fiel schwer, und die Dickleibigen, die rotgesichtigen Kurzatmigen und die blaugesichtigen Aufgedunsenen sowie die Klaustrophobiker verließen den Saal in Scharen. Aus dem Dunkel kamen nach wie vor Rufe und Schmähungen und rassistisches und sexistisches und homophobes Gemurmel und Getuschel, das Americo mit seinem Hammer unter Kontrolle zu bringen versuchte. Die höllische Hitze und die Körperausdünstungen, die Drohung neuer Steuern, die Vorstellung nicht bloß eines Billigmarktes, sondern eines vollkommen neuen glanzvollen Einkaufszentrums ließen die Anhänger des Worth-Hotels als »Außenseiter, Agitatoren und Hippies« erscheinen. Die Sitzung nahm langsam Züge einer öffentlichen Pöbelei an.

Orvy beobachtete Amy, die vorne saß, und plötzlich fiel ihm auf, wie verängstigt sie aussah. Er stand auf und winkte ihr zu, sie solle nach hinten kommen und sich zu ihnen setzen. Als Amy ihren Platz verließ, ertönte von der ersten Reihe eine wohl bekannte Stimme.

»Herr Bürgermeister, darf ich das Wort ergreifen?« Henry Schooner erhob sich.

»Ja.«

Statt wie die anderen Sprecher an seinem Platz zu bleiben, begab sich Henry in den Mittelgang und stellte sich vor das kleine Tor in der niedrigen Absperrung. Er wendete sich Amy zu, die zitternd auf der anderen Seite der Barriere stand. »Du brauchst dich vor nichts zu fürchten, Liebes.« Er öffnete das Türchen, nahm ihre Hand und führte sie auf seinen eigenen Sitz, neben ihre Mutter. Dann kehrte er zum Gang zurück, sah die Menge an und sagte eine Weile nichts. Er zog sein Jackett aus, legte es über die Brüstung, krempelte sorgfältig seine Hemdsärmel hoch und lächelte in die Menge.

Orville konnte nur staunen. Schooner hatte sich genau dort postiert, wo das Licht der Argon-Straßenlampe seinen Kopf, sein weißes Haar und rundes Gesicht anstrahlte. Seine Ärmel waren hochgekrempelt, doch seine gestreifte Regimentskrawatte blieb säuberlich um seinen dicken Hals geknüpft. Er sah »cool« aus, in des Wortes doppelter Bedeutung. Die Menge war still. Wie macht er das nur?

»Meine Mitbürger«, begann er. »Unsere anmutige kleine Lady dort, Amy Plotkin, hat ihre Worte richtig gewählt. Gnade. Gnade.« Er machte eine Pause und sagte dann noch einmal: »Gnade. Gerechtigkeit und Gnade.«

Die Stimme, dachte Orvy, diese Stimme – etwas angeraut, beschlagen, souverän, beeindruckend.

»Lasst uns hier ein bisschen Gnade miteinander üben. Es braucht alle und jeden, um eine Welt zu schaffen.« Er machte erneut eine Pause.

Die Menge war immer noch still, wie gebannt. Orville, Miranda, Penny und die anderen hatten den Eindruck, Henry spräche jeden Einzelnen von ihnen an, ginge auf jeden Einzelnen von ihnen ein, als ob jeder die wichtigste Person im Raum wäre. Als ob jeder eine Fernsehkamera wäre.

Bemerkenswert, dachte Miranda. Wirklich bemerkenswert.

Orville wischte sich Schweiß aus dem Auge. Er schwitzt noch nicht mal, wie kommt das? Seine Krawatte ist eng gebunden, und er schwitzt nicht mal?

He, was ist das für ein Geruch, wunderte sich die Menge – gerösteter Hafer?

»Lassen Sie mich mit der Versicherung meiner Neutralität beginnen. Ich bin nicht für die Erhaltung des Worth und auch nicht für seinen Abriss. Ich bin für uns, für uns alle. Für Amy und Milt, für meine und Ihre Familie, für Columbia, für Amerika und für die Welt.«

»Ach, tatsächlich?«, kam eine verächtliche Stimme aus dem Dunkel. »Plotkin and Schooner will doch das Preisparadies bauen.«

»Und das Einkaufszentrum – vergiss das Einkaufszentrum nicht!«

»Und das Einkaufszentrum!«

»Ich bin froh, dass Sie das ansprechen. Wie Sie wissen werden, bewerbe ich mich um einen Sitz im Kongress. Als Kandidat, der Sie alle vertritt, will ich nicht einer einzelnen Interessengruppe oder irgendwelchen Geldersummen verpflichtet sein.«

Orville war überrascht. Hatte er wirklich »Geldersummen« gesagt?

»Deshalb sind Milt und ich übereingekommen, dass ich mit Wirkung vom heutigen Tage meine Funktion für Plotkin and Schooner niederlege. Ich werde meine gesamten Anteile bei einem Dritten hinterlegen. Wenn ich die Vorwahlen im September verliere, oder sie gewinne und im November verliere, werde ich in meine Firma zurückkehren. Es tut mir Leid, meinen guten Freund und Partner Milt zu verlassen – er und ich haben das alles genau durchgesprochen –, aber ich muss meine gesamte, zeitlich uneingeschränkte Kraft, einhundertfünfzig Prozent, meinem Land im Frieden genauso widmen, wie ich es im Krieg getan habe. Ich möchte an dieser Stelle ein herzliches ›Danke, Partner‹ zu Milt sagen.« Henry applaudierte Milt. Andere folgten ihm. Milt sah aus, als ob dies auch für ihn neue Nachrichten wären, und zwar keine willkommenen. Er saß da mit einem Gesicht, das zu sagen schien: Jetzt bin ich aber platt. Er winkte der Menge müde zu.

»Mitbürger Columbias«, fuhr Schooner fort, »wir müssen lernen, zusammen zu leben und zusammen zu arbeiten. Es geht nicht um mich oder dich, sondern um uns. Wir, die wir am anderen Ende der Straße wohnen wie meine Freundin May Carter, die PALH! vertritt, wir Antiquitätenhändler und -liebhaber, die wir alles daransetzen, den unteren Straßenteil mit neuem Leben zu erfüllen, wir SPOUTer, die wir im Grunde für das gleiche Ziel kämpfen, und wir Eltern von so wunderbaren Kindern wie Amy Plotkin, die eine so bewegende Shakespeare-Vorführung gegeben hat. Nicht ich oder du oder Sie, sondern wir Einwohner von Columbia, wir Amerikaner und – in dieser von Terroristen, nuklearer Bedrohung und Kriegen zerrissenen Welt – wir Menschen. Und so, meine lieben Mitbürger, schlage ich folgende Lösung vor. Ich stelle den Antrag, das, was mein lieber Freund, der gute Dr. Rose, ›Balsam der Zeit‹ nennt, zu verabreichen. Mein Antrag an den Rat der Stadt und an diese Versammlung wohlgesonnener Freunde lautet: Wir verschieben den Abriss des Hotels und fordern unsere Freunde von Worth Saving auf, die Gelder für eine Renovierung binnen neun Monaten, bis zum Ende des Jahres, beizubringen. Wenn diese Zeit verstrichen ist, haben wir keine Wahl, als die Rechte an andere zu verkaufen. Das ist die amerikanische Art, durch private Anstrengungen Geldmittel zu beschaffen.«

»Haben sie nicht schon genug Zeit gehabt?«, rief jemand.

»Heute Abend ist die erste Gelegenheit, das Problem gemeinschaftlich anzugehen«, erwiderte Henry. »Gemeinsam. Wir bringen die Sache gemeinsam zu einem fairen Ende. Man hat mich informiert, dass sie mindestens neun Monate brauchen, von heute Abend an gerechnet.«

»Wir haben genug Zeit damit verschwendet! Wir sollten endlich Schluss machen.«

»Lasst uns nichts übereilen«, sagte Henry so leise, dass es schwer zu verstehen war. Aber jeder strengte sich nun an zu hören, was er als Nächstes von sich geben würde, und obwohl er noch leiser wurde, hörte es tatsächlich jeder: »Einmal zerstört …« Henry hielt eine geschlossene Faust in die Höhe und öffnete dann die Finger wie bei dem *Puff!* eines Zauberers, der eine lebende Taube zum Verschwinden bringt, oder wie bei der Zauberei von Milts Computer, der die Sicherungen durchbrannte, »… für immer verloren.« Er schwieg, ließ die Worte sich setzen.

Tod, dachte die Menge, er spricht über den Tod.

»Verloren.« Schooner seufzte, als ob er an all die Toten denken würde, die er im Krieg gesehen hatte. »Ich stelle den Antrag, den Schützern des Worth bis Ende des Jahres Zeit zu geben, aus dem Hotel den Markstein eines wiederbelebten Straßenzugs zu machen. Wenn es ihnen nicht gelingt, können Milt oder andere Baulöwen es zerstören und ihr Preisparadies mitsamt kleinem Einkaufszentrum als Wahrzeichen eines wiederbelebten Straßenzugs neu errichten. Wie auch immer, wir alle haben den Gewinn davon. Zweitens schlage ich vor, dass wir – sofern wir es uns leisten können – größeren Polizeischutz organisieren, um die Sicherheit all jener zu gewährleisten, die in der Nähe des Worth leben. Wenn wir es uns nicht leisten können, schlage ich die Bildung einer Bürgerwehr für mehr Sicherheit vor, damit keine unerwünschten Subjekte mehr in dem Hotel kampieren, das, trotz seiner glanzvollen Geschichte, so heruntergekommen ist. Ich melde mich freiwillig für die erste Streife. *Wir müssen uns zusammentun.* Wir müssen unsere Unterschiede zur Summe addieren und nicht subtrahieren und uns auseinander dividieren lassen. Wir Bewohner Columbias, wir Amerikaner, wir, die wir unsere liebe Erde für einen Moment der … der, ja, der Gnade Gottes bewohnen. Gott segne Sie, Gott segne Amerika.«

Henry neigte den Kopf. Es gab donnernden Applaus, Getrampel und laute Zustimmung. Er ging zu seinem Platz zurück und zwängte sich in einen erstaunlich kleinen Spalt zwischen Amy und Nelda Jo, die ihren Arm um ihn legte und ihn küsste. Henry saß aufrecht und blickte nach vorn.

»Höre ich Unterstützung für den Antrag?«, fragte der Bürgermeister.

»Ich unterstütze ihn!«

»Ich überstürze ihn!«

Gelächter. Die Abstimmung war noch nicht einmal knapp.

Alle verließen die Sitzung mit einem Hochgefühl. Selbst der unvorhergesehene Wetterumschwung – von unzeitiger Wärme zu unzeitiger Kälte, so dass die Erleichterung nach der höllischen Hitze nur kurz war, der Schweiß auf der Haut trocken gefror und die Sitzungsteilnehmer, von denen keiner einen Mantel dabeihatte, fluchend zu ihren Autos und Wohnungen hasteten – konnte diese innere Hochstimmung nicht kühlen.

Orville und Miranda stiegen in den Chrysler. Sie mussten noch Cray bei den Schooners abholen, aber stattdessen saßen sie nur mit Heizlüftung im Auto, ohne loszufahren, und staunten über Henry Schooner.

21

Er riecht sogar gut!«, sagte Orvy, immer noch wie benommen im Auto sitzend. »Riecht wie Cornflakes zum Frühstück – ›Schoonerflakes‹ oder so. Der engagierteste Bürger Columbias, Henry Schooner!«

»Unwirklich.« Miranda schüttelte den Kopf. »Es war kurz vorm Umkippen, da kommt er herein und rettet den Tag. Hab ihn noch nie so etwas tun sehen. Irgendetwas ist passiert – er ist durchgestartet. Ob es uns passt oder nicht, der Junge hat es geschafft. Er ist auf dem Weg zum Erfolg.«

»Glatt wie ein Aal«, sagte Orville abfällig. »Ein totaler Schwindler.«

»Vielleicht nicht.«

»Dieser schmalzige patriotische Schleimer, machst du Witze? Komm, ich kenne den Typen, er ist ein Schläger, ohne Verstand, ein Schwindler – bestenfalls ein Schwindler.«

»Eure Jugendzeit ist lange her.«

»Ich weiß, was ich seitdem gesehen habe. Wie an dem Abend, als er herauskam, um sich dafür zu entschuldigen, dass er mich im Fernsehen benutzt hat.«

»Er war betrunken.«

»Er war wirklich. Sieh mal, ich habe nichts gegen Schwindel, wenn ich weiß, dass hinter dem Schwindel mehr Schwindel und noch mehr Schwindel, aber nichts Böses steckt.«

»Wie kannst du das wissen?«

»Das weiß man hier«, antwortete er und klopfte sich auf die Brust, »in der Mitte deiner Brust. Das weißt du, wenn du nachts um drei aufwachst und dir klar wird, dass du sein Gesicht siehst. Er war ein übler Kerl als Junge, er ist ein übler Kerl als Erwachsener, vielleicht sogar böse. Bestenfalls ist er ein Heuchler.«

»Und?«

»Was ›und‹?« Ihre Schroffheit erstaunte ihn.

»Was ist denn der Unterschied?«

Orville sah sie mit zunehmender Bitterkeit an. In gespielt nonchalantem Ton sagte er: »Ach, nichts, überhaupt nichts.«

»Komm schon, ich will's hören.«

»Stell dir vor, dass hinter all dem Schwindel nicht nichts, sondern etwas Böses steckt. Stell dir vor, dass er tief in seinem Innern so leer und skrupellos ist, dass er alles tun würde. Stell dir vor, dass der Schwindel das Böse so gut aussehen lässt, dass du es kaufst.«

»Und?«

»Und sieh dir die Wirkung an! Sieh dir die Stadt, das Land an! Komm einen Tag mit mir – nein, nein, zuerst verbring einen Abend vor dem Fernseher und sieh dir an, was die Reagan-GmbH als »normal« ausgibt, dann komm einen Tag mit und sieh, was ich sehe – Armut, Gewalt, Rassismus und Schwulenhass. Du hast es heute Abend erlebt, sie hassen diese Antiquitätenhändler, und zwar nicht, weil sie reich oder erfolgreich sind, sondern weil die meisten von ihnen schwul oder jüdisch oder liberal sind, gegen den Vietnamkrieg und Nuklearwaffen und Rassismus und so. Und wenn ich also hier in kleinem Maßstab miterlebe, wie die Leute auf Henry Schooner reinfallen, der bestenfalls leer und ein Schwindler und schlimmstenfalls böse und ein Schwindler ist, dann wird mir einfach ein bisschen unbehaglich, das ist alles.«

»Das Land ist müde«, sagte sie. »Die Menschen wollen Ruhe haben. Nach den Sechzigern – der Bürgerrechtsbewegung und Vietnam und Watergate und den Attentaten – wollen die Leute der Wahrheit nicht mehr ins Gesicht sehen, sie wollen nicht mehr denken, sie wollen glauben. Also glauben sie an Reagan und daran, dass Amerika die Nummer eins ist.«

»Er legt sie rein, leert ihre Taschen, gibt das Geld den Reichen, und sie sagen: ›Oh, danke, Mr. President, dass Sie uns reingelegt haben.‹« Er schüttelte den Kopf. »Da ist mir Italien lieber, Italiens komische große Oper.«

Miranda fühlte sich geschlagen und gedemütigt. Sie dachte: Er liebt sie also immer noch. Und sie begann einen freien Fall nach unten. Doch dann, wie schon so oft in ihrem Leben, traf sie auf Stahl, zog sich wieder hoch, versuchte den Faden nicht zu verlieren.

»Ich glaube, das ist einfach die Natur des Menschen«, hörte sie sich wie aus weiter Ferne sagen. »Die Geschichte, jedenfalls die amerikanische Geschichte scheint in Dreißig-Jahre-Zyklen zu verlaufen – die Sechziger waren wie die Dreißiger, die Achtziger wie die Fünfziger. Pass auf – in den Neunzigern, wenn Cray auf dem College ist, wird die Jugend wieder politisch.« Sie hielt inne. »Die Amerikaner wollen Ruhe. Reagan bedeutet Ruhe. Und Schooner genauso.«

»Großartig«, erwiderte er emotionslos, »einfach großartig.«

»Neulich bin ich auf eine Zeile von Emerson gestoßen: ›Die große Lehre der Geschichte ist, dass Gutes aus dem Bösen entsteht.‹«

»Ja, schön, ich sehe es jeden Tag, und ich kann es nicht ertragen – ich kann nicht ertragen, wie Reagan den Menschen einen Freibrief zum Hassen ausstellt. Selbst die Leute in Columbia können es nicht ertragen! Sie versuchen es hinunterzuschlucken, aber es kommt dann an anderen Stellen wieder zum Vorschein. Es ist wie bei einer dicken Frau, die man in einen zu engen Badeanzug steckt, du kriegst einen Teil hinein, ein anderer Teil quillt wieder heraus. Sie kommen in die Praxis mit einem unglaublichen psychosomatischen Dreck und in die Notaufnahme mit Verletzungen direkt aus der Hölle.« Er versuchte sich zu beruhigen, es gelang ihm aber nicht. »*Ich* kann mir keine Ruhe leisten. Jeden Tag bin ich gezwungen, den Deckel von ihrer Verdrängung herunterzunehmen und mit ihnen in die beschissene Wahrheit ihres Lebens zu kriechen – versuche nichtsdestotrotz ihnen zu helfen –, und es kotzt mich an!«

»Du klingst so bitter, so …«

»Ja, Miranda, ich bin verbittert, und ich hasse mich selbst dafür. Ich bin kein Idiot, ich frage mich: Wo kommt diese Scheiße her? Von mir, von der Welt, von Selma? Ich meine, ich habe heute einen Brief von Selma gekriegt, der einem die Haare zu Berge stehen lässt! Wenn ich ihn dir zeigen würde, würdest du glauben, du hättest es mit einem heimlichen Axtmörder zu tun oder so etwas!«

Verblüfft fragte Miranda: »Warum tust du es nicht?«

»Mit der Axt morden?«

»Ihn mir zeigen?«

Er machte einen Rückzieher.

»Ach, hör nicht darauf, was ich sage«, meinte er obenhin, »ich reagiere übertrieben. Es ist nicht einfach, wenn deine Mutter stirbt, und du bist nicht bei ihr. Selma ist okay – Selma ist klasse, in gewisser Weise. *Ich* bin das Problem, nicht sie.«

»Du sprichst nie über sie.«

Er starrte zum Fenster hinaus und suchte den Himmel ab. Dann wandte er sich wieder ihr zu und erklärte: »Ich will nicht, dass sie sich hier bei uns einmischt.«

»Wie könnte sie?«

In mehr als nur einer Weise, dachte er.

»Schau«, fuhr er freundlicher fort, »es interessiert mich nicht, wo meine Bitterkeit herkommt, ich bin interessiert daran, was es ist und wie ich es loswerde. Ich bin verbittert und es zerreißt mich, bis ich aufgebe und mir alles egal ist.«

»Orvy, es tut mir Leid«, sagte sie und griff nach seiner Hand.

Er ließ sie liegen, bewegte sie aber nicht.

Erneut zog sie sich zurück.

»Bei Regierungen«, hörte sie sich sagen und dachte gleichzeitig: Was für einen Blödsinn rede ich da?, »kann man vielleicht nichts Besseres erwarten.«

»Als *das?*«

»Sieh mal, wie schwer es schon für uns beide ist – zwei Menschen, die …«, sie zögerte kurz, »… die sich lieben. Schau dir die Tausenden in dieser Stadt an – sieh dir die Meute auf der Sitzung an. Rechne das auf Millionen von Menschen hoch. So sind die Dinge nun mal. So sind die Menschen.«

»Sie können es nicht besser?«

»Ich weiß nicht. Bisher konnten sie es jedenfalls nicht. Geschichtlich gesehen.«

Düster sagte Orville: »Ich habe das Gefühl, dass wir es nicht schaffen.«

Miranda spürte, wie ihr Hals eng wurde. Ist es vorbei? Sie fragte: »Wir?«

»Nein, nein, wir Menschen. Wir haben solche Höhenflüge. Wie die Quäker mit ihrem Utopia. Ich habe diese verrückte Idee, dass wir es besser machen können. Menschen können sich verändern, wachsen – das habe ich gesehen.«

Wie, fragte sie sich, war es möglich, dass er bei all seinem Zynismus doch so naiv war? Lag es daran, dass er nie wirklich ernsthaft krank, behindert war? »Aber Schooner nicht?«, fragte sie.

»Das sehe ich nicht.« Er drehte sich zu ihr um. Ihr Gesicht wurde zufällig von derselben Straßenlampe angeleuchtet wie das von Schooner. »Ich kann die Dinge nicht akzeptieren, wie sie sind. So beschissen kann es einfach nicht sein. Es ist mir nicht genug.«

»Ich habe nie davon gesprochen, dass du die Dinge akzeptieren sollst, wie sie …«

»Du bist diejenige, die zynisch ist, was die Möglichkeiten betrifft, die …«

»*Ich* bin diejenige, die auf der Straße demonstriert, wenn du dich erinnerst.«

Ihre Erwiderung war ein Treffer. »He, ich tu meinen Teil in der Praxis, okay?«

Sie lächelte nicht.

»Okay«, sagte er verlegen, »aber warum demonstrieren, wenn man ein so düsteres Bild von der Menschheit hat? Warum nicht einfach aufgeben?«

»Weil, wenn du dich nicht einmischst«, antwortete sie mit leidenschaftlicher Stimme, »dann werden die großen Idioten der Geschichte, über die du dich so beschwerst und zeterst, genauso wie all die Menschen in dem Raum da, die ihren Hass auf Leute wie dich und mich und Amy richten – dann werden sie das liebe alte Hotel abreißen, und wenn …« Sie brach ab. »Vergiss es. Wir müssen uns wegen Cray beeilen.«

»Sag es zu Ende.«

Miranda sah ihn kurz an, blickte weg und sah ihn wieder an. »Weil«, fuhr sie fort, »wenn du dir nicht in den Hintern trittst und versuchst, die Muskeln deines Beins zu bewegen, atrophiert dieses Bein, und du wirst nie wieder gehen können.«

Es herrschte kurz Stille, nur der Wind fegte durch die offenen Autofenster. »Es tut mir Leid.« Jetzt drückte er ihre Hand. Nichts. Erneut. Sie erwiderte seinen Druck – ein bisschen.

»Mir auch. Ich bin nicht gut in Ausbrüchen. Komm, holen wir Cray.«

Orville hielt vor dem Haus der Schooners. Er hatte keine Lust, Henry zu sehen. Miranda ging hinein. Henry kam heraus, immer noch in weißem Hemd und Krawatte, die jetzt locker um den offenen Hemdkragen hing, so dass er wie ein häuslicher Familienvater aussah. Er stand unter dem bernsteinfarbenen Verandalicht und winkte Orvy herzlich zu, der schwach zurückwinkte. Henry stieg die Stufen hinunter; er ging eigentlich nicht, sondern schlenderte federnd den Gehweg hinauf und um das Auto herum zur Fahrerseite.

Eine Audienz beim heiligen Henry?, dachte Orvy. Bin ich gestorben und jetzt im Himmel? Er ließ das Fenster herunter und fand sich von Angesicht zu Angesicht dem Retter der Stadt gegenüber.

»Toll, dass du da warst, Orvy.«

»Du hattest einen guten Auftritt dort vor der Menge, Henry.«

»Gelebte Demokratie. Es ist ein wunderbares Land, oder?«

»Sicher, Henry«, antwortete Orvy und bemühte sich, aufrichtig zu erscheinen. Er fragte sich: Warum bin ich, wenn ich mit Henry rede, ein Schwindler? Und warum fühle ich mich ihm stets unterlegen?

»Wie auch immer«, entgegnete Schooner und schüttelte staunend den Kopf. »Vielleicht wirst du das eines Tages sagen, alter Freund, und es auch wirklich meinen. Mir ist es ja egal, aber wie heißt es so schön: ›Wenn du den Lehrern nichts zu essen gibst, essen sie die Schüler.‹«

»Hm?«

»Craybelwind!«, rief Henry plötzlich und richtete sich auf, als Cray zum Auto gerannt kam. »Hattest du es schön mit Maxie?«

Orvy freute sich, dass Cray Henry die Antwort gab, die er früher ihm selbst immer gegeben hatte – ein viel sagendes Nichts.

»Freut mich zu hören«, meinte Henry lachend.

»Hallo, Orvy!«, rief Nelda Jo von der Veranda. Sie trug einen seidenen Morgenrock, der viel Kurven und auch etwas Haut zeigte. »Warum sieht man dich so wenig? Ihr müsst uns mal alle besuchen, hörst du? Versprich es.«

»Ja!«, sagte Orville. Miranda und Cray stiegen ein. Henry trat zurück, lächelte und winkte, als ob sie für ein Jahr auf Weltreise gehen würden, mit Bill und Babs und Wolfgang und

Kenni. »Wiedersehen!« Die Schooners winkten ihnen nach, bis sie außer Sicht waren.

Cray war schlecht gelaunt. Auf ihre Frage, ob er sich mit Maxie gut verstanden habe, was sie getan und was sie gegessen hätten, antwortete Cray nicht. Als Miranda, was das Essen betraf, beharrlich blieb, sagte Cray: »Ich will nicht drüber reden.«

Miranda wusste, dass Cray seit drei Tagen keine Verdauung gehabt hatte, und machte sich Sorgen, ob er vielleicht nichts aß, weil er Verdauung hasste. Obwohl ihr klar war, dass sie es hätte übergehen sollen, fragte sie: »Warst du auf dem Klo?«

»Nein. Hör auf zu fragen.«

»Ich lasse dich in Ruhe, wenn du mir *eine* Sache sagst, die du mit Maxie gemacht hast.«

Cray schwieg eine Weile. Sie waren draußen auf der Route 9, auf dem Heimweg. »Er hat mir ein paar Bilder gezeigt, sechsi Bilder, weißt du. Er hat gesagt, es sind geile Ficker.«

»Was?«, rief Miranda aus. »Wer hat das gesagt?«

»Maxie. Er hat mir Bilder gezeigt.«

»Wo hat er die Bilder denn her?«, fragte Miranda.

Cray schwieg.

»Komm, Cray, woher?«

Cray schwieg weiter.

»Hat er sie von seinem Vater?«, fragte Orville, der sich daran erinnerte, dass Henry als Kind ein Kartenspiel besaß, auf dem vögelnde Paare abgebildet waren.

»Nein, von seinem Bruder.«

»Weiß sein Vater davon?«, fragte Miranda.

»Keine Ahnung.«

»Na, morgen wird er's wissen.«

»Nein! Du kannst es ihm nicht sagen.«

»Warum nicht?«, fragte Miranda.

»Maxie schlägt mich zusammen.«

»Du großer Gott, hat er damit gedroht?«

»Kann ich dir nicht sagen.«

»Ich rufe seinen Vater an, sowie wir zu Hause sind.«

»Nein!«

»Er wird sich um Maxie kümmern, da brauchst du dir keine Sorgen zu machen. Und du bist zu jung, um solche Sachen anzusehen und so zu reden. Und sprich das Wort nie wieder aus!«

»Du sagst es ja auch. Und Orvy.«

»Wir sind erwachsen und du nicht.«

»Habe ich keine Rechte?«

»Ein paar.«

»Nein, hab ich nicht, verdammtes Ficken!«

»Hör damit sofort auf.«

»Ficken.«

»Oder es gibt eine Woche Fernsehverbot.«

»Ich darf nie etwas!«, sagte Cray und fing an zu weinen.

Als sie zu Hause waren, rief Miranda Henry an, und Henry schien entsetzt zu sein und erklärte, dass er sich sofort darum kümmern werde. Cray, der im Fernsehzimmer war, hörte das Gespräch mit. Er war zwar mürrisch, schien aber damit zufrieden. Er bekam das übliche Bettritual – Orvy las ihm vor, und Miranda kuschelte mit ihm, bis er eingeschlafen war, und dann gingen sie auch zu Bett.

Als sie da zusammen lagen, spürten beide eine leichte Veränderung. Sie hatten Dinge ohne Liebe gesagt und eine Gefahr überlebt, sie hatten sich in Tiefen vorgewagt, gerade die zwei oder drei Schritte zu weit, die einen Schwimmanfänger zum Ertrinken bringen können. Die Tatsache, dass sie noch einmal davongekommen waren, hatte sie dorthin zurückgehen lassen, wo sie Boden unter den Füßen hatten, wo sie stehen und atmen konnten.

»Ich bin froh, dass du hier bist«, sagte Miranda und schmiegte sich an seinen Hals.

»Ich auch. War das ein Tag.«

»Vielleicht, wenn man die Sache mit seinem älteren Sohn bedenkt, hast du Recht mit Henry.«

»Wie auch immer. Ich habe genug Schooner für einen Tag, okay?«

»Ich auch. Aber nicht von dir.« Sie malte mit dem Finger einen Kreis auf seinem Oberschenkel und legte seine Hand auf ihre Brust.

»Also schön«, sagte er, erregt und entspannt, »dann müssen wir es wohl herausfinden, was?«

»Hm?« Sie war ebenfalls erregt, ihre Brustwarzen waren fest und prall. Gott, war das ein gutes Gefühl, vielleicht wegen der Furcht. »Was herausfinden?«

»Ob die Menschen es besser machen können.«

»Wie finden wir das heraus, Doc?«

»Durch uns selbst.«

Sie spürte Zuversicht in ihm, so viel Zuversicht wie in ihrem Feuchtwerden.

Ihre Leidenschaft enthielt seine Bitterkeit und ihre Furcht und wurde zugleich davon angetrieben. Sie liebten sich wild und heftig. Als ob ein Teil von ihnen nicht ganz dabei wäre.

Als man ihn um vier Uhr früh in die eisige Dunkelheit hinausrief, hätte Orville schwören können, er sähe Selma im Tiefflug vom Hudson hereinfliegen, von Coxsackie her. Sie legte sich scharf in die Kurve, so dass sie sich gegen Süden drehte, segelte eine kurze Weile, als ob sie sich für einen letzten Schub bereitmachen würde, und folgte dann den Eisenbahnschienen nach Columbia hinein. Sie flog schnell, als ob ihr Besenstiel sich zu einem Elektrolux gemausert hätte.

»Hab keine Zeit!«, rief sie und entfernte sich. »Ich muss woandershin!«

Miranda hörte ihn gehen und wachte auf. Es verstörte sie, dass ihr erster Gedanke Selma galt.

Sie fühlte sich beklommen, dann bekam sie regelrecht Angst.

Die dunkle Seite, die geheime Seite brach auf.

Hätte ich ihm sofort von Selma erzählen sollen? Oder in der Bibliothek, als er mir den Brief vorlas und fragte, ob ich sie gekannt hätte? Was wäre, wenn ich es getan hätte?

Sie wurde mutlos.

Was wäre aus meinem Leben geworden, wenn ich x statt y getan hätte?

Was, wenn ich meinen Mann daran gehindert hätte, an jenem Tag zu fliegen?

Was wäre, wenn ich an jenem anderen Tag nicht im Teich geschwommen wäre, nicht alle Tage dort schwimmen gegangen wäre in dem letzten Sommer, als ich noch ein kräftiges, gesundes Mädchen war?

22

»Mom«, sagte Cray zu Miranda, »ich will aber neben Orvy sitzen.«

Es war der Nachmittag des 1. Mai, einen Monat nach der Anhörung zum Worth Hotel. Das Wetter war wechselhaft, aber mild, der Morgenregen ein Frühlingsregen, sanft und verheißungsvoll. Der Fluss strömte wieder frei. Es war die Zeit im Jahr, in der einen abends das lange Abendlicht mit Staunen erfüllt.

Cray, Miranda, Amy und Orville gingen von ihrer jüngsten Besichtigung einer historischen Stätte zum Chrysler zurück. Sie waren hinaus nach Lebanon gefahren, zum Grab von Samuel Tilden. Tilden, aus Columbia gebürtig, war von der Mehrheit des Volks zum Präsidenten der Vereinigten Staaten gewählt, aber in einer Umkehrung des Mehrheitswillens hatte er im Gremium der Wahlmänner diese Mehrheit verloren. Auf seinem Grabstein stand:

ICH VERTRAUE DENNOCH DEM VOLK

Crays Wunsch, neben Orvy zu sitzen, war, wie Miranda wusste, nur eine Bagatelle, eine Nichtigkeit, die wirklich keine Rolle spielte. Aber sie war doch etwas verärgert. In letzter Zeit hängte sich Cray immer mehr an Orville und hielt Distanz zu ihr. Jetzt versuchte sie ihren Ärger zu unterdrücken und vernünftig zu sein.

»Du kannst nicht neben Orvy sitzen, Cray«, sagte sie, »du *weißt*, dass du nicht vorne sitzen kannst. Es ist gefährlich.«

»Es ist keine große Straße.«

»Sie ist ganz schön groß.«

»Das letzte Mal durfte ich auf einer ganz schön großen Straße neben Orvy sitzen, warum jetzt nicht?«

Da hatte er sie kalt erwischt. Letzte Woche, auf sein Drängen und Orvys Versicherung hin, hatte sie ihn vorn neben Orvy sitzen lassen, und jetzt ließ der kleine Rechtsanwalt in Cray sie dafür bezahlen. Ein bisschen ärgerte sie es, dass Orvy ihr nicht zu Hilfe kam.

»Warum darf Amy immer vorne neben Orvy sitzen?«

»Nicht immer, Cray«, sagte Amy, die Mirandas missliche Lage erkannte. »Wie wär's, wenn wir uns beide nach hinten setzen?«

»Nein! Ich will nicht neben einem Mädchen sitzen!«

Dabei sah er Amy schnell an, die fassungslos ihren Kopf schüttelte, senkte seinen eigenen und schmollte.

Miranda legte den Arm kameradschaftlich um Amy. Amy drückte sich an sie.

Was ist nur los mit ihm?, fragte sich Miranda. Gestern kam er vom Spielen mit seiner besten Freundin Clare Robb nach Hause, und als sie ihn fragte, ob er Spaß gehabt habe, antwortete er: Ja, aber sag keinem, vor allem Maxie nicht, dass ich mich immer noch mit Mädchen zum Spielen treffe, okay? Miranda wollte wissen, warum nicht, und Cray erklärte: »Weil Maxie sagt, Mädchen sind ekelhaft, und wenn er es herauskriegt, sitze ich in der Tinte. Also versprichst du's, okay?« Was konnte sie tun? Sie versprach's. Diese neue Anti-Mädchen-Phase war eine wirkliche Herausforderung. Was sagte es über seine neue Weltsicht? Dass man Mädchen hassen musste, um ein richtiger Junge zu sein? Dass man einen klaren Schnitt machen musste, um leben zu können?

Nun, während sie sich überlegte, wie sie dieses Wo-sitzt-Cray-Geplänkel beenden konnte, sah Miranda zu Orville, der neben der offenen Fahrertür des Chrysler stand. Würde er für sie eintreten?

»Wie wär's denn, Cray«, sagte Orvy, »wenn wir beide, du und ich, uns nach hinten setzen?«

»Aber du musst fahren.«

»Deine Mom kann fahren, stimmt's?« Er warf Miranda einen hoffnungsvollen Blick zu.

Mit ihrer Behinderung fuhr sie nur sehr ungern ein so großes Auto, und sie fühlte sich von Orvy etwas im Stich gelassen. Nicht, dass sie ihm je etwas von ihrer Unsicherheit erzählt hätte, aber trotzdem. Sie antwortete: »Wenn du mir das zutraust, sicher.«

»Lasst uns fahren«, sagte er, »sonst verpassen wir den Anfang vom Film.«

Miranda fühlte sich wie ein Chauffeur am Steuerrad. Amy saß neben ihr, Orvy und Cray saßen wie hohe Herrschaften hinten.

Eine Weile fuhren sie schweigend, der Chrysler schwamm auf der buckligen Straße.

»Spielen wir Tiereraten!«, sagte Cray von hinten.

Miranda warf Orville im Rückspiegel einen Blick zu. Sie hatten das Spiel seit dem Tag nicht mehr gespielt, als Cray, erbost über Orvys Schwindelei, gesagt hatte, er wolle es nie wieder spielen. Orvy hatte das akzeptiert und es seitdem nicht mehr vorgeschlagen.

»Ich glaube nicht«, erwiderte Orville. »Wirklich nicht.«

»Es ist okay, Orvy, du musst nur ehrlich sein«, sagte Cray. »Kein Herumalbern, okay?«

»Kein Herumalbern, aber ich glaube, wir sollten es nicht spielen.«

»Es ist okay, wirklich. Wirklich wirklich.«

»Versprochen?«

»Versprochen«, antwortete Cray. »Solange du dich nicht lustig machst.«

»Das mache ich nicht. Ich habe meine Lektion gelernt. Ich verspreche, dass ich mich nicht lustig mache.«

»Gut. Ich denke mir zuerst ein Tier aus.«

»Na los.« Orvy wartete. Cray sagte nichts. »Hast du schon eins?«

»Nein. Ich muss mir ein schwieriges ausdenken, ein ganz schwieriges.« Cray dachte nach. »Okay, ich hab eins. Es ist schwer. Du fängst an, Orvy.«

»Ist es ein … Schneeleopard?«

Cray schwieg einen Moment. »Hast du ›Schneeleopard‹ gesagt, Orvy?«

»Ja. Das hab ich.«

»Orvy, du hast nicht … ›Schneeleopard‹ gesagt, oder?«

»Habe ich, ich schwöre, dass ich das gesagt habe, ist es einer?«

»Bist du sicher, dass du … *Schneeleo…*«

»Ja!«

»Tja«, meinte Cray und nickte wie ein kleiner König, »es war ein Schneeleopard.«

»Wahnsinn!«, rief Orville. »Ich habe es gewusst.«

»Du bist dran«, sagte Cray. »Aber vergiss nicht, kein Herumalbern.«

Miranda umklammerte das Steuerrad. Sie freute sich über die neue enge Beziehung zwischen Cray und Orville, doch auf manches – so wie dieses »Herumalbern« – konnte sie gern verzichten. Es ist unglaublich, dachte sie jetzt, wie nah sie sich sind. Als ob der Mann neuerdings ein Gott für den Jungen geworden wäre. Cray sah zu Orvy mit einer gewissen Ehrfurcht auf, lief ihm hinterher, stellte ihm Fragen und hakte sogar nach, erzählte ihm Dinge, die er getan hatte oder plante oder geträumt hatte – und manchmal handelten seine Träume von Orville selbst. Warum verstehen sie sich so gut, überlegte sie. Lag es nur daran, dass er ein Mann war? Kam es daher, dass Cray mit Maxie zusammen war, der das ganze Halbstarkenzeug von seinem älteren Bruder nachplapperte, ein Junge, der in ihren Augen allmählich in Schwierigkeiten geriet? Lag es daran, dass Orvy Arzt war, wohingegen sie nur eine … was? … eine Historikerin ohne Abschluss war? Schlimmer noch, eine Mutter? Dass er reich war, sie arm? Sein bombastischer Chrysler, ihr armseliger Ford? Dass Orvy, wie die meisten Männer im Vergleich zu Frauen, größer war? Stärker? Dass er nicht behindert war? Kein Klotz am Bein, keiner, mit dem man langsamer gehen musste oder dem man, Gott behüte, beim Gehen helfen musste. Niemand, bei dem man ein komisches Gefühl hatte, wenn man neben ihm stand oder mit ihm einen Raum betrat, wegen dem man sich sogar schämte, für den man sich einsetzen musste, den man verteidigen musste gegen etwas anderes?

Hör schon auf. Übertreib nicht. Vielleicht ist es nur, weil er ein Mann ist, einer, der so ist, wie Cray sein will. Ist es nur das, genauso sein zu wollen?

Zunächst hatte sie die neue Liebe zwischen Cray und Orvy begrüßt, als ob sie selbst auch davon profitieren könnte. Inzwischen hatte sie eher das Gefühl, dass sie etwas dafür aufgab, etwas Süßes und Liebes. Einen süßen Jungen, einen lieben Mann. *Wofür* gab sie es auf?

Es war nicht nur ihre Verbindung, dachte sie, sondern die *Art* ihrer Verbindung. Spotten und Frotzeln und »nur Spaß machen« und wer ist größer oder kleiner oder stärker oder schwächer oder schneller oder langsamer oder härter oder zarter oder klüger oder dümmer. Besonders der Humor setzte ihr zu. Sein Ziel schien es zu sein, alles Ernste und Tiefgründige, alles tief Gefühlte zu verdrängen.

Doch das Sonderbarste war, wie Cray und Orvy sich ihr gegenüber verhielten. Sie versuchten Liebe zu bekommen, indem sie die Liebe verdrängten oder von der Liebe ablenkten, die bereits vorhanden war. Oder sogar indem sie vor der Liebe, die es schon gab, wegrannten und etwas taten, um die Liebe wiederzugewinnen, vor der sie wegrannten. War es das, was Cray vermisste? War es das, was man von einem Vater lernte?

Von Nordosten zogen Wolken auf. Sie fuhr durch den dunkler werdenden Nachmittag in die Stadt.

Wenige Stunden später, mitten im Film, versank Miranda noch tiefer in Schwermut. Sie saßen im Half Moon Theatre und sahen sich den Film nach einem ihrer Lieblingsromane, *A Passage to India,* an. Cray hatte sich den Platz rechts von Orvy erobert und zugleich dafür gesorgt, dass weder Amy noch Miranda neben ihm war. Sie saßen nun in der Reihenfolge: Miranda wie immer außen, dann kam Amy, dann Orvy, dann Cray. Miranda bemerkte, dass Cray mittlerweile auf Orvys Schoß saß. Es war nichts von Bedeutung, aber in ihr löste es etwas Großes aus.

Sie kamen zu der Stelle im Film, wo der indische Arzt Dr. Aziz für zwei Engländerinnen einen Ausflug mit einem Elefanten und einer Gruppe indischer Diener zu den Mirabar-Höhlen organisiert, die in den ältesten Bergfels der Erde getrieben waren, den Granitfelsen über Chandrapore.

»He, Orvy«, hörte sie Cray flüstern, »guck mal den tollen Elefanten da!«

»Ja. Der gefällt mir sehr!«

Sogar diese kleine Zwiesprache tat ihr weh. Hatte *sie* nicht sechs Jahre lang Stoff- und Plüschelefanten gekauft, Babar-Bücher vorgelesen und bis zum Umfallen Dumbo angeschaut?

Miranda schäumte innerlich vor Wut.

Noch fünfzehn Wochen, sagte sie sich, dann ist er weg. Oder?

Es war unglaublich für sie, wie Orvy sich kopfüber in dieses Vater-Sohn-Verhältnis mit Cray gestürzt hatte, ohne den geringsten Gedanken daran zu verschwenden, was geschehen würde, wenn er von ihnen fortging. Immer wenn Miranda daran dachte, dass Orvy im August gehen würde, und versuchte, dies neben Orvys derzeitiges Vaterverhältnis zu Cray zu halten, erfasste sie blankes Entsetzen.

Jeder Tag, an dem sich ein neues Liebesband zwischen Orvy und Cray knüpfte – wie gerade jetzt im Film mit ihrem Gekuschel und Getuschel über Elefanten –, erhöhte für sie den Einsatz, machte es schwieriger, der Sache ins Gesicht zu sehen, und machte es dann auch wieder schwieriger, ihr nicht ins Gesicht zu sehen. Wir müssen uns dem stellen, dachte sie, und zwar bald. *Er* wird es nicht mehr ansprechen, ich muss es tun. Wenn es so weitergeht wie jetzt und er uns verlässt, wird es eine Katastrophe. Was kann ich tun? Cray von ihm fernhalten? Zu spät, dafür ist es viel zu spät.

Diese Gedanken schalteten in ihrem Kopf das Schlechte-Mutter-Tonband an, eine oft gehörte Standpauke von ihr an sich selbst über all die Verfehlungen, die sie als Mutter zu verantworten hatte. Es brachte sie um.

Als ob sie ihre Bedrückung spürte, kuschelte sich Amy näher an Mirandas Schulter und seufzte glücklich. Miranda nahm sie in den Arm und dachte: Gott sei Dank gibt es dieses Mädchen!

Amy hatte immer mehr Zeit draußen bei Miranda verbracht. Sie beide hatten sich sehr lieb gewonnen – auf eine teils schwesterliche, teils mütterliche Weise. Penny hatte damit ihre liebe Not, und in den letzten Wochen hatte sie das, was Miranda am meisten an ihr bewunderte, intensiviert – ihre effektive, nahezu übergeschäftige und starke Mutterrolle.

Penny war sich immer sicher, und sie war pünktlich, wenn nicht sogar zu früh. Sie plante weit voraus und verpasste nie einen Termin. Penny hatte Amy bereits in dem Sommercamp Find Your Voice Without Boys angemeldet und sich schon die besten Lehrer für Amys kommendes Jahr draußen in der Beaver Country Day School gesichert. Penny hatte alle Unterrichtsstunden im Herbst in den Kalender eingetragen, die normalen Theater- und Reitstunden, dazu die neuen Veranstaltungen »Homöopathie für Kinder« und »Wie werde ich erwachsen«.

Penny bot Miranda ihre Hilfe an, um für Cray die Dinge ähnlich zu organisieren. Sie schien aber nicht zu begreifen, dass es nicht nur kein Geld dafür gab, sondern dass Mirandas Hauptsorge dem schlichten Überleben galt, wie zum Beispiel sicherzustellen, dass Cray nicht auf der Schulbusfahrt in die Stadt von den groben Farmersburschen belästigt wurde.

Selbst jetzt, da Amy sich an sie lehnte, fühlte sich Miranda schlecht. Verglichen mit Penny war sie eine reine Versagerin.

Was stimmt mit mir nicht?, fragte sie sich im Dunkel des Kinos. Warum kann ich mich nicht einfach mit Orvy und Cray treiben lassen, mich mit den Dingen dann befassen, wenn sie stattfinden? Da ist eine Menge Liebe zwischen den beiden, zwischen beiden und mir. Es sollten gute Gefühle daraus entspringen, warum fühlt es sich dann so traurig an?

Weil, so erkannte sie, zwischen mir und meinem Sohn eine Mauer entsteht.

Das ist das Paradies, dachte Orville, den Arm voll Jungen auf seinem Schoß, sein Kinn auf dem Haar des Jungen, als sie beide hinauf zur Leinwand sahen. Das Paradies! Cray ist fröhlicher geworden, und ich bin sicherer geworden ihm gegenüber. Zum ersten Mal in meinem Leben fühle ich mich wie ein Vater – und gar nicht mal wie der schlechteste. Amy sieht auch glücklicher aus. Und Miranda?

Er wusste, dass Miranda eher angespannt und bedrückt war, aber das war verständlich. Sie machte sich Sorgen wegen der Zukunft, und wer konnte ihr das verdenken? Er wünschte, er hätte besser vorausschauen können, aber dazu war er nie fähig gewesen. Mit Selma wusste man nie.

Er sah auf seine Uhr. Die zwölf JETZT-Zeichen leuchteten zurück.

Celestina. »Jetzt«, hatte sie einmal gesagt, »ist die Ewigkeit.« – »Manchmal«, hatte er erwidert, »fühlt es sich so an.« Seine Erinnerung an sie bereitete ihm, wie er verwundert feststellte, keine Herzenspein mehr. Celestina erschien ihm nun wie eine Lehrerin, die ihre Macken hatte, an die man aber mit großer Sympathie zurückdachte.

Er hörte, wie Miranda zwei Sitze weiter seufzte. Er sah zu ihr hin. Ihr Arm lag um Amy, ihre Köpfe waren eng beieinander. Wie schön für sie, dachte er. Cray, Miranda, Amy, ich – wie eine Familie, ja!

Er blickte auf Cray hinunter, der mit großen Augen den Elefanten auf der Leinwand betrachtete. Es *ist* ein großer Elefant, dachte Orville, sein Gesicht rosa und blau angemalt und die Augenwimpern mit großen schwarzen Schnörkeln verziert. Eine große rote Decke mit Fransen war über seinen Rücken gebreitet, auf dem eine Art Hochsitz befestigt war, den man über eine Leiter erreichen konnte.

»Orvy, wie heißt das Ding, in dem sie reiten?«, fragte Cray.

»Howdah.«

»Howdah, Partner!« Sie lachten beide. Crays Augen blickten gebannt, als die Frauen die Leiter hochkletterten und dann durch das Dorf ritten, angeführt von den Indern, die wie bei einem Umzug Trompeten spielten und um das große Tier tanzten. Die Kamera nahm zunächst das Panorama mit dem Elefanten auf, der majestätisch den Berg zu den Höhlen hinaufstieg, dann die Gäste in dem Howdah unter dem roten Sonnenschirm und dann eine Nahaufnahme der Elefantenfüße, mit Glöckchen an den Fußgelenken, die klingelten, während er den Granithang erklomm.

Der Elefant ging bald den Weg aller Statisten, und Cray schlief in Orvilles Arm ein.

Der Film endete, sie weckten Cray, und dann begaben sich die vier den steil ansteigenden Gang hinauf zur glitzernden Eingangshalle.

Cray sagte zu Orvy: »Ich möchte unbedingt mal auf einem Elefanten reiten.«

»Das wirst du auch. Es kommt bald von West Point ein Zirkus hierher. Sie haben sicherlich Elefanten.«

»Nein, ich meine in Indien. Indische Elefanten in Indien. Bist du mal?«

»Ja.«

»In Indien gewesen oder auf einem Elefanten in Indien geritten?«

»Beides.«

»Wie war es?«

»Macht einen ein bisschen seekrank, aber man fühlt sich mächtig. Wie der König der Berge. Niemand kann es mit einem da oben aufnehmen.«

»Können wir nach Indien fahren?«

Die vier standen nun draußen vor dem Kino und blinzelten in das helle Licht.

»Ja.«

»Versprochen?«

»Nein.«

»Ach Scheiße.«

»Cray!«, sagte Miranda. »Nimm dich in Acht.«

Sie gingen zum Chrysler.

Miranda ergriff Orvilles Arm und hielt ihn ein bisschen zurück.

Amy kam neben Cray und fragte: »Wie hat dir der Film gefallen, Cray?«

Ohne zu antworten, wandte sich Cray schnell von ihr ab, schlüpfte nach hinten, wo Orville und Miranda gingen, und nahm Orvilles freie Hand. Amy war allein. Die Arme in die Seiten gestützt, drehte sie sich um. Alle blieben stehen.

»Vielen Dank, Cray.«

Cray sah zu Orville hoch. »Sag Amy, es ist gern geschehen.«

»Cray«, ergriff jetzt Miranda das Wort, »das ist sehr, sehr unhöflich von dir, und ich möchte das nicht.«

»Sag's ihr«, forderte Cray Orvy erneut auf.

»Warum kannst du das nicht selbst tun?«

»Weil sie radioaktiv ist.«

»Was?«

»Alle Mädchen sind's.«

»Wer hat dir denn das erzählt?«, fragte Orville.

»Gott«, antwortete Cray.

»Stimmt nicht«, erwiderte Amy. »Der würde nie so etwas sagen.«

»Meinst du, dass ich auch radioaktiv bin?«, wollte Miranda wissen.

»Du bist kein Mädchen mehr.«

»Als ich es war?«

»Ja.«

»Hast du das von Maxie?«, fragte Miranda. Cray schwieg. »Du entschuldigst dich bei Amy, oder du kannst was jetzt erleben.«

Cray schwieg immer noch. Er sah seinen wirklichen Gott, Orville, um Hilfe bittend an.

»Mädchen sind toll«, erklärte Orville. »Tu, was deine Mom gesagt hat.«

Cray wandte sich von ihnen allen ab, kreuzte die Arme über der Brust und starrte trotzig das Standbild von Christoph Kolumbus im Seventh Street Park an.

»Ich sagte, Cray: oder du kannst was erleben.«

»Lass nur«, meinte Amy. »Ich bin dran gewöhnt.«

»Kommt, wir gehen zum Imbiss und holen Pommes zum Abendessen«, meinte Orvy.

»Nicht für mich«, entgegnete Amy. »Ich will nach Hause.«

»Bist du sicher?«

»Ja. Ich kann laufen.«

»Nein, nein«, sagte Orvy. »Ich fahr dich hin.«

»Okay. Tschüs, Miranda.« Sie umarmte Miranda fest.

»Tschüs, Liebes. Bist du sicher, dass du nicht mitkommen und bei uns übernachten willst?«

»Ja, ich bin sicher.« Amy sah Cray an. »Ich sage nicht ›Tschüs, Cray‹, weil du ja sowieso nicht antwortest.«

»Mom?«, fragte Cray.

Erwartungsvoll erwiderte Miranda: »Ja, mein Schatz?«

»Können Amy und du nicht zum Imbiss gehen, und ich und Orvy fahren nach Hause?«

Miranda sah Orville an und verdrehte die Augen. Er verdrehte die Augen ebenfalls. »Treib's nicht zu weit«, warnte Miranda. »Komm.« Miranda und Cray stiegen in den Country Squire, Orvy und Amy in den Chrysler. Sie fuhren los.

»Ich weiß nicht, was mit ihm los ist«, sagte Orvy zu seiner Nichte. »Er hat eine schlimme Phase, was Mädchen betrifft.«

»Ich kenn das«, erwiderte Amy. »Mit den Jungs hab ich's aufgegeben.«

»So früh schon?«

»Ja. Weißt du, was gestern Abend passiert ist?« Orvy fragte, was. »Also, ich war in der *West Side Story* und habe ›I feel pretty‹ gesungen.«

»Ja.«

»Und gestern Abend kamen zwei Jungs – einer war der, der vorher erklärt hat, dass er mich mag, und dem ich erwidert hab, dass er das nicht sagen soll –, sie kamen die Straße herauf und standen dann unter der Straßenlaterne einfach so herum. Nach einer Weile fingen sie an zu singen: ›I feel pretty oh so pretty‹. Ich hab mich so geschämt! Und dann ging Mom raus und fragte, was sie wollten, und sie antworteten, sie wollten, dass ich rauskomme. Und ich hab Mom gesagt, sie soll ihnen ausrichten, dass sie verschwinden sollen. Und das hat sie getan.« Amy seufzte und knackte mit ihren Fingern – eine alte Angewohnheit, die sie von Penny übernommen hatte. »Also, ich will nie was mit Jungs zu tun haben.«

»Manche sind nicht so schlimm.«

»Am Anfang sind sie nett und dann, also in diesem Jahr, in der fünften Klasse, werden sie einfach *unausstehlich*. Wie

Cray. Meine Freundin sagt, dass es im Februar in der fünften Klasse passiert, meistens am 5. Februar in der fünften Klasse. Es ist normal, und es ist blöd. Jungs nerven, Punkt.« Sie überlegte kurz. »Aber dann denke ich manchmal auch: Vielleicht liegt es an mir?«

»Auf keinen Fall«, entgegnete Orvy. »Als dein Hausarzt kann ich dir versichern, dass mit dir alles in Ordnung ist. Du bist ein Wunder, erinnerst du dich?«

»Entfernt.«

Schweigend fuhren sie zum Stadtrand, und bald erreichten sie die Einfahrt von Pennys und Milts Ranchhaus. »Ich hab dich lieb«, sagte Orvy, als er sie aussteigen ließ.

»Ja?« Sie schloss leise die Wagentür und ging langsam den Plattenweg zwischen den kunstvoll beschnittenen Schierlingstannen hinauf. Orvy sank das Herz. Er saß da und verfolgte ihren traurigen Gang. Sie öffnete den Windfang, hielt ihn geöffnet, gegen den Widerstand des Türschließers. Dann ließ sie die Tür los, die beinahe zuschlug, aber von der pneumatischen Vorrichtung abgefangen wurde, so dass sie hin- und herschwang, bis sie ins Schloss klickte. Amy drehte sich um, kehrte zum Auto zurück und beugte sich in sein Fenster hinein.

»Du bist anders«, sagte sie. »Ich hab dich ebenfalls lieb.«

»Bin ich auch ein Wunder?«

»Darauf kannst du wetten.«

Bevor Orvy zu Miranda fuhr, schaute er erst noch bei sich zu Hause rein, um die Kleider zu wechseln und die Post durchzusehen. Auf dem Küchentisch lag ein neuer Brief von Selma.

Hallo, Flüchtling!

Ich bin gut drauf – mir geht es immer gut, wenn ich von der Beerdigung von *jemand anderem* heimkomme. Heute wurde Sam Schenckberg, der Vater von Faith, zu Grabe getragen. Jude, aber ein Ekel. Wir saßen alle da beim Gottesdienst, keiner wollte etwas sagen, keinem fiel irgendetwas

Nettes über ihn ein. Selbst Rabbi Geller – er ist so fabelhaft bei Beerdigungen – musste passen. Schließlich steht jemand in einer der hinteren Reihen auf – ich glaube ein Rosenblatt – und stößt mit dem Finger nach oben zu Gott und ruft: »Sein Bruder war schlimmer!«

Ich kann kaum erwarten zu hören, was sie über mich sagen werden. (Das heißt: gesagt haben.)

Aus irgendeinem Grund sehe ich mir Deine Hände an, diese langen Finger und weichen Innenflächen. Weißt Du, ich war immer enttäuscht über Deine medizinische Berufswahl. Ich meine ein »Allgemeiner Arzt«? Komm! Bill ist ein A. A.! Aber mit Deinen Händen hättest Du leicht Gynäkologe werden können.

Was uns zu der Frage führt, ob Du normal bist. In vieler Hinsicht bist Du's. Schön. Aber alles in allem würde ich eher Nein sagen. Deine Schwester und Dein Vater und neuerdings sogar Deine Nichte sagen auch Nein. In einer wichtigen Hinsicht bist Du anormal – Deiner totalen Selbstsucht. (Penny, die eine lange Therapie hinter sich hat, hat einmal ihren Psychotherapeuten über Dich befragt, und er hat gesagt, dass Du die Diagnose des »Narzissmus« erfüllen würdest. Ja sicher, Du wirst entgegnen: Wer ist nicht egoistisch? Klar, keiner, überhaupt keiner. Sogar ich bin's. (Obwohl Mütter und in geringerem Maß auch Väter lernen, es nicht zu sein. Wenn Du und Lily ein Kind gehabt hättet, dann wüsstest Du, was ich meine.)

Aber hör zu: Ich rede davon, dass Du immer so mit Dir selbst beschäftigt warst, dass Du Dich nie mit mir beschäftigt hast.

Noch nicht mal nach meiner Operation. Ich war normal, manche fanden mich sogar schön, wie auf den Junior-League-Modeschauen im Worth, an die Du Dich nicht erinnern wirst, und in dem kobaltblauen Kleid, und dann wurde ich von diesem gojischen Hirnmetzger oben in Albany zugerichtet. Ich kam nach Hause, tot vom Gesicht an aufwärts, und hast Du Dich um mich gekümmert, bist Du auch nur einmal wirklich bei mir geblieben?

Nein.

Weißt Du, wie das ist, wenn man nur mit einem Auge weint? Nur mit einem Ohr hört? Nur mit einer Gesichtshälfte lächelt? Seine Schulter hochziehen muss, um das Augenlid zu bewegen? Nicht fähig zu sein …

Orville wollte den Brief schon in Fetzen reißen und ihn im Abfluss entsorgen, da fiel sein Blick auf die letzten Zeilen.

… und deshalb wette ich, egal, welches Mädchen Du Dir hier angelacht hast, dass es schief gehen wird. Du wirst wieder alles vermasseln! Du fragst Dich vielleicht, woher ich das weiß. Ich weiß es eben. Weil ich Dich kenne. So wie Du es bei mir vermasselt hast!

Alles Gute von Deiner
Hohen Fliegerin

Woher *weiß* sie das?, fragte er sich. Lebt sie vielleicht noch? Versteckt sich irgendwo? Wandert verkleidet in der Stadt herum? Ist irgendwo auf einem Berg mit einem Fernglas und beobachtet alles? Kann sie irgendwie ihren Tod nur vorgetäuscht haben?

Er wollte Penny fragen, ob sie tatsächlich Selmas Leichnam gesehen hat, und Selmas Todesurkunde überprüfen.

Mit der perversen Idee, dass der Brief vielleicht irgendwann irgendwo als Beweisstück taugen würde, faltete er ihn so sorgfältig wie einen Liebesbrief zusammen und steckte ihn in den Umschlag zurück. Er fühlte sich gleichzeitig schwer und leicht, als er zu Cray und Miranda fuhr.

23

Am Abend zuckten plötzlich Blitze, und Donner rollte vom Rip-van-Winkle-Land herunter über den Fluss und auf das Dach des alten Hauses.

Es war Crays Bettgehzeit, aber er machte Theater, wollte noch ein Rätselspiel mit Orvy spielen.

»Los, Cray«, sagte Miranda, »es ist Zeit fürs Bett.«

»Nein!«

»Los jetzt, los. Hier ist meckerfreies Gebiet. Putz die Zähne, zieh deinen Pyjama an, und geh ins Bett.«

Ein neuer Blitz. Der Donner folgte rascher und lauter nach.

»Nur wenn Orvy *allein* mir was vorliest«, entgegnete Cray.

»He, Cray«, sagte Orvy, »wir lesen dir beide vor, das weißt du …«

»Aber ich hab so Angst bei dem Donner, dass ihr mir nachgeben müsst.«

»Ich will nichts von diesem Angstzeug hören …«

»Es ist okay«, sagte Miranda seufzend. »Ausnahmsweise heute.«

»Jey!« Cray rannte die Treppe hinauf ins Badezimmer.

Miranda begab sich ins Schlafzimmer, um sich für die Nacht umzukleiden. Orvy ging zu Cray.

CCCRRRRRAKKK! brach ein neuer gewaltiger Donnerschlag los. Die Lichter flackerten, wurden schwächer und gingen aus. Sie riefen alle durcheinander und tasteten sich an den Wänden entlang und die Treppe hinunter zu den Schränken und fanden Kerzen und eine kleine Taschenlampe und gingen wieder hinauf in die beiden Schlafzimmer.

Orvy las Cray mit Hilfe der Taschenlampe Kiplings »Wie der Elefant seinen Rüssel bekam« vor. Bald fielen dem Jungen die Augen zu, und er schlief ein. Vorsichtig zog Orville seinen Arm unter ihm hervor. Beim Licht der Taschenlampe putzte er sich die Zähne und schlüpfte in seinen Schlafanzug. Dann schaltete er die Lampe aus und tastete sich vor zu ihrem Bett.

Der Donner krachte direkt über ihren Köpfen, als schlüge eine Faust aufs Dach und würde an Dach- und Deckenbalken rütteln und die Teller und Tassen im ganzen Haus zum Klirren bringen.

Im Dunkeln berührten sie sich mit verzehrender Glut. Die Nachtkleidung fiel von ihnen ab, ihre Münder vollbrachten kleine Wunder, fanden viele süße nasse Stellen. Sie waren hungrig und wild, als ob ihre Leidenschaft die jüngsten Reibereien am Rand der Liebe Lügen strafen könnte. Sie fanden ineinander, bewegten sich mit Kraft und Anmut, wie Tänzer, die sich auf dunkler Bühne durch Berührung verständigen. Draußen – sie spürten es mehr, als dass sie es sahen – zerrissen Blitze den Nachthimmel, sie hörten die Fäuste des Donners, die sich plötzlich zu Regenfingern öffneten. Sie stöhnten, schwitzten, stießen Decken beiseite, ihre Münder waren offen und hungrig und schmeckten nach Essen und Sex. Sie ließen sich los, ließen sich – Amy hätte vielleicht gesagt »bis zum Gehtnichtmehr« – los.

Sie lagen da und atmeten erschöpft. Ein Geruch von Schwefel drang aus den unteren Schichten des Regens durch den offenen Fensterspalt herein, kam aus tausend Metern Höhe vom Himmel herunter und hunderte von Meilen aus, sagen wir, Ottawa her, ein schweflig-kühles Echo des Unwetters.

Die Lichter gingen alle an.

Da lagen sie nackt nebeneinander.

Nackt auf dem unbedeckten Bett im grellen Licht der billigen Deckenlampe, die Miranda schon vor Jahren hatte austauschen wollen. Es war erstaunlicherweise das erste Mal, dass sie sich im hellen Licht nackt sahen. Miranda hatte immer darauf bestanden, dass sie sich im Dunkeln oder bei Kerzenlicht und unter Decken liebten.

Orville betrachtete unwillkürlich ihr verkümmertes Bein.

Die Muskelmasse reichte kaum aus, um die Form eines Beins auszufüllen. Der verkümmerte Knochen war deutlich sichtbar, ähnlich wie, so kam es ihm in diesem Augenblick vor, die Form eines Leichnams unter einem Tuch sichtbar ist. Auf dem Knie waren die Narben von den vielen Versuchen, es wieder herzustellen. Am Fußgelenk war das Gewebe auf andere Weise entstellt, vielleicht von ihrem orthopädischen Schuh oder von ihrer früheren Stahlschiene. Orville musste kurz an die Anatomie, den Sezierraum, die Leiche, den Schock denken. Gewöhnung hatte den Schock angesichts verunstalteter menschlicher Körper abgestumpft. Er hatte gelernt, eine Menge gebleichtes Weiß – weißer Kittel, weiße Bandagen, weißes Papier voll ärztlicher Logik – zwischen sein Herz und seinen Beruf zu stopfen. Doch dies war anders. Nicht nur war sie nackt, auch er war nackt. Kein weißer Kittel, kein Beruf. Von dem Anblick getroffen, überraschte ihn mehr seine Überraschung, schockierte ihn, dass er schockiert war. Er sah tagaus, tagein Schlimmeres. Alles in einem Augenblick.

Und im gleichen Augenblick, bevor er seine Arztmaske wieder aufsetzte, sah Miranda seinen Schock – sogar das Aufflackern von Ekel. Bloßgestellt, gedemütigt, tat sie reflexartig etwas vielleicht wirklich Tapferes. Sie berührte seine Wange, um sein Gesicht zu sich zu drehen, weg von ihrem Bein, so dass er ihr in die Augen schaute, während sie forschend in die seinen blickte. Er wehrte sich gegen ihr Forschen. Sie spürte seinen Widerstand. Er spürte, dass sie es spürte.

Es hätte ein Moment großer Nähe sein können. Die Chance war da. Aber sie konnten sie nicht aushalten. Sie sahen weg.

»Alles in Ordnung?«, fragte Miranda.

»Ja.«

»Mach das Licht aus.«

»Nein, nein, das ist okay«, sagte er. »Lass uns die Sache offen betrachten.«

»Ich will nicht.«

»Ich aber.«

»Nein, das willst du nicht«, entgegnete sie. »Mach es aus.«

»Du weißt nicht, was ich will.«

»Ein bisschen Selbstdisziplin«, sagte sie, »musst du aufbringen. Mach es aus.«

Er löschte das Licht und legte sich wieder neben sie. Sie breitete die Decke über sich und ihn.

Da lagen sie im Dunkeln. Die Blitze waren vorbei. Der Donner war vorbei. Nur das leise Trommeln des Regens hielt an.

Schweigen. Ein Schweigen, das sich für Orville sehr lange hinzog.

Für Miranda verging das Schweigen furchtbar schnell. So schnell, dachte sie, dass es gleich vorbei sein wird, und wieder ist eine Chance vertan.

»Wir müssen miteinander sprechen«, sagte sie, »über dein Weggehen.«

»Schön«, erwiderte er steif.

Nachdem er nichts weiter sagte, fragte sie: »Du *kannst* in fünfzehn Wochen fortgehen. Wirst du es tun?«

»Ich weiß nicht.«

»Wann weißt du es?«

»Das kann ich nicht sagen. Ich wünschte, ich könnte es, aber dem ist nicht so.«

»Immer noch nicht, nach allem?«

»Tut mir Leid, aber ich weiß es *wirklich* nicht. Ich wünschte, ich wüsste es, ich wünschte, ich könnte mich jetzt entscheiden. Ich *möchte* bleiben, ich bin total verrückt nach Cray und dir – aber ich bin mir nicht sicher, ob ich es hier aushalte, ob ich hier zu überleben in der Lage bin. Nicht nur die Stadt, die

Gespenster. Selma. Du kannst dir nicht vorstellen, wie verletzend das ist.«

»Ich würde es gerne wissen.«

»Ja, schön, vielleicht.« Er seufzte, unangenehm berührt, dass er wie *sie* klang! »Es tut mir Leid, aber ich glaube, wir müssen beide noch ein bisschen länger damit leben – bis der August näher rückt. Vielleicht versuchen wir einfach mit dem Vertrauen zu leben, dass sich für uns beide alles zum Besten entwickelt – für uns alle.« Er machte eine Pause. »Es gibt alle möglichen Optionen im Leben – vielleicht könntet ihr sogar mit mir kommen, du und Cray?«

»Du hast Optionen«, sagte sie. »Ich nicht.«

»Möglicherweise doch.«

»Das lässt sich leicht sagen, aber es ist nicht so. Wenn ich allein wäre, kein Problem.« Sie konnte nicht verhindern, dass ihre Stimme trocken klang, als sie fortfuhr: »Es ist dir vielleicht nicht entgangen, dass ich es nicht bin.«

Orvy fühlte sich aus dem Gleichgewicht gebracht, so wie wenn man eine Treppe hinunterkommt und noch eine Stufe erwartet, aber da ist keine. »Sagst du das, weil er nicht *mein* Kind ist?«

»Mein?«

»Ich meine biologisch?«

Sie sah ihn ungläubig an. »Ich gehe davon aus, dass du am 27. August verschwunden bist.«

»Er wäre also *mein* Kind, wenn ich hier bliebe?«

»Vorsicht, Orvy«, sagte sie und versuchte selbst verzweifelt vorsichtig zu sein, ohne dass es ihr sonderlich gut gelang. »Hier steht eine Menge auf dem Spiel, und die Geschichte ist weder auf meiner noch auf deiner Seite. Pass auf.«

Er versuchte aufzupassen, aber es war, als ob man von einer Strömung in seitlichem Winkel hinausgezogen würde, so dass, wenn man nicht sofort mit starken Bewegungen an den Strand zurückschwamm und den Winkel dabei berücksichtigte, man nie mehr zurückkehren würde. Er sagte: »Ich weiß, dass es dir Angst macht, was hier vorgeht, und du magst es glauben oder nicht, ich fürchte mich auch. Aber die Art, wie du dich in letzter Zeit verhältst, so verdrießlich und voller Spannung mir und Cray gegenüber – liegt es vielleicht daran, dass Cray neuerdings mit mir so eng zusammen ist? Ist es vielleicht das, was dich stört?«

»Vielleicht«, antwortete sie in einem Ton, der für beide wie »Nein« klang.

»Nun, vielleicht führt deine Furcht vor möglichen Ereignissen diese gerade herbei. Vielleicht ruft deine Furcht hervor, was du fürchtest.«

»Vielen Dank«, sagte sie, wirklich verletzt. »Ebenso wie deine Bitterkeit?«

»Du behauptest, ich sei bitter wegen dir und Cray? Nein, das bin ich nicht, ich liebe …«

»Verdammt! Ich sage, bleib oder geh – aber vergifte nicht alles!«

24

Eines Mittwochmorgens etwa fünf Wochen später, als der kurze Frühling in Columbia dem Moskitohimmel in den die Stadt umgebenden Sümpfen Platz gemacht hatte und die Einwohner bereits schwitzten und um sich schlugen und sich kratzten und den Sommer verfluchten, saß Orville in der Praxis, betrachtete Bills jüngste Postkarte und dachte, wie sehr sie Cray gefallen würde. Sie kam aus Südindien und zeigte Elefanten, die in Felsen gehauen waren. Die Unterschrift lautete: Elephant Cliffs, Bay of Bengal.

> Wie geht's, Doc,
> tolle Erlebnisse hier, aber, Mann, das Loch ist heiß. Reiten den ganzen Tag auf Elefanten, ein geteiltes Vergnügen. Babs ist krank geworden, aber okay. Höllisch heiß. Starbusol geht langsam aus. Wolfy und Kenni sind Nervensägen. Ihr Sohn Jason kam heute dazu. Geschieden, arbeitslos.
> Dn Frnd Bill

Ein Notruf aus dem Krankenhaus rief ihn fort. Am helllichten Tag hatte ein Junge auf der Diamond Street (heute berühmt für die Überbleibsel der Freudenhäuser), gleich vor dem CCC – dem Colored Citizens Club –, einen anderen Jungen wegen einer Jacke niedergeschossen.

Orville war gerade mit der Rettung des Kindes fertig und trug sich aus der Ärzteliste aus, um den Rest des Tages seiner Vertretung zu überlassen, da kam eine Schwester mit einem Telegramm hereingestürmt.

Wolfy und Kenni und Jason weg und mit ihnen unser Geld und Babs' Diamanten Stopp / Bitte Telegrafiere fünf Mille an Hotel siehe unten Stopp / sonst alles gut Stopp / Gruesse Bill

Orvy war entsetzt. Er erinnerte sich daran, wie Bill, der Schecks und Kreditkarten zutiefst misstraute, immer ein Bündel von Geldscheinen in der Stadt mit sich herumtrug. War er damit auch um die Welt gereist?

Auf der Bank lag genug Geld von der Praxis. Er versuchte über das Postamt von Columbia Geld zu kabeln. Abgesehen von dem Schock des Postbeamten, der sich von der neuen Aufgabe überfordert fühlte, schien es sich gut anzulassen. Aber dann brach die Verbindung zusammen.

Orvy hatte Miranda versprochen, sie um halb elf abzuholen und ihr bei der Vorbereitung des Benefiz-Mittagessens für das Worth zu helfen. Es wurde im Joab Center House abgehalten, einem historischen Nantucket-Walfängerhaus in der Form eines Schiffs, das gleich oberhalb von Pennys und Milts Ranchhaus an der Harry Howard Avenue vertäut lag. Er hatte eine Vertretung organisiert und alles so eingerichtet, dass er pünktlich bei ihr war, doch dann kam Bills Telegramm. Er wusste, dass er es nicht schaffen würde, und rief sie an und dachte beim Wählen: Was für ein guter kleiner Junge.

Es erstaunte ihn, dass er sich vor Mirandas Reaktion fürchtete.

In letzter Zeit war Miranda, wie er fand, immer nervöser und deprimierter geworden, blies Trübsal und zog sich zurück. Aber sie war damit nicht allein. In seiner Praxis erlebte er eine Zunahme an Depressionen bei seinen weiblichen Patienten. Es schien mit dem Wechsel der Jahreszeit zu tun zu haben. Die Pracht des Frühlings gab vielen das Gefühl, dass sie von all der Pracht übergangen wurden. Und dann, gerade als sie anfingen, sich mit ihrer geringen Dosis Pracht anzufreunden, wurden sie in einen bestialischen Sommer gestoßen. Wenn man hundertzwanzig Kilo und mehr auf die Waage brachte, war das eine Menge Gebrutzel für wenig Fleisch.

Der Mai war hart, der Juni brachte das Fass zum Überlaufen. Er trieb die Vergrämten und die Beladenen in die Arme der Melancholie, und viele von ihnen trieb er weiter in die klinische Depression. Dr. Vukovich, der drogen-vernarrte Psychiater, der die baufällige Elektroschock-Klitsche unten in Red Hook leitete – »Klingeln Sie an der Eingangstür«, pflegte er lachend zu sagen, »und schon haben Sie Ihren ersten Elektroschock hinter sich.« –, erleuchtete mit seiner stets betriebsamen Klinik die Nacht. Orvys zunehmende Begegnungen mit deprimierten Frauen erinnerten ihn an seine Mutter.

Am Telefon hatte Miranda am Morgen gesagt, es sei nicht schlimm, wenn er sich verspäte, wenn er aber um elf noch nicht bei ihr sei, solle er sie beim Kapitänshaus treffen. Zum Glück funktionierte ein Anruf bei der Western Union in New York. Er machte ihnen klar, dass es sich um eine Geldüberweisung von Arzt zu Arzt handle. Dann fuhr er in rasendem Tempo hinaus zu ihr, riskanter noch durch ein verrücktes Sommergewitter, das plötzlich aus der feuchten Luft zusammenzuschießen schien und, nachdem es alles unter sich durchnässt hatte, sich so schnell verabschiedete wie ein Fakir, der an einem unbefestigten Seil zurück in seine Wolke klettert.

Miranda machte sich in aller Eile für das Benefiz-Essen fertig, aber ihr war übel, sie hatte Kopfschmerzen und fühlte sich benommen. Ihre Sinne waren überscharf. Cray hatte eine Sommererkältung mit den gleichen Symptomen hinter sich. Sie nahm an, dass sie sich bei ihm angesteckt hatte. Orvy hatte gesagt, dass etwas umgehe – aber das sagte er immer. Ihre Periode war schon drei Wochen überfällig. Halb dachte sie an Schwangerschaft, aber nur halb – Orvilles körperliche Voraussetzungen machten dies unmöglich.

Gereizt packte sie den Brie und Jarlsberg und Cracker und Plastikbecher und Papierteller ein. Mrs. Tarr und sie hätten die Veranstaltung gemeinsam bestreiten sollen, aber Mrs. Tarrs geliebter Kater Randolph war gestorben, und sie saß von Trauer überwältigt zu Hause und hörte alte Schallplatten. Mrs. Tarr war Crays Patentante, und Cray hatte Randolph ebenfalls sehr lieb gehabt. Sie hatten den Kater am Tag zuvor im Garten hinter dem Haus begraben. Miranda musste die Benefizveranstaltung allein durchziehen.

Während sie arbeitete, versuchte sie nicht daran zu denken, was zwischen ihr und Orvy und zwischen ihnen beiden und Cray vorgefallen war. Sie stellte fest, dass sie sich irgendwie dahinschleppten und dass Cray es merkte. Er hatte nur noch wenige Schulwochen vor sich und schien sich mehr und mehr von ihr abzukapseln – vielleicht sogar von seinem Abgott Orville. Neulich, als Orvy ihn weckte, hatte Cray ihn im Halbschlaf ausgeschimpft: »Du polterst so laut rein! Du musst es sanft machen – sanft wie Mom.«

Miranda spürte, dass Randolphs Tod in Cray die Erinnerung an den Tod seines Vaters wachrief. Sie bemerkte eine geheime Traurigkeit in ihrem Sohn, die mit dem Jahrestag zusammenhing, und wünschte nur, Cray würde sich offenbaren und darüber sprechen. Ihr kam es so vor, als ob sie beide regelmäßig zur gleichen Zeit im späten Frühjahr davon erwischt würden, wenn das Wetter in Columbia anfing, sie an das Klima am Golf von Mexiko zu erinnern. Sie sagte zu sich: Wenn wir doch nur zusammen trauern könnten. Nicht nur Cray und ich, sondern auch Orvy und ich. Miranda fiel seit einiger Zeit auf, dass ihre Traurigkeit ihn anscheinend ärgerte. Es bereitete ihr große Sorgen, dass er, wenn andere traurig waren, die Geduld verlor.

Sie hatte Cray gefragt, ob der Tod von Randolph ihn sehr unglücklich mache. Er hatte nicht geantwortet. Sie hatte wieder gefragt. Nichts. Cray schien sich in dem Zustand zu befinden, den Orvy »absichtsvoll taub« nannte – man sagte etwas zu ihm, und er schien es nicht zu hören, und man sagte es noch einmal, mit demselben Erfolg, bis man lauter wurde und schließlich wie ein Verrückter schrie und er langsam seinen Kopf umdrehte, um einen anzuschauen, verwundert, dass man vor ihm stand und brüllte: »Bist du sehr unglücklich über Randolph?« – »Nein«, hatte er schließlich geantwortet, »weil er an Altersschwäche gestorben ist.« Aber sie wusste, dass er es doch war. Noch vor einem Monat hatte es sie beschäftigt, dass sie ihn an Orvy und die Welt der Jungen verloren hatte. Jetzt wusste sie, dass sie nicht ihn verloren hatte, sondern vielmehr den Kontakt zu ihm. Immer wieder dachte sie: Warum nur? Was habe ich falsch gemacht?

Heute überraschte sie ihre Antwort.

Du hast ihm mit deiner Beziehung zu deinem Geliebten ein schlechtes Beispiel gegeben.

Orville kam herein und entschuldigte sich für seine Verspätung. Aber es war erst achtzehn Minuten vor elf, also nicht so schlimm, und sie hatten noch jede Menge Zeit. Er küsste sie flüchtig auf die Wange und fragte, wie es ihr gehe.

»Scheußlich.«

»Das hör ich gar nicht gern. Symptome?«

»Das Gleiche. Das Gleiche wie bei Cray. Ihm geht's wieder besser. Mir schlechter.«

»Bist du sicher, dass du das hier schaffst?«

»Mit deiner Hilfe, ja.«

Sie machten sich gemeinsam an die Arbeit und stellten bald fest, dass sie weit hinter dem Zeitplan waren. Sie durften sich nicht verspäten, weil niemand außer Miranda einen Schlüssel zum Joab Center House hatte. Amy würde dort auf sie warten.

Orvy schleppte die schweren Kisten mit Chardonnay und Beefeater Gin und Schweppes Tonic Water und Limonen und

Ladungen von Jarlsberg, Brie, Vollkorncrackern, Tacochips und Erdnüssen vom Haus den glatten Pfad hinunter zu dem großen Kofferraum des Chrysler. Mit jedem schweißtreibenden Weg fragte er sich: Bist du so weit heruntergekommen, dass du in der Pampa von Reagans Amerika Packungen mit Tacochips in ein altes Chryslermodell einlädst? Er stand gegen die Motorhaube gelehnt und starrte mit leerem Blick über den stinkenden Fluss zu den immer noch kahlen Bergen und begann sich zu fühlen wie früher, wenn er mit Selma in überheizten Bekleidungsläden einkaufen gewesen war und sie Hut für Hut und Schuh für Schuh und ein Kleid nach dem anderen anprobiert hatte. Es ging um irgendwelche Familienfeste wie eine Bar-Mizwa oder eine Hochzeit oder eine der unendlich vielen Jubiläumspartys von Selma und Sol, die er hasste. In diesen Geschäften hatte er das Gefühl, sein Herz wäre aus Langeweile zum Stillstand gekommen oder es hätte ohne sein Wissen einfach zu schlagen aufgehört, weil der Hirntod eingetreten war, ohne dass er es mitbekommen hatte.

Diesen Fluss, dachte er jetzt, war Henry Hudson hinaufgefahren, getragen von seiner Vorstellung, er befinde sich auf der Nordwestpassage nach Indien, getäuscht von der Erwartung, dass der riesige Wasserfall hinter der nächsten Flussbiegung lauere. Vielleicht war es hier an dieser Stelle vor dreihundertfünfundsiebzig Jahren, wo er bemerkte, dass das Wasser flacher wurde, was bedeutete, dass er sich gewaltig geirrt hatte.

Ein kurzer Blick auf seine Uhr sagte Orville, dass sie sich verspäten würden. Die Worth-Verteidiger und Amy würden ankommen, und die Tür wäre verschlossen, und weit und breit kein Jarlsberg. Er sah den Weg zum Haus hinauf. Keine Spur von ihr. Seine Laune verdüsterte sich weiter.

Miranda eilte ins Badezimmer und musste sich übergeben. Sie spülte den Mund aus und wusch ihr Gesicht. Dann betrachtete sie ihr Gesicht im Spiegel und fragte sich verwirrt: Ist es möglich? Nach seiner Aussage nicht. Aber jedenfalls ist es besser, einen Schwangerschaftstest zu machen. Soll ich es ihm sagen? Nein. Nicht bevor ich es sicher weiß. Als sie das Badezimmer verließ, überwältigte sie ein starkes Gefühl – Unruhe und Furcht, ja, doch ebenso eine verzweifelte Hoffnung, ja, und Glück! Die Kraft des Gefühls ließ sie taumeln. Vielleicht werde ich es ihm sagen, ja, gleich jetzt, ja.

In der Küche sah sie, dass Orvy die Punschbowle und die Becher vergessen hatte. Sie nahm sie mit und ging zur Tür.

Auf der Schwelle spürte sie plötzlich Hitzewellen, gefolgt von Schwindel. Sie lehnte sich gegen den Türrahmen. Aus der Dunkelheit des alten Hauses blickte sie in die helle Mittagssonne und staunte darüber, wie unglaublich gelb der Forsythienbusch war, der endlich in Blüte stand.

»Rosen muss man schneiden, wenn die Forsythien blühen.« Meine Mutter hat mir das erzählt, als ich ein Mädchen war, in ihrem Garten in Boca Grande – und wie lieb sie dabei war.

»Verdammt, Miranda, kannst du dich nicht beeilen!«

Erschrocken blickte sie auf und sah ihn bei seinem Auto stehen. Sie fürchtete, in Ohnmacht zu fallen. Leise, wie aus weiter Ferne, hörte sie das *Klink, Klink* der Gläser gegen die Punschbowle. Sie versuchte sich aufrecht zu halten und nicht loszulassen.

»Ich komme«, sagte sie mit fester Stimme und ging vorsichtig den Weg hinunter, der vom Regen und von seinen wiederholten Märschen glatt und matschig war. Das Geräusch ihres Hinkens wurde durch ihre Vorsicht gedämpft.

Er eilte ihr entgegen, einen schmerzlichen Zug im Gesicht.

»Tut mir Leid, ich hab nicht gesehen, dass du in der Tür stehst – dachte, du wärst noch drinnen.«

Er nahm die Punschbowle und die Becher und bot ihr seinen Arm.

Sie nahm ihn nicht.

Sie kamen viel zu spät. Amy war in Tränen aufgelöst. Manche der Worth-Anhänger waren gekommen und wieder gegangen. Nicht viele waren geblieben, und noch weniger spendeten. Das Benefiz-Essen war ein Reinfall.

25

Erst einige Tage später kamen sie wieder zusammen. Die ganze Woche über war Cray aufgedreht, sehnte das Ende der Schule und den Anfang des Sommers herbei. Miranda war immer noch übel, und sie hatte sich einem Schwangerschaftstest unterzogen. Das Ergebnis würde sie am nächsten Tag bekommen. Sie überlebte mit halber Kraft, das heißt, sie versuchte für das Notwendigste zu sorgen, Essen, Kleidung, Dach über dem Kopf. Und sie versuchte den aufgedrehten Cray einigermaßen zu tolerieren.

Orville kam vor lauter Sommerunfällen, Krankheiten und Phantomen kaum noch zum Atmen. Er bemühte sich sehr zu zeigen, dass er sein Verhalten bedauerte. Er hatte so oft wie möglich mit ihr telefoniert, zweimal Blumen mit netten Zeilen geschickt und einmal nach Schulschluss in der Schule an der Sixth Street vorbeigeschaut, um beiden Hallo zu sagen.

Als Orvy ankam, nahm Cray ihn in Beschlag. Der Junge spielte mit ihm Fußball, dann machten sie Wettrennen, ließen Steine auf dem Fluss springen und gruben nach Würmern zum Angeln. Miranda sah ihnen eine Weile zu, dann ging sie ins Haus, um das Abendessen zuzubereiten und Wasser für Crays millionsten Teller Nudeln aufzustellen.

Cray kam Orvy überdreht vor. Als Orvy sich vor acht Monaten auf das Abenteuer der Vaterschaft eingelassen hatte, war ihm aufgefallen, dass er sich beim Zusammensein mit dem Jungen manchmal jünger, manchmal älter fühlte und manchmal auch beides. Jünger, weil er selbst zum Kind wurde, das mit einem Kind spielte. Älter, weil er eindeutig ein Vertreter der nächsten Generation war. Hier war jemand, der Dinge tun konnte, die man selbst nicht mehr schaffte – nimmermüde den ganzen Tag lang herumrennen, sich an alles, auch die kleinsten Details, erinnern und mühelos seine Beine zu einem perfekten Lotussitz hochziehen und dabei noch auf den Händen gehen. Hier war jemand, der sich traute. Die Wehmut konnte einen manchmal umbringen.

Heute fühlte sich Orvy älter. Müder. Bedeutet Älter-sein einfach das, überlegte er, müder sein? Miranda hatte am Telefon auch müde und schwermütig geklungen, schwach und erschöpft, ohne jeden Schwung. Vielleicht, dachte er, ist es einfach der Circulus vitiosus der Grippe – Depression senkt ihre Widerstandskraft, die Grippe verstärkt ihre Niedergedrücktheit.

Orvy ekelte sich vor Würmern und fand es abscheulich, Haken durch sie hindurchzuziehen und sie dann dem Tod preiszugeben. Er sagte Cray, dass er keine Lust habe, nach Würmern zu graben. Cray fing an zu streiten. Orvy blieb fest. Cray warf mit Erde nach Orvy und nannte ihn »Doktor Pillermann«. Orvy fragte ihn, ob er das Wort von Maxie habe. Cray antwortete nur mit einem fortlaufenden Singsang: »Doktohor Pillermann! Doktohor Pillermann!«

»Hör damit auf!«, rief Orvy.

Cray stapfte davon, kehrte aber zurück, um noch ein paar Kostproben zu geben.

Miranda hörte den Singsang und kam heraus. Sie befahl Cray, hineinzugehen und seine Nudeln zu essen, während sie und Orvy noch einen Spaziergang machten. Cray weigerte sich. Er lief zum Fluss, setzte sich auf einen Fels, die Hände auf den Knien, das Kinn auf den Händen, und schmollte.

Sie nahmen den Weg am Flussufer entlang, weg von dem Jungen. Es war später Nachmittag, und die Sonne jetzt Mitte Juni warf die gleichen niedrig-schrägen Strahlen auf die Grashalme wie die Mitte November. Das gleiche Licht, aber eine andere Erwartung. Es hatte den ganzen Tag immer mal wieder geregnet. Die waschbrettartige Oberfläche des Wegs war pockenartig von kleinen Pfützen übersät. Zu ihrer Rechten heulte der Roe Jan Kill dem Aquädukt entgegen, verschwand darin und trat wieder in die scheinbare Freiheit des Flusstals ein. Die Juniluft war dick und schwer, fast lehmhaltig, als wären in ihr Billionen winziger Teilchen feuchter Erde.

An einer scharfen Biegung des Stroms stand ein hochragender Trompetenbaum in Blüte. Eine roh gezimmerte Bank befand sich darunter. Dort wollten sie sich hinsetzen.

Das nasse Gras war wunderbar grün, aber rutschig. Es war ein beschwerlicher Weg zur Bank hinunter. Orville nahm Mirandas Arm, und sie gingen langsam Schritt für Schritt. Beiden erschien es wie ein recht guter Anfang. Das Gefühl der Unterstützung, des Gebens und Nehmens. Viel versprechend.

Trompetenbäume, so wusste Miranda, waren während der ersten Feiern zum Tag des Baums in den zwanziger Jahren im ganzen Kinderhook County gepflanzt worden. Dieser hier schien ihr sogar noch älter zu sein. Jedes Jahr bekam er seine Blätter so spät, dass Miranda dachte, er sei im Winter gestorben. Jetzt stand er in Blüte. Die weißen, lilienartigen Blüten mit ihren lavendelfarbenen Innenseiten und ihrem Goldstreifen, die am Ende langer Stiele in Sechsergruppen saßen, hingen gerade außer Reichweite. Orville stellte sich auf die Bank, pflückte zwei Blütenbüschel und gab eines Miranda. Sie rochen daran. Der Duft, von der feuchten Luft verstärkt, war eine Mischung aus Jasmin, Orange und Rose.

Sie waren sich einig, dass der Duft köstlich war, und versanken in Schweigen.

Miranda drehte die Blüte unter ihrer Nase. Sie wusste, dass der Trompetenbaum immer um ihren Geburtstag herum blühte, der in drei Tagen war. Eine interessante Information, die ich ihm jetzt geben könnte, dachte sie. Aber sie gab sie ihm nicht, nein.

Der Spätnachmittag war feuchtwarm, doch die Moskitos verirrten sich kaum hierher – es war zu weit weg von ihren Brutstätten in den Sümpfen und von den leicht anzuzapfenden, blutreichen Einheimischen. Die Bank war handgemacht, im Adirondack-Stil, aus Baumstämmen und rohen dunklen Holzplanken, vielleicht Walnuss. Das Flusswasser hatte wie ein Messer mit der Zeit eine Vertiefung in das jenseitige Felsufer gegraben, ein Felsgesims, das für Orvy wie eine Miniaturausgabe der Klippe aussah, die der Hudson in den Steilfels bei Columbia geschnitten hatte. Die hohe Klippe von Parade Hill wurde dadurch von zwei tiefen Wasserbecken umgeben, die, wie sie ihm erzählt hatte, so um 1783 eine große Attraktion für die Quäker-Händler gewesen war.

»Ein ›Steilabbruch‹«, sagte Orville. »Du hast mir das Wort beigebracht, erinnerst du dich?«

»Ja.« Sie wusste, dass das ein Angebot war, aber sie konnte sich nicht aufraffen, darauf einzugehen. Das Wort war an dem Tag in dem Schulhaus gefallen, dem Tag, als sie sich kennen gelernt hatten. Sie sagte es nicht. Vielmehr überlegte sie, warum sie immer noch so schlecht gelaunt war.

»Es war an dem Tag im Schulhaus«, erklärte er, »erinnerst du dich?«

»Ja.«

Sie saßen still da und horchten auf das Rauschen des Wassers, sie fühlten die leichte Brise auf ihrer Haut und hörten das Rascheln in den jungen Blättern einer nahen Trauerweide.

»Ich habe gesagt, dass es mir Leid tut«, meinte er nach einer Weile und drehte sich auf der Bank zu ihr.

»Ich nehme es an«, erwiderte sie, ohne ihn anzusehen.

»Warum bist du so bedrückt?«, fragte er. Keine Antwort. »Fühlst du dich immer noch krank?«

Es war die beste Gelegenheit, um ihm von dem Test zu erzählen. Sie dachte daran, es zu tun – versuchte ein wenig, sich dazu zu bringen –, aber nein. Es war unmöglich, und sollte sie den Problemen, die sie sowieso schon miteinander hatten, *das* noch hinzufügen? Vergiss es.

Sie holte tief Luft und seufzte lange. »Ein bisschen.«

»Warum bist du in der letzten Zeit so schwermütig?« Sie gab wieder keine Antwort. »Was ich auch versuche ... Ich hab dir gesagt, dass es mir Leid tut ...«

»Und ich hab dir gesagt, dass ich es angenommen habe. Du hast alles richtig gemacht.«

»Und?«

»Und«, wiederholte sie träumerisch und schwieg.

»Versteh mich nicht falsch, aber du bist so niedergedrückt, und schon eine ganze Weile. Vielleicht solltest du ein Antidepressivum versuchen?«

Sie drehte sich zu ihm um, sah ihn an und sagte verbittert: »Du schreist keiner Person, die behindert ist, zu, sie soll sich gefälligst beeilen ...«

»Es tut mir ...«

»Hör mir zu. Du schreist sie nicht an: ›Kannst du dich nicht beeilen?‹ Weißt du nämlich was? Sie kann es nicht. Du schreist sie überhaupt nicht an. Du wartest auf sie. Du hilfst ihr.«

»Schuldig.«

»Ich will deine Schuld nicht, ich will verstehen. Wie konntest du das *tun?*«

»Du bist ein bisschen unfair. Ich habe überhaupt nicht an deine Behinderung gedacht – in dem Moment war sie mir gar nicht gegenwärtig, und ...«

»Okay. Vielleicht unfair. Aber hier spielt noch irgendetwas anderes mit.«

»Woher willst du das wissen? Es war hässlich, doch ich schwöre, unbewusst.«

»Schön. Aber nach vielen Jahren Erfahrung damit bin ich eine erstklassige Expertin für die Reaktionen von Menschen. Ich kann daran, wie Leute meinen Arm nehmen, meine Hand, erkennen, was in ihnen vorgeht. Was hast du für ein Problem mit meiner Behinderung? Mit Behinderungen?«

Er nahm das in sich auf, wiederholte sich ihre Frage. »Vielleicht bin ich dir inzwischen so nah, dass ich dich nicht mehr als behindert wahrnehme. Ich behandle dich wie einen normalen, körperlich gesunden Menschen.«

»Und hast aufgehört, mich zu lieben?«

»Liebe ich dich *wegen* deiner Behinderung? Komm!«

»Ich frage mich manchmal, warum du mich wolltest, an diesem verregneten Nachmittag im Schulhaus. Ich frage mich, was dich an diesem Tag so sehr zu mir hingezogen hat. War es der Anblick, als ich aufstand und quer durch den Raum ging? Ich habe deine Augen auf mir gespürt wie Sonnenlicht auf meinem Rücken, auf meinen bloßen Schultern. Als ich zurückkam, warst du verändert. Da war so viel Liebe in deinen Augen! Was war es also?«

»Einfach dieses unglaubliche Überfließen von Gefühlen zu dir. Und ja, es hatte etwas mit deinem Humpeln zu tun, vielleicht deine Tapferkeit, das Fehlen jeglicher Scham, der Kontrast zwischen deiner Schönheit und deiner Entstellung.« Warum um alles in der Welt, dachte er, habe ich *dieses* Wort benutzt? »Es hat mich selbst überrascht.«

»Ach.« Sie sah wieder weg. »Schade. Da ich dich damals so verwundbar sah, dachte ich, dass der Grund vielleicht der war, weil unsere Wunden zueinander passten.«

Er erwog es, so gut er konnte. Verwirrt und ernüchtert sagte er: »Weißt du, seit jenem Tag habe ich immer das Gefühl, dass du mich, ich weiß nicht, mit Erwartung ansiehst. Als ob … als ob du etwas in mir suchst und finden willst, das besonders gut ist, bereit, dir zu helfen und meinen Patienten zu helfen. Etwas, das ich, fürchte ich, nicht wirklich besitze. Es ist verrückt.«

»Du hast meinen Arm auf dem vereisten Weg vor dem Versammlungshaus der Quäker genommen. Du sorgst für deine

Patienten. Sehr gut sogar. Ich habe dich gesehen. Auch wenn du es verleugnest.«

»Aber ich habe das Gefühl, dass du immer noch mehr Hilfsbereitschaft in mir suchst, als ob ich es vor dir verstecken würde, als ob du dich fragen würdest: Wo ist dieser liebevolle Typ?«

Sie wollte ihm etwas entgegnen, aber plötzlich hatte sie eine Hitzewallung, dann fröstelte sie, dann war ihr schwindlig, so dass sie, als er zu reden fortfuhr, nichts mitbekam und bloß das Ende hörte, und auch das nur undeutlich.

»... weil ich ein Arzt bin?«

»Weil sie es mir über dich erzählt hat.«

»Sie?« Er sah, wie sie blass wurde. Er starrte sie ungläubig an. »Selma?«

»Ja.«

»Du hast mir gesagt, du hättest Selma nicht gekannt.«

Sie biss sich auf die Lippe, versuchte sich zu konzentrieren, den Schaden zu begrenzen. »Ein bisschen.«

»Und?«

»Wir waren beide in einem Komitee der Bibliothek. Das war's.«

»Aber warum hast du mir dann gesagt, du hättest sie nicht gekannt?«

Sie schaute weg und schwieg.

Orville hatte sie noch nie so gesehen – unsicher, verlegen, als ob sie bei einer Lüge, einem Geheimnis ertappt worden wäre. Auf einmal erinnerte er sich an den Tag, als er sie auf dem Speicher überrascht hatte, vor dem Überseekoffer mit ihrem Hochzeitskleid. Er sah erneut vor sich, wie sie einen Pappkarton rasch ins Dunkel schob. SCOMPARZA BESTATTUNGEN UND UMZÜGE.

»Großer Gott.« Demütigung und dann Wut durchströmten ihn. »Du hast ihre Briefe. In dieser Schachtel auf dem Speicher. Du schickst ihre Briefe an mich ab.«

Sie erwog ihre Chancen, davonzukommen. Keine. Es war vorbei. »Ja.«

Für einen langen Moment war er sprachlos. »Unglaublich! Ich meine, das ist verdammt unglaublich! Du und sie – ihr kanntet euch so gut?«

»Nein. Wir hatten ein paar persönliche Gespräche, mehr nicht. Nachdem sie gestorben war, wurde mir die Schachtel gebracht. Niemand war überraschter als ich selbst.«

»Scheiße.« Er starrte auf den Fluss. »Du schickst mir diese Briefe ... Ich werde wahnsinnig ... Ich habe dir sogar einen vorgelesen ... und die ganze Zeit wusstest du Bescheid? Warum hast du es mir nicht gesagt? Warum zum Teufel ...«

»Ich weiß *nicht,* was drin steht. Sie hat sie alle versiegelt und die Daten, an denen sie sie verschickt haben wollte, dazugeschrieben. Ich schicke sie einfach an den angegebenen Tagen ab.«

»Na großartig.« Er schüttelte den Kopf. »Warum hast du's geheim gehalten?«

»Ich wünschte, ich wüsste das«, sagte sie traurig. »Ich habe es ihr versprochen. Sie hat mir einen Brief geschrieben – er war in der Schachtel –, darin hieß es, es sei ihr letzter Wunsch, und ich müsse es ihr versprechen. Deine Mutter war nicht sonderlich feinfühlig, aber sehr überzeugend.«

»Wie konntest du nur?«

»Zuerst habe ich dich nicht gekannt, und, nun ja, angesichts dessen, was sie mir erzählt hatte, dachte ich, es wäre eine gute Tat, ihr zu helfen, dass sie dir all das sagen konnte, was sie dir bisher nicht hatte sagen können, und dass es dir bei deiner Trauer und deinem Schmerz nützlich wäre. Und dann habe ich dich kennen gelernt und mich in dich verliebt. Ich wollte es dir erzählen und habe es versucht, ich war wirklich drauf und dran, aber jedes Mal, wenn ich fast so weit war, siegte die Furcht. Ich hatte Angst, dich zu verlieren, immer größere Angst, je mehr ich dich liebte – je näher wir uns kamen, desto weniger wollte ich es riskieren ... es wäre das Ende gewesen.«

»Herrgott im Himmel!« Er schüttelte den Kopf. »Ich kann es nicht glauben!«

Miranda wollte ihre Beschämung nicht zeigen und wurde ganz steif. Der Nagel war eingeschlagen worden. Das Mädchen war darum herumgewachsen, um eine Frau mit einem Stück Stahl in der Seele zu werden. Eine innere Stimme sagte: Zeig nie deine Schwäche. Halte sie geheim. Pass auf.

»Der Grund, warum ich dich so ansehe«, sagte sie, jedes Wort ein wachsamer Schritt, »ist der, dass ich mich selbst frage: Wo ist dieser hilfsbereite, liebenswürdige Typ? Das kommt von einer Äußerung, die Selma tat. Sie erzählte, dass, als sie in jenem Sommer von ihrer Operation nach Hause gekommen sei und nicht allein für sich habe sorgen können, Penny und Sol nicht für sie da gewesen seien. Der Einzige, der sich um sie gekümmert habe, seist du gewesen. Du seist bei ihr geblieben, habest für sie gesorgt, dich gekümmert. ›Bei mir geblieben‹, sagte sie, ›er ist bei mir geblieben.‹ Als die Briefe ankamen mit ihrer seltsamen Bitte – nein, Forderung –, dachte ich, es wären eine Art Liebesbriefe, von einer Mutter an ihren Sohn.«

Orville war verblüfft, eingeschüchtert von diesem kleinen Einblick in Selmas wirkliche Welt, Selma als verwundbare Intrigantin. Dass sie ihn als Sohn so ungenügend fand, dass sie ihn vor ihrer letzten kleinen Freundin als Heiligen darstellte. Sein Respekt stieß ihm übel auf. Es war alles so erbärmlich. Ein solcher Fluch. Er fühlte, wie er härter wurde.

»Sie hat gelogen!«, rief er aus.

»Was?«

»Sie hat dich angelogen. Und wie. Ich bin gerannt wie ein Berserker. Weggerannt, so schnell ich konnte. Sie hat es mir nie verziehen. Liebesbriefe? Willst du wissen, was in diesen ›Liebesbriefen‹ drinsteht? Vorwürfe, Spott, Bosheiten, wie du sie dir nicht vorstellen kannst. Und in fast jedem von ihnen kommt sie unfehlbar auf den Punkt zurück, wie ich sie im Stich gelassen habe.«

Er hielt inne. Was für eine Ironie, dachte er, ich habe soeben die Frau, die ich zu lieben glaubte, davon überzeugt, dass ich ihrer Liebe nicht wert bin. Herzlichen Dank, Mutter.

Miranda hatte das Gefühl, von einer Faust niedergestreckt worden zu sein. »Aber warum ...«, sie brachte kaum ein Wort heraus. »Aber warum hast du mir nichts gesagt?«

»Was gesagt?« Er versank in einer Nebelwelt, in Verzweiflung.

»Warum hast du mir nicht gesagt, was in den Briefen steht.«

»Es war zu demütigend. Ich wollte sie um nichts in der Welt zwischen uns lassen und alles zerstören. Und was passiert?«

»Vielleicht, wenn du kein Geheimnis daraus gemacht hättest ...«

»Das musst gerade du sagen.«

Sie saßen bei all der Bewegung des Wassers und der Luft und der Insekten still, so still wie der Ursprung aller Bewegung.

»Du bist also nicht hier geblieben?«, fragte sie.

»Nein.«

»Und jetzt?«

»Es ist sehr viel schwieriger geworden. Ich hatte angefangen, mich mit der Möglichkeit anzufreunden.«

Das Wort war für sie beide ein Prüfstein – was ist möglich für sie und für andere und in der Welt. Beide spürten in sich ein Aufflackern der Frage: Ist es jetzt möglich? Aber es war ein Flackern am Rande des Zorns.

»Mom!« Sie drehten sich um. Cray stand mit seinem Fahrrad oben auf dem Weg.

»Ja?«

»Hallo.«

»Hallo, Schatz.«

»Hallo, Cray.«

»Hallo, Orvy.« Orvy ging nicht darauf ein. »Du *liebst* dieses Wort, oder?«

»Klar doch.«

Cray hatte erst vor kurzem Fahrradfahren gelernt und war noch nicht allzu sicher. Miranda fragte: »Wo ist dein Helm?«

»Mom, es ist keine große Straße.«

»Die Autos sind aber groß.«

Orville sagte: »Große Jungs tragen Helme.«

»Okay. Ich geh ihn holen. Kommt ihr bald zurück?«

»Ja.«

Gray drehte sich mit dem Fahrrad umständlich um, und dann strampelte er den mit Pfützen übersäten Weg hinunter in Richtung Fluss.

Die kurze Anwesenheit des Jungen schien wie ein Tadel gegenüber ihrer finsteren Laune. Nachdem er fort war, kehrten sie zu einem Verhältnis alltäglicher Freundlichkeit zurück.

»Ich liebe das an dir, Orvy«, sagte Miranda sanft, »die Art, wie du am Möglichen festhältst, wie wir es besser machen können – das ist eigentlich etwas Großes. Ich bewundere es, wie du die sechziger Jahre immer noch so hochhältst – Leute, die zusammenarbeiten, die sich miteinander engagieren –, verglichen mit all dem egoistischen Zeug, das heute das Leben bestimmt.« Sie drehte sich zu ihm um und sah ihn hoffnungsvoll an. »Ich glaube, ich wünsche mir einfach, dass du mit mir protestiert hättest.« Ihre Worte zu hören, machte sie verlegen. »Ich meine, zum Beispiel vor dem Worth. Nach dem ersten Mal hast du's nie wieder getan.«

»Ich habe das Jarlsberg getragen.« Sie nickte. »Ich verbringe mein ganzes Leben damit, Leuten zu helfen, mit dafür zu sorgen, dass die Leute in dieser Stadt ganz bleiben – es ist nicht einfach.«

Plötzlich sah sie es vor sich. »Damals«, fragte sie, »hast du dich da wirklich engagiert, mit anderen, für andere?«

»Ich …« Er stammelte, sich ertappt fühlend. »Ich war Medizinstudent, in Labors, und dann war ich in Dublin …« Miranda sah hinunter auf ihren Schoß. Er fragte: »Und du?«

»Ich war auf Demonstrationen ja, im Süden. In Selma, Alabama.«

»Selma. Sie ist allgegenwärtig.« Er fühlte sich scheußlich. Als ob er unterginge. Versuchte oben zu bleiben. »Jeder tut, was er kann.«

»Aber du bist derjenige, der sagt, wir können mehr tun. Nicht nur in unseren Jobs, sondern in unserem Leben. Warum Zeit damit vergeuden, über die Leute von Columbia herzuziehen, wenn …«

»Was würdest du vorschlagen?«

»Weine. Weine um jemand anderen. Als meine Mutter starb, habe ich ein Jahr lang geweint. Hast du um sie geweint? Hast du schon einmal ihr Grab besucht?«

»Juden tun das nicht. Ein Jahr lang gibt es keinen Grabstein.«

»Schön.« Sie wollte es dabei bewenden lassen.

»Was?«

Sie schüttelte den Kopf.

»Dann geht das hier in die Brüche, weil ich ein selbstsüchtiger Kerl bin, der nicht an einer Demonstration vor einem Hotel teilnehmen will?«

»Verdammt, es geht nicht um ein Hotel!«

»Worum geht es denn?«

»Dableiben. Den Weg gehen, mit mir und Cray.«

»Vielleicht geht es ums Wagen, darum, dass du so vorsichtig bist, so ängstlich, irgendetwas zu riskieren, dass du alles verlierst.«

»Nicht meinen Sohn. Meinen Sohn verliere ich nicht. Ich muss meinen Sohn beschützen.«

»Wovor denn, Herrgott noch mal, vor dem Leben? Schutz kann gefährlich im Leben sein, wenn du nicht …«

»Davor, dass du nicht *da, nicht wirklich für ihn da* bist. Und für mich.«

»Angst ist kein Schutz.«

»Ist Wegrennen einer?«

»Du irrst dich nie, was? Du bist nie schwach, und du bist nie verletzbar, und du bist verdammt sicher und nie kraftlos, und du irrst dich nie! Du hast Recht, und ich habe Unrecht? Das nenne ich Hochmut!«

»Du konntest ihre Behinderung nicht ertragen, und so bist du aus irgendeinem verrückten Grund auf meine abgefahren?«

»Lass uns aufhören«, sagte er. Er fühlte sich verloren, wie im freien Fall. »Lass uns zurückgehen.«

»Nein. Ich bleibe noch eine Weile.«

»Lass mich dir helfen.«

Mit einem Gefühl, als müsste sie sich erbrechen, sagte sie: »Nein.« Sie atmete tief durch. »Leb wohl.«

Ein Stoß in sein Herz. »Warte eine Sekunde …«

»Wir reden später miteinander.«

»Ich ruf dich an.«

Er stolperte den schlüpfrigen Grashang hinauf zur Straße in Richtung Chrysler.

Sie weinte hemmungslos, allein.

Betäubt ging Orvy seinem Beruf nach. Sie fehlten ihm furchtbar. An diesem ersten Abend nahm er den Telefonhörer, um Cray gute Nacht zu sagen. Cray war so wie immer, als ob nichts geschehen wäre.

»Gute Nacht, Orvy.«

»Oh, ich *liebe* dieses Wort!«

»Willst du mit ihm reden, Mom?«

»Nein.«

Cray legte auf.

Am nächsten Tag nahm Orvy den Hörer, konnte aber nicht wählen. Er nahm ihn viele Male ab. Ein- oder zweimal wählte er, legte aber auf, bevor es klingelte. Betäubt ging er seinem Beruf nach.

Ein paar Tage später eilte er beim Morgengrauen zur Tür hinaus, als er über etwas stolperte und stürzte. Eine Schachtel. SCOMPARZA BESTATTUNGEN UND UMZÜGE. Obendrauf war ein versiegelter Brief befestigt. Er riss ihn auf.

DER TOT VON RANDOLPH
ein Roman von
CRAY

Witmung
Ich witme dises Buch meiner Mom und Orvy, die mich ser lib haben.

Ich habe einen Kater und das ist ein ser  schöner Kater und ich war 6 und 2 als ich disen Roman in der Schule schrib und Ms. Simon meine Lererin hat mir geholfen.

Gestern ist der Kater von meiner Patentante gestorben. Er starb. Der Kater his Randolph. Er war ein schöner Kater und ein schlauer Kater und er war ser scheu weil die Freundin meiner Patentante, Miss Bisli die bei ihr lebt, 2 Katzen hat und Randolph hate Angst vor inen weil sie grose Katzen waren und er war ein kleiner Kater.

Sein Herz war voler Libe meine Patentante versorgte in gut und Randolph libte Tunfisch und sas gern auf irem Schos und auf dem Eisschrank.

Randolph hate mich ser lib und eines Tages ist er qestorben.

Meine Patentante und ich haben in im Garten mit seiner Spilzeugmaus und etwas Tunfisch begraben.

Ende

Orvy sah in der Schachtel nach. Obenauf lag ein Brief mit einer Notiz in Selmas Handschrift: »Selma-Brief Nummer 14. Nach zehn Monaten und einer Woche, nachdem er zurück ist, abschicken.« Es war der oberste von einem Packen von weiteren Briefen, um die ein Gummi gespannt war. Auch waren mehrere größere eingepackte Gegenstände in der Schachtel – sie fühlten sich wie eingerahmte Fotos an –, die er nicht auspackte. Er schloss die Schachtel und brachte sie auf seinen Speicher.

Dann rief er Miranda an. Eine Stimme sagte: »Die Nummer, die sie gewählt haben, ist außer Betrieb.« Er rief die Telefongesellschaft an. Keine neue Nummer. Er fuhr zu ihnen hinaus. Niemand da. Kein Auto, keine Tiere. Das Haus zugesperrt. Er ging zu den Nachbarn, die Straße hinauf und hinunter. Keiner wusste etwas. Mrs. Tarr. Nichts. Nelda Jo und Henry. Nichts. Die Schule. Die Schule war seit gestern geschlossen. Die Sommerferien hatten begonnen.

Orvy dachte besorgt an ein Verbrechen, hoffte in gewisser Weise auf ein Verbrechen, ein kleineres, das sich bald auflösen und wieder gutmachen ließ. Sprach mit dem Polizisten Packy Scomparza. Nichts. Gab eine Vermisstenmeldung auf. Nichts. Versuchte Angehörige zu finden. Merkte, dass sie ihre Verwandten geheim gehalten hatte. Rief in Boca Grande, Florida, an und in Avalon, Mississippi, der Heimat ihres toten Ehemannes. Nichts. Stellte fest, dass sie ihren Ehenamen geheim gehalten hatte. Als es ihm dämmerte, wie viel Geheimnisse sie in ihrem Inneren verborgen gehalten hatte, war er benommen, verblüfft, traurig – als ob ihm jemand mit einem schweren Stein auf den Kopf geschlagen hätte.

Er schrieb ihr einen Brief. Der kam ohne Nachsendeadresse zurück.

Amy war außer sich. Er versuchte die Trennung zu erklären, konnte es aber nicht.

Als ob sie vom Erdboden verschluckt wären, dachte er.

Am Boden zerstört, saß er in dem gespenstischen Haus, in dem es außer ihm nur Echos gab. Sein Kopf war voll von Miranda und dem wunderbaren kleinen Jungen, dem armen Kind Cray. Und von Selma.

»Was für eine Hölle!«, rief er. »Aus so viel Liebe eine solche Hölle!«

26

Wie kann ich helfen?«, fragte Henry Schooner eines Abends, zwei Wochen später, als er im Rahmen der Eingangstür von Orvilles Haus stand.

Es war das nicht enden wollende Finale eines kraftraubenden und schwül-feuchten Tages. Das Haus hatte keine Klimaanlage. Orvy war gleich nach der Sprechstunde heimgefahren, hatte sich eine Büchse Bier, eine Tüte Tacochips und eine Zigarre geholt, sich bis auf die Unterwäsche entkleidet – die Restkleidung lag über die elegante Walnussbaumtreppe verstreut – und sich auf das Sofa vor den Fernseher fallen lassen. Die New York Yankees spielten. Als er die Türklingel hörte, zog er schnell Khaki-Shorts, die er in Nairobi gekauft hatte, sowie ein schwarzes T-Shirt ohne Logo über. In Amerika ohne ein Logo, dachte er, das sagt alles.

Seit Miranda und Cray verschwunden waren, lebte Orville allein in dem Haus zusammen mit seiner toten Mutter und einem schweigsamen Liebessittich. Überrascht von der Tiefe seiner Verzweiflung. Am Boden zerstört. Zu herzenskrank, um zu essen, zu ruhelos, um zu schlafen: Im Bett liegend und wieder und wieder alles im Geiste durchgehend, innerlich ausgehöhlt vom Messer seines Schmerzes. Am Tag erschöpft. In der Nacht hellwach. Verzweifelt. Fühlte sich wie Dreck. So weit unten wie nur je in seinem Leben.

An der Tür stellte Orville wie gewöhnlich fest, dass Henry besser angezogen war als er. Ironie des Schicksals, dachte er, dass dieses Straßenkind, das immer nur verschossene Sachen aus zweiter und dritter Hand getragen hatte, nun zum Herold der Mode in Columbia geworden war. Henry stand vor ihm in zerknitterten Leinenhosen, wie man sie in Filmen sieht, die in den zwanziger Jahren spielen, mit Bügelfalte und in einem rosa Hemd mit kurzen Ärmeln und geknöpftem Kragen und einer schick gelockerten Krawatte. Diese bestand aus roten sowie blau-weißen diagonalen Streifen, auf denen eine Flotte von Flugzeugträgern segelte, mit Kurs auf das tiefe Wasser weiter unten oder vielleicht um den Rand herum und auf die andere Seite.

Orvy schwitzte, Henry nicht. Orvy hatte sich seit zwei Tagen nicht rasiert und sah übernächtigt aus, Henry frisch und munter. Seine Wangen und Schläfen zeigten haarloses Rosa und dufteten nach Babyshampoo. Dieser Duft trieb Orville noch weiter in Schwermut. Er erinnerte ihn daran, wie er Cray gebadet hatte. Vor dem Baden, um Crays Widerstand zu überwinden, schnüffelten Miranda und Orvy manchmal an seinem Haar, taten so, als ob ihnen schlecht würde, und sagten: »Es riecht wie ranziger Kürbis!« Jetzt roch Orvy wieder duftige rote Haare, weniger Haar als Energie, eine Flammenspitze jenes wunderbaren Feuers in dem Kind, das er liebte und verloren hatte.

Orville war es immer schwer gefallen, Henry in die Augen zu blicken. Es war, als ob Henry vor einem Spiegel geübt hätte, wie man Leute anschaut. Man hatte das Gefühl, er sähe nicht nur einen selbst an, vielmehr in einen hinein, ja, durch einen hindurch auf eine bedeutendere Wahrheit, die er, wenn er Glück hatte, vielleicht bloßlegen würde. Wenn Henry mit einem zusammen war, fühlte man sich als der einzige wichtige Mensch auf der Welt. Bisher war sein Wahlkampf als einziger republikanischer Kandidat für den Kongress schlicht sensationell.

Orville blickte nicht in Schooners Augen, sondern auf Schooners Stirn, auf das rosa Kopffleisch, das von einer Sorgenfalte durchschnitten wurde, und dann darüber auf sein bemerkenswertes Haar, das sich einfach nicht festlegen ließ, weder buchstäblich noch im übertragenen Sinn, weil es weder die weißblonde Farbe des Jungen noch die graublonde Farbe des Mannes hatte. Selbst wenn es streng zurückgekämmt wurde, blieb hinten immer noch ein Wirbel sichtbar. Das einzige Zeichen von Nervosität, das Orvy an Henry beobachtet hatte, war, wenn er mit seinen Fingern an dem Wirbel drehte. Es gab ihm das Flair des Jungenhaften. Und wer konnte dem widerstehen? Niemand, wirklich niemand. Selbst als studierter Mediziner, der geübt war, in Körpern zu lesen und bis zu einem gewissen Grad auch in Köpfen, war es Orville nie gelungen, irgendetwas in Schooner zu lesen, abgesehen von dem verräterischen Drehen des Wirbels.

Den Knoten des Narbengewebes auf seinem Nacken betastend, wo Henry seine Zigarette ausgedrückt hatte – zwei Häuserblocks entfernt und fünfundzwanzig Jahre zuvor –, dachte Orville über Henrys Frage nach. Er bemerkte, dass Henry nicht gefragt hatte: Kann ich helfen? »Wie kann ich helfen?« setzte bereits voraus, dass Orville nur zu glücklich sein würde, die Hilfe eines so tollen Kerls anzunehmen, und man musste nur noch die Einzelheiten klären.

»Wobei?«, fragte Orville schließlich.

»Sie zu finden und dir beizustehen.«

Orville verkniff sich eine Entgegnung darauf und starrte stattdessen zu Boden, wobei ihm auffiel, dass Henrys Hände über dem Schritt seiner sandfarbenen Hose einen Panamahut aus weißem Stroh mit violettem Hutband hielten. Als ob er einen Besuch bei jemandem abstattete, der trauerte, dachte Orvy.

»Sie sind wie vom Erdboden verschwunden«, sagte Orville. »Die Leute haben jetzt zwei Wochen nach ihnen gesucht und nichts gefunden.«

»Ist 'n bisschen komisch, hier vor der Tür zu stehen, alter Freund.«

Scheiße, dachte Orvy. Das ist eine heikle Sache. Wenn er sitzt, bleibt er; wenn er bleibt, muss ich mit dem Scheißkerl ein Gespräch führen. Aber wenn nicht, wenn ich ihn wegschicke, bin *ich* der Scheißkerl, bin *ich* der Barbar, nicht er. Und so sagte er: »Komm rein.«

Sie gingen in die Küche und machten zwei Bier auf. Orville bot ihm eine Schale mit gesalzenen Erdnüssen an. Seine Arztaugen gingen die Liste der Zutaten durch. Er rechnete aus, dass die Schale genug Karzinogene enthielt, um alle Eichhörnchen im Court House Park auszurotten. Henry nahm sie, kaute versonnen die Nüsse und fand sie wohlschmeckend.

»Tut mir Leid, dass ich dir in der schweren Zeit nicht mehr wie ein Nachbar beistehen konnte«, sagte Henry. »Ich war in D. C. Es kostet ein Vermögen, sich für den Kongress zu bewerben. Zum Glück hab ich ein paar Kontakte bekommen. Erinnerst du dich noch an Larry North, der draußen in Philmont gewohnt hat?« Orville verneinte. »Aus irgendeinem blöden Grund nennen sie ihn jetzt Ollie North. Ich hab ihn bei der Marine getroffen. In Annapolis. Hab ihn dann in Vietnam näher kennen gelernt. Er gehört zu Reagans Mannschaft, Nationale Sicherheit. Hab mich mit ihm im Kellergeschoss vom Weißen Haus getroffen.«

»Er hat Geld?«

»Er weiß, wo Geld sitzt. Aber jetzt hör mal zu.« Henry legte die Ellbogen auf den Tisch, als spielte er die Rolle von jemandem, der über Macht verfügte und jemand anderem, der über keine Macht verfügte, sagte, er solle zuhören. »Sie können sie ausfindig machen.«

»Ollie North?«

»Seine Mitarbeiter. Sie finden jeden, jeden auf der Welt, in ein oder zwei Tagen. Außer es sind Profis, die sich die Fingerkuppen abrasieren und Gesichtsoperationen machen lassen, du verstehst.«

»Nein, tue ich nicht.«

»Natürlich nicht, und je weniger du weißt, umso besser. Gib mir nur das Startzeichen, und wir finden sie.«

»Was kostet der Spaß?«

Diese Frage schien Henry sehr zu treffen. Sein Lächeln ging in offene Enttäuschung über, und er wendete seine Augen ab, als ob er nicht der Zeuge eines schlimmen Unfalls werden wollte.

»Verzeihung«, sagte Orvy beunruhigt. Wenn er die Implosion nicht aufhielt, hätte er womöglich nur noch eine Lache von Schooner auf dem Boden.

»Gewährt«, sagte Schooner, und sein Gesicht hellte sich auf, »ich meine, verdammt, wie sollst du auch wissen, wie's beim Militär läuft? Das Zivilleben ist anders.« Er wölbte seine Hände über die Erdnussschale, als ob sie mit Edelsteinen statt Giftstoffen gefüllt wäre. Henry fragte noch einmal: »Abgemachte Sache?«

Orville fühlte sich erneut in der Falle. Wenn er Ja sagte, was würde er Henry schulden? Würden Henrys Methoden in ihre Privatsphäre eingreifen? Aber seine eigene Suche führte ihn nirgendwohin, und er war drauf und dran, aufzugeben. Sein Gefühl des Verlusts, seine Verzweiflung waren unerträglich. Jeden Morgen war sein erster Gedanke, wenn er aufwachte: Sie sind weg! – Es zerriss ihm das Herz. Es verfolgte ihn den ganzen Tag bis in die letzten alkoholisierten Gedanken vor dem Einschlafen. Er hatte diese Art von Schmerz nicht gekannt, seit er und Lily sich verloren und getrennt hatten.

»Also gut«, sagte er, »macht's. Aber nichts, was in ihr Leben eingreift. Ich will nicht, dass sie merken, dass du hinter ihnen her bist. Ich will nur wissen, dass sie in Sicherheit sind.«

»Meinst du, ich nicht? Sie sind mir auch wichtig. Ich sag dir was, alter Kumpel. Seitdem ich vor drei Jahren in diese Stadt zurückgekehrt bin, in meine Heimatstadt und auch in deine, hab ich das Gefühl, als ob die Stadt ein Teil von mir wäre. Diese Person, jene Person, diese Kirche, jene Synagoge, diese

Fußballmannschaft und jene, selbst die verdammten Gullideckel und Schi-schi-Antiquitätenläden! Sie alle sind ein Teil von mir. Und wenn ein Gebäude abgerissen wird oder einer der Antiquitätenhändler an diesem AIDS-Dreck erkrankt oder wenn von den Nazischweinehunden Hakenkreuzschmierereien an deinem Anshe Emeth Tempel sind oder sogar wenn ein Mord in Bliss Towers unter den Schwarzen stattfindet – *ich fühle es*. Selbst die namenlosen Schwarzen. Und wenn ich die Person, die weggeht oder stirbt, *persönlich* kenne?« Henry schien erneut in den Tiefen eines unergründlichen Schmerzes zu versinken. »Dann *nehme* ich es persönlich. Es bringt mich um. Wie der Tod deiner lieben Mutter, dieser großen Lady, die ich mir immer als eigene Mutter gewünscht habe. Wie Miranda und der Junge, äh ...«

»Cray.«

»Cray, ja, ich werd langsam alt, das Gedächtnis lässt nach.«

»Es ist reaganesk.«

»Haha!« Henry schlug sich auf die Wange. »Was bist du doch witzig! *Dennoch!*« Er gluckste noch etwas, und dann fuhr er seufzend fort: »Ich weiß, dass du sie und ihn wirklich liebst, und ich liebe die beiden auch. Der Junge hat viel Zeit bei uns zugebracht, mit Maxie und Henry junior – mehr mit Maxie. Und sie *verschwinden*? Lösen sich in *Luft* auf? Sagen keinem ein Sterbenswort? Verabschieden sich noch nicht mal? Mein Maxie ist völlig fertig. Will nichts essen! Kannst du dir das vorstellen?«

»Fällt mir schwer«, sagte Orville trocken. Früher am Tag hatte er Maxie mit dem Rad durch den Park fahren sehen. Er fuhr gewöhnlich einhändig, weil er sich mit der anderen Hand, wie auch heute, etwas in den Mund stopfte. Der Junge war auf dem besten Weg, die Ausmaße eines Kleinluftschiffs anzunehmen.

»Okay. Schau, was du tun kannst. Ich muss zurück an die Arbeit.«

»O Gott, arbeitest du hart!« Henry schüttelte den Kopf vor Staunen. »Warum entspannst du dich nicht mal ein bisschen?«

»Finde einen Arzt, der mich vertritt, bis ich gehe, dann gerne.«

»Du gehst wirklich?«

»Ja. Hier hält mich jetzt nichts mehr.«

»Oh. Oh, verflucht. Das tut *weh*, alter Kumpel. Direkt hier.« Er legte seine Hand zwischen Milz und Herz. »Ich habe wohl nie wirklich geglaubt, dass du gehen wirst.« Sein Gesicht und sein Körper sackten in sich zusammen. »Das ist vielleicht ein *Schmerz!* Wir in dieser Stadt werden womöglich *nie* drüber wegkommen, so wie du dich hier eingesetzt hast, moderne Medizin und …«

»Aber nicht so modern wie Ed Shapiro, nicht wahr?«

»Ja, gib's mir nur. Aber weißt du, warum wir zu ihm gehen?« Orville verneinte. »Weil wir zu ihm gegangen sind, seit wir wieder hier sind, und wir sind treu. Treue Leute. So wie ich dir treu bin.« Er stand plötzlich auf, und bevor Orvy es ihm gleichtun konnte, schlug Henry ihm mit der Hand auf die Schulter, von Mann zu Mann. Orvy sah kurz in seine Augen und dann weg. »Wir haben eine Beziehung, die wächst, Orvy, ich weiß das. Es braucht Zeit, um Vertrauen und Respekt aufzubauen, aber wir sind schon ein gutes Stück weiter.« Ohne eine Bestätigung abzuwarten, fuhr Henry fort: »Warum kommst du nicht am 4. Juli zu uns rüber? Hot Dogs, Hamburger, Bier, du würdest uns eine große Freude machen, als Teil der Familie.«

»Ich muss vielleicht arbeiten.«

»Wann immer, aber komm, wenn du Zeit hast, tagsüber oder am Abend. Verstehst du, ich weiß, wie beschissen du dich fühlst. Erst hast du deine Mutter verloren, jetzt dein Mädchen und diesen lieben Jungen, der wie ein Sohn für dich war, aber zwei Dinge: Erstens, wir werden sie finden, garantiert; und zweitens, auf die Schooners kannst du dich verlassen. Komm jederzeit rüber, wenn du Hilfe brauchst.«

Orville dachte, er sollte jetzt Nein sagen, aber er sagte lieber gar nichts.

»He, he, das ist ein Fortschritt! Du hast nicht Nein gesagt!«

Orville, verblüfft von der Überzeugungskraft einer Aufrichtigkeit, die er Henry nicht abkaufte, brachte ihn zur Tür und hinaus zur vorderen Veranda. Der Abend war still, eine Erholung vom Tag. Die Luft war noch nicht kühl, aber die Wärme schien ein wenig nachzulassen. Hinter dem dunstigen Park leuchtete die Lampe vor Schooners Eingang golden und spiegelte die gold gestrichene Unterseite des Vordachs.

»Also, wenn nicht am 4. Juli, dann kommst du eben am dritten oder fünften, wann auch immer. Jederzeit. Schau einfach vorbei. Anruf ist nicht nötig. Die Leute schauen nicht mehr einfach vorbei, ist dir das aufgefallen? Als wir jung waren, sind wir immer einfach vorbeigekommen. Jetzt erscheinen wir nicht mehr unangekündigt. Vielleicht, wenn wir beide die Führung übernehmen ...« Er seufzte. »Noch eines.«

»Ja?« Bei Henry gab es immer noch eines, und es war gewöhnlich das, worum es eigentlich ging.

»Der Grund, warum wir dich nicht als unseren Arzt genommen haben, ist die Kontinuität der Versorgung, ich meine, wenn du weggehst. Und auch, dass Nelda Jo dich zu sehr mag, um nur auf beruflicher Basis mit dir zu verkehren.«

»*Was?*«

»Nur 'n Scherz, Orvy.« Er tätschelte seinen Arm. »Lach ein bisschen, okay?«

Er wandte sich zum Gehen. Orville sagte: »Noch eines, Henry.«

Henry drehte sich um. Sein Gesicht war ganz Ohr. »Schieß los, alter Freund.«

»Warum ich?« Henry schien verwirrt. »Warum hast du ein solches Interesse an mir?«

»Du meinst, zusätzlich zu dem, dass wir einfach alte Freunde sind?«

»Wir waren nie alte Freunde, Henry. Du und ich …«

»Was gilt eine kleine Meinungsverschiedenheit unter Freunden?«

»Henry. Wie komme ich zu der Gnade deiner Freundschaft?«

Wenn er den Sarkasmus wahrnahm, so zeigte er es nicht. »Willst du die Wahrheit hören?« Orville nickte. »Okay. Ich habe das tiefe Gefühl, dass ich mich um dich kümmern muss.«

»Was?«, sagte Orville erstaunt.

»Ja. Aber es ist spät und …«

»Nein, nein. Sprich weiter.«

»Hier *draußen*?«

Warum versucht er ständig ins Haus zu kommen? »Hier draußen.«

»Wie du möchtest. Es ist schön hier draußen auf der Veranda.« Er ging ein paar Schritte auf und ab, als ob er den Fußboden testen wollte. »Aus irgendeinem Grund hast du mich in meiner Jugend gehasst. Aber ich habe dich geachtet. Als ich Columbia verließ, durch diesen Wald, und du und Whiz und Toby mir nachgestarrt habt, war ich am Ende, auf der schiefen Bahn. Ich meldete mich bei der Marine. Es war hart. Und ein Jahr später fand ich mich in Seattle wieder und war vor eine Wahl gestellt. Pflichtdienst in Vietnam oder desertieren, abhauen. Ich sollte noch am selben Abend ausschiffen. Ich wanderte stundenlang im Regen umher. Schließlich ging ich zum Hafen und beobachtete die Fähre, die von Vancouver hereinkam. *Tuut, tuut* machte sie, *tuut, tuut.* Ich hätte einsteigen und nach Vancouver fahren können, meinen Arsch retten. Ein Kumpel hatte es getan. Sagte, es sei schön oben in Kanada. Blumentöpfe an den Laternenpfählen, schönes Leben oder Vietnam. Ich hatte nicht viel Zeit. Aber ich konnte mich nicht entscheiden. Und weißt du, was ich tat?«

Orville wusste es natürlich nicht.

»Ich suchte ein Münztelefon und rief dich an.«

»Mich?«

»Du warst der einzige Typ in meinem Bekanntenkreis, den ich respektierte. Und ich entschied, dass ich tun würde, was du sagst, egal, was.«

»Das ist nie passiert, Henry.«

»Natürlich nicht. Du warst weg, auf dem College. Ich sprach mit deiner Mutter.«

»O Gott!«

»Ich habe sie immer gemocht und respektiert. Als sie sagte, dass du nicht da seist, nun ja, da habe ich sie gefragt.«

»Du hast *Selma* gefragt, was du tun sollst?«

»Ich erinnere mich, dass im Hintergrund die Fähre rief: *Tuut, tuut*, ich lege jetzt ab nach Kanada, *tuut, tuut*.«

»Und was hat sie gesagt?«

»›Renn nicht weg, wag es ja nicht! Bleib. Tu deine Pflicht gegenüber Gott und deinem Land. Wie Sol es getan hat.‹ Eine große Frau, deine Mutter. Ich musste ihr versprechen, dass ich das tun würde. Also tat ich's. Und es war die richtige Entscheidung. Wenn ich nach Kanada gegangen wäre, wäre mein Leben ein Reinfall geworden. Nach Vietnam zu gehen, das Richtige zu tun, hat mich zu dem gemacht, was ich heute bin. Die Marine hat aus mir einen Mann gemacht. Habe nie zurückgeblickt. Ich im Keller des Weißen Hauses! Kannst du das *glauben*?«

»Fällt mir schwer«, sagte Orvy wieder. Henry bemerkte den Seitenhieb nicht. Die Moskitos gingen auf sie los. Ein paar Sekunden lang waren sie mit Umsichschlagen beschäftigt.

»Aber da ist noch was«, fuhr Henry fort, mit einem leichten Knoten in der Stimme. »Wenn ich dich erreicht hätte, was hättest du mir geraten?«

»Ich hätte dir geraten, abzuhauen.«

Henry brach in Gelächter aus, in schallendes Gelächter. Seine Augen wurden zu Schlitzen, seine Nase wurde rot, dann füllten sich seine Augen mit Tränen, und er hielt sich den Bauch. Unwillkürlich fiel Orville ein. »Dann, Orvy, ist es …«, er versuchte Luft zu bekommen, »… ist es nur gut, dass sie dran war! Haha!« Und wieder überwältigte ihn das Gelächter. »Als ich zurückkam, habe ich mich mit ihr angefreundet. Sie war wie die Mutter, die ich nicht hatte. Es ging ihr gesundheitlich nicht sonderlich gut, also hab ich ein bisschen nach ihr gesehen. Wir haben über dich geredet. Harte Beziehungskiste, du und sie.« Henry breitete seine Hände aus wie ein Schiedsrichter, der zwei Baseballprofis mahnt, sich zu beruhigen. »Letztes Jahr um diese Zeit wirkte sie noch deprimierter – genauer gesagt gegen Ende Juli, um deinen Geburtstag herum. Sie war nicht gut drauf. Ich sah öfter vorbei. Aber sie starb.« Henry ergriff Orvys Arm. »Ich stelle mir vor, dass sie gewollt hat, dass ich mich um dich kümmere.«

Orvy sah, wie der Eisschrankkörper sich langsam im Park entfernte. In der Mitte des Wegs drehte sich Henry noch einmal um und winkte schneidig. Dann ging er weiter und verschwand.

Ich glaube ihm kein einziges Wort, dachte er.

Doch zurück in dem unbelebten Haus, fühlte sich Orvy zu seiner Überraschung ohne Henry noch verlassener als zuvor.

»Phwwiiiiiieeeett!«

Der Liebessittich sah ihn durch den Flur zur Küche kommen, wo sein Käfig stand, und stieß einen durchdringenden Schrei aus. Er war ein Geschenk von Miranda und Cray zum Valentinstag. »Du brauchst ein Haustier«, hatte sie gesagt, »und dieses ist pflegeleicht.« – »Darf ich ihn Starlight nennen?«, hatte Cray gefragt. Starlight war er wirklich, auch wenn sich herausstellte, dass nur eine DNA-Analyse den Menschen darüber Aufschluss geben konnte, ob er ein Er oder eine Sie war. Selma und Sol hatten Tiere gehasst. Penny und Orvy hatten während ihrer Kindheit und Jugend immer um Haustiere gebettelt. Vergeblich. Draußen bei Miranda mit ihren Vögeln und Katzen und freundlichen Waschbären, Mäusen, Eichhörnchen und Rehen hatte Orvy gemerkt, wie misstrauisch er Tieren gegenüber geworden war, wie erwachsen alt. Als sie ihn mit dem Liebessittich überraschten, erschien ihm das Tier als das schönste, das er je gesehen hatte. Er stammte aus Afrika, sein Kopf und seine Flug- und Schwanzfedern hatten die blaugrünen Pastelltöne, die man an tropischen Küsten sieht. Wenn er in einem Schüsselchen badete, bewegten sich die Schwanzfedern schnell, dass es mit bloßem Auge gar nicht wahrzunehmen war. Orvy staunte über die nahtlosen Übergänge der farbigen Federn: Pfirsich zu Gold zu Grün zu Blau; Worte konnten nur ein vergleichsweise blasses Bild geben.

Und das Wunder des Fliegens! Dieses kleine Ding konnte fliegen! Nun ja, sozusagen. Mit gestutzten Flügeln war er nur in der Lage, abwärts zu fliegen. Mit glühender Zuversicht wollte er nach oben, flatterte wild, um an Höhe zu gewinnen, während er gleichzeitig zu Boden fiel. Dort fing er an zu krabbeln und kletterte, mit Hilfe seines Höckerschnabels, ein Hosenbein hinauf zum höchsten Punkt der höchsten Erhebung im Raum, die meistens Orvy war. Er schien nicht zu merken, dass er nicht fliegen konnte. Wenn er glücklich Orvys Schulter erreicht hatte, plusterte er sich auf – Plustervogel nannte Cray ihn –, klappte sein Augenlid zu, wie ein Kästchen sich über einem glitzernden dunklen Juwel schließt, und schlief.

Als Orville den Vogel jetzt in seinem Käfig betrachtete, legte er seinen Kopf auf die Seite und starrte still zurück, und er erinnerte sich genau daran, wie Cray mit seiner hohen Kinderstimme den schrillen Schrei exakt nachahmen konnte und Starlight in einer Art freundlicher Konversation antwortete. Der Vogel antwortete Cray, dem Tellergeklapper, dem Telefonläuten, der Türklingel, nur Orvy und Miranda nicht. Einmal war er während des Frühstücks, nach einem Omelett-

Wurfspiel, auf Crays Plastikset geflattert, einer Landkarte von Amerika. »Er läuft durch Amerika!«, quiekte Cray vor Begeisterung. »Und scheißt auf Iowa!«, sagte Orvy. Und auf Orvy. Der Vogel konnte stundenlang auf Orvys Schulter fernsehen, ohne dass etwas passierte, und dann – Volltreffer. Wohl oder übel war der Vogel auf einer Woge der Liebe in Orvys Leben gekommen, und anfangs konnte er nichts falsch machen.

Was für eine Nervensäge, dachte er jetzt, als er den Käfig öffnete und den Liebessittich auf seine Schulter klettern ließ, während er die Ausscheidungen und Schalen und Federn vom Boden entfernte. Wenn zwei Liebessittiche in einem Käfig sind, reißen sie sich entweder gegenseitig zu Fetzen oder verbinden sich für immer und reißen jeden anderen, der in ihre Nähe kommt, zu Fetzen. Liebessittiche. Passend.

»*Phwwiiiiieeeett!*«

»Auu! Nicht direkt in mein Ohr!«

Der Vogel gab nur einen Laut von sich, diesen Schrei, und wenn er ihn in sein Ohr kreischte, dann rüttelte es die Knöchel qualvoll zusammen und überflutete die knöchernen Bogengänge – ein ohrzerreißendes Geschrei.

»Hör auf!«, rief er und versuchte das kleine Ding von seinem Arm abzuschütteln. Doch der Vogel hatte Mumm und behauptete seinen Platz.

»*Phwwiiiiieeeett!*«

»Kannst du nichts anderes sagen?«

»*Phwwiiiiieeeett!*«

»Blöder Vogel.« Orvy sah ihm ins Auge. Als er nach ihm griff, biss er ihm schmerzhaft in den Finger. Unwillkürlich wollte er ihm einen Klaps geben, konnte sich aber rechtzeitig zurückhalten. Ein Tropfen Blut von der Größe des Vogelauges trat aus dem Finger. Na großartig. Ich werde an der Papageienkrankheit sterben, gleich hier in Columbia. Henry kann um mich weinen.

Sie starrten sich gegenseitig an, Mensch und Vogel. Vielleicht, dachte er, vermisste der Sittich die beiden auch. In letzter Zeit verlor er Federn und scheuerte sich unablässig, wobei er ebenso unablässig kleckste. Immer wenn Orvy ins Zimmer kam, rannte er auf dem Käfigboden hin und her und schrie so lange, bis er ihn herausnahm. In der letzten Woche hatte er jeden Morgen seinen kleinen Spielzeugspiegel auf den Boden des Käfigs hinuntergestoßen, und Orvy konnte hören, wie er im Halbdunkel unter der Käfigabdeckung böse auf sein Spiegelbild einhieb. Die Gereiztheit des Vogels machte ihn wütend. Schlimmer noch, es war eine Anklage, eine Bürde.

Da sieht man's mal wieder, dachte er. Verliere, was du liebst, und deine Liebe für alles andere schwindet. Der bittere Geschmack in seinem Mund war nicht nur eingebildet. Die Behandlung der Einwohner von Columbia, krank und verletzt von der insekten-durchsurrten Hitze des Sommers, verschärfte den bitteren Geschmack noch. Er hatte angefangen mit Starbusol zu gurgeln – vielleicht nur ein Placebo, aber der wintergrüne Geschmack half.

Und wer nimmt den Vogel, wenn ich gehe?

Der Sittich war wieder auf seiner ziellosen Wanderung im Käfig unterwegs und schrie. Armes Ding. Ich sollte mich entschuldigen. Er streckte seine Hand nach der Käfigtür aus und hielt dann inne. Seine Hand schwebte in der Luft.

Eine Schmerzwelle erfasste ihn. Ich habe sie verloren!

So durchflutete sie ihn immer wieder. Im Allgemeinen kam er ganz gut zurecht, ging mit den Dingen um, als ob das Leben völlig normal wäre, als ob er nicht mit herausgerissenen Eingeweiden eine Alptraumreise durch verödete Orte machen müsste, und dann – *peng!* Wie in den Comics kam eine Faust aus dem Bildrahmen und schlug einem ins Sonnengeflecht, und man taumelte und versuchte, nicht zu fallen. Plötzlich aus heiterem Himmel erinnerte er sich. Aus dem Nichts, wirklich, wie bei Überraschungsangriffen. Während er schwankte und sich auf den Füßen zu halten bemühte, erinnerte er sich bis in die kleinste Einzelheit an Dinge, die er gesagt oder getan hatte und die er nun bedauerte, oder an Dinge, die er nicht getan oder gesagt hatte, aber hätte tun oder sagen sollen – die jeder normale Mensch wie selbstverständlich gesagt oder getan hätte –, und er war entsetzt, beschämt, abgestoßen. Es verfolgte ihn wie ein Spuk.

Seine Hand schwebte in der Luft, und sein Bewusstsein befand sich im freien Fall, senkrecht. Ich habe alles kaputtgemacht, dachte er, alles, alles! Plötzlich erinnerte ihn die feuchtheiße Nacht an Celestina vor einem Jahr, die heißen italienischen Nächte voller Liebe und nassem Sex und verschränkten Zehen und der betörenden Magie so verschiedener Leben, die sich kreuzten, und die Erinnerung war so bittersüß, dass er sich elend fühlte. Später im Juli hatten sie beide ihre Geburtstage gefeiert, waren wie in einem Staunen, dass sie sich so offen liebten, durch die Welt gereist. Wie Kinder erregte sie das eigene Glück, und jeder Tag war eine lange, gemeinsame Lektion in unbeschwerter Neugier.

Und jetzt – *nichts*. Noch nicht einmal Amy. Wie im letzten Sommer war sie wieder in einem Feriencamp, wo sie auch übernachtete. Er würde sie besuchen, natürlich, aber was half das? Amy hatte das Verschwinden von Miranda und Cray mächtig mitgenommen. Eine Weile hatten sie und Orvy zusammen versucht, sie zu finden. In jüngster Zeit schien Amy seiner überdrüssig geworden. Vielleicht macht sie mir die Trennung zum Vorwurf, dachte er, oder es liegt einfach daran, dass sie elf ist und auf die einundzwanzig zugeht und herauszufinden versucht, wie sie sich selbst treu bleiben kann, während sie sich verbiegt, sowie ein Junge auftaucht. Bill Starbuck trieb sich weiß Gott wo in der Welt herum. Penny und Milt spielten fortwährend Golf und Tennis. Ein neuer Tiefpunkt in meinem Leben, grübelte er, als einzige warme Körper, die übrig sind, Henry Schooner und ein des Fliegens und Singens nicht mächtiger Vogel. Erbärmlich. Das ist es, wovor ich als

Kind *weg*rannte! Das war es, wo ich vor einem Jahr *hinein*geraten bin, verdammt noch mal! Erbärmlich, wegen Geld zu bleiben.

Schmerz zieht Schmerz an. Drei Todesfälle. Ein wirklicher, zwei virtuelle. Alle undeutlich verschwommen.

Und wenn ich gehe, wohin will ich gehen? Was gibt es in Europa noch für mich? Noch mehr *nichts*. Er holte sich ein Glas mit Eiswürfeln, schenkte sich Bourbon ein und verließ die Küche. Dann kehrte er zurück, nahm die Flasche und stieg die Treppe hinauf zum Fernseher, sein Körper schwerer als ein Felsklumpen.

Die Yankees hatten gewonnen, und im Programm lief wieder die übliche Innenweltverschmutzung – Männer, die sich über den Haufen schossen, und Frauen, die sich wie Barbiepuppen benahmen. Das reguläre Programm wurde unterbrochen von einer Zwischennachricht über Reagan, der etwas bombardierte, was wiederum von einer Autowerbung unterbrochen wurde. Da er es vor dem Fernseher nicht aushielt, machte er nun etwas Verrücktes. Er begab sich auf den Speicher, nahm die SCOMPARZA-Schachtel mit Selmas Briefen und Fotos und ging damit in sein Turmschlafzimmer.

Dort öffnete er sie. Ein teils süßlicher, teils scharfer Geruch füllte den Raum. Woran erinnerte er ihn? Ach ja – der Geruch von Mottenkugeln, alter Kleidung und Talkpuder und Parfum.

Er kramte Brief Nummer 14 heraus und las:

Hallo da unten, Erdenbürger!

Schön, Post zu kriegen, oder? Die amerikanische Post ist *so* zuverlässig.

Ich nehme an, Dir geht es gut. Mir nicht. (Ist tot gut?) Ich habe wieder diese verdammten Verdauungsstörungen. Kann es nicht ändern. Habe genug Maalox genommen, um damit die Coffin Street zu pflastern – ohne Erfolg. Bill gibt mir weiter Starbusol. Es war ein Ding, als er mir das Zeug als Salbe gegen eine Muskelzerrung verschrieb, als ich einen Leistenbruch hatte, und dann, als er es mir gegen meine Schwindelanfälle in den Arm spritzte, da hatte ich einen Gehirntumor, aber es nun auch noch *trinken* müssen? Bei welcher Krankheit er wohl jetzt danebentippt? Ich habe keine Angst vor dem Sterben. Ich habe Angst, allein zu sterben. Nicht, dass Dich das interessieren würde. Das letzte Mal, als Du gingst, hast Du nicht einmal eine Telefonnummer hinterlassen.

Ich will mit Dir über Liebe und Hass reden. Von uns allen warst Du in der Liebe der Schlechteste und im Hass der Beste. Penny war bei beidem mittelprächtig. Sol war schlecht in der Liebe, aber zum Hass ist er nie vorgedrungen. Ich selbst bin am besten in der Liebe und am schlechtesten im Hass. Ich kann nicht anders, als in jedem das Beste zu sehen!

Also. Du und die Liebe. Bist du nicht liebenswert? Als Du geboren wurdest, war ich verzweifelt. Zweiundzwanzig Stunden Wehen, kein Erfolg, also haben sie die Zange ausgepackt. Als sie Dich aus mir herauszogen, warst Du lang und dünn, Dein Kopf geformt wie eine Schuhschachtel. Die Luftwaffe war scheußlich, und Dein Vater, der die Flugzeuge von unten schmierte, war dreckig bis zum Hals. (Die einzige Freude, die wir hatten, waren die Fahrten von Fayetteville an den Ozean, zu den Dünen bei Kittyhawk, wo Wilbur und Orville ihren ersten Flug unternahmen. Flug – nicht wie Du: Flucht!) Als ich aus dem Krankenhaus kam, war ich deprimiert. Sol war scharf aufs Golfspielen. Ich sagte: »Alles, was ich von dir will, sind drei Dinge – dass du dich um mich kümmerst, dass du an mich denkst und mich nicht im Stich lässt. Bitte, Sol, bitte!« Vergeblich. Es war Krieg, aber damals nahm ich mir fest vor, mich von ihm scheiden zu lassen.

Ich tat es nicht, und das war der größte Fehler meines Lebens. Ich hätte mich noch am Tag Deiner Geburt von ihm scheiden lassen sollen. Oder – noch besser? – am Tag, bevor ich Dich empfing. Was ist schon eine Rose weniger in der Welt? Ich bin sicher, dass die Welt sich mit einer Selma weniger weiterdreht. Und wenn ich daran denke, dass ich mir meine Eierstöcke durchpusten lassen musste, um dich zu kriegen. Das waren vielleicht Schmerzen.

Du hast Dich von Lily scheiden lassen, und das war ein Fehler. (Trotz ihrer Unfähigkeit, ihr Haus sauber zu halten und Dankeskarten zu schreiben und mich angemessen zu behandeln.) Ich hätte mich scheiden lassen sollen und habe es nicht getan; Du hättest es nicht tun sollen und hast es getan – denk mal drüber nach. Was mich am Leben erhielt, fragst Du? Warum ich nicht der Familientradition gefolgt bin und Selbstmord begangen habe? An einem Schabbes 1953 hatte ich eine religiöse Erleuchtung, die mir zwei Antworten schenkte: NA UND? und WAS JETZT? Ich erkannte, dass es, damit es der Familie Rose gut ging, anderen Leuten schlecht gehen musste. Eine Welt – Aug um Auge, friss oder stirb.

Zurück zum Mangel an liebevoller Zuwendung. Als Du fünf warst, bist Du immer von mir weggerannt, hast Dich nie umgesehen, um mir einen Gruß zu sagen. Immer weg bei Deinen Projekten, um irgendwelche Dinge zu erreichen. Eines Tages, als wir im Auto fuhren, hast Du mir erzählt, wie toll Du seist, und ich verlor die Geduld und sagte: »Hör auf wie ein Hahn zu krähen!« Hat Dich das berührt? Nicht im Geringsten. Ein bisschen hast Du tatsächlich erreicht. Dabei wärst du, wenn Bill nicht die Fäden gezogen hätte, nie an einer medizinischen Fakultät genommen worden – und er konnte es auch nur jenseits des großen Teichs.

Deine unablässige Sünde ist Deine Halsstarrigkeit. Ich habe bemerkt, dass Du Dich bei den Jom-Kippur-Feiern nie mit uns anderen verbeugt hast – warst zu gut für uns, wie? Du und Deine hochtrabende Europaliebe und wie toll Dublin ist und wie Du Paris Amerika vorziehst. Glaubst Du, mir hätte Paris nicht gefallen? Sol nicht? (Okay, Sol mochte es nicht besonders, aber er stammte aus einer lange Reihe von sehr kleinen polnischen Landarbeitern ab, und lass Dir weder von ihm noch von seiner Schwester etwas anderes einreden.) Jede Wahl, die Du getroffen hast, war eine selbstsüchtige Wahl, und ich habe die Nase voll von Dir. Es ist nicht so sehr, dass Du eine egozentrische Sicht von der Welt hast, sondern Du hast eine weltzentrische Sicht von Dir selbst!

Kein Wunder, dass ich einen brennenden Schmerz im Herzen spüre, der jedem Geier den Hals zuschnüren würde!

Du bist von mir weggerannt, und in ein paar Wochen wirst Du erneut wegrennen –, Gott sei Dank sind wir Dich dann wieder los! (Du glaubst, es wäre schlecht für Columbia und gut für Dich, aber ich habe hier eine Neuigkeit für Dich – es ist genau umgekehrt.) Du wirst das Geld schneller durchgebracht haben, als Du denkst, und was dann, Mr. Gernegroß, Dr. Ohne Grenzen?

Das ist auch etwas, was ich aus eigener bitterer Erfahrung gelernt habe: Wenn jemandem die Füße wehtun, kannst Du es immer in seinem Gesicht sehen.

Was hat das mit alldem zu tun, fragst Du? Eine Menge. Es bedeutet, dass Du mit Deinem Plan, wieder wegzugehen, nach einem Jahr und dreizehn Tagen wegzurennen von Deinem Heim und Deiner Familie, der lebende Beweis dafür bist, dass sich an Deiner Selbstsucht nichts geändert hat. Was wiederum bedeutet, dass Du genauso einsam enden wirst, wie Du gekommen bist. Refrain: DU ENTTÄUSCHST MICH.

All meine Liebe für Dich, Deine Mutter

Orville setzte die Flasche Bourbon an und trank sie, das Kinn zur Decke erhoben, aus. Sein Hirn fühlte sich wie ausgetrocknet an, von allem entleert.

»Weißt du, Mutter« sagte er laut, immer noch nach oben schauend, »du hast Recht.«

»Womit?«

Da war sie, draußen vor dem Fenster segelte sie auf der Höhe der Goldkugel des Fahnenmastes. Sie trug das kobaltblaue Kleid, ihr Gesicht war heil. Solange er mit Miranda und Cray zusammen war, hatte sie sich nur selten blicken lassen, erst gegen Ende, als die Beziehung auseinander brach, war sie öfter erschienen. Jetzt, da Miranda und Cray verschwunden waren, tauchte sie wieder regelmäßig auf.

»Mit allem, Mutter. Du hast mit allem Recht.«

»Gut. Also sind wir gelassen, und du bleibst hier. *See you later alligator.*«

»Bleiben? Komm auf den Teppich.«

»Ich wünschte, ich könnte es. Schönen Tag.« Sie entschwebte.

»Warte!«

»Kann nicht. Muss abschwirren.«

»Wohin?«

»Zu den Schooners«, sagte sie begeistert, als ob sie zu einem Ausverkauf bei Altman's unterwegs wäre. »Dicser Henry ist so ein Schatz! Er war immer *a sißes Bubele,* ein süßer Junge, und jetzt ist er ein Mann, der sich kümmert, Anteil nimmt und tröstet. Nicht wie *Jemand,* den ich kenne.«

»Du gehst rüber zu den Schooners?«

»Darauf kannst du Gift nehmen«, flötete sie. »Dort bin ich fröhlich, dort will ich *sein!«* Sie wandte sich zum Flug, zögerte aber dann und kehrte zurück. »Ach, und übrigens, Dr. Besserwisser, was deinen Bruch mit Miranda betrifft.«

Er starrte sie an, unwillig, etwas zu erwidern. Es war alles zu wund in ihm.

»Das wird dich lehren, *mich* aus deinem Liebesleben heraushalten zu wollen! Ich war die ganze Zeit mittendrin!«

»Wo ist sie? Weißt du, wo sie ist?«

Weg. Benommen versuchte er ihren Flug über den Platz zu verfolgen, aber er verlor sie zwischen den nass glänzenden Baumkronen der Eichen und Ahornbäume aus dem Blick.

Die Türklingel ertönte. Er sah auf seine Uhr. Fast elf.

Er öffnete die Tür. Vor ihm stand Nelda Jo Schooner. Sie war die Vision einer bestimmten Art von Himmel, das blonde Haar zurückgeworfen, in ihren Augen blitzte der Schalk, die Lippen hatten die Farbe von Starlights Köpfchen. Sie sah aus, als wäre sie in ihr rotes bauchfreies Top und ihre hautfarbenen Shorts hineingegossen worden.

»Hallo«, sagte sie. »Kann ich hereinkommen?«

27

Woher kam sie, diese Anziehung, die von dem ausging, was Orville für sich scherzhaft »Schoonerland« nannte. Kam sie vom Sommer oder vom Fluss?

Nelda Jos Besuch an diesem Abend erwies sich als sinnlich berückend, aber unschuldig in den Folgen. Zumindest so unschuldig wie eine Frau, die so aussah und sich so verhielt, sein konnte. Sie hatte mit ihm zusammen unten im Wohnzimmer gesessen, seine Hand gehalten und mit ihm über seinen Seelenschmerz gesprochen. Sie kannte und mochte Miranda und diesen goldigen Jungen Cray. Sie machte sich Sorgen um sie. Er müsse ja fast den Verstand verlieren vor Sorgen. Er dürfe sich nicht von seinen Hilfsquellen, seiner Familie und seinen Freunden, abschneiden, von den Schooners und dem lieben Gott.

Sie stand auf, um zu gehen. Er erhob sich ebenfalls und fühlte zwischen ihren nahen Körpern eine solche magnetische Anziehungskraft, dass er sich etwas zurücklehnen musste, um gerade zu stehen. Sie reichte ihm die Hand. Er nahm sie. Eine kräftige Aerobic-Hand. Ein Küsschen auf seine Wange, und fort war sie.

Eine Weile widerstand Orville dem Drang, zu dem gelb glühenden Verandalicht und der gold gestreiften Unterseite des Verandadachs hinüberzugehen. Manchmal sah er die Schooners als Familie draußen auf der Veranda sitzen, Henry und Nelda Jo auf Korb-Schaukelstühlen, Henry junior in einer bunten Hängematte, Maxie auf den Stufen spielend. Sie schienen Stunden so zu sitzen und mit Nachbarn und Freunden zu plaudern, die in der Sommernacht vorbeischlenderten. Orvy beobachtete, wie oft an den Abenden jemand bei den Schooners vorbeischaute. Bevor man sich's versah, kamen Fetzen von Gelächter und Ausrufen und Gesang – ja, auch Gesang – die hundertvierunddreißig Schritte über den Zementpfad herübergeeilt und die vier Stufen zur Veranda des Hauses von Orvys Mutter herauf, wo er bei einer Zigarre und einem Glas Bourbon saß, ausgeschlossen. Sogar Selma schien ihn ins Schoonerland hinüberziehen zu wollen. Er sah sie für kurze Augenblicke, eher fliegend als schwebend, und immer flog sie Richtung Schooners oder kam von dort. Sie war meist zu sehr in Eile, um mit ihm zu sprechen, wie ein Kind, das zu einer Karnevalsparty geht. Wenn sie redete, dann setzte sie ihn ins rechte Bild über »diesen netten Jungen Henry Schooner«, nicht nur darüber, wie er sich in der Vergangenheit um sie gekümmert hatte, sondern auch, wie toll es war, jetzt drüben bei ihm und Nelda Jo (»Christen, aber lustig«) Zeit zu verbringen.

Wenn Orville einen Schooner traf –, und sei es Maxie oder Henry junior –, dann schien es immer ein großes Ereignis in ihrem Tagesablauf zu sein. Sie winkten und lächelten, ohne es zu übertreiben. Henry und Nelda Jo waren immer da, gingen normalen Sommerbeschäftigungen nach, manchmal schauten sie bei ihm vorbei, brachten ihm einen selbst gebackenen Kuchen oder eine Havanna-Zigarre, immer mit einem lieben Wort und ohne jeden Groll, dass er ihrer Einladung noch nicht gefolgt war. Zu seinem Entsetzen schienen sie ganz von Selmas drei »Dingen« erfüllt – sie kümmerten sich um ihn, dachten an ihn und ließen ihn nicht im Stich. Gute Christen, fanden sie Geben seliger denn Nehmen. Zu geben, ohne dafür eine Gegengabe zu erwarten, war ihr schönster Lohn. Sie gingen nie ohne ein »Gott segne dich«. Henry, mit dem auch stets ein Kongresskandidat ging, fügte regelmäßig hinzu: »Und Gott segne Amerika.«

Sogar das Wetter in Columbia entspannte sich zusehends, wo immer Orvy die Schooners traf. Die wahnsinnige Hitze ließ nach, ebenso die Feuchtigkeit der brütenden Luft. Sommerregen fielen sanft und taten der Ernte wohl. Gewitter brachten nicht nur Befreiung und ein willkommenes Maß an Erregung, sondern warfen auch auf natürliche Weise das tote Holz von den Bäumen.

Orville stellte sich Schoonerland nicht so sehr geographisch als hagiographisch vor. Es war, als ob die Normalität Amerikas sich unmittelbar in den Schooners konzentrierte, ohne jeden verwässernden Zusatz. Sie war ungefiltert und intensiv, erbarmungslos normal, mit vollem und ganzem Herzen gewollt und angenommen. Sogar glühend verehrt und angebetet, denn die Schooners waren nicht nur zuverlässige Mitglieder der St. Mark's Episcopal Church (Henry) und der Shiloh Baptist Church (Nelda), sondern sie legten Wert darauf, verschiedene ökumenische Gottesdienste –, jüdische, schwarze, hispanische, ukrainische, holländisch-reformierte – in Spook Rock zu besuchen sowie den Rudolf-Steiner-Ableger im County, wo Amy zur Schule ging. Die Schooners nahmen an fast allem teil, was Stadt und Land zu bieten hatten. Die Schooners mischten sich unter das Volk und zeigten sich.

Nicht nur konzentrierte sich das normale Amerika in der Familie Schooner, wie Orville feststellte, sondern in einer Art alchimistischem Prozess ging das normale Amerika bei den Schooners als geläuterte, gereinigte Substanz hervor, gekräftigt und erfrischt, erneuert und verbessert. Amerika, wie es sich in den Schooners spiegelte, war perfektioniert. Dieses vervollkommnete Bild strahlte aus jedem ihrer lächelnden Gesichter, aus dem vom kleinen Maxie, von Henry junior, Nelda Jo, den filipinischen Hausangestellten und von Henry selbst, aus jedem Lächeln, das Zähne so weiß wie das Eis in neuen Amana-Kühlschränken zeigte.

Ja, dieses vollkommene Bild leuchtete als fröhliches Verandalicht durch die Julidämmerung, ergoss sich über den golfgrünen perfekten Garten und bewegte sich schwerelos vorbei an dem Gerichtsgebäude mit seinen Kriegerdenkmälern für die großen Toten Columbias, beginnend mit der Revolution und General Worth' Krieg von 1812 und dem Sezessionskrieg, auch bekannt als Bürgerkrieg, zum Ersten Weltkrieg, der ein Antiwelt-Krieg war, wenn man die Toten zusammenzählte, und dann zum Zweiten Weltkrieg, der das Ende aller Kriege sein sollte und es nicht war, und dann zum Koreakrieg und weiter zum Vietnamkrieg, den wir verloren, aber zu gewinnen vorgaben, obwohl es kein richtiger Krieg war, weshalb die Niederlage nicht wirklich galt (das perfektionierte Bild bog hier ab, um nicht zu nah mit *diesem* Krieg in Berührung zu kommen), und schließlich, befreit von den Zumutungen weiterer Kriegsbetrachtung, raffte sich das Bild in einem Akt der Verdrängung zusammen und stieg durch die Julidämmerung hinauf, verteilte sich über Columbia, von Sumpf zu Sumpf, vom Fluss zum Friedhof und von dort hinaus ins Weite über Kinderhook County und Amerika und die Welt.

Amerika hatte die Schooners gefunden, und die Schooners breiteten Amerika aus bis an die Enden der Welt. Was, dachte Orville, hört man schließlich auf einem Gipfel des Himalaya? Die Beach Boys. Was trägt man auf einem Kanu im Amazonas-Dschungel? Michael Jackson. Was sieht man am Rande der marokkanischen Sahara? Coca-Cola. Was läuft in Bangkok im Kino? Arnold Schwarzenegger. Was ist das Bleibende in dieser Welt? Mickey Mouse.

Schooners waren so normal, dass Orville das Kotzen kam.

Und doch hatte er seinen Widerstandsgeist verloren. Sein Geist war schwach, schwach und gebrochen, nicht so sehr wegen der Häme seiner Mutter, die ihn darüber aufklärte, dass er unnormal war, sondern eher wegen des beklemmenden Gefühls, dass sie Recht hatte. Angesichts des wiederholten Scheiterns, wie ein normaler Mensch mit Miranda und Cray und Amy und der grässlichen Penny und dem Betonkopf Milt und der armen verlorenen ätherischen Celestina und der analysierten Lily und selbst, ja, den Schooners umzugehen, blieb ihm letztendlich nichts anderes übrig, als ihr Recht zu geben.

Deine Mutter hat Recht. Du bist so anormal, dass man dich verbieten sollte.

Von jenem ersten Nachmittag an, da er als Kind in dem Feld den vorüberziehenden Wolken nachgeschaut und das »große Andere« entdeckt hatte und seine Mutter, als er es ihr berichtete, ihn für verrückt gehalten hatte, denn »es gibt nichts anderes als das hier«, hatte Orville insgeheim mit dem tiefen, unwandelbaren Verdacht gelebt, er sei anormal. Seine unerklärliche Unfruchtbarkeit hatte das endgültig besiegelt.

Anormal, mit größter Sicherheit. Dissident der herrschenden Kultur, immer schon. Selbst vor Jahren auf dem College in Syracuse und auf der Medical School in Dublin, ein Dissident der alternativen Sechziger. Er teilte die Ideen, aber nicht den Weg.

Jetzt war Orville mehr und mehr fasziniert von Henry, weil der Mann genau zu wissen schien, wer er war, warum er auf dieser Welt war, was das Ziel seines Lebens war und wie er es erreichen konnte. Der Mann war zäh. Orville gab es nur höchst ungern zu, aber Henry Schooner schien zu wissen, wie man lebt.

An einem sehr schönen Samstagabend in der dritten Juliwoche war Orville in der Normalität angekommen, er saß auf Schooners verglaster Veranda zusammen mit Henry, Nelda Jo und Penny. Milt war unterwegs in Seattle, verfolgte, was Penny »eins seiner hirnverbrannten Geschäfte, mit Computer-Software oder so« nannte. Orville hatte von Mittag bis um zehn Uhr abends eine Vertretung organisiert. Sie hatten draußen in Whale Acres zu viert Golf gespielt. Die Roses als Team gegen die Schooners.

Gleich zu Beginn des Spiels hatte sich Orvy an die Beobachtung erinnert, die er bereits als Manager der Fish Hawks gemacht hatte – man kann alles über einen Menschen erkennen, wenn man ihn in einem Sportteam agieren sieht.

Insbesondere bei Schooner, der bei allem so perfekt erschien, war die Art seines Spiels entlarvend.

Obwohl sie nur zum Spaß spielten, verbarg sich hinter Henrys freundlicher Miene ein erbitterter Wettkämpfer. Beim letzten Loch, das Match ausgeglichen, sah Orville von der anderen Seite des Fairway aus, wie Henry mogelte. Er hatte seinen Ball ins Rough zur Rechten geschlagen. Ein Baum stand ihm nun für einen Schlag ins Grün im Weg. Orville beobachtete vom Fairway aus, wie Henry seinen Ball vom Baum wegsetzte, so dass er freien Weg hatte. Doch dann sah Orville, dass Henry ihn bemerkte. Henry machte unbekümmert weiter, als ob nichts geschehen wäre, und schlug seinen Ball aufs Grün, etwa fünf Meter vom Flaggenstock entfernt. Penny und Nelda spielten fröhlich den Fairway entlang, für das Loch waren sie keine Konkurrenz.

Orville holte aus und landete einen unkonzentrierten Schlag, der seinen Ball nur knapp über der Oberfläche des Fairway hinfliegen ließ, ein echter *worm-raper*. Er fing an zu fluchen, doch dann sah er, dass der Ball direkt auf den Flaggenstock zurollte, und das Gras bremste ihn gerade genug ab, so dass er mit nur zwei Fuß Abstand ein perfekter Schlag war.

Es hatte den Anschein, dass die Roses sich gesteigert hatten und das Loch und damit das Spiel gewinnen würden. Henry untersuchte sein Putt für ein Birdie. Es war eine schwierige, in Serpentinen bergab verlaufende Strecke. Er schlug den Ball mit Zuversicht. Dieser rollte bis an den Rand des Lochs und blieb davor liegen. Nun *musste* Orvy, um das Loch und das Spiel zu gewinnen, einputten. Es war eine gerade Bahn, kein Hindernis, ein flacher Putt von nur zwei Fuß. Über dem Ball stehend, wurde er nervös. Er konzentrierte sich so gut er konnte. Doch dann flüsterte eine innere Stimme ihm zu: Schaff's nicht! Er schlug ihn gerade aufs Loch zu, und an der Kante zögerte der

Ball einen dramatischen Augenblick, um dann, wie von fremden Mächten oder seiner Mutter gelenkt, tatsächlich ein paar Zentimeter zurückzurollen und außerhalb liegen zu bleiben. Abgewürgt. Die Schooners gewannen.

Henry war ein großzügiger Betrüger. Er sagte: »Pech gehabt – aber in wirtschaftlicher Hinsicht habt ihr das bessere Los, denn die Sieger zahlen das Bier.«

Nelda Jo nahm Orvys Arm, und so gingen sie zum Clubhaus. Sie war etwas größer als er, und er spürte ihre geschmeidige Hüfte ein wenig über seiner Hüfte und das Wogen ihres Busens ein bisschen über seinem Herzen und war froh.

Warum hatte er Schooner nicht wegen seines Betrugs zur Rede gestellt, auch wenn es nur ein Spiel war, in dem es um nichts ging?

Na ja, es ging um nichts, oder? Und wer hat keine Fehler? Natürlich niemand, absolut niemand. Und wenn Henry nicht gelungen war, was er selbst als problemlos bezeichnet hatte, nämlich Ollie North und seine Mitarbeiter auf Miranda und Cray anzusetzen, nun, Menschen sind heute schwer zu finden, nicht wahr? Selbst sehr tüchtigen Mitarbeitern sind manchmal die Hände gebunden, oder? Henry hatte gesagt, dass sie noch an der Sache dran seien, und sie würden jeden Moment den Durchbruch schaffen.

Zur Hölle damit, dachte Orvy unter der Dusche. Genieße die scheinbare Freundschaft, die spürbare Anteilnahme, den Spaß. Denn es war Spaß, ja.

In einem Anfall von Zynismus dachte Orvy: NA UND? und WAS JETZT?

Das Golfen war ein Betäubungsmittel, ein vierstündiges Narkotikum. Das Spiel war so frustrierend und verführerisch – ein einziger guter Schlag machte einen sicher, dass man es das nächste Mal wieder schaffte –, und danach erkannte Orville, dass ihn während der Runde nur zweimal die alten Schmerzwellen erfasst hatten.

Er sollte mehr Golf spielen.

Eine Weile saßen sie im Club beieinander, aßen Erdnüsse und Salzstangen und tranken kaltes würziges Bier aus Krügen. Henry als Kandidat für den Kongress und Fernsehberühmtheit wurde ständig von Fans gestört. Er behandelte jeden überaus freundlich, ohne jedoch den Kontakt zu seinen Leuten zu verlieren.

Danach fielen sie zu einem improvisierten Abendessen bei Chez Schooner ein, der Filipino grillte Steaks, und seine Frau servierte Kartoffelsalat und Maiskolben aus dem County und einen herzhaften Burgunder und großzügige Stücke eines hausgemachten, noch warmen Apfelkuchens *à la mode* mit schmelzender Eiscreme ringsum. Bald hoben sie ab, high von Alkohol und Zucker, vor Moskitos und den in Wolken herumflatternden Motten durch Fliegengitter geschützt, und lauschten dem zweitgemütlichsten Geräusch der Welt, dem Zirpen der Grillen in einer abkühlenden Sommernacht.

Und wiederum bald darauf fühlten sie sich selbst dahinschmelzen, weniger schweben, dachte Orvy, als segeln, sogar fliegen. Aufschauend erwartete er halb, Nelda Jo auf einer Flügelspitze, Selma auf der anderen zu sehen.

»Vom Deck eines Flugzeugträgers abgeschossen zu werden«, sagte Henry Schooner, »ist das Tollste, was dir in deinem Leben passieren kann, und zwar in voller Montur!« Er zwinkerte Orvy zu und lachte.

»Dürfen wir das zitieren, Euer Hochwohlunanständigkeit?«, fragte Nelda Jo.

»Wenn du das tust, meine Liebe, werde ich dementieren.«

»Ich geh weg, Mom«, sagte Henry junior, der hereinkam.

»In dem Aufzug?«, fragte Nelda Jo. Henry juniors annähernd würfelförmiger Körper steckte in ausgefransten Jeansshorts und einem T-Shirt, auf dem DALLAS COWBOYS stand; sein weißblondes Haar war auf Bürstenlänge geschnitten und legte ein erstaunliches Feld von Pickeln auf seiner Stirn frei.

»Ja. Bis nachher dann.« Er war schon halb draußen, als ein hoher Pfiff durch die Luft gellte. Er drehte sich um. »Ja, Dad?«

»Du bist vor Mitternacht zurück, hörst du.«

»Da-aad!«

»Da ist Sperrstunde, Sohn. So oder gar nicht.«

»*Du* hattest nie eine.«

»Ich wäre ein viel besserer Mensch, wenn ich eine gehabt hätte«, sagte Henry. »Frag nur Dr. Rose.«

»Stimmt.«

»Das ist so, weil wir dich lieb haben«, erklärte Nelda Jo. »Kirche ist morgen auch.«

»Scheiße«, sagte er und rannte hinaus.

»Mach dich nur drauf gefasst, Penny«, meinte Nelda Jo. »Es kommt bald auch auf dich zu.«

»Das soll wohl ein Witz sein? Amy ist jetzt schon der reine Terror. Gott sei Dank, dass es Feriencamps gibt.«

»Scharwenzelt um Scomparzas Mädchen herum«, fügte Henry hinzu. »Americos Tochter, muss ich mehr sagen? Wenn ich gewählt werde, dann werd ich eine Gesetzesvorlage einbringen, nach der es Eltern erlaubt ist, ihre Teenager zu schlachten und zu essen.« Er sagte es so ernst, dass alle lachten.

»Ach komm, Dicker«, meinte Nelda Jo, »er ist verliebt.«

»Er ist nicht verliebt«, entgegnete Henry, »er ist brünstig. Ich mach mir echt Sorgen. Er wird zu einem Halbstarken und – he, guckt mal!« Sie folgten seinem Zeigefinger zum Bildschirm des Fernsehers. »Darauf habe ich gewartet!«

Sie stellten den Fernseher laut, der stumm vor sich hin geflimmert hatte, während sie zusammen draußen saßen. Auf dem Bildschirm war jetzt anstelle von Sitcoms und Schießereien und grellen Werbespots eine friedliche Landschaft zu sehen, eine Wiese mit leuchtend gelben Blumen, dahinter ein gemütliches weißes Landhaus, und dann schwenkte die Kamera um zu einer Luftaufnahme des majestätischen Grand Canyon und von dort zu prächtigen kleinen Kindern, die nicht wie Henry junior angezogen waren, sondern wie prächtige kleine Kinder, und auf einem Feld herumtollten. Dann folgten zwei alte verliebte Leute, die Hand in Hand gingen, dann Schwarze, ordentlich und sauber und muskulös, die breit lächelnd Basketball spielten, dann schmutzige stolze Arbeiterhände bei der Fabrikarbeit, dann ein Mann in einem Raumfahrzeug, und während die Szenen vor einer Hintergrundsmusik abliefen, die Hymnen und Märsche und Wiegenlieder und Sinfonien kombinierte und sie alle irgendwie in eine bewegende Darbietung von »America The Beautiful« einfließen ließ, sagte der Sprecher, die Stimme von deinem Grandpa Ed oder deinem Dad, wenn er einen guten Tag hatte, oder, wie Orville dachte, eines alten weisen Arztes, einschmeichelnd:

»Es ist Morgen in Amerika! Das ist Amerika im Frühjahr '84 ... Und das ist Amerika ... Und das ist Amerika ... Und das ... Und das ... Und auch das ist Amerika. Vor nur vier Jahren sagten die Menschen, dass die Probleme unseres Landes zu groß und zu schwierig seien, um von irgendeinem Präsidenten gelöst werden zu können. Doch was sehen wir jetzt? Es gibt wieder Jobs. Es gibt wieder Wohnungen. Und zum ersten Mal seit sehr langer Zeit gibt es wieder Hoffnung. Und ist es nicht merkwürdig, dass niemand mehr sagt, die Aufgabe des Präsidenten sei zu groß für eine Person? Präsident Reagan meistert die Aufgabe, für die er gewählt worden ist.«

Sie saßen sprachlos da, als ob sie soeben Zeugen einer Zukunft geworden wären, beeindruckt von der Vollkommenheit der Botschaft und davon, wie sie mit genau dem richtigen Ton zum Herzen sprach. Gegen Reagan zu stimmen, hieß nicht nur, gegen Amerika, sondern gegen den Morgen in Amerika zu stimmen und gegen all diese netten Menschen und Lieder und Grandpa Ed. Als sie schon dachten, es sei vorbei, wer anders erschien auf dem Bildschirm als Henry Schooner und seine Familie, die gleich hier auf dem Rasen einen Baseball hin und her warfen. Sie schauten so fabelhaft und glücklich aus wie die Leute im Werbespot des Präsidenten. Zwar dauerte ihr Spot nur fünfzehn Sekunden, und man sah ihm das geringere Budget an, und er wurde ja auch nur lokal ausgestrahlt, aber sie waren doch so sympathisch, dass, als die Stimme sagte: WÄHLT SCHOONER, WÄHLT AMERIKA, natürlich jeder den Wunsch hatte, genau dies zu tun.

»Toller Werbespot!«, rief Penny.

»Eindrucksvoll, Henry«, pflichtete Orville bei.

»Danke. Sieht meine Frau nicht unglaublich aus?«

»Henry …«, sagte Nelda Jo.

»Und ich meine nicht nur im Spot. Seht sie euch jetzt an. Ist das eine schöne Frau oder nicht?«

Penny sagte Ja, das sei sie, und sie würde alles dafür geben, um diesen Körper zu haben, und Orville meinte, er auch – alle lachten darüber –, doch Orville dachte über etwas nach, das er als Arzt gelernt hatte. Wenn jemand öffentlich die Aufmerksamkeit darauf lenkt, wie schön seine Frau ist, gibt es oft Probleme in der Ehe, insbesondere im sexuellen Bereich.

Da er sah, dass sie Nelda Jos Unglaublichkeit anerkannten, fuhr Henry fort: »Hat ein Heidengeld gekostet.«

»Nelda Jo?«, fragte Orvy, der merkte, dass er betrunkener als üblich war.

»Was für 'nen Witz der Typ hat, haha.« Henry schien dies für das Witzigste zu halten, was er je gehört hatte, und musste sich die Tränen aus den Augen wischen, bevor er weitersprach. »Sie ham mir in Washington gesagt, jetzt kommt es auf den Wiederkennungsfekt meines Namens an. Wiederkennungseffickt, versteht ihr?«

Alle stimmten ihm zu, dass es eine schlaue Strategie sei, denn der Wiedererkennungseffekt des Namens war wichtig. Man brauchte nur an General Motors, General Electric, General Worth zu denken. Orville begleitete Henry aus irgendeinem Grund in den Keller und dachte: Was machen all die Generäle in meinem Hirn? Er überwand die schwierigen naturbelassenen Stufen hinunter, während sein Kopf sich mit dem Mantra beschäftigte: Wie verdammt gesund kann einer sein? Wie verdammt gesund kann einer werden?

Der Keller war der aufgeräumteste Keller, den Orville je gesehen hatte. Kein Durcheinander, kein Schmutz. Auf einer Werkbank unter einer Leuchtstofflampe standen dutzende kleiner Schachteln und Plastikflaschen mit schwarzem Inhalt und ein schwerer Chromapparat mit einem Hebel und orangefarbenem Griff für eine richtige Männerfaust. Das Ganze war dem ähnlich, was ein Weinliebhaber benutzte, um seine wertvollen Flaschen zu öffnen. Die Schachteln enthielten Patronenhülsen, alle aus glitzerndem Messing, die Plastikflaschen Schießpulver. Mit der Weinpresse ließ sich bequem zu Hause das Pulver in die Patronen stopfen. Henry stellte Kugeln her. »Triffst du 'n Eichhörchen mit so 'nem Geschoss«, sagte er, »siehste nur noch, wie sich das Fell in Luft auflöst. Erwischst du 'nen Hirsch, dann gehn bei dem die Lampen aus.«

Er zeigte Orville, wie man Kugeln herstellte. Orville sagte, dass sie wie gute schöne Kugeln aussähen. Dann zeigte er Orville seine Gewehre. Sie waren in einem frei stehenden Safe eingeschlossen, so wie es sie in kleinen Banken gab, und Henry meinte, außer einem Atomangriff könne ihm nichts etwas anhaben. Orville sagte wieder, es seien schöne Gewehre und ein schöner Safe, aber er fühlte sich plötzlich wie in einem Déjàvu. Mit Schooner zusammen im Keller zu sein, ganz gleich, wie aufgeräumt, brachte ihm einen anderen Keller in Erinnerung, irgendwo anders, vielleicht den Keller der Lutheran-Church, wo sich die Pfadfinder trafen und wo er sich allein mit Henry und dem angehenden Soziopathen Ken Bates befand. Ken und Henry zwangen ihn, die Hose auszuziehen, um zu sehen, »wie ein jüdischer Schwanz ausschaut«.

Jetzt, da er Henry zuhörte, der über Gewehre redete und darüber, wie man mit der richtigen Ausrüstung einen Mann auf eine Meile Entfernung treffen konnte, wenn man das Steigen und Sinken der fliegenden Kugel einberechnete, erinnerte sich Orville an seine Angst.

Wie seine Kindheit, neben der allgegenwärtigen Langeweile und den sich hinziehenden Minuten des Unterrichts in den Klassenräumen von Columbia, eine Kindheit voller Angst gewesen war. Langeweile und Angst. Er saß in der Klasse und dachte sich einen Heimweg aus, um Henrys Verfolgung und Prügeln zu entgehen.

»Du hast mich terrorisiert«, sagte er. Henry sah ihn verblüfft an. »Als wir Kinder waren. Du hast mich terrorisiert, und ich werde es nie vergessen.«

»Ich?« Sein überraschter Ausruf wurde von einem starken Geruch von geröstetem Hafer begleitet.

»Streit es verdammt noch mal nicht ab.«

»Kannst du mir 'n paar Einz… Einzelheiten sagen?«

Sie waren beide angetrunken. In Haltung und Blick schwankend, sahen sie einander an. Orville kam plötzlich der Gedanke, dass Schooner ihn gleich in den Safe drängen und hinter ihm absperren würde. Und dann dachte er, dass er und Henry gleich Cha-Cha-Cha tanzen würden.

»Und übrigens, alter Kumpel, hat deine Mutter mir nie was davon erzählt.«

»Glaubst du, ich hätt's ihr gesagt? Ich werd's nie vergessen. Nie.«

»Natürlich nicht, alter Freund. Du vergisst nie, was du dir einbildest, nein, nein. Aber *vergeben*! Christliche Nachsicht, un verdammt auch jüdische Nachsicht. Judäo-christlich – das is das Größte! Unsere verdammte Fahrkarte ins Himmelreich! Gottes Enscheidung. Menschen ändern sich. Wir glauben beide an die Besserung von Menschen. Wir sin jetz Kumpel, oder nich?«

»Nur weil ich … weil ich … fertig bin.«

»Hör ma, Miranda is toll und das Kind auch, aber ich sag

dir was – wenn du am Haken hängst, auch mit 'nem Mädchen wie Nelda Jo, biste tot. Es kost dich Arschunkragen, hab ich Unrecht?«

»Nein, nich unbedingt *Unrecht*, Henry, aber …«

»Hab ich Unrecht?«

»Nein, du bist …«

»Du bist frei, ich nich. Verlass dieses Scheißloch von Stadt, solang du kannst. Fick dich durch ganz Italien, die ganze Welt. Wie ich in der Marine. Nimm die Penunzen, spring ins nächste Flugzeug und mach was Größeres aus deim Leben. Hör ma. Du bist begabt, ich nich, hast Grips, ich nich, und bist frei, ich nich. Du hast fast 'ne Million. Geh und mach dir 'n schönes Leben. Mensch, nix wie weg hier, und tu was Gutes!«

Orville war überrascht von diesem noblen Zug bei Henry. Aber halt – »tu was Gutes« war doppeldeutig. Es konnte heißen, sich für etwas Gutes, für Menschen einzusetzen, doch für einen Jungen in Columbia hatte es auch bedeutet, ein Mädchen »umzulegen«. Sein Piepser ging los. Zehn nach zehn am Samstagabend. Die Einheimischen verstümmelten sich gegenseitig, und er hatte Dienst. Er wandte sich zum Gehen.

»Ich hab nix gesagt.«

»Nix wovon?«, fragte Orville.

»Von dem, was ich gesagt hab. Wenn was rauskommt, streit ich's ab. Ich hab nie gesagt, was ich gesagt hab.«

»Nich mal das?« Henry machte ein verdutztes Gesicht. Orville ging.

Kaffee half etwas, als Dr. Rose versuchte, mit der plötzlichen Anhäufung von Sommertragödien fertig zu werden, die noch in Generationen nachwirken und das Leben einiger Menschen für immer tiefgreifend verändern würden. Das Baby einer Heroinabhängigen von Bliss Towers, das zu früh zur Welt kam und erst einmal entgiftet werden musste, um zu überleben. Ein Traktor, der bei Hillsdale einen Hang bei Mondlicht bestellte, kippte auf einen Jugendlichen – mehrere Knochenbrüche. Ein New Yorker mit eingerissenem Rektum, der auf einem Methadontrip war. Ein Sturz von den Bish-Bash-Wasserfällen. Zwei aufgeschlitzte Landstreicher. Ein Unfall mit einem Buick voll angetrunkener Fish Hawks, bei dem zwei der süßesten Mädchen, die man sich vorstellen konnte – und Orville hatte sie gekannt –, starben. Seine erste Pause hatte er lange nach Mitternacht.

Im Arztzimmer traf er einen fröhlichen Chirurgen, der Geld für Unterhaltszahlungen brauchte. Dieser musterte ihn und sagte: »Du siehst wie ausgekotzt aus. Soll ich für dich den Nachtdienst übernehmen?«

»Mann, du wirst es genießen«, erwiderte Orville. »Klar.«

Als er vor seinem Haus aus dem Chrysler stieg, überkam ihn erneut ein Gefühl hoffnungsloser Einsamkeit, unterstützt von dem hellen Licht, das immer noch in Schoonerland leuchtete. Da er sich vor den toten Geistern im Haus seiner Mutter fürchtete und spürte, dass gleich hinter der Tür die Faust des Kummers auf ihn wartete und er in eine Welt der Schmerzen eintreten würde, erinnerte er sich daran, dass die Schooners ihm immer wieder versichert hatten, er sei »Teil der Familie« und jederzeit willkommen, und ging, die hundertvierunddreißig Schritte mitzählend, zu den Schooners hinüber in die Normalität.

Henry lag auf dem Rücken hingestreckt auf seinem burgunderroten Ledersessel. Er schnarchte und schnaufte wie ein geriatrischer Hund. Jetzt dünstete er weniger einen Geruch von gerösteten Haferflocken als von gegorenem Hafer, Hopfen und Gerste aus. Ein leerer Cognac-Schwenker lag zwischen seinen Beinen. Ein drei Fuß langes flaches Holzpaddel mit dünnem Hals und schaufelähnlichem Griff, auf dem GO NAVY! eingeprägt war, lehnte am Sessel. Sol hatte ein solches Paddel besessen, das er für die schmerzhaften Initiationsriten in seiner jüdischen Bruderschaft in Plattsburgh State gebraucht hatte. Sein Kopf war auf die Schulter gesackt, der Mund stand offen wie bei einem Schwachsinnigen, auf dem weißen Hemd befand sich ein blaubeerfarbener Fleck in der Form eines Schmetterlings, welcher im Zusammenklang mit der roten Krawatte aus dem Mann einen Leichnam machte, der mit patriotischem Flaggenstoff bedeckt war. Er sah scheußlich aus, wie irgendeiner von den tausenden von betrunkenen Einwohnern Columbias, die am Ende einer dunklen Phantasienacht, nach irgendeiner grauenhaften Tat bewusstlos nach Hause geschleppt wurden.

Orville goss sich Remy Martin in einen der übergroßen Schwenker. Das Rasseln von Schooners Schnarchen übertönte alle anderen Geräusche. Orville sehnte sich nach Gesellschaft, aber er wollte nicht rufen, und so wanderte er herum. Gegenüber von Schooner an der Wand stand der große massive antike Vitrinenschrank, der ihm schon früher aufgefallen war und der, als er dagegen gestoßen war, bedrohlich gewackelt hatte. Der untere Teil war drei Schubladen hoch, der Aufsatz hatte fünf verglaste Borde, auf denen kostbares Porzellan und Gläser standen. Neugierig, ob der Schrank immer noch so wacklig war, versuchte er es. Ja, er schwankte vor und zurück. Zu alt und zu verzogen, als dass man ihn an der Wand hätte befestigen können? Oder vielleicht war der Boden verzogen oder beides? Da Orville unten niemanden antraf, ging er auf Zehenspitzen die breite Treppe hinauf und dann den Flur entlang.

»Jemand zu Hause?«, flüsterte er.

»Wer ist da?«, fragte Nelda Jo.

»Nur ich, Orvy.«

»Hast du mir einen Schrecken eingejagt. Eine Sekunde.«

Sei es, weil er allmählich von seinem Schwips herunterkam oder weil der heftige Sonnenbrand, den er sich auf dem Golfplatz zugezogen hatte, ihn schwindlig machte oder weil eine sinnliche Verlockung in der Luft lag, trat er in den Raum, der sich als das Schlafzimmer der Hausherrn entpuppte. Er warf einen Blick in das angeschlossene Badezimmer, das ganz aus hellem Licht, erdfarbenen Kacheln, Glas und Chrom bestand.

Nelda Jo kämmte vor einem langen großen Spiegel mit kurzen kräftigen Bewegungen ihr blondes Haar. Ihm stockte der Atem, denn sie trug ein durchsichtiges Nachthemd, durch welches das Licht hindurchschien. Bei jeder Bewegung hoben sich ihre Brüste. Und ihre Brustwarzen, durch das Gegenlicht betont, wölbten sich vor seinen Augen wie kleine Eier, vielleicht die Eier von Liebessittichen. Im Spiegel entdeckte sie ihn und sah auch, wie er sie anstarrte. Sie, ganz treues Weib, bedeckte ihre Brüste und sagte: »Oh, hallo, Doc. Macht es dir etwas aus, draußen zu warten?«

»Tut mir Leid, ja, natürlich«, erwiderte er errötend und versuchte eine Erklärung. »Henry schläft unten, und ich hatte, ich weiß nicht, irgendwie Lust auf Gesellschaft.«

»Er ist zu. Nichts Besonderes. So spät ist selten noch was los mit ihm. Sag ich dir im Vertrauen. Gib mir noch eine Sekunde.«

Orville trat zurück, doch er hatte noch keine zwei Schritte gemacht, da hörte er von unten eine raue Stimme schreien.

»Du gottverfluchter Scheißkerl, wage nicht, mit deinem Vater so zu sprechen ...«

»Ich rede, wie ich *will* ...«

»Ich werd dir zeigen, was du willst, du kleiner Hurenbock!«

Lärm wie von einem Handgemenge drang nach oben, Dinge gingen zu Bruch, vielleicht der schwankende Vitrinenschrank, oder aber es traf Leder oder Holz oder eine Faust auf Fleisch. Orville dachte an das GO-NAVY-Paddel, das normalerweise an Bord von Marineschiffen benutzt wurde, um die Moral gewisser Leute zu heben. Er drehte sich um und wollte hinunterrennen, doch da fasste ihn jemand an der Schulter. Nelda Jo. Sie schmiegte sich an ihn, schlang ihre Arme um seinen Nacken, ihre Lippen auf seinem sich öffnenden Mund, ihre Zunge nach seiner tastend, ihre Brustwarzen durch sein dünnes Hemd drängend. Während sie ihn küsste, streichelte sie mit ihrer Hand über seinen Bauch, dann fasste sie ihm unten in den Schritt, und er reagierte wild darauf, als ob sie sich in einer animalischen Welt befänden.

So plötzlich, wie sie ihn umarmt hatte, so schnell zog sie sich von ihm zurück. Sie sahen einander an, atemlos wie junge läufige Hunde. Ihre Brust wogte, mit Brustwarzen groß wie Kirschen. Schließlich holte sie tief Luft, atmete sie hörbar aus und sagte: »Das ist nie passiert!«

»Wie schade.«

»Warum verschwindest du nicht über die Dienstbotentreppe, okay?«

»Du meinst, wie das Personal?«

Sie lächelte. »Wie die Familie. Komm.«

Sie brachte ihn ans Ende des Gangs, öffnete eine polierte Tür, deren Rückseite roh und unbehandelt war, und ließ ihn raus. Sein Kopf brummte vor Begehren und Sonnenbrand, die Schläfenarterien schienen gegen die engen Wände der Dienstbotentreppe für die Filipinos zu hämmern. Er stolperte hinunter und in den Garten. »Das ist nie passiert«, hatte sie gesagt. Im Haus war alles still, als ob, was unten vorgefallen war, auch nicht stattgefunden hätte, ein ganzes Haus des Ungeschehens. Im Gegensatz zu meinem, des Unglücks. Alle ungeschehenen Familien waren einander gleich, grübelte er einem Gedanken von Tolstoi nach. Er ging mit abschwellender Erregung durch die feuchte Julinacht, getaucht in Mondlicht. In Schoonerland geschah nie, was geschah. Weit gefehlt. Normal.

Zurück zu Hause, fand er auf dem Küchentisch eine Postkarte mit einem australischen Aborigine, der mit einem Stock auf den roten Laib von Ayers Rock zeigte.

Wie geht's, Doc,

Reise kein Spaß, aber toll. Essen grauenhaft, Australier noch schlimmer. Babs' Verdauung macht Probleme. Wolfy und Kenni haben auch ihren Rubin mitgehen lassen. Apotheken im Busch führen kein Starbusol. Nehmen Kurs auf Amazonas und Südlicheres. Gruß an Unser Kleines Wunder Amy. Dein pillenschluckender Bill

Kein Wort von Rückkehr, dachte Orville und ging zu Bett. Im Badezimmerspiegel betrachtete er sich nackt und war entsetzt. Sein Haar schien dünner geworden, sein Gesicht aufgedunsen, er trug eine Brille mit dicken Gläsern, weil die Kontaktlinsen ihm wehtaten, und abgesehen von seinen roten Armen, seinem roten Kopf und Hals, war er so weiß wie ein Fischbauch, und weil er zu viel aß und trank und keinerlei Sport trieb, wurde er fett. Ja, da unten saß ein regelrechter Bierbauch, wenn nicht eine Wampe. Trotz der Tatsache, dass er zu rauchen angefangen hatte – Camel, genau wie Bill. Er hörte die Stimme seines Mentors: »Stell dir vor, wie schwer sie wären, wenn sie nicht rauchen würden!«

Alarmiert registrierte er, dass er in elf Monaten einen beachtlichen Weg zurückgelegt hatte, um sich dem Aussehen von Starbuck anzunähern – irgendwo im Bereich von fünfundneunzig Kilo –, und wenn er blieb, würde es nicht lange dauern, ehe er in den Bereich wirklicher körperlicher Gefährdung vordringen würde, irgendwo über hundertfünfunddreißig Kilo, mit der klassischen Birnen-Physiognomie, den geschwollenen Fleischpolstern in Augenhöhe, die den dumpfen Blick des Einheimischen von Columbia verbargen.

Fünf Wochen und ein paar zerquetschte, dachte er, und dann wird das Leben leicht.

Als die Schwerkraft seinen Körper auf das Bett warf, wanderten seine Gedanken zu Nelda Jo und wie routiniert sie ihr Muttervogel-mit-gebrochenem-Flügel-Spiel aufgeführt hatte, um ihn von Henry und was immer er getan hatte abzulenken. Er gluckste. Guter Ehefrauen-Schachzug. Besonders in einem Wahljahr. Was geschehen war, war nicht geschehen. Normal.

Er sauste die steile Abfahrt zum Schlaf hinab, aber da riss es ihn plötzlich hoch, und er saß in einem jener hypnagogischen Momente vollkommener Klarheit aufrecht im Bett.

Ja, aber was, wenn das Normale wirklich ungesund ist, was dann?

28

*B**uon compleanno!*«

»Celestina?«

»Orvillo!«

»Orvillo?«

»Celestina! *Buon compleanno e tanti auguri!* Herzlichen Glückwunsch zum Geburtstag und alles Gute.«

»Grazie«, sagte er, noch halb im Schlaf. Er sah auf die Uhr. Kurz nach sechs. »Grazie, aber es ist nicht mein Geburtstag.«

»Der 24. Juli ist dein Geburtstag, wir haben ihn im letzten Jahr gefeiert. Erinnerst du dich nicht?«

»Wie könnte ich das vergessen«, sagte er, »ich meine die Zehen.«

»Ich werde schwach, wenn ich daran denke!«

Er gähnte. »Es ist nicht mein Geburtstag. Sie hat mich belogen, meine Mutter. Sie hat die Geburtsurkunde gefälscht. Ich wurde dreizehn Tage später geboren, am 6. August. Genau ein Jahr vor der Hiroshima-Bombe hat sie mich abgeworfen.«

Stille.

»Bitte leg nicht auf.«

»Nein, nein«, sagte sie. »Nein. Und fliegt sie immer noch herum?«

»Mehr denn je. Dick und fett und schwebend – eine Art gemästeter Kolibri.«

»*Magnifico!* Und es hat dir sicher eine Menge gegeben bisher, oder, *caro?*«

»›*Caro*‹?«, staunte er.

»*Si, si.* Du bist meine Liebe. Ich liebe dich wahnsinnig!«

»Und … äh … was ist mit dem Banker und seinem Elefanten?«

»Halber Elefant. Es ging um Steuern. *Non sincero.* Schweizer Käse.« Sie verstummte. Er hörte ihr Atmen. Irgendwie war es sexy. »Orvillo, es tut mir Leid.« Ihre Stimme klang traurig, ruhig. »Es tut mir so Leid, dass ich dir das angetan habe.«

»Du hast mir wahnsinnig wehgetan.«

»Ich weiß. Ich hab mich wie eine Idiotin benommen. Ich habe erst gemerkt, was ich hatte, als ich es zerstört hatte.« Er hörte, wie ihr Hals zuging. Mit leisem Schluchzen sagte sie: »Ich hasse mich für das, was ich getan habe.«

Er war gerührt. Sie schien es ernst zu meinen. »Du klingst verändert.«

»Ich bin es, Liebster. Ich habe mich durch meine Fehler verändert. In diesem Jahr bin ich erwachsen geworden. O Gott, was habe ich gemacht!« Sie verlor die Kontrolle über sich und weinte ins Telefon.

»Warte, bleib dran«, sagte er, überwältigt von ihrer Reaktion. Hatte sie sich wirklich verändert?

»Kannst du mir je verzeihen?«

Er zögerte. »Wenn du es ernst meinst, vielleicht. *Bestenfalls* vielleicht.«

»Ich meine es ernst, wirklich ernst, aber es wird Zeit brauchen, um die Vergangenheit zu heilen, nicht wahr?«

»Ja.«

»*Bene.* Aber nun haben wir nur das Jetzt. Es gibt nur diesen Augenblick. Wie mit deiner toten und fliegenden Mutter. Seid ihr auf dem Weg des Heilens im Jetzt? Wird sie zu deinem größten Geschenk?«

»Geschenk? Es war die Hölle. Ein grauenhaftes Jahr. Eine Menge Schmerz.«

»Es tut mir so Leid, dass ich dir so viel Schmerz bereitet habe, mein Geliebter.«

Das ist erstaunlich, dachte er. Sie klingt, als ob sie es ernst meinen würde. Erwachsen. »Du hast dich ja wirklich verändert.«

»*Si, si.* Ich bin nicht mehr das New-Age-Leichtgewicht, das eine spirituelle Abkürzung sucht. Jetzt konzentriere ich mich wirklich ernsthaft auf den Buddhismus. Dein Schmerz – unser Schmerz, das ist die zweite Stufe der Wahrheit.«

»Ja, aber es tut weh. Was soll ich tun?«

»Tu nichts.«

»Nichts?«

»So viel Nichts wie möglich, Liebster. Sitze in der Stille und folge deinem Atem. Und wenn der Schmerz kommt, hebe keinen Finger, noch nicht einmal den kleinen Finger. Tue so viel Nichts, dass der Schmerz übergeht in Trauer.«

»Du verstehst mich falsch – ich *bin* in Trauer und ertrage es nicht!«

»Du bist im Schmerz. Seelisches Leid. Das ist das Selbst, nicht Trauer. Sitze da in der Stille, mein Geliebter, und atme. Sitze da nur im Jetzt, sitze da und gib dich der knallharten Begegnung mit deinem Selbst hin, mit deiner Vergangenheit, mit den Tatsachen.«

»Und dann?«

»Und dann wird sich der Schmerz und das Leid in Trauer verwandeln.«

»Und?«

»Die Trauer bewegt sich vorwärts. Trauer bewegt sich immer.«

»Und was ist, wenn die Trauer sich bewegt?«

»Dann heilt sie. Die heilende *essenza* der Trauer, die bewegt.«

Sie sagte das sehr selbstverständlich, als ob sie einfach wüsste, worum es ging, ohne die Koketterie, die er früher von ihr gewohnt war. Es klang jetzt geerdet, wie gelebte Wahrheit. Er konzentrierte sich intensiv auf sie und auf das, was sie sagte, hielt den Hörer fester an sein Ohr, wie ein Mann, der untergeht, das Rettungsseil fester umklammert. Hier gab es eine Botschaft, die vielleicht weiterhalf.

»Aber was, wenn ich's nicht aushalte«, sagte er, »und es nicht heilt?«

»Egal, ich werde dich trotzdem lieben.«

Zum ersten Mal seit Wochen fühlte er sich weniger beunruhigt. Es erstaunte ihn. Von den Sonnenstrahlen, die in sein Turmfenster einfielen, ging Ruhe und Bewegung aus. Sie bewegten sich schneller als irgendetwas sonst, so dass sie still zu stehen schienen. Licht ist Materie, Materie ist Energie. Es war wiederum ein Anflug ihrer möglicherweise magischen Fähigkeiten. Er erinnerte sich, als sie am letzten Tag ihres Zusammenseins am Lago d'Orta zwei schlimme Dinge vorausgesagt und er das Telegramm von Selmas Tod erhalten hatte, zwei Wochen zu spät. »Wo bist du?«

»In Rom. Wie immer. Dein Foto hier an meinem Bett. Ich arbeite jetzt für die Bank.«

»Die Bank?«

»Chase Manhattan, römische Niederlassung. Ich gebe Kurse auf Teilzeitbasis. Yoga für Bankangestellte. Das Geld reicht für die Miete. Es ist so viel passiert, du hast mir so gefehlt!«

»Und du mir!« Ihm wurde klar, dass er es tatsächlich ehrlich meinte.

»Wann kommst du?«

»Wer hat gesagt, dass ich komme?«

»Du. Nach einem Jahr und dreizehn Tagen.«

»Ja, aber auch hier ist eine Menge passiert. Eine Menge Wasser den Fluss hinuntergelaufen. Und außerdem muss ich noch vier Wochen bleiben. Ich kriege das Geld am 27. August.«

»*Ecco!*«

»*Ecco?*«

»›Da hast du es!‹«

»Warte.«

»Ich warte, mein Herz schlägt mir bis zum Hals. Ich atme ein, atme aus. Sprich.« Er schwieg. »Ich höre, aber du sprichst nicht.«

»Du glaubst, dass ich einfach vergesse, wie du mich behandelt hast, und zu dir komme, als ob nichts gewesen wäre?«

»Nein, nein, als ob alles geschehen wäre, und wir haben daraus gelernt. Wir sind jetzt klüger, wir beide. Bereit, uns wirklich zu lieben, bewusst, Arm in Arm gehen wir die Straße hinunter. Wir haben unsere ganze Zukunft vor uns.«

»Du sagst doch immer, es gebe nur die Gegenwart.«

»Nicht für Liebende wie uns.«

»Ich muss drüber nachdenken.«

»Nachdenken?« Sie seufzte. »Jeden Tag denken wir ungefähr sechzigtausend Gedanken. Vielleicht gelten 59985 Gedanken Ereignissen, die einmal geschehen sind oder geschehen werden. Erinnerung oder Phantasie. Wir fürchten uns vor dem Jetzt. Jetzt, *caro,* komm!«

Orville schwieg.

»Gibt es jemand anders?«, fragte sie.

»Es gab jemanden, aber jetzt nicht mehr.«

»Bei mir auch nicht. Komm. Ich erwarte dich am 27. August. Wir machen wieder Ferien am Lago d'Orta.«

»Ich weiß nicht, was ich sagen soll.«

»Nein, aber ich spüre, dass dein Herz *si, si* sagt. Warte, ich denke nach.« Orvy wollte entgegnen: Aber du hast doch gerade … »*Si,* ich hab's. Wir dürfen nicht mehr miteinander sprechen, bis wir uns Auge in Auge gegenüberstehen und dann schnell Zehen in Zehen. Ich rufe dich nicht mehr an. Schick mir ein Telegramm mit allen Details.«

»Aber du *musst,* wir müssen das klären!«

»Zu viel Denkerei, *caro,* denken und reden. Keine Anrufe mehr.«

»Ich rufe dich an.«

»Ich sehe, wer mich anruft, und antworte dir nicht, auch

wenn mein Herz beim Klang deiner Stimme zerbricht. Kein Reden mehr. Telegramm. Bis zum Siebenundzwanzigsten …«

»Das Flugzeug wird nicht vor dem Achtundzwanzigsten auf dem Da Vinci sein.«

»Bis dann, mein *grandioso amore*. Ich verlasse dich nie wieder. *Ciao!*«

»Nein!« *Klick!*

Nicht normal, dachte Orville mehrmals an diesem Tag, während er spritzte und flickte und schnitt und zuhörte und seine Verachtung zurückhielt und versuchte, den Einheimischen ein bisschen entgegenzukommen. Köstlich unnormal. So unnormal wie Buddha, wie Jesus. Sie wirkte tatsächlich anders. Vernünftiger, ja. Und sie will mich. Italien. Wie könnte ich sie abweisen.

Wie Alkohol und Zigaretten und Chips und Golf linderte dieser Kontakt mit Celestina für eine Weile seinen Kummer. Jetzt stand ihm eine neue Möglichkeit offen. Er fühlte sich immer noch als vollkommener Versager als Sohn, Liebender, Onkel, Bruder, Schwager, Vogelhalter, Freund – wenn auch erfolgreich als Freund der Schooners – und als Einwohner Columbias, doch jetzt spielten diese Charaktermängel vor einem Hintergrund von Möglichkeiten.

Es gibt wieder etwas in Europa für mich, dachte er. Ja, Mutter, du hast Recht. Ich bin falsch, krank und anormal. So anormal, dass ich es nicht mal in Columbia zu was bringe, geschweige denn in Amerika. Scheiß drauf. Ich bin Geschichte. *Ecco* – da hast du es! Das Einzige, wofür ich geschaffen bin auf dieser Welt, ist, eine seltsame, vielleicht erleuchtete italienische Bodhisattwa zu lieben, die zumindest mit ihren Zehen um meine greifen kann und, was das Beste ist, das totale Gegenteil von allem ist, was mit Columbia zusammenhängt.

Penny war neben Miranda die Einzige in Columbia, die die Wahrheit über seinen Geburtstag wusste. Sie hatte es sonst niemandem gesagt. Sie fand es die »sauberste Lösung«, zumal er fortging, einfach an dem Tag zu feiern, den alle für seinen Geburtstag hielten.

Sie organisierte eine Dinner-Party mit Milt und Amy und Henry und Nelda Jo. Sie fand in O'Brien's Restaurant und Taxidermie, einem italienischen Lokal, statt. O'Brien's, eine Institution in Columbia, solange Orvy denken konnte, gehörte jetzt seinem Kindheitsfreund Marco Kryzinski. Marco besaß auch das Sportgeschäft gleich daneben. Es stellte seit fünfzehn Jahren unverändert die gleichen Shorts und Hosen, das gleiche Hemd und den gleichen Tennisschläger im Schaufenster aus. Nicht alle Leute wussten, dass man in dem Laden keine Sportartikel kaufen konnte. Es gab jede Menge Gerüchte über Wettannahme, Glücksspiel, Prostitution, Bliss Towers Drogengeschäfte und Wucherkredite. Und Gerüchte waren es seit ewigen Zeiten geblieben.

Seit die New Yorker gekommen waren, war das Restaurant – mit seiner lächerlichen Taxidermie – einer der angesagten Orte geworden, um zu sehen und gesehen zu werden. Hier konnten die Antiquitätenleute sich problemlos mit den Einheimischen mischen. O'Brien's Spezialpizza war in einem Antiquitätenblatt beschrieben worden, nicht so sehr wegen ihrer Zutaten als vielmehr wegen ihrer Zustellungsart. Sie wurde auf einer Vespa gebracht, mit Gummischnüren auf dem Motor festgeschnallt, so dass sie auch bei kältester Witterung glühend heiß und mit einer erkennbaren Duftnote von *benzina* ankam.

Um acht Uhr saß die Geburtstagsgesellschaft am vordersten Tisch am Fenster. Die Blicke wanderten manchmal hinauf zu den ausgestopften Füchsen, Elchen und Nerzen mit ihren angstvollen Augen, manchmal zu den New Yorkern, die laut waren und sich bestens amüsierten, und manchmal über die Kreuzung von Fourth Street und Washington Avenue zum alten Gefängnisgebäude, in dem heute *The Columbia Crier* residierte. Das Narkotikum aus Hoffnung und Verdrängung, das

das Gespräch mit Celestina für ihn gebracht hatte, wirkte nicht mehr. Er war wieder niedergeschlagen. Den Tag zuvor hatte er mit einem jungen Arzt zugebracht, der sich auf die Annonce, den Verkauf von Bills Praxis betreffend, gemeldet hatte. Wenn Orvy die Stadt verließ, wollte er die Praxis in andere Hände übergeben. Es war der zwölfte Arzt, der in den letzten beiden Monaten vorbeigekommen war, um sich über eine Niederlassung in Columbia zu informieren. Er hieß Patrick O'Lima und stammte aus Dublin, Trinity. Orville war überrascht, als er die HEREIN-Tür öffnete, dass ein Mann mit ebenholzfarbener Haut eintrat. O'Lima, so stellte sich heraus, hieß ursprünglich Olima und kam aus Nigeria, und er hatte den Apostroph in seinen Namen eingefügt, um es in Dublin leichter zu haben. O'Lima hatte den Tag mit Orvy verbracht, sich Columbia angeschaut und trotz der eindrucksvollen potenziellen Verdienstmöglichkeiten »nie und nimmer« gesagt und war durch die HINAUS-Tür davongeschlendert.

Sie aßen jetzt den Geburtstagskuchen und ließen Schooners kurzen, von Herzen kommenden Tribut an Selma über sich ergehen. »Mein einziger Wunsch ist, dass sie hier sein könnte, gleich unter dem Nerz würde sie sitzen wie früher so oft und diesem großen Moment im Leben ihres Lieblingssohns beiwohnen.« Orville hörte darin nicht so sehr nur mit Zucker überpuderten Schwachsinn als eine Herabsetzung seiner selbst, denn er war mittlerweile zu der Überzeugung gelangt, dass in vielerlei Hinsicht Schooner, und nicht er, ihr Lieblingssohn war.

Aber es lag an der Art, wie Henry sprach – wieder diese Stimme –, was seine Worte nicht nur ernst, sondern inhaltsschwer klingen ließ. Als er geendet hatte, herrschte eine erwartungsvolle Stille im O'Brien's. Die Antiquitätenhändler an einem der anderen Tische lauschten genauso andächtig wie die betäubten einheimischen Thekensteher. Als Schooner aufhörte und sein Glas zu einem Toast hob, folgten ihm alle.

Milt fiel ein und zerstörte die Stille. »Es war wirklich großartig, dich hier zu haben – nun, in gewisser Weise war's großartig, meistens –, und vielleicht reicht dir ja eine Mütze voll Luft in Europa, und dann riechst du die Rosen von Columbia und kehrst zurück. Du wirst immer willkommen sein, denn wir lieben dich. Und lieben, was du dieser Stadt gegeben hast – Medizin, eine wirkliche Persönlichkeit und sogar die Worth-Saving-Kampagne – na ja, eigentlich darf ich das ja nicht sagen. Und doch hab ich's gesagt. Und auch wenn es unser Verlust ist, Pennys und meiner und Amys, bewundern wir dich dafür, dass du ein Jahr und dreizehn Tage hier geblieben bist, um das Geld zu bekommen. Zeigt deinen Mumm, deine innere Stärke, zeigt wirtschaftlichen Verstand. Meinem liebsten Schwager, einem großartigen Kerl – *L'chaiyem!*«

Während des Essens hatte sich Orvy wie abwesend gefühlt, deprimiert, und war nur am Rand der Konversation gefolgt. Zuerst war es ein geistloser Geprächsmix über neue Maschinen. Henry hatte sich eine neue Harley-Davidson gekauft. Milt war aus Seattle mit einem neuen Computer zurückgekehrt, der so klein war, dass er in einen Aktenkoffer passte und mit dem Betriebssystem MSDOS lief, das seiner Ansicht nach bald die ganze Welt erobern und seinem Erfinder ein Heidengeld einbringen würde. Penny hatte einen neuen Golftrolley gekauft, Nelda Jo einen neuen Stairmaster. Dann sprachen sie über Filme und Fernsehshows, über die Schooner-Wahlkampagne und dann über ihre Kinder. Henry juniors gebrochener Arm, der einem Fahrradunfall zugeschrieben wurde, doch – wie Orville wusste und Schooner und Nelda Jo wussten – das Ergebnis des Go-NAVY-Paddels war, das dem Knochen zu nahe gekommen war, heilte vortrefflich. Maxie liebte Fußball und das Schießwaffen-Tagescamp draußen bei der Federation of Polish Sportsmen. Und Amy?

Amy war extra von ihrem Ferienlager nur für Mädchen am Copake Lake zu Orvys Geburtstagsfest zurückgekehrt. Das

Ferienlager stand unter dem Motto Finding Your Voice Without Boys. Sie hatte während des ganzen Essens bedrückt und schweigsam dagesessen. Als sich jetzt alle ihr zuwandten, um das Neueste zu erfahren, verschanzte sie sich hinter Gemurmel, das manchmal zur Einsilbigkeit ansteigen konnte, und schließlich sagte sie, sie müsse auf die Toilette.

»Es bringt mich um! Jetzt mit elf wird es immer schlimmer mit ihr. Gestern ging ich ins Badezimmer, und sie kam aus der Dusche und hielt sich was vor und sagte: ›Geh raus!‹ Ich, ihr Vater? Mein kleines Mädchen?« Milt schwankte zwischen Weinen und Schmollen.

»Es ist die Hölle für uns«, pflichtete Penny bei. »Ich hab mir ihr Tagebuch heute Morgen angesehen – wieder Todesgedichte! Vielleicht war es ein Fehler, sie dorthin zu schicken, nur unter Mädchen? Aber in den Büchern steht, dass man es machen soll.«

Amy kehrte zurück. Schweigen senkte sich auf die Gruppe. Orville trank noch ein Bier, obgleich er den Alkohol schon spürte. Die Party war vorbei. Er starrte hinaus auf die kleine Vertiefung, wo die Washington Avenue die Fourth Street kreuzte, und erneut wurde er von dieser Schmerzfaust getroffen. Miranda Braak. Miranda hatte ihm erzählt, dass in den Anfängen der Stadt ein tiefes Senkloch auf der Fourth Street gewesen war, über das die Quäker eine massive Steinbrücke gebaut hatten, um ihr Utopia vom Hafen am Parade Hill zum Cemetary Hill zu erweitern. Es war eine beeindruckende Konstruktion, ein langer Steinbogen in römischem Stil und eine Art architektonisches Wunder der Zeit. Später begruben sie die Steinbrücke unter Tonnen von Schutt.

Verrückt, dachte er jetzt, sich vorzustellen, dass dort eine Brücke begraben liegt. Nun, da er die Vertiefung anschaute, kam sie ihm wegen ihres Geheimnisses weniger stabil vor. Der Boden hatte sich gesenkt und etwas anderes an den Tag gebracht. Wenn der Schutt sich bewegt, wird die Brücke halten?

Orville starrte auf die Vertiefung wie auf ein Stück Haut auf einem Torso, das die Knochen des Leichnams darunter verbirgt. Miranda verstand die Geschichte der Stadt mit einem wortlosen, namenlosen Sinn für die Zeit, so wie ein Virtuose der Musik, Mathematik oder im Schach einen intuitiven Sinn für seine Kunst besitzt. So wie er in guten Momenten Körper verstehen konnte. Die Stadt hatte durch sie eine Zeit lang Sinn gemacht. Sogar das Jahrhundert hatte begonnen, Sinn zu machen.

Ich vermisse sie so sehr! Wo sind sie?

Doch er wurde von Nelda Jo und Henry unsanft von seinem Stuhl hochgezogen und zur Tür hinausbugsiert. Die Party war vorbei.

Es war immer noch früh an diesem Sommerabend. Das Licht hatte noch jenen Glanz des späten Juli, der ihn daran erinnerte, wie er mit Celestina in dem roten Ruderboot auf den See gerudert war und im Zurückblicken den Sacro Monte mit seinen zwanzig Kapellen und dem Pilgerweg im Dunst hatte liegen sehen.

Er hatte frei und nichts zu tun. Bei der Aussicht auf einen Abend allein im Haus ergriff ihn ein Gefühl entsetzlicher Verlassenheit. »Henry, kann ich dich um einen Gefallen bitten?«

Es war einer der seltenen Momente, da Henry vollkommen überrascht aussah. Orvy hatte sich noch nie auf diese Weise an ihn gewandt. Bisher war es immer Henry gewesen, der anbot, ja, darum bat, Orvy einen Gefallen tun zu dürfen. Doch seine Antwort kam schnell und bestimmt. »Dachte, du würdest nie fragen, alter Freund. Was immer du willst.«

»Kann ich deine Harley ausleihen, um mit Amy einen Geburtstagsausflug zu machen?«

»Amy auf einem *Motorrad?*«, fragte Penny, als ob Orvy gedroht hätte, Amy vorne an einen Rammbock zu binden. »Nur über meine Leiche!« Was sie damit eigentlich sagen wollte, war, wie Orville wusste, dass Motorräder nur etwas für *goyim* waren.

»Darf ich, Onkel O.?«

»Das ist Henrys Entscheidung.«

»Schon mal auf einem gefahren?«, fragte Henry mit einer gewissen für ihn ungewöhnlichen Vorsicht.

»In dem Jahr in Holland hatte ich eine BMW.«

»Tolle Motorräder sind das. Hier ist der Schlüssel, und hier ist ein Helm.«

»Nur einer?«, fragte Penny. »Das ist verboten.« Amy setzte den Helm auf.

»Mag sein, Pen, aber he – wenn ich die Fahrt nicht überlebe, dann kriegst du das Geld, das Haus und den Chrysler!« Er küsste Penny auf die Wange, gab Milt die Hand und wollte auch Henrys Hand schütteln, als er sich in dessen herzlicher Umarmung wiederfand. Nelda Jo umarmte ihn ebenfalls. Er spürte ihre Brüste, und sofort sprang wieder sein Motor an, und er dachte an ihren Ablenkungskuss. Noch vier Wochen, bis ich gehe, vielleicht kann ich sie noch vögeln?

»Wann seid ihr zurück?«, wollte Penny wissen.

»Im September«, antwortete Orvy und bestieg das blank polierte Motorrad. Er zeigte Amy, wie sie ihm die Arme um die Taille legen und sich an ihm festhalten musste. Ihre Hände fühlten sich an seinem Bauch wunderbar an.

»Was für ein Witz!«, sagte Henry und schüttelte seinen Kopf voller Verwunderung.

»Lasst uns was ausmachen, dass wir uns bald wiedersehen«, meinte Milt.

»Ich kann nicht, Milt«, entgegnete Orvy, »an dem Tag habe ich zu tun.«

»Was?!«

Orvy machte einen Kickstart und ließ den Motor aufheulen. »*Ciao!*«

»He, Alter!«, rief Henry über den Motorlärm hinweg.

»Nelda Jo und ich gehen zum Nachtgebet in die A.M.E. Zion-Kirche, für das arme Kind, das gestern Abend auf der Second Street erschossen wurde, und dann sind wir auf einer Wahlveranstaltung draußen in Spook. Leg den Schlüssel einfach auf den Küchentisch.«

»Okay!«

Sie donnerten davon. Amy hielt sich fest und quietschte vor Vergnügen.

Sie fuhren gemütlich die Washington Avenue zur Third Street hinunter, bogen nach links ab, kamen an die letzte Ampel und beschleunigten dann den Hügel hinunter zum Great South Swamp. Die rosa Schaumnudeln der Styrocusp Corporation wirbelten hinter ihnen im Fahrtwind. Während sie durch die hohen Rohrkolben und den wuchernden importierten violetten Felberich fuhren und ihm die Insekten gegen das ungeschützte Gesicht prallten, fiel Orville ein, wie er aus dem liegen gebliebenen Zug ausgestiegen und auf den Schienen durch das Sumpfgelände zur Stadt gewandert war. Gleich darauf hatte er vor Augen, wie Miranda ihm und Amy das Gemälde von Henry Ary gezeigt hatte, den South Swamp vor den Tagen der Eisenbahn, als er noch eine Bucht und ein Hafen mit Tiefgang gewesen war, mit so vielen Walfangschiffen, dass man den ganzen Weg von Mount Pecora bis nach Columbia von Deck zu Deck zurücklegen konnte.

Sie fuhren an der Einfahrt zur Rip-van-Winkle-Brücke links ab und ein Stück die 9-G hinunter, bevor sie noch einmal nach links auf die gewundene Straße abbogen, die durch den Wald hinauf nach Olana führte. Auf dem Parkplatz hielten sie an. Ein Reisebus spie eine Prozession blauhaariger Ladys aus Wappingers Falls aus.

Amy nahm den Helm ab. Ihre Wangen waren gerötet, und sie rief aus: »Phantastisch! Was ist das hier?«

»Olana. Das Haus von Frederick Church.«

»Und wer ist das?«

»Einer der wenigen großen Leute, die Columbia hervorgebracht hat. Komm.«

Der persisch gekachelte Turm tauchte vor ihnen auf. Die maurische Tür, die drei Stockwerke mit korrespondierenden Fenstern und den überbordend verzierten Balkonen waren selbst in dem schwindenden Abendlicht noch ein überwältigender Eindruck aus Farben und Formen. Das war das Erste, was ich gesehen habe, dachte er, als ich im Zug heimkehrte. Alles ist geschehen.

Sie trugen sich ins Besucherbuch ein und schlossen sich der letzten Führung des Tages an. Die Führerin zitierte eine Eintragung aus Churchs Tagebuch.

> »Ich glaube, man wohnt besser auf einem Berg, von dem aus man einen Blick auf die Welt hat, als herumzukriechen und sie als Ansammlung von Einzelheiten wahrzunehmen. Aus der erhabenen Position sieht man nur die Schönheiten. Ungefähr dreißig Meilen südlich von Albany befindet sich der Mittelpunkt der Welt – und es ist mein Besitz.«

Das Haus – auf Arabisch »Olana, unser Ort auf der Höhe« – war ein lebendiges Beispiel von Churchs Kunst, mit derselben Sorgfalt errichtet wie seine Landschaftsbilder, die ihn zum berühmtesten amerikanischen Künstler des späten 19. Jahrhunderts gemacht hatten. Olana war eine verrückte Mischung aus italienischen und persischen Stilanleihen, erbaut aus dem vielfarbigen Stein der umliegenden Steinbrüche, voll maurischer Rundbögen, die jeden Ausblick einfassten, ähnlich seinen gemalten Landschaften, symmetrisch angeordnete verspiegelte Zimmer, Purpurtöne in Goldtöne und diese in Rottöne übergehend. Möbliert war es mit bemerkenswerten Gegenständen aus der ganzen Welt: arabische Messingtöpfe und englische Rüstungen und lebensgroße Ibisse, die auf Schildkröten ritten, massive Anrichten aus der Toskana – alles sorgsam so erhalten, wie es in den Jahren um 1870 gewesen war.

Inmitten der berühmten Landschaftsbilder vom Hudson, den Niagarafällen, dem Amazonas, von der Durchsicht durch die dunkle Felsklippe zu der bernsteinfarbenen Wüste auf dem Gemälde *Die Ruinen von Petra*, die alle jene für Church typischen goldenen Lichtpfeile und fließenden Felsmassive zeigten, befanden sich kleinere, dunklere und wenig bekannte Bilder. Im Wohnzimmer hingen zwei kleine Landschaften, *Sonnenaufgang* und *Mondaufgang*, die beide das heraufdämmernde gedämpfte Licht über dem Horizont einer Ebene zeigten, düster, aber dennoch voller Licht, gemalt nach dem Tod seiner beiden ältesten Kinder, die während der Diphtherie-Epidemie von 1865 gestorben waren. Über dem großen Kamin hingen zwei Porträts. Das eine zeigte einen gestrengen älteren Herrn, seinen Vater, der ein Industrieller in Hartford gewesen war, das andere einen jüngeren Mann, der seine Augen nach oben und in die Ferne, in ein eher geistiges Reich gerichtet hatte, den Sohn und Künstler. Orville machte Amy auf eine kleine Bühne aufmerksam, die sich ebenfalls im Wohnzimmer befand, eine Plattform, über die man die große Treppe erreichen konnte. Ein persischer Teppich an Messingringen auf einer Messingstange diente als Vorhang. Die Church-Familie führte gern mit Gästen kleine Scharaden auf und besaß eine große Garderobe mit Kostümen aus Samt und Seide, um damit Paschas und Prinzessinnen, Könige und Königinnen auszustaffieren.

»Ich hasse Theater!«, flüsterte Amy ihm ins Ohr. »Nach dem, was Greenie Sellers mir angetan hat, spiele ich nie wieder in einem Stück mit!«

Orvy hatte davon gehört, dass Greenie Amy in der New-York-Produktion nicht eingesetzt hatte. Und dennoch überraschte ihn die Bitterkeit seiner Nichte.

Schließlich standen sie vor einem drei Meter hohen maurischen Bogenfenster aus bernsteinfarbenem Glas. Zwischen den Doppelscheiben befanden sich wunderschöne, von

Church selbst aus schwarzem Papier ausgeschnittene Schablonen. Durch das Fenster fiel goldenes Abendlicht ins Zimmer, ein so butterfarbenes Licht, dass sie es fast zu schmecken meinten. Die Bernsteintönung erinnerte Orville an Le Grand Souk in Marrakesch. Wie mir diese Welt fehlt, dachte er, die Vitalität, die Erweiterung. Aber ist diese Welt nicht genau hier, genau jetzt, mit diesem lieben, verletzten Mädchen an deiner Seite? Sie und ich, im Gleichgewicht auf einer Kante des Schmerzes, vielleicht der Trauer balancierend, halten dieses Gleichgewicht, indem wir uns gegenseitig stützen und durch den Trost dieser Kunst.

»In den Tagen der Öl- und Gaslampen«, sagte die Führerin, »war das Bernsteinfenster hier eingesetzt worden, um bei der Neigung des Planeten ›andauerndes Sonnenlicht‹ sicherzustellen, wie Church in seiner Verzweiflung sagte.« Als sie das Haus verließen, stand ein Mann am Eingang, der sich ihnen als Orlando Durney, Direktor des Olana-Museums, vorstellte. Er sagte, er hätte ihre Namen im Besucherbuch entdeckt und »*musste* Sie einfach kennen lernen«. Er hatte eine Glatze, war groß und schlank und wirkte mit seinem Enthusiasmus und seiner wohl artikulierten Sprechweise irgendwie glanzvoll. Er trug selbst bei der Hitze ein fliederfarbenes langärmeliges Hemd mit roter Fliege. Das Auffälligste an ihm aber war sein Schnauzbart, der so enorm gezwirbelt war, dass Orville fürchtete, er könnte damit jemandem ein Auge ausstechen.

»Musste Sie einfach sprechen, um mich zu bedanken.«

»Wofür?«

»Für das, was Ihre Mutter für uns getan hat.« Orville spürte, wie Schwäche sich seiner bemächtigte. »Sehen Sie, Selma hat quasi ganz allein die Bewegung ins Leben gerufen, die uns gerettet hat. Die letzten Hinterbliebenen der Familie Church hatten sich nicht mehr gekümmert, das Haus war in einem abbruchreifen Zustand, und sie wollten es als ganz normalen Baugrund verkaufen. Stellen Sie sich das vor! Selma nahm die Sache in die Hand, fand mich, veranstaltete Kuchenverkäufe, um Geld zu sammeln, und setzte sogar diesen faschistischen Abgeordneten Solomon unter Druck. Sie ließ nicht locker, wir ließen gemeinsam nicht locker, erweckten es wieder zum Leben. Eine Art Passionsspiel. Und jetzt? Jetzt ist es ein Nationales Kulturdenkmal und ein zeitloser Schatz.« Er seufzte wie ein glücklicher Mann. »Eine starke Frau. Was sie sich vornahm, setzte sie auch durch. Eine Naturgewalt. Wie das, was Church gemalt hat. Verzeihen Sie, aber mit Verlaub – Ihre Mutter war wie die Niagarafälle. Und ...«, er zog ein Taschentuch hervor und schnäuzte mit seiner roten Nase eine Gefühlswallung hinein, »... sie hat mich nicht nur unterstützt, sie hat mich *akzeptiert.*«

Orville sah ihn förmlich in einem Brief von Selma vor sich: »Nett, aber schwul«.

»Sie müssen sehr stolz auf sie sein.«

»Muss ich wohl«, erwiderte Orville. »Danke.«

Durney starrte ihn an und sagte dann: »Church war so ein komischer Kauz! Passte nirgendwo hin. Nur hier. In Columbia. Wie eine Menge schriller Typen, damals wie heute.« Er lächelte. »Ich sehe Sie sicher nächste Woche bei der Grabsteinenthüllung. Einen schönen Abend noch.«

Sie ist *überall,* dachte Orville, als er zum Ausgang ging. Und wann wird *ihr* Grabmal enthüllt? Keinen Schimmer. Ich darf nicht vergessen, Penny zu fragen.

Sie traten durch den maurischen Türbogen in das sanfte Sonnenlicht. Die Tür ging hinter ihnen mit dem gleichen *Tonkk* zu wie die Türen beim Chrysler, wie ein Sarg. Der Bus hatte die Ladys wieder geschluckt und fuhr mit kreischenden Reifen in die Haarnadelkurve Richtung Ebene. Da er noch nicht gehen wollte, führte Orvy Amy um die Ecke des Hauses.

Das Panorama, das sich plötzlich vor ihnen öffnete, machte sie staunen. Gen Norden, zu ihrer Rechten, floss die Gipfellinie der Catskills im roten Licht des Sonnenuntergangs von Albany herunter. Weit unterhalb konnten sie, wenn sie ihre Augen beschatteten, die Rip-van-Winkle-Brücke in der Sonne blitzen sehen wie einen Silbernagel, der über einem glitzernden Strom liegt. Zu ihrer Linken, hinter dem einladenden roten Neonzeichen von MIKE'S PIZZA, in Richtung Red Hook verbreiterte sich der Hudson, bildete einen kleinen See, so als ob er die Gemälde kopieren wollte, die sie gerade gesehen hatten. Im Osten erblickten sie einen künstlichen herzförmigen See, den Church angelegt hatte, um ein ästhetisches Gleichgewicht zur Ausbuchtung des Flusses zu schaffen. Die Spitze der »Herzkammer« führte das Auge durch einen Hain von etwa hundert Bäumen – von den vierzigtausend, die er gepflanzt hatte –, und dann wanderten ihre Blicke weiter, über die rauchspeienden Schornsteine der Universal-Atlas-Cement-Fabrik zu dem leichten Grün der Taconic Hills und der Berkshires, die im schwindenden Licht verschwammen.

»Wahnsinn!«, sagte Orville. Es war atemberaubend.

»Cool. Komm, lass uns rennen!« Sie rannte los über den kurz geschnittenen Rasen, rannte und strauchelte und rollte weiter und blieb liegen. Orville schlenderte hinter ihr her, zog dabei eine Camel aus der Packung und zündete sie an. Er legte sich neben sie.

»Du solltest nicht rauchen.«

»Danke für deine Anteilnahme.«

»Kann ich eine haben?«

Er maß sie mit einem Blick. Sie legten ihre Hände unter die Köpfe, schauten hinauf zu den vorüberziehenden Wolken und sagten genussvoll: »Mmmm.«

»Du gehst wirklich?«, fragte Amy. Er nickte. »Kann ich mit dir gehen?«

»Was?«

»Onkel O., ich hasse das alles hier! Ich hasse die Jungs, meine beste Freundin ist nach Ohio gezogen, und seitdem Miranda auch noch weg ist, bin ich am Ende – ich mache mir Sorgen wegen ihr und Cray, und wie! Ich hasse meine Schule und Milt, und am liebsten würde ich für immer abhauen! Ich will mit dir gehen! Du kannst Mom überzeugen, das weiß ich, bitte!«

»Ich glaube nicht, dass es richtig für dich wäre, Amy.«

»Aber ich sterbe hier! Gestern, dieser Junge, von dem ich dir erzählt habe, der mich nach der *West Side Story* sehen wollte, und ich habe Nein gesagt, erinnerst du dich?«

»Ja.«

»Seine Mutter hat meine Mutter angerufen! Um mich zu fragen, ob ich mit ihm gehen will!«

»Nein!«

»Doch. Und Mom hat mich gefragt! Meine eigene Mutter! Scheiße!«

»Ich kann mit ihr reden«, sagte Orville, »doch sie wird sicher Nein sagen.«

»Ja, bestimmt, aber kann ich dann nicht wenigstens zu Besuch kommen?«

»Natürlich. In allen Ferien, klar.«

»Und kann ich bei dir bleiben, bis du gehst?«

»Was ist mit dem Ferienlager?«

»Ich hasse es!«

»Was ist mit Finding Your Voice Without ...«

»Die Jungen kommen die ganze Zeit von der anderen Seeseite herüber.«

»Warum sind sie auf der anderen Seeseite?«

»Sie sind in einem Ferienlager nur für Jungs, das von denselben Leuten organisiert wird. ›Finde dein Kriegerlager‹ oder irgend so ein Quark. Kann ich bei dir bleiben?«

»Ich arbeite die ganze Zeit.«

»Ich kann dir in der Praxis helfen. Du hast keine Sprechstundenhilfe, stimmt's?«

»Ja. Okay. Vielleicht wird Penny das erlauben. Ich versuche mein Bestes.«

»Warum gehst du?«

»Außer dir gibt es hier nichts, was mich hält.«

»Seit Miranda weg ist?«

»Und Cray.«

»Ihr wart wirklich verliebt ineinander, stimmt's?«

»Wir drei, ja.«

»Was ist denn passiert?«

Ohne zu überlegen, sagte er: »Unsere Behinderungen haben nicht zusammengepasst.«

»Whoa! Das ist ganz schön hart.«

»Ja. Es hat mir das Herz gebrochen.«

»Hast du irgendwas von ihnen gehört?«

»Nichts.«

Sie legte ihren Kopf auf seine Brust, und sie beobachteten die Wolken, die durch den Himmel segelten.

»Also gehst du wegen ihr?«

»Ja, aber da ist noch etwas, Amy.«

»Ja?«

»Es hat mit einer Vision zu tun. Einmal, als ich sechs war, lag ich so wie jetzt auf dem Rücken und schaute hinauf und sah die Wolken wie jetzt, und da hatte ich eine Vision.«

»Cool. Was für eine Vision?«

»Das will ich dir erzählen. Es war eine Vision, dass es in der Welt nicht einfach nur darum geht, was man sieht und hört und fühlt und das alles, sondern dass es da noch etwas anderes gibt.«

»Was?«

»Ich weiß nicht, was, aber die Worte, die ich gehört habe, waren: ›etwas anderes‹.«

»Wie Gott?«

»Vielleicht. Etwas anderes, das ganz und umfassend war, von dem ich nur ein Teil war. Jetzt, wenn ich es benennen sollte, würde ich so etwas sagen wie das Göttliche.«

»Irre.«

»Genau. Ich war furchtbar aufgeregt, als ich diese Vision hatte, sprang auf und rannte nach Hause, um es meiner Mutter zu erzählen. Und ich erzählte es ihr, und sie sagte: ›Orville-Liebling, es gibt nichts anderes als das hier.‹«

»Selma?«

»Ja.«

»Voll daneben.«

»Jedenfalls habe ich mein ganzes Leben lang versucht, an dieser Vision festzuhalten, Amy. Und als ich weg war und für Ärzte ohne Grenzen gearbeitet habe und um die ganze Welt gefahren bin und mich in Italien in Celestina verliebt habe, konnte ich ein bisschen daran festhalten, und ich hatte das Gefühl, dass ich etwas wert war, verstehst du?«

»Ich hatte das gleiche Gefühl, als ich jung war, ja.«

Orville lächelte. »Aber als ich hierher zurückkam, habe ich herausgefunden, dass es wirklich schwer ist, an der Vision festzuhalten. Wenn ich hier noch länger bleibe, wird sie sterben. Und vor langer Zeit habe ich mir geschworen, dass ich, bevor ich sie sterben lasse, lieber selbst sterben will.«

Sie schwiegen eine ganze Weile.

»Glaubst du, Onkel O., dass Grandma Selmas Vision gestorben ist?«

Er war verblüfft. Nicht nur wegen der Frage, sondern wegen Amys Liebe – nein, nicht Liebe, ihre Empathie, den Salto in Selmas Welt, in Selmas verlorene Träume, den Salto, den er einfach nicht fertig brachte, immer noch nicht nach allem, was geschehen war.

»Weißt du was, Amy?«

»Ja?«

»Du bist ein Wunder. Komm, lass uns kullern.«

»Aber du hast mir nicht geantwortet.«

»Du hast das schon richtig verstanden, oder? Meine Antwort ist, dass ich alles versuchen werde, um Penny zu überzeugen, dass du das Ferienlager verlassen und zu mir ziehen und bei mir als Sprechstundenhilfe arbeiten kannst. Und wenn ich gehe, bin ich mit Selmas Geld in der Lage, dich jederzeit nach Europa zu holen, und sei es nur für ein Wochenende. Abgemacht?«

»Abgemacht.«

»Lass uns kullern!«

Orville brachte Amy nach Hause und fuhr dann mit dem Motorrad gemächlich durch die Abenddämmerung zu den Schooners hinunter. Er stellte es ab und ging auf die vordere Veranda und dann weiter durch die unverschlossene Eingangstür.

»Hallo? Jemand zu Hause?« Er wusste, dass Henry und Nelda Jo nicht da waren, aber vielleicht die Kinder. Keine Antwort. Er legte den Schlüssel auf den Küchentisch und wollte schon gehen, aber aus irgendeinem Grund zögerte er. Er goss sich einen Bourbon und ein Bier ein, zündete sich eine Monte Cristo an und fläzte sich auf Henrys Ledersessel gegenüber dem wackligen Vitrinenschrank und dem leeren Fernsehbildschirm. So war es also, wenn man Schooner war? Ja, so musste es sein. Aber wie fühlte es sich an, schoonerisch zu sein?

Er setzte sich auf. Es fühlte sich, dachte er, leer an. Das ist es, das ist alles, ganz einfach eine Art Leere. Warten auf Godot oder auf Nelda Jo – auf wen immer. Noch leerer.

Die Leere war so stark, dass er bald einnickte. Ein paar Minuten später weckte ihn das Klingeln des Telefons, es klingelte und klingelte, bis der Anrufbeantworter sich einschaltete.

»Hallo, Eagle, hier ist Sancho.«

Orville erkannte die Stimme von Milton Plotkin, seinem Schwager.

»Alles bereit für den Abriss morgen um sechs. Die Sache ist perfekt.«

Die Maschine klickte sich aus.

Eine Sekunde war Orville sprachlos, wie gelähmt vor Ungläubigkeit.

Doch dann glaubte er es. Sie wollten morgen das Worth abreißen.

Wütend darüber, dass er von Milt und besonders von Henry hintergangen worden war, vergegenwärtigte er sich noch einmal, wie Henry Schooner vor der aufgebrachten Menge bei der öffentlichen Anhörung zum Worth stand, sie beruhigte und in Sicherheit wiegte, vorschlug, dass es eine Frist für das alte Hotel geben sollte, dass sie als Gemeinde nichts übereilt tun, dass sie allen Worth-Anhängern die Chance geben sollten, die nötigen »Geldersummen« beizubringen.

Eine Lüge, wurde ihm jetzt klar, eine totale Lüge.

Sobald sich ihnen die Möglichkeit bot – Miranda fort, Mrs. Tarr in Trauer über den Tod ihres Katers versunken, Orvy, der aufgab –, hatten sie den Abriss organisiert. Was für ein Betrüger, was für ein falscher Hund!

Plötzlich stürzte alles auf ihn ein – das erste Mal, als er die einsame Demonstration der drei Leute bei seiner Ankunft in der Stadt gesehen hatte, seine Begegnung mit Miranda in dem Schulhaus mit ihrem süßen Abschied »Worth Saving!«, Amy und er, die bei der Sache einstiegen, die Anhörung, und jetzt – alles weg. Schmerz überwältigte ihn, der Schmerz, Miranda und Cray verloren zu haben. Die ganze Luft entwich aus ihm in einem langen Ausatmen. Kraftlos versank er im Leder. Sein Zorn verwandelte sich in ein Gefühl der Niederlage. Zuerst verlieren wir uns, und jetzt werden wir auch das verlieren.

Er fühlte sich ohnmächtig, traurig, dachte an Mirandas Traurigkeit, denn er wusste, was die Erhaltung des Hotels ihr bedeutete. Er betrachtete das Zimmer der Schooners, die perfekt gestylten Wände, den massiven Vitrinenschrank, den großen Bildschirm. Er spürte die trostlose Stille des verlassenen Hauses.

Auf einmal geriet alles in Bewegung, und die Dinge wurden klar. Er fühlte einen Schimmer Hoffnung, Erleichterung. Er befreite sich aus den Klauen des weichen Leders, fixierte den Schrank und sagte: »Okay, ihr Arschlöcher, jetzt bin ich dran. Danke für die Chance. Ich bin am Zug!«

Er eilte zur Tür hinaus und, plötzlich leichtfüßig, schwebte er geradezu die Stufen der Veranda hinunter. Er dachte an etwas, das Miranda ihm im Zusammenhang mit Geschichte gesagt hatte.

»Jede Chance, wenn man sie nur weit genug zurückverfolgt«, hatte sie gesagt, ihre grünen Augen vor Übermut blitzend, »ist Schicksal.«

29

Die taufeuchte Luft der Morgendämmerung. Stille. Orville zündete sich eine neue Camel an, lehnte sich in dem Schaukelstuhl zurück und starrte über die Washington Avenue zur Painted Lady Lounge. In den letzten Stunden war alles ruhig gewesen. Als Stadtdoktor hatte er Einblick bekommen in die Wahrheit des Lebens hier, in die Wahrheit von Columbia. Er konnte überall um sich herum die Traumstadt wahrnehmen, die Stadt, von der die Einwohner kollektiv träumten. Dies, dachte er, ist die einzige Utopie. Zeitlos, ortlos, von den Sommerfäden des REM-Schlafs leicht an den historischen Ort gebunden. Er stellte sich die meisten dieser Träume glücklich und schön vor, verglichen mit dem, was die Träumer erwartete, wenn sie erwachten. Selbst die Albträume hätten etwas Glückliches in der Erkenntnis, dass es nur Albträume waren. Er stellte sich die träumenden Einwohner von Columbia vor, wie sie verbotene Abzweigungen vermieden, richtige nahmen und dabei rechtzeitig den Blinker einschalteten und die Kurve dann souverän mit genügend Abstand zum Straßenrand meisterten, so dass sie die Fahrprüfung mit Glanz und Gloria beim ersten Anlauf bestanden. Diese utopischen Träume verhießen schöne Ereignisse in einer mildtätigen Zukunft.

Ein Geräusch. Laut Celestina, die die *Veden* zitierte, waren Geräusche, Töne das Allererste bei der Erschaffung der Welt. Und jetzt kamen Geräusche zuallererst bei der Erschaffung des Tages. Ein Auto keuchte mit murrendem Getriebe, dann fuhr es bergab in den Swamp irgendeinem Job entgegen, während ein Tanker jenseits des verfallenen Leuchtturms auf dem Fluss tutete, vorbei an den Middle Ground Flats, wo vor dreihundert Jahren der idiotische Pferde-Fährbetrieb nach nirgendwo aufgenommen worden war. Ein Wecker, ein Radio, eine Melodie, ein Streit, ein Licht in einem Fenster über der Straße und die Silhouette eines schläfrigen Einheimischen mit hängenden Schultern. Orvy sah das erste Licht auf der Goldkugel oben am Fahnenmast zu seiner Linken auf Parade Hill. Sie reflektierte die Strahlen der Sonne, die sich über Massachusetts erhob und über die Kuppel des Cemetary Hill wanderte.

Ba-dangg! Bang!

Der Motorenlärm schwerer Maschinen, die auf der North Second Street starteten. Sie kamen näher. Massives Metall. Schwere Dieselmotoren wurden vom ersten Gang in den zweiten geschaltet, vom zweiten in den dritten und donnerten in dem diesigen Licht die Washington Avenue hinauf. Noch aus der Zeit, als er Mautkassierer auf der Rip-van-Winkle-Brücke gewesen war, erinnerte sich Orvy an diesen Klang. Ein schwerer Sattelschlepper, der etwas noch Schwereres schleppte. Er kam näher.

Und dann war er da, arbeitete sich von links wie eine unüberwindliche Mauer vor, der Schlepper mit einem großen Kran, an dessen gesenktem Hebearm die schwarze Abrissbirne hing, wie ein Elefant, der sich eine schwarze Frucht ins Maul gesteckt hat. Direkt vor ihm blieb er stehen. SCOMPARZA ABBRUCH- UND POLSTEREIUNTERNEHMEN.

»Was soll denn das?« Den Worten folgte ein Mann aus dem Fahrerhaus des Sattelschleppers. Orville erkannte in ihm einen seiner Patienten, Jeffrey Liebowski, von ukrainischer Abstammung, in tief absteigender Linie.

»Verdammte Scheiße!« Die zweite Stimme gehörte dem Polizisten Packy Scomparza. »He, Doc, was machen Sie denn hier?«

Blitzlichtgewitter. Packy und Jeffrey drehten sich um und sahen Toby oop den Dyke, der mit einer dieser ausgebufften

Pressekameras eine Fotoserie schoss, um den Moment für die Nachmittagsausgabe des *Crier* festzuhalten.

»O Scheiße!«, rief Jeffrey. »Wir sind angeschissen.«

»Himmelarsch, Orvy«, fluchte Packy, »*musste* das sein?«

Toby schoss noch mehr Fotos. »Danke für den Tipp, Orvy«, sagte er, und mit fröhlichem Winken und »Some Enchanted Evening« pfeifend verschwand er.

»Was zum Teufel treibst du hier?«, fragte Packy.

»Meditieren.«

»In Ketten?«

»Jesus hat es auch getan, oder?«

Packy dachte darüber nach. »Keine Witze.«

»Was treibt *ihr* denn hier?«, fragte Orville.

»Sonderauftrag. Verkehrsüberwachung für den Abriss.«

Ein Lastwagen mit einigen Arbeitern hielt an. Ein Auto hielt dahinter und noch eins. Eine kleine Menge begann sich um sie zu scharen. Die Leute gafften.

»He, Jeffrey«, erkundigte sich Orville, »wer hat Sie beauftragt, das Hotel abzureißen?«

»Ihre alte Lady«, antwortete dieser sarkastisch.

Überall, dachte er, sie ist *überall!* »Nein, im Ernst, wer?«

»Wir haben Anweisungen.«

»Von wem?«

»Wir haben Anweisungen, nicht darüber zu reden, von wem wir Anweisungen bekommen haben, klar? Und nun hören Sie auf mit dem Scheiß, denn wenn wir das Ding jetzt nicht umlegen, kriegen wir Ärger, kapiert?«

»Kapiert, und tut mir Leid für euch.«

»Ja, und wer zum Teufel hat Ihnen davon erzählt?«

»Milt.«

Verblüffte Blicke. »*Milt?*«, fragte Liebowski ungläubig. »Himmelarsch!«

»Moment, Moment, Moment«, sagte Packy. »Milt *und wie weiter?*«

»Milt Plotkin, mein Schwager.«

Die beiden sahen sich an. »Verdammte Scheiße!«, stieß Liebowski aus.

»Das kannst du laut sagen«, meinte Packy.

»Verdammte Scheiße!«

»Unglaublich, so was.« Packy wandte sich wieder Orville zu. »Ich meine, in *Ketten?*«

Es waren Ketten, mit denen Orville sich angebunden hatte. Die stärksten Ketten, die er auftreiben konnte, und das unüberwindlichste Vorhängeschloss. Er hatte den Schaukelstuhl seiner Großmutter aus dem Haus geschleppt, ihn im Kofferraum des Chrysler verstaut und war um drei Uhr in der Früh hinunter zum General Worth Hotel gefahren.

Sich selbst an den Säulen des Portikus anzuketten, war schwierig und nicht ganz ungefährlich gewesen. Es zeigte sich, dass der Portikus des Hotels, die Säulen und das Dach durchlöchert waren wie eine Honigwabe. Er hatte andere Teile des Gebäudes untersucht, aber alles war verrottet. Wenn man irgendwo fest dagegen stieß, konnte alles herunterkommen.

Perfekt, hatte er gedacht und, als er sich an die Arbeit machte, einen perversen Aberglauben verspürt. Es *musste* hier sein, direkt in dem verunstalteten Gesicht des Gemäuers.

Er hatte die schwere Kette um die beiden dorischen Säulen des eingesackten Portikus gelegt, durch ein zerbrochenes Fenster neben der eingefallenen Tür hinein- und durch ein anderes zerbrochenes Fenster wieder herausgeführt und dann mehrere Male um sich selbst und um den Schaukelstuhl gewickelt. Das Gelenk des Vorhängeschlosses rutschte in sein Loch und schnappte mit einem stählernen endgültigen *Klick!* zu.

Er saß da in seinem einzigen Anzug und mit der Krawatte, die Cray ihm zum Vatertag geschenkt hatte, Elefanten auf seidener Savanne. »Elefanten mit ihren galanten Tanten«, hatte er an jenem Tag letzten Juni gesagt und ihr Gelächter geerntet.

Orvy schaukelte, angekettet an das, was laut dem Schild mittlerweile Gene Hot hieß. Als ob das liebe alte Hotel eine Art vorausempfundener Standort für Biotechnik in Columbia gewesen wäre. Schaukelte im Dunkeln und wartete. Wenn man Selmas triumphale Modeschauen in dem Hotel bedachte, als sie noch eine schöne Frau gewesen war, lag es nahe, dass sie irgendwo über dem Horizont auftauchte. Aber nichts.

»Okay, Doc«, sagte Packy jetzt, »wir haben es alle begriffen, und nun schließ dich los und geh nach Hause, ja?«

»Nicht bevor meine Forderungen erfüllt sind.«

»Forderungen?«, kreischte Liebowski.

»Scheiße, ich war mir *sicher,* dass du das sagen würdest«, erklärte Packy.

»*Forderungen?*«

»Was glaubst du, was das hier ist«, sagte Packy, »eine von diesen Flower-Power-Demos gegen Vietnam? Die sind vorbei, Mann, der Krieg ist vorbei, okay?«

»Vielleicht auch nicht«, entgegnete Orville. »Dies ist ein Notfall. Holt den Bürgermeister.«

Packy sah Jeffrey an, Jeffrey sah Packy an. Das allgemeine Unbehagen nahm zu.

»Hör mal zu, Mann«, erklärte Packy, »wir holen den Bürgermeister nur im Notfall.«

»Das *weiß* ich, Packy. Deswegen hab ich ja gesagt, ihr sollt den Bürgermeister holen. Es *ist* ein Notfall.«

Sie dachten darüber nach, tuschelten miteinander. Die Herumstehenden wurden immer zahlreicher, eine Ansammlung, die allmählich zu einer beträchtlichen Menschenmenge anwuchs. Irgendjemand rief etwas wie »Rettet das Worth, jawoll!« und »Bravo, Doc, zeigen Sie's ihnen«.

»Okay, Doc«, sagte Packy, »wir haben uns entschieden.«

»Wunderbar. Ich liebe Entscheidungsfreudigkeit.«

»Wir haben entschieden, dass wir anfangen und das Haus um Sie herum abreißen, okay?«

»Was?«, rief Orville entsetzt darüber, wozu diese Trottel im Stande waren. Die geringste Erschütterung irgendwo konnte den Portikus auf ihn stürzen lassen. Das Ende. Hier? So?

»Jeffrey meint, dass er ein bisschen um dich herum abreißen kann, stimmt's, Jeffrey?«

»Ja, ich kann einfach ein *bisschen* abreißen, klar. Wie Sie zu Ihren Patienten sagen, Sie werden kaum was spüren.«

»Entspann dich einfach, Doc«, sagte Packy. »Wir fangen da drüben an, wo der Ballsaal war. Erinnerst du dich?«

»Nein!« Er begann sich mehr und mehr vor dem Columbia-Faktor zu fürchten. »Nein, das könnt ihr nicht machen.«

»Warum nicht?«

»Weil ihr mich damit umbringt. Dieser Vorderteil wird auf mich herabstürzen.«

»Nein, nein, Doc«, erwiderte Liebowski, »Sie haben mich nicht verstanden. Wir reißen nur ein *bisschen,* ein *kleines* bisschen ab, den Seitenflügel da drüben.«

»Den Ballsaal«, wiederholte Packy.

»Aber es ist doch alles miteinander verbunden!«

»Deshalb werde ich ultravorsichtig sein. Kein Problem. Ich reiße da drüben ab.«

»Abreißen?«, sagte Orville, der nach einem Rettungsstrohhalm suchte. »Sie sind doch noch nicht mal in der Abriss-Abteilung, Liebowski, oder? Sie haben mir in der Praxis erzählt, dass Sie in der Polsterei arbeiten.«

»Ich verstehe, dass Sie an meiner Kompetenz zweifeln, Doc«, erwiderte Liebowski respektvoll, »aber ich kann Ihnen versichern, dass man schon das eine oder andere mitbekommt. Das Problem ist, dass der Abriss-Mann diese Woche in Vegas ist.«

»Kein Problem, Doc«, meinte Packy, »du sitzt einfach hier und entspannst dich.«

»Ja, meditieren Sie weiter, Doc«, sagte Liebowski lachend. »Denken Sie an was Schönes, an Frieden.« Er brüllte vor Lachen und schüttelte ungläubig den Kopf, als er zurück zum Abrisskran ging, in die Kanzel stieg und den Motor anließ, während die anderen Helfer die Stahlrampen herunterklappten, um ihn abzuladen. Als die Rampen ausfuhren und auf den Asphalt aufschlugen, hockte der Kran mit laufendem Motor wie ein ungebärdiges Mammut auf der Ladefläche, ausgeruht und bereit und machte sich schon mal warm.

»Wenn ihr dieses Hotel anrührt«, rief Orville ihnen zu, »wird mein Rechtsanwalt euch verklagen, dass ihr bis ans Ende eurer Tage blechen müsst. Verstanden?«

Bei dem Wort Rechtsanwalt erstarrten alle. Sie sahen Orville eine Weile mit großen Augen an. Packy ging hinüber zu Jeffrey. Er schrie zu ihm hinauf, der andere schrie herunter. Orville konnte sie beim Lärm des Dieselmotors nicht verstehen. Dann holte Packy sein Walkie-Talkie heraus, schaltete es an und hielt es an sein Ohr. Er redete ein paar Sätze, schrie dann wie vor Schmerz, nahm es vom Ohr, schaltete es aus, setzte sich auf die Ladefläche des Sattelschleppers und zündete sich eine Zigarette an. Der Abrisskran hockte mit laufendem Motor müßig vor den abschüssigen Stegen der Rampe – *ka ba dummmm, ka ba dummmm, ka ba dummmm.* Für Orville hatte das Geräusch etwas Tröstendes, es war ein kehliges Stahl-und-Öl-Mantra des Verbrennungsmotors.

Nichts geschah, außer dass die Menge immer größer wurde. Sie verhielt sich überwiegend passiv. Nur ein New Yorker stellte eine Blume vor Orville. Dann holten andere Leute Blumen und stellten sie ebenfalls vor Orville hin. Als der auffallende pinkfarbene Cadillac El Dorado des Bürgermeisters vorfuhr, schaukelnd anhielt und Americo entließ, hatte sich eine Masse von Menschen eingefunden. Manche riefen: »Rettet das Worth!«, und andere riefen: »Nieder mit dem Worth!« Americo kämpfte um seine Wiederwahl, und so sahen die Leute zum ersten Mal seinen Wahlslogan auf den Stoßstangen des Cadillacs:

Scomparza als Bürgermeister

Americo sprang mit rotem Gesicht heraus und eilte schnurstracks auf Orville zu, als wollte er ihn umbringen und auf der Stelle verspeisen. »Was zum Teufel hast du hier zu suchen?«

Doch da ging ein strahlend helles Licht an, und Orvy und Americo drehten sich um. Es waren die Jupiterlampen von Fernsehleuten, die soeben angekommen waren und alles, was geschah, auf Videoband festhalten wollten, um es sofort in den Nachrichtensendungen des Tages, am Morgen, am Mittag und am Abend, senden zu können. Und vielleicht, wenn es nur genug zu berichten gab, würden sie es in die landesweiten Nachrichten und in die überregionale Presse bringen – *Time, Newsweek* und *People.* Möglicherweise sogar in die beiden Meinungsführer *The New Yorker* und *National Enquirer.*

Im Scheinwerferlicht sammelte sich Americo und trat jetzt besonnen auf den Portikus zu, wo Orville und Packy waren. In eine der Kameras sagte er: »Als Bürgermeister dieser schönen Stadt bin ich empört.«

Er wandte sich Orville und Packy zu, hielt aber seinen Kontakt zur Kamera aufrecht.

»Ja, ich bin empört darüber!«

Sein Blick wanderte von Packy zu Orville und wieder zurück. Es war nicht ganz klar, wen von beiden er meinte.

»Empört über Sie, Officer Scomparza, dass Sie glauben, Sie könnten als öffentlicher Beamter dabei helfen, ein so altes historisches Wahrzeichen zu zerstören! Empört, dass jemand – irgendein verärgerter Bürger unserer Stadt – auch nur daran denken konnte, dieses schöne Hotel abzureißen! Und obwohl ich mit Ihrer Handlungsweise nicht übereinstimme, Dr. Rose, habe ich in einem Krieg gekämpft, damit Sie handeln können wie ein Patriot. Freie Meinungsäußerung. Ich schäme mich, Officer Scomparza und Mr. Liebowski, ich schäme mich, dass Sie auch nur daran denken konnten, ein so schönes altes historisches Hotel abzureißen!« Er merkte, dass er ein bisschen zu wortreich für die Kamera war, ging näher an sie heran und sagte: »Freiheit bedeutet ein ordnungsgemäßes Verfahren für *alle* Mitbürger von Columbia!«

Die Scheinwerfer erloschen. Die Fernsehleute packten ihre Sachen.

Americo wendete sich an Packy und Jeffrey und rief: »Warum macht ihr das?«

»Wir befolgen nur unsere Anweisungen, Bürgermeister«, antwortete Packy.

»Und wer hat Ihnen die Anweisungen gegeben, Officer?«

Nach einer kleinen Pause fragte er: »Stehe ich unter Eid?«

»Nicht, wenn Sie es nicht wollen.«

»Nein. Okay. Ich habe Anweisungen von ... der Person, die gesagt hat, sie würde mich umbringen, wenn ich irgendjemandem verrate, wer die Person ist, die mir die Anweisungen gegeben hat, verstehen Sie?«

Americo sah hinauf zur Kanzel des Krans und rief: »Mr. Liebowski?«

»Sir?«

»Kommen Sie heraus.«

Was Jeffrey auch tat. Er und der Bürgermeister und Packy berieten sich. Die Rufe aus der Menge wurden lauter, aber die drei ignorierten sie, bis die Rufe zu Schreien anschwollen, als der Abrisskran anfing, ohne Liebowski die Rampe hinunterzufahren, in Richtung Straße und zu den Autos, die dort parkten. Der Kleinbus der Fernsehleute. Der pinkfarbene Cadillac des Bürgermeisters.

Die Leute rannten davon. Eine Sekunde sah es aus, als ob der wacklige Kran von der Rampe kippen und auf das Worth stürzen würde, und Orville dachte, sein Tod stünde unmittelbar bevor, doch dann schwankte er zurück auf die andere Seite und bedrohte ein akribisch restauriertes Walfängerhaus aus dem 17. Jahrhundert, in dessen unterem Stockwerk sich ein vornehmer Antiquitätenladen namens MISERY ANTIQUES befand.

In einem Anfall von Tollkühnheit sprang Liebowski auf die Ladefläche des Sattelschleppers, kletterte auf den Kran wie ein Cowboy auf ein durchgegangenes Pferd und schaffte es, den Kran auf der Rampe zu halten, bis er, da er schon zu schnell fuhr, mit einem furchtbaren MRONKCH! auf die Straße krachte. Das Hotel wurde davon so erschüttert, dass die Säulen über Orvilles Kopf knirschten und Staub herabrieselte, so dass er fürchtete, die ganze Konstruktion würde über ihm zusammenbrechen.

Sie tat es nicht. Doch dafür hatte der Kran auf der Washington Avenue einen Gullideckel zertrümmert und dabei eine Abflussleitung zerstört, die einen Geysir verdächtig braunen Wassers nach oben und kreuz und quer über die Straße sprengte. Alle suchten das Weite, außer Packy, Americo und Orville.

Da die Kameras weg waren, sagte Americo: »Das darf doch einfach nicht wahr sein. Also, was willst du, Orvy, verdammt noch mal?«

»Dass ihr die Vereinbarung einhaltet, die wir auf der Anhörung getroffen haben. Dass das Hotel sechs Monate lang nicht angerührt wird – und dass ihr noch sechs Monate drauflegt.«

»Abgemacht.«

»Und dass du selbst eine Erklärung unterschreibst, womit du persönlich dafür einstehst.«

»*Persönlich?* Du willst, dass ich so eine Scheißverantwortung übernehme?« Orville nickte. »Geh und fick dich ins Knie.«

»Schwierig, so in Ketten. Ich bleibe. Ich bleibe genau hier.«

»Es ist wirklich nicht nötig, Mann, verstehst du ... Ich garantiere es *politisch,* okay?«

»Was heißt das?«

»Exekutivrecht und das ganze Zeug – wir lassen es den Stadtanwalt aufsetzen, okay? Ken Bates.«

»Ist er nicht noch suspendiert? Wartet auf seinen Prozess?«

»Nein, nein, die Eltern von dem kleinen Jungen haben sich für einen Vergleich entschieden. Sieht aus, als ob er ungeschoren davonkommen würde.«

»Sieht aber für Columbia schlecht aus, wenn er weitermacht, oder?«

»Ich kann mit dir jetzt nicht diskutieren, doch er droht, dass er uns wegen irgendeiner Diskriminierung verklagen will, wenn wir ihn entlassen. Er hat ein krankes Hirn.«

»Okay, ich bin einverstanden, wenn Knox Saltus, mein eigener Anwalt, zugeschaltet wird.«

»Himmel, der ist scharf. Mit diesen WASP-Anwälten aus Spook ist nicht gut Kirschen essen. Also komm, schließ dich los, ja?«

»Hab keinen Schlüssel.«

»Er hat keinen Schlüssel?«, sagte Americo zu Packy, seinem Cousin.

»Verdammte Scheiße!«, rief Packy. »Er hat seinen Scheißschlüssel nicht.«

»Er hat keinen Schlüssel. Was sollen wir jetzt machen, ein Schweißgerät holen?«

»Aber ich weiß, wo ihr den Schlüssel finden könnt.«

»Wo denn?«

»Zuerst unterschreiben wir die Abmachung. *Dann* holen wir den Schlüssel.«

»Ach komm, sei kein verdammter Dickschädel. Denk an die Stadt, deine Stadt, meine Stadt, das ist hier sehr peinlich für uns, okay?«

»Dann beeilst du dich besser. Ich bin glücklich. Du kannst auch glücklich werden. Ich warte.«

Es dauerte eine Weile, aber dann war alles erledigt.

»Wo ist also der Schlüssel, Doc?«, fragte Packy.

»In der Praxis, auf dem Tisch unter dem Zwölfender, unter der großen Flasche Starbusol.« Während er wartete, erinnerte er sich an einen Spruch, den er irgendwo irgendwann einmal gehört hatte: Hütet euch vor den Schwachen, die Starken haben keine Waffen gegen sie.

The Crier brachte an diesem Nachmittag das Foto auf der ersten Seite.

Amy stürmte mit der Zeitung in Orvilles Praxis. Er betrachtete den riesigen Kran vor dem baufälligen alten Hotel, Scomparza und Mr. Jeffrey Liebowski, die mit großen Augen und aufgeklappten Mündern den lächelnden Dr. Orville Rose anstarrten, der im Anzug auf einem Schaukelstuhl angekettet war. Ein Kettenglied reflektierte einen Strahl der aufgehenden Sonne mit solchem Glanz in die Kameralinse, so dass ein postmoderner Antiquitätenhändler, dachte Orville, das Bild fälschlich in den Rang eines Kunstwerks erheben würde. Die Unterschrift lautete: Stadtdoktor rettet historisches Hotel, riskiert dafür Leben, Gesundheit und Gefängnisstrafe.

Den ganzen Tag über, während er wie gewöhnlich die Einheimischen verarztete, bedachten diese ihn jetzt, da er eine Berühmtheit war, mit größerem Interesse, und er musste sich ihre Argumente für und wider das Worth anhören. Und während ihn die Frage plagte, ob er jemanden finden könnte, der die Praxis übernahm, denn er wollte nicht, dass Bill zurückkam und sie geschlossen vorfand, ging ihm ein merkwürdiges Wort im Kopf herum: *ahimsa.* Ghandis Begriff für »Gewaltlosigkeit«. Er hatte es von Zeit zu Zeit in den entlegensten Winkeln der Welt gehört, als er für Ärzte ohne Grenzen arbeitete.

Er hatte eine vage Erinnerung daran, dass der Begriff etwas anderes bedeutete als das, was die meisten darunter verstanden. Doch den ganzen Tag über konnte er sich nicht entsinnen, was es war.

Er ging in der Gegend herum, und seine Schritte klapperten auf dem Asphalt *ahimsa, ahimsa.* Er aß im Hendrick Hudson zu Mittag und kaute *ahimsa, ahimsa.*

Schließlich, spät am Tag, fiel es ihm ein.

Im letzten Juli am Lago d'Orta, vielleicht sogar am selben Tag vor einem Jahr, hatte Celestina Polo ihm gesagt, dass das Sanskrit-Wort *ahimsa* im Englischen falsch mit »Gewaltlosigkeit« übersetzt würde.

»Die wahre Bedeutung, *caro*, ist ›schöpferische Liebe‹.«

30

Wie geht's, Doc,
kalt und nass. Scheußlich hier. Lässt einen an Gott zweifeln. Näher an die Antarktis geht es nicht. Babs will dorthin, um Königspinguine zu sehen. Hast du einen Pinguin gesehen, hast du alle gesehen, aber so ist Ehe. Haben beide Verstopfung. Schlimmer als in der Army. Wenn du gehst, schließ die Praxis ab und wirf den Schlüssel weg.
Dn Frnd Bill

Eine öde Gebirgsgegend, nur Grate und Furchen, mit Blick auf eine Felsenküste. Eine einzige hervorstechende rotgoldene Wildblume. Tierra del Fuego, der südlichste Zipfel von Südamerika.

Orville saß auf Bills Stuhl, während er die Karte las. Er bemerkte, dass die Grate und Furchen auf der Sitzfläche des Stuhls, die sich an Bills Hintern angeschmiegt hatten, nun wunderbar zu seinem eigenen passten. Sein eigenes Tierra del Fuego. Es war spät am Nachmittag des 6. August, seinem wirklichen Geburtstag. Verrückt, dachte er, zum ersten Mal seit vierzig Jahren feiere ich meinen wirklichen Geburtstag. Tolle Feier ist das. Nur Penny und Miranda und Celestina wussten es. Celestina und Miranda waren unerreichbar, und Penny war aufgebracht und sprach nicht mehr mit ihm. Tolle Feier, Mann. Soll ich mir eine Plastiktrompete und einen Ballon und einen von diesen kleinen Partyhüten kaufen? Eine Torte? Das ist mal 'ne tolle Idee. Du stehst in der Konditorei, während sie deinen Namen auf die Torte spritzen. Hilfst buchstabieren. Und dann? Kaufst du dir dann selbst ein Geschenk?

In den knapp zwei Wochen, nachdem er sich am Worth festgekettet hatte, war die Lage zunächst etwas besser geworden, doch dann insgesamt viel schlechter. Besser, weil seine Entscheidung, wegzugehen, ihm ein kurzes Hochgefühl beschert hatte. Er hatte für den 27. August ein Ticket nach Rom gekauft und Celestina ein Telegramm mit den Einzelheiten geschickt. Alles andere war schlimmer als vorher. Keine gute Tat bleibt ungestraft, ging ihm durch den Kopf, als er mit seinen Patienten und seiner Familie von einem Desaster ins nächste taumelte. Milt war stocksauer, denn er wurde trotz seiner gegenteiligen Beteuerungen schief angesehen, weil er – vielleicht zusammen mit Henry Schooner – die Anweisung zum Abriss gegeben hatte.

Vielleicht Schooner. Orville konnte nicht sicher sein, dass Schooner, nur weil er die Nachricht von Milt bekommen hatte, an der Sache beteiligt war. Wie üblich schien für das bloße Auge alles, was mit Schooner zusammenhing, klar und offensichtlich, aber wenn man tiefer schaute, merkte man, dass man sich keineswegs sicher sein konnte. Normalerweise sah Orville in dem guten patriotischen Schooner eine Fassade für das Monstrum, das seinen Schwanz inspiziert und ihn verprügelt und Menschen in Vietnam getötet hatte. Diesmal sah er in ihm jemanden, der sein Versprechen gegenüber den Mitbürgern von Columbia brach. Doch vielleicht verbarg sich dahinter auch wirklich nichts weiter, als dass er eine Nachricht von seinem Partner erhalten hatte, der, wie er öffentlich gesagt hatte, überhaupt nicht mehr sein Partner war.

Henry war am Tag der Ankettung nicht in der Stadt gewesen und seither auch nicht zurückgekehrt. Orville hatte bei ihm angerufen und mit Nelda Jo gesprochen. Sie sagte, er sei auf Geldsammeltour in Washington, D. C., und dann im tiefen Süden und dem Sunbelt.

»Er ist hinter dem Geld her. Da unten sitzen die dicken Brieftaschen. Mein Vater hat einigen Einfluss auf die Ölleute in Tulsa, und Henrys Kumpel von der Marine scheinen sich alle in der Wüste niedergelassen zu haben und machen da spielend großes Geld. Am 10. August ist er zurück. Übrigens, ich find's toll, was du gemacht hast, mutig und toll. Wenn wir den alten Kasten nicht retten, was dann überhaupt? Willst du am Sonntag zum Barbecue rüberkommen?« Orville lehnte höflich ab. »Ich werd ihm sagen, dass du angerufen hast.«

Noch am selben Abend rief Henry zurück. Aus dem Hörer kamen Verwunderung und Sorge. »Ich bin schockiert, schockiert darüber, was Milt getan hat«, sagte er. »Was ist unsere wunderbare kleine Stadt ohne ordnungsgemäßes Verfahren? Ich schwöre, ich habe nichts damit zu tun, und Gott sei Dank bist du eingeschritten und hast die alte Lady gerettet. Gott segne dich.«

Amy war begeistert von Orvilles Aktion, und Penny, die wieder Kontakt zu ihrer Tochter herstellen wollte, hatte Orvilles verantwortungsvolle Tat in den höchsten Tönen gepriesen und Amy erlaubt, für die paar Wochen, die er noch da war, zu ihm zu ziehen.

Amy half in der Praxis, vereinbarte Termine und ging ihm bei den Rechnungen zur Hand. Das machte die gesamte Praxis sehr viel effektiver, und die Patienten waren aus tiefster Seele dagegen. Insbesondere waren sie gegen feste Termine, die bedeuteten, dass sie nicht mehr warten mussten.

»*Bill* hat uns nie ohne Wartezeit behandelt! Wann kommt er denn eigentlich zurück?«

Penny hatte guten Grund, verstimmt zu sein, hatte er doch nicht nur vergessen, sie am 1. August, am Todestag ihrer Mutter, anzurufen, sondern auch sowohl die Enthüllung von Selmas Grabstein am 3. August als auch die Feier danach bei Penny zu Hause verpasst.

»Das hast du mit Absicht getan!«, sagte Penny mit giftigem

Blick, als Orville ankam, nachdem alle anderen schon gegangen waren.

»Nein«, beteuerte er. »Ich schwöre es. Ich war zwei volle Tage auf den Beinen und habe einen weiteren Nachtdienst damit beendet, ein Baby draußen in Red Rock zu entbinden. Dann bin ich in den Chrysler gestiegen und so schnell ich konnte die 66 runtergefahren und bin plötzlich eingenickt und wieder aufgewacht, und dann begann die Mittellinie zu schwanken, und ich bin erneut eingenickt und wäre beinahe im Graben gelandet. Ich konnte einfach nicht mehr. Ich bin an den Rand gefahren und hab geschlafen, ganz tief, und ich habe alles verpasst. Ich habe verschlafen, okay?«

»Nein. Dein Verschlafen war dein unbewusster Hass auf deine Mutter.«

»He, ich liebe meine Mutter. Selma ist eine der großen Frauen von Columbia.«

»Sogar nach einem ganzen Jahr, in dem du um sie hättest trauern sollen, hasst du sie noch mehr. Du solltest zu einem Psychoanalytiker gehen, und zwar schnell!«

»Höre ich da die Stimme von Lily Wolf?«

»Blödmann.«

»Ich bin in dem verdammten Auto während der Fahrt eingenickt! Leute kommen bei so was um! Möchtest du lieber, dass ich auch tot bin?«

»Bring mich besser nicht in Versuchung. Wann gehst du?«

»Am 27. August. Milt besorgt mir an diesem Tag den Scheck, und weg bin ich.«

»Ganz sicher?«

»Ich hab schon mein Ticket.«

»Einfach?«

»Das ist süß.«

»Nein, keineswegs. Dass du Columbia den Rücken kehrst und uns mit einem Arzt weniger zurücklässt, ist gleichzeitig eine gute und eine schlechte Nachricht.«

»Wirklich?«

»Ja, aber nicht so, wie du glaubst. Du denkst, es ist schlecht für Columbia und gut für dich, aber es ist genau umgekehrt. Du hast hier in diesem Jahr eine Menge Schaden angerichtet, und wir sind ohne dich besser dran.«

»Danke, Schwesterlein.«

»Bitte. Das Problem war, dass du unsere Erwartungen nach oben geschraubt hast – meine, Amys, sogar Milts. Im Lauf der Jahre hatten wir uns daran gewöhnt, dass von dir nichts zu erwarten war, und so war dein Hierbleiben mehr, als wir zu hoffen gewagt hatten. Aber jetzt ist klar, dass du es nur wegen des Geldes getan hast. Ich würde nicht einen Tag in deiner Haut stecken wollen, nicht für eine Million Dollar! Und Gott sei Dank, dass du gehst. Wir können endlich zu unserem normalen Leben zurückkehren!«

Ihre Bösartigkeit – die er als weiteren Beweis für seinen kranken Charakter nahm – erschütterte ihn. Er fühlte sich noch drei Tage danach wie betäubt.

Und nun war also der 6. August, sein erster richtiger Geburtstag. Am Morgen war er auf den Speicher im Haus seiner Mutter gegangen und hatte die Schachtel von SCOMPARZA BESTATTUNGEN UND UMZÜGE geöffnet. Er fand den Packen von Selmas Briefen und nahm den obersten heraus – »Selma-Brief Nummer 15. Elf Monate und eine Woche nach seiner Rückkehr abschicken«.

Er öffnete und las.

Lieber Sohn,
vielleicht ist es nicht ohne Wirkung auf mich, dass ich Dir diese Briefe schreibe. Heute hatte ich einen komischen Gedanken. Mir kamen die Tränen. Vielleicht bist Du nicht vor mir weggerannt, sondern für mich. Ich kann jetzt nicht mehr schreiben, Lieber, ich weine zu sehr.
Bis zum nächsten Mal. In Liebe, Mutter

Orville war verblüfft, gerührt, bewegt. Diese Seite von Selma hatte er noch nie zuvor gesehen. Plötzlich kam ihm eine Erinnerung. Er war ein Junge, lag neben ihr auf dem Sofa, seinen Kopf auf ihrer Brust, seine Großmutter saß im Schaukelstuhl, und sie schauten zu dritt, was seine Großmutter immer »The Ed Soloman«-Show nannte. Er fühlte, wie seine Mutter atmete. Sanftes Heben, sanftes Senken. Warm. Geborgen. Fühlte sie lachen, wenn in der Show ein Witz gemacht wurde.

Er sah wieder den Brief an, drehte ihn um, suchte nach dem Dolchstoß, danach, wie sie seine Seele erst öffnete und dann das Messer hineinstieß.

Kein Dolch.

Er griff in die Schachtel und holte den nächsten Brief heraus, »Selma-Brief Nummer 16. Elf Monate und zwei Wochen nach seiner Rückkehr abzuschicken«. Er fühlte sich leicht an. Der Umschlag war nicht versiegelt. Er schaute hinein. Der Umschlag war leer.

Leer?

Moment mal … warum leer?

Er sah in die Schachtel und nahm den nächsten Brief heraus. »Selma-Brief Nummer 17. Elf Monate und drei Wochen nach seiner Rückkehr abzuschicken«. Auch dieser war unversiegelt und leer. Und so war es mit allen restlichen Briefen. Sie waren beschriftet mit immer kürzeren Abständen, in denen sie verschickt werden sollten, bis das Jahr und die dreizehn Tage vorüber waren, in den letzten Wochen zwei Briefe pro Woche und in den letzten sieben Tagen ein Brief pro Tag. Alle leer. Mit Briefmarken versehen, aber leer.

Entsetzt erkannte er, dass seine Mutter irgendwann zwischen Brief Nummer 15 und Brief Nummer 16 gestorben war. Er erinnerte sich, dass sie über Verdauungsstörungen geklagt hatte, ausgelöst durch Überanstrengung, und Maalox hatte nicht geholfen. Bill hatte eine Fehldiagnose gestellt. Es war nicht Verstopfung, es war das Herz.

Orvilles Kopf rotierte, ihm wurde schwindlig vor Schuldgefühlen, und er kippte aus seiner hockenden Haltung über der Schachtel nach hinten und landete unsanft auf den staubigen Holzdielen. Schock. Tot. Sie war tot. Jetzt war sie *wirklich* tot. Keine Briefe mehr. Keinen Kontakt mehr. Ihm war schlecht.

Wegrennen *für* sie?

Mit schwerem Herzen ging er zur Arbeit.

Ein langer einsamer Tag in der Praxis. Umso länger und einsamer, da niemand wusste, dass es sein vierzigster Geburtstag war. Keine Glückwünsche fürs Durchhalten. Am Abend stapfte er niedergeschlagen und mit schwerem Herzen durch die feuchte träge Nachtluft von Bills Praxis zu Selmas Haus. Sanft und traurig tropften seine Schritte auf das warme Pflaster. Kurz vor dem Courthouse Square kam es ihm so vor, als würde er beobachtet, und er hob den Blick.

Da war sie! Sie flog nicht, sie schwebte nur ein paar Fuß über ihm, auf der Höhe einer jungen Eiche. Er spürte eine seltsame Erleichterung, froh – jetzt, da sie irgendwie toter war – sie zu sehen.

Ihr Kopf war von ihm abgewandt. Sie trug nicht ihr kobaltblaues Satinkleid, sondern etwas Weißes, vielleicht ein Hauskleid? Und eine Kopfbedeckung, ebenfalls weiß, einen weißen Hut? Er fasste Mut und sprach sie an.

»Selma?«

Sie antwortete nicht.

»Deine Verstopfung, erinnerst du dich?«

Keine Antwort.

»Bill hat falsch diagnostiziert. Es war keine Verstopfung, es war dein Herz.«

Keine Antwort.

»Mutter?«

Jetzt wandte sie sich ihm zu. Er wich vor Entsetzen zurück. Ihr Gesicht war grauenhaft, der Gesichtsnerv vom Chirurgen zerschnitten, so dass die Hälfte wie in Trauer abgesunken war, und ein Auge war geschlossen wie bei einem Augenzwinkern, einem schelmischen oder boshaften Zwinkern, aber dann sah er, dass es mit schwarzem Faden zugenäht war, um ihre Hornhaut zu schützen. Und das weiße Hauskleid war ein Krankenhaushemd und der weiße Hut ein Turban, der um ihren Schädel gebunden war, um den haarlosen Hautlappen über dem Loch in ihrem Schädel zu bedecken. Ihm stockte der Atem, er stolperte rückwärts – so hatte sie ausgesehen, als sie an jenem Morgen aus dem Krankenhaus heimgekehrt war. Und unvorbereitet auf irgendetwas Schlimmes, wie er war, hatte er einen Blick auf sie geworfen und war dann aus dem Haus gerannt, quer durch den Park und hinunter in den Wald. Er war damals nicht bei ihr geblieben und später auch nicht.

»Mutter? Bist du okay?«

Statt einer Antwort kam ein Zug unglaublicher Traurigkeit in ihr entstelltes Gesicht. Sie schwebte davon.

Erschüttert tastete er nach einer Parkbank und setzte sich hin. Er versuchte wieder zu Atem zu kommen, während er ihr Haus anstarrte. Es war dunkel, drohend. Wie kann ich dort hineingehen?

Aus dem Schoonerland hinter ihm drangen Geräusche herüber. Rockmusik. Es musste Henry junior sein. War Henry schon zurück? Er drehte sich um und überlegte, ob er hinübergehen sollte. WÄHLT AMERIKA WÄHLT SCHOONER – das Schild auf dem Rasen vor dem Haus wirkte abstoßend. Als er wieder ruhig atmete, holte er eine Parodi-Zigarre hervor und zündete sie an. Der scharfe Geschmack weckte in ihm ein Verlangen nach Bourbon und kaltem Bier. Er stand auf und ging langsam zu Selmas Haus. Jetzt werde ich, dachte er, sogar von den Toten abgewiesen.

Die Haustür war nicht abgeschlossen. Sonderbar. Er hatte sie seit einem Einbruch im letzten Monat immer abgeschlossen. Damals hatte einer in seiner Arzttasche nach brauchbaren Drogen gesucht. Hatte er es heute Morgen vergessen? Das sah ihm nicht sehr ähnlich. Ist Amy daheim? Hayley, das Hausmädchen? Aber es waren keine Lichter an. Vorsichtig trat er ins Haus.

Kein Licht außer dem von den Straßenlaternen.

»Amy?« Keine Antwort. »Hayley?« Ebenso. Er versuchte es noch einmal, lauter. Nichts. Leise Furcht beschlich ihn. Er fröstelte. Hayley wartete normalerweise immer, wenn sie wusste, dass er nach Hause kam, und heute Abend wusste sie es. Sie redeten dann miteinander und schauten fern, während er aß. Er glaubte sich zu erinnern, dass Amy gesagt hatte, sie würden heute alle zusammen zu Abend essen. Irgendetwas stimmte nicht. Ihm fiel auf, dass Starlight die ganze Zeit aus der Küche schrie. Das tat er normalerweise nicht, wenn Orville das Haus betrat, sondern erst, wenn er sich der Küche näherte. Irgendetwas stimmte ganz und gar nicht.

In seinem Jahr in Columbia hatte er zu viel Metzeleien gesehen, um zu glauben, dass er und seine Angehörigen dagegen gefeit seien. Gefeit, ach was, sie waren überreif. Das Gesetz der Wahrscheinlichkeit. Das muss es sein. Ich bin dem Gesetz der Wahrscheinlichkeit unterworfen. Sein Verfolgungswahn nahm immer greifbarere Gestalt an. Er sah in einem der Zimmer schon ihre toten Körper vor sich, ins Jenseits befördert von irgendeinem Drogensüchtigen, der – durch Kokain oder Crack oder Methadon in einen Zustand gefährlichen Irrsinns geraten – Geld für mehr Drogen oder ein Narkotikum im Medizinschrank oder in der Arzttasche suchte oder schlicht Alkohol, um bei seinem Kokain-Absturz sanfter zu landen.

Was sollte er tun? Die Polizei rufen? Nachsehen? Er nahm einen Schirm von der Garderobe. Ängstlich und zitternd und wünschend, dass er wie der große normale Henry Schooner eine Pistole besäße, um seine Familie und sein Haus in Situationen wie dieser verteidigen zu können, schlich er auf Zehenspitzen ins Wohnzimmer, dann zurück durch den Flur ins Esszimmer. Und schließlich schlich er den Flur entlang zur Küchentür, da er glaubte, dass der Vogel schrie, weil sich jemand in der Küche verbarg, umso mehr zitternd, als er sich die beiden Frauen vorstellte, die gefesselt und geknebelt sich freizustrampeln versuchten, um ihn vor dem wahnsinnigen, gewaltbereiten Drogensüchtigen zu warnen, der auf frischer Tat ertappt wurde und mit gezücktem Messer darauf wartete, zuzustoßen. Sei mutig. Warte eine Sekunde. Was für eine Art zu sterben und was für ein Tag zum Sterben – drei Wochen vor einer satten fast Million und einer viel versprechenden Geliebten in Rom?

Er hob seinen Schirm, öffnete die Tür und spürte, wie etwas auf ihn einschlug, gefolgt von einem grellen Lichtstrahl, und als er automatisch mit seinem Schirm ausholte, merkte er, dass das, was auf ihn niederging, eine Hand war, die auf seine Schulter klopfte und ihn weiter in den Raum schubste, und dass der Lichtstrahl eine Reihe von Lichtblitzen war und der Lärm von Leuten stammte, die »Überraschung! Überraschung!« riefen.

Wie ein Ruderboot auf einem einladenden See glitt Orville in die Arme von Freunden und lieben Krankenschwestern und Krankenhausmitarbeitern und Patienten und auch ein paar Feinden.

Auf einem Spruchband stand: »FROHE 40 UND ALLES GUTE!«

Orville ging reihum zu jedem der Anwesenden, und dann blies er die Kerzen aus und schnitt die Torte an. Er war gerührt. Er stand zwischen der kleinen korpulenten Hayley und der größeren schlanken Amy, fühlte sich gemocht und mochte sie auch sehr. Als er in Hayleys Augen sah – hinter den dicken Brillengläsern erkannte er die wolkigen Schlieren des grauen Stars und dachte, dass sie sich operieren lassen musste, aber nicht hier, sondern oben in Albany –, sagte er: »Das ist phantastisch! Ich danke euch!«

»Also, O.«, meinte sie, »glaubst du endlich, dass die Menschen dich mögen?«

»Alle, außer dir vielleicht.«

»Ich krieg 'ne Krise!« Sie boxte ihn auf den Arm.

»›Ich sehe‹, sagte der Blinde, und er nahm seinen Hammer und sah.«

Milt wurde von Penny vorwärts geschubst. Plotkin, der Patriarch, hielt eine Gedenktafel in den Händen. Er stand unter Druck. Schweiß rann ihm von der Stirn zum Doppelkinn. Seine Augen, dachte Orville, zucken so zwanghaft wie bei einem beginnenden Tourette-Syndrom. »Du und ich, wir hatten unsere Differenzen, Orvy, wie zum Beispiel beim Hotel-Management.«

Niemand lachte.

»Lies einfach die Gedenktafel vor«, forderte Penny ihn auf.

»Aber, um ehrlich zu sein«, fuhr Milt fort und versuchte sich zu fangen, »es war nicht schlecht, dich hier zu haben.« Auch das kam herüber wie ein Bleiballon.

»Hör auf, Daddy!«, sagte Amy. »Lies es einfach vor!«

Milt hielt die Tafel hoch, eines von jenen blauen Schildern, die auf historische Stätten hinweisen. Er las:

Hier lebte der Arzt unserer Stadt

Dr. Orville Rose

14. August 1983 – 27. August 1984

»Herr des Himmels, Milt«, entgegnete Orvy, »das klingt ja so, als ob ich schon tot wäre.«

»Vielleicht bist du das auch«, sagte Milt, »und das hier um uns, das ist der Himmel.«

Endlich ein bisschen Gelächter.

Henry Schooner ritt auf dem Gelächter nach vorn und stellte sich vor die Leute. Jedermann roch geröstete Haferflocken. Diese erstaunliche, für die Öffentlichkeit gemachte Stimme brachte ein paar kurze Bemerkungen hervor und endete: »Ich kannte Orvy als Jungen, ich kannte seine Mutter als große Lady, als ich selbst ein Junge war, und als eine tolle Mutter, und jetzt kann ich aus vollem Herzen sagen, dass Orvy, der Junge, zu Orville Abraham Rose, dem Mann, herangereift ist, einem hervorragenden Mann, zu unserem lieben und großartigen Arzt, auch wenn er nur kurz bei uns gewesen ist. Er hat sich um uns gekümmert, um Reiche und Arme, um Kranke und Gesunde …«

»Was hast du vor«, rief Nelda Jo aus, »ihn zu heiraten?«

»Wir können alle träumen, Mutter«, erwiderte Henry, »oder nicht?«

Jeder hielt das ungefähr für das Lustigste, was man je gehört hatte.

»Und Dr. Orville Rose«, fuhr Henry fort, »hat uns trotz unserer Meinungsunterschiede gezeigt, dass wir alle für das Gute in der Stadt arbeiten können, für das Gute in Amerika, das Gute in der Welt. Genau wie mir ein Freund aus New York City neulich gesagt hat, als ich ihn fragte, wie er es nur schaffte, dort zu leben: ›Es kotzt einen an, aber wir sitzen alle in einem Boot.‹« Er machte eine Pause. »Tja, Freunde, da sind wir New York City einen Schritt voraus, wie unsere lieben Freunde, die New Yorker, die nach Columbia gekommen sind, gern zugeben werden. Unser liebes kleines Columbia kotzt einen nicht an, sondern es leuchtet. Ja, Freunde, es leuchtet, und es hat umso heller geleuchtet in diesem Jahr, als unser lieber Dr. Rose bei uns war, es leuchtet, und wir sitzen alle in einem Boot. Gott segne dich, Orville, und …«

Viele der anderen riefen mit ihm: »… und Gott segne Amerika.«

»Und wählt Schooner! Früh und oft in den Vorwahlen am 15. September!«

Henry lächelte und sagte: »Danke. Noch eins. In Orvilles Namen stiften Nelda Jo und Henry junior und Maxie und ich die Benutzung von Schooner's Spa drei Stunden in der Woche für behinderte Jungen und Mädchen aus Columbia. Die

›Orville Rose Gedächtnis-Stunden‹ beginnen nächste Woche. Noch einmal danke. Gott mit euch.«

Reinster Kitsch, dachte Orville, aber er hat Recht. In einer Stadt von dieser Größe muss man miteinander zurechtkommen. Leute, die sich eine Weile hassen, sind kurz darauf wieder nett zueinander – Milt, Americo und andere. In einer Minute machen sie dich fertig, in der nächsten lieben sie dich, und dazwischen gibt es keine Verbindung. Was ist wirklich? Was ist geheuchelt? Wen interessiert das? Die Stadt ist eine lebende Verbindungslosigkeit, na und?

Als er sich umsah, stellte er fest, dass er im Lauf des Jahres so gut wie jeden im Raum behandelt hatte. Ich kenne all ihre Geheimnisse, habe ihre Geheimnisse bewahrt, und wenn ich sie draußen in der Welt sehe, höre ich ihre Lügen – und sie sehen mich, wie ich ihre Lügen mit anhöre. Wie Bill sagte: »In dieser Praxis hebst du den Deckel hoch, guckst in den Topf und siehst die Wahrheit.« So sentimental es klingen mag, das richtige Wort dafür ist »Privileg«. Und das Sentimentalste daran ist, dass sie traurig sind, mich gehen zu sehen.

Auch Penny zeigte keine Spur mehr von ihrer Verärgerung. Sie überreichte ihm ein Geschenk von sich und Amy. Ein schwarzes Sweatshirt mit aufgedruckten Medaillons, auf denen stand:

Rom

Paris

London

Columbia

Außerdem erhielt er ein gerahmtes, stark vergrößertes Foto von sich, das ihn am Gene Hot angekettet zeigte, gegenüber dem Abriss-Kommando, und eines von Toby Adair und Hayleys Sohn Whiz, seinen alten Teamkameraden, auf dem sie drei eine Trophäe mit der Aufschrift hochhielten: »Fishhawks gewinnen den Cup der V-Klasse 1962«. Gary Heiner, ein befreundeter Farmer, schenkte ihm aus unerfindlichem

Grund eine Messingkuh, »Bothways Farm, Kinderhook County«, und Orlando Durney von den Olana Durneys überreichte ihm ein gerahmtes Foto, auf dem Selma und Durney vor einem verfallenen Olana standen, sichtlich »vorher«. Mrs. Tarr hatte eine Tuschezeichnung von dem einräumigen Ichabod-Crane-Schulhaus angefertigt, wo er Miranda begegnet war. Daraufhin überschlug sich sein Herz und sank gewichtslos in seine Schuhe. Und von Americo bekam er ohne offizielle Rede den Stadtschlüssel – was sonst.

»Orvy soll sprechen! Orvy, sprich!«

Schüchtern stand Orvy auf. Jemand rief: »Achtung, nicht dass was zusammenbricht!« Die Leute stießen sich mit den Ellbogen an, lachten, aber sahen sich verstohlen um.

»Als ich vor einem Jahr herkam, dachte ich, na ja ... das wird eine Art Hölle. Doch im Nachhinein, auch wenn ich es nicht regelrecht Himmel nennen kann, war es ein erfülltes Jahr, erfüllt ...« Er hielt inne. Sie sind weg! Miranda und Cray, weg! Der Schmerz überwältigte ihn. Schließlich fuhr er fort: »... von Liebe für diejenigen, die nicht mehr bei uns sind. Ich danke euch.«

Schweigen, unterbrochen von Schniefen und Räuspern.

Stille.

Viele Male auf seinen Reisen hatte Orville Momente wie diesen erlebt. Eine Ansammlung von Leuten fällt, etwa um elf Uhr am Abend, in Schweigen. Überall auf der Welt gaben die Menschen die gleiche Erklärung für diese Stille: Sie war ein Zeichen dafür, dass Engel vorbeizogen, über den Köpfen.

Kann das sein? Hier in Columbia? In der anhaltenden Stille dachte er darüber nach. Vielleicht ist es möglich. Ich meine, wie will man je das Gegenteil beweisen?

Und dann, wie bei den Fishhawk-Basketballern nach dem Augenblick des Gebets in der Umkleidekabine, bevor das große Spiel gegen die riesigen Niskayuna-Spieler begann, hielt es die Leute nicht mehr. Reden und Lachen und Rufe und Partyspäße – wie zum Beispiel einen Stuhl mit einer Hand am Stuhlbein hochheben – brachten die Menschen fort von der Stille und Nachdenklichkeit und hinein in fröhlichen Lärm. Die Gruppe teilte sich in immer kleinere Gruppen auf, und dann riefen die Babysitter, die Arbeit am nächsten Tag und Verdauungsstörungen, Ischiasbeschwerden und Rückenschmerzen die meisten der Anwesenden heim.

Kurz nach Mitternacht, als Hayley, Amy und Orville die Teller und Gläser und Aschenbecher reinigten, klingelte es an der Haustür. Orville ging öffnen. Es war Miranda Braak.

Bevor er was sagen konnte, hörte er einen Schrei, und etwas Haariges sprang ihm in die Magengrube, warf ihn beinahe um, und er spürte etwas weinen da unten und wusste, es war Cray.

Orvilles Herz trommelte zum Bersten, und er schaffte es kaum, sich hinunterzubeugen und den Jungen unter den Armen zu packen, ihn hochzuheben und anzusehen.

»Hi, Orv…«, begann er, aber er war so von Freude überwältigt, dass er anfing, wie ein Baby hemmungslos zu weinen. Orville musste auch weinen. Cray wollte seine Tränen verbergen. Orville zog ihn an sich, so dass sein Gesicht an seinem Hals, sein Haar an seiner Wange lag, und beide weinten. Orville erinnerte sich zum ersten Mal in seinem Leben daran, wie er, im Alter von Cray, von Selma auf eine einmonatige Reise zu einem Cousin mit nach Kalifornien genommen worden war, und er hatte während der ganzen Zeit wirklich nicht an Sol gedacht, und als das Propellerflugzeug nach dem Rückflug in LaGuardia landete und er seinen Vater wiedersah, hatte ihn ein Gefühl von Liebe übermannt, und er hatte wahnsinnig geweint, genauso wie jetzt Cray, und sein Gesicht am Hals seines Vaters verborgen. Und dann hatte er angefangen zu reden, ohne Punkt und Komma geredet von Kalifornien und Catalina Island und Disneyland, und genau das tat Cray jetzt, nur dass es um North Dakota ging und das Meer von Weizenfeldern und Tante Carter Heywards Farm und ihre Pferde und Ziegen.

Den Jungen in den Armen, sah er sie über die Türschwelle hin an. So sanft, wie man eine verirrte Träne beiseite wischt, gingen sie beide einen Schritt aufeinander zu. Sie, wie er merkte, mit ihrem guten Bein. Ihr fiel auf, wie handfest er in Wirklichkeit war und wie er in ihrer Erinnerung in den Monaten an Substanz verloren hatte. Und jetzt waren sie hier zusammen, Cray und Miranda und Orvy, jeder jeden haltend und umarmend.

»Herzlichen Glückwunsch zum Geburtstag, Doc«, sagte sie. »Tut mir Leid, dass wir zu spät kommen, wir sind gerade erst aus North Dakota zurückgekehrt.«

»Unglaublich. Aber warum?«

Sie überging die Frage. »Wir haben das Foto im *Crier* gesehen. Das war umwerfend!« Sie strahlte. »Einfach umwerfend!«

»Was zum Teufel ist mit dir geschehen?«

Ihre Augen verrieten ihm, dass es zu viel war, um es jetzt alles zu sagen, im Wirbelwind des Wiedersehens und im Beisein von Cray. »Keine Geheimnisse mehr. Gib mir nur etwas Zeit.«

»Orvy, *hör zu!* Ich habe gelernt, wie man eine Kuh melkt und wie man eine Ziege melkt und einen Mähdrescher fährt. Willst du's hören?«

»Ja klar!« Cray begann es ihm zu erzählen, aber die späte Stunde holte ihn ein, und ihm fielen die Augen zu. Orvy trug ihn nach oben in Selmas und Sols großes Ehebett, und dann gingen Miranda und er zum Auto, um die nötigen Dinge zu holen. Der Ford Country Squire sah verbeult und mitgenommen aus, aber auch stolz, dass er den Weg von North Dakota geschafft hatte. Orvy trug ihre Koffer und den Käfig mit den Zebrafinken. Die Finken sangen, Starlight kreischte. Damit sie schlafen konnten, mussten die Vögel getrennt werden. Miranda trug eine große Schachtel herein, die das gesamte Manuskript ihrer Magisterarbeit über den Geist Columbias enthielt. Die Vorsicht, mit der sie sie trug, weckte in Orville den Gedanken, dies könnte vielleicht der Grund gewesen sein, warum sie fortgegangen war. Um den Frieden und die Ruhe zu haben, die Arbeit fertig zu schreiben.

Hayley schlief im Dienstmädchenzimmer und Amy in Pennys altem Zimmer. Miranda und Cray schliefen in Selmas und Sols Schlafzimmer.

Um zwei in der Nacht war Orville immer noch wach und starrte zu seinem Turmfenster hinaus. Er war zu aufgedreht, um zu schlafen. Zum ersten Mal, seit er zurückgekehrt war, empfand er, dass das Haus voll war, ein wirkliches Zuhause für lebendige schlafende Menschen mit Leben so verschieden wie die Farben des Regenbogens und mit der Kraft von Dieselmähdreschern, den Walen der Weizenmeere. Er hatte das Gefühl, beinahe jeden von ihnen atmen hören zu können, Amy, Hayley, Miranda, Cray, die Finken, seinen Liebessittich, der immer noch nur abwärts zu fliegen in der Lage war, doch der am Glauben festhielt, er könnte hinauffliegen, und immer gegenüber vom Wasserbehälter schlief.

Er spürte so viel Leben im Haus, so viel Hoffnung plötzlich an diesem Ort, dass er sich ziemlich sicher war, dass seine tote Mutter es nicht wagen würde, in diesem Liebesnest aufzutauchen.

Orville war hellwach, am Rande einer Welt, wachend, wartend.

Ein Klopfen an seiner Tür. Miranda stand dort, in einen von Sols Bademänteln gehüllt, auf dem das Logo – der Helm eines spanischen Eroberers – und der Name ihres Golfplatzes in Florida standen – El Conquistador.

»Wirst du es aushalten?«, fragte sie ruhig. »Es ist schwer.«

Sein Herz flatterte. »Kannst du eine Leiter hinaufklettern, ein Stockwerk höher?«

»Klar, wenn du mir hilfst.«

»Lass uns gehen.«

Er half ihr hinauf zu seinem Kindheitsversteck, auf das flache Blechdach. Er schleppte einen Stuhl für sie herauf, er selbst setzte sich auf das warme Blech. Er erzählte ihr, dass dies der einzige Ort im ganzen Haus gewesen sei, wo er als Junge Frieden gefunden habe oder Abgeschiedenheit oder Erfüllung, der einzige Ort für ihn in der Rose-Familie.

Er zeigte ihr seine alten Freunde, die Blutbuche, die Lärche, den Riesenahorn, die Konstellation der Sommersterne.

»Bist du bereit für die Wahrheit?«, fragte sie. Sie spürte sein Erschauern.

»Ja.«

»Okay. Dies ist ... schwer.« Miranda rückte sich auf dem Stuhl zurecht.

Er umschlang seine Knie. »Weiter.«

»Vielleicht sollten wir warten, nicht verderben, wie unglaublich es ist, dass wir uns wieder sehen, wieder beieinander sind. Ich habe nicht aufgehört dich zu lieben, weißt du?«

Überrascht, bestätigt, sagte er: »Und ich dich auch nicht. Du und Cray, ihr wart jeden Tag bei mir. Aber es gibt nur diesen einen Weg.«

»Es wird nie mehr weggehen, Orvy, ich meine, wenn ich es dir gesagt habe. Und es wird wehtun. Sehr weh. Und du gehst in ein paar Wochen, nicht wahr?«

Er dachte kurz daran, *vielleicht nicht* zu sagen, aber seine *Vielleichts* hatten bereits genügend Anteil an der Zerstörung ihrer Liebe gehabt, also antwortete er: »Richtig ... ich meine, ich habe mein Ticket.«

»Wohin?«

»Rom.«

Das Wort setzte sich. »Sollten wir es nicht doch einfach vergessen, ich meine, es macht mir nichts aus, es als mein Geheimnis zu behalten ...«

»Nein. Nie wieder, okay?«

Sie verstand. »Richtig. Nie wieder.«

Er wartete, aber sie schwieg, immer noch. »Schau«, sagte er, »dich und Cray wieder zu sehen, das macht es mir schwer, nicht daran zu glauben, dass es noch einen Schimmer Hoffnung für uns gibt.«

»Ja.«

»Aber wenn wir uns jetzt nicht die Wahrheit sagen, dann ist es vorbei.«

»Ich bin mir nicht sicher.«

»Ich aber.«

»Okay.« Eine Weile führten die Grillen ihr Konzert auf, doch dann, bei der Härte ihrer Worte und seinem Zuhören, schienen sie innezuhalten.

»Ich ... ich hatte eine Abtreibung.«

»Was?!«

»In Grand Forks.« Sie schwieg. Ihre Augen huschten zu Boden, dann suchten sie seine. Sie antwortete auf seine unausgesprochene Frage. »Es war unseres.«

»Aber ... das ist unmöglich! Ich meine, das Hamsterei, es müsste ein Wunder sein.«

»Das war es.«

»Wie *konntest* du?«

»O Gott, es tut mir Leid, so Leid.«

Er fühlte sich, als ob jemand auf ihn geschossen hätte. Benommen. Verblutend.

Halb rutschte, halb stürzte sie auf das Blechdach. Sie legte ihren Kopf mit dem Gesicht nach unten in seinen Schoß. Ihr Körper bebte vom Schluchzen. Ein höllisches Schluchzen war das, ohne Hoffnung, so wie sein tödliches Schweigen, ohne die geringste Hoffnung.

31

Der Vogel fing nicht eigentlich zu singen an, doch am nächsten Morgen hatte er zu einer anderen Äußerungsform als Schreien und Kreischen gefunden.

Als Cray aufwachte und in die Küche kam, schrie der Vogel Orville und Miranda an. Amy schlief noch. Hayley machte Pfannkuchen.

»Starlight!«, sagte Cray, ging zum Käfig und öffnete ihn.

»*Phwwiiiiieeeett!*«, kreischte der Vogel wie gewöhnlich und hüpfte auf Crays Schulter.

»Er freut sich, mich zu sehen!«, meinte Cray.

»Natürlich freut er sich«, erwiderte Orville. »Er hat dich vermisst. Ich bin überrascht, dass er dich wiedererkennt, du bist so groß geworden!«

Cray setzte sich vor seine Pfannkuchen. Zwischen den Schreien pickte er Cray in die Zähne. Orville dachte an von Vögeln übertragene Krankheiten.

Als sie das Frühstück beendet hatten, betrachtete Cray den Käfig und sagte: »Pfui Teufel! Orvy, wann hast du denn das letzte Mal den Käfig sauber gemacht? Als wir weggefahren sind?«

Der Junge erneuerte den Bodenbelag im Käfig und setzte den Vogel hinein. Als er die kleine Wasserwanne herausnahm, hüpfte Starlight wie gewöhnlich hinüber und begann entsetzlich zu kreischen. Es machte ihn immer unruhig, wenn man ihm seinen Wasserbehälter wegnahm, um ihn zu reinigen oder aufzufüllen.

»Bääh! Samen und Schalen und Federn! Und Kot. Weißt du

nicht, wie man für einen Vogel sorgt? Gut, dass du kein Vogeldoktor bist.«

Er spülte das Trinkgefäß, entfernte den Schleim vom Rand, und als er es wieder an seiner alten Stelle anbrachte, sagte der Vogel etwas anderes als sonst, etwas Freundliches, das wie *»Dakn schöuu«* klang. Sie starrten ihn verdutzt an. *»Dakn schöuu.«* Sanft und freundlich.

»Cool«, meinte Cray. »Du hast ihm ›Danke schön‹ beigebracht.«

»Danke schön«, sagte Orvy skeptisch. »Ich höre eher so etwas wie ›Da schau hin‹.«

»Hört mal!« Cray ahmte den Vogel nach und rief: »Dank schön.«

»Dakn schöuu!«

»Ach du meine Güte!«, rief Miranda. »Er sagt wirklich ›Danke schön‹.«

»Dakn schöuu!«, wiederholte Starlight stolz.

»Gepriesen sei der Herr!«, war Hayleys Kommentar.

»Erstaunlich!«, sagte Orville. »Das hat er vorher nie getan. Er sehnte sich nach einer Woche in der Sonne von Mexiko.«

»Er freut sich, mich zu sehen!«, erklärte Cray und streute etwas Hirse in den Käfig.

»Dakn schöuu!«

»Kein Geschrei mehr?«, fragte Orvy und näherte sich dem Käfig. »Danke schön.« Nichts. »Dakn schön.« Nichts. Er öffnete die Tür und hielt ihm die Schulter hin. »Dakn schööoo.« Der Vogel hüpfte auf seine Schulter. »Danke schön.« Er kleckste ein schwarzdottriges Spiegelei darauf.

»Phwwiiiiieeeett!«

»Auuu! Genau in mein Ohr, verdammt noch mal!«

An diesem Morgen hing Cray an Orvy, als ob es kein Morgen mehr gäbe. Miranda und Orville wussten, dass sie miteinander reden mussten. Beide fürchteten sich davor. Sie waren Cray dankbar, dass er Orvy so mit Beschlag belegte, so dass sie keine Zeit alleine hatten. Amy tauchte zur Standard-Vorteenager-Zeit auf, kurz vor Mittag, nachdem Orvy zur Arbeit gegangen war.

Miranda und Cray fuhren hinaus zu ihrem Haus. Orville konnte erst am Abend dort sein. Ihm kam das Haus fremd vor. Er war seit dem Tag ihres Streits vor zwei Monaten nicht mehr hier gewesen.

Nach »Aufenarmlegen« und dem Gute-Nacht-Buch sah Cray Orvy an und sagte: »Kommst du in fünf Minuten und schaust nach, ob ich okay bin?«

»Klar, mache ich.«

»Danke, und morgen …« Er gähnte und schlief ein, wie von einem Lichtschalter ausgeknipst.

Miranda und Orville gingen hinunter. Sie fühlten sich unsicher miteinander. Noch wund vom Abend zuvor. Er wusch ab, sie räumte auf und versorgte die Tiere. Er sah noch einmal nach Cray, der fest schlief. Dann standen sie sich gegenüber.

»Es ist noch hell«, sagte er. »Wollen wir uns an den Fluss setzen?«

»Ja.«

Sie gingen nebeneinander. Ihr Humpeln schien von übergroßer Bedeutung. Er bot ihr seinen Arm, sie nahm ihn. Es war nicht das Gleiche.

»O Gott, fühle ich mich alt«, sagte er, als sie zu den Bahnschienen am Scheitelpunkt der langen Flussbiegung kamen, wo der Kinderhook Creek in den Hudson mündete. Hier waren wieder der Aquädukt, das Kreosot, die gewohnten Felsen, auf denen man sich niederlassen konnte. Sie setzten sich, betrachteten den träge südwärts strömenden Fluss, die stillstehenden Heuballen in den Feldern der Gebirgsausläufer, mit ihren länger werdenden Schatten und dem roten feuchten Sonnenuntergang über den üppigen Bergen. Der Himmel war überzogen mit kleinen Haufenwolken. Über ihren Köpfen waren sie weit auseinander gerissen und grau. Näher an der untergehenden Sonne waren die Formationen dichter und leuchteten rosa. Eine Schar Gänse flog nach Westen, heimwärts zu all dem Rot, all der Wärme. Orvy fühlte, wie die Welt sich langsam woandershin bewegte, spürte, wie er sich selbst schnell auf die Toten zubewegte. »Vierzig. Ist das vorstellbar?«

»Es ist ein großer Schritt. Lincoln sagte etwas Ähnliches wie: Niemand ist verantwortlich für sein Gesicht, bis er vierzig ist.«

»Ich bin untergegangen.«

»Nicht durch mich«, erwiderte sie lächelnd.

Die Moskitos fielen über sie her. Sie hatte ein Insektenmittel dagegen mitgebracht, und sie rieben sich ein. Schweigen, ein Schweigen, das hieß: Wie nur einen Anfang finden?

»Erinnerst du dich«, sagte sie endlich, »an den Tag, als wir das Benefiz-Essen für das Worth hatten?«

»Ja.«

»Ich hatte mich seit einigen Tagen nicht wohl gefühlt – eigentlich war ich seit Wochen sehr deprimiert gewesen. An diesem Morgen war mir … übel. Ich habe dir gesagt, dass es eine Grippe sei.«

»Ich erinnere mich.«

»Meine Tage waren überfällig – fast drei Wochen –, und ich nahm mir vor, einen Schwangerschaftstest machen zu lassen. Und doch, wie konnte es überhaupt möglich sein, nach allem, was du mir gesagt hattest? Ich wollte es dir erzählen, aber damals verstanden wir uns so schlecht … es war alles so verdammt hoffnungslos …« Sie biss die Zähne aufeinander und holte tief Luft. »An diesem Morgen hatte ich mich entschieden, hatte meinen Mut zusammengenommen, es dir zu sagen, um die Sache gemeinsam durchstehen zu können, und ich glaube wirklich, ich hätte es dir gesagt, Orvy, aber dann …«

Sie seufzte, und plötzlich spürte sie als Einziges nur ihre Behinderung, ihren Verlust an Beweglichkeit, ihren schlechten Fuß, ihren schlechten Knöchel und das Knie, ihre schlechte Hüfte, die sich so geschwollen anfühlten, wie wenn einem das Bein einschläft und so merkwürdig prickelt, wenn es aufwacht. Es war ein Empfinden, wie sie es lange nicht mehr gehabt hatte, dieses Gefühl, dass die Hälfte – oder eher die Hälfte der Hälfte ihres Körpers schwer und tot war, still. Sie verfiel wieder in Schweigen.

Er wartete tief verzweifelt und dachte: Wie konnte sie das nur tun?

Voller Furcht versuchte sie sich einfach an die Tatsachen zu halten.

»Du hattest die Punschbowle und die Becher vergessen. Ich nahm sie und ging zur Tür. Auf der Schwelle schaute ich plötzlich in die Sonne, in das strahlende Gelb der Forsythien, und mir wurde schwindelig. Sie waren an diesem Morgen aufgeblüht, erinnerst du dich?«

»Nicht wirklich.«

»Ein Singsang ging mir durch den Kopf, ›Rosen muss man schneiden, wenn die Forsythien blühen‹ – es war die Stimme meiner Mutter, wie ich sie als kleines Mädchen gehört hatte, wenn sie in unserem Garten an der Gasparilla Bay die Rosen beschnitt, und es war eine so lebendige, wundervolle Erinnerung, dass ich, na ja, ich blieb einfach stehen, es war, als ob ich schweben würde. Sie wurde in diesem strahlenden Gelb so lebendig. Und dann brach da diese ungeheuer harte Stimme über mich herein – ich konnte kaum glauben, dass es deine war –, schrie mich an, ich solle mich beeilen!«

Scham überkam ihn. »Ich weiß. Es war schrecklich. Ich war schrecklich. Es hat mich seither verfolgt.«

»Mich auch. Ich blickte auf und sah dich da neben deinem Auto irgendwie so wütend und so felsenfest stehen. Ich wurde fast ohnmächtig. Die Punschgläser klirrten aneinander und gegen das Glas der Punschbowle. Dennoch ging ich den Weg hinunter. Er war rutschig vom Matsch. Ich glaube, ich wäre einmal sogar fast ausgerutscht. Ich versuchte einfach aufrecht zu bleiben, den Weg hinunter zu dir zu schaffen.«

»Es tut mir wirklich sehr Leid. Wahnsinnig Leid. Und das meine ich ernst.«

Unwillkürlich legte sie ihre Hand auf seine. »Ich weiß. Glaub mir, ich weiß es.« Doch die Berührung ihrer Hand war jetzt zu intim. Sie nahm sie wieder weg. »Ich wurde nicht fast ohnmächtig wegen der Grippe, und ich wäre nicht fast hingefallen wegen meiner Behinderung. Ich wusste es nicht sicher, aber ich war schwanger, und deine Wut drang auf mich ein – jetzt klingt es vielleicht verrückt ... auf meine ... Erinnerung, wie ich als kleines Mädchen den Gesang meiner Mutter hörte.«

Sie hatte wieder jenes Lied im Ohr, sie hörte den Gesang ihrer Mutter in ihrem Garten am Golf von Mexiko, an einem Abend so schwül wie heute, und sie wurde von Sehnsucht ergriffen. Sie überließ sich, überwältigt von ihrer Stärke, ganz dieser Empfindung von der Mutter, die war und nicht ist, von der Tochter, die ist, und der Tochter, die es jetzt nicht ist. Die Tote. Die neue Tote. Die Sehnsucht verwandelte sich in Schuld. Die Schuld in Verzweiflung.

»Der Grund, warum ich so spät kam«, fuhr sie fort, »war, dass mir im Badezimmer schlecht wurde, kurz davor.«

Ihre Worte trafen ihn. Voller Scham errötete er und dachte: Ich war der Auslöser, meine Selbstsucht.

Sie sah, wie sein Gesicht in sich zusammenfiel, und sie fühlte, wie die Tränen in ihr aufstiegen. Vielleicht hätte sie sich ihm nähern sollen, aber sie konnte nicht.

Er war überrascht, zurückversetzt in jenen Augenblick, als er geschrien hatte: »Verdammt, Miranda, kannst du dich nicht beeilen!«, und dann in jenen, als sie gesagt hatte: »Du schreist keiner Person, die behindert ist, zu, sie soll sich gefälligst beeilen. Du hilfst ihr.« Er durchlebte diese Augenblicke noch einmal, aber er konnte nicht das Geringste ändern. Wie angesichts des Autounfalls, in dem jene beiden süßen Teenager zu Tode gekommen waren. Wenn sie im letzten Moment nach links statt nach rechts ausgewichen wären, dann würden sie noch leben. Aber sie lebten nicht mehr. Das Baby lebte nicht mehr. Er fühlte sich verloren. Er wollte nach ihr greifen, aber es war zu schwer.

Die Nacht sank auf sie herab. Das Insektenmittel schien nicht zu wirken. Sie wurden gestochen und versuchten sich davon nicht ablenken zu lassen.

»Es gab noch eine Chance«, fuhr Miranda fort. »Ein paar Tage später, als wir auf der Bank unter dem Trompetenbaum saßen.« Er nickte. »Ich hatte den Test gemacht, und am nächsten Tag sollte ich das Ergebnis bekommen. Ich war drauf und dran, dir zu erzählen, was los war, doch ehe ich mich's versah, hackten wir aufeinander ein. Es war so wild, so endgültig. Am nächsten Tag, als ich erfuhr ... ich wollte so gern ...« Sie machte eine Pause. »Aber ich konnte einfach nicht ... ich konnte keine ... Verbindung zu dir aufnehmen.«

»Warum nicht?«

»Wir ... es ... es war aus.«

»Aber musste das sein?«, fragte er mit wütendem Unterton. »Konntest du nicht um uns kämpfen? Mich zumindest anrufen, bevor du ...?«

»Ich hatte es ja vor«, sagte sie ruhig, »aber du warst nicht für mich da. Du glaubst, dass ich es so wollte? Es hat mich fertig gemacht. Es hat mir weher getan als ... oder zumindest so wehgetan wie dir. Aber du warst nicht mehr da, und ich wollte nicht alles allein durchstehen.« Sie stöhnte und schluchzte, dann presste sie ihre Faust auf den Mund. »Es ist das Schlimmste, was ich je im Leben getan habe.«

Auch er spürte, wie ein Schluchzen in ihm aufstieg und dann erstarb. Als ob das Leben aufgehört hätte.

Sie wagten nicht sich anzusehen. Sie saßen da, fast ohne zu atmen.

Zwei Falter flatterten herbei und tanzten umeinander. Orange und schwarz. Starke Farben. Flatterten davon.

Celestina glaubt, dass Schmetterlinge gefangene Seelen sind, dachte er. Er seufzte, versuchte etwas zu sagen, aber nichts fiel ihm ein. Er atmete ein paar Mal. Dann probierte er es noch einmal.

»Erzähl mir alles, seit ihr fort gewesen seid.«

Das tat sie. Wie sie die Sachen gepackt und sich dann mit Cray im Auto heimlich davongemacht hatte. Mrs. Tarr war die Einzige, die wusste, wohin sie fuhren, aber nicht, warum, und hatte schwören müssen, nichts zu sagen. Mrs. Tarr sollte ihre Verbindungsleine nach Columbia sein. Sie fuhren westwärts, durch die großartigen und scheinbar optimistischen Teile Amerikas. In wenigen Tagen erreichten sie die Farm ihrer Tante Carter Heyward, eine Insel in dem Archipel von Farmen im Weizenmeer, Hunderte von Meilen westlich von Grand Forks. Sie arrangierte die Abtreibung an einer Klinik der Universität von North Dakota. Cray sagte sie nur, dass sie und Orvy sich zerstritten hätten, was er ja selbst bemerkt hatte, und sich für den Sommer getrennt hätten – eine geographische Trennkur. Cray sei der Mann im Haus und auf der Farm, und es werde ihm sehr gefallen.

»Es hat ihm großen Spaß gemacht«, erzählte sie, »auch wenn er dich furchtbar vermisst hat. Albträume, Tränen, die ganze Palette.« Sie hielt inne, überlegte, ob sie es sagen sollte. »Ich auch.« Ihre Stimme erstickte, dann fasste sie sich. »Es war schwer, ihm zu erklären, dass er dir nicht schreiben, dich nicht anrufen sollte, aber er ist ein guter Junge, er verstand, dass er um meinetwillen groß sein musste, dass er sich kümmern musste, nicht nur um sich, sondern auch um mich. So half er mir – er ist erstaunlich erwachsen geworden –, und wir sind uns wieder näher gekommen, wie damals, als er noch ein

Kind war. Oh, er hat mir auf der Heimfahrt gesagt, dass er kein *Kind* mehr sei, sondern ein *Junge.*«

»Ja, hab ich gemerkt.«

»Und danach … habe ich an meiner Magisterarbeit geschrieben und versucht, nicht an dich zu denken oder …«

»An das, was du getan hast?«

»An das Baby.«

»Was war es?«

»Ein Mädchen.«

Er spürte einen Stich in seinem Herzen. Der Geschmack von Galle stieg in seinen Hals. »Ich habe nicht gewusst, was ich verlieren würde«, sagte er, »bis ich's verloren hatte.«

»Ich auch.«

»Das Baby?«

»Und dich«, antwortete sie. »Uns.«

»Ja. Uns.«

Sie sagte etwas so leise, dass er es nicht verstehen konnte.

»Was?«, fragte er.

»*Ist* es verloren?«

Er wollte nicht sagen, dass es verloren war, aber er sah auch keine Möglichkeit, wie es nicht verloren sein könnte. »Wie zum Teufel verarbeitet man so etwas?«

»O Orvy, ich wünschte, ich wüsste es.«

Sie starrten geradeaus vor sich hin, auf nichts Bestimmtes, es sei denn vielleicht einen Lichtschimmer auf dem Wasser. Mit großer Anstrengung legte er seine Hand auf die ihre, seine Handfläche auf ihren Handrücken. Sie hob ihre Hand und drehte sie um, so dass ihre Hände ineinander lagen. Ihre Finger verschränkten sich.

Orville spürte, wie er an Kraft verlor. Von diesem Augenblick an verblasste er gewissermaßen, als ob ein Teil von ihm sich bereits aufgelöst hätte, bereits tot wäre.

Von diesem Augenblick an fühlte sich Miranda ausgestoßen. Sie wusste, dass sie nun nur noch die paar Wochen und

Tage überstehen musste, bis er zurückkehrte zu seinem Leben mit der Italienerin, ohne Kinder und ohne Familie, und das war es dann.

Es war das Beste, was sie tun konnten, und das Schlimmste. Zusammensitzen und in die Nacht schauen, woanders sein. Er in seinem Woanders, sie in ihrem.

Eine Woche vor seinem geplanten Abflug saß Orville in der Küche und schaute sich eines der gerahmten Bilder aus der SCOMPARZA-Schachtel an. Es war das Foto von seiner Bar-Mizwa. Vor seiner Prüfung. Sol, Selma, Penny und er waren fein angezogen. Sol sah in seinem Anzug unförmig, Penny dagegen in ihrem halsbetonenden scharlachroten Einteiler aristokratisch aus. Selma mit heilem Gesicht trug das kobaltblaue Kleid, in dem sie herumgeflogen war, und sie schaute einfach umwerfend darin aus. Orvy, der Kleinste von allen, steckte in einem schlecht sitzenden braunen Anzug. Sie waren ins Schneiderviertel von New York gefahren und hatten ihn im Großhandel des Schwagers eines Cousins zweiten Grades bestellt. Er erinnerte sich, wie das Messer eines Zuschneiders durch die fußhohen Stoffberge wie durch nadelgestreifte Butter gefahren war. Man nahm bei ihm Maß. Jemand schnitt den Stoff passend zu. Als er ankam, passte er nicht.

Selma war am größten, dann kam Penny, dann Sol, dann Orvy. Sol sah aus, als ob er stark an Hämorriden litte, Penny sah edel aus, Selma triumphierend und vielleicht ein bisschen kokett – ja, hochfliegend –, und Orville, als ob er als Nächstes kopfüber von der Erdrinde purzeln würde.

In mancher Hinsicht hätte es ein schönes Foto werden können. Das Problem war nur, dass der Fotograf aus Columbia kam. Die Kamera war verrutscht. Die vier Mitglieder der Familie Rose lehnten wie vier Stabpuppen nach links, als stünden sie auf einem Ozeandampfer und wären in dem Moment abgelichtet worden, da er auf einen Eisberg auffuhr.

Auf einem Stück Papier, hinten in den Rahmen geklemmt, stand in Selmas Handschrift: »Neuer Putzfrau auf den Zahn gefühlt. Jung und süß, aber Äthiopierin.«

Es klingelte an der Tür. Ein Telegramm.

BILL GEHTS SCHLECHT STOPP KEHREN MONTAG 20. AUGUSTO ZURÜCK STOPP ANKUNFT SLEEPY HOLLOW 16:39 STOPP IMEEG LIEBE BABS

IMEEG? Was zum Teufel hieß das?

Zwei Tage später stand Orville im Bahnhof und beobachtete, wie sich der Sleepy Hollow bedrohlich zur Seite neigte, als er in die scharfe Kurve nach Columbia einfuhr. Sein Herz schlug schnell – er merkte, wie sehr er Bill Starbuck vermisst hatte. In der Woche seit ihrem Gespräch hatten Orville und Miranda sich oft gesehen, meist im Beisein von Cray und Amy. Die Kinder hatten ihre alte Beziehung zwischen großer Schwester und kleinem Bruder wieder aufleben lassen. Sie versuchten mit vereinten Kräften, Orvy zu überreden, nicht wegzugehen. Als das fehlschlug, hatten sie ihm das Versprechen abgenommen, dass sie alle nach Italien kommen und ihn besuchen dürften. Miranda und Orville gingen behutsam miteinander um, wie ein Mann und eine Frau, die einen kleineren Flugzeugabsturz überlebt hatten und so bald nicht wieder fliegen wollten.

Er hatte ständig das Gefühl, er sei bereits weg, nicht mehr Teil von dieser Welt. Sie hatte ständig das Gefühl, etwas anderes bei ihm erreichen zu wollen, es aber nicht zu können. Als der Tag seines Aufbruchs näher rückte, spürten beide auch mehr und mehr den Schmerz. Den Schmerz, etwas Gutes zerstört zu haben. Der Schmerz brachte die Erwartung zurück, die Leidenschaft, die Erregung, jemanden kennen zu lernen, der so anders und zugleich so seelenverwandt war. Und mit der gesteigerten Erwartung kam die Trauer über den Verlust der Erwartung. Manchmal war der Schmerz so stark, dass das baldige Ende wie eine Erleichterung erschien, denn das Schlimmste am Schmerz ist die Angst. Doch meistens fühlten sie sich gebrochen, unvollständig. Sie wollten, dass es vorbei wäre. Die Vorstellung, dass es vorbei wäre, war eine verzweifelte Erleichterung.

Mit der Aussicht auf Orvilles Abschied hatte Penny das Haus ihrer Mutter mit einem an Wahn grenzenden Putzfimmel heimgesucht, dessen Ziel es war, jedes Schmutzatom aus seinem Jahr darin und jede Erinnerung an ihn zu tilgen. Eine Armee von Reinigungskräften scheuerte und schrubbte durchs Haus. Die Möbel wurden mit Tüchern abgedeckt. Jedes Mal, wenn Orvy zum Schlafen heimkam, hatte er den Eindruck, wenn nicht in einem Haus der Toten, so in einem Haus der toten Möbel zu wohnen. Es erinnerte ihn an all die bedeckten Leichname in den Leichenschauhäusern, wo immer er als umherziehender Arzt gelandet war. Manche mit Münzen auf den Augen, um die Himmelsboten zu bestechen. Leichname sind eine Art von Möbeln, nicht wahr? Zumindest möbelartig. Wenn er heimkam, zog er die Tücher weg und sah erleichtert, dass sich keine Leichen, sondern Sofas, Sessel und Lampen darunter befanden. Am nächsten Tag wurden sie wieder verhüllt.

Als der Zug in den Bahnhof einlief, bemerkte Orville, dass etwas nicht stimmte. Der Schaffner beugte sich aus einer Waggontür heraus, winkte wild und brüllte etwas. Was?

»Einen Arzt! Holt einen Arzt!«

»Rufen Sie einen Krankenwagen!«, schrie Orville reflexartig dem Bahnhofsvorsteher zu und begann dem Zug entgegenzurennen. Der Zug bremste ab. Orville rannte schräg darauf zu und versuchte abzuschätzen, wo die Waggontür halten würde, schoss übers Ziel hinaus, dann sprang er auf die herunterfahrenden Stufen.

»Ich bin Arzt.«

»Kommen Sie.« Der Schaffner verschwand im Wagon, Orville folgte ihm.

Der dicke alte Mann lag zusammengesackt auf dem Schoß seiner Frau, Speichel rann ihm aus dem Mundwinkel.

»Orvy! Gott sei Dank!«, sagte Babette.

»Was ist passiert?«, fragte er und tat mechanisch die Erste-Hilfe-Handgriffe: Atemwege freimachen, Kreislauf stützen und beatmen – oh, diese Zwiebeln!

»Er hat sich nicht wohl gefühlt, weißt du, oben in Peru, aber er war auf der ganzen Reise okay, bis er hier … er ist einfach umgekippt.«

»Wie lange ist das her?«

»Gerade als wir um den Mount Pecora herumfuhren und die Sümpfe erreichten und Columbia wieder sahen, da war er so … so glücklich!« Sie weinte.

Bis er die Sirene des näher kommenden Krankenwagens hörte, wusste er die Diagnose. Nach seiner siegreichen Reise um die Welt hatte Bill in dem Moment, als er die Ränder seiner Heimatstadt Columbia erreichte, einen schweren Schlaganfall erlitten.

32

Bills Zusammenbruch im Zug in Sichtweite von Columbia war so ernst, dass er ohne weiteres daran hätte sterben können. Doch er hatte überlebt. Sozusagen. Er lag schwer krank im Koma. Orville hatte überlegt, ob er ihn nicht ins Krankenhaus nach Albany bringen lassen sollte, doch Babette erzählte ihm, dass sie und Bill darüber gesprochen hätten. Bill hatte gesagt, dass er, wenn irgendetwas sei, im Kinderhook-Memorial-Krankenhaus gepflegt und dort von Orvy behandelt werden wolle. In der ersten Nacht blieb Orville bei ihm und tat, was in seinen Kräften stand, kümmerte sich um die Herzmedikamente, schloss einen Schrittmacher an und gab ihm Steroide, um die Hirnschwellung zu verringern, und Kumarin, um das Blut zu verdünnen. Er rief die besten Neurologen und Hirnchirurgen in Albany an. Viele von ihnen kannten Bill, und einer kam nach Columbia, um ihn zu untersuchen. Alle stimmten darin überein, dass ein großes Blutgefäß verstopft war. Es blutete zwar nicht mehr, aber die Prognose war insgesamt nicht gut. Hinzu kamen Bills Risikofaktoren – Dickleibigkeit, Rauchen, sitzende Lebensweise, Herzkrankheit, kardiovaskuläre Zwischenfälle in der Familie, die schlechten Blutwerte.

Orvy wusste, dass die kritische Zeit bei Schlaganfällen die ersten vierundzwanzig bis sechsunddreißig Stunden waren. Während dieser Zeit wich er nicht von Bills Bett, ebenso wenig wie Babette. Bill war in das oberste Stockwerk gelegt worden, in die Schooner-Suite im Selma-Rose-Flügel. Orville war schon eine Weile nicht mehr in der Suite gewesen, und der erste Blick aus den Westfenstern war überwältigend. Das Krankenhaus selbst befand sich oben auf dem Cemetary Hill, und die Aussicht von der Suite war unvergleichlich. Zuerst wanderte der Blick das Rückgrat von Utopia entlang bis zum Fahnenmast auf Parade Hill, schweifte über die Rippen der Querstraßen, die sich zu den North und South Swamps hinkrümmten, und dann über die roten und blauen Ski-Chalets seines Schwagers, um schließlich über den breiten Fluss und die Berge zu den Sonnenuntergängen hinaufzuwandern. Die Schönheit war herzzerreißend, umso mehr, als Bill im Koma lag und nichts davon sehen konnte.

Auf den Bergen bildeten die früh sich verfärbenden Blätter ein buntes Muster. Der erste Schnee auf den Gipfeln ließ das warme Zimmer noch behaglicher erscheinen. Für Babette wurde ein Bett hereingestellt. Jeder kannte natürlich jeden, und alle waren bestürzt. Bill war ihr Arzt gewesen, sicher, aber auch noch viel mehr. Er war so lange mit ihnen zusammen gewesen und hatte sie als Arzt begleitet, war mit ihnen älter geworden, hatte mit ihnen überlebt, selbst wenn sie starben, trug die Tragödie des Todes seiner eigenen Kinder, die an einer schrecklichen neuromuskulären Erkrankung gestorben waren, machte Hausbesuche für ein Hühnchen, roch nach Schalotten. Seine einzigen Interessen neben seinem Beruf waren das Pokerspiel im Elks und die stete Verbesserung von Starbusol. Er war das wahre Inbild Columbias geworden. Als ob das künstliche Walfischlogo, das Milt und Schooner und S.P.O.U.T. erfunden hatten, sich in diesen lieben alten Mann, dem guten Herzen der Stadt, verwandelt hätte. War nicht schließlich, so dachte Orville, als er das gütige Gesicht betrachtete, Starbuck durch seinen Namen mit dem vergessenen Utopia seiner Vorfahren aus Nantucket verbunden und aufs Engste – durch seine Person und achtzig und ein paar Jahre – mit diesem Jahrhundert? Bills Schlaganfall war der Schlaganfall der ganzen Stadt. Orville sah, wie sich auf seine Patienten ein Schatten legte.

Orville hatte eine Menge Schlaganfälle erlebt. Er war zu dem Schluss gekommen, dass sie alle im Gehirn und in der Seele eigene Wege gingen und dass sich nichts Besseres tun ließ, als Komplikationen zu verhindern und der Heilkraft der Zeit zu vertrauen. Bill war seit der Zugfahrt nicht mehr zu sich gekommen. Die Flamme des Lebens brannte noch in ihm, aber sie flackerte, warf mehr Schatten als Licht. Nach einer Woche war Bills Zustand stabil, doch immer noch komatös. Mit dem Herzschrittmacher, mit der exzellenten Pflege und der Zuwendung von Babette, von Freunden und Patienten schien er eine Art Frieden zu finden.

Orvy begann jeden Tag damit, dass er nach Bill sah, und hörte jeden Abend auch mit Bill auf. Babette saß an der anderen Bettseite, während Orvy ihn untersuchte. Er kam so früh am Morgen und ging so spät am Abend, dass Babette oft ihr Flanellnachthemd trug und eine Nachthaube über den Lockenwicklern. Bill Starbuck im Koma war ein bisschen wie Bill Starbuck nicht im Koma. Er verkörperte immer noch die alte verlässliche Persönlichkeit, die ihm als ihrem Doktor die Herzen von Generationen von Einwohnern Columbias gewonnen hatte. Seine Präsenz schien zu sagen: Macht euch keine Sorgen, ich bin da, hähä.

Im Lauf der Jahre hatte Orville ein paar Patienten erlebt, die aus dem Koma aufgewacht waren, und er hatte gelernt, dass sie manchmal gedämpft hören konnten und mitbekamen, was um sie herum geschah. Er achtete darauf, was er in Bills Gegenwart sagte, und bat andere ebenfalls, achtsam zu sein. Babette, von Orvy dazu ermutigt, sprach mit Bill, erzählte ihm die Neuigkeiten, wie das Wetter war, den Tratsch der Stadt, die alten Geschichten. Bill selbst hatte Orville einmal gesagt, dass das Koma ein Schaukeln der Seele zwischen den Lebenden und den Toten sei, eine Art Tauziehen zwischen mächtigen Gegnern, die absolut gleich stark seien, so dass der Wimpel, der in der Mitte des Taus befestigt sei, ständig unter der Spannung zittern würde, auch wenn er sich um keinen Deut bewege. Dass diejenigen von uns, die fest mit beiden Beinen im Leben stünden, eine große Hilfe sein könnten, da der Sterbende manchmal spüre, wie wir uns nach ihm sehnen, fest an dem Tau ziehen, ihn zurückholen wollen. Und dass das Seil, straff zwischen Leben und Tod gespannt, nicht wie andere Seile sei – denn es gebe daran Platz für immer mehr Hände. Für Bill waren es unzählige Hände. Vier Generationen von Einheimischen kamen zu Hilfe.

Orvy machte regelmäßig eine Checkliste für seine Behandlung von Bill, und immer stieß er an die Grenzen seines medizinischen Wissens. Er hatte seinen Lehrer in den engen Schubladen der Diagnose (Verstopfung der mittleren Hirnarterie, die zu halbseitiger Lähmung, Hemianästhesie und gleichseitiger Hemianopsie geführt hatte), der Behandlung (keine) und der Prognose (abgesehen von Bills Linkshändigkeit, die eine gleichmäßigere Verteilung der Hirnfunktionen auf beide Hirnhälften wahrscheinlich machte, ungünstig) verstaut. Eine Seite seines Gesichts und seines Körpers war gelähmt.

Jedes Mal, wenn Orville Bills Gesicht sah, konnte er nicht anders als das halb nach unten gerutschte Gesicht seiner Mutter zu sehen.

Das Ende von Bills erster Woche daheim war am 27. August, der Tag, an dem Orville den letzten Willen seiner Mutter erfüllt hatte, und für diesen Tag hatte er seinen Abflug gebucht. Als das Datum näher rückte, wurde ihm klar, dass er Bill in einem solch schlechten Zustand auf keinen Fall verlassen konnte.

Am 26. August rief er Celestina in ihrer Wohnung in Rom an. Niemand nahm ab, kein Anrufbeantworter. Er versuchte es mehrere Male, bis bei ihr Nacht war. Nichts. Daraufhin schickte er ein Telegramm.

MEIN FREUND DR. STARBUCK IM KOMA STOPP KANN NICHT WEG VON IHM STOPP RUF MICH AN IN LIEBE ORVILLE

Ein paar Stunden später meldete sie sich bei ihm. Sie muss sofort nach Erhalt der Nachricht angerufen haben, dachte er, als er sich aus dem Schlaf herausmühte und nach der Uhrzeit sah. Zwei Uhr in der Nacht zum 27. August.

»*Allora,* du kommst nicht?«

Orville hörte die Spannung in ihrer Stimme. Sie schien kurz davor, in Wut auszubrechen. »Ich komme, Baby, aber ich kann jetzt nicht weg.«

»Dieser Starbuck, ist er dein Lehrer?«

»Ja«, antwortete er.

»Ah … ja … Ich verstehe.« Sie sagte es in einem düsteren, nachdenklichen Ton.

Dieser Ton erinnerte ihn an ein paar Situationen, die sie in Holland, als sie sich ineinander verliebten, und dann auf ihrer Reise in Italien gemeinsam erlebt hatten. Die meiste Zeit war sie übermütig, lustig, schamlos und, wenn sie über das Vorhersagen der Zukunft oder Neuerleben der Vergangenheit gesprochen hatte, kokett gewesen. Doch dann und wann kam ein ernster Zug über ihr Gesicht, und sie führten erhellende Gespräche über Dinge, die ihm undurchdringlich vorgekommen waren – Leben, Tod, Seele, Metamorphose, Liebe. Er hatte so gut wie aufgehört, über diese Dinge nachzudenken. Ihr Buddhismus vermittelte ihm einen völlig neuen Zugang dazu, und er liebte sie dafür. Auf die Levitationen konnte er gut und gerne verzichten, aber darauf, nein.

Jetzt, da sie weitersprach, war ihre Stimme fest und sicher – wie damals, als sie die Vorahnung zweier schrecklicher Dinge an dem Tag am Lago d'Orta gehabt hatte, von denen eines die Nachricht vom Tod seiner Mutter gewesen war. Als er sie so reden hörte, hatte er große Sehnsucht nach ihr. Sie *hat* sich geändert. Es gibt eine völlig neue Welt voller Möglichkeiten, jetzt, mit ihr. Sie ist an etwas dran. Es ist eine neue Tiefe, und es ist erregend.

»*Transizione dell'anima*«, erklärte sie immer noch in jenem feierlichen Ton. »Seelenwanderung.« Ein Seufzen. »Es tut mir Leid, es zu sagen, *caro,* aber es ist ein neues Geschenk für dich.«

»Ich glaube auch, Baby, ja.«

»Und hast du dein erstes Geschenk, deine fliegende Mutter, gesehen?«

Er war erstaunt, jetzt, da es ihm klar wurde, dass er die luftgeborene Selma nicht mehr gesehen hatte seit dem Abend der Überraschungsparty zu seinem Geburtstag, kurz bevor Miranda und Cray zurückgekommen waren. Sie war häufig geflogen, solange sie fort gewesen waren. Wie Selma war er abergläubisch und fragte sich: Gibt es da eine Verbindung? Fliegen die Toten nicht in Gegenwart der Liebe?

»Nein«, antwortete er, »seit meinem richtigen Geburtstag nicht mehr.«

»Ah. Dann kannst du jetzt gefahrlos gehen.«

»Ja.«

»Also, *caro,* wann kommst du?«

»Ich weiß es nicht, Baby. Mit Bill kann es sich täglich ändern.«

»Okay. *Ecco.* Wir bleiben in engstem Kontakt. Bleibe im ›Jetzt‹. Wenn wir den Grund des Jetzt berühren, berühren wir Frieden und Glück. Voller Frieden und Glück werden wir sein, wenn wir uns wieder sehen, Zehen in Zehen, wie zum ersten Mal, und unsere Sinnlichkeit wird über alle Maßen blühen. *Conclusione? Uno:* Bleibe in der Gegenwart. *Due:* Wir sprechen jeden Tag miteinander, okay?«

»Okay.«

»Und ich warte auf dich.«

»Versprochen?«, fragte er.

»Versprochen.«

Dann war es plötzlich ganz still.

»Hallo, hallo?« Er fürchtete, sie könnte wieder ihr altes Selbst annehmen und sich ihm kokett und flüchtig entziehen.

»*Si si.* Ich habe nur nachgedacht.«

»Worüber?«

»Wie du und ich, so leidenschaftliche Liebende, wie *sciocchi* wir sind.«

»*Sciocchi?*«

»Dumm. *Comico.* Wie alle.« Sie schien traurig. »Wir sind alle lächerlich, aber von Gott geschaffen.«

»Von Gott?«

»Von wem sonst?«

»Nicht von Buddha?«

»Jesus und Buddha, *si, si.* Ich habe vor kurzem die *Gnostischen Evangelien* gelesen. Zwischen sechzehn und dreißig ist Jesus durch Indien gereist und hat unter Buddhisten gelebt. Es ist alles die Gottheit, warum also Haare spalten?« Sie gähnte. »Ich hatte noch keinen Espresso, ich habe sofort angerufen. Und gleich muss ich arbeiten gehen.«

»Wohin?«

»Chase Manhattan. Bringe den Habgierigen bei, loszulassen. Heute erzähle ich ihnen die Geschichte, in der Buddha und seine Mönche den Rinderzüchter treffen. Der Bauer ist verzweifelt. Er sagt: ›Ich habe meine Kühe verloren! Sie waren wertvoll, und sie sind weg! Habt ihr sie gesehen? Ich muss meine kostbaren Kühe wiederfinden!‹ Buddha antwortet: ›Nein, wir haben deine Kühe nicht gesehen.‹ Der Bauer rennt wie verrückt fort. Buddha wendet sich zu seinen Mönchen um und sagt: ›Seid ihr nicht froh, dass ihr keine Kühe habt?‹«

Orville lachte mit ihr. »Eine wundervolle Geschichte, Baby.«

»Ich mag es so, wenn du mich ›Baby‹ nennst. *Allora,* Liebster, dieses Jahr hat uns näher gebracht. Wir haben uns beide verändert, auf die gleiche Weise, fühlst du es?«

»Ich fühle es, ja.«

»Es wird wie Dynamit sein. Aber pass auf, Orvillo, wir können nicht mehr zurück.«

»Was meinst du damit?«, fragte er, plötzlich auf der Hut.

»Wir können nicht zu dem zurück, was wir einmal hatten, was gewesen ist. Wir müssen sehen, was ist.«

»Moment mal. Du hast immer gesagt, dass das, was war, ist, und was ist …«

»… sein wird, *si, si,* aber bei uns beiden muss es etwas Neues sein oder Nichts.«

»Ich kann nicht noch ein ›Nichts‹ ertragen. Was glaubst du? Wird es hinhauen?«

»Mit dem, was wir hatten? Natürlich. *Ciao, ciao.*«

»*Ciao.*« Er hatte eine ungute Vorahnung. Aber es musste neu sein, ja.

Später an diesem Tag erfüllte Orville die Bedingungen des letzten Willens seiner Mutter, und ihm wurde knapp eine Million Dollar überreicht, und das Haus seiner Mutter und der Chrysler wurden ihm endgültig überschrieben. Er spürte ein kurzes Aufflackern von Erleichterung, dass er sich über Geld keine Sorgen mehr zu machen brauchte, doch es war nur kurz. Er war erstaunt, wie wenig es anscheinend tatsächlich bedeutete. Wie konnte es das aber auch angesichts der Riesenprobleme mit Bill und Miranda und Amy und Cray?

»Nun musst *du* ein Testament aufsetzen«, sagte Penny am Nachmittag.

Ihm wurde klar, dass er jetzt der Mann mit den Kühen war.

»Schön«, erwiderte er, »ich werde es wie Selma machen. Ich hinterlasse alles dir, wenn du dir den Kopf kahl rasierst, ein Jahr und dreizehn Tage in einem Sackkleid herumläufst, oder Milt, wenn er sich Ohren und Nase piercen lässt und ein Jahr und dreizehn Tage in der A.M.E.-Kirche von Zion den Gottesdienst besucht. Abgemacht?«

Es war ein Witz, aber es brachte ihn zu der Erkenntnis, was für eine Abstrusität seine Mutter an ihm begangen hatte. Aus dem Grab so etwas jemandem anzutun. Ihn nicht gehen zu lassen. Was für eine Riesenscheiße! Was für ein Wahnsinn, jemanden so zu behandeln, den man angeblich liebt. Er spürte

Wut in sich aufsteigen. Er blickte hoch und hoffte sie zu sehen, um ihr eine runterzuhauen, um sie zu beißen oder zu erstechen oder auf sie zu schießen – irgendetwas. Kein Glück. Er rief Celestina an und ließ seine Wut heraus.

»Momento«, sagte sie, und das Telefon sauste *klonkk* auf etwas Hartes. Er wartete. Sie kam zurück und las ihm eine Strophe aus den so genannten *Upakkilesa Sutras* vor:

»Denn in dieser Welt wird Hass niemals
Durch weiteren Hass gestillt.
Er wird durch Nicht-Hass gestillt:
Das ist das unverrückbare und ewige Gesetz.«

»Ich stimme zu«, sagte er, »aber so weit bin ich noch nicht.«

»Nicht mal, wenn du der gute Doktor für die Menschen in Columbia bist?«

Er war sprachlos. Zuerst hatte er die Leute in Columbia abgelehnt, ja verachtet. Jetzt stellte er fest, dass sich irgendwann im Lauf des Jahres die Dinge geändert hatten. Jetzt verachtete er sie meistens nicht. Oder doch?

»Hallo?«, rief sie in den Hörer. »Hallo?«

»Vielleicht«, sagte er. »Aber ich lebe immer noch mit einer Menge Verbitterung in mir. Ich bin kein Heiliger. Das weißt du.«

»Niemand von uns hier unten ist ein Heiliger. Keine Heiligen hier unten, nein.«

»›Hier unten‹? Was meinst du damit? Du meinst, ›da oben‹ sind welche?«

»Si, si, natürlich. Aber lass mich *essenziale,* einfach, christlich sprechen. In deinem Fall lautet das spezielle Selma-Geschenk für dich: ›Tue anderen, wie dir nicht von deiner Mutter getan wurde!‹«

Sein Testament war schlicht und einfach: die Hälfte für Amy, die Hälfte für Cray. Dass er Cray bedachte, war für ihn ebenso natürlich wie der Anteil für Amy. Er liebte ihn.

Mit dem Haus und dem Auto war es schwieriger. Er spielte mit dem Gedanken, beides Miranda zu geben, aber er wusste, dass sie weder das eine noch das andere nehmen würde. Er dachte daran, das Haus Columbia für einen guten Zweck zu stiften, sagen wir als Freistatt und Hospiz für gesangsunkundige Vögel oder als Hurenhaus nach den neuesten sexologischen Erkenntnissen oder als Heim für psychotische Idealisten. Oder als Hospiz für gesangsunkundige Idealisten und Hurenhaus für psychotische Vögel? Doch nein. Er bat Milt, es für ihn zu veräußern.

Und der Chrysler? Er entschied, ihn Amy zu geben. Er würde ihn irgendwo unterstellen und warten lassen, bis sie fahren konnte. Wenn die Fenster dicht geschlossen blieben, würde er vielleicht sogar noch nach Selma riechen. Das würde Amy gefallen.

33

Der Herbst kam früh. Etwa einen Monat später, Ende September, gab es eine bemerkenswerte Abweichung im Wetterverhalten. Oben im Norden brach etwas zusammen. Ein kalter Luftkeil schob sich von der Hudson Bay südwärts und führte zu einem unzeitigen Kälteeinbruch. Das Chlorophyll verschwand aus den Blättern und ließ ihre wahre Farbe sichtbar werden – Scharlachrot, Gelb, Gold, Purpur, Braun. Die Nahtstellen zwischen Stielen und Zweigen wurden schwach, und die Blätter, gefangen in der Unerbittlichkeit des Herbstes, bereiteten sich aufs Fallen vor.

Warme schwammige Luftmassen kamen nichts ahnend vom Golf von Mexiko herauf, nicht mit Gegenverkehr rechnend. Als sie dann mit der kalten Strömung aus den oberen Schichten zusammentrafen, wurde der Schwamm ausgewrungen und ergoss sich über Columbia. Zwei Tage schneidender Wind und Dauerregen rissen die Blätter von den Bäumen.

Orville saß mit dem Vogel am Küchentisch in seinem nunmehr eigenen Haus und sah aus dem Fenster den im Wind wirbelnden Blättern zu. Seine großen alten Freunde, die Blutbuche, der Ahorn und die Lärche, verwandelten sich in wahres Kupfer, Scharlachrot und Nadeln aus Gold. Er schindete Zeit. Zu seiner eigenen Verwunderung widerstrebte es ihm, den Nachmittag mit Miranda und Cray und Amy in Mirandas Haus zu verbringen. Warum?

Weil ich zerrissen bin. Weil ich mich so einsam fühle und weil ich mich mit ihnen zusammen vielleicht noch einsamer fühle. Einsamkeit ist hart, wenn man alleine ist, aber Einsamkeit unter Menschen, die man liebt, ist die Hölle. Das Problem ist, dass mit dem Herbstbeginn, mit der Ernte, mit dem eigentlichen Beginn des Jahres, das auf den Jahreszeiten und nicht auf dem Kalender basiert, jeder einen neuen Jahreszyklus angefangen hat, außer mir selbst.

Cray und Amy gingen wieder zur Schule, so dass er sie nicht mehr annähernd so oft sah wie zuvor. Miranda war ebenfalls wieder auf der Uni und schloss ihre Magisterarbeit ab. Penny war erneut vollauf damit beschäftigt, Amy quer durch die Welt zu all ihren Unterrichtsstunden zu kutschieren, und engagierte sich in der Junior League und im Förderverein des Krankenhauses. Sogar Milt hatte mehr als sonst zu tun, er war hinter diesem MSDOS-Computerzeug her, irgendwo im Westen, war es Seattle?

Sie alle haben klare Ziele vor Augen, dachte er und betrachtete den gefangenen Vogel. Sie legen alle zu, gehen voller Tatkraft hinaus in den Herbst zu wichtigen Terminen. Ich hingegen habe meine Entschlusskraft eingebüßt, mein Ziel verloren. Ich habe nur noch eine schwache Bindung an Columbia, durch die Pflege von Bill, durch die vergangenen Wirren mit Miranda und Cray, durch Amy. Die Leute hier verhalten sich mir gegenüber, als ob ich schon gegangen wäre. Vergessen, aber nicht gegangen. Wie Selma segle ich herum. Außerhalb und oberhalb von Columbia. Als ob ich auch tot und ungeliebt wäre, während ich hier angeblich geliebt werde und lebendig bin.

Jedenfalls mehr geliebt und lebendiger bin ich mit Celestina. Es war Dynamit, wie sie in Kontakt blieben, fast täglich miteinander sprachen. Das Erstaunliche war, wie erfüllt und reich, wie umfassend die Gespräche waren. Humor, Sinnlichkeit, das Versprechen von mehr Sinnlichkeit und Sexualität, in Verbindung mit Celestinas Unterweisung im Buddhismus, die für seinen Schmerz immer wichtiger wurde, manchmal überlebenswichtig. Eine andere Sicht der Welt, die Sinn machte.

Am Telefon erschien alles erhöht, als ob ohne Augenkontakt oder die Möglichkeit, sie zu berühren – seine Hände auf ihre Lippen, ihre Augenlider, ihre Brüste, ihre Scham, ihre Zehen zu legen –, alles viel einfacher wäre. Einer Frau in die Augen zu sehen und sich gleichzeitig den Gefühlen zu stellen, war ihm nie leicht gefallen. Aber er hatte im Lauf der Jahre, die er mit Frauen verbracht hatte – Laurice, Lily, Celestina, Miranda –, gelernt, dass es für Frauen noch viel schwieriger war, wenn man nicht in ihre Augen schaute. Augenkontakt wirkte auf sie erregend. Irgendwie war seine Verbindung zu Celestina tiefer geworden, keine Frage. Würde sie das von Auge zu Auge überstehen? Er würde es bald wissen.

Selbst Henry Schooner summte, summte im Bienenstock der allgemeinen Betriebsamkeit mit.

»Henry junior auf die Militärschule zu schicken, war eine harte Entscheidung, alter Freund«, hatte Henry ihm gestern gestanden, als er aus irgendeinem Grund in der Praxis aufgetaucht war. »Aber er ist ein Teufelsbraten ... ist in East Chatham in Schwierigkeiten geraten. Musste ein paar Beziehungen spielen lassen. Bedingung war, dass ich ihn für eine Weile aus der Stadt entferne und, nun ja, für den Schaden aufkomme, sozusagen, dann würde alles vergessen und vergeben.«

Warum erzählt er *mir* das, und *hier*, hatte Orville sich gefragt. Bin ich sein Analytiker? Wenn er es mir in der Praxis erzählt, heißt das, dass es der Schweigepflicht unterliegt. Was hat er davon?

Henry junior war Henrys Augapfel, aber das Auge war trocken, als er Orville erzählte, dass er ihn fortgeschickt habe. Nelda Jo hatte geweint und war mit dem Filipino-Chauffeur die ganze Strecke nach Virginia mitgefahren. Henry hatte, wie er sagte, in den Tagen ihrer Abwesenheit »Maxie gebabysittet«.

»Maxie hat mich *verrückt* gemacht. Ein paar Tage Mom

und Dad für dieses Kind sein – die reinste Hölle! Er glaubt, er wäre jetzt der Größte, nachdem sein Bruder weg ist. Braucht ein bisschen Disziplin, kein Zweifel. Zum Glück läuft die Kampagne hervorragend. Und vielen Dank für all deine Unterstützung, Orvy. Danke schön und Gottes Segen.«

Als der eckige Rücken durch das HINAUS verschwand, dachte Orvy an Henrys Wahlkampf. Die Worte, die ihm in den Sinn kamen, waren: der widerliche Glückspilz.

Der republikanische Amtsinhaber hatte sich entschieden, nicht noch einmal zu kandidieren, der Wahlbezirk war in der überwältigenden Mehrheit republikanisch und hängte sich an den Reagan-Erdrutsch an, und der demokratische Kandidat war ein glückloser Bürger Columbias namens Leston Moore, der in der Hauptsache von den Mitgliedern der W.S.G.A.-Fraktion, Wir Sind Gegen Alles, unterstützt wurde, so dass der Sitz für Schooner eine todsichere Sache war.

Der Ehrenwerte Henry Schooner, mein Abgeordneter im Kongress? Unwirklich.

Er stand vom Küchentisch auf und brachte Starlight zurück in den Käfig, wischte sich den Vogelklecks von der Schulter und ging zur Tür hinaus.

»Antäuschen! Antäuschen!«, kam ein lauter Schrei über den Platz. Durch die blattlosen Bäume sah Orville, wie Schooner auf dem Rasenstück vor seinem Haus mit Maxie Fußball spielte. Orville lief hinüber.

Henry hatte eine Zigarre zwischen den Zähnen und eine Bierbüchse in der Hand. Mit erstaunlicher Lässigkeit hielt er das Bier zwischen Daumen und Zeigefinger am oberen Büchsenrand. Das ist ein Mann, dachte Orville, der weiß, wie man eine Bierbüchse hält. Als Orville näher kam, schien Henry keine Notiz davon zu nehmen, was ungewöhnlich war. Orville blieb hinter einem Baum stehen und hörte zu.

»Verdammt, ich versuch dir beizubringen, wie man antäuscht. Du weißt, was Antäuschen ist, oder?«

»Nein«, sagte Maxie mit gesenktem Kopf. Auf Orvy machte er einen gedemütigten, geschlagenen Eindruck.

»Das ist, wenn du so tust, als ob du in die eine Richtung laufen würdest und dann aber in die andere läufst. Du legst sie rein. Antäuschen ist, wenn du sie austrickst, sie alle austrickst, und dann läufst du vor ihr Tor und machst ihnen das Ding rein! Los! Versuch noch mal, mich zu stoppen. Aber hart, sei hart.«

Henry dribbelte mit dem Ball auf Maxie zu, täuschte eine Richtung vor, der Junge folgte, und Henry umspielte ihn in der anderen Richtung und schoss den Ball ins Tor.

»Verdammt, Maxie, du lässt dich zu leicht täuschen. Lass dich nicht reinlegen von mir. Konzentrier dich darauf, was der andere mit dir zu machen versucht. Sei hart und bissig, sei hart und bissig. Im Kopf und mit dem Körper. Konzentrier dich!« Er zündete sich die ausgegangene Zigarre an. »Los jetzt, sei hart, sei hart. Versuch *mich* auszuspielen.«

Maxie holte den Ball aus dem Tor und kehrte zu Henry zurück. Henry schien sich zu entspannen, sich langsam zu bewegen und dem Jungen die Chance zu geben, ihn zu umspielen und zu gewinnen. Maxie machte einen halbherzigen Dribbelversuch, und Henry konnte nicht anders, als ihm den Ball abzunehmen.

»Verdammt, Maxie, du hast dir keine Mühe gegeben!«

»Hab ich wohl.«

»*Das* war Mühe?«

»Große Mühe.«

»Unsinn! Ich hab dir hundertmal gesagt, es ist mir egal, ob du gewinnst, wenn du nur dein Bestes gibst. Und das hast du nicht, und das …«, er schien sich zurückhalten zu wollen, aber es gelang ihm nicht, »… kotzt mich an.«

»Ich hab mein Bestes versucht.«

»Das war dein Bestes? Das blöde Mädchengedribbel da?«

»Ja.«

»Wenn das stimmt, mein Kleiner, dann haben wir ein *großes* Problem miteinander.«

Maxie sagte nichts.

»Du *konzentrierst* dich nicht, Sohn, konzentrierst dich nicht genug aufs Antäuschen. Leben heißt *Konzentration*, okay?«

»Kann ich jetzt reingehen? Mir ist kalt.«

Henry starrte ihn an, sein Blick wie ein Pfeil. Er war kurz davor zu explodieren.

Selbst aus der Entfernung konnte Orville die Eiseskälte in dem Blick spüren. Es war ein Eindruck von Schooner, wie er ihn im letzten Jahr nicht gehabt hatte. Es erinnerte ihn an den Schooner von früher.

Orville schlenderte unbekümmert herbei und sagte: »Hallo, Henry.«

»Oh, hallo, Dr. Rose.« Sein Ton war der ausgesucht öffentlichkeitswirksame, der musikalisch einschmeichelnde Ton, etwas tiefer, aus der Welt der schwungvollen Großväter entlehnt. Er besagte, dass er die Ankunft des freundlichen Arztes und sein »Hallo« als große Ehre betrachtete, vielleicht sogar als Höhepunkt des ganzen Tages.

So viel zum Täuschen, dachte Orville.

»Hallo, alter Freund«, fuhr Henry fort. »Bring Maxie ein bisschen Fußball bei.«

»Trainierst du wieder?«

»Keine Zeit in diesem Jahr, mit dem Wahlkampf.«

»Man kann nur staunen, wie hervorragend er für dich läuft. Sie sagen, du hast deinen Sitz schon so gut wie in der Tasche.«

»Kann man nie wissen. Es ist erst geschafft, wenn es geschafft ist. Aber, he – angesichts der Konkurrenz hab ich vielleicht sogar 'ne Chance, deine Stimme zu bekommen? Es würde mir viel bedeuten, Orville, auch und gerade wegen unserer alten und neuen Meinungsverschiedenheiten. Wirklich

’ne Menge. Wär ’ne Art Besiegelung unserer Freundschaft an der Wahlurne, verstehst du, was ich meine?«

»Wenn ich dann noch hier bin, klar.«

»Phantastisch! Bedeutet eine Menge für mich. Wann verlässt du uns denn?«

»Das hängt von Bills Zustand ab.«

»Das ist nobel. Verdammt, das ist sehr nobel von dir. Unser verehrter und großartiger Arzt. Wir sollten uns mal treffen. Ich schau mal vorbei.«

»Ja. Ich muss los.«

»Sicher. Okay, Maxie, lass uns weiterspielen. Glücksfüße, Glücksfüße!«

Maxies Füße waren in diesem Augenblick ein bisschen abseits, trotzig standen sie auf der obersten Verandastufe, und Maxies Hintern saß auf der Veranda selbst. Die Füße hatten ihn erleichtert dorthin getragen, als Orvy mit Henry sprach, aber nicht ins Haus. Doch Henrys »Glücksfüße, Glücksfüße« brachten sie keineswegs auf Trab.

Henry steckte die Finger in den Mund und pfiff durchdringend.

Die Füße bewegten sich die Stufen hinunter, aber sie sahen nicht glücklich aus, keine Glücksfüße, nein, wirklich nicht. Kein Hüpfen, kein Zucken mit den Zehen, kein Tanz aus Vorfreude, wie es Cray oft tat, wenn er gleich etwas spielen wollte, das ihm großen Spaß machte.

Vielmehr stürzte er. Als er die Stufen zum Garten herunterkam, stolperte er über Henrys Sporttasche und sauste der Länge nach in die Blätter am Boden.

Als er aufstand, sah Orvy, dass seine Lippen blau waren und zitterten, sein Kopf war etwas gebeugt, und er schniefte. Für Orville schaute er nicht ganz gesund aus. Er tat ihm schrecklich Leid.

»Maxie«, fragte er, »bist du in Ordnung?«

Keine Antwort.

»Maxie?«

»Ja?«

»Bist du in Ordnung?«

»Mhm hm.«

»Natürlich ist er das«, sagte Henry. »Lass uns das blöde Training vergessen, spielen wir einfach.« Henry machte den kleinen Quickstep der Glücksfüße und schob den Ball seinem Sohn eher zu als dass er ihn hinschoss. Er blieb vor Maxies Füßen liegen. Der Junge kickte ihn zurück, mit mehr Kraft. Henry stoppte ihn mit dem Innenrist, beinahe liebevoll, und so sanft wie ein Tanzbär mit einer Melone spielt, kullerte er den Ball zurück zu seinem Sohn. Gab ihn so weich zurück wie jeder gefühlvolle Vater es getan hätte, der sah, dass sein geliebter Sohn ein bisschen niedergedrückt war, ein bisschen fror in dem kristallklaren Wind an diesem schönen kalten Herbsttag.

Orville verließ sie. Die Freundlichkeit erfüllte ihn mit noch größerem Unbehagen als das »sei hart, sei hart«, das er zuvor gehört hatte.

34

Später an diesem Nachmittag stand Miranda mit dem Rechen in der Hand im Garten und betrachtete die Unmengen von Laub. Das rote Laub des Sumpfahorns, die goldenen Nadeln der Lärche, das rote Laub des Sumachs, das gelbe des Zuckerahorns und das tiefpurpurne der Platane. Der Herbst kam zu solcher Unzeit, dass es verrückt gewesen wäre, darin nicht ein Vorzeichen zu erkennen. Zumal in Anbetracht des Winters in Columbia.

Orville rechte ebenfalls Laub zusammen, und zwar oberhalb des Hangs.

Sie stellte ihr gutes Bein fest auf den Boden und begann ihre Arbeit mit dem Rechen. Ihn zugleich als Stütze benutzend, kehrte sie langsam das Laub zu einem Haufen zusammen.

Kritsch … kritsch. Bewege deinen Fuß, setze dein Bein auf. *Kritsch … kritsch.*

Sie hatte im hinteren Garten ab den beiden Kiefern den Hang hinunter gerecht. Ihr Haufen lag in der Ecke, wo die Waschbären über den Müll herfielen, am Rand der Schotterstraße, die zu dem Wendehammer an den Eisenbahnschienen und dem Fluss führte. Der Nachmittag war klar und kühl. Wenn die Sonne sich weiter neigte, würde es kalt werden. Doch die körperliche Arbeit wärmte sie auf, so wie der Gedanke, dass Cray und Amy Spaß miteinander hatten. Sie machten irgendetwas mit Wasser, irgendwo flussaufwärts, vielleicht sogar bei den Ruinen der alten Wild-Brothers-Mühle, die 1824 erbaut worden war, als die Engländer versucht hatten, den Textilhandel im Tal lahm zu legen, oben bei den Stuyvesant-Wasserfällen.

Eine Menge hatte sich geändert. Cray war wieder in der Schule und mochte seine Lehrerin. Maxie Schooner war in seiner Klasse – größer, flachshaarig, mit jenen schalkhaften dunklen Augen und, dachte Miranda, mit der gleichen Sicherheit, die alle Schooners auszeichnete. Da Henry junior die Militärschule besuchte, war Maxie jetzt der ranghöchste Junge in der Familie. Die Wirkung war unübersehbar.

Eine der guten Veränderungen, dachte sie, während sie rechte, war, wie sich Amy und Cray wieder angefreundet hatten. Amy hatte bereits zu viele Termine – sie ging auf die Rudolf-Steiner-Schule in Spook Rock und hatte an jedem Nachmittag und samstags eine andere Unterrichtsstunde –, doch sie und Cray telefonierten miteinander und trafen sich so oft sie konnten. Amy war von Orville weggezogen und wohnte wieder bei Penny und Milt. Mirandas Freundinnen gingen ihren Alltagsbeschäftigungen nach, fuhren Kinder in der Gegend herum, versuchten finanziell über die Runden zu kommen und ihre Ehen anzuspornen, noch ein bisschen weiter zu halten auf dem Weg in den sicheren Hafen gegenseitig bedingter Gesundheitsprobleme. Beim Anblick der fallenden Blätter empfand sie Befriedigung darüber, dass, wenn alles gut lief, sie ihre Magisterarbeit noch vor Weihnachten würde abschließen können. Ihr Titel: »Der Geist Columbias – Eine Rekonstruktion der selbstzerstörerischen Tendenzen einer Stadt, 1783 bis 1983«.

Das einzige Problem, dachte sie und ließ ihren Blick den Hang hinaufwandern, war, dass *er* noch immer da war.

Kritsch ... kritsch. Versuchte dem auf den Grund zu kommen. *Kritsch ... kritsch.*

Seit einem Monat war er frei zu gehen. Er hatte das Geld und das Haus erhalten. Bill lag im Koma, aber sein Zustand war stabil. Er und ich haben uns auf niedrigerem Niveau eingependelt. Kein Sex, aber wir treffen uns immer noch so oft wie zuvor. Wenn wir uns sehen, ist es anders. Mehr wie Bruder und Schwester, nicht wie Liebende. Und doch wie liebende Geschwister, die wissen, dass es nutzlos ist, über das vergangene Familientrauma zu sprechen. Oft sitzen wir zusammen und reden, mehr nebeneinander als von Angesicht zu Angesicht. Die Vergangenheit ist zu groß für die Gegenwart. Wir sind aus unserer Liga abgestiegen. Und die Rückkehr zu seiner Italienerin? Manchmal quälte es sie und manchmal nicht.

Bis Cray wieder in die Schule ging, waren Orvy und er unzertrennlich. Inzwischen hatte ihr Kontakt etwas nachgelassen, doch Cray hatte einen Plan ausgeheckt: In den ersten Schulferien, an Thanksgiving, würden sie alle Orville besuchen.

»Du bist ja jetzt reich, Orvy, du kannst uns alle rüberholen. Und Nudeln sind mein Lieblingsessen!«

Dass all dies, das tägliche Leben, einfach so weiterging, half Miranda darüber hinweg, dass Orvy sie verlassen würde. Ihre Liebe hatte an Intensität verloren, ja, aber auch ihr gegenseitiges Sich-Verletzen und ihr Kummer hatten seitdem abgenommen.

»Wenn du eine Beziehung aufbaust«, hatte ihre Mutter oft gesagt, »suchst du ständig die Distanz, in der du noch freundlich sein kannst.«

In letzter Zeit hatte diese Maxime bei ihrem Verhältnis mehr oder weniger funktioniert. Sie hatte sich in ihr Schneckenhaus zurückgezogen – in ein Schneckenhaus, das von neuen hübschen Stahlträgern aus Furcht und gemessener Freundlichkeit stabilisiert wurde. Auch Orville schien seine alte Scheu wieder auszugraben. Die Verbindung ihrer beider Scheu, mehr wie Rettungsleinen als Spannseile, bildeten die Kinder. Miranda spürte dies, wenn sie mit Orville zusammen war. Solange sie ihre Aufmerksamkeit auf Cray und Amy richteten, hatten sie eigentlich keine Probleme. Und sie teilten das stillschweigende Einverständnis, dass sie ihre Aufmerksamkeit auf die Kinder richten wollten.

Ihr Leben als Familie war durchaus in Ordnung, nicht anders als bei vielen anderen Durchaus-in-Ordnung-Familien, selbst in Columbia. Familien, die oben auf dem Seil über unausgesprochene Tragödien hinwegbalancieren und versuchen, nicht hinunterzuschauen, nicht zu stürzen.

Nur eines störte – er war immer noch da.

Vor einer Woche hatte sie ihn mehr aus Frustration als aus Courage gefragt: »Worauf wartest du eigentlich noch? Warum gehst du nicht?«

»Ich kann noch nicht.«

»Warum nicht?«

»Ich warte ab, ob Bill überlebt oder stirbt.«

Sie lehnte sich auf den Rechen und sah den Hang hinauf zu ihm hin.

Kritschkritsch ... kritschkritsch ... Orville erinnerte das Geräusch des Rechens an das rasselnde Atmen eines emphysematösen Patienten im Endstadium. Ein Patient aus Columbia, unverbesserlicher Raucher, der am Atemgerät in dem winzigen Intensivpflegeraum des Krankenhauses seine Frau überredet hatte, ihm eine angezündete Zigarette in das Luftröhrenloch an seiner Kehle zu halten. Das ist, sinnierte er, der menschliche Geist nach dem Codex Columbias.

Er sah den Hang hinunter zu Miranda. Sie trug denselben weißen Pullover von den Aran Islands und dieselbe niedliche Seemannskappe wie im letzten Herbst, als sie sich ineinander verliebt hatten. Das Schulhaus. Der 30. Oktober, Crays Geburtstag. Er hielt den Atem an, mehr mit dem Bauch als mit der Brust. Er versuchte sich zu beruhigen, sah zu den beiden Kiefern hinauf, aber auch sie erinnerten ihn an jenen Tag, als sie aus dem Schulhaus kamen, den Zedernduft rochen, zu den Kiefern hinaufschauten und den Falken im Regen entdeckten.

Er blickte noch einmal zu ihr hinunter, wie sie auf dem Rechen lehnte und zu ihm hinaufsah.

Eine Flamme von rotem Haar lugte unter dem weißen Knubbel der Kappe hervor. Ein Funkeln grüner Augen unter dunklen Wimpern, über elfenbeinfarbenen Wangen, die jetzt von der Anstrengung und Kälte leicht gerötet waren. Kräftige Schultern, kräftiger Brustkorb, weiße Wolle über Brüsten, die sich wie Tiere, wie Wale unter der Wasseroberfläche tummelten. Sexy. Krankes Bein, gesundes Bein. Zerschlissene Jeans, feste Stiefel.

Er empfand wie einen Stoß die alte Erregung. Seine Leidenschaft wallte auf, ließ dann aber wieder nach. Bevor sie sich ganz legte, begann er den Hang mit größerem Schwung hinab zu rechen, um seinen Laubhaufen zu ihrem zu bringen. *kritschkritsch … krtischkritschkritsch …*

Sie hörte sein ungeduldiges *Kritschen,* sah, wie er fieberhaft an seinem Haufen arbeitete. Er bewegte den großen Laubklumpen herunter in ihre Richtung, so dass die Blätter übereinander purzelten wie das lose Fell eines regenbogenfarbenen Hundes, dann holte er wieder nach oben aus, um die Ausreißer zur Herde zurückzubringen. Ein in sein Spiel versunkenes Kind. Sie lachte.

Er hörte ihr Lachen und strengte sich umso mehr an, und bald hatte er sich an sie herangearbeitet. Anschließend ging er auf die andere Seite des großen Haufens, kniete sich hin und schob sein Laub in ihres, über ihres, über ihren Rechen, über ihre Stiefel, und lag dann da wie ein riesiger Welpe und sah zu ihr auf.

»Ein großer Haufen!«, rief er glücklich. »Ein gigantischer Haufen, gargantuesk!«

»Gut gerecht!«, sagte sie.

»Ich hab mich da oben einsam gefühlt.«

»Und jetzt?«

»Überhaupt nicht mehr einsam. Komm runter, rein zu mir.«

Er klopfte mit der Hand auf den riesigen Haufen. »Weich und kritschig und sexy und lustig.« Er lächelte. »Und sexy.«

»Gleich«, erwiderte sie. »Da ist noch etwas, worüber ich mit dir reden möchte.«

»O Gott!« Er fasste sich an die Brust. »Jetzt kommt der Dritte Weltkrieg.«

»Du musst nicht, wenn du nicht willst, aber *ich* würde es gerne sagen. Als eine Art, wie soll ich mich ausdrücken, historischer Erklärung.«

»Klingt annehmbar. Wird es wehtun?«

»Ich glaube nicht.«

»Worum geht's?«

»Selma.«

»Aua! Hilfe!« Er kam wankend auf die Füße, verteidigte sich mit einem imaginären Schwert gegen einen Angreifer, doch dann, getroffen, fiel er rückwärts auf den Haufen, ächzte, stellte sich tot.

Sie lachte schallend. Es war das erste Mal seit langem, dass sie sich gehen, ihn durch die Schale dringen ließ, die das, was sie noch verband – was immer es sein mochte –, stumm umschlossen hielt. »Du Blödmann!«

»Also gut. Ich bin bereit.« Er lag seitlich auf dem Ellbogen. »Selma.«

Sie lehnte auf ihrem Rechen und sah auf ihn hinab. Wie süß er heute ist. Sexy. Seitdem sie zurückgekommen war, war sie überrascht, wie viel schwerer und kräftiger er war, als sie ihn in Erinnerung hatte. Sein kurzes kastanienbraunes Haar mit der kahlen Stelle, seine hohe Stirn, die blauen Augen und die Hakennase, seine schönen Lippen, sein ebenfalls kastanienbrauner Bart – er hatte in diesem Jahr mehr Masse bekommen. Und zugleich weniger, weil er weggeht. Weniger, weil er eigentlich schon fort ist.

»Insbesondere«, sagte sie, »über Selmas Lüge, dass du bei ihr geblieben wärst.«

»Ja?«

»Als du mir sagtest, dass es eine Lüge ist, war ich schockiert, empört. Ich meine, sie hat mich ja regelrecht angeschmiert.«

»Typisch Selma. So weit, so gut.«

»Aber dann ...«

»Ich wusste es. Das ›aber‹, das Selma entschuldigt.«

Sie hielt inne und warf ihm einen Blick zu.

»Okay, okay, tut mir Leid. Red weiter.«

»Aber dann fing ich an, darüber nachzudenken. Vielleicht hatte sie eine bessere Vorstellung von dir oder stellte sich einen besseren Teil von dir vor oder etwas Derartiges. Eine Vorstellung ... sie hielt das, was sie von dir am Besten fand, der Welt vor.«

»Um das Schlechteste von mir bei sich und mir zu behalten?«

»Vielleicht.«

»Wie sie es mit sich selbst machte. Zeigte der Öffentlichkeit eine unechte Selma, einer Heiligen gleich, und zu Hause, wenigstens mir gegenüber, war sie ein Drache.«

»Ja, doch was davon war wirklich unecht?«

»Zu Hause hat Selma nicht geschauspielert. Ich weiß, wer sie war.«

»Doch die Leute in der Stadt würden das Gleiche sagen – dass sie wüssten, wer sie war –, und sie würden sagen, dass sie eine tolle Frau war. Sie hat hier Einiges erreicht – die Bibliothek, Olana, das Krankenhaus. Und sie hat einer Menge Leute auch direkt geholfen. Ich habe es gesehen. Sie war bewundernswert. Die Menschen haben sie geliebt.«

»Du auch?«

Miranda wollte lügen, um ihn näher zu sich zu ziehen, vielleicht sogar, um ihn vom Fortgehen zu seiner Italienerin abzubringen. Doch da war so viel zwischen ihnen geschehen, und der Schaden, den ihre Geheimnisse angerichtet hatten, wurde ihr wieder präsent. *Eines* hatte sie gelernt. Sie würde diesen Fehler nie wieder machen.

»Ich möchte Nein sagen, und das stimmt zum großen Teil auch – es war schwer, sie zu lieben –, aber wenn ich daran denke, wie wir nach einem Treffen des Komitees in der Bibliothek unsere Herzen ausgeschüttet haben, ja, da habe ich sie geliebt. Die Geschichte, die sie mir an dem Abend erzählte, war liebenswert, und sie selbst war, als sie sie erzählte, auch liebenswert. Schrullig, aber liebenswert. Nach allem, was ihr widerfahren war, ihre Operation, ihre Verluste, hatte sie immer noch eine Vision. Ich hatte das Gefühl, dass sie als Mädchen und junge Frau in New York eine leuchtende Vision gehabt hatte und dass sie sie, als sie hierher kam, beiseite legen musste. Sie dachte, es wäre nur für eine gewisse Zeit, zog den Kopf ein und kümmerte sich um Sol und die Kinder. Doch dann, Jahre später, als sie aufsah und die Vision wiederfinden wollte, irgendwo da oben, war sie fort. Sie hatte nur noch die Leute aus Columbia und die beiden Erwachsenen, die ihre Kinder gewesen waren. Und Sols Modellflugzeuge. Also glaube ich, dass sie eine Frau mit einer verlorenen Vision war, verloren da draußen oder irgendwo da oben, eine Frau, die zu einer geringeren Vision unten auf dem Boden gezwungen wurde. Und sie kämpfte mächtig darum.«

»Wie ein Panzer.«

»Vielleicht. Von ihrer Geschichte getrieben.«

»Schön für sie, und hurra für Columbia«, sagte er sarkastisch. »Aber es ist einfach ein bisschen schwierig – auch wenn sie eine öffentliche Heilige ist –, sich von ihr zu Hause regelmäßig fertig machen zu lassen.«

»Hättest du es lieber umgekehrt gehabt?«

»Wenn du mich fragst, ja. Aber he, du kennst mich doch, ich bin die Verkörperung der Selbstsucht. Ich kümmere mich mehr um mich selbst als um das Wohlergehen der Leute hier. Kannst du dir das vorstellen?«

»Kann ich nicht.« Sie lächelte. Er auch.

»Sie ist in dieser Hinsicht wie Schooner. Öffentlich ein Gewinner, privat ...«

»Was?«

»Genau. Sie waren befreundet, Henry und sie. Ich habe das nie gewusst. Er hing bei ihr im Haus herum, als er zurückkam. Ich weiß jetzt, weshalb. Für sie war er der gute Sohn, ich der schlechte. Ich habe ihr nie erzählt, dass er mich als Kind nach Strich und Faden verprügelt hat.«

»Warum nicht?«

»Weil sie immer, wenn ich ihr irgendetwas erzählte, alles noch schlimmer machte. Die Frau hatte so viel Einfühlungsvermögen wie ein Rhinozeros.« Seine gute Laune verflog, da er über sie redete. Ihm gefiel nicht, wie sich das Gespräch entwickelte. »Sieh mal, es ist ganz einfach. Sie hat mir gesagt, dass ich im Herzen einer der undankbarsten, selbstsüchtigsten Männer bin, der je auf der Erde herumgelaufen ist, und dann hat sie mit dir und anderen über mich geredet und erzählt, ich sei eine Mischung aus Moses, Sandy Koufax und Dr. Kildare.«

»So habe ich dich natürlich auch gesehen.«

»Jetzt nicht mehr?«

»Kann sein«, sagte sie und bedauerte es sofort. Es ging zu weit, bewegte sich zu sehr auf Hoffnung zu. »Ich glaube, man kann es nur damit entschuldigen, dass Mütter so etwas eben tun. Ich mache es selbst, wenn ich draußen in der Welt über Cray rede. Keine Mutter will, dass ihr Sohn für grausam gehalten wird. Es ist keine Lüge, jedenfalls nicht nur, wenn man über sein besseres Selbst redet. Ich versuche ihn draußen in Bestform zu zeigen. Mütter neigen dazu, vor anderen sich die besseren Teile ihrer Söhne vorzustellen. Da ist nichts Ungewöhnliches dabei.«

»Nein, natürlich nicht. Was mich nervt, sind die beiden Extreme ihrer Orvys und dass sie die beiden nie zusammengebracht hat. In der einen Minute klagt sie mich an, ich sei der größte Narziss, der je gelebt hat, und in der nächsten sagt sie, ich sei der größte Menschheitsbeglücker. Man nennt so etwas geistige Verwirrung.«

»Oder Hoffnung.«

Das überraschte ihn. Er sah in den Herbsthimmel – das Licht floh schnell daraus gen Westen. »Danke, aber mehr ertrage ich heute davon nicht.«

»Ich auch nicht, um ehrlich zu sein.«

Sie sahen einander an.

»Komm herunter zu mir«, sagte Orville. »Nur eine Sekunde.«

»Nein.«

»Warum nicht?«

»Länger.«

»Abgemacht.«

Sie ließ sich vorsichtig hinab, den Rechen als Stütze benutzend. Die Zinken bogen sich, aber hielten stand. Die Blätter fühlten sich zugleich weich und kratzig durch ihren Pulli an. Sie legte ihren Kopf auf seine Schulter und sah mit ihm zusammen in den Himmel. Ihre Körper sanken langsam tiefer in dem Haufen, so wie man im Traum versinkt. Sie konnten beide sehen, wie das niedrig stehende Licht die Wipfel der Kiefern anstrahlte.

Sie lagen eine Weile nebeneinander und gewöhnten sich an die Nähe und Berührung ihrer Körper. Seit sie zurückgekommen war, waren sie behutsam miteinander umgegangen, hatten sich eher nur scheu geküsst und sich umarmt, mehr nicht. Jetzt ging etwas anderes in ihnen vor. Das sinnliche Zusammensein war selbst in ihren schlimmsten Zeiten eine Zuflucht für sie beide gewesen, und das wurde es wieder.

Sie küssten sich, zuerst sanft, doch dann mit ihren Zungen drängender. Er drehte sich um, so dass sie sich seitlich gegenüberlagen, und sie umarmten sich. Ihre Bewegungen ließen sie tiefer einsinken, so dass die Blätter sie beinahe bedeckten, und das Licht, das durch die Blätter hindurchdrang, war scharlachrot und golden und purpurn. Es war so wunderbar heimlich. Ohne sich zu verständigen, häuften sie die Blätter über sich, so dass der Filter des Laubs zu dicht war, um noch viel Licht durchzulassen. Der Geruch, der erdige Geruch erinnerte Orville an das Wasser von kleinen Seen, und Miranda erinnerte er an ihre Kindheit, vor der Kinderlähmung, als sie in den Gezeitensümpfen des Golfs zwischen den »Wanderbäumen«, den Banyans, gespielt hatte.

Wie sie sich so umschlungen hielten und sich näher aneinander drängten, hatten beide das Empfinden, auf Wogen zu taumeln.

»Fühlt sich an, als ob wir treiben würden«, meinte sie, »wie große Meerestiere, wie Wale.«

»Oder Tümmler«, sagte er glücklich. »Diese süßen Wale, ja.«

Seine Finger spreizten sich über ihren Bauch, und sie liebkoste seinen Hals. Vorsichtig schob er seine Hand unter ihrem Pulli hoch und streichelte ihre Brüste durch den Stoff ihres BHs, so dass ihre Warzen, die er dunkelrot, sogar lila in Erinnerung hatte, fest wurden, und er wurde auch hart. Sie schwebten in diesen sanften Berührungen und Liebkosungen. Die Blätter prickelten auf der nackten Haut wie kleine Liebesbisse. Sie spürte, wie seine Hand unter den Bund ihrer Jeans glitt. Da hielt sie ihn fest.

Es war ein Schock für ihn.

Sein Schock war für sie ebenso ein Schock. Eine Sekunde lang dachte sie darüber nach. Warum kannst du nicht einfach loslassen? Wird es dich sehr verletzen, dich ihm zu überlassen. Ja, tatsächlich. Alles war noch zu wund.

Dass ihre Hand ihn aufhielt, versetzte ihn in Rage. Hier sind wir so nah beieinander, und sie sagt Nein? Genau wie in den Jahren der Unfruchtbarkeit mit Lily. Hier könnten wir beide uns wieder dem Möglichen öffnen, und sie bricht es ab?

»Was ist los?«, fragte Orville.

»Ich kann das nicht tun.«

»Warum nicht?«

Sie sagte nichts. Es war zu gefährlich.

»Warum nicht?«, fragte er noch einmal.

»Ich ... ich weiß nicht, ob wir das jetzt tun sollten.«

»Jetzt oder nie.«

»Das ist nicht sehr hilfreich.«

»Und dass du mich abweist, ist das hilfreich?« Keine Antwort. »Du bist hier zu mir heruntergekommen. Ich habe dich nicht gezwungen.«

»Ich wollte einfach schmusen.«

»Wir haben geschmust ...«

»Ja, und es war wirklich schön«, sagte sie, »sogar wunderschön ...«

»Und dann ...«

»Es wollte mehr werden, und ich kann zurzeit nicht mehr tun.«

»Wenn ich bleiben würde ...«

»Nein, nein«, sagte sie und zog sich von ihm zurück, »nein. Ich will dieses Wenn-Spiel nicht mehr.«

»Ist es wegen der Abtreibung.«

Sie war bestürzt. Wie um alles in der Welt konnte er das jetzt aufs Tapet bringen? Doch dafür gab es sowieso nie einen günstigen Moment, gewiss nicht. »Zum Teil, vielleicht«, antwortete sie, »aber du hast Recht – es hat mehr mit deinem Weggehen zu tun und ...«

»... und das ist es, was uns das letzte Mal alles vermasselt hat.« Er wurde wütend. »Scheiße. Ich hab es so satt, dass du mir das immer vorhältst ...«

»Ich habe es kaum erwähnt ...«

»Ja, aber es ist überall mit drin, es ist in dem, wie du dich zurückhältst ... und nicht nur sexuell.«

»He, Freund, ich bin *hier. Ich* gehe nirgendwohin. Ich

bleibe, du gehst. Schieb es nicht *mir* in die Schuhe. Ich bin *drin* – du bist derjenige, der rausgeht.«

»*Drin?*«, fragte er sarkastisch. »Und warst du auch ›drin‹ oben in North Dakota?«

Sie war verblüfft. Seine Grausamkeit schockierte sie. Es verschlug ihr den Atem. Sie versuchte ruhig zu bleiben. Berührte Stahl. »Vielen Dank. Das ist sehr nett von dir. Du brauchst übrigens nicht zu schreien.« Sie bemühte sich, vernünftig zu sprechen. »Ich bin weggefahren, ja. Du hast es vielleicht nicht bemerkt, aber ich bin zurückgekommen.«

»In gewisser Hinsicht zurückgekommen.« Er hielt inne, fühlte sich scheußlich, versuchte seine Wut loszuwerden, aber konnte es nicht wirklich. »Vielleicht, wenn wir uns wieder geliebt hätten, uns sexuell nah gewesen wären statt dieser Distanz ...«

»Mit dieser Distanz uns lieben?«, sagte sie empört. »Wie stellst du dir das vor, dass ich wieder mit Sex anfange nach dem, was geschehen ist ... und zumal du auch noch weggehst?«

»Du ... ich glaube dir nicht ... Du vermagst dir anscheinend nicht vorzustellen, dass du jemanden verletzen kannst, dass *du* Macht hast, oder ...«

»Vielleicht kreise ich nicht so erfolgreich um mich selbst wie du?«

Sie schrien jetzt beide. Sie hockten auf der kalten Erde, immer noch vom Laub bedeckt und von der plötzlich untergehenden Sonne im Schatten gelassen, und schrien sich an.

»Ich habe das mit dem Worth gemacht, nachdem du weggegangen bist, habe ...«

»Einmal? ... Du kannst es nicht nur einmal machen, du musst dabeibleiben – ist es nicht das, was ...«

»... was hast *du* dafür getan ...«

»... ist es nicht das, was deine gottverdammte kleine römische Guru-Sexschlampe sagt?«

»Was du getan hast, war das Selbstsüchtigste in …«
»Hört auf! Hört auf!«
»Mom, hör auf!«
Stimmen von oben.
Die Blätter teilten sich. Sie bedeckten schnell ihre bloßen Körperstellen. Crays Gesicht war fassungslos, entsetzt. Amys ebenso.
»Es ist alles in Ordnung, Cray«, sagte Miranda, die sich fragte, wie viel er von alldem mitgehört hatte.
»Nein, das ist nicht wahr! Bitte, streitet nicht!« Er sah vom einen zum anderen und brach dann in Tränen aus.
»Ja«, sagte Amy, »werdet erwachsen.«
»Arschlöcher!«, rief Cray und rannte weg.
Voller Scham nahmen sie sich zusammen. Er half ihr hinaus aus dem Laub auf festen Untergrund.

Ein paar Stunden später saß er bei seinem Vogel und überlegte, wem er ihn hinterlassen sollte, als er von draußen Rufe und Schreie hörte. Aus der Richtung von Schoonerland. Der Lärm wurde noch schlimmer und hörte nicht auf, und sein Piepser ging los. Ein Notfall bei Henry Schooner.
Er schnappte seine Tasche und rannte quer über den Platz zum Haus. Die Filipina stand auf der Veranda und hüpfte auf und nieder, weinte und kreischte und streckte ihm ihre Arme entgegen. Beim Näherkommen hörte er schon das erste Sirenengeheul des Krankenwagens, der vom Parkplatz des Krankenhauses losfuhr. Er rannte in die Diele, dann nach links ins Wohnzimmer.
Henry und der Filipino versuchten ächzend und fluchend den schweren Vitrinenschrank vom Boden zu heben.
Der schwankende Vitrinenschrank.
Nelda Jo kniete über Maxie, die Augen vor Schreck geweitet, aschfahl im Gesicht. Er lag da mitten in den Scherben von Glas und zerbrochenem Geschirr, mit dem Gesicht am Boden,

an der Taille eingedrückt. Lag dort, wo der Schrank auf ihn gefallen war. War er tot?

Orvilles Konzentration richtete sich wie ein Laser auf den Jungen. Ohne es eigentlich zu merken, kniete er sich neben Nelda Jo, schob sie beiseite, schob Henrys Hand beiseite und schrie: »Bewegt ihn nicht!«

Orville legte sein Gesicht auf den Teppich, um das Gesicht des Jungen anzuschauen. Er atmete, die Augen offen, zu Tode erschrocken. »Kannst du zwinkern?«, sagte Orville, als er die Lebenszeichen registrierte. Er fragte sich, ob sein Genick gebrochen war.

Maxie zwinkerte.

»Bewege die Finger.«

Maxie bewegte die Finger.

Gott sei Dank nichts mit dem Genick. »Beweg mal deine Zehen.«

Nichts.

»Bewege deine Zehen, Maxie, komm Junge.«

»Tu ich ja.«

»Versuch's stärker!«, sagte Henry verzweifelt. »Versuch' s wirklich fest!«

»Tu ich.«

Nichts. Orville erschauerte vor diesem ganzen Grauen. Vor dem, was auch immer geschehen war, und vor dem unermesslichen Schmerz, der von nun an alles begleiten würde.

»Meinst du, ich tu's nicht?«

Der Krankenwagen kam an und mit ihm das Tragbrett. Mit der Vorsicht, die man einem Säugling, der seinen Kopf noch nicht aufrecht halten kann, angedeihen lässt, schnallten Orville und die Pfleger den Jungen auf dem harten Holzbrett fest.

»Wir müssen ihn zur Rückenmarksabteilung nach Albany bringen«, sagte Orville zu Henry und Nelda Jo. »Ich rufe den Hubschrauber, okay?«

Nelda Jo stand zu sehr unter Schock, um sprechen zu können.

»Vollkommen richtig, Doc. Ruf den Hubschrauber. Ich fahre so schnell ich kann.«

Es war nicht der Moment, um zu fragen, wie es geschehen war. Voller Abscheu erkannte Orville, dass die Frage sich von selbst erledigte.

Nachdem der Hubschrauber abgeflogen war, saß Orville allein in der Notaufnahme, im Herzen krank. Was sollte er tun? Nach Bill sehen und dann nach Hause fahren?

Er ging zum Selma-Rose-Flügel und hinauf in den obersten Stock. Bill lag dort, Babette an seiner Seite. Er sah kleiner aus und auch jünger. Sogar gesünder. Die Muskeln verloren an Spannkraft, das Kollagen sackte ab.

»Hallo, Orvy«, sagte Babette.

»Hallo, Liebe.«

»Es geht ihm heute etwas besser, glaube ich.«

»Prima. Freut mich zu hören.« Orville nahm eine kurze Untersuchung vor. Alles schien so wie immer. Nicht, dass er hundertprozentig bei Bill gewesen wäre. »Ich gehe nach Hause, Liebe«, sagte er und tätschelte ihre Schulter, ein Starbuck-Tätscheln. »Bin todmüde.« Er ließ seine Hand dort ruhen, auf ihrer Schulter. Sie schien zerbrechlich, als ob das Fleisch vom Knochen abgefallen wäre. So wie sich Bills Handschlag angefühlt hatte, damals, als er ihn zum ersten Mal nach der Rückkehr in Columbia gesehen hatte, vor gut einem Jahr.

»Du hast es verdient, Orville. Äh …«

»Ja?«

»Eine Sache. Heute, nachdem der Nährschlauch herausgenommen wurde, hätte ich schwören können, dass er etwas gesagt hat.«

»Wirklich?«

»Ja.« Sie überlegte. »Na ja, nicht wirklich gesagt.«

»Was hast du gehört?«

»Ich hätte schwören können, dass ich gehört hab: ›hähä, hähä.‹ Zweimal.«

»Nur zweimal?«

»Ja, aber ich hätt's schwören können. Bin ich …«

»Babs«, sagte er, »glaube daran.«

»Danke dir.« Sie legte ihre Hand auf seine Hand auf ihrer Schulter und tätschelte sie ebenfalls.

35

»Oah Schei-ße! Oah Schei-ße! Oah Schei-ße!«

Bill Starbuck schrie dies mit Unterbrechungen seit fast einer Woche. Gelegentlich schluchzte er. Es war würdelos. Es war bestialisch. Es passte so gar nicht zu dem, was man vom wirklichen Bill kannte, und es war unerträglich. Niemand wollte auf sein Zimmer gehen.

Bevor er mit dem Fluchen und Schluchzen begann, hatte sich Bills Zustand rapide verschlechtert. Zunächst hatten Orville und Babette und die Schwestern geglaubt, dass diese Wörter und Laute ein Zeichen dafür wären, dass Bill aus seinem Koma erwachte. Doch als es dann in den nächsten Minuten und Stunden und Tagen so weiterging, gab es keinerlei Anzeichen dafür, dass es ihm besser ging. Die Vitalfunktionen zeigten eher in die entgegengesetzte Richtung, ein Verfall aller Organsysteme. Orvilles einzige Erklärung war, dass Bill, bis zum Schluss der wissende Arzt, seinen bevorstehenden Tod spürte und große körperliche und seelische Pein durchlitt.

Eine Weile bemühten sich alle noch mehr als sonst. Orville erhöhte seine Aufmerksamkeit, Babette intensivierte ihre Wache, die Schwestern arbeiteten rund um die Uhr, um es Bill so angenehm wie möglich zu machen. Sie gaben sogar große Dosen Starbusol in die Nährlösung und auf Babettes Vorschlag hin pürierte Schalotten. Nichts verbesserte Bills Zustand. Sein Verfall ließ sich nicht aufhalten.

Jetzt, am 9. Oktober, war das Fluchen und Schluchzen quasi zum Normalzustand geworden. Orville saß im Schwesternzimmer und plauderte mit den Schwestern und Babette.

Ihm graute davor, zu seiner allabendlichen Untersuchung in Bills Zimmer zu gehen. Er war den Umgang mit Menschen gewohnt, die Schmerzen litten, und es war ihm bewusst, dass er bei diesem Fall keine gute Figur machte. In letzter Zeit war er immer seltener zu Bill gegangen, und nun war er beim Minimum angelangt, er schaute nur noch morgens und abends vorbei. Wenn er bei ihm war, blieb er von Mal zu Mal kürzer, überprüfte rasch die Vitalfunktionen, machte einen schnellen Körpercheck mit flüchtigen Berührungen, und dann nichts wie weg. Es war einfach zu viel für ihn. Sogar Babette konnte am Ende nicht mehr längere Zeit an seinem Bett sitzen und zog sich ins Schwesternzimmer zurück.

Orville und Babette und die Schwestern saßen da, unfähig, die Flüche und das Schluchzen auszublenden. Die Laute erregten in ihnen Bilder des Grauens. Ganz ähnlich wie Beethoven, dachte er, bevor er einen vom Haken lässt. Sie versuchten von den Lauten wegzukommen, doch diese fanden ihren Weg durch den Gang zu ihnen, wie ein Tier, das lebendig in einem Fangeisen gefangen ist. Bills Tür musste geschlossen werden. Und dennoch drang seine Stimme durch, als ob sie durch das Eingeschlossensein im Zimmer nur noch an insistierender Kraft gewänne. Orville hörte daraus Bills Wissen, dass er zu keinem lebenswerten Leben mehr genesen konnte und jetzt sterben wollte.

Orville konnte sich nicht länger drücken. Er ging den Gang hinunter zu den infernalischen Lauten, öffnete die Tür und trat ein.

»Oah Schei-ße! Oah Schei-ße! Oah Schei-ße!«

Bill war im Kissen eingesunken, als ob er sich im Bettzeug vergraben und zu Grunde gehen wollte. Nur sein Gesicht war zu sehen. Keine Hängebacken mehr. Ohne seine dicken Brillengläser schaute er viel jünger aus. Sein Kopf näherte sich immer mehr der bloßen Schädelform an. Die Haut wirkte dünner, durchsichtig geädert wie bei einem Baby, alle Wölbungen und Vertiefungen des knochigen Untergrunds schienen hindurch, als ob sie von innen schwach erleuchtet wären. Sein dünnes schwarzes Haar war zerzaust und lag strähnig über seiner Glatze, Orvy an den Komiker Zero Mostel erinnernd. Bills Lippen waren immer noch so mädchenhaft aufgeworfen wie früher, aber mehr zyanotisch. Ein Zeichen, dass sein Herz weniger schlug als huschte, das leise Trommelsolo des Todes.

»Oah Schei-ße! Oah Schei-ße!«

Bills Augen waren geschlossen. Unter einem der Lider schimmerten Tränen hervor, das andere Lid in der gelähmten Gesichtshälfte war trocken. Orville hörte die Stimme seiner Mutter – »Es macht mich fertig, nur aus einem Auge zu weinen!«

Er stellte fest, dass Bill eine Rasur nötig hatte. Die Schwestern waren in letzter Zeit zu mitgenommen gewesen, um es von sich aus zu tun. Orville setzte sich auf das Bett, und Bill begann wieder zu schluchzen. Als er die Halsschlagader suchte, um nach dem Puls zu fühlen, rief Bill wieder: »Oah Schei-ße! Oah Schei-ße!«

»Hör auf, Bill, verdammt!«, schrie Orville zurück.

Voller Scham stand er auf und ging zum Westfenster. Na fabelhaft. Ist es das, was du in diesem Jahr gelernt hast? Leute anzuschreien, die Schmerzen leiden? Der gute Arzt, der es nicht aushält? Fabelhaft. Großartige Arbeit. Diese Verachtung hat schon deine Ehe mit Lily kaputtgemacht. Sie war der Grund, warum du Jersey verlassen hast und um die Welt geflohen bist.

Er sah aus dem Fenster. Der Abend dämmerte herauf. Die Sonne war gerade hinter den Bergen versunken und schickte noch ein rotes Nachglühen über die scharf gezackte Linie der Gipfel. Der Fluss spiegelte das Rot als Violett, das Violett der kahlen Obsthaine und Wälder als Schwarz, die wenigen Lichter des kleinen Dorfs Corinth hinter den Middleground Flats als gelbes und rotes Geflacker, eher wie auf einem Ölbild als auf einem Aquarell. Columbia leuchtete gegen den Herbst an. Sein Schachbrett – die fünf langen geraden Straßen, die vom Fluss zum Friedhof führten, und die acht Querstraßen von Sumpf zu Sumpf, alle um fünfundvierzig Grad von der Linie abweichend, die die Vernunft ihnen gegeben hätte – wurde von jenen hellen Argon-Straßenlaternen abgesteckt, die auf jedes sündige Nachtleben das unnachsichtig tugendhafte Licht der Quäker zu werfen schienen.

Die Quäker und die Huren. Ein Reinfall. Ein Reinfall mit Miranda.

Ein Schwarm Wildgänse flog vorbei, von rechts nach links, flussabwärts in Richtung Rhinecliff, Poughkeepsie, West Point, Manhattan, vorbei am Kill Devil Hill nach Kittyhawk, vielleicht sogar über Florida hinweg zu Columbias Schwesterstadt in Kolumbien, nach Cartagena. Die Gänse schrien sicher, wie Gänse es normalerweise tun, aber durch das Glas drang kein Geräusch.

Als Orville sich wieder Bill zuwandte, hatte er das intensive Gefühl, dass sich etwas verändert hatte. Es war nicht genau zu bestimmen, es war nicht unheimlich, doch sprach es ihn deutlich an. Was war es? Aus irgendeinem Grund dachte er an Mrs. Tarr.

Vor einigen Monaten, nachdem ihre Katze Randolph gestorben war, hatte sich ihr trockener Husten verschlimmert. Orville hatte Lungenkrebs gefunden. Sie hatte nie geraucht, aber vierzig Jahre lang im Rauch der D.A.R.-Bibliotheksbenutzer von Columbia zu sitzen, hatte auch seine Wirkung getan. Seit der Diagnose und der Behandlung hatte sich ihr Zustand rapide verschlechtert. Zuletzt war sie für ihn zu einem weiteren Beispiel der waschechten Einheimischen geworden, deren Blutwerte und Körperzustand mit dem Leben unvereinbar waren. Und doch war sie da, lief herum, lebendig. Von der Chemotherapie hatte sie alle Haare verloren und trug einen roten Turban. Ausgestattet mit einem mobilen Sauerstofftank, den sie an einer Leine mit sich führte, so wie sie früher Randolph herumgeführt hatte, saß sie auf ihrem Stuhl an der Ausleihe der Bibliothek, saß dort unter dem Bogen des Walkiefers, nahm Bücher zurück, gab Bücher aus. An manchen Samstagen marschierte sie sogar noch mit Miranda, Amy, Cray und ihrem Tank vor dem Worth im Kreis.

Was Orville erstaunte, war die Großmut, mit der die Columbianer Mrs. Tarr begegneten. Die meisten Leute waren gut zu ihr gewesen. In harten Zeiten versuchten sie zusammenzustehen. Halfen sich gegenseitig zum Ausleiheschalter der Bibliothek, zur Kasse im Supermarkt, zum Parkplatz und sogar noch darüber hinaus. Gingen ihren Pflichten nach, mit Sauerstoffflasche. Kamen HEREIN, gingen HINAUS.

In diesem Augenblick sah er, dass sein alter Lehrer hier in diesem besten Privatzimmer des ganzen Krankenhauses beiseite geschoben und isoliert war. Niemand war mehr wirklich mit ihm zusammen. Er verstand jetzt, was Bill ihm vor vielen Jahren beigebracht hatte, als er zu ihm gekommen war, als verwirrter Selma-und-Sol-geschädigter Jugendlicher, der nach jemandem mit etwas Weisheit suchte – nein, mehr noch, mit etwas *Horizont*. Bill hatte es ihm nicht gesagt, nein. Er hatte es ihm gezeigt. Durch die Art, wie er mit seinen Patienten umging und seine Hand auf sie legte und »hähä« lachte und ein Bündel Schalotten oder ein Hühnchen als Bezahlung annahm. Damit hatte ihm Bill gezeigt, dass das, was Leute gesund machte, nicht so sehr mit Diagnose und Behandlung zu tun hatte, sondern mit Verbundenheit und Verbindlichkeit. Man nehme nur Starbusol.

Zum ersten Mal erkannte Orville die Macht der Isolation, selbst im Angesicht von Krebs oder Koma, und er begriff auch, dass die Momente des Heilens, die er – meist zufällig – erlebt hatte, immer dann eingetreten waren, wenn er sich auf Menschen eingelassen hatte. Bill hatte ihm das gezeigt, dass es das war, was gute Ärzte, was Heilen auszeichnete.

Wir nehmen an den kritischen Momenten und an den alltäglichen Momenten teil, dachte er. Wir bringen jemanden, der an den Rand der so genannten »Krankheit« gedrängt wurde, zurück in den Strom des Menschlichen. Wir nehmen, was in einem Menschen fremd zu sein scheint, und sehen es als gottgegeben an. Das ist Heilen. Das ist es, was gute Ärzte tun. Isolation ist tödlich. Zusammengehören heilt. Selbst beim Sterben.

Orville verstand endlich, dass dieser liebe alte Doktor, der einen Gutteil des Jahrhunderts mit den Leuten in der Stadt in enger Verbindung gestanden hatte, plötzlich vollkommen isoliert war. Wenn Orville in diesem Zimmer bleiben wollte, dann musste er auch wirklich bei ihm sein.

Ja, Dr. Gernegroß, sagte er zu sich selbst, und wie stellst du das an, he?

Ohne zu übertreiben. Bleib auf dem Teppich. Versuche kein Held zu sein. Tu etwas Kleines.

Dr. Rose beschloss, Dr. Starbuck zu rasieren. Schließlich waren die ersten Ärzte, die Wundärzte, Barbiere gewesen, oder nicht?

Orvilles regelmäßige Verwandlungen, die am Ende eines Tages oder einer Nacht aus dem Arzt einen normalen Menschen machten, hatten es ihm zur Gewohnheit werden lassen, in seiner schwarzen Tasche immer Rasierzeug zu haben. Er holte seine hölzerne Rasierschale und einen Sicherheitsrasierer heraus und schraubte seinen chromveredelten Rasierpinsel mit echten Wildschweinborsten zusammen. Er füllte die Schale mit dampfend heißem Wasser und schlug mit dem Pinsel Schaum. Als er Bill etwas aufrichtete, glich die Ablösung des Bettzeugs von seinem Hals einer Exhumierung. Der Geruch war die scheußliche, allen Ärzten und Schwestern nur zu vertraute Mischung aus altem Schweiß und Resten von Exkrementen und Urin und Babypuder, die körperlichen Verfall und pflegerische Vernachlässigung anzeigt.

Wie leicht Bills Kopf ist, dachte er. Als ob er diese letzten Stufen nicht gehen, sondern fliegen wollte.

Er seifte Bills Gesicht ein. Es war nicht einfach, jemand anderen zu rasieren. Der Pinsel fühlte sich auf Bills Haut seltsam an. Versuche sein Gesicht von *ihm* aus zu empfinden. Was, wenn du das immer könntest, wenn du wolltest? Vom »Ich« zum »Du« übergehen, den anderen als eigenes Selbst annehmen? Besser, alles annehmen ... »Ich« und »Du« und »Wir«? Was, wenn du einen Tag durchleben könntest, ohne ein einziges Mal »ich« zu sagen?

Als er mit dem Pinsel arbeitete und versuchte, sich in Bill hineinzuversetzen, vom Kinn zu den Koteletten, von den Wangen zu den Mundwinkeln, fühlte es sich allmählich anders an. Als ob er auf seinem eigenen Gesicht Schaum verteilte, in jener unbewussten gewohnheitsmäßigen Weise, die nur funktioniert, wenn man sich nicht eigens bemüht. Und dann fühlte es sich an, als ob er auf und ab und hin und her das Gesicht der Stadt rasierte.

Bill fuhr mit Fluchen und Weinen fort. Als Orville anfing, das Messer durch den Schaum zu bewegen, musste er sehr behutsam vorgehen.

»Oh, das müssen Sie nicht, Dr. Rose.« Eine Schwester stand in der Tür. Sie war groß und von stadtüblichem Gewicht, mit Mondgesicht und leichtem Oberlippenbart, zottigem Haar und Buckel im Nacken. Diagnose? Cushing-Syndrom im Anfangsstadium, eine Störung der Nebennierenfunktion.

»Nein, ist schon in Ordnung«, sagte er, »ich mache ihn fertig.«

»Aber es ist nicht Ihre Aufgabe«, sagte sie. »Ich hole einen Pfleger.«

»Ich möchte es tun.«

»Doch es ist gegen die Vorschriften.«

Orville begann rot zu sehen. Er war kurz davor, sie anzufahren. Aber dann sah er sie nicht nur, wie sie war, sondern als ihre Geschichte, als ihr Leben. Er kannte es ganz gut, denn sie war in seiner Klasse auf der Highschool gewesen und Bills Patientin und dann seine. Er sah sie als die Farmerstochter, die sich auf einen primitiven Kerl eingelassen hatte, der sie in ihrem vorletzten Schuljahr schwängerte, so dass sie mit Schimpf und Schande die Schule verließ und Zwillingsmädchen bekam, und als sie fast ein Jahr alt waren, badete der Vater eines von ihnen und kam dann aus dem Bad, und da war das andere in den Windeleimer gefallen und ertrunken. Alles ging den Bach runter. Nach der Katastrophe machte sich der Kerl aus dem Staub. Allein erziehende Mutter. Zog sich irgendwie am eigenen Schopf heraus und wurde Krankenschwester. Sie war fürchterlich pingelig in Bezug auf Vorschriften, aber eine gute Schwester. Man erholt sich von so etwas nicht mehr, dachte Orville, von dem Baby in dem Windeleimer, man erholt sich nicht, man verändert sich. Das hatte sie getan. Sein Zorn ließ nach.

»Tut mir Leid, Cindy«, sagte er sanft. Eigentlich aber sagte er, dass ihm ihre Tragödie Leid tue und er ihre Kraft bewundere, zumindest dass sie es geschafft hatte, Krankenschwester zu werden und hier in diesem Raum mit Bill und ihm auf der Station zu sein. »Ich möchte etwas für Bill tun, irgendetwas am Ende, bevor er stirbt.«

Sein Einlenken machte auch sie weicher. Tränen traten ihr in die Augen. »Verzeih, Orvy«, sagte sie. »Mach nur weiter. Ruf mich, wenn ... du uns brauchst.«

»Tu ich.«

Sie ging hinaus. Er fuhr fort zu rasieren.

Bills Fluchen und Schluchzen machte die Rasur zu einer Berg- und Talfahrt. Aus kleinen Schnitten trat sauerstoffarmes Blut hervor, von der Farbe eines trägen Stroms in der Abenddämmerung. Er stoppte die Blutungen mit einem Styptikum. Als Orville sich immer mehr auf die Sache einließ, durch den Schaum Bills stopplige Haut unter den Fingerspitzen spürte, war es, als ob er seine eigenen Stoppeln berührte und das Rasiermesser durch seinen eigenen Schaum fuhr. Und in der konzentrierten Arbeit verwandelte es sich noch einmal, so dass er weder Bill noch sich selbst rasierte, sondern das Rasieren einfach geschah. Also, dachte er, gibt es entweder Zuwendung oder es gibt »mich« – entscheide dich, was du willst. Der Vorgang der Rasur wurde zu einer Naht, über einen zerbrochenen Spiegel, über eine Fleischwunde.

Er wischte die letzten Schaumreste weg, holte seine Flasche mit Aloe-Vera-Creme mit Schweizer Kräutern aus der Tasche, mit der er seine zu oft gewaschenen Hände vor dem Austrocknen und Rissigwerden schützte. Er massierte sie in Bills papierne Haut ein und machte sie geschmeidig. Als er damit fertig war, schien sie geradezu zu strahlen.

»Okay, Bill«, sagte er, »und jetzt bekommst du die absolute Sonderspitzenbehandlung, die es nur für unsere besten Kunden gibt. Miranda hat mir das geschenkt.« Er nahm eine Sprühflasche von dem Caswell-Massey Cologne Spray Number 6, das, wie sie ihm gesagt hatte, noch von derselben Firma hergestellt wurde wie vor zweihundert Jahren, als es George Washington benutzte. Erst als er Bill mit dem Elixier des Landesvaters eingerieben hatte, merkte er, dass der alte Mann plötzlich schwieg.

Orville war erstaunt.

Noch etwas anderes geschieht. In ihm, in mir, in uns, jenseits von uns. Ich bin jetzt seine Mutter, er ist mein Sohn. Ich helfe ihm zu gehen.

Furcht überkam ihn, Furcht davor, Bill zu enttäuschen, und davor, dass ihn jemand dabei sah, was er jetzt tat, etwas, das andere für verrückt gehalten hätten.

Er drückte auf die Flasche mit der Hautcreme, nahm Bills Hand und rieb die Creme fest in sie hinein, zog die Haut über die Knochen, so dass er innige Verbindung aufnahm, die Knöchel wie Murmeln in der Samttasche eines Kindes, die

Knochen wie längliche Steine. Er beugte sich hinunter zu Bills Ohr.

»Du kannst jetzt gehen, Bill.«

Dann wandte Orville sich der Brust zu, dem gerippten Kasten über dem bebenden Vogelherzen. Dass er wirklich durchdrang zu Bill, konnte er nur an dem Gefühl in seiner eigenen Brust erkennen, ein Echo des Bebens, ein Frösteln, ein Gefühl von Erregung und zugleich von Trauer über einen Abschied, der eine Ankunft war. Bill geht und kommt an, dachte er, und ich komme an und gehe, und es ist eigentlich die gleiche Reise.

Bill war still. Atmete leicht, geräuschlos. Er zeigte, dass er jetzt starb. Sein Sterben zwingt mich zu zeigen, dass ich noch lebe, genau hier und jetzt mit diesem alten Mann. Es ist nicht sein Herz oder mein Herz, es ist das Herz des Menschen, die gewöhnliche und alltägliche Reise des Menschen, eine große und kleine Sache zugleich und die einzige Sache, die zählt und uns allen ohne Aufpreis erreichbar ist, wenn wir es ertragen, aushalten, teilen.

Der Augenblick war keineswegs mystisch oder traurig oder unheimlich oder sentimental, es war nur ein Augenblick. Erfüllt in sich selbst.

Da er vergessen hatte, Bills Brustkorb mit George Washington zu erfrischen, holte er es nach und flüsterte in Bills Ohr: »He, alter Freund, du kannst jetzt gehen, verstehst du?«

Und so fuhr er fort mit seinem Körper, tätschelte den immer noch runden Bauch, diesen universellen Bauch eines kleinen Jungen, den einst eine Mutter mit solchem Glück getätschelt hatte, weiß wie ein Fischbauch und mit grauen Haaren, die sich wie Galaxien kräuselten.

»Du verlässt uns mit ein bisschen weniger als deinem Kampfgewicht, Bill, aber das ist okay.«

Und selbst Bills Leistengegend, der eingeschrumpfte Penis mit der violetten Spitze, der seinen Teil an Abenteuern gehabt haben mochte als Bezahlung für seine Behandlung der Huren in der Diamond Street.

»Zwei Dollar für den Hausbesuch«, hatte Bill ihm gesagt, »und ich ging nie mit leeren Händen hinaus, hähä.«

»He, du alter Wüstling«, flüsterte Orvy, »du hast wunderbare Zeiten gehabt, und du kannst jetzt auch gehen.«

Und diese geschrumpften Pflaumen, die wie Fabriken in einer Kriegsanstrengung jene spitzschwänzigen, großköpfigen Spermien ausgestoßen hatten und die, weil der Fluss vergiftet war oder weil der Zementstaub die Luft erfüllte, Babettes Eier so befruchtet hatten, dass zwei neurologische Katastrophen von Kindern entstanden, der Junge gleich tot, das Mädchen einige Jahre an den Rollstuhl gefesselt, bevor es auch starb – all das lag vor Orville, und er erfrischte es mit Eau de Cologne und sprach damit. Er nahm seinen Kamm aus der Tasche und kämmte Bills dünnes Haar.

»Jetzt kannst du gehen, Bill.«

Orville war fertig. Er legte Bills kraftlose Gliedmaßen in eine möglichst würdige Position und deckte ihn mit der Bettdecke zu, wobei er die Hände und Arme draußen ließ, Handflächen nach oben, was ihn an Buddha und Celestina in jenem Hotelzimmer in Orta erinnerte. Er blieb noch einen Moment still sitzen, und er wusste, dass er nicht nur zu Bill, sondern auch zu seiner Mutter gesprochen hatte. Sie war tot und hatte mit dem Fliegen aufgehört. Er spürte das Herandrängen einer vielfarbigen Sehnsucht, die ihn auf seinen Stuhl zurückwarf. Er versuchte mit seinen Armen zu umschließen, was ihm so fehlte. Es war die gleiche herzzerreißende Sehnsucht wie nach der Frau, die er liebte, da er sie verlor, und nach dem Jungen. Vielleicht ist Sehnsucht das Gefühl, vom Tod gesehen zu werden, von einem Jungen, der wegging.

Er trat zur Tür, winkte der Schwester im Gang und bat sie, Babette zu holen.

Babette kam schnell. Sie hatte ein wogendes Kleid angezogen, mit blühendem Hibiskus und einem Panther vor dem Sprung, und trug einen Strohhut, der mit Guaven und Bananen geschmückt war. Sie sah in seinem Blick, was los war.

»Nein, noch nicht!«, rief sie aus. »Bitte nicht.«

Orville führte sie an Bills Bett. Sie nahm ihren Hut ab.

»Er sieht so lieb aus«, brach es aus ihr heraus. Tränen liefen durch ihr Make-up wie Regen durch Staub. »So jung. Er ist wie ein Baby! Süß. Und er riecht so gut.«

Orville nahm ihre Hand und zeigte ihr, wie sie mit ihm zusammen seine Hand massieren, seine Wange streicheln sollte. Bald entspannte sich ihre Hand. Er spürte, dass sie die gleiche Empfindung durchdrang wie ihn zuvor: die Qual ihres Mannes hatte nachgelassen, war leichter geworden. Als ob das Licht des Zimmers in ihn eingedrungen wäre. In den Körper, der dort lag. Beinahe ein inneres Glühen.

Orville legte seinen Arm um ihren breiten Rücken, und sie weinte an seinem Hals. Als der Weinkrampf vorüber war, löste sie sich von ihm.

»Babette, hör zu.« Er wendete sich Bill zu und legte seine Hand auf Bills offene Hand und sagte bestimmt: »Du kannst jetzt gehen, Bill.«

»Nein! Nein, das kannst du nicht!« Sie zerrte Orvilles Hand weg und hielt sie über der Decke hoch.

»Weiter.« Er legte ihre Hand auf Bills offene Hand. »Sag du es ihm.«

Sie saßen bewegungslos und schweigend da, es schien eine lange Zeit.

Babette bewegte dann Bills Hand in der ihren, nahm sie in ihren Schoß. Sie schaute darauf hinab, scheu wie ein kleines Mädchen, das mit einer nur vorgestellten Freundin redet, die wichtiger, wirklicher ist als eine lebendige Freundin, und fragte: »Zwiebling?« Verlegen sah sie zu Orville auf und meinte: »So hab ich ihn die ganzen Jahre genannt, weißt du, unser Geheimwort. ›Zwiebling‹ wegen der Zwiebeln, die er so mochte. Er nannte mich genauso, ›Zwiebling‹. Wir haben es nie jemandem gesagt, es war so albern – ›Dr. und Mrs. Zwiebling‹ haben wir uns selbst genannt und gelacht –, ach, haben wir gelacht! Es war albern, aber es gehörte nur uns, unser Leben lang …«

Sie brach wieder zusammen. Dann, als sie ihren Kopf hob, um Bill zu betrachten, und mit jedem Wort selbstsicherer, wurde sie seine Frau, die Frau, die all diese Jahre neben ihm ausgeharrt hatte, mit ihm durch dick und dünn gegangen war. Die Frau, die in der Not an seiner Seite gestanden und ihm so gut geholfen hatte, wie es auch eine gute Mutter getan hätte. Durch die Krankheit und den Tod ihres zweiten Kindes und die Krankheit und den Verfall und schließlich ebenfalls den Tod des ersten, durch die Prüfungen seiner ärztlichen Tätigkeit in Columbia und durch alle Geheimnisse und Wahrheiten des Lebens der Stadt, die sie teilten, denn sie war der einzige Mensch, dem er sie mitteilen konnte.

»Zwiebling, hörst du mich? Es ist alles gut. Du … du …« Sie sah Orvy an. »Ich kann nicht.«

Er lächelte sie an und legte eine Hand auf ihre Schulter.

»Du … du kannst jetzt gehen, mein … mein liebster Geliebter.«

Beide wurden von Trauer überwältigt. Tränen standen in Orvilles Augen und liefen ihm die Wangen hinab. Babette schluchzte, ihr ganzer Körper bebte. Die Plastikbananen-Ohrringe klimperten wild an ihren Hals, wie Bäume in einem Wirbelsturm.

Sie saßen auf Bills Bettkante.

Als sie sich beruhigten, merkten sie, dass das Licht Bill verlassen hatte. Sein Geist war gegangen. Orville beugte sich über ihn und fühlte an der Halsschlagader nach dem Puls. Der war immer noch schwach vorhanden, sein Körper war nicht tot, aber sein Geist war irgendwo anders. Man hätte es nie messen können, doch in der letzten Stunde hatte Orville gespürt, dass er da gewesen war, wie die Zündflamme der Heizung in einem alten Haus da ist – und nun war er nicht mehr da. Da, nicht da.

Babette weinte jetzt sanfter, Tränen der Erleichterung, welche die Furcht wegwuschen.

»Er ist jetzt gut aufgehoben, Liebe«, sagte Orville, als er sich erhob. Seine Hand blieb auf ihrer Schulter, so wie Bills in den entscheidenden Momenten auf seiner Schulter geruht hatte. »Es geht ihm gut.«

Ein paar Schwestern zeigten sich in der Tür.

»Er geht jetzt von uns«, sagte er, »bald.«

Sie fingen an zu weinen. Er trat hinaus, an ihnen vorbei, und fühlte sich uralt. Das Alter breitete plötzlich seine Flügel in ihm aus, und er fühlte sich betrogen.

»Gehst du?«, rief Babette voller Furcht.

»Nein, Liebe. Ich bin am Ende des Gangs im Schwesternzimmer.«

Bills Körper hielt noch ein paar Stunden durch in seinem dreiundachtzigsten Jahr auf der Welt, und dann hörte er auf. Da waren ihre Tränen schon besänftigt, gereinigt von Furcht. Wovor hätte man noch Angst haben sollen? Die besänftigten Tränen waren eine Verbeugung vor Bills Leben, vor der Art und Weise, wie sein Leben auf das ihre Bezug genommen hatte, eine lange Zeit und eine kurze Zeit und eine letzte Zeit. Eine Verbeugung davor, dass sie alle Teil von etwas anderem waren, und sie konnten nicht anders, als Ehrfurcht zu empfinden.

Ähnlich, dachte Orville, wie wenn man in einem Redwood-Wald steht und hinaufsieht oder am Rand eines Canyons und hinuntersieht oder – mein Traum! – ein Baby in den Armen hält, das eines Tages, wenn man Glück hat, einen in den Armen halten wird, und man wird gewahr, dass das Leben nur ein Pünktchen in der Zeit dieser Bäume oder des Staubs in diesem Canyon oder der Entwicklung dieses Babys und dieses

Mannes ist. Die Ehrfurcht, ein Teil des Ganzen zu sein, und sei es nur für den Bruchteil deines Lebens.

Plötzlich kam aus dem Nichts ein Schlag der Verzweiflung, ein Schlag, der ihn niederstreckte, ihn gnadenlos traf. Überraschung. Verzweiflung.

Ich bin allein! Allein! Wen kann ich anrufen? Miranda? Nein. Wen?

Er sah auf die Uhr. Nach Mitternacht. Morgen in Rom. Er nahm den Hörer in die Hand.

36

Zwei Tage später, am Morgen der Columbus Day Parade und Bill Starbucks Beerdigungszuges, wachten die Einwohner in einer mit Eis überzogenen Stadt auf. In der Nacht war ein furchtbarer Eissturm eingefallen. Schlimmer noch, es war einer jener »schlechten Zement-Staub-Tage«, an denen der Staub, den Universal Atlas Cement hoch in die Luft blies, vom Wind in die falsche Richtung getragen wurde.

Alles war mit Eis überzogen. Dickem Eis. Beton-Eis. Überall waren die Bewohner Columbias, die am Morgen vor die Türen traten und in das Feenland der glasierten Bäume und Büsche und Häuser und Autos starrten, verwundert, dass die Beine unter ihnen weggezogen wurden und die Veranden und Stufen und Gehwege ihnen von sich aus entgegenkamen. Einen unsinnigen Moment lang schwebten sie in der Luft, und vor dem inneren Auge des einen oder anderen zog sein Leben vorbei. Dann folgte das ernüchternde *Flopp!* Unten angekommen, versuchten sie vorsichtig ihre Ellbogen und Knie zu bewegen, ihre Rücken und Hintern und Köpfe zu heben, um zu sehen, ob irgendetwas gebrochen war.

Das ließ für den kombinierten Fest- und Begräbniszug nichts Gutes ahnen.

Cray und Amy hatten bei Orville übernachtet. Er würde am nächsten Tag abreisen, und Cray hatte die Idee gehabt, dass er und Amy zusammen bei »Onkel O.« schlafen sollten. Schließlich war am Columbus Day keine Schule. Sie konnten alle zusammen zur Parade gehen. Miranda und Penny würden sie dann dort treffen.

Penny hatte nichts dagegen. Der Umstand, dass zwei Kinder und zwei Erwachsene darum baten, ließ auch Miranda zustimmen. Seit ihrem bösen Streit im Laub gingen sie und Orville noch argwöhnischer miteinander um. Bills Tod und Orvys Flugticket hatten ihn besiegelt. Miranda war froh, dass sie sich nicht noch einmal mit dem Orville-Irrsinn konfrontieren musste. Sie würde sie auf der Parade treffen.

Die Übernachtung war wild und lustig gewesen. Cray hatte einen Zahn verloren, wo ein Eckzahn nachwachsen würde. Sie hatten ihn für die Zahnfee unter das Kopfkissen gelegt. Cray fragte sich, woher die Fee wissen wollte, dass er nicht zu Hause war, aber Amy versicherte ihm, dass sie ihre Quellen habe.

Beide Kinder schliefen lang, so lang, dass Orville sie wecken und antreiben musste, damit der pingelige Cray sein Frühstücksritual noch hinter sich bringen konnte. Die Zahnfee hatte einen Fünfdollarschein zurückgelassen. Cray ging auf Wolken.

Omelett aus zwei Eiern, gefrorene Miniwaffeln, auf denen jeweils ein Klecks Apfelmus so exakt aufgetragen war, dass kein Milligramm auf den Teller lief und womöglich dem Omelett, der Vitamintablette oder dem Orangensaft zu nahe kam. Bevor er zu essen anfing, forderte er: »Omelett-Wurfspiel!«

Starlight, der Liebessittich, saß auf Crays Schulter und kreischte. Cray zwitscherte den Vogel einmal an, der Vogel zwitscherte zurück.

»Ich und Starlight sagen einmal!«

Amy, die langsam erwachte, sagte: »Zweimal.«

Cray nahm ein Stück Omelett und gab es Orvy. Der warf es hoch in die Luft. Es flog hinauf, blieb in der Luft stehen, dann fiel es mit einem *Plopp!* auf seine Zunge.

»Starlight kriegt den ersten Kuss!«, erklärte Cray. »Dann ich.«

Orville überkam Traurigkeit, all dies zu verlassen. Den Vogel zu küssen milderte seine Traurigkeit, doch der Kuss auf Crays Lippen brachte sie zurück. Aber bei der Hetzerei, etwas Essen in Cray hineinzustopfen und sie dann beide hinauszuscheuchen, ließ sie wieder nach.

»Wenn ich meine Zunge dahin tue, wo der Zahn war«, sagte Cray, »fühlt es sich wie weiche Butter an.«

Endlich waren sie mit allem fertig und warm angezogen und verließen das Haus. Eine Sekunde standen sie wie angewurzelt da und starrten auf die Kristallwelt ringsum. Der Courthouse Square glitzerte im strahlenden Sonnenlicht. Alle Bäume waren von oben bis unten mit Eis überzogen. Die Dornbüsche neben den Verandastufen krümmten sich unter dem Beton-Eis wie unter Schmerzen. Orville betrachtete die Eisfinger an den schwarzen Zweigen. Die schwarzen Skelette der Büsche im Dunst weiter entfernt verschwammen zu dendritischen Gebilden, ähnlich den Nervenzellen in unserem Gehirn, dachte Orville, die sich verästeln, um sich mit anderen ausgreifenden Dendriten zu verknüpfen und Verbindungen herzustellen, die es ermöglichen, dass wir Brücken bauen und zum Mond fliegen, Geschichten erzählen und uns verlieren und wiederfinden, schweben und fallen und Omeletts machen und die Mysterien des Fliegens und des Göttlichen betrachten können. In der Ferne blieben von den Bäumen nur unbestimmte, baumähnliche Wolken aus kristallinem Eis übrig, so zart wie Wasser oder Regen, verwandelt in riesige glitzernde Blumen oder angefangene Dauerlutscher, die im Morgenlicht der niedrigen Herbstsonne lockten. Das Eis schien bläulich zu leuchten und alles wie durch ein Wunder zu verklären.

Orville atmete tief ein und aus, er wollte diesen Moment für immer in sich aufnehmen.

Cray rannte los, rutschte die Stufen hinunter, ruderte mit den Armen, um sein Gleichgewicht auf dem Gehweg wiederzufinden, verlor es und fiel in den Dornbusch, an dem er sich festklammerte. Zweige brachen ab.

»Seht mal«, sagte Cray, hielt ein Büschel hoch und betrachtete den schwarzen Kern in dem weißbläulichen Eis, »wie die Beine von Insekten oder Krabben.«

Das Abbrechen der Zweige änderte Orvilles Perspektive. Jetzt erinnerten sie ihn an die Gliedmaßen der Einheimischen, die von Autos, Farmmaschinen, Schreddern, Schneegebläsen und allem anderen, was aus Metall und benzingetrieben war, verstümmelt worden waren, alles in diesem Jahr.

Um sich von dem Bild zu lösen, sagte er zu Cray: »Oder von Elefanten.«

»Elefanten?«, erwiderte Cray spöttisch. »Bist du verrückt?«

»Ja, bin ich.«

»Du bist so verrückt«, meinte Amy, »dass dein Kopf verboten gehört.«

»Hier in der Stadt«, sagte Orville, »ist er verboten. Der Bürgermeister hat es öffentlich erklärt. Aber in Italien …«

»In Italien ist er nicht verboten?«

»Verboten?«, rief er in gespielter Entrüstung aus. »In Italien ist er nicht nur nicht verboten, sondern er ist dort eine Art Wallfahrtsstätte! Es gibt einen Brunnen, der Orvys Kopfbrunnen heißt. Touristen werfen Geldstücke hinein und …«

»Echt, Orvy?«, fragte Cray mit großen Augen.

»Glaub ihm nichts, Cray«, sagte Amy.

»Genau«, pflichtete Orvy bei. »Sonst wirst du auch noch verrückt. Kommt, ihr kleinen Wunder, lasst uns ein Tänzchen wagen.«

Das taten sie. Sie schlidderten und rutschten und hüpften und segelten über den spiegelglatten Gehweg, um die Ecke des Platzes zur Fourth Street und die Washington Avenue hinunter zur Episcopal Church, wo der Gedenkgottesdienst für Bill stattfand.

Wegen der Witterung war die Kirche nicht voll. Der Boden, normalerweise so verlässlich im Vergleich zu Luft und Wasser, war tückisch geworden. Autofahren war unmöglich. Gehen war gefährlich. Nur etwa hundert unerschütterliche Seelen waren gekommen, um von Bill Abschied zu nehmen. Einer von ihnen, vorne in der ersten Reihe, war ganz in Schwarz mit einem gewaltigen weißen Haarschopf.

Henry Schooner. Allein.

Orville hatte ihn seit dem Abend, als der Vitrinenschrank auf Maxie gestürzt war, nicht mehr gesehen. Nachdem Maxie querschnittsgelähmt im Krankenhaus von Albany stabilisiert worden war, hatte man ihn ins Texas Children's Hospital nach Houston geflogen. Nelda Jos Vater, ein reicher Öl- und Gasmagnat aus Bartlesville, Oklahoma, hatte Beziehungen dorthin. Er bestand auf der allerbesten Behandlung für seinen Enkel. Henry war zehn Tage dageblieben. Er hatte eine Erklärung abgegeben.

»In meiner Familie hat es eine Tragödie gegeben. Obwohl mein Wahlkampf für das Amt Ihres Abgeordneten mir wichtig ist, steht er doch nur an zweiter Stelle. Meine Hauptanstrengungen gelten meiner Familie. Ich ziehe meine Kandidatur nicht zurück, aber ich lasse meinen Wahlkampf ruhen. Wir wissen, dass Ihre Gebete mit uns sind. Wir alle beten um unseren lieben, über alles geliebten kleinen Maxie. Gott segne Sie alle, und Gott segne Amerika.«

Jemand hatte auf dem Flughafen von Albany ein Foto geschossen. Henry und Nelda Jo, schwarz gekleidet, zu beiden Seiten von Maxie, der auf einer Tragbahre festgeschnallt war. Drei blonde Haarschöpfe. Maxies Blick war elend. Verzweifelt. Verloren. Nelda Jo hielt seine Hand. Henry wischte sich gerade eine Träne aus dem Gesicht. Es brach einem das Herz.

Gut für ihn, dachte Orville jetzt, da er ihn von hinten betrachtete, dass er für Bill zurückgekehrt ist. Und dennoch und dennoch. Niemand hatte viel Aufhebens darum gemacht, wie es dazu kommen konnte, dass der Schrank auf den Jungen gestürzt war, es war einfach zu schrecklich. Aber Orvy musste daran denken. Maxie war nicht einfach dagegen gestoßen oder in ihn hineingerannt. Die Geschichte war so unerhört grauenhaft, dass es schwer fiel, sich damit auseinander zu setzen.

Orville lenkte seinen Blick bewusst an Henrys Kopf vorbei zum Altar, zu Bill.

Er war vorne aufgebahrt. Das emporstrebende Kirchenschiff war ein Überbleibsel aus Zeiten, als in Columbia Höhenflüge noch möglich waren. Orville fand es erstaunlich, dass ihm die Geschichte der Stadt und Bills Platz darin so präsent waren. Alles, was er sah und hörte, erinnerte ihn an Miranda. Daran, wie sie ihm auf ihren »historischen Ausflügen« in der Zeit ihrer ersten Verliebtheit Dinge gezeigt hatte, wie sie ihm auf der »Liste der Eigner von Columbia«, dem Original, den Namen Starbuck gezeigt hatte – einem Schriftstück auf Pergament, das Mrs. Tarr vor noch nicht einmal einem Jahr in der D.A.R.-Bibliothek hervorgeholt hatte, nachdem sie zusammen mit Amy vor dem Worth demonstriert hatten. Oder dass er und Cray und Amy und die anderen Abschiednehmenden in einer Episkopalkirche statt in einer Quäkerkirche saßen – weil die Entdeckung des Öls den Bordellen und Spielhöllen zum Sieg verholfen und den Anteil der Quäker an der Bevölkerung von Nantucket ausgedünnt hatte, bis von ihrer großen utopischen Vision nichts mehr übrig geblieben war als der Versammlungsraum in der Coffin Street.

An jenem Tag, erinnerte sich Orville jetzt, als sie in dem Versammlungsraum gewesen waren, habe ich losgelassen. Habe ihr über das Grauen erzählt, der Arzt von Columbia zu sein. Sie hatte gelacht, Ja gesagt. Sie nahm mich mit zur Bibliothek, zeigte mir die Urkunden, das Stadtsiegel, erzählte mir die Geschichte. Zum ersten Mal hatte meine Geschichte mit der Geschichte der Stadt zu tun. Sie schien zu verstehen, was ich durchgemacht hatte, und gab mir das Gefühl, dass es nicht meine Schuld war. An diesem Tag, draußen in der Kälte vor der Bibliothek, haben wir uns ineinander verliebt.

Miranda sollte hier in der Kirche zu ihnen stoßen. Er wusste, dass es für sie ohne Hilfe unmöglich war, den eisglatten Weg vom Haus zum Auto zu gehen, ihr Auto vom Eis zu befreien und in die Stadt zu fahren.

Die Grabrede hielt Toby oop den Dyke, der Herausgeber des *Crier*. Er sprach brillant. Während er Bills Geschichte erzählte, hörte man unterdrücktes Husten und Naseschnäuzen. Die Anwesenden begannen zu weinen.

Orvilles Kopf war voller Ende. Er war traurig und erleichtert zugleich.

Am Tag zuvor hatte er Bills Praxis geschlossen. Er war durchs HEREIN gegangen, hatte sich auf Bills Stuhl gesetzt und gespürt, wie der Sitz im Lauf des Jahres die Form seines Hinterns in seinem Leder angenommen hatte, eine winzige Änderung an der Formung durch Bills großen Hintern, der ein halbes Jahrhundert dort gesessen hatte, aber doch eine Art Signatur. Er hatte den Zwölfender mit seinen Glasaugen betrachtet, das Foto von dem ersten Stadtdoktor mit seinem Revolver, dem feschen Cowboyhut und dem tragischen Ende und die Chromsteigbügel. Die große Zierflasche mit Starbusol und mehr Flaschen mit dem Zeug im ganzen Zimmer verteilt. Er sah sich selbst als Jungen, der verstanden wurde, nein, geliebt, denn es war Liebe zwischen Bill und ihm, weise Liebe – sie stand am Anfang seiner Reise, auf der er versuchen wollte, für andere etwas zu tun, ihnen zu helfen.

Als er sich auf dem Stuhl zurücklehnte und zur Decke aus gestanztem Blech hinaufstarrte, kam ihm ein Gedanke: Was, wenn ich geblieben wäre?

Plötzlich war es, als ob er dort oben segelte und auf sich selbst heruntersähe, zehn Jahre später. Da saß er – älter, dicker, kahler – mit einer Patientin zusammen, hörte ihr halb zu, er konnte sie nicht identifizieren. Zehn Jahre später saß er da und tat das Gleiche, was Bill immer getan hatte und was alle Ärzte bis zurück zu den Tagen des Wilden Westens immer getan hatten.

Na großartig, dachte er und stand auf, jetzt siehst du dich schon selbst in der Gegend herumfliegen. Höchste Zeit, dass du hier die Flatter machst, Partner.

Als er hinausging, nahm er sich zwei Andenken mit: eine kleine Flasche Starbusol und einen Rezeptblock, auf dem Dr. med. Bill Starbuck stand. Er hatte keinen Nachfolger für die Praxis gefunden. Dies war das Ende. Selbst wenn ein neuer Arzt oder eine Ärztin nach Columbia käme, würde er oder sie niemals dieses kleine alte Haus am Rand der schlechten Gegend der Stadt als Praxis haben wollen. Er ging durch das HINAUS und schloss hinter sich ab. Kein Kreis mehr von HEREIN und HINAUS. Der Kreis der ärztlichen Tätigkeit hatte sich geschlossen. Er war aufgewühlt.

»1830«, sagte Toby oop den Dyke jetzt, »als die Wirtschaft in Columbia darniederlag und die anderen Quäker-Händler die Stadt verließen, blieb Bills Urgroßvater hier. Hundert Jahre später waren die Starbucks immer noch da. Bill eröffnete seine Praxis 1929. Er verließ sie nur einmal, um im Zweiten Weltkrieg in England zu dienen. Darum haben wir heute die Militärparade. Er kehrte zurück und praktizierte bis 1984. Fünfundfünfzig Jahre. Und in all diesen Jahren kam Bill, wenn wir nach ihm riefen. Und wenn es hart auf hart kam, dann sagte er mir immer: ›Weißt du, ich glaube, ich hab die Schufterei satt, ich pack meine Sachen und geh, übermorgen, hähä.‹«

Alle hatten diesen Satz schon gehört, und alle mussten lachen.

Orville wünschte, er könnte auch etwas sagen und seine Liebe zu Bill mit allen teilen. Aber ich bin ein Nichts für diese Stadt. Für diese Leute bin ich Vergangenheit.

»Viele von uns wurden von Bill auf die Welt gebracht«, fuhr Toby fort, »noch viel mehr von uns wurden von ihm behandelt und gesund gemacht, und der Friedhof, auf dem wir ihn gleich zur letzten Ruhe betten werden, ist voll von jenen, denen er auf ihrer letzten Reise geholfen hat. Was lässt sich Größeres über das Leben eines Mannes sagen, als dass man, wohin man auch in Columbia oder in Kinderhook County geht, das Wort ›Bill‹ auf eine bestimmte Art aussprechen kann, und jeder weiß, von wem die Rede ist. Mehr noch, die Menschen *verstehen.* Wir alle lieben dich, Bill, und wir werden dich sehr vermissen.« Toby hielt inne, denn auch er, der Inbegriff journalistischer Abgebrühtheit und neuenglischer Selbstbeherrschung, wurde von Schmerz überwältigt. Die Anwesenden verloren noch mehr die Fassung und weinten noch lauter mit ihm zusammen. »Bill«, schloss Toby, »gehe in Frieden.«

Der Sarg wurde von den Männern hinausgetragen und auf einen großen alten offenen Farmwagen aus Holz und Eisen, mit eisenbeschlagenen Holzrädern, gestellt. Das alte Stück gehörte einem Farmer, dessen Leben Bill dreimal auf verschiedene Weise gerettet hatte. Der Farmer saß selbst auf dem Wagen, der von zwei braunscheckigen Mähren gezogen wurde. Voraus lief ein gesattelter, aber reiterloser schwarzer Wallach über die vereiste Straße. Seine Hufe machten *klacketiklack, klacketiklackt* – wie Schüsse aus dem Beton-Eis. Aus seinen Nüstern kamen weiße Luftsäulen, kleine Dampfströme in die klare, überraschend kalte Luft des Oktobermorgens. Das Bild des Pferdewagens und des reiterlosen Rappen brachte jedem, der alt genug war, die Trauerprozession von John F. Kennedy in Erinnerung, diesen bitterkalten und sonnenklaren Tag – ganz ähnlich dem Tag seiner Amtseinführung, als Robert Frost vom Licht so geblendet war, dass er sein Gedicht nicht lesen konnte –, der Amerika das Herz brach.

Bills Krieg ging voraus. Der Fahnenwache und den Veteranen aus Bills Krieg folgten die Fish-Hawk-Marschkapelle und das reiterlose Pferd, der Wagen mit dem Sarg und Veteranen aus anderen Kriegen. Der einzige noch lebende Veteran aus dem spanisch-amerikanischen Krieg war von seinem Pflegeheim herbeigekarrt und warm angezogen worden und saß zwischen Babette und Americo eingeklemmt im rosafarbenen Cadillac-Cabrio des Bürgermeisters. Americo winkte wie ein Politiker, Babette nickte unbehaglich, und der Veteran schwankte bedenklich bei jedem weiten Ausholen von Americos Arm. Gleich hinter dem Cadillac kamen die Honoratioren von Columbia, und in ihrer Reihe befand sich Henry Schooner. Er trug einen schicken langen schwarzen Kaschmir-Mantel und einen seriösen Homburg. Sein Haar schaute wie ein weißer Kranz unter der schwarzen Krempe hervor. Das Inbild des Trauerns. Die meiste Zeit ging er mit gebeugtem Kopf. Gelegentlich hob er ihn, als ob er sich mit dem Grauen konfrontieren wollte, das vor ihm hergetragen wurde, mit dem Leben, dessen Endstation in diesem Sarg war.

Jeder Krieg war angemessen vertreten, sogar Vietnam. Die Vietnam-Veteranen, unter ihnen Hayleys Sohn Whiz und Toby Adair von Adair's Oil, waren alle Klassenkameraden von Orvy gewesen. Sie trugen Kampfanzüge und weiche Dschungelkappen, in starkem Kontrast zu den flotten Uniformen und Käppchen oder Filmhelmen aus den anderen Kriegen, einschließlich des Koreakriegs, was immer das gewesen sein mochte. Hinter den Veteranen kam ein zwergenhafter Clown mit roter Nase und knallroter Perücke. Er war das Fleischstück zwischen zwei Sandwich-Brettern, auf deren Vorderseite zu lesen stand: MITBÜRGER! DAS ENDE IST NAHE ES SEI DENN, und auf der Rückseite: IHR SUCHT EUER GLÜCK IN PETE'S ANTIQUITÄTENLADEN! Der Stadtclown, Greenie Sellers. Während der ganzen Parade wurde er verspottet. Ein Wunder, dachte Orville, dass er nicht erschossen wird.

Orville ging unter den Normalbürgern, an einer Hand Amy, an der anderen Cray haltend. Penny schloss sich ihnen an. Sie trug einen riesigen schwarzen Hut mit bunten Federn. Gut für sie, dachte er, sie gibt der Parade einen Kick. Der Columbus

Day nahm dieses Jahr nur wenig Raum ein. Die Ritter von Kolumbus trugen Pseudo-Arkebusen, während sie neben einer Schiffsflotte einherschritten, die aus drei Mädchen in ausgeschnittenen Papierschiffen bestand, welche die *Nina, Pinta* und *Santa Maria* repräsentierten, um die herum eine Gruppe von Pfeife rauchenden Indianern Tänze aufführte.

Die Washington Avenue war einigermaßen mit Sand und Salz bestreut. Von der Second zur Fourth Street, wo die Straße leicht abwärts ging, funktionierte es ganz gut, doch nachdem sie die Senke an der Fourth Street durchschritten hatten, wo die Knochen der alten Steinbrücke begraben waren, ging es bergauf, und es gab eine Menge Gerutsche. Am schwersten hatten es die Pferde, deren Hufe auf dem Eis keinen sicheren Halt fanden. Der Wagen schlitterte hierhin und dorthin, der mit Blumen geschmückte Sarg schlug gegen die Seitenwände des Wagens mit tiefem *Bonk! Bonk! Bonk!,* so dass alle zu fürchten begannen, sie würden Bill doch noch einmal zu sehen bekommen, wie er aus dem zerschmetterten Sarg herausfiel, die Washington Avenue Richtung Fluss wieder zurückrutschte, als ob er noch einen letzten Morgen in seiner Praxis verbringen wollte.

Aber nein. Die Parade schaffte es die Washington hinauf und links Richtung Friedhof, am Krankenhaus vorbei, wo die Schwestern, Sanitäter und Pfleger, deren weiße und grüne und pfefferminzfarbene Uniformen frisch und hell im Sonnenlicht glänzten, erhöht standen. Manche weinten. Sie würden diesen raubeinigen Mann wirklich vermissen, der immer da zu sein schien, leise lachend über die Verrücktheit der Menschen und mit diesem Lachen zumeist einen Geruch von frischen Schalotten verbreitend. Und gleichwohl verwandelte sich dieses Lachen stets in echtes Mitgefühl. Etwas, das ich, dachte Orville, als er dies alles sah, in diesem Jahr nicht hinbekommen habe.

Schließlich bogen sie in die Fish and Game Club Road ein, die zum Verein Polnischer Sportler führte und dann zum

Friedhof, der am Rand eines Teiches lag, den Orvy immer nur als »Der Künstliche« gekannt hatte. Dort erklommen sie den höchsten Hügel. Bald standen alle um eine Grube im Erdboden, im Schatten eines Granit-Obelisken, der – was sonst? – einen Wal im Relief darstellte, allerdings ohne Grinsen und ohne Fontäne, und den Namen STARBUCK trug. Hier waren so viele Generationen von Starbucks versammelt, wie sich zwischen 1783 und 1984 nur hatten einfinden können. Die Parzelle ging nach Osten, Richtung Nantucket, ein weiter Weg, selbst Luftlinie, über das wellige, stromreiche Land, das von den Farmern bestellt wurde, die Bill als Arzt betreut hatte, Land, das zu den Taconics anstieg, bevor diese noch einmal anstiegen und in den Berkshires ausliefen. Die Luft war so kalt, dass man weit sehen konnte.

Die Beerdigungszeremonie war kurz. Gebete wurden gesprochen. Die Quäkerhymne wurde gesungen, die mit »Turning, turning, we come down right« endete. Tränen fielen, als Bills Sarg in die Grube gelassen wurde. Orville weinte nicht, ihm war eher feierlich als traurig zu Mute. Er hatte bereits Abschied genommen. Erde wurde auf den Sarg geworfen. Steine sprangen auf dem Sargdeckel. Zum Schluss wurden Blumen gestreut. Aus Gewehren wurde in die Luft geschossen. Die Sonne verschwand hinter einer Wolke, der Wind nahm zu. Als der Zapfenstreich gespielt wurde, zupfte Cray an Orvys Jackett. Orvy beugte sich zu ihm hinunter.

»Ich muss mal.«

»Wirklich?«

»Ganz dringend.«

»Also komm.« Orville flüsterte Amy zu: »Cray muss mal. Wir sind gleich zurück.«

Aber es war schwer, einen geeigneten Platz zu finden, und es dauerte lange. Als sie den Pfad zum Friedhof hinunterliefen, waren schon alle fort, einschließlich Amy. Wohin? Sollten sie zu Fuß in die Stadt zurückgehen und dort auf sie warten?

Cray wurde ungeduldig. Orville suchte mit dem Blick den Friedhof ab, von dem gekräuselten Weiher und den sich gelb färbenden Weiden zum neueren Teil. Nichts. Er schlug den Weg Richtung Stadt ein, doch verlief er sich bald. Nur die Namen auf den Grabsteinen, von denen er etliche kannte, halfen ihm weiter.

Ich habe viele dieser Familien in diesem Jahr behandelt. Weiß, wo sie herkamen, wen sie zurückließen. Nirgendwo sonst in meinem Leben und auf meinen Reisen habe ich eine solche Tiefe empfunden. Nein, nicht eigentlich Tiefe, eher Länge und Breite. Die Geschichte von Menschen.

Er glaubte etwas zu hören und richtete sein Ohr auf das Geräusch. Dort auf dem Gipfel eines Hügels, als Silhouetten gegen die tief stehende Sonne, standen zwei Gestalten, eine klein, eine groß. Sie gestikulierten und schrien, aber der Wind verwehte ihre Worte. Die kleine Gestalt begann auf dem Eis den Hügel hinunterzurutschen, auf ihn und Cray zu. Sie rutschte auf dem Hintern, die Arme im Kreis wirbelnd – ja, es war Amy! Mit roten Backen und johlend rutschte sie in Cray hinein, warf ihn um, zu seinem großen Spaß, so dass sie beide noch ein paar Meter auf dem Eis weiterkreiselten, bis sie zum Stillstand kamen.

»Wer ist denn noch da oben?«, fragte Orville.

»Mom. Sie will, dass wir zu ihr kommen.«

»Warum?«

»Sie hat ein Geschenk für dich. Eine Art Abschiedsgeschenk. Kommt.« Sie hielt ihre Hand ausgestreckt.

»Ist ihr Auto da drüben?«

»Ja, sie hat ihr Auto dabei.«

Orville sah, dass Penny ihnen heftig zuwinkte, sie sollten zur anderen Seite des Hügels gehen, den Weg linksherum. Er ergriff Crays Hand. »He, wo sind deine Handschuhe?«

»Verloren!«, rief er stolz. »Jetzt haben wir ein doppeltes Problem.«

Die Kinder wollten nicht um den Hügel herum-, sondern hinaufgehen. Also machten sie sich auf den Weg dorthin, wo Penny gestanden hatte.

Sie rutschten und schlitterten, manchmal stützte Amy oder Cray Orvy, manchmal zog Orvy sie hoch, und die ganze Zeit fielen sie wieder um, rollten zurück und lachten. Nur indem sie fielen und wieder aufstanden und sich zur rechten Zeit aneinander festhielten und manchmal sogar auf ihren Bäuchen vorwärts robbten, schafften sie es den Berg hinauf. Und den ganzen Weg über mussten sie darüber lachen, wer wie hinfiel und wer wen mit hinunterzog und wer wem wieder auf die Beine half, bis ihnen die Tränen kamen.

Die Kinder haben einen tieferen Schwerpunkt, dachte Orville außer Atem. Geringere Fallhöhe. Bei uns Erwachsenen scheint immer so viel an so wenig zu hängen.

Penny war nicht mehr oben auf dem Berg, sondern ein ganzes Stück weiter unten.

»Lasst uns runterrutschen!«, rief Amy und zog Cray neben sich. Orvy verlor den Boden unter den Füßen und fiel ebenfalls um. Die Kinder sausten los. Er folgte ihnen, wirbelte herum, verlor jegliche Orientierung und hatte großen Spaß dabei. Sie steuerten auf Penny und ihren Hut zu. In einem seligen Augenblick lagen sie da und blickten zu ihr auf.

»Hallo, Pen!«, rief Orville ausgelassen. »Was gibt's?«

»Schau mal.« Sie zeigte auf einen Grabstein, auf dem SELMA ARIEL FLEISHER ROSE stand. Orville sah auf den Grabstein daneben. SOLOMON ROSE.

»Jedes Mal, wenn ich auf dem Friedhof bin, besuche ich die Grabstellen«, sagte sie. »Ich rede mit ihr. Amy macht es auch. Mit Sol rede ich nicht. Ich meine, das konnte ich eigentlich noch nie. Warst du schon mal hier?«

»Nicht seit Sols Beerdigung.« Er rappelte sich auf, zuerst auf die Knie, dann auf einen Fuß, dann auf beide.

Sie standen nebeneinander vor den polierten Zwillingssteinen aus Rosengranit, in die hebräische Buchstaben eingraviert waren. Orville sah auf den rothaarigen kleinen Jungen neben sich hinunter und überlegte, welchen Eindruck dieses ganze Todes-Zeug wohl auf Cray machte.

Sein Vater liegt irgendwo tot unter der Erde. Und ich werde auch verschwinden.

Orville fuhr Cray durchs Haar. Cray lächelte zu ihm hinauf.

Sei hier ein guter Arzt, um des Jungen willen. Gib Acht.

»Also gut, hört mir zu«, erklärte Penny mit großer Entschiedenheit. »Jetzt nehmen wir jeder einen Stein und suchen uns einen Grabstein aus, auf den wir ihn legen. Dann sagen wir etwas zu dem Verstorbenen.«

»Warum nicht beide?«, fragte Amy. »Warum nicht Grandma und Grandpa?«

»Na schön«, gab Penny nach. »Von mir aus beide.«

»Aber wo sind die Steine?«, fragte Cray, der sich auf dem Eisfeld umsah. »Sie sind alle unter dem Eis.«

»Ich habe welche mitgebracht«, verkündete Penny und griff in ihre Handtasche. Sie holte einen verschließbaren Plastikbeutel heraus, in dem sich glatte Kieselsteine befanden, die sie in ihre offenen Hände legte. »Vier Steine. Einen für jeden von uns.«

»Mom, du hast doch nicht …«, sagte Amy.

»Was?«

»Sie von meinem kleinen *taki* gestohlen?«

»Nicht gestohlen, mein Herz, geliehen. Wir legen sie auf die Grabsteine – dann bringen wir sie zurück.«

»Das ist unrecht!«, entgegnete Amy, die in Wut geriet. »Sie müssen dort liegen bleiben!«

»Was ist ein kleiner *taki?*«, fragte Orville.

»Mein kleiner japanischer Brunnen, den mir Mrs. Tarr zu Rosch ha-Schan'ah geschenkt hat.«

Penny und Cray versuchten ihre runden, vom Wasser geschliffenen Steine auf die obere Kante der Grabsteine zu legen – Penny auf Selmas, Cray auf Sols –, doch die Eisschicht ließ sie immer wieder abrutschen, so dass sie auf den gefrorenen Grund fielen, hochhüpften und wegpurzelten wie Lebewesen, lebende Steine.

»Sie bleiben nicht liegen!«, rief Cray.

»Wir schaben ihnen kleine Kuhlen, kleine Höhlen«, sagte Orville. Er holte sein Schweizer Taschenmesser hervor, klappte die Klinge auf und hackte das Eis von den Grabsteinen weg, höhlte vier kleine Nester aus, in denen die Steine ruhen konnten, drei für Selma, eins für Sol. Unwillkürlich, als wäre es gestern gewesen, sah er dieselbe Klinge, wie sie in die Luftröhre des fetten Italieners schnitt, der beinahe am Mozzarella erstickt wäre, als die Tische und Weingläser leicht beschwipst im Sommerlicht in Orta schwebten.

Sie legten ihre Steine in die Kuhlen.

»Jetzt«, sagte Penny, »wollen wir mit ihnen reden.«

»Penny, ich weiß nicht, ob das eine so gute Idee ist …«, begann Orville.

»Ich zuerst!«, rief Amy.

»Nein, ich, ich!«, rief Cray lauter.

»Okay, Cray«, erwiderte Amy. »Fang an.«

Cray wusste nicht, was er sagen sollte. »Ich will nicht mehr.« Er schlitterte hinter Orvilles Rücken.

»Penny, es ist mein Ernst, das ist genug. Cray will nicht …«

»Also, okay«, sagte Amy, »dann bin ich dran.«

»Warte.« Orville beugte sich hinunter und flüsterte in Crays Ohr. »Willst du gehen? Du und ich, wir können gehen, wenn du willst. Wirklich. Wir müssen nicht hier bleiben.«

Cray senkte den Blick, dann sah er Orvy an, dann Amy. »Will hier bleiben.«

»Gut«, meinte Orvy. »Aber wenn du irgendwann gehen möchtest, dann sagst du es mir, und wir sind hier weg.«

»Okay, ich bin dran.« Amy schloss die Augen und überlegte.

Der Wind peitschte ungestüm gegen sie. Orville war es gleichgültig, wie heftig es blies, er würde warten.

»Liebes«, sagte Penny, »es ist wirklich kalt, und vielleicht könntest du dich ein bisschen beeilen …«

»Ich versuch's ja, Mom! Ich will's nur richtig machen!« Sie seufzte und sagte: »Grandma Selma, ich liebe dich, und du fehlst mir. Ich bin in der Schule gut, und ich hab mit dem Theater aufgehört, weil sie dort so verlogen sind. Orvy wird mir fehlen, er fährt morgen früh. Bis bald. Ich meine … ich weiß auch nicht. Mach's gut, Amy.«

Penny sah Orville an. Er ließ ihr den Vortritt.

»Mom«, sagte sie, »es ist gut, wieder hier zu sein. Amy, das hast du ja gehört, macht ihre Sache fabelhaft. Milt macht, na ja … Milt. Er ist heute Morgen gerade von Hongkong zurückgekehrt, stell dir vor. Hat mit den PCs zu tun, wie er sie nennt, mit Personal Computer. Milton Plotkin, Hongkong?«

»Klingt ganz gut«, meinte Orville, »oder?«

»Er schläft jetzt …«

»Woher weißt du das?«, fragte Amy. »Selbst wenn er wach ist, schläft er.«

»Du bist still«, sagte Penny und lachte. »Schläft über den Jetlag weg. Ich? Ich könnte ein paar Pfund weniger wiegen. Wir sind froh, dass Orville sich endlich entschieden hat, doch zu gehen, ich meine, er wird es in Italien besser haben und der Stress wird hier abnehmen, wenn er weg ist … äh … ich meine, na ja, wir werden ihn schrecklich vermissen, aber *bon voyage!* Tja. Als ich meine Sachen geordnet habe, habe ich hier diesen Brief von dir gefunden. Den hast du geschrieben, als du dich zu Hause von der Hirnoperation erholt hast. Orvy hat ihn nie gelesen.«

Orville stöhnte innerlich. Noch ein Brief? Er schaute nach oben, dachte, er würde sie schweben oder fliegen sehen. Aber nein. Er sorgte sich ein wenig um Cray und legte seine Arme um ihn. Selma war fähig, alles zu sagen. *Alles.*

Penny wühlte in ihrer Handtasche, fand aber den Brief nicht. Sie wühlte und wühlte, und schließlich ging sie in die Hocke und leerte die Tasche auf dem Boden aus, wo Sol lag, so dass Lippenstifte und BMW-Schlüssel, so groß wie Mäuse, und Geldbörse und zuckerfreie Bonbons und Mars-Riegel und Pillenfläschchen über das Eis auf dem Grab purzelten. Kein Brief.

»Schau mal in deine Jackentasche, Mom«, riet Amy.

Penny tat es, und da war er.

»Ich friere!«, sagte Amy. »Mach schnell. Ich sammle deine Sachen ein, während du vorliest.«

»Liebe Kinder,

als ich nach der Operation im Krankenhaus aufwachte, war ich mir nicht sicher, ob ich noch leben wollte. Als euer Vater mich nach Hause brachte, als Hayley und er mir die Stufen hinauf in mein Haus halfen, ohne Haare und mit Turban und einem Schleier über der zusammengefallenen Gesichtshälfte, an diesem ersten Tag, Penny, als du mich gesehen hast, bemerkte ich den Schock in deinen Augen, und das war schlimm, aber das Schlimmste war, als Orvy mich sah – ich konnte ihn nur undeutlich erkennen mit meinem einen guten Auge –, sein Entsetzen, als ob er nicht seine Mutter vor sich hätte, die als schöne Frau vor zwei Wochen gegangen war, sondern ein Monstrum. Er warf einen Blick auf mich, dann rannte er aus dem Haus und kam nicht zurück, bis es dunkel wurde. Wisst Ihr, was es heißt, mitzukriegen, wie Euer eigenes Kind von Eurem Aussehen angewidert und entsetzt ist? Ich hätte damals aufgeben und das Haus nie mehr verlassen können. Ich saß im Badezimmer vor dem Spiegel und überlegte: Warum, Gott, warum soll ich leben, nach dem, was sie mir angetan haben, nachdem sie mein Aussehen zerstört haben? Ich habe geweint und geweint. Und dann sagte Gott zu mir: ›Selma, du musst für deine Kin-

> der leben – und für ihre Kinder.‹ Also habe ich für Euch gelebt. Ich saß jeden Tag im Badezimmer und bewegte die Schulter, damit sich mein Gesicht auch ein bisschen bewegte – sie hatten einen Nerv transplantiert und gesagt, dass er vielleicht anwachsen und dann einen Millimeter im Monat länger und ich wieder fähig sein würde, mein Augenlid zu bewegen und zu lächeln, ein kleines bisschen.
>
> (Gute Chirurgen, schlechte Menschen.) Und ich kümmerte mich darum, Gutes für andere zu tun und für unsere arme vernachlässigte kleine Stadt, in die Sol mich gegen meinen Willen gebracht hat. Wegen seines Spielzeugladens. Ich habe für Euch beide gelebt und für Amy und für Orvys zukünftige Kinder, aber die habe ich nie gesehen. Ich hoffe jetzt, dass Ihr für mich lebt. Mir ging es um Liebe, nicht um Egoismus. Ich war darin nicht so sonderlich gut, aber ich habe es versucht. Vielleicht bedeutet Liebe, dass man bei Menschen die Hoffnung nicht aufgibt? All meine Liebe Euch, meine Kinder, Mom.«

Pennys Stimme bebte. Tränen rannen ihr die Wangen hinunter. Sie faltete den Brief zusammen.

Orville war von Pennys Schmerz bewegt. Doch er dachte hauptsächlich an Cray, daran, was der Junge mit alldem anfangen würde. Er war traurig über das, was Selma hatte durchmachen müssen, gewiss, aber sein Herz war verschlossen.

Die Ironie ist, dass ihre Versuche, mich davon zu überzeugen, ich sei selbstsüchtig und kaltherzig, mich es ihr gegenüber tatsächlich werden ließen. Ihr gegenüber habe ich mich wie der selbstsüchtigste Mensch der Welt benommen. Aber nicht anderen gegenüber, nein. Zu ihnen war ich nicht schlecht. Kein Ungeheuer, nein. Selmas Verachtung erzeugte das, was sie verachtete. Sie erfüllte mich mit dem Schlimmsten aus sich selbst und bekam das Schlimmste zurück. Vielleicht kann ich mich diesem Brief von ihr nicht öffnen wegen all ihrer anderen Briefe.

Doch der Schmerz seiner Schwester rührte ihn an. Er legte seinen Arm um sie. Zu seiner Überraschung hörte sie auf zu weinen und löste sich von ihm. Sie sah ihn erwartungsvoll an und sagte: »Also?«

Er spürte Grauen in sich aufsteigen.

»*Also?*«, wiederholte sie mit größerem Nachdruck.

»Die Frau schreibt ganz schön böse Briefe.«

»Bitte, keine Scherze. Du sprichst jetzt zu ihr.« Sie wartete.

Er sah den Grabstein an. Sah ihn lange an. Schließlich sagte er: »Mom, es tut mir Leid.«

Schweigen. Er wendete sich ab.

»Ist das *alles?«,* rief Penny. »Nach allem und in Anbetracht dessen, dass du morgen wieder weggehst, *ist das alles?«*

»Ich fand's 'ne Menge.«

»Aber Mom«, mischte Amy sich ein, »er hat gesagt, dass es ihm Leid tut.«

»Es war nichts«, entgegnete Penny kalt. »Fast, meine ich.«

»Ich dachte, es waren eine Menge guter Gefühle dabei«, sagte Orville. »Mehr, als sie je mir gegenüber geäußert hat.«

»Nach alldem«, fuhr Penny fort, »nur *das?«*

»Mom, das darf doch nicht wahr sein! Er hat es ernst gemeint! Es ist das, was er seiner Mom sagen will! Zu Grandma! Ich fand es klasse.«

»Schön«, erwiderte Penny in einem Ton, der klarmachte, dass es alles Mögliche war, nur nicht schön. Sie holte ihre Plastiktüte hervor. »Lasst uns die Steine zurücktun, und dann fertig.« Sie nahm den Stein von Sol und wollte die drei Steine von Selma holen.

»Nein!«, sagte Amy. »Du kannst sie nicht zurücknehmen, Mom. Sie bleiben da.«

»Du brauchst sie doch für dein kleines *taki* – ich habe diese Tüte hier mitgenommen ...«

»Manchmal hab ich das Gefühl, du träumst von Plastiktüten. Als ob du mich und Dad in welche hineinstecken wolltest, wenn es nur welche gäbe, die groß genug wären. Als ob dir diese Tüten wichtiger sind als ich.« Amy begann zu weinen.

»Es ... es tut mir Leid, Liebes«, sagte Penny erschrocken. »Du hast Recht, ich meine, sie *sollten* hier bleiben. Das kommt von Selma, ihr verdammter Ordnungswahn hat auf mich abgefärbt, und ich ... sie ... ich hasse mich selbst dafür!« Penny geriet völlig aus der Fassung. Sie schaut sich so verwirrt um, dachte Orville, als ob sie erwartete, von der fliegenden Selma gerettet zu werden. »Sie bleiben. Was habe ich nur angerichtet. Mach dir keine Gedanken, ich ... du ...« Penny fing auch an zu weinen. Amy starrte sie erstaunt ein. »Es tut mir Leid, Leid, Leid, okay? Ich meine die Steine, ich hätte sie nicht von deinem *taki* nehmen dürfen, und jetzt sollte ich sie nicht wieder zurückbringen, okay?«

Amy sagte nicht okay.

»Es ist okay, Pen«, antwortete Orvy und nahm sie in seine Arme. Sie sank an seine Brust, so dass er auf dem glatten Boden aufpassen musste, nicht umzufallen. Sie schluchzte. »Na, du bist doch gar nicht *so* ordnungsfanatisch und ...«

»Wirklich nicht?«, fragte sie mit aufkeimender Hoffnung. »Aber ich *bin* ordentlich.«

Ihre Nase war pflaumenblau. »Du bist es, und du bist es nicht, nicht wie Mutter ...«

»Nein, aber wer könnte das auch? Es tut mir Leid, Amy, mein Liebes.« Amy nickte. »Siehst du diese drei Markierungen, Orvy?« Sie zeigte auf drei flache Steine unter dem Eis. »Die beiden Steine auf Mutters Seite sind für Milt und mich. Der andere, neben Sol, Orvy, der ist für dich. Wenn du, na ja, weißt du, wenn ... du willst.«

Er war verblüfft. Von dem Ort, wo er starb, zurückgebracht werden, um *hier* zu liegen?

Er sah hinauf in die Wolken, und wieder war es, als ob er

oben schweben und seinem eigenen Begräbnis zuschauen würde – in ein paar Jahrzehnten. Sie ließen seinen Sarg in die Erde. Erstaunlich viele Leute aus Columbia waren gekommen, als ob sie sich dafür bedanken wollten, dass er all diese Jahre ihr Arzt gewesen war.

»Es ist eine Ehre für mich, Pen«, sagte er.

»Jetzt gehen wir alle nach Hause und trinken eine schöne Tasse heiße Schokolade.«

»Ich bin dran.« Cray ging zu Sols Grab. »Das ist dein Dad, Orvy?«

»Richtig.«

»Er ist gestorben. Mein Dad ist gestorben. Maxie wäre beinahe gestorben. Aber sie *sind* gestorben.« Er sprach zu Sol. »Es tut mir Leid, dass du gestorben bist. Aber du warst alt. Orvy, das Flugzeug von meinem Dad ist abgestürzt, und er ist gestorben. Und du fliegst morgen furchtbar weit weg, und du *kannst* dabei sterben.« Der Junge schaute flehentlich zu ihm hoch.

»Die großen Flugzeuge sind heute wirklich sicher, Cray.«

»Aber du *kannst* sterben, stimmt's?« Orvy nickte. »Und Mom und ich bleiben hier allein?«

»Ja.«

»Vielleicht können Mom und ich mit dir gehen, so dass wir zusammen sterben?«

»Deine Mom und du, ihr könnt nicht mit mir gehen.«

»Warum nicht?«

»Nun, du musst zur Schule, und sie hat ihre Arbeit, und …«

»Ich hasse die Schule.«

»Ja, aber sie kann nicht mit mir kommen.«

»Ja, warum gehst du denn dann?«

Crays grüne Augen forderten von ihm die Wahrheit, doch die einzige Wahrheit, die Orvy ihm sagen konnte, war eine Lüge. Es ging ihm wie Bill, der ihm vorgeführt hatte, dass für manche Patienten die Wahrheit eine Lüge ist, eine Lüge gegen den Lebenswillen, denn wenn man jemandem sagt, dass er sterben wird, beschleunigt man seinen Tod. Und abgesehen davon, kann man nie wissen, denn selbst wenn alles auf einen baldigen Tod hindeutet, können sie weitermachen, insbesondere wenn sie aus Columbia stammen. Man denke nur an Mrs. Tarr, die gestern mit ihrer Sauerstoffflasche zum *Bowlen* ging! Es geht nicht um ihre Körper, es geht um etwas anderes. Die Wahrheit, die Cray brauchte, war also eine Lüge.

»Ich habe einen Job dort gekriegt. Ihr kommt mich besuchen, du und Amy.«

»Aber wenn ich und Mom mit dir fliegen würden und das Flugzeug abstürzt, dann würden wir *alle* sterben, und ich und Mom würden nicht allein zurückbleiben und weinen.« Er ging weg.

Orville eilte über das Eis, um ihn einzuholen. Er legte eine Hand auf seine Schulter. Cray sah zu ihm auf, sein Gesicht finster, älter, trauriger. Orville nahm die kleine Jungenhand, und in diesem Augenblick musste er weinen.

37

Ist das verrückt?, fragte Miranda sich später an jenem Abend, als sie vorsichtig um die Eispfützen herum und die Stufen hinauf zur Veranda von Orvilles Haus ging. Ja, es ist verrückt. Besonders nach der Katastrophe im Laubhaufen. Sei mutig.

Gegen Mittag desselben Tages hatten Wind und Wetter einen jener Witterungsumschwünge gebracht, für die Columbia berühmt war. Die Sonne kam heraus, die Temperatur stieg an, so dass das Eis schmolz und der Zementstaub zu Pfützen und Tümpeln grauen Eiswassers wurde. Die Zweige und Äste, vom Gewicht des Beton-Eises befreit, richteten sich wieder auf und nahmen ihre alte Form an. Sie suchten genau das bisschen Extra-Sonnenschein, um die Nährstoffe herzustellen, die das Überleben in einem Winter sicherten, der hart zu werden versprach.

Sie hatte bis zum späten Nachmittag gewartet, bis der Fußweg von ihrem Haus zum Auto begehbar war. Der Ford Country Squire fuhr mühelos über die ausgefurchte und wellige Schotterstraße zur Route 9 und auf dieser südlich nach Columbia. Nach der Parade hatte Cray angerufen und gefragt, ob er den Rest des Tages mit Amy und Orvy verbringen und auch dort zu Abend essen dürfe. Sie hatte nichts dagegen. Sie konnte die Zeit gut brauchen, um noch einige Schlusskorrekturen an ihrer Magisterarbeit vorzunehmen, einige Besorgungen zu machen und auch, um mit Orvilles Weggehen ins Reine zu kommen, zu schweigen vom Abschiednehmen. Den ganzen Tag über spukte der Tod ihres Mannes in ihrem Kopf herum und welche Wirkung Orvilles Weggang auf ihren Sohn haben würde. Nach dem Abendessen fuhr sie schließlich zu seinem Haus.

Es herrschte helles Zwielicht. Die warme Luft, die auf den vereisten Boden traf, erzeugte auf dem Courthouse Square Nebel, der in Spiralen aufstieg und unter den Straßenlaternen umherwallte wie in einem *Low-budget*-Gruselfilm. Mutig klingelte sie an der Haustür. Mutig wurde sie von Orvy, Cray und Amy begrüßt.

»Kann ich noch mal heute Nacht bei Orvy schlafen, Mom, *bitte?*«

»Nein«, antwortete Miranda.

»Ach Mom, sei nicht so!« Miranda sagte nichts. »Warum nicht?«

»Weil heute Nacht *ich* dran bin.« Sie sah, wie Orvilles Mund aufklappte, sah, wie Amy und Cray es aufnahmen – zuerst verwirrt, dann glücklich.

»Ja, aber was mache ich?«, fragte Cray.

»Ich habe mit Penny gesprochen. Du kannst heute bei Amy übernachten, und Penny kommt morgen früh mit euch hierher, um Orville und mich abzuholen, so dass wir ihn zum Zug bringen können. Wenn Amy nichts dagegen hat.« Cray sah Amy an.

»He«, sagte Amy unbekümmert, »von mir aus. Okay, kleiner Bruder.«

»*Yeah!*« Cray stieß mit der Faust in die Luft.

»*Cool.* Wann gehen wir?«, fragte Amy.

»Jetzt. Kommt. Ich fahre euch hin.« Sie hatte währenddessen Orville kaum einen Blick zugeworfen, doch jetzt tat sie es. »Okay für dich?«

Er dachte an ihren letzten Kontakt, den bösen Streit im Laubhaufen, und ihm stieg Blut ins Gesicht. Er bewunderte ihre Courage. »Mehr als okay. Viel mehr.«

Als er nach so viel Kinderbetrieb wieder allein im Haus war, immer noch wund von dem Erlebnis am Grab mit Cray, fühlte er sich einsam und ein bisschen rastlos. Ebenso gut konnte er auch weiterpacken. Er goss sich einen Bourbon ein, zündete sich eine Parodi-Zigarre an und ging in sein Turmzimmer. Er packte eine Weile und erinnerte sich, wie er nur mit einem Rucksack und einem T-Shirt des italienischen Schwimmteams in die Stadt zurückgekehrt war. Jetzt konnte er drei Koffer füllen. Er war aber entschlossen, nur den Rucksack und einen Koffer mitzunehmen. Er wollte wieder leicht reisen. Doch was sollte er mitnehmen und was mit dem Zeug machen, das er daließ? Einbunkern? Wegwerfen? Was mit dem Liebessittich? Cray wollte ihn aus irgendeinem Grund nicht, Amy genauso wenig. Und die Geburtstagsgeschenke? Die Tafel, auf der stand, was für ein großartiger Arzt er gewesen war, die gerahmte Vergrößerung des Fotos, wie er angekettet vor dem Worth saß, die Messingkuh von der BOTHWAYS FARM, das Foto von Selma und Durney vor Olana, die Tuschezeichnung des einräumigen Ichabod-Crane-Schulhauses, wo er Miranda kennen gelernt hatte, das Sweatshirt mit dem Aufdruck ROME PARIS LONDON COLUMBIA? Alles das und noch mehr packte er in eine Kiste, die Penny in ihrem Keller aufheben sollte. Lass los, dachte er. Geh unbeschwert.

Doch dann nahm er das Foto vom Worth und die Zeichnung des Schulhauses wieder aus der Kiste heraus. Diese – und einen kleinen Messingwal und den LEITFADEN ZU GUTEM SITTLICHEM VERHALTEN, den Miranda ihm geschenkt hatte – wollte er mit nach Europa nehmen. Er kam zur letzten Schachtel. SCOMPARZA BESTATTUNGEN UND UMZÜGE.

Selmas Briefe würden dableiben. Die nach links verrutschte Aufnahme der Familie Rose von seiner Bar-Mizwa würde dableiben wie auch alles andere, was Selma für ihn aufgehoben hatte. Als er die Sachen wieder in die Schachtel räumte und sie schließen wollte, stieß er auf etwas, das er zuvor noch nicht gesehen hatte, weil es flach auf dem Boden lag. Er nahm es heraus – ein großes eingepacktes gerahmtes Etwas. Er holte tief Luft. Sie kann mich nicht mehr verletzen, als sie es schon getan hat. Er riss den braunen Papierumschlag an einer Ecke auf, dann hörte er, wie die Haustür ins Schloss fiel und Miranda nach ihm rief.

»Hier oben«, sagte er. »Ich komme runter.«

»Nein, schon gut. Ich komm zu dir.«

Er vernahm ihre ungleichmäßigen Schritte auf der Treppe.

Sie trat ins Turmzimmer und sah ihn auf dem Boden hocken, dort in der Rundung, wo die fünf Fenster ein letztes Sonnenlicht auf die gebohnerten Eichendielen warfen. Er trug immer noch das weiße Hemd und die schwarze Hose, die er beim Begräbnis angehabt hatte. Die Ärmel waren aufgekrempelt, und er saß zurückgelehnt, die Hände aufgestützt, und sah zu ihr hoch, und seine Augen schienen verändert. Offener, offener für etwas. Sie hatte seine Hände immer geliebt, seine Arzthände, mit Fingern, die schmaler und länger waren, als seine eher starken Arme vermuten ließen und, wie sie von seinen Berührungen wusste, auch sanfter. Jetzt, mit den gespreizten Fingern auf den Dielen, schienen seine Hände – was? – offener? Nicht so gespannt wie in seinem Beruf, vielleicht, weil der jetzt hier nur noch Geschichte war. Augen und Hände. Und Verletzlichkeit und Unschuld. Das Kind. Und Sanftheit. Diese Eigenschaften hatte sie geliebt.

All das kam ihr in einem Augenblick in den Sinn, in dem Augenblick, als er sie anlächelte.

»Ich fand, du solltest heute Nacht nicht allein sein«, sagte sie. »Niemand sollte allein sein in seiner letzten Nacht, nirgendwo. Vor den Kindern hast du gesagt, dass es okay ist, aber vielleicht, wenn du nicht willst, dass ich bleibe …«

»Ich will«, entgegnete er, überrascht über das, was ihm gerade durch den Kopf ging, die letzte Zeile eines Shakespeare-Sonetts, wie er glaubte: »My mistress when she walks treads on the ground.« – »Es ist verdammt mutig von dir. Ich freue mich wirklich darüber.« Wie schön sie gerade in diesem Moment aussah, in der Tür stehend, das späte Tageslicht im roten Haar, ihre grünen Augen, in denen er die meiste Zeit nicht nur sie, sondern Cray gesehen hatte, ihre Lippen, ihre kräftigen Schultern, die wohlgeformten Brüste unter ihrer limonengrünen Bluse, die abgetragenen Jeans mit ihren asymmetrischen Hosenbeinen. Schmerz griff in sein Herz und breitete seine Schwingen aus, ähnlich wie in dem Moment, als er Bills Totenbett verlassen und plötzlich die Empfindung hatte, alt zu sein, zu alt. Der Schmerz brannte jetzt wie Feuer in ihm.

Er rappelte sich auf und sagte: »Lass mich einen Stuhl für dich holen.«

»Ist schon gut. Ich kann auf dem Bett sitzen.«

Sie ließ sich darauf nieder und legte die altmodische Aktentasche mit der Lasche und der Verschlussschnalle neben sich, in der sich, wie er wusste, das einzige Exemplar ihrer Magisterarbeit befand. Sie hatte es immer bei sich, ließ es noch nicht einmal in einem abgeschlossenen Auto, auch nicht in dem geräumigen Kofferraum des Chrysler. Er hatte sie gefragt, warum sie sie immer mit sich herumtrage, und sie hatte geantwortet, dass es nicht nur die Furcht sei, ihre Arbeit zu verlieren, sondern die Jahre, in denen sie mit Hilfe dieser Arbeit ihr Leben neu aufgebaut habe. Also, hatte er gesagt, baust du durch die Rekonstruktion der selbstzerstörerischen Kultur Columbias dein eigenes Leben auf? Ja, hatte sie erwidert, von 1783 bis 1983.

»Da ist etwas, das ich dir sagen will«, meinte sie jetzt.

»Ja?«

»Ich denke immer noch an unseren schrecklichen Streit im Laubhaufen vor ein paar Wochen. Es war das letzte Mal, dass wir … nun, du weißt schon.«

»Ich auch.«

»Ja, und ich will eine Sache klären. Es kam mir heute in der Früh, als ich im Bett lag und den Eisregen hörte.« Sie holte tief

Luft. Es schien alles zu förmlich, falsch, aber es musste raus. »Was du zu mir gesagt hast, dass ich nicht wisse, dass ich Macht hätte, dass ich einen Menschen verletzen könne.« Orville nickte. »Du hattest Recht. Ich weiß es nicht. Ich sehe es nicht. Und heute Morgen, als ich so dalag, wie du es manchmal tust, da habe ich gedacht, nun, dass es vielleicht mit meiner Geschichte zu tun hat.«

»Inwiefern?«

Sie wusste es, aber konnte das Wort nicht sagen. »Ich bin nicht sicher.«

»Polio?«

Wann immer das Wort in den letzten Jahrzehnten ausgesprochen worden war, hatte es sie mit Abscheu erfüllt. Sie selbst hätte es nie freiwillig in den Mund genommen. Doch jetzt, da sie es hörte, von ihm hörte, war sie überrascht, dass sie es in Ordnung fand. Sie verstand, dass er verstand. Ihr stiegen Tränen in die Augen, und sie senkte den Blick.

»Dass ich dich das jetzt sagen höre und sehe, wie du mich anschaust, verzeih mir, Orvy, aber so, so verdammt gut aussehend und in dem schönen Licht, es ist so seltsam. Ich meine, dass so eine schlimme Sache einen so fröhlich klingenden Namen hat.«

»Ich weiß.«

»Selbst wenn es italienisch klingt.« Sie lächelte durch ihre Tränen.

»Ich treffe nie das Richtige.«

»Doch, du tust es«, sagte sie sanft. »Du hast es gerade eben getan. Hör nicht auf damit.«

»Ich würde gern mehr erfahren, ich meine darüber, welchen Sinn es jetzt für dich hat.«

»Vielleicht, ja, vielleicht können wir eines Tages … Aber ich sage das nicht oder tue irgendetwas wie das hier, nur weil du gehst.«

»Ich würde nie annehmen, dass du …«

»Ich will heute Nacht nichts von dir, das ist mein Ernst, aber ich musste das einfach loswerden und wollte, dass du nicht alleine bist.«

»Ich bin so froh, dass du hier bist. Wirklich und wahrhaftig. Das werde ich nie vergessen. Nie.«

Einen Moment lang saßen sie schweigend da. Selbst die Elektroaggregate im Haus schwiegen.

»Was ist das?«, fragte sie und zeigte auf das eingepackte gerahmte Etwas.

»Keine Ahnung. Es war auf dem Boden von Selmas Schachtel. Ein letzter Gruß aus der Vergangenheit. Sehen wir mal nach.« Er riss das braune Papier herunter. Ein großes altes Schwarzweißfoto mit hunderten von Leuten in einem etwas verschwommenen, gasbeleuchteten Ballsaal. Ihr Blick wurde auf die Beschriftung gelenkt, die mit einem Griffel in die schwarze Beschichtung geritzt war, so dass die Buchstaben in dem darunter liegenden Silber hervorschimmerten.

Die Türklingel ertönte. Sie sahen einander an. »Ich gehe nicht hin«, sagte er. Doch es klingelte immer weiter. Sie hörten, wie jemand die Tür zu öffnen versuchte. Vergeblich.

»Ich muss sie zugeschlossen haben, als ich reinkam«, meinte Miranda.

»Gut. Sie werden wieder gehen. Keine Patienten mehr. Nicht einen einzigen.«

»He, Orvy! Orvyyyyy!«, rief jemand vom Square zu ihnen hinauf.

»O nein«, sagte er. »Schooner. Ich gehe runter und werde ihn schnell los.«

»Sei da nicht zu sicher.«

Orville begab sich hinunter. Henry stand am Ende des Wegs zum Haus und starrte zum Turm hinauf. Als er Orville die Tür öffnen sah, ging er zu ihm, dieser massige Körper, der sich gewandt durch den Nebel und um die Pfützen bewegte. Orville kam ihm auf der Veranda entgegen. Zum ersten Mal war er besser gekleidet als Henry. Sein weißes Hemd und die Krawatte, seine schwarze Hose und die Schuhe stachen Henrys Jeans, T-Shirt und was einer Bomberjacke ähnelte aus.

»Sie sind alle weg«, sagte Henry atemlos, als ob er einen zivilen Notstand ausriefe. »Alle sind weg, gegangen. Meine Jungs sind weg. Nelda Jo ist weg. Morgen gehst du auch noch.« Er seufzte. »Kann ich reinkommen?«

»Nicht jetzt.«

»Ach komm.«

»Ich habe zu tun.«

»Ja, ich weiß, dass sie hier ist, und das ist toll, einfach toll, aber ich bin auch mit ihr befreundet, Maxie und Cray, verstehst du, also können wir uns alle zusammensetzen, was trinken, Tasse Tee oder was auch immer.«

»Hast du getrunken?«

»Keinen Tropfen.« Er bekreuzigte sich. »Ich schwöre es bei Gott. Bitte.«

»Tut mir Leid.«

»Siehst du, noch immer bringst du mir keine Achtung entgegen. Stimmt, es ging ziemlich hart zu, als wir Jungs waren, aber deine Mutter hat mir verziehen, und ich bin zurückgekehrt und habe es gutgemacht, habe ich's nicht gutgemacht?«

»Kommt darauf an, was du damit meinst.«

»Ich werde dein Kongressabgeordneter sein.«

»Nicht meiner, Henry. Ich sitze morgen früh im Zug, und ich komme nicht zurück.«

»Warum erweist du mir keine Achtung?«

»Wie ist der Vitrinenschrank auf Maxie gestürzt?«

Er dachte nach. »Ich verstehe deine Frage nicht.«

»Er ist nicht von sich aus umgefallen. Ich habe ihn die ganzen Jahre über wackeln sehen – habe dir gesagt, du sollst ihn stabilisieren –, aber er ist nie auf irgendjemanden gefallen. Man musste ihn stark stoßen, um ihn zum Kippen zu bringen.«

»Zum Beispiel dagegen stoßen, klar.«

»Ich bin dagegen gestoßen, und er hat geschwankt, aber ist nicht umgefallen.«

»Was willst du damit sagen?«

»Dass du Maxie geschlagen hast – oder geschubst hast –, und er ist dagegen gestürzt.«

Henry stand im Schatten des Verandalichts, totenstill. Er blickte nicht zu Boden oder schaute weg, sondern sah Orville direkt an. Er stand einfach nur da. Massig, stabil und verschlossen.

Seltsamerweise drückte Orville Henry die Daumen, dass er die Wahrheit sagte. Hör auf mit dem Scheißlügen. Suche Hilfe. Büße deine Schuld.

Schließlich sprach Henry. Seine Stimme war diejenige, die Orville und andere so beeindruckte, seine öffentliche Stimme, wie damals, als er die Anhörung zum Worth gerettet hatte. Tief, wohlklingend, ruhig, beruhigend.

»Wo soll ich anfangen?«, fragte Henry sanft, traurig. »Vielleicht damit, dass ich verstehe, bei allem, was zwischen uns ist, verstehe, dass du denkst, ich könnte so etwas getan haben. Um die Wahrheit zu sagen, mein Freund, ich habe in meinem Leben eine Menge auf mein Gewissen geladen, Dinge, für die ich mich schäme, Dinge, die ein Mann im Krieg macht, die er nie vergessen kann und nie erzählen wird. Dagegen ist das, was ich nach deiner Aussage dir angetan habe, als wir klein waren, sozusagen Kinderspiel.« Die Andeutung eines Lächelns, das sogleich erlosch. »Aber ich bin ein Mensch«, fuhr er fort, »mit einem Herzen voller Stolz und voller Liebe. Und jetzt im Moment bin ich am Boden zerstört. Aber ich stehe noch und versuche deine … Anklage zu beantworten. Weil ich weiß, dass sie aus deinem Herzen kommt. Sieh mich an, Orvy. Bin ich ein Mann, der auch nur *leben* könnte, wenn ich meinem Sohn so etwas angetan hätte, meinem kleinen geliebten Jungen, meinem Fleisch und Blut? Könnte ich noch atmen? Nein, niemals.

Ich wäre eine Art Monster. Und das bin ich nicht. Das weißt du. Ich schwöre bei Gott, dass ich's nicht bin. Und du hast Recht, mein Freund, du hast mir gesagt, dass ich das verdammte Ding festmachen soll, stabilisieren, und ich erwiderte immer nur: Morgen, ich mach' s morgen. Und morgen war jetzt gestern.«

Er schwieg wieder und stand einfach nur da, mit gebeugten Schultern, gesenktem Kopf, schwer atmend.

Ein unheimliches Gefühl beschlich Orville: Vielleicht sagt er die Wahrheit? Er wurde unsicher. Das Ding hatte geschwankt. Maxie war ein wilder Junge. Konnte es nicht sein, dass er durchs Haus getobt, in die Anrichte gestürzt war und *Bamm?* Sicher. Aber ich habe ihm vorher schon geglaubt, habe Leuten wie ihm vorher geglaubt und wurde getäuscht. Bei ihm wusste man nie. Bei all diesen Leuten wusste man nie. Vielleicht haben sie wirklich Kennedy und Martin Luther King umgebracht. Wie will man je die Wahrheit wissen? Viele Jahre später vielleicht. Zehn Jahre später steht es in der Zeitung, auf Seite 17, und dann spielt es keine Rolle mehr.

»Also, mein Freund«, fuhr Henry fort, »nur damit das klar ist – und du kannst das überprüfen, kannst Nelda fragen oder die Filipinos oder Maxie selbst –, ich war nicht dabei, als es passierte. Ich war oben und wollte gerade ins Bett gehen.«

Bis zu diesem Moment hatte Henry Orvys Überzeugung zum Schwanken gebracht, Zweifel geweckt. Aber irgendetwas an dieser Aussage, eine Art Alibi, holte Orvy zurück. Natürlich log Schooner. Schooners lügen. Er konnte sich nicht leisten, es zuzugeben. Es konnte durchsickern und ihn zerstören. Alles, wofür er seit jenem demütigenden Tag gekämpft hatte, als er vor den Augen von Orville, Toby Adair und Whiz und den anderen Bluehawks weggegangen war und Soldat und irgendwie auf diesem Weg auch ein großer Amerikaner geworden war, wäre verloren.

In diesem Augenblick spürte Orville, wie die Dinge zu schweben begannen, ohne Verbindung mit dem festen Boden. Vielleicht hatte Henry es getan, vielleicht nicht – es ließ sich nicht mit Bestimmtheit sagen. Aber das ist das Problem. Dass sich bei diesen Leuten nichts mit Bestimmtheit sagen ließ, bedeutete doch etwas. Wir werden es nie wissen. Aber wir müssen es wissen, so wie ein kleiner Junge es von seinem Vater oder seiner Mutter wissen muss. Es ist wichtig. Es ist verdammt wichtig.

Er starrte Henry an, der in vorgetäuschtem oder wirklichem Schmerz vor ihm stand. Vielleicht in beidem. Orvy hatte den Eindruck, er sehe in einen Menschen, für den es nicht wichtig war, einen hohlen Menschen, einen nicht vorhandenen Menschen, der eine hohle Welt schuf, eine nicht vorhandene Welt. Der Mensch als Fernsehsendung. Eine unmögliche Welt, wie in der Werbung. Man hielt sie für normal. Es ist eine Welt, in der ich nicht leben kann.

»Henry«, sagte er bitter, »als Mensch bist du weniger wert als Walscheiße.«

»Walscheiße?« Er dachte darüber nach, als ob er dies mit aller Konzentriertheit und Objektivität eines Meeresbiologen in Erwägung zöge. »Walscheiße. Das ist ziemlich wenig.«

»Und ob. Ich meine, du scheinst noch nicht einmal wirklich traurig zu sein über Maxie.«

»Traurig?« Er war erstaunt. »Ich habe dir gesagt, dass ich traurig bin.«

»Gesagt, aber du wirkst nicht so.«

»Ich *bin's,* Kumpel. Ich kotze mir jeden Tag die Seele aus dem Leib.« Er seufzte. »Aber ich versuche mein Bestes, ein gutes Beispiel zu sein. Ein gutes Gesicht zu machen.«

Orville hatte genug. Er wendete sich ab.

»Und was würde deine liebe Mutter empfinden, wenn sie hören würde, was du zu mir sagst?«

»Was?« Er blieb stehen, die Hand auf dem Türgriff.

»Ja, deine Mutter. Sie und ich waren uns nah, wie du weißt, nachdem ich zurückgekehrt war. Sie hat mir die Wahrheit über dich erzählt, verstehst du?«

»Was für eine Wahrheit?«

»Dass du weggerannt bist. Dass du weggerannt bist, Kumpel, gekniffen hast. Als sie nach Hause kam und jemanden brauchte, ganz allein mit ihrem schrecklichen Gesicht, dieser Operation, und sie dich fragte, dich anflehte – das war das Wort, das sie benutzte, ›anflehte‹ –, was hast du da gemacht? Was zum Teufel hast du gemacht, Kumpel? Du bist weggerannt. Stimmt's?«

»Richtig, na und?«

»Was sich rumspricht, fällt auf einen selbst zurück, Orvy«, sagte Henry, jetzt in einem anderen Ton, mit einer Straßenstimme, die an die Zeit erinnerte, als sie noch Kinder gewesen waren, die Stimme eines Schlägers. »Rede du mir nicht darüber, wer tief und wer hoch stehend ist, wer Walscheiße ist, okay? Ich meine, ich habe meine Fehler, und ich sehe meinen Fehlern jeden Tag ins Gesicht. Ich habe einen Sohn, der nur auf einer Militärschule und nur *vielleicht* ein guter Kerl werden kann, und ich habe einen anderen Sohn, der nie mehr laufen wird, und ich habe eine Frau, die, nun ja, egal, und ihr *Vater?* Ich sitze hier jetzt echt in der Scheiße mit meinem Leben, ich habe niemanden, der mit mir in diesem verdammten Haus ist, außer den Filipinos, und sie gehen mir allmählich auf die Nerven, und ich komme hier rüber und will ein Freund sein und dir wirklich nur eine gute Reise wünschen, und was passiert? Du erzählst mir, wie wenig wert ich bin. Du nennst *mich* wenig wert?« Er hob seine Hände wie zu Gott. »Ich sage dir was. Ich sitze in der Scheiße, aber renne ich weg? Rennt Henry Schooner davor weg? Haue ich zu irgendeiner übergeschnappten Gurufrau in Europa ab? Esse Nudeln und trinke Wein und hänge herum, wo es wichtiger ist, was vor dreihundert Jahren los war als was *jetzt* passiert? Renne *ich* weg?«

»Geh zur Hölle!«

»Ich bleibe, alter Sportskamerad, ich bin ein Bleiber. Mein Leben ist ruiniert – dank der Arschlöcher da draußen, die versuchen, mir jeden Scheiß anzuhängen, dank Leuten wie dir, die nie auch nur den Versuch unternehmen, dass etwas besser wird. Ruiniert ist mein Leben jetzt, und renne ich weg? Glaubst du, ich will nicht? Und ob ich will, aber ich tu's nicht.«

»Du selbst hast mir gesagt, dass ich gehen soll, an dem Tag in deinem Keller. Hast gesagt, dass du es auch tun würdest, wenn du könntest. Erinnerst du dich?«

»Ich will, aber ich tu's nicht. Du willst, und du tust es. Und nennst *mich* Walscheiße? O Gott!«

Sie standen in dem dunkelnden Abend, in der merkwürdigen Wärme, als einziges Geräusch das Tropfen vom letzten tauenden Eis. Wut in beiden Augenpaaren. Orville zitterte.

Henry griff in seine Jacke.

Orville sah vor sich, wie sie in den Keller gegangen waren, die Kugeln, die Schusswaffen. Er wappnete sich, dachte: So werden Menschen erschossen. Ich habe es immer wieder in diesem Jahr in der Notaufnahme gesehen.

Mit einem Mal packte er Schooner, eine Hand an jeder Seite der Jacke, packte ihn mit aller Kraft, um ihn daran zu hindern, die Pistole herauszuziehen. Er drückte zu in der Erwartung, eine Menge kräftiger Muskelpakete würden ihn abschütteln. Aber zu seiner Verwunderung war Henrys Körper nicht gespannt und muskulös, sondern weich, breiig, wie gefüllt mit kraftlosem Fleisch. Luftgefüllt. Leer. Orvy spürte keine Pistole. Ließ ihn los.

»Was zum Teufel soll das?«, sagte Henry verblüfft und holte langsam eine Zigarre aus seiner Jackentasche. Dann kapierte er. »Du hast gedacht … ich?«

»Allerdings.«

»Du blöder Hund!« Er griff in die andere Tasche und holte kopfschüttelnd einen silbernen Zigarrenschneider hervor. »Das glaubst du von mir?«

»Davor fürchte ich mich bei dir.«

Sorgfältig beschnitt Henry die Zigarre, zündete sie an und blies einen Rauchring zum Licht hinauf. »Scheiße. Rennst von der Frau weg, die dich liebt – du siehst es noch nicht einmal, stimmt's? Rennst von dem süßen Jungen weg, der dich wie einen Vater liebt. Scheiße.«

»Ich renne vor Leuten wie dir weg.«

»Ja, schön, Leute wie ich haben aus diesem Land gemacht, was es heute ist.«

»Eben.«

»Kannst nicht vor 'ner Stadt davonlaufen. Du findest weiter die Straße hinunter genau so eine.«

»Was zum Teufel geht *dich* das an? Was kümmert es dich, dass ich weggehe?«

»Es geht mich was an, weil wir wie Brüder sind, und ich habe mich mehr um dich …«

»O verdammt noch mal, halt die Klappe, ja …?«

»… mehr um dich gekümmert als du dich um mich. Du und ich, wir sind beide gleich, wir versuchen beide nur, mit unserem Leben Schritt zu halten, oder? Deine Mutter war wie eine Mutter für mich. Ich bin der gute Sohn, okay? Das ist es, was sie zu mir gesagt hat: ›Henry, du bist der gute Sohn. Ich wünschte, Orvy wäre wie du.‹ Ich sagte zu ihr: ›Nein, er ist auch ein guter Sohn, nur ein bisschen wild.‹ Ich bin für dich eingetreten, habe dich respektiert, und du hast auf mich gespuckt. Alle haben immer nur auf mich gespuckt. Tja, weißt du was? ›Selig sind die Gerechten, die verfolgt werden, denn ihrer ist das Himmelreich.‹ Matthäus 5, 10.«

»Du bist verrückt, wirklich verrückt.«

»Ich wollte immer deinen Respekt, aber jetzt, nach allem, gebe ich keinen Pfifferling dafür, ob du mich verachtest oder nicht. Weil du mindestens so tief stehst wie ich. Oder so hoch, Bruder, oder so hoch.« Er paffte an der Zigarre und überlegte. »Ich bin jetzt allein, absolut allein. Aber das ist schon okay, weil ich auch allein zurechtkomme. Ich mach's auf die amerikanische Tour, *do it yourself*. Vergiss nicht, Orvy, du wirst allein geboren, du stirbst allein, und alles, was immer du erreichst, du machst es allein.«

»Henry?«

»Was?«

»Du wirst nicht allein geboren.«

»Was meinst du damit?«

»Niemand wird allein geboren. Es gibt eine Mutter, erinnerst du dich?«

»Nicht bei mir. Nicht bei mir. Ich hatte noch nicht mal eine. Keine, die irgendetwas wert gewesen wäre. Und sieh mich an.« Henry breitete die Arme weit aus, als ob er sie in einem vergeblichen Versuch, von der Veranda abzufliegen, auf und ab bewegen wollte. »Schau.«

Orville schaute ihn also an. Was er sah, erstaunte ihn. Er sah das Kind, den kleinen Jungen ohne richtige Mutter, bevor er groß genug wurde, um andere Kinder zu beschämen und zu drangsalieren und zu verprügeln. Er sah das dicke, einsame Kind.

»Tschüs, Henry. Ich bin sicher, du wirst ein großer Erfolg.« Er drehte sich um und öffnete die Tür.

»Orvy, lass mich rein.«

»Tut mir Leid, ich habe zu tun. Wie du gesagt hast, habe ich jemanden hier, der mich liebt. Nacht.«

»Eins noch!«

Wie immer bei Schooner. »Ja?«

»Gib mir etwas.«

»Was?«

»Ich brauche etwas von dir. Zur Erinnerung. Ich achte dich und deine Mutter so sehr. Gib mir etwas.«

»Was willst du?«

»Ist mir gleich. Irgendwas, egal was. Gib mir etwas.«

Orville dachte nach. »Tut mir Leid«, sagte er, wandte ihm den Rücken zu und ging hinein, ging durch den dunklen Flur zur Küche. In der Küchentür hielt er an und schaute zurück. Henry war noch da. Orvy starrte Henry aus dem Dunkeln an. Er konnte Henry sehen, aber Henry nicht ihn.

Henrys Arme waren eine Weile erhoben, dann fielen sie plötzlich herunter. Sein Kopf sank ebenso. Der ganze Kühlschrank von Mann schien abgetaut zu werden, das Eis schmolz. Er drehte sich um und stapfte die Verandastufen hinunter zum Gartentor und zu seinem leeren Haus.

Tu etwas Nettes, dachte Orville. Durchbrich den Kreislauf. Tu etwas Freundliches.

»*Phwwiiiiieeeett!*«

Er schnappte den Vogelkäfig und die mexikanische Decke, mit der er ihn abends zudeckte, und eilte zurück durch den Flur und zur Haustür hinaus.

»Henry?«

Er war auf dem Fußweg, der den Platz querte. Einen Moment blieb er stehen, seinen Rücken Orville zugekehrt, dann wandte er sich um. »Ja?«

»Hier.« Orville lief auf ihn zu, und Henry kam ihm entgegen, und sie trafen sich am Rand des Platzes. »Das ist für dich.«

Henry starrte den Vogel an. Der Vogel starrte Henry an. »*Phwwiiiiieeeett!*«

Henrys Augen wurden größer, und er lächelte. Ein Lächeln, so empfand Orville, nicht so sehr der Freude als der Genugtuung. »Halte ihn oben an dem Ring.« Er übergab ihn Henrys wartendem Zeigefinger. Der Vogel schwebte vom Leben des einen Mannes in das Leben des anderen.

»Ich weiß nicht, wie ich dir danken soll.«

»Sorge einfach gut für ihn. Hier, decke ihn zu – decke ihn

nachts mit dieser Decke zu. Die drei Dinge, die ihn umbringen können, sind Zugluft, Schokolade und Avocado.«

»Zugluft, Schokolade …«, er schien diese Worte festzuhalten, »… und Avocado.«

Sie sahen einander an.

»Bring ihn besser nach Hause.«

»Zugluft … Schokolade …«

»Henry?«

»Ja?«

»Du stehst in einer Pfütze.«

Er blickte zu Boden. Er stand bis zu den Fußgelenken in einer Pfütze aus Eiswasser. Als er wieder aufsah, strahlte er triumphierend wie ein Kind, das es endlich geschafft hat, sich schmutzig und nass zu machen. Und dann hüpfte er aus der Pfütze und rief: »Unglücksfüße! Unglücksfüße! Ja!«

Den Vogel in die Höhe haltend, ging er schnell davon, so schnell, dass er und der Vogel, von der Veranda aus und durch den aufsteigenden Nebel gesehen, beinahe zu schweben, wenn nicht zu fliegen schienen.

38

Was hat er gewollt?«, fragte Miranda, als Orville sein altes Schlafzimmer betrat.

»Wer weiß. Er wollte … tja, er wollte alles. Respekt. Rache. Wollte mich zusammenschlagen. Freundschaft. Bewunderung. Beschimpfung. Zuwendung.«

»Und was hast du ihm gegeben?«

»Den Vogel.«

»Ach komm!«

»Niemand will ihn sonst. Henry hüpfte mit ihm durch die Pfützen wie in einem Film, und beide wirkten glücklich.«

Sie lachte. »Wahrscheinlich wird Nelda Jo sich um ihn kümmern.«

»Falls sie zurückkommt.«

»Falls?«

»Nur so ein Gefühl.« Er stand im Turm und sah aus dem Fenster in den Luftraum hinaus, wo Selma oft geschwebt war. Wieder war es, als ob er sich dort draußen sähe, an ihrer Stelle. Er spähte hinein zu Miranda und sich selbst, beide waren älter und pflegten Cray, der mittlerweile Teenager war und mit Grippe im Bett lag.

»Was?«, fragte Miranda und starrte ihn an.

»Was meinst du?«

»Du warst abwesend.«

»Oh. Ja. Ich habe mich gerade selbst gesehen – und dich und Cray – in der Zukunft.«

Sie schaute ihn an und nickte.

Er warf erneut einen Blick aus dem Fenster. Doch da war

nichts zu sehen, nur auf der anderen Seite des Platzes Henrys erleuchtetes Haus. »Weißt du«, sagte er, »am Anfang nach meiner Rückkehr, als ich vor dem Fernseher saß, hatte ich das Gefühl, dass Amerika sich in der Zeit, in der ich weg war, verändert hatte. Verwandelt, definitiv verwandelt, aber ich wusste nicht in *was*. Jetzt weiß ich's.«

»Nämlich?«

»In Schooners. In das große soziale Auseinander.«

»Was soll das heißen?«

»Das heißt, dass ich immer noch zu verbittert bin, das ist alles.« Er nahm das gerahmte Foto und legte es ihr zu Füßen. Die Unterschrift, von Hand mit einem scharfen Griffel eingeritzt, schimmerte in silbernen Buchstaben:

Bankett und Ball zum
20-jährigen Jubiläum des
Ersten Wohltätigkeitsvereins
Stanislauer Junger Männer
Sonn. 30. Dez. 1923
In der Lexington Hall

Er kniete sich hin und betrachtete es genau.

Juden. Einwanderer. Ein Meer von Gesichtern, Hunderte, die bis zum Horizont des Gaslichts reichten. Vorn waren die Gesichter groß, mit den scharfen Einzelheiten, wie sie die Glas-Negativ-Kameras jener Zeit abbilden konnten. Jedes Auge, jede Nase, jeder Jazz-Age-Haarschnitt, jedes Muttermal. Im Hintergrund, inmitten des verschwommenen Geflimmers, das von der langen Belichtung durch die flackernden Gaslampen herrührte, waren die Gesichter nicht zu unterscheiden. Großer Ballsaal, wie auf einem jener Ozeanriesen, auf dem diese Immigranten den Atlantik überquert hatten. Fast alle saßen an runden Tischen bei einem mehrgängigen Abendessen. Bis an die Zähne aufgetakelt. Smoking oder dunkler Anzug bei den Männern; die weißen Vs ihrer Hemden unter ihren dunklen Jacketts ließen sie aussahen wie eine Kolonie von Pinguinen. Die Frauen trugen große Garderobe, meist schwarz aus Seide oder Brokat mit ovalen Halsausschnitten, die mit Gold und Perlen geschmückt waren. Unkonventionelle Mädchen, die Charleston und Jazz mochten und rauchten. Und die Gesichter! Man hatte ihnen ein Zeichen gemacht, still zu sitzen. Die meisten hatten es getan, außer den wenigen kleinen Kindern, die auf Schößen saßen, unscharf wie die Gasflammen. Diese Generation von Juden, klein, der Erde nahe gebaut, um schnell zu sein, und ans Rennen gewöhnt, sollte stillhalten? Das Stillsitzen ließ sie steif aussehen. Die Gesichter der Männer erschienen selbst anlässlich dieser Gala finster oder ernst oder ehrgeizig, skeptisch oder ängstlich. Die Frauen wirkten angespannt. Nur hier und da versuchte eine etwas wie ein Lächeln. Servietten steckten in den Hemden alter Männer. Viele junge Männer hatten ihre Arme um die Schultern und Nacken junger Frauen gelegt oder umgekehrt. Auf dem oberen Rand des Fotos war wie ein Glorienschein über den Furchtsamen das helle Geschmier zweier Gaslüster.

Hinter dem Rahmen war ein Umschlag befestigt, mit Selmas Handschrift. Er und Miranda sahen sich an.

»Vergiss es«, sagte Orville.

»Ach komm. Sie kann dich nicht mehr treffen.«

»Was wetten wir?« Er öffnete den Brief.

Hallo, Nestflüchter!

Das ist ein Foto, das mir meine Mutter hinterlassen hat. Es ist der Bestattungsverein, die Stanislauer. Du wirst das Grab draußen in Queens finden, wo Mom und Pop und meine Schwester beerdigt sind. Frag da einfach nach den Stanislauern. (Hüte dich vor den Chassidim am Eingang, sie sagen Gebete gegen Geld – jüdisch, aber *goniff)*. So heißt ihre Gemeinde in Polen. Das eine, wofür die Juden Geld sparten und was sie mehr als alles andere ersehnten, als sie in die

Neue Welt kamen, war ein Ort, wo sie bei Menschen beerdigt werden konnten, die sie kannten, Menschen aus ihrer Gemeinde. Also wurden sie Mitglieder und machten Wohltätigkeitsveranstaltungen wie diese und nahmen Geld ein, um die Friedhofsareale zu kaufen. Schließlich bekam das Ganze einen gesellschaftlichen Anstrich, wie immer bei den Juden. An jüdischen Feiertagen wehklagen und stöhnen alle über den Tod und diese Holocaust-Sache, und dann sagt jemand: »Okay, lasst uns *essen!*« Das ist also einer ihrer Bälle.

Kannst du mich und Sylvia und Sam und Molly finden? Wahrscheinlich nicht. Die vier Fleishers sind die einzigen, die *nicht* sitzen, sie stehen an der rechten Wand des Saals (Sylvia sitzt eigentlich, aber ihre neuen Schuhe taten ihr weh, und wenn jemandem die Füße wehtun, dann kannst du es immer an seinem Gesicht erkennen.) Wir sehen ziemlich gut aus, alles in allem betrachtet. Dad, der Metallarbeiter, der auf Wolkenkratzern arbeitete, hatte den Spitznamen The Flying Fleisher. Also nannten wir uns The Four Flying Fleishers. Zu schade, dass wir nicht aufgetreten sind. Ich bin links außen. Süß, was? Ich war zehn Jahre alt.

Da ich Dich gerade beim Wickel habe, zwei Dinge. Zunächst wegen der Mäuse. Es gab einen Bericht, der davor warnte, dass Mäusedreck einen tödlichen Virus in der Luft erzeugt. Alle Produkte und Verpackungen und Büchsen in Lagerhäusern und Supermärkten kommen mit den Ausscheidungen von Nagetieren in Berührung. Du musst alles sehr sorgfältig waschen, weil Staub und Ausscheidungen auf so gut wie allem sind. Zweitens eine Frage wegen deines Buddhismus. Spirituell eine schöne Sache. Aber ist er *jüdisch?*

Lass es Dir gut gehen, Mom

Orville und Miranda sahen sich an.

»Junge, Junge!« Miranda verdrehte die Augen.

»Das kannst du laut sagen.«

»Junge, Junge!« Sie lachte. Es hörte sich für ihn wie Musik an, wie früher. »Welche ist sie?« Miranda beugte sich näher zu ihm. Er roch den Duft von Lavendel und Thymian. Sie roch den Duft von seiner Sandelholz-Rasierseife.

»Hier.« Im Schatten, klein und kräftig, stand Sam. Ihn um Haupteslänge überragend und von doppeltem Leibesumfang, Molly. Daneben, im Halbschatten sitzend, ähnlich dick wie Molly und mit einem dunklen Stirnband, so dass sie wie die Letzte der Jüdischen Mohikaner aussah, Sylvia, damals achtzehn. Und dann, an der Wand stehend, am Ende der Reihe, die zehnjährige Selma.

»Ich hole ein Vergrößerungsglas«, sagte Orvy. Er ging zum *Oxford English Dictionary, Compact Edition.* Erneut mit den Köpfen eng beisammen, betrachteten sie durch die Lupe das Bild seiner Mutter als Mädchen.

Ganz in Weiß. Um ihren lilienweißen Schwanenhals eine Perlenkette, die in dem ovalen Ausschnitt ihres Kleides verschwand. Die Arme ließ sie hängen. Das dunkle Haar kurz geschnitten. Ein weißes Stirnband als Ausdruck von Reinheit im Gegensatz zu dem dunklen ihrer Schwester. Ein Gesicht, das einem den Atem verschlug. Oval, einfach, eine elegante gerade Nase zwischen schön geschwungenen dunklen Augenbrauen und den vollen Lippen ihres Mundes. Goldene Symmetrie. Und dann die Augen. Diese Augen einer Zehnjährigen. Zerbrechlichkeit. Neugier. Intelligenz. Fest. Unstet. Selbstsicher. Fragend. Hoffend. Auf Hoffnung hoffend, sich vor Hoffnung fürchtend. Überwältigende Offenheit.

»Was für wunderschöne Augen«, sagte Miranda. »Diese Unschuld, diese große Erwartung.«

»Wirklich. Weit offen.«

»Wie das Gesicht von Anne Frank.«

»Genau das, was ich in Amy gesehen habe.«

»Und immer noch in Cray, wenn auch weniger und weniger.«

»Ich weiß.« Er betrachtete es noch einmal. »Man sieht, dass sie damals eine Vision hatte, eine große Vision, ja, einen Traum sogar. Einmal in diesem Sommer, du warst weg, haben Amy und ich über Visionen im Leben geredet, und sie fragte mich, ob ich glaube, dass Selmas Vision hier gestorben wäre.«

»Und was hast du gesagt?«

»Ich wusste es nicht. Aber wenn ich dieses Bild sehe ...« Er seufzte. »Wenn sie hier zehn ist ... ja, da war sie so etwas wie ein Klavier spielendes Wunderkind, in dem Alter hatte sie schon im Radio gespielt. Enorm begabt. Sie hatte zu der Zeit schon die Highschool begonnen ...«

»Wirklich?«

»Sie ließen damals besonders begabte Kinder Klassen überspringen. Sie schloss die Highschool mit dreizehn ab, Hunter College mit sechzehn und hatte eine glänzende Zukunft vor sich, wirklich glänzend.«

»Das hat sie nie erwähnt«, sagte Miranda. »Sie hat mir noch nicht einmal vorgespielt.« Sie nahm das Vergrößerungsglas. »Wie schön sie ist ... sie leuchtet fast!«

Orville betrachtete sie eingehend, dieses Mädchen, das dort so schüchtern stand, nur seinen kleinen Traum im Leben verwirklichen wollte, und in ihrer leisen Furcht entdeckte er die beschädigte Frau, die er kannte. Ohne Halt. Insgeheim einsam. Wie war es dazu gekommen? Wann hatte sie angefangen zu schwimmen? Alles entwickelte sich bestens, Bach, Beethoven, sogar Debussy, Collegeabschluss in Botanik. Und dann während der Depression arbeitete sie für das New York State Employment Office, lernte dort ihren Kollegen Sol kennen und blieb während des Kriegs bei ihm, bekam Kinder und sah Sols Grenzen, wollte sich auf der Stelle von ihm trennen und tat es nicht, ging notgedrungen mit ihm nach Columbia und wurde Hausfrau und verbitterte. Dann bekam sie Schwindelanfälle und wurde entstellt und verwandelte sich noch einmal, eine Furie im Privaten, eine Heilige in der Öffentlichkeit. Eine Naturgewalt. Eine Gabe. Ganz ähnlich ihrem Lieblingssohn Henry Schooner.

Orville dämmerte jetzt, wie riesenhaft ihre Verletzung war, wie tief sie gestürzt und wie zerbrochen und haltlos sie geworden war. Wie sie, tödlich getroffen, es an denen, die sie liebte, ausgelassen hatte.

Er war erstaunt, dass – da er sie aus dieser Perspektive sah – sein Zorn ihr gegenüber erlosch. In einem Augenblick hatte sich alles gewandelt, und leicht wie ein klarer Windstoß durch den Nebel ging ein Gefühl der Trauer durch ihn hindurch. Tränen stiegen ihm in die Augen. Verstehen, Trauer, Liebe – vielleicht waren es nur verschiedene Wörter für ein und dieselbe Sache. Verstehe, und du liebst; liebe, und du verstehst.

Miranda legte eine Hand auf seine Schulter. »Was?«

»Es ist so traurig«, sagte er, »so verdammt traurig. Ich empfinde solche Trauer für sie. So viel Schmerz, und sie war ganz allein damit. Es gab keine Möglichkeit des Durchdringens.«

»Für sie.«

»Für mich, für uns alle. Sie bekam, wovor sie sich gefürchtet hatte. Sie war in gewisser Hinsicht wirklich umwerfend, eine Naturgewalt, und sie endete in verzweifelter Einsamkeit.« Er rang nach Atem. »Vielleicht mit Ausnahme der Begegnungen hier in der Stadt mit Menschen wie dir.«

»Mag sein. Sie hat hier so wunderbare Dinge getan, aber ja, sie war so unglücklich. Unglücklich im Stillen für sich. Ich habe es wirklich nie gesehen.«

»*Sie* ist diejenige, die hätte weggehen sollen. Schau diese Augen ... siehst du es?«

»Was?«

»Alles! Uns alle! Die Hoffnung des Mädchens. Wie die Frau geendet hat. Sie ist hier noch ein Kind, wie Amy – Amys Alter –, wie Cray. Wie du.«

»Du auch.«

»Was passiert da? Warum all der Kummer? Ich meine, wir, wir alle fangen an und gehen auf etwas zu, und dann geben wir auf? Wann passiert das? Wieso wenden wir uns ab, obgleich wir uns doch nach Zusammengehörigkeit sehnen?« Die Traurigkeit, rundum von Schmerz umkleidet, wurde schwerer. Er fühlte ihre Hand an seiner Wange. Er legte sein Gesicht auf ihr Bein, spürte ihren Knochen, merkte, dass es das schwache Bein war, lehnte sanfter darauf. »Alles. Es ist so traurig.«

Sie legte ihre Hand auf seinen Kopf, bedeckte damit seine kahle Stelle und spürte die Wärme dort. Sie saßen schweigend da. Sein Kummer glich dem ihren. Das ist auch meine Geschichte, dachte sie, unsere Geschichte.

Nach einer Weile hob sie seinen Kopf zu sich hoch. Sie hatte ihn noch nie so gesehen, so offen, so schutzlos. Sie war tief gerührt. Und zugleich voller Furcht, das zu sagen, weswegen sie auch gekommen war. Sie holte tief Luft. »Da ist noch etwas, von dem ich möchte, dass du es weißt, bevor du gehst.« Sie wendete den Blick ab, unfähig, ihm in die Augen zu sehen. »Du weißt es eigentlich schon, aber … Orvy, ich schäme mich so dafür, was ich getan habe. Was ich dir, uns, unserem Kind angetan habe.«

Er schloss die Augen und öffnete sie wieder, als ob er die Vergangenheit ausräumen wollte, als ob er jetzt bei ihr bleiben wollte. »Du brauchst nicht …«

»Aber ich tu's. Jeden Tag, jeden einzelnen Tag durchlebe ich es wieder, sehe ich es vor mir, stecke ich drin im Grauen, in der Hölle. Ich kann dich nicht gehen lassen, ohne dass ich dir sage, wie furchtbar, wie wirklich Leid es mir tut, wie schrecklich ich mich fühle. Wenn Cray nicht wäre, ich glaube, ich würde mir das Leben nehmen. Es war so dumm! So entsetzlich dumm! Egoistisch. Rücksichtslos. Scheiße, verdammte Scheiße!« Sie rückte von ihm fort, ihre Fäuste im Schoß geballt. »Ich dachte, wenn ich's alleine mache, heimlich, könnte ich mich und Cray schützen – kannst du dir das vorstellen? –, und seitdem ich zurück bin und bei dir zu sein versuche und es von *deiner* Seite aus sehe, mein Gott! O ... mein ... Gott!« Sie atmete tief, sah in seine Augen hinunter und sagte: »Du hast alles Recht, mich zu hassen für das, was ich getan habe.« Sie drückte ihre Faust vor den Mund, als ob sie ihn verschließen wollte.

Er saß auf dem Boden und sah zu ihr hinauf. Er fühlte sich wie ein Stein. Und dann überkam ihn etwas Neues. Die letzten Male, als sie versucht hatten, darüber zu sprechen, hatte er Wut oder Trauer oder sogar Verachtung für sie empfunden – immer irgendeines dieser Gefühle. Doch jetzt war es anders. Er war von keiner Empfindung erfüllt, nein.

Was über ihn kam, war ein Erkennen, die Erkenntnis, dass sie nur einfach ein Mensch war. Und darin verbarg sich eben jetzt seine Liebe für sie.

Er sah ihr rotes Haar, ihre weiße Haut, die dunkel umränderten Augen, ihre kräftigen Schultern, und er hörte die Musik ihrer Stimme, die ihm wieder diese schreckliche Sache, die sie getan hatte, zu Bewusstsein brachte, die das Wunder seiner plötzlichen Zeugungskraft zerstört hatte, und sein Herz öffnete sich weit für sie. Seine Gedanken schweiften zu der Abtreibung und dann zu dem Bild eines gesunden Gebärmutterhalses, eigentlich zu allen gesunden Gebärmüttern, denen er beim Öffnen beigestanden hatte, bis sie so weit offen waren, dass sie den Kopf des Babys krönten – *dieses* Wunder, wie eine Faust sich öffnet und zu einer Hand wird. Und aus dieser offenen Hand am Ende seines Bewusstseins ging eine Vision hervor, etwas stieg daraus auf so leicht und anmutig wie ein Vogel – vielleicht ein Liebessittich –, und obwohl sein Körper wie Fels an Fels geschmiedet war, bewegte ihn etwas, und etwas, das größer war als er, oder vielleicht etwas von jenem zerfetzten »Wir«, das zwischen ihnen war wie diese offene Hand, die den Vogel ins Freie entließ, *bewegte sich.* Verschob sich, wie Felsgestein sich manchmal verschiebt.

»Du … Miranda … du bist nur ein Mensch. Wir, du und ich, wir sind nur Menschen.«

Sie starrte ihn an, sah die besänftigten hellen Augen in seinem bärtigen Gesicht, die Augen so sanft jetzt, dass man auch, wenn er nicht weinte, meinen konnte, sie seien ganz aus Tränen gemacht. Sie verstand.

»Ja«, sagte sie, »wir alle leben unsere kleinen Geschichten aus.«

»Ja.«

»Nichts Berühmtes.«

»Nicht im Geringsten. Noch nicht mal wie im Werbefernsehen.«

»Nur einfach die Fahrgemeinschaften, die Wäsche, das Unkraut jäten, demonstrieren.«

»Und Patienten behandeln.«

»In einer Stadt, die für Katastrophen bekannt ist.«

Sie saßen beisammen, blickten einander in die Augen, und jeder von ihnen spürte das Aufflackern von Liebe in sich. Sie sahen sich jetzt nicht so sehr als getrennte Wesen, sondern vielmehr als Mitglieder dieses allgemeinen, zerbrechlichen, fehlbaren und gewöhnlichen Teils des Ganzen an. Verbunden durch ihre Fehler.

»Ich wollte es mit dir teilen«, sagte sie ruhig. »Nicht nur die Entscheidung, was mit der Schwangerschaft werden soll … ich hatte gehofft, wir würden entscheiden … das Ganze durchzustehen … mit dem Kind … zusammen zu sein mit ihm, es großzuziehen … aber ich …«

Er spürte endlich ihren Schmerz, dass sie dies hatte allein ertragen müssen, und er fühlte sich ihrer Liebe unwürdig – jeder Liebe. Er erinnerte sich an jene Winternacht, als er allein am Fluss gestanden hatte, allein in der eisigen Kälte, und zu zittern begonnen hatte, gekrümmt vor Zittern, und er hatte das Licht in ihrer Tür gesehen, und ihm war klar geworden, dass die beiden Menschen, die er auf der Welt am meisten liebte, dahinter wohnten. Ein Moment der Dankbarkeit. Jetzt fühlte er diese Dankbarkeit erneut.

»Du ...« Er fing an zu weinen, und so brachte er nur hervor: »... du hast so sehr versucht, mich zu lieben, und ich dich. Wir haben es versucht.«

»Ja«, sagte sie, ihre Augen auch wieder voller Tränen. »Das haben wir.«

»Und es war nicht einfach.«

»Nein. Wir haben unser Bestes getan.«

»Ja.« Er wischte sich die Tränen weg, aber sie fielen weiter. »Und wenn man das Hamsterei bedenkt, dann war es eine Art Wunder.«

Sie weinten zusammen. Sein Gesicht an ihrem Hals, dann ihres an seinem. Tränen benetzten ihre Ohren, ihr Haar. Er nahm Abschied. Es war vorbei, hoffnungslos. Und die Hoffnungslosigkeit hatte ihnen erlaubt, sich die Wahrheit zu sagen, wie Reisende, die durch Zufall einander begegnen oder durch Schicksal für eine gewisse Zeit zusammen sind.

In diesem kurzen Moment verstanden sie, dass sie, weil sie auseinander gingen, vollkommen präsent sein konnten. Es spielte keine Rolle mehr, dass er gehen und sie bleiben würde – sie befanden sich in der schlichten Demut derer, die sie tatsächlich waren. Der Tod lag so sehr in der Luft, dass die Zukunft an Wichtigkeit verlor. Sie waren zur Gegenwart gezwungen. Ohne Zukunft gab es keine Furcht, keine Notwendigkeit, Geheimnisse zu haben oder sich zu schützen. Die Trauer, da sie sie teilten, schwand.

Er seufzte. »Ich ... versteh das nicht falsch ...«

»Wie könnte ich das jetzt?«

»Wenn ich mein eigenes Leben anschaue, alles, was ich gemacht habe, den Schmerz, den ich verursacht habe, nun ja ... dann fühle ich mich auch verkrüppelt.«

Sie sah in ihren Schoß, spürte den alten Stich, die alte Warnung: Sprich nicht darüber, dass du verkrüppelt bist, über den

Nagel, der in dich hineingetrieben ist. Doch als sie diesen Gedanken vernahm, zerschmetterte sie ihn: Etwas anderes muss jetzt geschehen. Das ist neu. Wund, blutig, neu.

»Geliebter …«, sagte sie, »und ich habe dich so lieb.«

»Ich dich auch.«

»Ich weiß. Und werde dich stets so lieb haben, auch wenn du fort bist. Wo immer wir sind.«

»Ich dich auch.«

»Ja.« Sie war glücklich über diesen Moment, es war eine Art Offenbarung, und sie wartete noch etwas, ein wenig länger. »Es geht nicht darum, wie verkrüppelt wir sind«, fuhr sie fort, »sondern darum, wie wir gehen.«

39

Am nächsten Morgen holte Penny sie in ihrem beigefarbenen Lincoln ab. Cray bestand darauf, vorne bei Orville und Penny sitzen zu dürfen. Miranda und Amy teilten sich die geräumigen Rücksitze. Sie warfen Orvilles Rucksack und Koffer in einen Kofferraum, der kaum kleiner war als der des Chrysler, und kurvten um den Courthouse Square, überquerten die Fourth Street und fuhren die Washington Avenue hinunter in Richtung Bahnhof. Der Tag war schön, sonnig und klar, mit jener herbstlichen Frische, die einen weit durch die kahlen Bäume hindurchsehen lässt und die kleine Atemwolken um die Wörter bildet wie in den Cartoons, und man denkt unwillkürlich an gemütliche Stunden vor Kaminfeuern und unter dicken Bettdecken in der Nacht.

»Milt hat die Hongkong-Grippe«, sagte Penny. »Er hatte heute früh einen Termin mit Henry und ist danach wieder ins Bett gegangen. Er lässt sich entschuldigen.«

Als sie zur Third Street kamen, wurden sie von einer ungeheuren Explosion erschüttert. Der Boden bebte, die Stoßdämpfer des Lincoln ächzten. Eine Rauchwolke in der Mitte des Straßenzugs. Menschen schrien. Sie fuhren, bis ein leuchtend orangefarbenes Schild sie aufhielt: UMLEITUNG.

Officer Packy Scomparza lenkte den Verkehr von der Washington ab und die Rope Alley hinauf zur Coffin Street. Sie starrten mit großen Augen.

Das General Worth Hotel war weg.

»Hongkong-Grippe, leck mich!«, schrie Penny. »Ich bringe diesen Hundesohn um!«

»Dieser gemeine Lügner!«, schrie Amy. »Dieser stinkige Lügner!«

Sie konnten die Augen nicht abwenden.

Das einzige Stück, das von dem zweihundert Jahre alten Hotel noch stand, war ein Teil der rückwärtigen Wand. Auf ihr zeichneten sich die Grenzlinien von drei Zimmern der großen alten Lady ab – zweieinhalb eigentlich –, die Wände rosa und gelb angestrichen, mit vertikalen dunklen Streifen, wo die Zwischenwände gewesen waren. Die fröhlichen Farben, die wacklig ohne Stütze über dem Schutt balancierten, schienen ängstlich zu schreien wie Kinder, die sich dort hinauf verirrt und Angst hatten, zu Tode zu stürzen. Welche Geschichten es gab in diesen fröhlichen Farben! Alles war in diesen Räumen geschehen, alles, alles! Ein Waschbecken hing noch an einer Wand, gefüllt mit den Splittern eines zertrümmerten Spiegels. Schlechtes Omen.

Es war für sie alle, als ob sie einem skandalösen verrückten Unfall beiwohnen würden, die öffentliche Zurschaustellung des Innenlebens der Toten.

»Unwirklich«, meinte Amy.

»Nur zu wirklich, Liebes«, entgegnete Miranda traurig.

»Ich bringe ihn um«, sagte Penny und suchte ihn mit den Augen. »Wo steckt er? Und wo ist Henry?«

Da war nicht die Spur von irgendjemandem mit Ausnahme von Jeffrey Liebowski und einem anderen treuen Angestellten des SCOMPARZA ABBRUCH- UND POLSTEREIUNTERNEHMENS. Sie saßen beide auf zwei umgekehrten Seifenkisten auf der anderen Straßenseite, im verwilderten Garten der mit Brettern vernagelten Painted Lady Lounge, machten Pause und rauchten. Vor ihnen, wie eine tragbare Elektroorgel, war das Kontrollbrett für die Sprengungen.

»Es ist wie ein Mensch«, sagte Cray.

»Ja, das ist es«, stimmte Miranda ihm zu.

»Und es ist tot. Das Hotel ist tot.«

Sein Vater, dachte sie, er wird nie darüber hinwegkommen. »Es war ein großes altes Hotel«, erwiderte sie mit schwankender Stimme, »mit einer großen alten Geschichte. Wir wollen es in bester Erinnerung behalten.«

»Die Schweine sind am Trog«, sagte Orville. Er sah auf seine JETZT-Uhr. »Wir müssen weiterfahren.«

Sie schafften es kaum noch pünktlich bis zum Bahnhof. Das schlanke Zugungetüm rief vom Fluss her und glitt dann in die Kurve von Norden, sein rot-weiß-blaues AMTRAK-Logo zeigend, das wie die Stars and Stripes in einem Lachkabinett aussah, auseinander gezogen und dann in Chrom gefroren.

Die Lok hielt direkt ihnen gegenüber, der Rest des Zugs erstreckte sich der Länge nach dahinter.

Ihr Abschied war gnadenvoll kurz. Umarmungen, Küsse, Tränen, noch einmal Umarmungen, letzte Küsse und Hände glitten aus Händen, verloren Kontakt, und dann begann das Rennen zu der offenen Tür weit hinten am Ende des Zugs, wo ein Schaffner die Stufen heruntergefahren hatte und Reisenden winkte. Orville nahm die hohe Stufe – dachte an die Zeit, da er als Junge mit Bill unterwegs gewesen war und der ihm die Diagnose eines Bahnschaffnerknies gezeigt hatte, eine retropatellare Arthritis, die vom häufigen Besteigen dieser abnorm hohen Stufen herrührte –, und dann war er im Zug.

Im Wagen wendete er sich schnell nach links, warf seinen Koffer auf die Gepäckablage und schlüpfte auf einen Fensterplatz, so dass er ihnen zum Abschied winken konnte, wenn der Zug abfuhr. Vom stehenden Zug aus konnte er sie nicht sehen – sie waren zu weit oben auf dem Bahnsteig im Bahnhof. Er wartete.

Und wartete.

Der Zug setzte sich nicht in Bewegung. Er sah auf seine Uhr. Spät. Na wunderbar. Die Zeit schien stehen zu bleiben. Kein Wort ertönte, um die Sache zu erklären.

Miranda und Cray und Amy und Penny standen da und warteten darauf, dass der Zug losfuhr. Mirandas Hand lag auf Crays Schulter. Sie spürte, wie sie zitterte. Gebrochenes Herz.

Es ist vorbei. Begrabe es.

»Es ist kalt«, sagte Penny. »Sollen wir gehen?«

»Glaubst du, dass irgendwas nicht stimmt?«, fragte Amy.

Orville saß da und begann teilnahmslos zu werden, überließ sich dem Aufbruch, so wie er sich zahllosen Aufbrüchen im Lauf seines Lebens überlassen hatte. Wurde teilnahmslos, verhärtete sich, ihm vertraut.

Die Zugsirene heulte. Die Lok räusperte sich. Der Zug ruckte an, fuhr los.

Schaff kein weiteres Leid mehr.

Orville war verblüfft. Der Satz hallte in ihm wider.

Was du auch tust, schaff kein weiteres Leid mehr.

Der Zug fuhr.

Begrabe es.

Der Junge ergriff die Hand seiner Mutter. Penny legte ihren Arm um Amys Schulter, und Amy schmiegte sich an sie. Als der Zug aus dem Bahnhof zu fahren begann, sich leicht in die Schräge legte, um so in die erste Kurve einzubiegen, wandten sie sich alle ab und gingen in Mirandas Tempo zurück zum Auto.

Orville stand von seinem Sitz auf, schnappte seinen Rucksack und Koffer und rannte zur Tür. Verschlossen. Er versuchte die andere Seite, diejenige, die sich von der Stadt fortneigte, und drückte mit seiner Schulter dagegen. Sie gab nach, öffnete sich. Der Zug fuhr, und er hatte zu viele Unfälle von Leuten aus Columbia gesehen, die von bewegten Objekten wie Autos, Traktoren, Fahrrädern und, ja, auch Zügen gesprungen waren, doch hier gab es keine Wahl, und er schätzte die Fahrt ab und sprang, schien hinaus in die dünne Luft zu fliegen und schlug hart auf, rollte ab, rollte gegen die anderen Gleise, in eine Wolke von strengem Kreosot, den Geruch von jenem anderen, schließlich hier, schließlich jetzt.

Er folgte den Schienen mit dem Blick und sah den Zug um die Kurve verschwinden. Weit unten, am Ende der Gleise, entfernte sich die kleine Menschengruppe. Sie schienen niedergeschlagen. Pennys Arm um Amy, Amys Hand in Crays, Crays in Mirandas, gingen sie langsam, ihrem Hinken angepasst, aus dem verrottenden Bahnhof hinaus, dessen Schild den karibischen Außenposten von OLU B A ankündigte.

Orville sprang auf die Füße.

»He! He!«

Sie konnten ihn nicht hören.

Er packte seinen Rucksack und Koffer und rannte ein paar Schritte, dann hielt er an und schrie mit äußerster Kraft: »He, ich bin hier!«

Sie hörten ihn. Sie drehten sich um. Er sah, wie ihre Körper sich veränderten, als sie ihn erkannten, wie sie das Gebeugte und Harte verloren und weicher und aufrechter wurden, doch da der Wind ihnen entgegenwehte, konnte er ihre Rufe nicht verstehen. Aber er sah, wie sich Cray als Erster löste und mit Volldampf und steifem Körper auf ihn losrannte, seine Hände wie zwei Kolben auf- und abschwingend, als ob sie die Beine antreiben würden. Und er sah Amy ebenfalls losrennen wie ein Windrädchen, so wie alle Mädchen und Frauen, die Knie auseinander gestellt wegen der Neigung der Oberschenkel und dem geweiteten Kindergebär-Becken, und er sah Miranda eine Sekunde zögern, und dann fing sie auch an zu rennen, wirklich zu rennen! – ein ungleichmäßig stapfendes Rennen, das ihn in diesem Augenblick ausgerechnet an einen Cowboy aus seiner Kindheit erinnerte, an Hopalong Cassidy, sie rannte wirklich! –, und auch Penny schloss sich an. Und er erwartete, Selma über alldem fliegen zu sehen, aber nein, er hatte in seiner Zeit in der Stadt gelernt, dass sie nicht im Angesicht der Liebe flog, und im Nu waren sie nah genug, dass sie ihre gegenseitigen Rufe zu dem Neuen in jedem von ihnen deutlich hören konnten, so als ob all die, die da sind, von den Toten zurückkehren.

Samuel Shem

House of God

Mit einem Vorwort von John Updike

Sechs junge Ärzte beginnen voller Enthusiasmus ihr erstes Klinikjahr. Doch ihre Ideale werden schnell fortgerissen im rastlosen ärztlichen Alltag des House of God. Sie lernen die Schattenseiten der modernen Medizin kennen, werden zynisch, verzweifelt oder gleichgültig. Das House of God wird für sie zur Hölle …

»Die unverblümte Demontage des ärztlichen Mythos … genießt unter jüngeren Medizinern Kultstatus.«
Süddeutsche Zeitung

Knaur

Samuel Shem

Mount Misery

Der zweite Kultroman des Autors von *House of God*: ein scharfsinniger, provokanter Blick auf die Psychiatrie.

Dr. Roy Basch darf seine Ausbildung im renommierten Psychiatriekrankenhaus Mount Misery vollenden. Doch was er dort erlebt, lässt ihn mehr als einmal an seinem Beruf und seiner Berufung zweifeln.

»Gemeinsam mit Roy Basch wird dem Leser klar: Psychiater sind auch Spezialisten ihrer eigenen Schwächen. Wie schon in *House of God* beschreibt der amerikanische Psychiater, der heute Psychiatrie-Professor an der Harvard University ist, eine skurrile Welt, die man möglichst gar nicht kennen lernen will – schon gar nicht als Patient.«
Stuttgarter Zeitung

Knaur